Ulm

SILVIA STOLZENBURG
Das Erbe der Gräfin

SILVIA STOLZENBURG
Das Erbe der Gräfin
Historischer Roman

Bisherige Veröffentlichungen im Gmeiner-Verlag:
Die Meisterbanditin (2018), Die Launen des Teufels (2018),
Das dunkle Netz (2018), Die Salbenmacherin und die Hure (2017),
Blutfährte (2017), Die Salbenmacherin und der Bettelknabe (2016),
Die Salbenmacherin (2015)

Immer informiert

Spannung pur – mit unserem Newsletter informieren wir Sie
regelmäßig über Wissenswertes aus unserer Bücherwelt.

Gefällt mir!

Facebook: @Gmeiner.Verlag
Instagram: @gmeinerverlag
Twitter: @GmeinerVerlag

Besuchen Sie uns im Internet:
www.gmeiner-verlag.de

© 2018 – Gmeiner-Verlag GmbH
Im Ehnried 5, 88605 Meßkirch
Telefon 07575 / 2095-0
info@gmeiner-verlag.de
Alle Rechte vorbehalten
1. Auflage 2018

Copyright der Originalausgabe:
© 2011 Bookspot Verlag GmbH, Planegg

Herstellung: Mirjam Hecht
Umschlaggestaltung: U.O.R.G. Lutz Eberle, Stuttgart
unter Verwendung eines Fotos von: © https://commons.wikimedia.org/
wiki/File:Domenico_ghirlandaio,_ritratto_di_giovane_donna,_lisbona.jpg
und https://commons.wikimedia.org/wiki/File:De_Merian_Sueviae_267.jpg
Druck: CPI books GmbH, Leck
Printed in Germany
ISBN 978-3-8392-2306-2

Für meine Mutter, die als treue Testleserin von der ersten Zeile an dabei war

PROLOG

Frühjahr 1368

NACH DEM SCHOCK der verheerenden Pestepidemie von 1347 – 1353 ist die mittelalterliche Welt im Umbruch begriffen. Das Gesellschaftsgefüge hat sich grundlegend verändert: Ganze Dörfer und Landstriche sind verwaist, Arbeitskräfte werden teurer, genau wie Nahrungsmittel und Handwerksleistungen. Aufgrund des Mangels an geeigneten Männern lassen die Zünfte Mitglieder zu, denen vorher die Aufnahme verweigert wurde, und technische Neuerungen gewinnen ebenso an Wichtigkeit wie der die Welt umspannende Fern- und Großhandel. Einerseits hält eine Carpe-Diem-Mentalität Einzug, die in vielen Bereichen zur Verweltlichung führt; andererseits steigert sich die Gottesfurcht der verängstigten Menschen beinahe ins Ekstatische – eine Tatsache, die dazu führt, dass sich der gotische Kathedralenbau zu neuen Höhen aufschwingt. Weithin sichtbar wachsen Türme in den Himmel, die scheinbar bis in die Wolken reichen. Höher, leichter, spektakulärer – das sind die Ambitionen der Baumeister, welche diese gigantischen Bauwerke verkörpern. Beinahe überweltlich in ihrer Schwerelosigkeit und Eleganz, ziehen sie Menschen an, die zum Teil Hunderte von Meilen reisen, um Zeugen der Entstehung dieser Meisterwerke zu werden.

Das himmlische Jerusalem, wie Propheten und Offenbarung es ausmalen, soll mit lichtdurchfluteten Fenstern und zum Himmel strebenden Gewölben dargestellt werden. Blendend bunte Scheiben zieren die durchbrochenen Wände und stellen Szenen aus der Bibel so formvollendet nach, dass sie beinahe real wirken. Es ist ein Spektakel, das kaum eine Seele unberührt lässt. Die Kirche wird zu einem Ort der Anschauung, die Menschen sollen sehen, um zu glauben, und von Ehrfurcht ergriffen werden – nach dem Horror der Pestepidemie mehr denn je zuvor. Die Bedeutungslosigkeit des Menschen wird hervorgehoben, während ihm gleichzeitig die Freuden des Himmels vor Augen geführt werden und das Paradies kunstfertig inszeniert wird. Es ist eine kunterbunte, erhabene Ersatzwelt, welche die Bodenschwere früherer Kirchen in Vergessenheit geraten lässt. Aber nicht nur Gottesfurcht und Frömmigkeit treiben die Erbauer der Kathedralen an; nein, die Bauten werden auch zu einem Ausdruck bürgerlicher Macht, bürgerlichen Selbstbewusstseins und der wirtschaftlichen Potenz einer Stadt.

So auch in Ulm. Denn mit Ulrich von Ensingen betritt einer der kühnsten Visionäre der Spätgotik die Bühne der Baukunst. Nicht nur das Ulmer Münster wird noch Jahrhunderte später seine Handschrift tragen, sondern auch der Mailänder Dom und das Straßburger Liebfrauenmünster. Aus aller Herren Länder kommen Handwerker, um an diesen Bauwerken mitzuarbeiten, unter Werkmeistern zu dienen, die gegen die oft engstirnige Bauaufsicht rebellieren. Denn wenngleich der Rat und somit die Stadt das Geld gibt, lassen sich diese Künstler ungern ins Handwerk pfuschen – was unweigerlich zu Problemen führt …

KAPITEL 1

Im Umland von Straßburg, Ende April 1368

»Himmelherrgott …!« Der Rest des Fluches blieb dem erschrocken zur Seite hechtenden jungen Mann im Halse stecken, da ihm der Aufprall auf dem von unzähligen Hufen festgestampften Boden die Luft aus den Lungen trieb. Ein heftiger Stich durchzuckte seine linke Schulter, als er sich in den mit Unrat, Mist und kleinen Tierkadavern gefüllten Straßengraben abrollte. Einem Reflex folgend spannten sich seine Nackenmuskeln und er riss den Kopf nach oben, um zu verhindern, dass er sich an einem spitzen Stein den Schädel blutig schlug.

»Pass doch auf, du verdammter Idiot!«, brüllte er dem sich rasch entfernenden Fuhrwerk hinterher, dessen eisenbeschlagene Räder dicke Staubwolken aufwirbelten. Wenngleich er die Beleidigung zweifelsohne vernommen hatte, hob der in grobe blaue Wolle gekleidete Lenker des Wagens nicht einmal den Kopf, sondern spuckte ungerührt einen Klumpen Schleim an der Kruppe seines mageren Kleppers vorbei.

»Krötenhirniger Bauer«, grollte der hochgewachsene junge Mann, dessen schwarzes Haar ihm wirr in die Stirn hing. Mühsam rappelte er sich auf die Knie, klopfte die mit hässlichen, braun-grünen Flecken verunzierten Ellenbogen seines Leinenhemdes ab und blickte sich mit unwillig zusammengekniffenen Brauen um. Die Schnürung der hellbraunen Heuke – des mantelähnlichen Umhangs, in den er seine Habseligkeiten gewickelt hatte – hatte sich gelöst, und seine Siebensachen lagen überall im Schmutz verstreut. Das ohnehin ernste Gesicht verdunkelte sich weiter, als er einen etwa zwei Hand langen Schmierfleck am rechten Bein seiner eng geschnittenen Hose bemerkte, deren genestelter Latz ein wenig verrutscht war. Nachdem er sich kurz verschämt umgesehen hatte, brachte er diesen Teil des Kleidungsstückes in Ordnung und bückte sich nach den in der Frühlingssonne glänzenden Eisenwerkzeugen, die in einem beinahe ordentlichen Halbkreis im Graben verteilt waren. Weitere Verwünschungen murmelnd, las er nach und nach Zirkel, Winkel, Messlatte, Setz- und Schlageisen, Klöpfel und Zweispitze auf, bis sich das knappe Dutzend kostbarer Steinhauerwerkzeuge wieder in dem kleinen Bündel befand, zu dem er seinen Umhang schnürte. Er wollte sich gerade erneut auf den Weg machen, als er die Rechte erschrocken zu dem aus Hasenleder gearbeiteten Beutel an seinem Gürtel führte, diesen zitternd löste und den Inhalt mit angehaltenem Atem auf das junge Gras neben dem Graben schüttete. Als drei etwa birnengroße, steinerne Bruchstücke herauspurzelten, ließ er sich mit einem leisen Stöhnen auf die Knie fallen und starrte fassungslos auf die zerschmetterten Einzelteile einer ehemals aus einem Block gefertigten Heiligenfigur hinab. »Nein!«, flüsterte er erstickt und griff ungläubig nach dem unterhalb der Brust abgebrochenen Kopfteil der Skulptur, deren ausdrucksstarke Augen ihn vorwurfsvoll zu mustern schienen. Das durfte nicht sein! Die Trauer, die ihn bei der Erkenntnis durchströmte, dass dieses für ihn unersetzliche Kleinod verloren war, war beinahe stärker als die nagende Wut, die ihn seit seinem Aufbruch aus Straßburg nicht mehr loslassen wollte. Womit hatte er nur den Unwillen des Herrn auf sich gezogen, dass dieser ihn seit

Anbruch der Woche immer und immer wieder mit grausamer Härte strafte?!, fragte er sich verbittert und fuhr mit der rauen Fingerkuppe die elegant geschwungenen Linien der Figur des heiligen Blasius, einem der Schutzpatrone der Steinmetze, nach. Wie viele Stunden hatte er nach getaner Arbeit auf der Baustelle des Straßburger Liebfrauenmünsters im dämmrigen Schein der Kerzen zugebracht, um dieses Werkstück zur Vollkommenheit zu bringen! Und wie oft war er kurz davor gewesen, aufzugeben und seinen Ehrgeiz, bereits im nächsten Jahr zum Bildhauer ausgebildet zu werden, zu begraben! Nur mühsam schluckte er den Kloß in seiner Kehle und presste die Bruchkanten aufeinander, nur um den Heiligen gleich darauf frustriert in seinen Schoß sinken zu lassen. Während der aus Osten immer heftiger auffrischende Wind ihm einzelne Strähnen in die Augen wehte, füllten sich diese mit lange unterdrückten Zornestränen, und er presste die Lider aufeinander, um die in seinen Gedanken nachhallende Stimme seines Ziehbruders zu vertreiben. »Was dachtest du denn, du Narr?«, hatte dieser ihn vor etwas mehr als sieben Tagen höhnisch herausgefordert, nachdem die beiden wie so häufig über eine Kleinigkeit in Streit entbrannt waren. »Wulf! Hast du etwa im Ernst angenommen, das sei ein bürgerlicher Name?«

Sein schneidendes Lachen hatte die Frau, die Wulf bis dahin für seine Mutter gehalten hatte, in die Werkstatt gelockt, um wie immer zwischen den beiden Streithähnen zu vermitteln. Doch als sie die letzten Worte vernahm, war sie erbleicht und hatte sich haltsuchend an dem niedrigen Türrahmen abgestützt.

»Sei still, Frieder«, fuhr sie den kaum ein Jahr jüngeren Knaben an, der kampfeslustig zu dem ihn um Haupteslänge überragenden Wulf aufblickte.

»Warum, Mutter?«, fragte dieser nach einem kurzen Schielen über die Schulter. Doch da ihr Vater – der Steinmetzmeister Bertram Steinhauer, von dem Wulf sein Handwerk gelernt hatte – an diesem Tag außer Haus war, bot er ihr frech die Stirn. »Dachtest du, ihr könntet es für immer geheim halten?«, hatte er ehrlich erstaunt versetzt und Wulf mit einem Blick bedacht, den dieser nicht zu deuten vermocht hatte. »Dann hättet ihr euch nicht so oft über seine Herkunft unterhalten dürfen! Ich weiß, dass er ein Bastard ist!«

Bevor die Faust des achtzehnjährigen Wulf ihn am Kinn treffen konnte, hatte er sich geduckt und war – wie immer wieselflink – an dem älteren Bruder vorbeigehuscht, um sich im Inneren des Hauses in Sicherheit zu bringen. Sodass Wulf mit seiner um Fassung ringenden Mutter allein blieb. Mutter – von wegen!

Ohne es zu bemerken, schloss er die Hand um den Mittelteil des Heiligen, dessen zerbrochener Pilgerstab sich in seinen Ballen grub. »Verdammt!«, knurrte er und leckte den Blutstropfen ab, bevor er die ruinierte Arbeit sorgfältig wieder in dem kleinen Säckchen verstaute. Nachdem er sich seinen schlauchartig gezurrten Reisebeutel und die Heuke wieder über die Schulter geworfen hatte, erhob er sich mit einem tiefen Seufzen und setzte lustlos den Weg nach Osten fort.

Mit leerem Herzen folgte er der sich den Hang hinaufwindenden Straße, die ihn mit jedem Schritt weiter von Straßburg fortführte – der Stadt, in der er im Schatten des gewaltigsten Kirchenbauwerks der Welt aufgewachsen war. Dem Ort, an dem er gelernt hatte, der harten Oberfläche des Steins Formen zu entlocken, die selbst die altgedienten Steinmetze mit Hochachtung für den talentierten jungen Hauer erfüllt hatten. Doch was hätte ihn nach der Eröffnung seiner angeblichen Mutter noch dort halten sollen?!

»Er sagt die Wahrheit«, hatte diese ihm mit niedergeschlagenen Augen gestanden, nachdem er sie beinahe körperlich bedrängt hatte, den Lügen des Bruders zu widersprechen. »Deine leibliche Mutter hat dich kurz nach deiner Geburt in meine Obhut gegeben, um dich vor den Nachstellungen ihres Gemahls zu schützen.«

Und so hatte er zuerst ungläubig und dann mit zunehmendem Zorn erfahren, dass er der uneheliche Spross der Gräfin Katharina von Württemberg und einem unbekannten Ritter war. Bei dem Gedanken an seine leiblichen Eltern überkam ihn heftige, mit verletztem Stolz vermischte Verachtung. Ihn in der Hand einer bezahlten Amme zu lassen, ohne sich jemals die Mühe zu machen, auch nur nach seinem Wohlbefinden zu fragen!

»Immer und immer wieder habe ich Nachricht an die angegebene Adresse gesandt. Aber als nach drei Jahren immer noch keine Antwort kam, mussten wir eine Entscheidung treffen. Also haben wir dich als unser eigenes Kind angenommen«, hatte Anabel Steinhauer schluchzend gestanden. »Es war genug Geld für deinen Unterhalt da.« Ihre Stimme war verstummt, als sie Wulfs geringschätzigen Blick auf sich gespürt hatte.

Wütend trat er einen Stein aus dem Weg, der nach wenigen Schritten in einem der tiefen Schlaglöcher verschwand. Über ihm peitschte der sich zu einem Sturm auswachsende Wind die mit jungem Grün besetzten Äste der Bäume, die einen unwirklichen Kontrast zu dem schwefelfarbenen Himmel bildeten. Die weiten Ärmel seines Hemdes flatterten heftig, und hätte er den schwarzen Filzhut nicht schon vor Stunden in seinen Gürtel gesteckt, wäre dieser sicherlich davongeflogen.

»Das ist alles, was ich von ihr habe«, hatte die Gemahlin des Steinmetzen kleinlaut gestanden und ihm ein mit einem

Wappen besticktes Taschentuch in die Hand gedrückt. Das Erbe der Gräfin! Entgegen der in ihm brodelnden Wut hatte er den buckelnden schwarzen Kater, der auf einem stilisierten Burgfelsen das Fell sträubte, neugierig betrachtet. Und versucht, sich den dazugehörigen Ritter vorzustellen.

»Sein Sitz muss wohl in der Nähe von Ulm sein«, hatte seine Ziehmutter ihn mit einem resignierten Schulterzucken wissen lassen, doch bevor er weiter in sie dringen konnte, war sein Vater – der Steinmetz – heimgekehrt. Der furchtbare Streit, in dem die beiden Männer daraufhin beinahe handgreiflich geworden wären, ließ Wulf immer noch die Haare auf den Unterarmen zu Berge stehen.

Mit gesenktem Kopf folgte er der Biegung des Weges, an dessen Ende eine Gruppe schäbig wirkender Reisender auftauchte, die sich rasch näherten. Wie um sich zu versichern, dass die Waffe noch dort war, griff er an den Gürtel und umfasste den Knauf des langen, beruhigend kühlen Dolches, den er einen Fingerbreit aus seiner Scheide befreite. Man wusste nie, wie schnell man reagieren musste! Während die wie fahrendes Volk gewandeten Männer und Frauen immer näher kamen, erhellten die ersten Blitze den Himmel, und bei dem darauf folgenden tiefen Donner zuckte nicht nur Wulf zusammen. Ohne den jungen Mann zu beachten, zogen sich die Reisenden die Kapuzen und Gugeln über die Köpfe und beschleunigten die Schritte, um noch vor dem Einsetzen des Regens den Wald zu erreichen. Wider Willen erleichtert machte Wulf einige Augenblicke Halt, um sein Wams zuzuknöpfen, bevor auch er zügiger auf das in ein lang gezogenes Tal geduckte Dorf vor sich zusteuerte. Sicherlich gab es dort eine Herberge, in der er Unterschlupf vor dem Unwetter finden konnte.

Während die ersten dicken Tropfen auf das noch lückenhafte Laubdach des Waldes klatschten, eilte er vorbei an einer Handvoll unbeirrt aussäender Bauern, die von dem drohenden Toben der Elemente nicht beeindruckt schienen. Er hatte kaum eine halbe Meile zurückgelegt, als einem Blitz eine von einem Grollen begleitete Windböe folgte, die ihm den plötzlich einsetzenden Platzregen entgegentrieb. Innerhalb weniger Momente verwandelte sich der unbefestigte Boden in einen schnell anschwellenden Sturzbach, in dem sich die von den Ästen gewehten Blüten mit dem gelben Pollenstaub der Bäume vermischten. Schimpfend stülpte er sich den breitkrempigen Hut auf den Schopf, zog die Schultern ein und legte im Laufschritt die verbleibende Strecke bis zum Dorfeingang zurück, wo er spritzend mit dem Fuß in einer Pfütze versank. Wulf war froh darüber, die modischen Schnabelschuhe ebenso wie den als Schecke bezeichneten, reich bestickten Rock in seinem Bündel verstaut zu haben. Er schüttelte die gelbbraune Brühe aus seinem einfachen Lederschuh und hastete auf das heftig im Wind hin und her baumelnde Schild der Herberge zu. Da die Farbe bereits großflächig abgeblättert war, konnte er lediglich den hinteren Teil eines Pferdes erkennen. Doch da ihm im Moment nichts gleichgültiger war als der Name des Gasthofes, stieß er die schief in den Angeln hängende Tür auf und betrat den nur spärlich beleuchteten, nach Hammelfett und Rauch stinkenden Schankraum. Mit dem Zuschlagen der Tür wurde das Heulen des Sturms wie von Zauberhand abgeschnitten, und allein das Klappern der festgezurrten Holzläden vor den winzigen Fensterluken zeugte von der Stärke des Unwetters. Bis auf die Knochen durchnässt, wrang der junge Mann notdürftig das Wasser aus den Kleidern, bevor er blinzelnd die Augen zusammenkniff, um in der vernebelten Düsternis Einzelheiten zu erkennen.

Neben einem ersterbenden Feuer kauerten vier zerlumpte Gestalten, die bei Wulfs Eintreten kurz die Köpfe hoben, um sie sofort wieder über die hölzernen Becher in ihren Händen zu senken und ihre gemurmelte Unterhaltung fortzuführen. Grob gezimmerte Bänke säumten die ehemals weißen Wände, die keinerlei Schmuck zierte. Nicht einmal ein Kruzifix, dachte Wulf verwundert – da selbst die ärmsten Katen für gewöhnlich nicht ohne den Schutz des Herrn waren. Sechs unterschiedlich große Tische waren bedeckt mit Essensresten und Abfällen, und auf einer der Bänke tat sich eine fette Katze an einem abgenagten Knochen gütlich.

»Seid willkommen!«

Die ölige Stimme ließ Wulf zusammenfahren. Wie aus dem Nichts war ein geschlechtslos wirkendes Wesen vor ihm aufgetaucht. Erst bei näherem Hinsehen erkannte der junge Mann einen Vorhang, der vermutlich den Schankraum von der Küche trennte.

»Womit kann ich Euch dienen?« Die unter mehreren Schichten kunterbunt zusammengewürfelter Kleider verborgene Gestalt entpuppte sich als Wirt der Gaststube, der Wulf mit einer übertriebenen Geste einlud, in der Nähe des Feuers Platz zu nehmen. »Marthe!«, brüllte er und lockte damit ein altes Weib aus dem angrenzenden Raum. »Hol frisches Reisig und schür das Feuer.« Damit verneigte er sich leicht vor Wulf, nachdem dieser um eine Mahlzeit und ein Lager für die Nacht gebeten hatte, und verschwand in der Küche. Wenig später tauchte er mit einem Teller und einem Becher wieder auf. »Hirsesuppe und Wein«, verkündete er stolz und füllte den Holzbecher mit einem dünnen Wein, der sich nach dem ersten Schluck als kaum genießbar herausstellte. Da ihm jedoch vor Hunger der Magen knurrte, zwang Wulf das wenig schmackhafte Mahl zwischen die Zähne und spülte es mit dem an Essig erinnernden Trunk hinunter.

Im Laufe des späten Nachmittags, den der junge Mann in düsterem Brüten zubrachte, füllte sich die Herberge mit Reisenden, die vor dem nicht abflauen wollenden Sturm Zuflucht suchten. Als er sich nach einem weiteren Imbiss, der aus einem undefinierbaren Stück Pökelfleisch bestand, schließlich in den angrenzenden Schlafraum zurückzog, waren die meisten Betten bereits belegt. Einzig ein dicht unter dem klappernden Fensterladen stehender Bettkasten schien noch frei. Kaum hatte Wulf sich auf die klumpige Matratze fallen lassen, stach ihm der beißende Gestank von Schweiß und ungewaschenen Füßen in die Nase.

Nur mühsam unterdrückte er ein Stöhnen, als sich kurz darauf ein ebenfalls alles andere als angenehm riechender Zeitgenosse zu ihm unter die Decke drängte und ihm diese nach kurzem Gerangel entriss. Was soll's!, dachte er resigniert und lauschte auf das allmählich einsetzende Schnarchen der zum Teil zu viert in ein Bett gezwängten Reisenden. Er konnte ohnehin nicht schlafen! Während sich die Atemzüge seines Bettgefährten allmählich verlangsamten, stiegen – wie so oft seit dem Streit mit seinem Vater – Erinnerungen an seine Kindheit in ihm auf. Das wilde, unbeschwerte Spiel mit seinen Geschwistern, dem der Tod seiner vierjährigen Schwester ein abruptes Ende gesetzt hatte. Die unbegreifliche Trauer, die ihn tagelang gelähmt hatte, und das Hadern mit einem angeblich gütigen Gott, der solche Dinge zuließ. Die Zeit danach war verschwommen, als habe er den Rest seiner Kindheit vergessen wollen, bis er mit sieben Jahren in den Alltag des Erwachsenenlebens eingetreten war. Der Tag, an dem sein Vater ihn als Lehrling gedungen hatte, würde für immer unauslöschlich bleiben.

Die Liebe und Güte, mit welcher der Steinmetz den Knaben gelehrt hatte, das Werkzeug zu führen und die Proportionen der Werkstücke zu erkennen; die Freude, die im Blick des Meisters zu lesen gewesen war, als Wulf ihm schüchtern seine erste Figur gezeigt hatte, die er aus einem Abfallstein gefertigt hatte. Erneut wollten Tränen in ihm aufsteigen, die er jedoch entschlossen schluckte. Dieser Abschnitt seines Lebens war zu Ende. Und ganz egal, wie sehr er seine Eltern geliebt hatte, die Lüge, mit der sie ihn achtzehn Jahre lang hatten leben lassen, konnte er ihnen nicht vergeben! Er ballte die Hände an seinen Seiten zu Fäusten, um die immer noch in ihm kochende Wut zu bändigen. Es war die richtige Entscheidung gewesen, seinem Elternhaus den Rücken zu kehren und sein Leben in die eigenen Hände zu nehmen! Daran konnte es keinen Zweifel geben. Zwar hatte er erst nach seiner Ausbildung zum Bildhauer auf Wanderschaft gehen wollen, um danach zum Parlier – zum Obergesellen – oder Meister aufzusteigen, doch würde ihm sicherlich auch auf anderen Baustellen die Möglichkeit offenstehen, diesen Weg zu verfolgen. Er beantwortete einen Tritt gegen sein Bein, indem er seinen Bettnachbarn unsanft in die Rippen knuffte. Nachdem dieser ihm mit einem Grunzen den Rücken zugewandt hatte, drehte auch Wulf sich auf die Seite und starrte in die Dunkelheit.

Warum sollte er sein Glück nicht in Ulm versuchen? Immerhin kursierten seit der Grundsteinlegung für das gewaltige Bauvorhaben der Reichsstadt Gerüchte, dass die Ulmer mit ihrer Kirche dem Straßburger Münster den Rang streitig machen wollten. Und hatten sie mit Ulrich von Ensingen nicht einen der bekanntesten Werkmeister weit und breit verpflichtet? Zwar kannte Wulf den Steinmetz und Bildhauermeister nur vom Hörensagen, doch was man sich über den zwar strengen aber genialen Ulrich erzählte, stellte alles bisher Dagewesene in den Schatten. So hatten einige der fahrenden Zimmerleute von einem geplanten Turm erzählt, der von solch gewaltiger Höhe sein sollte, dass selbst der Turm von Babylon davor verblasste.

Ein Stich in seiner Kniekehle ließ ihn zusammenschrecken und nach einer Kleiderlaus tasten, um diese zwischen Daumen und Zeigefinger zu zerquetschen. Man würde sehen. Er gähnte und streckte die Beine aus. Und wenn er schon einmal in Ulm war, warum sollte er dann nicht einige Erkundigungen über das seltsame Wappen einziehen, das er am Boden seines Reisebeutels versteckt hatte? Auch wenn er keinen Wert darauf legte, seinen leiblichen Vater kennenzulernen!, dachte er mit erneut aufflammendem Zorn. Das Krabbeln einer Wanze auf seinem Arm veranlasste ihn, mit einem ärgerlichen Brummen nach dem Störenfried zu schlagen, der sich jedoch bereits wieder aus dem Staub gemacht hatte. Als sein Bettgefährte wenig später einen knatternden, nach Zwiebeln stinkenden Furz ließ, riss Wulf ungehalten sein als Kopfkissen fungierendes Bündel unter sich hervor, packte seine Utensilien und stapfte zähneknirschend in den Schankraum, wo er sich vor der erkalteten Feuerstelle auf dem nackten Lehmfußboden zusammenrollte.

KAPITEL 2

In der Nähe von Ulm, Ende April 1368

EINE ANSTRENGENDE WOCHE und sechs ähnlich schäbige Gasthöfe später näherte er sich dem Ziel seiner Reise. Glitzernd zog sich das breite Band der Donau von Westen nach Osten, und als ihm ein am Ufer grasender Schwan mit einem Drohlaut nachsetzte, beschleunigte Wulf lachend die Schritte. Die noch kühle Brise trug ihm den schweren Duft von Flieder und Kastanienblüten entgegen, und das lautstarke Gezwitscher der Vögel verstärkte das in ihm aufsteigende Hochgefühl. Nachdem er die ersten beiden Tage und Nächte seiner Wanderung damit zugebracht hatte, sich mit dem zu quälen, was nicht zu ändern war, hatte er am dritten Tag beschlossen, das Beste aus dem Abenteuer zu machen, das ihm bevorsteht. Ein Vorsatz, der bei dem Anblick, der sich ihm schon von Weitem bot, nicht schwer einzuhalten schien. Ohne zu murren, entrichtete er den zehnten Wegzoll des Tages, der es ihm gestattete, die Herdbrücke zu überschreiten, welche direkt auf eines der mächtigen Stadttore Ulms zuführte. Zuerst hatte er seinem Vater die matt glänzenden Gulden und Schillinge, welche dieser mit einem verächtlichen Brummen vor ihm auf den Tisch gezählt hatte, vor die Füße schleudern wollen. Inzwischen aber war er froh darüber, sein nicht unbeträchtliches Erbe in der Geldkatze an seinem Gürtel verstaut zu haben. Um vor Wegelagerern sicher zu sein, hatte er einen Teil des Betrages in der noch in

Straßburg erstandenen Schecke eingenäht. Ebenso wie die dottergelben Seidenflügelärmel, die er an sein Hemd angeknüpft hatte, hatte er dieses Kleidungsstück am Morgen mit Bedacht gewählt, um Eindruck auf den berühmten Ulrich von Ensingen zu machen, von dem er sich eine Anstellung erhoffte. Auch die enge Hose mit den unterschiedlich farbigen Beinen, die dem neuesten Modegeschmack entsprach, würde die gewünschte Wirkung nicht verfehlen, hoffte er. Mit einem Pfiff durch die Zähne reihte er sich in die Schlange vor dem Stadttor ein und ließ die Augen zu dem hoch über die bunten Schindeldächer aufragenden Kirchenbauwerk schweifen, das sofort seine gesamte Aufmerksamkeit fesselte.

Wie das Skelett eines riesenhaften Fabelwesens reckten sich die hölzernen Rippen der Langschiffjoche in den blauen Himmel, an dem ein Schwarm Schwalben sein heiteres Spiel trieb. Auf dieses hölzerne Hilfskonstrukt, so wusste Wulf aus seiner Bauerfahrung am Straßburger Münster, würden die Maurer Stein um Stein das Gewölbe mauern – sorgfältig darauf bedacht, das empfindliche Gleichgewicht nicht zu stören. Nach Plänen des Werkmeisters angefertigt, würde dieses Kreuzrippengewölbe am Ende der Bauphase das tonnenschwere Dach des Mittelschiffes tragen. Da allerdings nur die Joche, Gewölbescheitel und Chortürme von Wulfs Standpunkt aus zu erkennen waren, musste er sich den Rest der Hallenkirche ausmalen. Zu seinem Leidwesen entzogen sich die bereits errichteten untersten Partien des gewaltigen Westturms seinem Blick, doch es würde nicht mehr lange dauern, bis er seine Neugier befriedigen konnte.

»Was soll das?«, ertönte auf einmal die erzürnte Stimme eines seiner Hintermänner, und kurz darauf polterte ein mit geschälten und grob behauenen Baumstämmen beladener Karren an der Schlange vorbei. Diesem folgte eine ganze Reihe von zwei- und sogar dreiachsigen Wagen, die sich unter dem Gewicht von riesigen Steinquadern bogen. »Hört auf zu maulen!«, herrschte ein den Zug begleitender Wächter die Wartenden an, die rüde zur Seite gedrängt wurden, um Platz für die Baumaterialien zu machen. »Das Münster hat Vorrang!«

Da Wulf es nicht eilig hatte, beobachtete er interessiert, wie der Zug vor dem Herdbruckertor ins Stocken kam, da eines der mit langen Holzbalken beladenen Gefährte zu breit war, um zu passieren. Innerhalb weniger Momente hatte sich ein Knäuel hilfsbereiter Männer gebildet, die allerdings nichts auszurichten vermochten. »Was für Schwachköpfe!«, schnaubte ein reich gekleideter Reiter keine zehn Schritte vor Wulf und trieb sein Reittier an, um sich zu den schimpfenden und fluchenden Handlangern zu gesellen. Nachdem er einige Zeit auf sie eingeredet hatte, begannen sie, ihre Fuhre abzuladen, was so manchem Wartenden ein Stöhnen entlockte.

Entgegen aller Befürchtungen dauerte es jedoch kaum eine halbe Stunde, bis die Männer den Karren neu beladen hatten. Dieses Mal befand sich das Bauholz statt der Breite der Länge nach auf der Ladefläche, was zur Folge hatte, dass das Fuhrwerk den Torbogen ohne anzustreifen passieren konnte. Kaum war das letzte Gefährt in der Stadt verschwunden, setzte sich die Schlange mit einem Ruck wieder in Bewegung, und drei Stunden später nahm Wulf mit säuerlicher Miene das Wechselgeld für den Torzoll und die Aufnahmegebühr in die Stadt entgegen. Die Ulmer nahmen es wahrlich von den Lebenden!, dachte er, verstaute die Pfennige und fasste sein Reisebündel nach. Den Gestank der direkt an der Stadtmauer erbauten Ställe ignorierend, bahnte er sich einen Weg durch die Massen und steuerte schnurstracks auf die Münsterbaustelle zu, die dank der dorthin strömenden Handwerker nicht zu verfehlen war. Vorbei an mehrstöckigen Fachwerkhäusern und der reich bemalten Fassade des Rathauses gelangte er schließlich auf den weitläufigen Platz, über dem sich ein so unglaublicher Bau erhob, dass ihm vor Verblüffung der Atem stockte. Anders als beim Straßburger Münster, dessen massige Front von zwei Turmstummeln abgeschlossen wurde, war dieser Bau eindeutig auf einen einzigen, in das Langhaus hineingestellten Turm ausgerichtet, über dessen Erdgeschoss soeben ein Stangengerüst hochgezogen wurde. Schlank und lang gestreckt verband das noch unvollendete Mittelschiff den von zwei Türmen überragten Chor am Ostende des Baus mit dem begonnenen Westturm, der Gerüchten zufolge höher werden sollte als alles, was die Menschheit je gesehen hatte. Mit offenem Mund bestaunte Wulf das lebendige Wechselspiel von schwefelgelbem und graugrünem Sandstein sowie dem blendenden Weiß des Kalksteins, der im Licht der Sonne erstrahlte. Wie langweilig schien auf einmal die gleichmäßig rosarote Fassade des Straßburger Münsters! Begeistert und ehrfürchtig zugleich verfolgte er, wie eine wahre Heerschar von Maurern, Zimmerleuten und Mörtelträgern die Laufschrägen und Leitern erklomm, um in schwindelerregender Höhe ihren Aufgaben nachzukommen.

»Wenn du Arbeit suchst, melde dich in der Bauhütte.«

Die tiefe Stimme riss ihn aus der staunenden Betrachtung, und als er sich zu dem Sprecher umwandte, blickte er in ein Paar strahlend blauer Augen. Bevor der mit einer Lotwaage und einem Richtscheit bewaffnete Bursche weitereilte, wies er mit dem Daumen auf ein Holzhaus am Fuße der Nordmauer, aus dem soeben zwei Männer auftauchten. »Das ist Meister Ulrich. Wenn du dich beeilst, stellt er dich vielleicht ein.« Mit diesen Worten wandte der Maurer Wulf den Rücken und pfiff einen Knaben herbei, dem er befahl, eine Mörtelwanne aus der Mörtelgrube zu füllen und vor ihm herzutragen.

Nach einem kurzen Moment der Unschlüssigkeit, in der Wulf sich die plötzlich feuchten Handflächen an der Hose abwischte, fasste er sich ein Herz und näherte sich den beiden Männern, die heftig diskutierend auf einen unfertigen Strebepfeiler zusteuerten.

»Risse bedeuten schlampige Arbeit«, knurrte der ältere der beiden, dessen konservativer Tabbard – ein knielanges Obergewand – ebenso aus schwarzem Wollstoff gefertigt war wie seine Kappe und die engen Hosen. Die sorgfältig gelegten, grau melierten Löckchen bedeckten eine hohe Stirn, in die sich zwei tiefe Falten gruben. »Wer ist dafür verantwortlich?«, hörte Wulf ihn fragen, und bevor er allen Mut zusammennehmen und den Meister ansprechen konnte, wirbelte dieser unwirsch zu ihm herum, als habe er seine Gegenwart gespürt. Sein Begleiter, der Ulrich von Ensingen um einen halben Kopf überragte, war im Gegensatz zu dem schlanken Meister breit und muskulös. Als sein Blick auf den jungen Mann fiel, rümpfte er kaum merklich die Nase und verzog den Mund zu einem zynischen Lächeln. Als habe er sich nicht den ganzen Weg über die Worte zurechtgelegt, mit denen er den Werkmeister beeindrucken wollte, stammelte Wulf einen Gruß und errötete, als Ulrich von Ensingen streng seine Erscheinung mit den Augen abtastete.

»Wer bist du und was willst du?«, fragte er unwirsch und setzte wenig freundlich hinzu: »Für Paradiesvögel haben wir hier keine Verwendung.« Er wollte sich gerade abwenden, als Wulf die Sprache wiederfand und sich leicht verneigte.

»Mein Name ist Wulf Steinhauer«, hub er an und schlug die Augen nieder, um dem bohrenden Blick des Gehilfen auszuweichen. »Ich bin Steinmetz und suche eine Anstellung.«

Einige Zeit lang betrachtete der Baumeister ihn lediglich mit gerunzelter Stirn, bevor er gallig versetzte: »Wo kommst du her und unter wem hast du gelernt?«

Nachdem Wulf ihm so kurz und präzise wie möglich seine Ausbildung geschildert hatte, nickte er zögernd und schürzte die Lippen. »Das sind gute Referenzen. Ich brauche noch einen Gesellen. Du verdienst zwei Schilling am Tag plus Kost und Logis unter meinem Dach.« Bevor Wulf etwas erwidern konnte, hob er die Hand. »Du verpflichtest dich für mindestens ein halbes Jahr. Durchreisende kann ich hier nicht gebrauchen.« Das hatte der Torwächter bereits warnend erwähnt, da der Meister bekannt war für diese Eigenheit. Während es auf anderen Baustellen durchaus gang und gäbe war, dass die sich auf Wanderschaft befindlichen Handwerker nur wenige Tage dort zubrachten, schien Ulrich von Ensingen dies nicht zu schätzen. »Ach ja, und bevor ich es vergesse«, fuhr Ulrich nun ebenfalls mit einem Lächeln fort, »hier fängt jeder ganz unten an. Was bedeutet, dass du die erste Zeit im Steinbruch beim Bossieren verbringen wirst. Nimm an oder lass es bleiben.«

Der Protest blieb Wulf im Halse stecken, als er erkannte, dass der Werkmeister es ernst meinte. Er sollte Steinquader behauen, um Transportkosten zu sparen?! Am liebsten hätte er die Figur des heiligen Blasius hervorgezogen, um Ulrich zu demonstrieren, wie verschwendet sein Talent bei dieser Arbeit war. Doch dieser hatte seine Aufmerksamkeit bereits wieder dem Strebepfeiler zugewandt. Und außerdem war Blasius nicht mehr in einem Zustand, in dem er Bewunderung hervorgerufen hätte. »Ja, Herr«, brachte er schließlich kleinlaut hervor und schluckte die Erniedrigung.

»Gut, dann wird man dir in der Bauhütte alle nötigen Anweisungen geben«, warf Ulrich ihm über die Schulter zu, während er mit dem Finger in fehlerhaftem Mauerwerk bohrte. »Und noch etwas.« Er richtete sich wieder auf und sah Wulf direkt in die Augen. »Zieh dir anständige Kleider an. Ich schätze es nicht, wenn man meinen Männern in den Hintern sehen kann.«

Während Wulf flammende Röte in die Wangen schoss, gab Ulrich seinem Begleiter mit einer Kopfbewegung zu verstehen, ihm zu folgen, woraufhin die beiden den jungen Mann ohne Verabschiedung stehen ließen. Beschämt und ernüchtert blickte er an sich hinab und schalt sich einen Toren. Wenn er gewusst hätte, dass seine Kleidung das Gegenteil dessen erreichen würde, was er beabsichtigt hatte, hätte er sich viel Geld sparen können. Denn offensichtlich war Ulrich – ähnlich wie Wulfs Vater – modischen Neuerungen gegenüber negativ eingestellt. Wenn ein Rock nicht mindestens bis zum Knie reichte, so hatte Bertram Steinhauer seine Söhne oft belehrt, erregte er nicht nur das Missfallen der Kirchenmänner; er beschämte auch die Damen. Entgegen aller Enttäuschung musste Wulf grinsen. Das wollte er natürlich nicht! Mit einem Achselzucken schulterte er erneut sein Bündel und trottete auf die Bauhütte zu, in der Dutzende von Stimmen durcheinanderschnatterten. Hitzköpfige Italiener stritten mit phlegmatischen Engländern, die allesamt auf das verhutzelte kleine Männchen einredeten, das hinter einem aus Holz gefertigten Tresen versuchte, auf alle Anliegen einzugehen.

Froh, dem Tumult zu entkommen, begab sich Wulf – nachdem das Männchen ihn entnervt abgefertigt hatte – zu der angewiesenen Stelle, wo ein Obergeselle die neu angeheuerten Steinmetze in die Regeln der Baustelle einführte. Da ein Großteil des Sandsteines aus den Steinbrüchen bei Donzdorf stammte, würden Wulf und die übrigen Neuzugänge morgen in aller Frühe dorthin aufbrechen. Denn, so informierte sie der Parlier, der etwa zwanzig Meilen lange Weg war beschwerlich und tückisch.

»Zeigt, was ihr könnt«, forderte er die Handvoll Neuankömmlinge auf, nachdem er ihnen je eine Maßwerkschablone in die Hand gedrückt hatte. »Wenn ihr so gut seid, wie ihr denkt, kann ich den Meister vielleicht dazu bringen, euch früher als gewöhnlich aus dem Steinbruch zu entlassen.« Das breite Feixen auf dem gutmütigen Gesicht des Obergesellen ließ Wulf jedoch vermuten, dass er dieses Versprechen bis jetzt noch nie eingelöst hatte.

Die Zeit verging wie im Fluge, und als nach Anbruch der achten Stunde die Sonne am Horizont versank, ließ der junge Mann erleichtert Schlageisen und Klöpfel sinken und betrachtete das symmetrische Blumenmuster, das bereits Gestalt angenommen hatte. »Du hast ein gutes Auge«, hatte der Parlier irgendwann im Laufe des Tages gesagt, und dieses Lob hatte Wulf noch gewissenhafter arbeiten lassen als zuvor. Egal wie wenig versprechend der Anfang, er würde den Meister von seinen Qualitäten überzeugen! Seine Schultern knackten, als er sich streckte. Mit einem Gähnen packte er die Werkzeuge zusammen und folgte den anderen, um sich in der Bauhütte seinen Tageslohn abzuholen, der im Sommer höher war als im Winter: Je früher die Sonne aufging, desto länger der Arbeitstag, was sich natürlich in der Entlohnung niederschlug.

Einen Schilling und drei Pfennige reicher – da er keinen ganzen Zweischillingtag gearbeitet hatte – schloss er sich der kleinen Gruppe von Lehrlingen und Gesellen an, die der Bauhüttenverwalter ihm als Ulrichs Lehrknechte vorgestellt hatte.

»Es ist nicht weit«, ließ ihn ein schlaksiger, hellblonder Knabe wissen, dessen offenes Gesicht über und über mit Sommersprossen bedeckt war. »Ich bin Hans.« Damit streckte er Wulf die Hand entgegen. »Noch ein halbes Jahr, dann bin ich auch Geselle.« Sein Mund verzog sich zu einem breiten Lächeln, und zwei schelmische Grübchen tanzten auf seinen Wangen, als er Wulfs Erscheinung von Kopf bis Fuß mit Blicken abtastete. Er wies auf die gelben Seidenärmel. »Das hat dir sicherlich eine bissige Bemerkung vom Meister eingebracht«, stellte er fest und setzte sich lachend in Bewegung.

Wulf nickte und trabte neben ihm über den Platz zu einem etwa eine halbe Meile entfernten zweistöckigen Haus, dessen Obergeschoss ockerfarbenes Fachwerk zierte. »Wenn ich gewusst hätte, wie er darauf reagiert, hätte ich mich nicht so zum Narren gemacht«, gestand er dem etwa sechzehnjährigen Knaben, der ihm auf Anhieb gefiel.

»Mach dir nichts draus«, erwiderte Hans mit einem Achselzucken. »Alles, was Meister Ulrich interessiert, ist das Steinmetzhandwerk. Wenn du deine Arbeit gewissenhaft und gut machst, könntest du vermutlich nackt zur Baustelle gehen. Es würde ihm nicht einmal auffallen.« Er schickte einen vorsichtigen Blick über die Schulter zurück. »Aber vor Ortwin musst du dich in Acht nehmen. Der ist hinterhältig und heimtückisch.« Nachdem er Wulf erklärt hatte, dass es sich bei Ortwin um den Gehilfen des Meisters handelte, dem Wulf bereits begegnet war, verstummte er, da sie vor einem zweiflügeligen Tor angelangt waren, an dem ein mächtiger Eisenklopfer prangte. Über dem Schlussstein des

Torbogens hing ein mit einem Spitzeisen bemaltes Holzschild, auf dem in verschnörkelten Lettern der Name der Behausung aufgemalt war. »Zum spitzen Eisen«, las Wulf murmelnd und schrak sichtlich zusammen, als sich die Tür plötzlich von innen öffnete.

Das aus der Halle auftauchende Mädchen, das offensichtlich nicht damit gerechnet hatte, jemanden vor dem Tor anzutreffen, tat es ihm gleich und presste die Hand auf den Mund, um einen Schrei zu ersticken.

»Brigitta«, grüßte Hans, dessen Wangen sich mit einem tiefen Rot überzogen, und verneigte sich leicht. »Bitte entschuldige, wir wollten dir keinen Schrecken einjagen. Das ist Wulf. Er ist ein neuer Geselle deines Vaters.« Damit deutete er auf seinen Begleiter, der einen undeutlichen Gruß stammelte und zur Seite trat, um der jungen Frau Platz zu machen. Wenig höflich starrte er die schlanke Erscheinung an, deren wild gelocktes blondes Haar von einem dünnen Schleier bedeckt wurde. Mit einer ruckartigen Bewegung ließ sie die Hand zurück an ihre Seite sinken und nestelte mit den Fingern an der kirschroten Fucke – dem weit ausgeschnittenen, eng anliegenden Obergewand, das von einem breiten Gürtel zusammengehalten wurde. Um den vollen Mund spielte ein leicht hochmütiges Lächeln, das die sanften, braunen Augen jedoch nicht erreichte. Ein mehrfaches Blinzeln verriet die Unsicherheit, die sie mit einem Zurückwerfen des Kopfes zu kaschieren versuchte. Ohne ein Wort nickte sie den jungen Männern zu und huschte in die hereinbrechende Dunkelheit davon. Nachdem die beiden Lehrknechte ihr einige Augenblicke lang wortlos nachgestarrt hatten, räusperte sich Hans und gab Wulf mit einer Geste zu verstehen, ihm in die Eingangshalle zu folgen, die von einem halben Dutzend Fackeln erhellt wurde. Verunsichert von dem Eindruck, welchen die Tochter des Hauses auf ihn gemacht hatte, schloss Wulf zu seinem Begleiter auf und schaute sich halbherzig in dem nach Lehm und frischem Stroh duftenden Raum um.

An der rechten Wand befand sich ein offen stehendes Tor zum Innenhof, in dem sich – so informierte ihn Hans – die Ställe, der Brunnen, ein Wasch- und ein Badehaus sowie das Scheißhäuslein befanden. »Du kannst aber auch den Abtritt in der Küche benutzen«, plapperte der Junge weiter und schob Wulf an einer ins Obergeschoss führenden Treppe vorbei in die niedrige Küche, in der in einem gemauerten Herd ein gewaltiges Feuer brannte. »Komm«, forderte er seinen Begleiter auf, drängte sich an den Mägden und Küchenhilfen vorbei und setzte den Fuß auf eine steile Leiter, über die man ein Zwischengeschoss erreichte. »Gesellen, Knechte und Lehrlinge schlafen hier«, teilte er Wulf beinahe stolz mit und breitete die Arme aus, sobald sie den strohbedeckten Absatz erreicht hatten.

In einem etwa zwölf mal zwölf Fuß messenden Raum, dessen Wände in regelmäßigen Abständen von unverschlossenen Fensterluken unterbrochen wurden, drängten sich sieben Bettkästen, in denen sich Strohsäcke und Kissen stapelten. »Du hast Glück«, sagte Hans und ließ sich auf eines der Betten fallen. »Zurzeit sind nur zwei Knechte im Haus, und Martin, der dritte Geselle, ist in Augsburg, um dem Schwager des Meisters auszuhelfen. Deshalb hat jeder von uns ein Bett für sich alleine.«

Müde von der anstrengenden Reise und der Arbeit auf der Baustelle sank Wulf dankbar auf eine der beiden freien Schlafstätten und schob sein Bündel ans Fußende. Während der Redeschwall des Knaben über ihn hinwegspülte, schloss er die Augen und versuchte, das Gesicht des Mädchens in

Gedanken nachzuzeichnen. Bereits nach wenigen Momenten scheiterte er jedoch an den unergründlichen, braunen Augen, in denen sich so viel Unterschiedliches widergespiegelt hatte, dass seine Erinnerung ihnen nicht gerecht werden konnte. Ob er einen ähnlichen Eindruck auf sie gemacht hatte wie sie auf ihn?, fragte er sich und hieß sich im selben Atemzug einen Einfaltspinsel. Was um alles in der Welt sollte die Tochter eines der berühmtesten Werkmeister Europas an einem einfachen Steinmetzgesellen wie ihm finden? Doch andererseits: Sollte es ihm gelingen, etwas über seine Herkunft in Erfahrung zu bringen, würden sich die Dinge vielleicht schneller ändern als er dachte. Er bohrte den linken Fuß in den Schaft seines Schuhs, um sich von diesem zu befreien. Zwar würde er morgen nach Donzdorf aufbrechen, um dort Steinquader zu behauen, doch konnte diese Fronarbeit schließlich nicht ewig dauern! Mit einem zuversichtlichen Lächeln wandte er seine Aufmerksamkeit zurück zu Hans, der in seinem Redefluss bei den Vorzügen der rundlichen Köchin angelangt war.

KAPITEL 3

Ulm, Mai 1368

»WIE OFT HABE ich dir schon gesagt, du sollst dich nicht ohne meine Erlaubnis auf der Baustelle herumtreiben?«

Die Maulschelle traf die vierzehnjährige Brigitta so unvermittelt, dass sie um ein Haar das Gleichgewicht verloren hätte. So gebannt hatte sie auf das eng umschlungene Paar im Schatten der Laufschräge gestarrt, dass sie weder die schweren Schritte ihres Vaters noch die seines Begleiters gehört hatte.

»Warum bist du nicht im Haus bei deiner Mutter?«, grollte der Werkmeister und wollte erneut die Hand heben, doch die Tränen, die seiner Tochter in die Augen schossen, ließen ihn von einer weiteren Züchtigung absehen. Mit einem Schluchzen senkte Brigitta den Kopf und zog die Schultern in die Höhe, um den Schmerz und die Trauer zu verbergen, die nichts mit der Ohrfeige zu tun hatten. »Mach, dass du nach Hause kommst«, befahl ihr Vater streng und machte Anstalten, sie stehen zu lassen. »Und lass dich ohne meine Erlaubnis nicht mehr hier sehen!«

So leer und niedergeschlagen fühlte sich die junge Frau, dass sie nicht einmal Ortwins gierige Blicke störten, die wie immer ihren Körper von oben bis unten abtasteten. »Jawohl, Vater«, flüsterte sie und drückte sich an dem Baumeister vorbei, um nicht nur seinem Befehl Folge zu leisten, sondern auch vor der Demütigung zu fliehen, welche der Anblick des

Liebespaares ihr bereitet hatte. Da die tiefe Stimme Ulrichs sie vertrieben hatte, war zwar weder von Gunner noch von der blonden Magd, die sich an ihn geschmiegt hatte, noch etwas zu sehen. Doch genügte das Nachbild der beiden Gestalten, um dem Mädchen diesen Teil der Baustelle für immer verhasst zu machen. Leise weinend huschte Brigitta vorbei an Helfern und Handwerkern, und stieß beinahe mit zwei Handlangern zusammen, die Steinquader auf einer Trage in Richtung Westturm beförderten.

Mit zitternden Händen raffte sie den Rockteil ihrer Fucke und flüchtete sich in den Innenhof ihres Heimes, um sich dort in der Badestube einzuschließen und ihrem Kummer freien Lauf zu lassen. Während die Tränen in breiten Bächen ihre Wangen hinabrannten, warf sie sich auf eine der Bänke neben der Feuerstelle und grub die Fingernägel in die Handflächen. Bemüht, ihr Weinen zu ersticken, drückte sie das Gesicht in eines der mit Rosenöl parfümierten Laken, die den Badenden zum Abtrocknen dienten. Ein krampfartiges Schluchzen ließ ihren schlanken Körper erbeben, und während sich ihr Zwerchfell in immer kürzeren Abständen zusammenzog, saugte sich das weiße Leinen unaufhaltsam voll. So ungeheuerlich war der Zusammenbruch ihres Traumes, dass sie nicht einmal zusammenschrak, als sie mit dem Ellenbogen einen Wassereimer von der Bank stieß, der polternd zu Boden fiel. Wie konnte Gunner sie nur so hintergehen? Immer noch heftig weinend, zog sie die Beine unter ihr Gesäß und wiegte sich hin und her wie ein Kind. Hatte ihr dieser Mistkerl nicht noch vor wenigen Tagen ewige Liebe geschworen?! Während die Krämpfe allmählich abflauten, lehnte sie sich mit dem Rücken gegen die gekachelte Wand und biss sich auf die Unterlippe. Mit dem Handrücken rieb sie sich die brennenden Augen, die sich jedoch umgehend wieder mit Tränen füllten. Hatte sie sich nicht – wie von ihm verlangt – am Dienstag mit einer fadenscheinigen Lüge kurz nach Einbruch der Dämmerung aus dem Haus geschlichen, um ihn unter der Metzig an der Donau zu treffen?! Ihr Herzschlag beschleunigte sich bei der Erinnerung an die Schrecksekunde, als sie mit Hans und dem neuen Gesellen zusammengestoßen war.

Als sie endlich an dem vereinbarten Treffpunkt angekommen war, hatte Gunner dort, im Schutze einer Trauerweide, seine Lippen auf die ihren gepresst und die Hände unter ihre Röcke geschoben! Sie holte stockend Luft und wischte die Nase am Ärmel ihres Kleides ab. Noch immer kroch eine Gänsehaut ihren Rücken hinauf, wenn sie an das Gefühl zurückdachte, das sie bei seiner Berührung durchströmt hatte. Wie um die Kühle zu vertreiben, massierte sie ihre Oberarme und zog die Schultern hoch. Und dann, keine Woche später, trieb er sich mit einer stadtbekannten Dirne auf der Baustelle herum, um sie vor aller Augen zu begrapschen! Allmählich wichen verletzte Liebe und Enttäuschung dem Zorn. Wütend starrte sie auf den gefliesten Boden und zerkratzte in Gedanken das Gesicht der Nebenbuhlerin, der sie am liebsten Schlimmeres angetan hätte. Durch den tiefen Ausschnitt und die enge Schnürung ihres Kleides hatte man die Brustwarzen der Bäckersmagd nicht nur erahnen, sondern überdeutlich sehen können! Brigitta biss die Zähne aufeinander, als sie sich fragte, wie viel das Luder wohl für diese Auslage verlangte. Mit einem dümmlichen Lächeln hatte Gunner die prallen Brüste der übermäßig geschminkten Magd geknetet und seinen Unterleib an ihr gerieben. Was für ein Schwein! Mit einem wütenden Ausatmen ballte sie die Hände zu Fäusten und schwor sich, diesen Widerling nie wieder auch nur eines einzigen Blickes zu würdigen. Was hatte er ihr nicht alles versprochen?! Mit kleinen Geschenken und Aufmerksamkeiten hatte er sich in ihr Herz geschlichen, nur um es ihr in einem einzigen Moment aus der Brust zu reißen und darauf herumzutrampeln. Erneut wollten Tränen in ihr aufsteigen, doch sie vertrieb sie mit einem energischen Zukneifen der Lider und holte tief Luft.

Eigentlich hätte sie wissen müssen, dass er sich nur um sie bemühte, um über sie an ihren Vater heranzukommen. Wie viele Gesellen der weniger bedeutenden Meister strebte auch er danach, innerhalb der Zunft aufzusteigen. Und was war besser, als in die Dienste des Werkmeisters zu treten, dessen dumme Gans von Tochter sich um den kleinen Finger wickeln ließ?! Sie erhob sich mit schwachen Knien und zupfte die Röcke zurecht. Geistesabwesend legte sie das inzwischen feuchte Laken zusammen und warf es zurück auf den Stapel neben dem Waschbottich. Wenn sie doch nur meilenweit entfernt wäre! Dann müsste sie nie wieder die Erniedrigung über sich ergehen lassen, diesem falschen Gulden zu begegnen und das Feixen auf seinem hinterhältigen Gesicht zu sehen. Ihre Unterlippe schob sich trotzig nach vorne. Warum hatte ihr Vater nur den Posten des Inzignerio an der Mailänder Dombauhütte abgelehnt?, haderte sie und strich den zerknitterten Stoff glatt, bevor sie ein weiteres Mal tief durchatmete und den Riegel an der Tür hob. Mit dem Ärmel ihrer Fucke fuhr sie sich beinahe grob über die Augen, um auch die letzten Spuren ihrer Trauer auszulöschen. Der Teufel sollte sie holen, wenn sie sich von so einem Tagedieb, der jeder läufigen Hündin nachhechelte, die Laune verderben ließ! Vielleicht war es ein Wink des Schicksals, dass sie seine wahre Natur erkannt hatte, bevor er sie zu weiteren Schritten drängen konnte, die sie eventuell bereuen würde. Mit wiedergewonnenem Stolz reckte sie das Kinn, straffte die Schultern und trat in den Hof hinaus, wo eine Handvoll Hühner gackernd das Weite suchte. Sie würde tun, was ihr Vater ihr befohlen hatte, und ihrer Mutter bei der Hausarbeit zur Hand gehen. Wenn sie ihn gnädig stimmte, würde er ihr bei der Wahl ihres zukünftigen Gemahls vielleicht ein Mitspracherecht gewähren, anstatt sie – wie ihre Schwester Anna – mit einem dreimal so alten Meister zu vermählen. Denn die Mitgift würde sicherlich so manchen Freier anlocken, da ihr Vater ein sehr wohlhabender Mann war.

Sie hatte den Durchgang zum Innenhof erreicht. Um eine ausdruckslose Miene bemüht, durchquerte sie die Halle, wich der jüngsten Magd des Hauses – der zehnjährigen Barbara – aus und erklomm die Treppe ins Obergeschoss. Nachdem sie in wenigen Monaten ihren fünfzehnten Geburtstag feiern würde, musste ihr Vater allmählich für einen Ehemann sorgen, da sie ansonsten als alte Jungfer enden würde. Oder als Nonne wie ihre älteste Schwester. Ein Gefühl der Kälte ließ sie wünschen, ein wärmeres Gewand angezogen zu haben. Am Treppenabsatz angekommen, stieß sie die Tür zur Stube auf, wo ihre Mutter und die beiden anderen Mägde beim Spinnen saßen. Wie gewöhnlich hatte Anna von Ensingen ihren kostbaren, perlenbestickten Oberrock für die häusliche Arbeit nach oben gerafft, um ihn vor Schaden zu bewahren. Anders als ihr Gemahl schätzte sie die extravaganten Spielarten der Mode durchaus, doch achtete sie stets darauf, die Kleidung ihrem Alter gemäß zu wählen. Mit ihren einunddreißig Jahren war sie neun Jahre jünger als der Werkmeister, dem sie in den fünfzehn Jahren ihrer Ehe elf Kinder geboren hatte. Fünf davon waren bereits im frühen Kindesalter gestorben, sodass außer Brigitta noch ihre beiden Schwestern und drei Brüder übrig waren, von denen zwei als Lehrlinge auf der Münsterbaustelle beschäftigt waren. Das Nesthäkchen, der dreijährige Kaspar, spielte neben dem Kachelofen mit seinen tönernen Murmeln, mit denen er versuchte, sorgsam aufgestellte zugeschnitzte Rinderknochen umzukegeln. Der mit bunten Steinen verlegte Boden wirkte frisch gescheuert, und auch der silberne Kronleuchter und die auf den Wandbrettern verteilten Kerzenständer waren auf Hochglanz poliert. Um die Frühlingsluft hereinzulassen, hatte jemand die Holzläden der Fenster geöffnet, deren obere Drittel mit Rautenscheiben verglast waren.

»Brigitta.« Anna von Ensingen hob den Kopf und lächelte ihre Tochter freudig an. Auf der hohen Stirn, die sie durch Rasur des Haaransatzes betont hatte, glänzten ein paar Schweißtropfen, da das Betätigen des steinernen Schwungrades der Spindel harte Arbeit darstellte. Das ovale Gesicht mit der geraden Nase und dem kleinen, geschwungenen Mund war leicht gerötet, was ihr ein beinahe jugendliches Aussehen verlieh. »Du kommst gerade richtig. Elisabeth braucht Hilfe beim Zuschneiden des Stoffes.«

Das fünfzehnjährige Mädchen begrüßte die Tochter des Hauses mit einem erleichterten Lächeln und ließ die hölzerne Messlatte sinken. »Wenn du den Stoff straffen könntest, wäre es leichter, die Konturen aufzuzeichnen.« In ihrer Hand hielt sie ein Stückchen Schneiderkreide, mit dem sie auf einen grün gefärbten Ballen Leinen zeigte, der auf dem Holztisch in der Mitte des Raumes ausgelegt war. Daneben hatte sie drei Scheren in unterschiedlichen Größen und einige Schablonen bereitgelegt.

»Sicher«, erwiderte Brigitta und zerzauste ihrem kleinen Bruder im Vorbeigehen den Schopf, was dieser mit einem unwilligen Laut quittierte. Mit beiden Händen zog und zerrte sie an der Stoffbahn, bis deren Lage Elisabeths Vorstellungen entsprach, und sah dabei zu, wie sie – die älteste Tochter eines Gewandschneiders – mit geschickten Bewegungen das Rückenteil eines Hemdes daraus hervorzauberte.

Während die Frauen arbeiteten, plauderten sie über dies und das, und als die Sprache auf den neuen Gesellen kam, der am Dienstag ihrem Haushalt beigetreten war, horchte Brigitta wider Willen neugierig auf. Wenngleich sie sich den Neuankömmling aus lauter Furcht vor Entdeckung nicht genauer angesehen hatte, waren ihr sein gut aussehendes Gesicht und die ungewöhnlichen Augen aufgefallen. Da ihr Herz jedoch vor Vorfreude auf das Treffen mit Gunner gerast hatte, kam er ihr erst jetzt wieder in Erinnerung.

»Er ist aus Straßburg«, wusste die siebzehnjährige Ursula, die schon mehr als einmal eine Rüge dafür erhalten hatte, dass sie allzu offensichtlich mit den Gesellen und Lehrlingen schäkerte. Mit der ihr eigenen, überhitzten Art erging sie sich in Beschreibungen seiner Statur, seines Mundes und seiner engen Hosen, was Anna von Ensingen ein pikiertes Hüsteln entlockte. Schon bald jedoch verlor Brigitta das Interesse an dem leeren Geplapper, da der besagte junge Mann erstens zurzeit in Donzdorf weilte und es sich bei ihm zweitens mit Sicherheit um ein ebenso loses Hemd wie Gunner handelte. Vermutlich waren die Männer sowieso alle gleich!

Als sich der Nachmittag allmählich dem Ende zuneigte, war sie ihrer Mutter beinahe dankbar, als diese sie darum bat, einen Arm voll Stroh und Reisig aus dem Holzschuppen im Hof zu besorgen, da sie bald das Feuer im Kamin entzünden wollte. »Es wird doch empfindlich kühl, sobald die Sonne untergeht«, sagte Anna von Ensingen und erhob sich, um die Fensterläden zu schließen, wenngleich bis zur Dämmerung noch mindestens eine Stunde Zeit war.

Die häusliche Arbeit hatte Brigitta ruhiger werden lassen, und als sie aus der Halle in den von einer mannshohen Mauer umfriedeten Innenhof trat, hatten sich die Wolken am Horizont ihres Gemütes schon beinahe verzogen. Zielstrebig wandte sie sich nach links, eilte an der mit einem Herzchen versehenen Tür des Abortes vorbei und stemmte sich gegen das stets verklemmte Tor des Holzschuppens. Aus den beiden Stallgebäuden nebenan drang das Schnauben der Ochsen und Pferde. Blinzelnd tastete sie sich in die schummrige Hütte vor, an deren Ostwand sich Strohballen und Reisigbündel türmten. Die übrigen Wände säumten säuberlich gestapelte Holzscheite, von denen ein warmer, harziger Duft ausströmte. Mit einer geschmeidigen Bewegung ging Brigitta in die Knie, um nach einem der ineinandergeschobenen Weidenkörbe zu angeln und diesen zu füllen. So vertieft war sie in ihre Aufgabe, dass ihr der im Türrahmen auftauchende Schatten erst auffiel, als es bereits zu spät war.

»Sieh an, wen haben wir denn da?« Die tiefe, leicht kratzige Stimme ließ das Mädchen erschrocken aufspringen, wobei sie gegen den halb vollen Korb stieß und diesen umwarf. Als erhoffe sie sich Schutz davon, fuhr ihre Rechte zu dem mit einem Kruzifix versehenen Korallenhalsband, das sie zu Weihnachten geschenkt bekommen hatte. Mit hämmerndem Herzen starrte sie die riesenhafte Gestalt an, deren Schultern so breit waren, dass sie beinahe den Türrahmen streiften.

»Man könnte fast annehmen, du hättest auf mich gewartet«, höhnte der Riese, während er sich näher an die zurückweichende junge Frau heranschob. Das dunkle Haar war wie immer makellos frisiert, und die beinahe schwarzen Augen bohrten sich in Brigittas weit aufgerissenen Blick. Ein schüchterner, durch eine Ritze in der Wand hereinfallender Sonnenstrahl hob die bläulichen Schatten auf seinen

Wangen hervor und ließ das Weiß der leicht zusammengekniffenen Augen schimmern. Der breite Mund verzog sich zu einem raubtierhaften Lächeln, das Brigitta einen Schauer der Furcht über den Rücken jagte.

»Ortwin«, brachte sie schließlich gepresst hervor und wich einen weiteren Schritt in Richtung Wand zurück. »Was tust du hier?«

Wie die übrigen Gesellen und Lehrlinge ihres Vaters hielt auch er sich beinahe ausschließlich im Bereich der Küche auf, da die Knechte dort ihre Mahlzeiten zu sich nahmen und in dem Zwischengeschoss darüber schliefen. »Stell dich nicht dumm«, erwiderte er wegwerfend und verringerte den Abstand zwischen ihnen mit zwei langen Schritten. Als er so dicht bei ihr war, dass sie den Kopf in den Nacken legen musste, um zu ihm aufzublicken, packte er sie hart an den Oberarmen und starrte mit glühendem Verlangen auf sie hinab. »Du kannst vielleicht deinen Vater foppen«, zischte er, »aber mich führst du nicht hinters Licht!«

Als sie entsetzt die Luft durch die Zähne einsog, lachte er heiser. »Du gehörst mir«, knurrte er und verstärkte den schraubstockartigen Griff. »Mir gegenüber die prüde Unschuld spielen, während dieser Gunner Blicke bekommt, die einem die Schamröte ins Gesicht treiben!« Ohne Vorwarnung beugte er sich zu ihr hinab und drückte seine rauen Lippen auf die ihren, sodass ihr vor Schreck und Furcht der Atem stockte. Grob zwang er seine Zunge in ihren Mund und stocherte darin herum, bis er schließlich genug zu haben schien und mit einem Keuchen von ihr abließ. Deutlich zeichnete sich die Erregung unter seiner engen Hose ab, und als er Brigittas Blick dorthin folgte, schlich sich ein grausamer Ausdruck auf sein Gesicht. »Deine Schonzeit ist vorbei«, flüsterte er so dicht an ihrem Ohr, dass sein Atem ihren Hals streifte. »Dein Vater hat mir heute eröffnet, dass er alles in die Wege leiten wird, damit meiner Ernennung zum Meister nichts mehr in die Quere kommen kann.« Er zögerte einen Moment, in dem Brigitta sich weiter versteifte. »Und dreimal darfst du raten, wen er mir zur Frau geben wird, wenn ich endlich heiraten darf.«

»Nein!« Das Grauen, das sie bei diesen Worten erfüllte, wollte Brigitta die Sinne rauben. Wie eine Gliederpuppe, der man die Fäden durchgeschnitten hatte, sackte sie in sich zusammen, und hätte Ortwin sie nicht aufrecht gehalten, wäre sie zu Boden geglitten. Wie sehr sie diesen Mann verabscheute! Seit er vor drei Jahren in den Haushalt ihres Vaters eingetreten war, hatte er sie mit Furcht und Widerwillen erfüllt. Mehr als einmal hatte sie ihn dabei ertappt, wie er ihr zum Abort nachgeschlichen war. Zwar hatte das kleine Häuslein einen Riegel, doch hatte Brigitta stets gefürchtet, dass er sie mitten in der Verrichtung ihres Geschäftes unterbrechen oder durch einen Spalt in der Wand beobachten könnte. Dass er sie begehrte, hatte sie gespürt. Aber dass er plante, sie zu seiner Gemahlin zu machen, verschlug ihr nicht nur die Sprache. Es machte sie starr vor Entsetzen.

»Niemals«, hauchte sie und bog den Kopf zur Seite, als er sie erneut küssen wollte.

»Das hast du nicht zu entscheiden«, knurrte er und fasste sie brutal am Kinn, um sie dazu zu zwingen, ihn anzublicken. »Am besten, du findest dich damit ab und übst dich schon mal in Gehorsam. Wenn ich dich dabei erwische, wie du diesem Gunner schöne Augen machst, werde ich dir zeigen, was du zu erwarten hast, wenn du nicht tust, was ich sage!«

Die Drohung ließ sie mühsam schlucken. Immer noch gruben sich seine Finger in die empfindliche Haut ihrer Wangen, die wie Feuer brannten. Als er nach einer scheinbaren Ewigkeit endlich die Hände sinken ließ, bebte sie wie Espenlaub. »Ich kann es kaum erwarten«, flüsterte er und fasste sich in den Schritt, bevor er sich abrupt abwandte und aus dem Schuppen stürmte, als müsse er vor ihr fliehen und nicht sie vor ihm.

Eine Zeit lang verharrte Brigitta regungslos, bevor sie auf die Knie fiel und keuchend nach Luft rang. Wie eine Wahnsinnige schob sie sich den Stoff ihres Ärmels in den Mund, um den widerlichen Geschmack loszuwerden, den seine Zunge hinterlassen hatte. Würgend rang sie um Fassung und spuckte immer wieder ins Stroh, bis ihr der Speichel ausging. Hatte sie noch vor wenigen Stunden gedacht, dass ihr Leben nicht mehr schlimmer werden konnte, hatte sie die Begegnung mit Ortwin eines Besseren belehrt!

KAPITEL 4

Burg Katzenstein, Mai 1368

WEHMÜTIG LIESS DER RITTER Wulf von Katzenstein den Huf des Vierjährigen sinken, den er soeben inspiziert hatte.

Wie jedes Jahr in den Wochen vor dem großen Pferdemarkt in Ulm brach es ihm das Herz, sich von den temperamentvollen und eleganten Arabern trennen zu müssen, die er zum Teil eigenhändig zugeritten hatte.

»Du kannst ihn auf die Koppel bringen«, brummte er und drückte dem schlaksigen Stallburschen das Halfter in die Hand, bevor er das Tier mit einem Klaps auf die Hinterhand verabschiedete. »Sieh aber zu, dass du ihn von den anderen Hengsten fernhältst.«

Mit einem Nicken zog der Junge eine abgebrochene Karotte aus der Tasche und führte den nervös tänzelnden Rappen die Sattelgasse entlang in den Hof hinaus, wo sich das Klappern der Hufe zu dem Hämmern des Schmiedes gesellte. Seit Sonnenaufgang war dieser damit beschäftigt, die für den Markt ausgewählten Pferde neu zu beschlagen und deren Zaum- und Sattelzeug auszubessern. In etwas weniger als zwei Monaten fand der mit der Sommersonnwende zusammenfallende Markt in der Reichsstadt Ulm statt, zu dem Händler und Käufer aus ganz Europa zusammenströmen würden. Und beinahe noch mehr als die Jahre zuvor war Wulf in diesem Sommer darauf angewiesen, einen Großteil seiner Zucht zu Geld zu machen. Allerdings aus völlig anderen Gründen. Mit einem Seufzen liebkoste der hochgewachsene Ritter die Nase einer kleinen Schimmelstute, die mit den Lippen an seinem Rock zupfte, bevor sie ein zufriedenes Schnauben ausstieß. Wenn die Entwicklung so weiterging, würden die zierlichen Vollblüter, die seinen ganzen Stolz darstellten, bald nicht mehr dazu taugen, das Gewicht der immer schwerer werdenden Panzer und Rüstungen zu tragen. Und dann würde auch er sich dem Wandel nicht länger verschließen können und auf die kurzbeinigen, stämmigen Kaltblüter umstellen, die als Schlachtrösser jedes Jahr höher im Kurs zu stehen schienen. Doch solange es noch adelige Damen und Pferdenarren gab, würde er immer eine kleine Zucht der edlen Tiere weiterführen.

Nachdenklich wandte er der mit einem Wiehern protestierenden Stute den Rücken und schlenderte auf das weit offen stehende Tor zu, durch das strahlender Sonnenschein in die Stallungen fiel. Geblendet schloss er für einen kurzen Moment die Augen, bevor er in das geschäftige Treiben im Hof der mächtigen Ringburg eintauchte, über der – allem Unken zum Trotz – immer noch das Wappen seiner Familie im leichten Westwind flatterte. Mit einem säuerlichen Lächeln beobachtete er den buckelnden schwarzen Kater einige Zeit lang, bevor er sich nach rechts wandte und im Schatten des Wehrganges auf den Palas zusteuerte, hinter dem sich der gewaltige, mit Zinnen bewehrte Bergfried erhob. Als er an dem winzigen Backhäuslein vorbeikam, dessen gemauerter Ofen wie immer einen köstlichen Duft verströmte, lief ihm das Wasser im Munde zusammen. Zwar hatte er ausgiebig gefrühstückt, doch hatte er über der Auswahl der Tiere für den Markt die Zeit vergessen, und ein Blick zum Himmel verriet ihm, dass bereits die dritte Stunde angebrochen war. Dem Knurren seines Magens nachgebend, lenkte er die Schritte zu der ebenerdig gelegenen Brunnenstube des Palas, in der sich die Burgküche befand. Ohne auf die ehrerbietigen Begrüßungen und Verneigungen der Bediensteten zu achten, griff er sich ein kaltes Hühnerbein und einen Kanten Weißbrot, bevor er die Treppen zur Halle erklomm. Kauend nickte er seinem Waffenmeister zu, der die vier in Wulfs Diensten stehenden Knappen vor sich hertrieb – zweifelsohne, um sie mit knochenbrechenden Übungen auf dem abgesteckten Turnierplatz hinter der Burg zu quälen. Als sein Neffe, der sechzehnjährige Friko von Oettingen, an ihm vorbeischlich, fuhr ihm ein

Stich ins Herz. Mit dem dunklen Schopf und dem kräftigen Wuchs hätte man ihn für einen Sohn des Katzensteiners halten können, doch entsprachen weder der hinterhältige Charakter noch die Feigheit des Knaben den Ansprüchen, die Wulf an einen Ritter stellte.

Grimmig sah er dem sich entfernenden Rücken nach, bevor er sich auf eine der Bänke in der Halle fallen ließ, um in aller Ruhe sein kärgliches Mahl zu beenden. Er hatte gerade die Finger gesäubert, als sich die Tür öffnete und seine Gemahlin, Adelheid von Oettingen, den Saal betrat. Sorgsam darauf bedacht, nicht auf die übertrieben lange Schleppe zu treten, raffte sie das reich bestickte Obergewand und zog den Kopf ein, um mit dem spitzen Hennin nicht am Türrahmen hängen zu bleiben. In dem tiefen Ausschnitt ihres Kleides funkelte ein mit Juwelen besetztes Kruzifix, nach dem ihre Hand in dem Moment griff, in dem sie sich der Gegenwart ihres Gemahls bewusst wurde. Mit ihren dreiundzwanzig Jahren war sie siebzehn Jahre jünger als der Ritter, der sich zuvorkommend erhob und sie mit einer wortlosen Verneigung begrüßte.

»Wulf, wie schön, Euch zu sehen.« Die von ungewöhnlich hellen Wimpern umrahmten wasserblauen Augen strahlten, und das herzförmige Gesicht überzog sich mit einer leichten Röte. Eine der flachsblonden Strähnen war dem strengen Kopfputz entkommen und kräuselte sich sanft an ihrer linken Schläfe.

»Meine Dame.« Er nickte distanziert und wollte sich zum Gehen wenden, doch sie trat mit ungewohnter Forschheit auf ihn zu und legte die Hand auf seinen Arm.

»Ich möchte nicht in Euch dringen«, hub sie unsicher an und blickte zu ihm auf. Da er sie um nahezu zwei Köpfe überragte, musste sie dabei den Kopf beinahe komisch weit in den Nacken legen. »Aber ich sehe, wie Euch die Auswahl der Pferde quält.« Bevor Wulf etwas erwidern konnte, fuhr sie hastig fort. »Wenn es ums Geld geht ...«

Der Ausdruck, der in seine dunklen Augen trat, brachte sie zum Schweigen. Beinahe grob streifte er ihre Hand ab und richtete sich zu seiner vollen Größe auf. »Ich weiß, was Ihr andeuten wollt«, presste er nur mühsam beherrscht hervor, während alle Farbe aus dem Gesicht seiner Gattin wich. »Aber denkt Ihr nicht, dass Ihr mich schon genug in der Hand habt?!« Mit diesen Worten wandte er ihr abrupt den Rücken und stürmte an ihr vorbei die Treppen hinauf, die sie soeben hinabgekommen war.

»Ich werde für Euch beten«, hörte er sie flüstern, bevor er die Tür zum ersten Stock so heftig hinter sich zuknallte, dass sich ein Stück Putz von der Decke löste.

»Ja, tut das!«, knurrte er und stürmte weiter, bis er die Zimmerflucht im dritten Stockwerk erreicht hatte, deren Zutritt einzig und allein ihm gestattet war. Ein empörtes Kreischen verriet, dass er den aus dem Heiligen Land stammenden Steppenkiebitz aus seiner Mittagsruhe aufgeschreckt hatte. Doch wenngleich er den zierlichen, schwarz-weiß gefiederten Vogel ansonsten hegte wie seinen Augapfel, würdigte er an diesem Tag nicht einmal den gegen die Gitter gepressten, blutroten Unterbauch eines Blickes. Als ob sie nicht ohnehin ihre gesamte Zeit mit Beten zubrachte! Er stöhnte leise. Warum hatte er sich nur dazu drängen lassen, Adelheid zu heiraten?, fragte er sich zum wohl tausendsten Mal seit der schicksalhaften Hochzeitsnacht vor etwas über zwei Jahren, in der er erkannt hatte, dass er seine Gemahlin niemals würde lieben können. Noch bevor er den Gedanken zu Ende gedacht hatte, beantwortete er sich die Frage selbst. Weil er ansonsten seinen Stammsitz an ihre Brüder, die Grafen von Oettingen, hätte verpfänden müssen, von denen er sich unanständige Geldsummen geliehen hatte! Einzig der vorteilhafte Verkauf seiner Zucht konnte ihm ein gewisses Maß an finanzieller Unabhängigkeit zurückgeben. »Bring mir einen Krug Wein«, herrschte er einen seiner Pagen an, der verschüchtert nickte und wortlos davonstob. Wulf ließ sich auf einen Schemel sinken und stemmte die Ellenbogen auf die Knie, um düster auf die Quader des sauber gefegten Steinbodens zu starren. Mehrere Missernten und eine durch Wurmbefall hervorgerufene Seuche hatten ihn dazu gezwungen, sich so weit zu verschulden, dass ihn schließlich nur noch die Heirat mit einer wohlhabenden Dame vor dem Verlust seines Stammsitzes hatte bewahren können. Er presste die Fingerspitzen an die Schläfen und versuchte, den aufkeimenden Kopfschmerz zu unterdrücken. Und nachdem er sechzehn Jahre um die Liebe seines Lebens und den Verlust seines Sohnes getrauert hatte, hatte er die Zeit für reif gehalten, mit der Vergangenheit abzuschließen und neu zu beginnen. Trotz aller Bemühungen kroch der von seinen Augen ausgehende, stechende Schmerz über den Hinterkopf bis in seinen Hals, der sich versteifte.

Wie hatte er nur so dumm sein können anzunehmen, dass er Katharina von Helfenstein jemals vergessen könnte?! Jedes Mal, wenn er Adelheids schmächtige, beinahe kindliche Gestalt betrachtete, stach ihm der Gegensatz zu der hochgewachsenen, dunklen und stolzen Katharina schmerzhaft ins Auge. Wohingegen Katharina gedeckte Farben und elegante Gewänder bevorzugt hatte, wirkte Adelheid in ihrem schreiend bunten Putz oft wie ein Gaukler. Und das, obwohl sie sich Tag und Nacht in der Burgkapelle vergrub! Hoffte sie, dadurch Gottes Aufmerksamkeit auf sich und ihre unwichtigen Probleme zu lenken?

Er schüttelte unwillig den Kopf und fuhr mit den Fingern in den dichten grau-schwarzen Schopf. Wie verhasst ihm dieser Ort war, den auch er einst häufig aufgesucht hatte, um Trost im Gebet zu finden. Doch seit dem Tod der Geliebten konnte er die prunkvolle Wandbemalung, die er ihr voller Stolz in allen Einzelheiten geschildert hatte, nicht mehr ertragen. Ein Klumpen in seinem Hals machte ihm das Schlucken schwer. Als er vor sechzehn Jahren erfahren hatte, dass sie der Pest erlegen war, hatte er Tag und Nacht gebetet, dass ihn diese Geißel Gottes ebenfalls treffen würde. Nachdem sein Wunsch nicht erhört worden war, hatte er wochenlang versucht, sich zu Tode zu saufen, bis ihn schließlich die Hoffnung, ihren gemeinsamen Sohn ausfindig zu machen, vom letzten Schritt abgehalten hatte. Er hatte alles in seiner Macht Stehende daran gesetzt, das Kind zu finden. Ohne Erfolg. Noch immer wollte die Erinnerung an all die erfolglos ausgesandten Boten und die immer wieder durch negative Nachrichten zerschmetterte Hoffnung ihn von innen her auffressen.

Mit einer zornigen Handbewegung schob er den Gedanken an den Knaben beiseite und wischte sich eine Träne aus dem Augenwinkel. Wie sehr er es hasste, dass selbst kleine und unbedeutende Zwischenfälle ihn immer noch aus der Fassung bringen konnten. Vermutlich hatte der Junge nicht einmal das zweite Lebensjahr erreicht! Starb nicht jedes dritte Kind bereits in den ersten zehn Monaten? Die Enge in seiner Brust verstärkte sich. Was auch immer es war, mit dem er Gottes Zorn auf sich gezogen hatte, es schien auf seine Nachkommen überzugehen. Nachdem ihm Adelheid nach zwei Fehlgeburten endlich eine Tochter geboren hatte, war sein Unwille darüber, dass es kein Sohn war, schnell verraucht, als das Kind an einem furchtbaren Fieber erkrankt war. Und als es vier Wochen später unter dem herzzerreißenden Schluchzen seiner Mutter zu Grabe getragen worden war, hatte er sich geschworen, seine Gemahlin nie wieder in sein Bett zu befehlen. Schließlich gab es genügend Mägde, die ihm die einsamen Stunden versüßen konnten! Er verzog das Gesicht. Auch wenn der Nachgeschmack der Liebesfreuden immer schaler wurde. Das Quietschen der Tür verriet, dass der Page mit dem Wein zurückgekehrt war. »Braucht Ihr sonst noch etwas, Herr?«, fragte der Junge unsicher und starrte auf seine Stiefelspitzen.

»Stell den Krug dorthin und dann verschwinde«, befahl Wulf barsch. »Ich will nicht gestört werden«, schickte er ihm hinterher.

Er erhob sich mit einem Seufzer und trat an das verglaste Fenster, in dem sich die Sonnenstrahlen in allen Farben brachen. Eine Zeit lang beobachtete er den Wirbel der von ihm losgetretenen Staubkörner, die in den Lichtstreifen einen torkelnden Tanz aufführten, bevor sie zurück auf den Boden sanken. Hoch oben am Himmel griff eine Saatkrähe einen mehr als doppelt so großen Milan an, der nach kurzem, heftigem Kampf das Weite suchte. Ein Teilerfolg, dachte er bitter und schlug die Augen nieder. Lediglich ein Teilerfolg. Denn am Ende gewann immer der Stärkere! So wie Ulrich von Württemberg gewonnen hatte, indem er seine Gemahlin Katharina gefangen gesetzt und so von ihrem heimlichen Liebhaber ferngehalten hatte. Der Schmerz, der sein Herz zu zerreißen drohte, ließ ihn die Zähne aufeinanderbeißen. Warum? Diese Frage quälte ihn immer noch. Warum, warum, warum? Er ballte die Fäuste und zwang sie an seine Seite, um sich davon abzuhalten, sie wie früher an der rauen Mauer blutig zu schlagen. Warum hatte Ulrich sich nicht von ihr scheiden und sie ihre eigenen Wege gehen lassen? Warum hatte er lieber das zerstört, das er liebte, als es mit einem anderen zu teilen? Wulf wusste, wie unsinnig es war, sich diese Fragen zu stellen, da er es keinen Deut anders gemacht hätte, wäre er an der Stelle des mächtigen Grafen gewesen. Auch sagte ihm sein Verstand, dass Ulrich nicht für den Pesttod der Gräfin verantwortlich zu machen war, doch sein Gefühl würde diese Tatsache bis zum bitteren Ende ignorieren. Zwar war Ulrich seiner Gemahlin vor zwei Jahren ins Grab gefolgt, doch hatte diese Nachricht nicht einmal im Entferntesten die Befriedigung gebracht, die Wulf sich erhofft hatte.

Müde ließ er den Blick vom Himmel zu dem begrünten Kampfplatz wandern, wo sein Waffenmeister die Knappen im Schildkampf schulte. Wenn sein Sohn noch am Leben war, wäre er in dem Alter, in dem die Ausbildung zum Ritter bald abgeschlossen wäre. Er rieb sich mit den rauen Handflächen über die Augen. Wenn er doch nur Gelegenheit gehabt hätte, ihn den Umgang mit Pferd und Waffe zu lehren; ihn in den Feinheiten des ritterlichen Lebens zu unterrichten und mit ihm auf die Jagd zu reiten! Erneut presste er die Lider aufeinander und ließ sich von der Leere in seinem Inneren überwältigen.

KAPITEL 5

Donzdorf, Mitte Mai 1368

»Los doch, diese Ladung muss heute noch raus!« Mit einer ungeduldigen Handbewegung trieb der Grubenmeister die Hilfskräfte des Donzdorfer Steinbruches an, die unter Stöhnen die von den Steinmetzen grob behauenen Quader auf die Ladeflächen der bereitstehenden Ochsenkarren hievten. Während die kleineren Steinblöcke von je zwei Männern gestapelt wurden, mühten sich vier weitere Handlanger mit einem Galgenkran ab, der von einem Laufrad angetrieben wurde. Der Kopf des jungen Burschen, der sich zwischen den Speichen des etwa zwei Fuß breiten Rades die Lunge aus dem Leib trat, leuchtete trotz der feuchten Kälte in einem satten Rotton. Nachdem vor zwei Tagen die Eisheiligen die warme Witterung mit Donnerschlag, Regen und Hagel verdrängt hatten, pfiff ein unangenehmer Wind von der Alb hinab ins Tal, das von einer Dunstglocke eingehüllt war.

»Passt auf, dass ihr nichts beschädigt«, warnte der Aufseher und legte mit Hand an, um die Steinzange in die Löcher an den Seiten eines gewaltigen Blockes zu dirigieren. Nachdem die eiserne Hebevorrichtung gegriffen hatte, gab er dem Jungen durch einen Pfiff zu verstehen, sich erneut in Bewegung zu setzten, wodurch der schwere Brocken sich quälend langsam – begleitet vom Quietschen der Winde und dem Knarren des Krans – vom Boden hob.

Fasziniert verfolgte Wulf, wie die Handlanger die gewaltige Last in Position zogen und schoben. Als der Stein auf Brusthöhe schwebte, wurde er von zwei Männern gepackt, die ihn vorsichtig auf einen der Wagen bugsierten. Ächzend sanken die Räder des Gefährts einige Zoll weiter in den Schlamm ein, als sich das Gewicht des Blocks zu dem der anderen gesellte. Als schließlich auch der letzte Ochsenkarren voll beladen war, ließen die Fuhrleute ihre Peitschen knallen und trieben die Tiere in Richtung Straße, um im einsetzenden Nieselregen die beschwerliche Fahrt anzutreten. Wenn alles gut ging und keines der Gefährte einen Achsbruch erlitt, würden sie die knapp zwanzig Meilen bis Ulm bis zum Einbruch der Abenddämmerung zurückgelegt haben. Sollte allerdings – wie bereits über ein Dutzend Mal seit Wulfs Eintreffen vor zwei Wochen – das Rad eines Wagens brechen, hörte Wulf den Grubenmeister bereits jetzt lamentieren und zetern. Denn, wie immer in so einem Fall, würden die Besitzer des Landes, auf dem der Unfall geschah, auf die Grundruhr pochen, die ihnen das Recht gab, alle vom Wagen herabgefallenen Gegenstände für sich zu beanspruchen und sich teuer wieder abkaufen zu lassen. Da zudem die zahlreichen Straßen-, Brücken- und Torzölle den Preis für die Baumaterialien in die Höhe trieben, verstand Wulf inzwischen, warum die Verwalter und Baumeister darum bemüht waren, einen Großteil der Kirchen aus den billigen, vor Ort gefertigten Ziegeln herzustellen.

»Was stehst du hier noch herum?«, fuhr ihn der bärbeißige Vorsteher des Steinbruchs so unvermittelt an, dass der junge Mann zusammenschrak. »Hast du nichts zu tun?« Obschon Wulf seine Arbeit gewissenhaft und pünktlich verrichtete, hatte der Meister ihn von Anfang an das ätzende Missfallen spüren lassen, das er ohne Unterschied allen Steinmetzen entgegenbrachte. Wohingegen er die Steinbrecher mit Hochachtung und einer herben Freundlichkeit behandelte, vermittelte er den Bossierern den Eindruck, sie für nicht viel besser zu halten als die von den Bauernhöfen der Umgebung angeheuerten Hilfskräfte. Eine nichtssagende Entschuldigung murmelnd, wandte Wulf dem Sklaventreiber den Rücken und zog die seit Tagen durchweichte Heuke enger um die Schultern. Wie befohlen, hatte er Schecke und Hose durch weniger auffällige Kleidung ersetzt, die jedoch inzwischen dreckverkrustet und nass war. Ob er wohl mehr Eindruck auf Ulrich von Ensingen machen würde, wenn dieser ihn *so* sehen könnte?, dachte er mürrisch und setzte über eine Lache hinweg, in der sich der bleigraue Himmel spiegelte. Als er sich dem windschiefen Lattenverschlag näherte, unter dessen löchrigem Dach die Behauer ihrer Arbeit nachgingen, löste sich aus der Felswand zu seiner Linken ein gewaltiger Block, den drei Steinbrecher mit Hammer, Axt und Brechstange aus den unregelmäßig verlaufenden Gesteinsschichten geschlagen hatten. Als der Brocken sich in den weichen Untergrund grub, spritzte eine wahre Schlammfontäne auf; und wenngleich Wulf mehr als zwanzig Schritt von der Stelle entfernt war, traf ihn doch der eine oder andere Klumpen im Gesicht.

»Igitt!«, prustete er und wischte sich mit dem Ärmel über den Mund, was zur Folge hatte, dass der von allen kurz Lutz genannte Ludwig, der ebenfalls eine Ladung abgekommen hatte, sich vor Lachen krümmte.

»Du solltest dich sehen können«, tönte der Geselle, der wie Wulf neu in den Diensten der Ulmer stand. »Eine Wildsau ist nichts dagegen!« Schelmische Falten gruben sich in die glatten Wangen des Zwanzigjährigen, und die dunklen, beinahe mädchenhaften Augen funkelten belustigt.

»Hört, hört«, gab Wulf grinsend zurück, bevor er auf ein Stück Stoff spuckte, um sich damit zu säubern. »Wann hast du denn das letzte Mal in den Spiegel gesehen?«

Gespielt kokett fuhr sich der andere in die viel zu langen, braunen Locken, die so verklebt waren, dass nicht einmal mehr ein Kamm sie bändigen konnte. »Wie meint Ihr das, mein Herr?«, fistelte er und klimperte mit den langen Wimpern. »Sagt Euch meine Erscheinung nicht zu?« Diese Parodie der Gemahlin seines Meisters, die er nicht müde wurde zu imitieren, erntete brüllendes Gelächter von den in der vorne offenen Hütte versammelten Steinmetzen. Anders als Wulf war Lutz nicht direkt von Ulrich von Ensingen angeheuert worden, sondern von einem der auf der Baustelle beschäftigten Meister – dessen dreißig Jahre jüngere Gemahlin offenbar kein Kind von Traurigkeit war.

»Hier, fang!«, zischte einer der Lehrlinge und warf Wulf einen Zweispitz zu. »Der Teufel naht!«

Geschickt fing der junge Mann das Werkzeug auf, setzte den linken Fuß auf den bereits an zwei Seiten behauenen Quader und holte gerade aus, als der Grubenmeister wortlos und mit einem giftigen Blick an dem Schuppen vorbeistürmte, um zwei junge Hilfskräfte zu züchtigen, die sich einen Augenblick ausgeruht hatten. Kopfschüttelnd beobachtete Wulf, wie der Vorsteher die Knaben ohrfeigte, bevor er sie mit harten Worten davonjagte.

»Wenn er so weitermacht, gehen uns bald die Arbeiter aus«, flüsterte Lutz und bedachte Wulf mit einer Grimasse, welche dieser mit einem Nicken erwiderte. »Ich glaube, er würde selbst bei seiner eigenen Beerdigung noch etwas zu mäkeln finden«, setzte der Ältere hinzu, bevor er sich wieder in seine Arbeit vertiefte.

Auch Wulf schwang seinen Zweispitz mit neuem Elan,

da es keinen Sinn hatte, den Unmut des Meisters mehr als gewöhnlich auf sich zu ziehen. Während er die Seiten des Blockes glättete und Grate entfernte, ließ er seine Gedanken zu den Neuigkeiten abschweifen, die er vor wenigen Tagen erhalten hatte.

Nachdem er immer wieder erfolglos versucht hatte, Erkundigungen über die Gräfin Katharina von Württemberg einzuholen, hatte ihm schließlich am Montag einer der aus der Gegend stammenden Hauer mit einem Achselzucken mitgeteilt, dass diese schon vor langer Zeit verstorben war. »Da kommst du sechzehn Jahre zu spät, mein Junge«, hatte der Mann bedauernd versetzt und die wettergegerbte Stirn gerunzelt. »Kein Wunder, dass dir da niemand hat weiterhelfen können. Die Gemahlin des jetzigen Grafen heißt Elisabeth. Nur noch wenige hier kennen die schöne Katharina.« Ein wehmütiger Schatten war über sein Gesicht gehuscht. »Man sagt, Ulrich von Württemberg hat sie so lange bei Wasser und Brot gehalten, bis sie schließlich an der Pest erkrankt und gestorben ist. Es ist eine Schande.« Bevor Wulf, dem es die Sprache verschlagen hatte, seine Fassung wiedererlangt hatte, hatte er hitzig hinzugefügt: »Aber er hat seine Strafe erhalten! Vor zwei Jahren hat ihn bei einem Ausritt der Leibhaftige geholt.« Damit hatte der Hauer sich dreimal bekreuzigt und sich wieder seiner Arbeit zugewendet, ohne darauf zu achten, dass seinem Gegenüber alle Farbe aus den Wangen gewichen war.

Wenngleich Wulf seine leibliche Mutter seit dem Streit mit seinem Bruder immer und immer wieder verwünscht hatte, war ihm bei der vagen Hoffnung, nach so langer Zeit endlich ihre Spur gefunden zu haben, das Herz in die Hose gerutscht. Die Vorfreude, die ihm in die Magengrube gefahren war, als der Steinmetz seine Frage zuerst bejaht hatte, war jedoch bereits nach dem ersten Satz einem kalten Gefühl des unwiederbringlichen Verlustes gewichen, als sein Verstand die Worte des Mannes verarbeitet hatte. Tot und begraben! Um das Zittern seiner Hände und den Schweißfilm auf seiner Haut zu verbergen, hatte er sich tief über einen Quader gebeugt, um diesen mit fahrigen Bewegungen zu säubern. Kein Wunder, dass sie die Nachrichten seiner Zieheltern nie beantwortet hatte!

Noch immer nagte das schlechte Gewissen an ihm. Hatte er seinem leiblichen Vater ähnlich unrecht getan, indem er ihn in Gedanken als Taugenichts, Lebemann und Verräter abgestempelt hatte? Was, wenn dieser ebenfalls der Pestepidemie erlegen war und nie etwas von Wulfs Existenz erfahren hatte? Zwar hatte er auch das Wappen des buckelnden Katers unter einem fadenscheinigen Vorwand herumgezeigt, doch war es von keinem der Männer im Steinbruch erkannt worden.

Während sich der Nieselregen allmählich in einen prasselnden Guss verwandelte, grübelte er über sein Elternhaus nach. Der Zorn, den er seinen Zieheltern gegenüber empfunden hatte, war in den Tagen, die er mit sich selbst, den meist wortkargen Hauern und der eintönigen Arbeit alleine gewesen war, vollständig verraucht, und ein Gefühl der Niedergeschlagenheit hatte von ihm Besitz ergriffen. Hatte er die beiden Menschen, von denen er im Zank geschieden war, nicht achtzehn Jahre lang abgöttisch geliebt?

Ein kleines Rinnsal platschte vor ihm auf den mit fauligem Stroh bedeckten Boden und bildete eine Lache, die er mit leerem Blick betrachtete. Verdankte er ihnen nicht alles, was er bis jetzt erreicht und gelernt hatte? Sein Brustkorb schmerzte, als er so tief Luft holte, dass seine Lungen protestierten. Hatte er sich im Eifer des Gefechts auch an ihnen versündigt? Das liebevolle Gesicht seiner Ziehmutter, das sich in seinen Träumen immer öfter in eine Maske der Trauer verwandelte, tauchte vor seinem inneren Auge auf, und er schluckte schwer. Er musste aufhören, sich mit Erinnerungen zu quälen, die nichts an der Gegenwart ändern konnten! Energisch kniff er die Lider aufeinander und verscheuchte die Gedanken, die ihn entgegen aller tapferen Vorsätze nicht mehr loszulassen schienen. Das eintönige Hämmern der anderen beruhigte ihn ein wenig, und er wandte seine Aufmerksamkeit wieder dem Werkstück zu – um allerdings wenige Augenblicke später bereits wieder abzuschweifen.

Als ob seine Gefühle nicht schon genug durcheinander waren, wurde das Wirrwarr in ihm noch durch die Empfindungen verstärkt, die er der Tochter seines Meisters entgegenbrachte. Obschon er ihr nur kurz begegnet war, hatte dieser Beinahe-Zusammenstoß ihn so beeindruckt, dass ihre bezaubernde Gegenwart ihn Tag und Nacht verfolgte. Wie war es möglich, dass ein Mädchen ihn so aus dem Gleichgewicht bringen konnte?, fragte er sich und verzog den Mund zu einem schiefen Lächeln, als ihm klar wurde, wie einfältig diese Frage war. Hatte er nicht oft genug erlebt, wie seine Ziehmutter ihren Gemahl mit einem kaum wahrnehmbaren Augenaufschlag, einem Schmunzeln oder einer winzigen Geste dazu bringen konnte, ihr die Welt zu Füßen zu legen? Anders als die Väter seiner Freunde hatte Wulfs Vater niemals die Stimme, geschweige denn die Hand gegen seine Gattin erhoben, die er behandelte, als sei sie aus zerbrechlichem Ton.

Bevor seine Grübelei zu ihrem Ausgangspunkt zurückkehren konnte, zwang Wulf sich dazu, sich auf seine jetzige Aufgabe zu konzentrieren. Da die Oberseite des Steins inzwischen glatt genug war, wandte er sich der Rückseite zu und befreite auch diese von scharfen Kanten und Unregelmäßigkeiten. Lange Zeit waren das Klirren der Werkzeuge und das Schnaufen der Männer das Einzige, das den plätschernden Regen begleitete, bis schließlich zur siebten Stunde eine helle, von den Wänden des Steinbruchs widerhallende Glocke zur Abendmahlzeit rief. Steif und schlecht gelaunt erhoben sich die Bossierer und reihten sich wortkarg in die Schlange vor dem Küchenzelt ein, dessen rußgeschwärzter Leinwand selbst der Regen nichts anhaben konnte.

»Wenigstens hat es ein wenig nachgelassen«, murrte einer der Männer hinter Wulf mit einem Blick in den sich langsam auflockernden Himmel. »Wenn das so weitergeht, schwimmen wir bald davon!«

Schweigend ließ sich Wulf von der einsilbigen Köchin ein Stück fettigen Siedfleisches auf die Haferpampe in seinem Teller laden, die durch eine dicke Scheibe Mischkornbrot und einen Kanten Käse ergänzt wurde. Da die Männer sich je zu dritt einen Krug gemeinen Weins teilten, blieb sein Holzbecher leer, bis er ihm wenige Momente später von einem der Lehrlinge bis an den Rand gefüllt wurde.

»Was für ein Scheißtag!«, stellte der inzwischen ebenfalls verdrossene Lutz fest, als er sich neben Wulf auf eine der harten Bänke im Freien schob. Wenngleich eine weit ausladende Eiche den Essplatz ein wenig schützte, zogen die jungen Männer dennoch die Kapuzen ihrer Mäntel über die Köpfe, um zu verhindern, dass es ihnen in den Kragen tropfte.

»Mein Arsch tut weh und ich kann den Arm bald nicht mehr heben«, murrte Lutz übellaunig und biss herzhaft in sein Brot. »Wie lange müssen wir uns hier noch schinden?«, brachte er unter Kauen hervor und wischte die fettigen Hände an den ohnehin schon vor Dreck starrenden Hosen ab. »Wenn ich nicht bald wieder etwas anderes tun kann, als tagein, tagaus diese vermaledeiten Brocken zu behauen, fange ich an zu schreien!«

Trotz aller Niedergeschlagenheit konnte sich Wulf bei der ehrlichen Verzweiflung des Freundes ein Lachen nicht verkneifen. »Hör auf zu jammern. Du wirst schon früh genug wieder auf einem gepolsterten Schemel sitzen können«, zog er den schmatzenden Lutz auf, von dessen Händen erneut das Öl troff. »Du stellst dich ja an wie ein Mädchen.«

Die Empörung ließ dem Älteren beinahe das Essen aus dem Mund fallen, doch als er das schelmische Funkeln in Wulfs Augen sah, knuffte er diesen freundschaftlich in die Seite. »Ja, ja«, bemerkte er trocken, nachdem er geschluckt hatte, und breitete mit gespielt großer Geste die Arme aus. »Anstatt uns zu beklagen, sollten wir den Ausblick genießen. So etwas werden wir so schnell nicht mehr zu Gesicht bekommen.«

Wulfs Grinsen wurde breiter. So weit das Auge reichte, wurde der Steinbruch von gelb-weiß getupften Wiesen, dichtem Wald und Feldern eingerahmt, auf denen die Raps- und Leinpflanzen bereits kniehoch standen. Wenn der Wind aus Westen kam, stank es jämmerlich nach dem gelben Raps, der seit einigen Jahren zur Herstellung von Lampenöl angebaut wurde. Im Vergleich zum Stadtleben bot diese ländliche Einsamkeit wirklich noch weniger als nichts. Wenn Wulfs allabendliche Gebete nach einem baldigen Ende der Fron nicht bald erhört wurden, würde auch er ohne Zweifel den Verstand verlieren!

KAPITEL 6

Ulm, Mitte Mai 1368

»Es ist mir egal, wer dir diesen Mist erzählt hat«, tobte Ortwin, bevor er den verschüchterten Lehrling, dessen Ohren vor Scham glühten, mit einem Tritt in Richtung Backsteinofen jagte. »Aber wenn du dich noch einmal unerlaubt von deiner Arbeit entfernst, kannst du was erleben!« Als seien die Dämonen der Hölle hinter ihm her, gab der Bengel Fersengeld und verschwand hinter einem der überdachten Gestelle, auf denen die aus Lehm hergestellten Ziegel zum Trocknen ausgelegt wurden.

»Hat man so etwas Einfältiges schon gehört?«, erboste sich der Obergeselle und starrte auf die begonnene Ritzzeichnung eines Maßwerkfensters, die er auf dem hölzernen Reißboden in der Nähe des Chores angefertigt hatte. Einen Ziegelwinkel sollte er holen! Welcher Idiot fiel denn auf so einen Blödsinn herein? Mit einem missfälligen Laut rümpfte Ortwin die Nase. Zwar gehörte es zur Tradition der Handwerker, die Frischlinge auf unsinnige Botengänge zu schicken, doch manche Dinge schlugen dem Fass dann doch den Boden aus. Wenn der Bursche schon Ziegler werden wollte, sollte er wenigstens wissen, dass die Backsteine mithilfe einer hölzernen Form hergestellt wurden! Vor sich hin brummend schob er Zirkel und Griffel beiseite und legte den Kopf schief, um herauszufinden, was ihn an dem Entwurf störte. Irgendetwas schien unausgewogen, doch obwohl er bereits seit Tagen nachbesserte, Linien auslöschte und neu zog, wollte ihm das Ergebnis einfach nicht gefallen. Er kratzte sich am Kinn und zuckte die Schultern. Es hatte keinen Sinn, sich etwas vorzumachen! Seit der Begegnung mit Brigitta hatte sich sein Denken deutlich nach unten verlagert.

Mechanisch griff er sich in den Schritt, um seine übereifrige Männlichkeit zurechtzulegen. Wenn er dem Druck nicht bald abhalf, würde er sich dazu verleiten lassen, etwas Unüberlegtes zu tun. Und das war trotz der großen Worte, mit denen er der Kleinen einen Schrecken hatte einjagen wollen, keine gute Idee. Zwar hatte Ulrich von Ensingen ihm mit der Ausbildung zum Ritzzeichner mehr als nur seine Gunst erwiesen, doch hatte Ortwin sich mit dem Heiratsversprechen ein wenig zu weit aus dem Fenster gelehnt. Nicht mit einem einzigen Wort hatte der Werkmeister angedeutet, dass er beabsichtigte, ihm seine Tochter zur Frau zu geben. Lediglich die Sonderstellung, die er in Ulrichs Haushalt einnahm, hatte ihn zu dieser Annahme verleitet. Er stöhnte leise. Was für übermenschliche Anstrengung es ihn gekostet hatte, den Leckerbissen nicht an Ort und Stelle zu vernaschen, als sich ihm die Gelegenheit geboten hatte! Wie lange würde er noch standhaft bleiben können? Und was, wenn sie ihn bei ihrem Vater anschwärzte? Er schürzte die Lippen und blies die Luft durch die Nase. Nein, das brauchte er vermutlich nicht zu befürchten, denn wie alle jungen Dinger glaubte sie vermutlich den Predigern, die alle Laster und Sündhaftigkeit auf die Frauen schoben. Nicht zu vergessen das Abenteuer mit Gunner, das Ortwin mit der Aufmerksamkeit eines Luchses verfolgt hatte.

Mit einem letzten Blick auf die Zeichnung schob er den Unterkiefer nach vorn, um seine Oberlippe mit den Zähnen zu bearbeiten, und wandte dem Chor den Rücken. Es gab nur eine Lösung für sein Problem, auch wenn diese nur die unmittelbaren Beschwerden erleichtern würde. Geschickt duckte er sich unter Leitern, Laufschrägen und Kränen hindurch, huschte dicht an die bereits fertiggestellten Mauerteile gedrückt in Richtung Westen und fand nach kurzer Zeit, was er gesucht hatte. Wie jeden Tag verbarg sich die blonde Bäckersmagd, die die Handwerker nicht nur mit Brot und Brezeln versorgte, im Schatten der unvollendeten Stützpfeiler, unter denen sich Baumaterial und Unrat stapelten. Gelangweilt an den Fingernägeln kauend malte sie mit den nackten Zehen Muster in den Dreck, doch sobald sie seiner Anwesenheit gewahr wurde, sprang sie auf und strich sittsam über die kleine Haube, unter der sie die dunkelblonden Locken mehr schlecht als recht verstaut hatte. Kaum hatte sie erkannt, dass es sich nicht um den strengen Meister Ulrich handelte, sondern um einen potenziellen Freier, griff sie sich jedoch mit einem selbstbewussten Lächeln an die Brust und präsentierte ihre wahrhaft märchenhafte Auslage.

»Seid Ihr nicht Ortwin?«, fragte sie gurrend und hob die Röcke, um ihn mit dem Anblick ihrer gezupften Scham näher zu locken. Mit geschickten Griffen stopfte sie den Stoff vor ihrem Bauch in den Gürtel, spreizte die Beine und ließ neckend die Hand nach unten wandern. Etwas an seiner Körperhaltung schien ihr verraten zu haben, dass er es nicht nur auf ein kurzes Geplänkel mit harmlosen Küssen anlegte, da sie weiter in den Schutz des Pfeilers zurückwich. Mit der Linken lockte sie ihn näher, während die andere Hand Dinge tat, die Ortwin den Mund austrocknen ließen.

»Zehn Pfennige«, hauchte sie und hielt ihm die feucht glänzenden Finger entgegen, in die er fahrig die gewünschte Summe zählte. So schnell, dass er der Bewegung kaum folgen konnte, ließ sie die Münzen in den Falten ihres Gewandes verschwinden, bevor sie ihn am Hemd fasste und näher an sich zog. Da sie beinahe so groß war wie er selbst, konnte er die braunen Sprenkel in ihren katzengrünen Augen sehen, und auch die Unreinheiten ihrer stark geschminkten Haut entzogen sich nicht seinem hungrigen Blick.

Spielerisch ließ sie die Zunge über ihre Lippen gleiten, die sich leicht öffneten, um ihn zu empfangen. Kaum hatte er die Arme um sie gelegt und seinen Mund auf den ihren gepresst, schlang sie die Beine um ihn und ließ sich von ihm gegen den kalten Stein drücken. Nur mühsam unterdrückte er einen Ausruf, als sich ihre Finger an der Schnürung seiner Hose zu schaffen machten, bevor sie sich fest um seine Erregung schlossen. Mit einem Stöhnen ließ er zu, dass sie ihn streichelte, doch als sich ihr Gesicht zu einem kaum wahrnehmbaren Lächeln verzog, schlug er ihre Hand beiseite und packte sie brutal an der Kehle.

»Ich bin dir wohl nicht groß genug?«, zischte er gefährlich und weidete sich an der Furcht, die sich in ihren Blick stahl. Innerhalb weniger Atemzüge färbten sich ihre gebleichten Wangen puterrot, und sie rang keuchend nach Luft.

»Lasst mich los«, krächzte sie und wand sich in seinem Griff, was jedoch lediglich zur Folge hatte, dass er noch härter zupackte. Wie eine gewaltige Woge durchströmte ihn ungezügelte Lust, die ihm die Sinne zu rauben drohte, und er drang ohne Vorrede in sie ein, während sich seine Nägel in ihr Fleisch gruben. Ohne auf ihr leises Wimmern zu achten, stieß er immer schneller und heftiger, bis er sich in einem gewaltigen Höhepunkt in sie ergoss. Kaum hatte er sich aus ihr zurückgezogen, ließ er sie fallen und beobachtete mit kaltem Interesse, wie sie auf dem Boden zusammensackte. Röchelnd massierte sie sich die wunde Kehle, auf der sich bereits eine Reihe roter Male abzeichnete. Wie viel besser es doch war, wenn man ihnen Schmerzen zufügte, dachte er zufrieden und verstaute sein bestes Stück wieder in seinem Latz. Der Schleier der Furcht, der sich über ihre Augen legte, wenn man ihnen wehtat, ließ ihn jedes Mal zur Höchstform auflaufen. Mit einem letzten Blick auf die Magd, die inzwischen ihre Röcke um sich gewickelt hatte, wandte er sich von ihr ab und schlenderte mit einer heiteren Melodie auf den Lippen zurück zu seiner Ritzzeichnung.

Als habe der Akt die Schleusen seiner Schaffenskraft geöffnet, ging ihm das, was vorher unmöglich erschienen war, innerhalb weniger Minuten von der Hand, sodass er nach kurzer Zeit zufrieden sein Werkzeug verstaute. Da an diesem Donnerstag in der Bauhütte eine Versammlung der Gesellen stattfand und er nichts anderes zu tun hatte, begab er sich dorthin, um sich anzuhören, was die Rädelsführer zu sagen hatten. Seit vor einiger Zeit die Idee geboren worden war, sich in einer Bruderschaft zusammenzuschließen, um mehr Einfluss zu gewinnen, wurde beinahe täglich heftig diskutiert. Viele der Gesellen waren erbost darüber, dass ihnen der Aufstieg in den Stand eines Meisters durch immer weitere vom Rat und der Zunft beschlossene Regeln erschwert wurde, deren Ziel es war, sie in Abhängigkeit zu halten. Nicht nur war der Lohn eines Gesellen mickrig, es war ihm auch nicht erlaubt, ohne die Zustimmung seines Meisters zu heiraten. Die Unsummen, welche die Anfertigung eines Meisterstückes, das Mahl für die Meister der Zunft, die Wachskerzen für die Zunftstube und der eigene Harnisch verschlangen, waren für kaum einen der Männer aufzubringen. »Es ist ein Skandal«, trompetete einer der ältesten Gesellen der Bauhütte soeben, als Ortwin die Tür öffnete. »Bürgeraufnahmegeld und Hausbesitz! Was sollen wir denn noch alles bezahlen, bevor wir endlich selbstständig werden können?« Empörtes Gemurmel gab ihm recht. Da Ulrich von Ensingen versprochen hatte, bei einem Geldverleiher ein gutes Wort für ihn einzulegen, interessierten Ortwin die Anliegen seiner Kollegen allerdings nur noch am Rande. Eigentlich war ihm mehr an dem anschließenden Gelage in der Trinkstube gelegen als an dem sich ständig wiederholenden Gejammer. Lohnerhöhungen, Verkürzungen der wöchentlichen Arbeitszeit, ja gar Streiks planten diese Fantasten, um sich mehr Eigenständigkeit zu sichern. Manche gingen noch weiter und forderten eine Bruderschaftskasse, die Geld zur Verfügung stellte und für die Versorgung von Kranken, Witwen und Waisen sorgte!

Während der Redner sich in weiteren Tiraden erging, drückte Ortwin sich in Richtung Trinkstube, wo er sich einen der besten Plätze in der Nähe des Ausschanks sicherte. Das einzig Wichtige war für ihn, sobald als möglich den Geldverleiher zu treffen, um mit diesem die Bedingungen für seinen Kredit auszuhandeln. Da es offiziell von der Kirche verboten war, für geliehenes Geld Zinsen zu verlangen, hatten sich die Gewitzteren unter den Geldverleihern Wege einfallen lassen, um dieses Gesetz zu umgehen. So trieben sie durch »Schadensersatzklauseln« und das Festhalten höherer Beträge als der tatsächlich ausgezahlten den Zinssatz zum Teil bis auf sechzig Prozent im Monat. Ortwin war sich sehr wohl bewusst, dass er ohne die Mitgift des Werkmeisters keine Chance haben würde, den Betrag, den er benötigte, jemals wieder zurückzahlen zu können. Doch wenn er das Verhalten Ulrichs richtig gedeutet hatte, dann zog dieser ihn als zukünftigen Schwiegersohn durchaus in Betracht. Befriedigt durch das Intermezzo mit der Dirne zwinkerte er der drallen Wirtin zu, die mit einem strahlenden Lächeln einen Becher schäumenden Holunderbieres vor ihm abstellte.

»Na, du strammes Mannsbild«, zwitscherte sie mit hoher Kleinmädchenstimme, die in krassem Gegensatz zu ihrer Leibesfülle stand. »Hat dich die Sehnsucht nach mir hierhergetrieben?« Der Mund mit den fauligen Zahnstummeln verzog sich zu einem – das nahm Ortwin jedenfalls an – verführerisch gemeinten Lächeln, das ihn dazu veranlasste, instinktiv den Kopf ein wenig zurückzubiegen. Die von einem Netzwerk rot-blauer Äderchen überzogenen Wangen leuchteten fettig, und das strähnige graue Haar fiel in einem dicken Zopf über ihre Schulter nach vorn.

»Aber sicher doch, Gudrun«, log er und hob den Becher an die Lippen, um einen tiefen Zug zu nehmen. »Du weißt doch, dass ich Tag und Nacht von dir träume.«

Das kehlige Lachen, das Gudrun ausstieß, hätte ein zarteres Gemüt verwelken lassen, doch Ortwin zuckte nicht einmal zusammen, als sie ihm herzhaft die fleischige Hand auf die Schulter drosch. »Eines Tages wirst du erkennen, was du dir entgehen lässt«, gluckste sie und wandte sich von ihm ab, um ihm ihr fülliges Hinterteil entgegenzustrecken, bevor sie wieder hinter dem Tresen verschwand.

Sicherlich, dachte Ortwin spöttisch und nahm einen weiteren Schluck. Der Grund, warum er sich immer wieder auf das Geplänkel mit der hässlichen Vettel einließ, war, dass sie ihm hie und da einen Krug Wein oder Bier in die Hand drückte, ohne eine Bezahlung zu verlangen. Während allmählich weitere Gesellen in der Trinkstube eintrudelten, lehnte er sich zurück und malte sich seine Zukunft aus. Wenn alles nach Plan verlief, würde er nicht nur bald zur Elite der Ulmer Handwerker gehören, sondern er würde auch eines der schönsten Mädchen der Stadt sein Eigentum nennen.

Denn genau das war Brigitta für ihn. Nicht mehr und nicht weniger als ein Luxusgut, mit dem man sich schmücken und vor den anderen Männern prahlen konnte. Abgesehen von den Freuden des Ehegemachs natürlich! Er lachte leise. Wenn er sich vorstellte, was sich unter all den aufgebauschten Schichten ihrer Tracht verbarg, begann sein Blut erneut zu kochen. Geduld!, schärfte er sich ein und nickte einem Tischnachbarn zu, der den Krug hob, um ihm zuzuprosten. Geduld! Nicht mehr lange, und er würde ihren Willen brechen wie den einer halsstarrigen Stute.

KAPITEL 7

Ulm, Ende Mai 1368

»Vergiss die Akazienblüten nicht, Brigitta!« Die mahnende Stimme ihrer Mutter ließ die junge Frau zusammenfahren. Selbstvergessen hatte sie die schweren, noch taufeuchten Köpfe der weißen Heckenrosen abgeschnitten und in ein Tuch geschlagen, damit sie nicht zu schnell ihren Duft verloren. Ebenso wie die Arnika, die dottergelben Ringelblumen, der Arm voller Mohn, der Goldregen und die bizarr geformte Osterluzei waren diese für das Heilig-Geist-Spital gedacht, in dem ihre älteste Schwester Dienst an den Armen und Kranken der Stadt tat. Hingerissen von der Blütenvielfalt des kleinen, von einer ausladenden Kastanie überschatteten Gartens, hatte Brigitta den würzigen Geruch der sonnenbeschienenen Erde eingesogen. Auch den Tanz der Schmetterlinge, die von einer Pflanze zur anderen torkelten, hatte sie bewundert. Schwer hing das Aroma der verblühten Fliederbüsche in der angenehm warmen Luft, wo es sich mit den aus der Küche ins Freie strömenden Wohlgerüchen vermischte. Das Summen der Bienen und Hummeln hatte ihre angstvollen Gedanken ein wenig beruhigt, doch genügte ein Blick zum Haus, um ihr erneut eine Gänsehaut über den Rücken zu jagen. Selbst die Anwesenheit ihrer Mutter konnte das Gefühl nicht vertreiben, das sie seit dem Zusammenstoß mit Ortwin nicht mehr loslassen wollte. Einzig das Wissen, dass er sich zu dieser Zeit auf der Baustelle befand, hatte sie dazu bewegen können, allein in den Hof zu gehen, den sie in letzter Zeit mied wie der Teufel das Weihwasser. Wann immer sie den Drang verspürte, den Abort aufzusuchen, zögerte sie diesen Gang so lange hinaus, bis sie fürchtete, der Schmerz könne ihr den Unterleib zerreißen. Dann, wenn ein Besuch des stillen Örtchens nicht mehr abzuwenden war, bat sie die Magd Elisabeth darum, sie zu begleiten. Und nachts war sie dazu übergegangen, die Bettpfanne zu benutzen – auch wenn ihr der Gestank Übelkeit bereitete. Wie Freiwild auf der Flucht vor dem Jäger blickte sie sich alle paar Schritte um, wann immer sie sich in der Halle oder im Erdgeschoss des Hauses aufhielt, da sie stets fürchtete, die Begegnung mit dem verhassten Gesellen könne sich wiederholen.

Mehr als einmal hatte sie bereits Anlauf genommen, um ihrer Mutter von der Notlage zu berichten, doch stets hatten sie ihr schlechtes Gewissen und ein nagendes Schuldgefühl davon abgehalten. Denn zweifelsohne würden dann die Treffen mit Gunner, dem sie entschlossen aus dem Weg ging, ans Tageslicht kommen – und das wollte sie um alles in der Welt vermeiden. Auch hatte ihre Mutter nur wenig Einfluss auf ihren Vater, und sollte dieser tatsächlich beschlossen haben, sie mit Ortwin zu vermählen, dann blieb ihr nicht viel anderes übrig als zu gehorchen. Es sei denn, sie trat wie ihre Schwester in einen Orden ein. Die Idee ließ ihr Herz schneller schlagen, doch die Ernüchterung folgte auf dem Fuße. Ohne Aufnahmegeld würde keine der Sammlungen der Stadt sie als Mitglied akzeptieren. Und Geld hatte sie keines!

Niedergeschlagen verstaute sie die Ernte in dem Korb zu ihren Füßen, rückte den Schleier auf ihrem offenen Haar zurecht und steuerte auf das Tor zur Straße zu, auf der sich zwei räudige Köter um einen Knochen balgten.

»Gib auf dich acht und trödel nicht.« Mit diesen Worten drückte ihre Mutter ihr einen flüchtigen Kuss auf die Stirn und verschwand in Richtung Waschstube, vor der sich mehrere Säcke schmutziger Kleider und Bettlaken stapelten. Eigentlich hätte Brigitta dankbar sein müssen, der harten Arbeit entkommen zu sein, doch allein der Gedanke daran, schutzlos den Weg bis zur Donau zurücklegen zu müssen, erfüllte sie mit wachsender Beklemmung. Während sie in das geschäftige Treiben in der zum Münsterplatz führenden Gasse eintauchte, beschleunigte sich ihr Puls erneut und das Gefühl, ersticken zu müssen, verstärkte sich. Mit gesenktem Blick huschte sie dicht an den Mauern der Häuser vorbei, ignorierte die ihr entgegenströmenden Händler, Knechte, Mägde und Tagediebe und presste sich in Nischen und Torwege, wann immer eines der gefährlichen Fuhrwerke an ihr vorbeirumpelte. Ohne die Baustelle oder die daran angrenzende Barfüßerabtei eines Blickes zu würdigen, wandte sie sich nach wenigen hundert Schritten nach links und eilte am Judenhof vorbei in die Sammlungsgasse. Hier wich sie einer Schar grau gewandeter Beginen aus, die zweifelsohne dem Ruf der soeben einsetzenden Friedhofsglocke folgten. Nachdem ihr altes Sammlungsgebäude dem Münsterbau hatte weichen müssen, waren sie in ihr jetziges Domizil umgezogen, womit sie allerdings den Einfluss auf das dem Franziskanerkloster angegliederte Hospital verloren hatten. Deshalb, so hatte Brigitta von ihrer Schwester erfahren, betätigten sie sich mittlerweile immer häufiger als bezahlte Klageweiber, die auf Beerdigungen dafür sorgten, dass der oder die Tote angemessen beweint wurde.

»Manche von ihnen sind einfach widerlich« hatte ihre Schwester geschimpft und die Nase gerümpft. »Hysterische Heulkrämpfe und verzweifelte Gebärden sind noch das Wenigste. Ich habe schon gesehen, dass einige sich sogar die Haare ausreißen!«

Die Lächerlichkeit des Bildes, das bei der Erinnerung an das Gespräch vor Brigittas innerem Auge auftauchte, ließ sie für einen kurzen Moment ihre Furcht vergessen. Sie blickte den steifen Gestalten hinterher, die sich soeben die weißen Kapuzen tief ins Gesicht zogen und ein durchdringendes Gewimmer anstimmten. Die drei hintersten begannen rhythmisch die Oberkörper hin und her zu wiegen, während die vorderen Frauen sich die Fäuste gegen die Schläfen schlugen. Mit dem schwachen Lächeln, das sich auf Brigittas Gesicht ausbreitete, flammte so unvermutet brennender Zorn in ihr auf, dass sie mitten in der Bewegung innehielt. Wie ein glühender Dorn bohrte sich die Wut in ihre Brust und vertrieb die ermattende Mutlosigkeit, die gedroht hatte, sie auszuhöhlen. Wenn selbst diese mitleiderregenden Frauen es schafften, ihr Leben in die eigenen Hände zu nehmen, dann würde auch sie nicht so einfach aufgeben – selbst wenn sie keinen einzigen Pfennig besaß! Wenn nötig, würde sie ihren Vater auf Knien anflehen, ihr einen anderen Gemahl zu suchen. Hatte er nicht auch ihre Schwester gewähren lassen, als diese ihn gebeten hatte, das Aufnahmegeld für den Heilig-Geist-Orden zu bezahlen? Sicherlich, er hatte sich dadurch eine hohe Mitgift gespart, doch war es auch ein Opfer für ihn gewesen. Hätte er seine Tochter mit einem Meister vermählt, wäre sein Einfluss innerhalb der Zunft noch mehr gestiegen. Die Hoffnung ließ Brigitta schneller atmen. Würde er es nicht als Zeichen ihres Gehorsams sehen, wenn sie ihn bat, ihr einen älteren, erfahreneren Gemahl zu finden, als Ortwin es war? Suchten nicht viele der verwitweten Steinmetze nach jungen Frauen, die ihnen gesunde Söhne gebären konnten? Die neu gewonnene Entschlossenheit ließ sie die Schultern straffen. Liebe – das wusste sie seit Gunners Betrug – war ohnehin nichts als eine ausgeklügelte Täuschung, mit der Nichtsnutze versuchten, unerfahrenen Mädchen die Unschuld zu rauben! Was nutzte es, danach zu suchen?! Alles, was zählte, war, dass der Mann, mit dem sie das Ehegemach teilte, sie respektierte und den Haushalt führen ließ. Dann würde sie ihm so viele Söhne gebären, wie er wollte!

Mit trotzig nach vorne gerecktem Kinn setzte sie den Weg fort und klopfte wenig später an die Tür des Heilig-Geist-Spitals, das von Brüdern und Schwestern des gemischten Ordens geführt und verwaltet wurde.

»Brigitta«, begrüßte die Torhüterin das Mädchen. »Wenn du deine Schwester suchst, musst du heute warten.« Sie verzog die faltigen Lippen zu einer schwer zu deutenden

Grimasse. »Sie ist bei der Lepraschau.« Nachdem sie den Korb der Besucherin bemerkt hatte, setzte sie etwas freudiger hinzu: »Gott sei mit dir und deiner Familie. Bring die Sachen in die Küche. Schwester Anna wird sich freuen. Sie wollte heute Salben kochen.« Damit trat sie beiseite und ließ die junge Frau in die untere Stube des Spitals eintreten, die Brigitta stets an eine Kirche erinnerte. Die weiß getünchten Wände wurden lediglich hie und da von schmalen Fensterschlitzen unterbrochen, und zwei Säulenreihen teilten die Halle in zwei gleich große Bereiche. Während zu Brigittas Rechten die Männer sich oft zu dritt einen Bettkasten teilten, wurden links die Frauen von den Ordensmitgliedern versorgt. Am Kopfende des lang gestreckten Raumes befanden sich ein Altar, über dem ein gewaltiger gekreuzigter Jesus hing, sowie eine Kanzel, von der an Sonn- und Feiertagen die Messe gelesen wurde. Eine Novizin fegte mit mürrischer Miene den Mittelgang und machte einen weiten Bogen um eine soeben verstorbene Patientin, die von zwei Schwestern nackt aus dem Bett gezogen und in ein graues Leinentuch eingenäht wurde. Um die Betten der reichen Patienten scharten sich Knechte, Priester und Kinder, wohingegen die ärmeren Kranken meist starr an die getäfelte Decke stierten und die Rosenkränze auf ihrer Brust umklammerten. Der Gestank nach Blut, Urin, Schweiß und Kot ließ Brigitta die Schritte beschleunigen, an den Badestuben, Waschräumen und Aborten vorbeieilen und in die Küche am Ende des Ganges flüchten. Dort traf sie – entgegen der Auskunft der Torhüterin – jedoch niemanden an, und einzig eine über dem Herdfeuer köchelnde, gelbliche Masse verriet, dass Schwester Anna bis vor Kurzem noch hier gewesen sein musste.

Nachdem sie einige Momente lang unentschlossen in den Topf geblickt hatte, stellte Brigitta ihren Korb auf einem der

Tische ab und begab sich auf Wanderschaft. Zwar kannte sie den Hospitalteil des Gebäudekomplexes nebst Apotheke und Innenhof, doch bis jetzt hatte sie nie Gelegenheit gehabt, das am anderen Ende gelegene Narrenhäuslein in Augenschein zu nehmen – auch wenn sie schon oft vor Neugier beinahe geplatzt wäre.

Blinzelnd schloss sie die Augen, als sie durch die Küchentür in den Hof trat, in dem reges Durcheinander herrschte. Aus den Fensterluken der Dormitorien, die strikt nach Geschlechtern getrennt waren, hingen grobe Wolldecken, und auch das eine oder andere klumpige Kissen war zum Lüften über die Simse gelegt worden. Vor den Stallungen waren ein paar Männer damit beschäftigt, das schmutzverkrustete Fell der von den Koppeln geholten Pferde zu reinigen. In der Nähe der Badestuben der armen Pfründner drückten sich einige verhüllte Gestalten herum, die von einem halben Dutzend Bewaffneter bewacht wurden. Vermutlich handelte es sich um die von Freunden, Nachbarn oder gar Familienmitgliedern angezeigten Lepraverdächtigen, die darauf warteten, dass der Arzt sie zu sich rief. Eine Woge des Mitgefühls vertrieb den Ekel, der in Brigitta aufsteigen wollte, als ein Windstoß einer alten Frau den blickdichten Schleier vom Gesicht riss. Kaum mehr als solche erkennbar, prangte in dem von furchtbaren Knoten entstellten Gesicht eine eingefallene, breitgedrückte Nase. Der durch Geschwüre unnatürlich verzogene Mund öffnete sich zu einem erschrockenen Ruf, bevor die klauenartig verstümmelte Hand hastig nach dem schwarzen Tuch griff, um es bis an die wimpernlosen Augen zurückzuziehen. Was für ein jammervolles Schicksal diesen armen Kreaturen bevorstand!, dachte Brigitta voller Mitleid. Aus der christlichen Gemeinschaft ausgestoßen und für tot erklärt, würde wohl auch diese Alte ohne Wiederkehr in einem der außerhalb der Stadt gelegenen Leprosorien verschwinden. Denn auf keinen Fall würde sie die Prüfung bestehen, bei der ein Arzt verschiedene, zum Teil erniedrigende Untersuchungen an den Erkrankten durchführte.

Als in diesem Augenblick ein gequälter Verzweiflungsschrei aus der Badestube verriet, dass der Test an einem der Vorgeführten positiv verlaufen war, zog Brigitta unwillkürlich den Kopf zwischen die Schultern und hastete weiter auf die Kirche zu, an die das schmale Narrenhäuslein anschloss. Unbeachtet von den Spitalpflegern und Mönchen näherte sie sich dem schlauchartigen Bau, dessen vergitterte Fenster an ein Gefängnis erinnerten. Kettenrasseln und dumpfe Laute verrieten, dass die darin in Tollkästen und Narrenkäfigen eingesperrten Geisteskranken gegen die Beschränkungen ankämpften, die sie davon abhielten, dem Rest der Gesellschaft gefährlich zu werden. Nachdem sie sich schüchtern umgesehen hatte, reckte Brigitta sich auf die Zehenspitzen, um einen Blick in das dämmrige Innere zu erhaschen. Da ihre Augen von der Helligkeit im Hof geblendet waren, konnte sie jedoch lediglich einige schemenhafte Umrisse erkennen, und als eine dreckstarrende Fratze keine fünf Zoll vor ihr aus dem Nichts schoss, sprang sie mit einem Aufschrei zurück. Nur ein energischer Griff um ihren linken Oberarm verhinderte, dass sie im Staub landete, und während der zahnlose Irre in kreischendes Gelächter ausbrach, schüttelte der junge Ordensbruder an ihrer Seite den Kopf.

»Hier solltest du dich besser nicht aufhalten«, schalt er milde und warf dem Narren ein mitleidiges Lächeln zu. »Es sind verdammte Seelen, die schwer am Zorn des Herrn tragen.«

Auf und ab hüpfend stieß der Gefangene unter heiserem Kichern unverständliches Zeug hervor, und nur zu gerne gab Brigitta dem sanften Druck nach, mit dem der Bruder sie von dem Häuschen fortführte. Er wollte sie gerade am Brunnen vorbei zur Küche zurückgeleiten, als ihre Schwester im Eingang der Badestube auftauchte, vor der sich in Windeseile zwei Grüppchen bildeten. Die eine wurde von den bewaffneten Wächtern flankiert, während die andere sich schleunigst in Richtung Ausgang davonmachte.

»Ursu …«, hub Brigitta an, korrigierte sich jedoch augenblicklich: »Clementine!« Während der Mönch fragend die Brauen hob, winkte Brigitta der Schwester zu, die mit dem Eintritt in den Heilig-Geist-Orden ihren bürgerlichen Namen abgelegt hatte. Diese wechselte noch kurz ein paar Worte mit einer weiteren schwarz-weiß gekleideten Gestalt, bevor sie den Ärmelrock raffte und auf Brigitta zuschritt. Wie immer seit dem Auszug der ältesten Tochter Ulrichs von Ensingen durchströmte Brigitta ein Gefühl des Bedauerns, als sich die schlanke Gestalt näherte. Das edel geschnittene Gesicht wurde von einem weißen Tuch und einem Schleier so verhüllt, dass nur bei genauem Hinsehen zu erkennen war, von welch blendender Schönheit die junge Frau war, deren voller Mund sich zu einem Schmunzeln verzog.

»Ah, Bruder Thomas, ich sehe, Ihr habt Euch meiner Schwester angenommen.« Zwei rote Flecken erschienen auf den Wangenknochen des Mönches, der hastig den Blick senkte, etwas murmelte und sich mit einem scheuen Nicken zurückzog.

»Der ist in dich verliebt«, bemerkte Brigitta respektlos und küsste die Schwester auf beide Wangen. Lange Zeit hatte sie nicht verstehen können, warum Clementine sich für das Leben in einer christlichen Gemeinschaft entschieden hatte, da sie zweifelsohne jeden Mann hätte haben können, den sie begehrte. Doch ihre jüngsten Erfahrungen ließen sie die Ursache hinter dem Rückzug in den Orden vermuten.

»So etwas solltest du nicht sagen«, gab die Ältere zurück und schaute dem Mönch bedauernd nach. »Allein der Gedanke ist lästerlich.« Einzig der Unterton in ihrer Stimme verriet Brigitta, dass ihr die Vorstellung durchaus nicht so unangenehm war, wie es sich geziemt hätte. Doch der eigentliche Grund ihres Besuches im Hospital verdrängte die Leichtigkeit ebenso schnell, wie sie gekommen war.

»Mutter schickt mich«, erklärte sie, nachdem sie einen kleinen Beutel vom Gürtel losgemacht und sich bei Clementine untergehakt hatte. »Sie möchte, dass ihr Bittgebete für Kaspar sprecht.«

Die Erwähnung ihres kleinen Bruders ließ Clementine anhalten und besorgt die kornblumenblauen Augen aufreißen, als die Jüngere ihr die klimpernde Geldkatze entgegenstreckte.

»Seit einigen Tagen behält er nichts mehr bei sich und wird immer dünner«, informierte Brigitta sie, während ihre Schwester fassungslos auf die Spende starrte. »Und blasser.« Die Ringe unter den Augen des ansonsten so lebensfrohen Knaben hatten inzwischen die Farbe reifer Zwetschgen angenommen, was Anna von Ensingen Schlimmes ahnen ließ. Auch litt er seit dem vergangenen Abend an einem schweren Fieber, das auch die Korallenhals- und -armbänder, mit denen sie ihren Sohn überladen hatte, nicht zu senken vermochten. Deshalb hatte sie ihren Gatten so lange bearbeitet, bis dieser zugestimmt hatte, die Heilig-Geist-Schwestern für Bittgebete zu bezahlen – wie in solchen Fällen allgemein üblich.

»Der Arzt hat ihn bereits drei Mal zur Ader gelassen und meint, Gebete würden ihm am meisten helfen.« Ihre Stimme drohte zu kippen, als sie sich aufs Neue ausmalte, was diese Aussage bedeuten konnte. Auch ihre Schwester war sichtlich beunruhigt. Nachdem sie ein Kreuz vor der Brust geschlagen hatte, drückte sie Brigittas Hand so fest, dass diese sie überrascht zurückzog, und wandte sich der Kirche zu.

»Ich werde sofort ein Heiligenlämpchen für ihn entzünden«, flüsterte sie und kramte in der Rocktasche nach einem zweiten Rosenkranz. »Gebt ihm heißen Wein mit Eigelb zu trinken, damit er kräftiger wird. Der Herr wird seine Hand über ihn halten und ihn vor Übel bewahren.« Damit drückte sie zum Abschied die kühlen Lippen auf Brigittas Stirn und verschwand in der Kapelle.

Besorgt und erleichtert zugleich starrte die junge Frau noch eine Weile auf den Eingang des bescheidenen Gotteshauses, bevor sie sich zum Gehen wandte, um durch die überfüllten Gassen zurück nach Hause zu gelangen. Sie hatte gerade die Münsterbaustelle erreicht, als ihr Herz bei dem Anblick, der sich ihr dort bot, mit einem schmerzhaften Stich aussetzte. Vor der in der Sonne backenden Bauhütte reichte ihr Vater in ebendiesem Moment dem verhassten Ortwin die Hand, die dieser kräftig schüttelte. Als spüre er ihr Entsetzen, zuckte der Blick seiner kalten Augen in ihre Richtung, und er legte den Kopf ein wenig zur Seite. Das hämische Lächeln, das in seinen Zügen aufblitzte, ließ Brigitta haltsuchend nach der Wand hinter sich tasten und die zitternden Finger auf die Brust pressen. Sollten ihre schlimmsten Befürchtungen so bald wahr werden?, fragte sie sich und kämpfte gegen die plötzliche Übelkeit an.

Während bittere Galle in ihr aufstieg, schloss sie die Augen und hoffte, dass die Männer verschwunden sein würden, wenn sie sie wieder öffnete.

KAPITEL 8

Ulm, Anfang Juni 1368

MIT EINEM ERSCHÖPFTEN PRUSTEN fuhr Wulf sich mit dem Ärmel seines Hemdes über die Stirn und ließ den Reisebeutel auf den staubigen Boden des Lehrknechtquartiers fallen. Trotz der Anstrengung der Reise und der unbarmherzigen Hitze, die seit einigen Tagen die Landschaft buk wie ein Backofen, war er froh, endlich von der Fron im Steinbruch erlöst zu sein. Nachdem die Reise bereits nach wenigen Meilen durch eine gebrochene Speiche verzögert worden war, hatten er und seine Begleiter über sechs Stunden gebraucht, um die knapp zwanzig Meilen zurückzulegen. Auf etwas weniger als einem Drittel der Strecke war ihnen die Ablösung aus Ulm entgegengekommen, an deren verdrießlichen Gesichtern Wulf deutlich hatte ablesen können, dass sie die Aussicht auf den Dienst im Steinbruch genauso wenig begeisterte wie ihn. Glücklich darüber, in der entgegengesetzten Richtung unterwegs zu sein, hatten er und Lutz den jungen Männern fröhlich zugewinkt, was ihnen jedoch lediglich einige schroffe Worte und Gesten eingebracht hatte. Sobald der Karren vor dem Steinlager am Rande der Baustelle zum Stehen gekommen war, hatte Lutz sich von ihm verabschiedet, um sich bei seinem Meister zu melden. Noch während der Rücken des Freundes sich entfernte, hatte Wulf ihn bereits beneidet. Zwar ließ sich der als Kreuzwinkelmeister bekannte Steinmetz gemäß der überall kursierenden Geschichten von seiner Gemahlin zum Narren halten, doch machte ihm als Bildhauer niemand etwas vor. Bereits bei seiner Ankunft in Ulm waren Wulf die stark persönlich geprägten Figuren des Turmportals aufgefallen, die sich dramatisch von den wohlgefälligen, eher langweiligen Werken außen an der Vorhalle abhoben, die laut Lutz von einem Meister Hartmann und dessen Gesellen stammten.

»Als Ensingen mich dem Portal zugeteilt hat, konnte ich mein Glück kaum fassen«, hatte Lutz dem Freund mitgeteilt. »Ich hätte heulen können, als ich nach zwei Tagen in den Steinbruch musste!« Seine etwas mädchenhaften Züge hatten sich verzogen. »Wo ich doch so gehofft hatte, bei der Gestaltung der Jungfrauen mitzuwirken!« Daraufhin hatte er Wulf mit Feuereifer erläutert, dass der Kreuzwinkelmeister plante, fünf Kluge und fünf Törichte Jungfrauen in das Tympanon einzugliedern, die seine Gesellen mitgestalten durften. Wenn der Bau fertig war, würden sämtliche Besucher der Kirche unter diesem reliefartig geschmückten Giebelfeld über dem Türsturz die mächtige Vorhalle betreten. »Ich hoffe nur, er hat noch nicht alle Aufgaben vergeben«, hatte er kurz vor dem Ende der Fahrt gebrummt.

Das hoffte Wulf auch, da er nach wie vor darauf brannte, seine bildhauerischen Fähigkeiten unter Beweis zu stellen. Vielleicht wies ihn Ulrich von Ensingen ebenfalls dem Portal zu. Durstig setzte er seinen Trinkschlauch an die Lippen und nahm einen tiefen Zug des nach Ziegenleder schmeckenden Wassers. Seinen knurrenden Magen ignorierend, fischte er die Werkzeuge aus dem Reisebeutel und verstaute sie in der Tasche, die er auf die Baustelle mitnehmen wollte. Da sich die übrigen Bewohner der Kammer seit Sonnenaufgang auf dem Münsterplatz befanden, war das Huschen einiger aufgeschreckter Mäuse das einzige Lebenszeichen, das die drückende Mittagsstille unterbrach. Das Hämmern der Arbeiter war kaum zu hören, und auch das Haus wirkte ruhig und verlassen. Nachdem er sich versichert hatte, dass er nichts vergessen hatte, kletterte Wulf die steile Treppe in die Küche hinab, griff sich eines der vom Mittagessen übrig gebliebenen Brote und einen Kanten würzigen Käse und machte sich auf den Weg in die Halle. Dort hätte er um ein Haar einen schmächtigen Knaben umgerannt, der an seiner Tracht als Steinmetzlehrling zu erkennen war. »Entschuldige«, murmelte dieser und wischte sich ein paar zerzauste Haarsträhnen aus der Stirn. »Ich bin Matthäus Ensingen. Mein Vater schickt nach dir.«

Damit gab er Wulf zu verstehen, ihm zu folgen und eilte – allen Hindernissen geschickt ausweichend – voran, bis die beiden schließlich außer Atem vor dem Westturm ankamen, an dem fieberhaft gearbeitet wurde. Dort verabschiedete er sich mit einem wortlosen Nicken und verschwand in einem Wald aus Gerüststangen, während Wulf den letzten Bissen schluckte und unwillkürlich die Schultern straffte. Kein Dutzend Fuß zu seiner Linken war der wild gestikulierende Werkmeister mit einigen Männern in eine hitzige Unterhaltung vertieft, die in ebendiesem Augenblick in einen Streit zu münden schien.

»Gotteslästerung, das ist es, was Ihr vorhabt!«, erboste sich ein in lächerlich prunkvolle Gewänder gekleideter, an seiner Kappe als Ratsherr zu erkennender Mann, dessen Gesicht den Farbton seiner hochmodischen Schecke widerspiegelte. Mit einem silberbeschlagenen Stock wies er wütend auf ein in Leder gebundenes, aufgeschlagenes Buch im Arm des Werkmeisters, das dieser zurückzog, als habe der Mann gedroht, es zu verbrennen. Zweifelsohne handelte es sich um das Musterbuch Ulrich von Ensingens, in dem dieser alle Risse, Skizzen und Pläne den Münsterbau betreffend festhielt.

»Aber, aber, Heinrich«, mahnte sein Begleiter, ein gebeugter, würdevoller Greis, dessen Amtskette ihn als Bürgermeister der Stadt Ulm auswies. »Solch harte Worte sind nicht nötig.«

Einen Moment wirkte es, als wolle der Jüngere ihm über den Mund fahren, doch dann nahm er sich zusammen und neigte respektvoll den Kopf. »Verzeiht, Herr«, brachte er zwischen zusammengebissenen Zähnen hervor. »Aber lehrt uns nicht bereits die Heilige Schrift, dass es Blasphemie ist, ein Bauwerk so weit in den Himmel zu bauen, dass es das Reich Gottes gefährdet? Wird der Herr nicht auch die Ulmer dafür strafen, dass sie in ihrer Arroganz so blind sind zu glauben, alles erreichen zu können?« Er wies mit einer pompösen Geste auf den begonnenen Turm. »Habt Ihr und der Rat mich nicht zum Bauverwalter gewählt, damit ich die Aufsicht über dieses Unternehmen führe?«, fragte er schmeichelnd. »Gehört es nicht zu meinen Aufgaben, dafür zu sorgen, dass dieses gottgefällige Unternehmen auch genau das bleibt: gottgefällig?«

Ein wütendes Schnauben Ulrichs ließ ihn die buschigen, dunklen Brauen zusammenziehen. »Warum sollte es Euch anders gehen als den Sündern in Babel?«, fauchte der Ratsherr.

Der hinter seinem Herrn stehende Ortwin trat einen Schritt auf ihn zu und schob drohend die Schultern nach vorn, doch der Werkmeister hielt ihn mit einem Kopfschütteln zurück. »Herr Bürgermeister«, wandte er sich an den besorgt von einem zum anderen sehenden alten Mann. »Ihr habt mir persönlich volle Freiheit bei der Gestaltung des Turms zugesagt. Nur deshalb habe ich die Berufung nach Mailand ausgeschlagen. Wenn Ihr ebenfalls von Husens Meinung seid, dann muss ich Euch und den Rat leider auf den Vertrag hinweisen, den wir geschlossen haben.« Ulrich von Ensingen hob beschwichtigend die Hand, als der Bürgermeister etwas darauf erwidern wollte. »Aber ich bin sicher, so weit muss es nicht kommen. Seht her.« Er hielt dem Greis das aufgeschlagene Buch dicht vor die Augen. »Wie könnte Gott sich von einer solchen Huldigung beleidigt fühlen?« Der Angesprochene wiegte wackelig das Haupt hin und her.

Wulf, der nun ebenfalls einen Blick auf die Zeichnung erhaschen konnte, blieb der Mund offen stehen. Feingliedrig und durchbrochen zeugte der Riss von einem grenzenlosen Ehrgeiz und der Bereitschaft, alles bisher Dagewesene in den Schatten zu stellen.

»Das ist es ja genau, was ich meine!«, keifte der Bauverwalter und stocherte in dem Buch herum. »So etwas kann nicht von Menschenhand errichtet werden! Ihr seid wahnsinnig!«

Die harten Falten um den Mund des Werkmeisters ließen deutlich erkennen, wie schwer es ihm fiel, dem Ratsherrn nicht zu sagen, was er von ihm hielt.

Einige Zeit lang blinzelte der Bürgermeister kurzsichtig, ließ den Zeigefinger an den Linien entlanggleiten und schürzte die Lippen. »Ich denke, Ihr habt recht, Ulrich«, ließ er schließlich verlauten. »Aber wenn noch andere Heinrichs Bedenken teilen, werden wir im Rat noch einmal über den Plan abstimmen müssen.« Bevor Ulrich aufbrausen konnte, fügte er hinzu: »Es tut mir leid, aber die Stadt gibt das Geld, die Stadt hat das Sagen.« Mit diesen Worten raffte er seinen Umhang, legte dem Baumeister kurz die Hand auf den Arm und wandte sich zum Gehen.

»Das glaube ich einfach nicht«, knurrte Ortwin, kaum dass die beiden Männer hinter dem Ziegelofen verschwunden waren. »Was zum Henker bezweckt diese Kröte von Husen?«

Anstatt zu antworten, holte Ulrich einige Male tief Luft, klappte das Musterbuch mit einem vernehmlichen Knall zu und zuckte die Achseln. »Wir werden sehen«, versetzte er barsch und runzelte die Stirn, als sein Blick auf Wulf fiel, der sich so gut als möglich im Schatten gehalten hatte. »Du«, stellte er kühl fest und gab Ortwin mit einer Geste zu verstehen, ihn allein zu lassen. »Da bist du ja endlich.«

Den Protest schluckend, der ihm auf der Zunge lag, verneigte Wulf sich und grüßte knapp.

»Die Quader mit deinem Steinmetzzeichen sind ordentlich«, stellte Ulrich zu Wulfs Erstaunen fest. Ein ironisches Lächeln erhellte das strenge Gesicht des Meisters, als er seinen Gesellen von Kopf bis Fuß betrachtete. »Das Bossieren hat offenbar auch deinen Kleidungsgeschmack verbessert.« Er wurde wieder ernst. »Einer der Parliere hat mir berichtet, dass du Talent im Maßwerkhauen hast.« Er wies auf die hohl glotzenden Fensterbögen der Fassade. »Deshalb teile ich dich Meister Gerhard zu. Er arbeitet dort drüben.« Er wies auf einen Platz unter einem der gewaltigen Galgenkräne, wo eine Handvoll Hauer mit hölzernen Schablonen zugange war.

»Aber ...«, begann Wulf, doch Ulrich hatte ihn bereits stehen lassen. Ungläubig starrte der junge Mann ihm hinterher, während sich bittere Enttäuschung in ihm ausbreitete.

Verflucht!, dachte er erbost und warf sich sein Bündel wieder über die Schulter, um zu der angewiesenen Stelle zu traben. Warum hatte er Ulrich auch in solch einer unpassenden Situation erwischen müssen? Jetzt würde er die nächsten Wochen damit zubringen, langweilige Blumenmuster für Fensterbögen zu meißeln!

Nachdem er sich Meister Gerhard vorgestellt und dieser ihm eine Schablone zugewiesen hatte, verbrachte er die folgenden Stunden mit dieser wenig anspruchsvollen Aufgabe und träumte von klugen Jungfrauen. Wenn ihm doch nur die Möglichkeit gegeben würde, sein bildhauerisches Talent unter Beweis zu stellen!, dachte er sehnsüchtig und ließ zum wohl hundertsten Mal den Blick zu den ersten bereits am Portal befestigten Figuren abschweifen. Wenn man ihm freie Hand lassen würde, dann würde er einer der Statuen das Gesicht der schönen Brigitta geben – auch wenn Ulrich von Ensingen ihn dafür vermutlich davonjagen würde. Ein Ziehen in seinem Unterleib ließ ihn den Gedanken verdrängen und darauf hoffen, dass bald Abend wäre. Dann würde er sie mit viel Glück vielleicht noch heute zu sehen bekommen, wenngleich die Familie – anders als Gesellen, Knechte, Mägde und Lehrlinge – ihre Mahlzeiten in der Stube und nicht in der Küche zu sich nahm.

Er war gerade dabei, sich die Worte zurechtzulegen, mit denen er ihre Aufmerksamkeit auf sich lenken wollte, als ihn ein markerschütternder Schrei zusammenfahren ließ. Erschrocken ließ er Klöpfel und Eisen fallen, folgte dem ausgestreckten Arm eines seiner Nachbarn und sprang unvermittelt auf. Hoch über den Köpfen der nichtsahnenden Maurer, Zimmerleute und Steinmetze riss in ebendiesem Moment der letzte Strang eines Hanfseiles, an dem eine der hölzernen Gewölberippen befestigt worden war. Während Köpfe nach oben schossen und Münder Warnrufe formten, sauste die gewaltige Last begleitet von einem unheilvollen Pfeifen auf die Stelle zu, an der die Schnelleren unter den Bildhauern hasenflink auseinanderspritzten. Aus dem Augenwinkel sah Wulf, wie Lutz sich mit einem Hechtsprung unter einen der Strebebögen rettete, während das Holz krachend an der Stelle zersplitterte, wo der Freund noch vor wenigen Momenten gesessen hatte.

Die Erleichterung ließ ihn ein beinahe hysterisches Kichern anstimmen, das jedoch sofort verstummte, als ihm klar wurde, was die dunklen Flecken auf dem hellen Holz zu bedeuten hatten. Bevor er begriffen hatte, was er tat, trugen ihn seine Beine zu der Unfallstelle, an der bereits mehrere Helfer versuchten, die von der Last zermalmten Handwerker zu befreien. Einer der Männer schien noch am Leben zu sein, da er abgehackte, fast tierische Laute von sich gab, doch als Wulf sich ihm näherte, war ihm umgehend klar, dass der Mann den Tag nicht überleben würde. Von einem abgesplitterten Teil des Holzbogens durchbohrt, wirkte er wie ein von Kindern aufgespießter Käfer – ein Eindruck, der dadurch verstärkt wurde, dass seine Arme und Beine wild und unkoordiniert durch die Luft zuckten. Wulf hatte sich gerade mit einigen anderen Männern über ihn gebeugt, um die Last von ihm zu heben, als sich ein Blutfaden aus seiner Nase löste und sein Körper erschlaffte. Ein milchiger Schleier legte sich über die aus den Höhlen getretenen Augen, die der herbeigeeilte Ulrich von Ensingen mit einem kurzen Gebet schloss. Sprachlos verfolgte Wulf, wie in Windeseile einer der Lastkräne an der Gewölberippe befestigt wurde, um die Opfer zu befreien, die ohne viel Federlesen auf einen herbeigerufenen Karren verfrachtet wurden. Da solche Unfälle an der Tagesordnung waren, hielt sich niemand lange damit auf; es wurde lediglich ein Bote ausgesandt, der die Witwen und Waisen vom Tod ihrer Angehörigen in Kenntnis zu setzen hatte.

»Es geht weiter«, befahl Ulrich, sobald notdürftig aufgeräumt worden war, und bemerkte mit einem Blick auf den erbleichten Kreuzwinkelmeister: »Mehr als zwei kann ich Euch nicht abtreten. Wir sind momentan knapp mit Hauern.« Damit zeigte er auf Wulf und einen weiteren Maßwerkmetzen und bedeutete ihnen mit einer Kopfbewegung, sich zu den Portalbildhauern zu gesellen. »Ihr beide. Sollten sie nichts taugen, lasst es mich wissen, dann könnt Ihr sie jederzeit austauschen«, fügte er an den Kreuzwinkelmeister gewandt hinzu, bevor er sich ohne weitere Worte zurück zur Nordseite des Bauwerks begab, um den Seilern eine lautstarke Standpauke zu halten.

Immer noch fassungslos folgte Wulf der kleinen Schar Bildhauer, die schweigend die Trümmer ihrer Skulpturen auflasen, um diese auf einen der Haufen mit Abfallsteinen zu werfen.

»Alles umsonst«, murmelte einer der Gesellen und ging in die Knie, um eine in tausend Stücke gegangene Apostelfigur auszugraben. »Alles umsonst.«

Auch die meisten der bereits begonnenen Jungfrauen schienen bei dem Unglück zu Bruch gegangen zu sein, und wenngleich Wulfs Herz eigentlich Freudensprünge hätte machen müssen, da sein Wunsch wie durch Zauberhand in Erfüllung gegangen war, fragte er sich, welchen Preis der Teufel wohl dafür von ihm fordern würde. Vier Leben! Seine Hand zitterte, als er schweigend bei der Bergung der wenigen nicht zertrümmerten Stücke half. Vier Männer hatten ihr Leben verloren, um seinen Ehrgeiz zu befriedigen. Er erschauerte. Hatte er den Unfall durch seine dunklen Gedanken und seinen Neid ausgelöst? »Vergib mir meine Missgunst, Herr«, flehte er tonlos und schrak zusammen, als Lutz ihm schwer die Hand auf die Schulter legte.

»Und dabei heißt es immer, die Zimmerleute hätten den gefährlichsten Beruf«, scherzte dieser lahm und verzog gequält den Mund.

»Wir ziehen um«, unterbrach ihn die Stimme des offensichtlich erbosten Meisters, der seine Männer bis an die Ummauerung des Barfüßerklosters führte, bevor er ihnen den Befehl gab, die Werkstücke abzusetzen. »Das war das letzte Mal, dass jemand unter meinem Kommando die schlampige Arbeit anderer ausbadet!«, erzürnte er sich und wies Wulf geistesabwesend einen Steinblock zu, der bereits die groben Umrisse eines Mädchens zeigte. »Hier kann uns keiner dieser Pfuscher etwas anhaben!« Damit wandte er sich seiner eigenen Skulptur zu und vergaß die Neuzugänge, die sich schüchtern an den Werkstücken der Verstorbenen zu schaffen machten.

Als sich der Horizont endlich rot färbte, atmete Wulf erleichtert auf, da die Spannung und das nicht abflauen wollende Schuldgefühl ihn immer fahriger hatten werden lassen. Mehr als einmal wäre er um ein Haar abgerutscht und hätte die Figur verdorben – was er kurzzeitig beinahe absichtlich getan hätte, um seiner Buße Ausdruck zu verleihen. Doch dann, im letzten Augenblick, hatte ihn eine innere Stimme davor gewarnt, den Willen Gottes auslegen und verstehen zu wollen. Woher sollte er wissen, was der Herr mit diesem Unfall bezweckt hatte? Ob die ganze Angelegenheit überhaupt etwas mit ihm zu tun hatte? Und ob er sich nicht wieder einmal zu wichtig nahm? Der Streit des Werkmeisters mit dem Bauverwalter fiel ihm wieder ein. Vielleicht hatte Gott den Ulmern klarmachen wollen, dass der Turmbau ihm tatsächlich ein Dorn im Auge war. Er seufzte leise, als er sich vorstellte, wie der unsympathische Heinrich von Husen diesen Vorfall im Rat gegen Ulrich verwenden würde, obschon es sich bei dem Unglück um nichts Ungewöhnliches handelte: Zu oft führten schlampige Arbeit oder Unachtsamkeit zum Tod oder zu Verstümmelungen, weshalb stets Mitglieder der Orden mit Bahren oder Ochsenkarren vor Ort waren, um die Verletzten in die Hospitäler zu bringen.

Mit schmerzendem Kopf sammelte Wulf seine Werkzeuge ein und folgte den anderen zur Bauhütte, wo er wenig freudig seinen Lohn entgegennahm. Nachdem er in gedrückter Stimmung über den Münsterplatz geschlichen war, war er beinahe froh, als ihm der Obergeselle Ortwin über den Weg lief, der ihm einen bissigen Blick zuwarf, bevor er sich vor ihm ins Haus drängte. Nicht einmal der Anblick der schönen Tochter des Hauses, die die Treppen hinauflief, als sie die Halle betraten, konnte seine Laune heben. Wie kam es, dass alle Freuden stets durch einen Wermutstropfen getrübt werden mussten? Bevor er sich weiter in dumpfem Brüten ergehen konnte, empfing ihn die Köchin mit einem mütterlichen Gruß, bugsierte ihn auf eine der Küchenbänke und bewirtete ihn, Hans, Ortwin und die Knechte wie verlorene Söhne. Während die anderen Männer sich über den Unfall und das Tagesgeschehen unterhielten, zogen sowohl Hans als auch Wulf die Schultern ein und schaufelten schweigend ihr Essen in sich hinein.

Eine halbe Stunde später zog er sich in die Schlafkammer zurück, wo er sich nach einer kurzen Katzenwäsche unbekleidet unter der dünnen Decke verkroch und innerhalb weniger Minuten einschlief. In unheimlichem Durcheinander jagten schreiend bunte Bilder durch seine Träume, aus denen er immer wieder aufschreckte, nur um kurz darauf wieder in unruhigen Schlaf zu fallen.

Mitten in der Nacht – der durch die schmalen Fensterluken hereinfallende Mond stand bereits hoch am Himmel – spürte er plötzlich eine kleine, warme Hand auf seinem Gesicht, die sich auf seinen Mund presste, als er keuchend die Luft einsog.

»Pssssst«, flüsterte ihm der nächtliche Besucher, dessen offenes Haar ihn an der Nase kitzelte, ins Ohr, bevor er die Fingerspitzen seinen Hals entlanggleiten ließ. Auf der Stelle hellwach versuchte Wulf, die Gesichtszüge des Mädchens zu erkennen, das leise zu ihm unter die Decke schlüpfte und sich weich und üppig an ihn drängte. Verwirrt blinzelnd versteifte er sich, als sich ihre Hand an ihm hinabstahl und zielsicher seine Lenden fand. »Wer …?«, hub er an, doch ihre Lippen machten ihn mundtot, bevor er die Frage beenden konnte. Mit geübten Bewegungen schwang sie kurz darauf ein Bein über ihn, brachte sich rittlings in Position und dirigierte ihn in sich hinein. Während der junge Mann sich fragte, ob er wachte oder träumte, hob und senkte sie die Hüften, wobei das silberne Mondlicht ihre Haut matt schimmern ließ. Da das von dem offenen Haar eingerahmte Gesicht im Schatten lag, konnte Wulf lediglich die wild gekrausten, hellen Locken erkennen, die rhythmisch auf und ab wippten. Der ihn heiß durchzuckende Höhepunkt, der ihm bereits nach wenigen Augenblicken den Atem raubte, ließ ihn die Frage nach ihrer Identität vergessen und mit einem unterdrückten Stöhnen die Augen schließen. Das Herz hämmerte noch heftig in seiner Brust, als sich die nächtliche Besucherin mit einem weiteren Kuss von ihm verabschiedete und sich auf Zehenspitzen zur Tür stahl. Als die Angeln ein gequältes Quietschen von sich gaben, drehte sich der unter dem Fenster schlafende Ortwin mit einem unwilligen Grunzen auf den Rücken und begann zu schnarchen. Erhitzt, durcheinander und aufgewühlt verschränkte Wulf die Hände hinter dem Kopf und starrte an die Decke.

KAPITEL 9

Burg Katzenstein, Anfang Juni 1368

»Wollt Ihr mich foppen, Weib, oder habt Ihr den Verstand verloren?« Eine steile Zornesfalte grub sich zwischen Wulf von Katzensteins Brauen, als seine Gemahlin die Halle betrat. Auf ihrem geflochtenen Haar saß eine zweiflügelige Schmetterlingshaube, doch es war das züchtig geschnittene blau-graue Gewand, das ihn erboste.

Lange Zeit hatte Adelheid von Oettingen an diesem Morgen überlegt, welche Kleidung sie wählen sollte, bevor sie endlich all ihren Mut zusammengenommen und die elegante Fucke angelegt hatte. Zwar hatte sie nicht damit gerechnet, dass Wulf ihre Anwesenheit überhaupt bemerken würde, doch offensichtlich war er noch nicht so abgestumpft, wie er oft zu sein vorgab. Wenngleich seine Wut ihr Angst machte, verneigte sie sich artig und schlug den Blick nieder. »Verzeiht, ich wollte keineswegs Euren Unwillen erregen.« Unter halb gesenkten Lidern bemerkte sie, wie sich die Begleiter ihres Gemahls taktvoll zurückzogen, sodass sie nach wenigen Momenten beinahe alleine mit ihm war. Lediglich eine Handvoll Mägde, die hastig das Frühstück abtrugen und den Boden fegten, störte die spannungsgeladene Zweisamkeit der Eheleute. Durch die hohen Fenster der Halle fiel warmes Sonnenlicht auf den Steinboden, auf dem Spatzen und Mäuse sich um die vom Tisch abgefallenen Brotkrumen stritten.

Wie so oft, wenn sie sich Wulf auf weniger als vier Schritte näherte, ließ seine erdrückende Größe sie unwillkürlich den Kopf einziehen, da sie stets das Gefühl hatte, seine schiere Körpermasse könne sie innerhalb eines einzigen Momentes auslöschen. Wenngleich sie sich in seiner Nähe meist sicher fühlte, jagte er ihr manchmal schreckliche Furcht ein – besonders, wenn er wie jetzt die Beherrschung verlor. Als er eine der Pranken hob, um verächtlich den Stoff ihres Ärmels zwischen den Fingern zu reiben, schrak sie zusammen und hielt bange die Luft an.

»Keine Angst«, schnaubte er und ließ den Arm sinken. »Ihr könnt mich nicht provozieren.« Ohne die Tränen zu bemerken, die seiner Gemahlin in die Augen schossen, fuhr er grob fort: »Wenn Ihr schon unbedingt die Stetigkeit Eurer Liebe für mich zur Schau tragen müsst«, er wies mit dem Kinn auf den blauen Brustteil des Gewandes, »dann solltet Ihr davon absehen, sie mit Grau zu kombinieren!«

So wie die Farbe Blau Treue symbolisierte, hatte auch der weniger kräftige Farbton seine Bedeutung auf der Liebesskala. »Haben Euch Eure Gebete noch nicht über Euren Liebeskummer hinweggeholfen?«, fragte er schroff und machte Anstalten, sich brüsk von ihr abzuwenden, doch ihre erstickt geflüsterte Antwort ließ ihn in der Bewegung innehalten.

»Alles Beten kann mich nicht froh machen, solange mein Gemahl mich hasst«, wisperte sie und ließ den Tränen freien Lauf. »Warum liebt Ihr mich nicht?« Sie hob den Blick und sah flehend zu ihm auf. Der Ausdruck, der mit einem Schlag alle Emotion aus seinen Zügen wischte, ließ sie erneut die Augen niederschlagen und wünschen, sie hätte den Mund gehalten.

Einige gequälte Atemzüge lang unterbrach lediglich das Klappern der aus dem Raum flüchtenden Mägde die lastende Stille, bevor Wulf schließlich einen tiefen Seufzer ausstieß und den Kopf schüttelte. »Ich wünschte bei Gott, ich könnte Euch lieben«, gestand er resigniert. »Aber mein Herz ist schon lange tot.« Mit diesen Worten ließ er sie endgültig stehen und verschwand durch den Ausgang zum Hof, während Adelheid in leises Schluchzen ausbrach. Weinend raffte sie die Röcke und stolperte aus der Halle durch den Zwinger in den Kapellenbau, wo sie sich vor dem Altar auf die Knie fallen ließ. Heiße Tränen tränkten schon bald ihr kostbares Gewand, das sie sich am liebsten wieder vom Leibe gerissen hätte.

Zwar hatte sie sich niemals etwas vorgemacht, was den Grund betraf, aus dem heraus Wulf von Katzenstein sie zur Frau genommen hatte. Doch hatte sie selbst nach der katastrophalen Hochzeitsnacht immer gehofft, irgendwann seine Liebe für sich gewinnen zu können. Was hatte sie getan, dass er sie so sehr verabscheute?, fragte sie sich verbittert und starrte auf die prachtvolle Wandmalerei hinter dem Altar. Warum mied er ihre Gegenwart, als litte sie an Aussatz?

Allmählich versiegten die Tränen, und die Trauer wich der Leere der Enttäuschung. Wie hatte sie frohlockt, als sie nach den an zwei Händen abzählbaren Versuchen endlich ein Kind von ihm erwartet hatte – auch wenn der Akt, der zur Empfängnis geführt hatte, alles andere gewesen war als ein Akt der Liebe. Fröstelnd dachte sie an die kühle Gleichgültigkeit zurück, mit der er sie in sein Bett befohlen hatte, um sie zwar behutsam, aber wenig zärtlich zu begatten. Kaum hatte er sich in sie ergossen, hatte er ihr höflich ihr Nachtgewand gereicht und sie gebeten, in ihre Kammer zurückzukehren. Sie biss die Zähne aufeinander, als sie sich an die Demütigung erinnerte. Wie anders sie sich ihre Ehe ausgemalt hatte, als sie dem hünenhaften, gut aussehenden Ritter von einem ihrer Brüder vorgestellt worden war. Hatte seine starrköpfige Ungeschliffenheit sie zu Beginn noch mit Bewunderung erfüllt, war es inzwischen ebendiese Charaktereigenschaft, die sie oft an den Rand der Verzweiflung brachte. Wie unerfahren und einfältig es gewesen war, sich auszumalen, diese Sturheit durchbrechen und die Liebe des Ritters für sich gewinnen zu können! Denn – dessen war sie sich inzwischen sicher – lieben konnte Wulf von Katzenstein nicht.

Die in diesem Moment durch die seitlichen Fenster hereinfallende Sonne ließ die Farben des Wandgemäldes aufleuchten, als wolle sie sie von ihrem Kummer ablenken. Die blau-goldene Borte, welche den Gekreuzigten von den Aposteln zu seinen Füßen trennte, schien beinahe plastisch hervorzutreten, während das tiefrote Blut seiner Wunden einen kraftvollen Kontrast zu dem marienblauen Hintergrund bildete. Voller Ehrfurcht faltete sie die Hände und versank in einem stillen Gebet, von dem ihre Gedanken allerdings schon bald wieder abschweiften.

Was, wenn sie ihm unrecht tat?, fragte sie sich unsicher und starrte auf das über ihr an der Decke schwebende Bild des Heilands, als ob dieser ihre Frage an Ort und Stelle beantworten könnte. Hatte der Schmerz über den Verlust der neugeborenen Tochter nicht auch Wulf deutlich gezeichnet? Er hatte sich mit einem anderen, tiefer sitzenden und viel älteren Schmerz vermischt, dessen alles erstickende Gegenwart sie bereits in der Hochzeitsnacht gespürt hatte. Sie schluckte den sich verhärtenden Klumpen in ihrer Kehle und sprach ein weiteres Gebet für die unbefleckte Seele ihres toten Kindes, das auf dem Gottesacker des Dorfes ruhte. Die in der oberen Ecke der Apsis prangende Darstellung des grausamen Kindermordes in Bethlehem zog ihren Blick unaufhaltsam an, und sie senkte hastig den Kopf. Wenn er sein Leid doch nur mit ihr teilen würde! Keinen Augenblick glaubte sie daran, dass es einzig der Verlust der Geliebten war, den er ihr eines Tages an den Kopf geworfen hatte, um sie zu verletzen. Immerhin war diese bereits seit einem halben Leben unter der Erde. Sie verlagerte das Gewicht von einem Knie auf das andere und presste die Handflächen fester aneinander. Was immer es war, es hatte seine Seele vergiftet. Unbeabsichtigt schweifte ihre Aufmerksamkeit zu den zarten Zügen Maria Magdalenas ab, deren bartloses Gesicht sie deutlich von den übrigen Jüngern abhob.

Als sie sich später an diesen Moment erinnerte, wusste sie nicht, was es gewesen war, aber die von der gemalten Figur ausstrahlende Ruhe und Selbstsicherheit verliehen ihr eine seltsame Stärke, wie sie sie vorher nicht gekannt hatte. Die neu gewonnene Entschlossenheit ließ sie die Schultern straffen. Sie würde ihren Gemahl für sich gewinnen, ganz egal, wie viele Hindernisse sie dafür überwinden musste! Wenn sie ihn dazu bringen konnte, von den Mägden, mit denen er hie und da sein Bett teilte, abzulassen, und seine Lust mit ihr zu befriedigen, dann würde sie ihn auch dazu bringen, sie irgendwann zu lieben. Sie presste entschlossen die Lippen aufeinander. Noch heute würde sie nach der heilkundigen Frau schicken lassen, die in einer Kate im Wald wohnte. Sie sollte ihr einen Liebestrank brauen, den sie Wulf in den Wein mischen würde. Sobald dieser seine Wirkung zeigte, würde sie die Wachen vor seinen Gemächern bestechen und sich zu ihm schleichen, um einen Sohn von ihm zu empfangen. Denn wenn sie ihm einen Stammhalter schenkte, würde er sie sicherlich in einem anderen Licht sehen! Als die Erinnerung an die beiden Fehlgeburten und das kurze Leben ihrer Tochter ihren Eifer ins Wanken bringen wollte, schlug sie hastig ein Kreuz und griff nach ihrem Rosenkranz.

KAPITEL 10

Ulm, Anfang Juni 1368

»ICH WEISS NICHT, ob er bereits einen Gatten für dich ausgewählt hat, aber der Befehl deines Vaters war eindeutig«, stellte Brigittas Mutter sanft fest und ließ sich neben ihrer Tochter auf der Bettkante nieder, um dem allmählich wieder zu Kräften kommenden Nesthäkchen der Familie über den Schopf zu streichen. Obschon der kleine Kaspar immer noch sehr bleich und schwach war, hatte sich sein Zustand so weit gebessert, dass er bereits wieder feste Kost zu sich nehmen konnte. Beinahe zehn Tage lang hatte die Angst um ihn alles andere in den Hintergrund gedrängt, doch allmählich kehrte der Haushalt zur Tagesordnung zurück. »Es ist ohnehin an der Zeit, dass du über einige Dinge Bescheid weißt«, fuhr sie fort und gab der zehnjährigen Magd Barbara zu verstehen, den Platz an Kaspars Seite einzunehmen. »Sorge dafür, dass er die Medizin austrinkt«, mahnte sie und zog Brigitta auf die Beine. »Wir werden einige Zeit in der Badestube sein.«

Während sich Brigittas Herzschlag beschleunigte, verwandelten sich ihre Knie in Butter. »Wie meint Ihr das?«, fragte sie mit belegter Stimme und starrte Anna von Ensingen an, die jedoch ungerührt den Gang entlang auf die Treppe zusteuerte. »Mutter?« Es war kaum ein Flüstern, das über ihre Lippen kam, und als sich die Angesprochene zu ihr umwandte, ließ die ungewohnte Unnachgiebigkeit in ihren braunen Augen Brigitta haltsuchend nach der Wand tasten. Nach einem kurzen Zögern machte Anna von Ensingen kehrt und legte ihrer Tochter leicht die Hand auf den Oberarm.

»Ich weiß, wie du dich fühlst«, stellte sie ruhig fest. »Aber es ist nun einmal unausweichlich. Früher oder später musst du vermählt werden. Und es ist meine Pflicht, dich in die Geheimnisse des Ehegemaches einzuweihen.« Sie hielt einen Moment inne, bevor sie fortfuhr: »Ich werde deinem Vater gehorchen, so wie du deinem zukünftigen Gemahl gehorchen wirst. Auch wenn du nicht immer mit allem einverstanden bist, was er entscheidet. Und jetzt komm. Ursula wartet in der Badestube.«

Damit schob sie ihre Tochter in Richtung Treppe und folgte ihr in die Halle hinab über den Hof bis zur Tür der Badestube, aus der bereits der schwere Duft von Rosenöl und Lavendel ins Freie strömte. »Ich bin bald wieder zurück. Dann werde ich dir alles erklären.« Ohne auf eine Erwiderung zu warten, zog sie die Tür auf und bugsierte Brigitta in das vernebelte Innere, das von vier großen Kerzenleuchtern und mehreren Öllämpchen erhellt wurde. Über der Feuerstelle im hinteren Teil des Schuppens hing ein großer Wassereimer, dessen Inhalt die in ein knöchellanges, weißes Gewand gekleidete Ursula soeben mit dem Finger auf seine Temperatur hin überprüfte.

»Es ist gleich so weit«, informierte sie die unbeweglich auf der Stelle verharrende Brigitta, deren Blick zu den auf einem Badetuch ausgebreiteten Werkzeugen wanderte. Ordentlich nebeneinander aufgereiht blitzten dort mehrere breite Klingen, Pinzetten und Scheren im Schein der Kerzen.

»Zieh dich aus«, forderte Ursula sie auf und verstaute ihr offenes Haar in einem Netz. »Dann kann ich dich waschen.«

Wenngleich die Magd ihr diesen Dienst schon mehr als hundert Mal erwiesen hatte, überfiel Brigitta unvermutet solche Scham, dass sie am liebsten weggelaufen wäre. Beklommen nestelte sie an den Schnürungen ihrer Fucke, löste den Schleier aus ihren Locken und drehte an Ringen und Armbändern, ehe sie diese bedächtig auf einer der Holzbänke ablegte.

»Komm schon, trödel nicht so«, ermahnte Ursula sie und half ihr aus dem ockerfarbenen Untergewand, bevor sie sie mit einem groben Schwamm von oben bis unten einseifte. Daraufhin ließ sie die fröstelnde junge Frau stehen, hievte den Eimer mit dem heißen Wasser von seinem Haken und schüttete das dampfende Nass in den Bottich. Nachdem sie noch eine Handvoll Blütenblätter dazugegeben hatte, reichte sie Brigitta die Hand und half ihr, auf der Sitzbank im Zuber Platz zu nehmen.

»Du Glückliche sollst verheiratet werden«, schnatterte Ursula, ohne die Beklemmung der anderen zu bemerken. »Wie ich dich beneide!« Mit kräftigen Strichen massierte sie Brigittas Rücken, bis dieser brannte, schäumte ihr Haar ein und wusch sie am ganzen Körper. »Dann kannst du jeden Tag mit deinem Mann verkehren!« Der breite Mund der Magd verzog sich zu einem lüsternen Lächeln, und bevor Brigitta antworten konnte, goss sie ihr einen Eimer lauwarmen Wassers über den Kopf. »Ich habe vor ein paar Tagen den neuen Gesellen besucht«, plapperte Ursula weiter und griff nach einem grobzinkigen Kamm, um Brigittas Haar zu ordnen. Als dieses so glatt wie möglich auf ihrem Rücken klebte, wandte sich die Magd ab und angelte mit einer eisernen Zange einige heiße Steine aus dem Feuer, die sie in den Kasten unter einer der langen Holzbänke legte. »Er ist einfach traumhaft!«

Brigitta, die sich allmählich von ihrer Lähmung erholte, schüttelte den Kopf, wrang das Haar aus und erhob sich. »Du solltest nicht so mit deinen Eroberungen prahlen«, schalt sie – wider Erwarten erbost. Wenngleich ihr der junge Mann eigentlich vollkommen gleichgültig war, verletzte es sie, dass sie sich offensichtlich in ihm getäuscht hatte. Wie hatte sie auch so töricht sein können anzunehmen, er sei anders als all die anderen Männer? Und das, obwohl sie ihn erst kurz zu Gesicht bekommen hatte. Sie nahm Ursula das Badetuch ab und wickelte sich darin ein, bevor sie aus dem Bottich stieg. »Ich vermute, er hat dir ewige Liebe geschworen«, setzte sie spitz hinzu und legte sich auf die Bank, die von den heißen Steinen auf eine angenehme Temperatur aufgeheizt wurde.

»Aber nein!«, prustete Ursula und griff nach einem der Schermesser. »Er weiß ja nicht einmal, dass ich es war.«

»Na, dann solltest du es ihm schleunigst mitteilen«, versetzte Brigitta kühl. »Aber sieh zu, dass mein Vater dich nicht dabei erwischt. Der hat nämlich geschworen, dass er dich rauswirft, wenn du nicht die Finger von seinen Männern lässt.«

Der Schreck, der sich auf Ursulas Gesicht abzeichnete, erfüllte sie mit einer seltsam warmen Befriedigung. Warum regte sie sich überhaupt darüber auf? Und wo war diese Lüge so schnell hergekommen?, fragte sie sich, während die Magd das Messer einölte.

Wie all die anderen Burschen würde auch der Neue bald wieder aus dem Haus verschwinden und durch einen weiteren Lehrling oder Gesellen ersetzt werden. Vermutlich war sie dann schon längst nicht mehr unter dem Dach ihres Vaters. Die erneut in ihr aufwallende Furcht verdrängte das andere Gefühl, das sie sich nicht erklären konnte, und als

Ursula sie bat, das Tuch abzulegen und den Arm zu heben, schlug ihr das Herz in der Kehle.

Mit sicheren Bewegungen befreite die Magd sie von der drahtigen Achselbehaarung, während sie das Thema geschickt zurück auf Brigittas bevorstehende Hochzeit lenkte. »Wer ist es denn?«, erkundigte sie sich ehrlich interessiert und griff nach der Pinzette.

»Ich weiß es nicht«, gab Brigitta leise zurück und spreizte gehorsam die Beine, um Ursula ihren Schambereich zu präsentieren. Das leichte Kratzen der Klinge verwandelte sich schon bald in eine neue, angenehme Empfindung, die Brigitta erstaunt registrierte. In zuckenden Wellen durchlief sie ein Gefühl der Lust, das sie leicht erröten ließ. Kaum hatte die Magd auch an dieser Stelle dafür gesorgt, dass die Haut glatt und zart schimmerte, träufelte sie etwas Rosenöl auf die Finger, das sie mit kreisenden Bewegungen einmassierte. Nur mit Mühe unterdrückte Brigitta ein wohliges Seufzen, und als Ursulas Hand weiterwanderte, hätte sie sie beinahe darum gebeten, nicht aufzuhören. Da das Mädchen sie jedoch ohnehin neugierig musterte, grub sie die Zähne in die Unterlippe und schloss die Augen.

Eines um das andere wurden auch ihre Beine rasiert und geölt, und um das Pochen in ihrem Unterleib zu unterdrücken, konzentrierte Brigitta sich auf den allmählich durch die Tür hereindringenden Gestank der Sickergruben. Nachdem diese zum letztmöglichen von der Stadt erlaubten Termin – dem Gallustag am vierten April – geleert worden waren, begannen sie sich bereits wieder zu füllen; und an schwülen Tagen wie diesem stanken sie zum Himmel.

»Diese Prozedur wirst du von jetzt an wöchentlich über dich ergehen lassen müssen«, schreckte sie die Stimme ihrer Mutter auf, und sowie Ursula beinahe schuldbewusst von ihr zurücktrat, zog Brigitta die Beine an, um ihre privateste Stelle zu verbergen. Mit einem wissenden Blick registrierte Anna von Ensingen die steil aufgerichteten Brustwarzen ihrer Tochter, deren Wangen sich mit dem Feuer der Scheu überzogen. »Du brauchst dich nicht dafür zu schämen«, las Anna die Gedanken ihrer Tochter und hielt ihr das Leintuch hin, in das Brigitta sich hastig einwickelte. »Und auch nicht für das, was ich dir jetzt sage.«

Damit ließ sie sich neben ihrer Tochter nieder und lehnte den Rücken an die warme Wand, nachdem sie ein kleines Büchlein zwischen sich und Brigitta platziert hatte. Wenngleich es in der Badestube heiß und dampfig war, trat nicht ein einziger Schweißtropfen auf die Stirn der Hausherrin. Mit einem Wink gab sie der Magd zu verstehen, sich zurückzuziehen, und obwohl man Ursula ansah, dass sie vor Neugierde beinahe platzte, folgte sie dem Befehl ohne Murren.

Sobald sie mit ihrer Tochter allein war, kam Anna von Ensingen ohne Umschweife zur Sache. »Ich nehme an, du weißt, wie Kinder entstehen«, hub sie an und musterte Brigitta forschend. Als diese nicht antwortete, fuhr sie sachlich fort. »In der Hochzeitsnacht wird dein Gatte dich in sein Bett befehlen, um die Ehe zu vollziehen. Dabei dringt er mit seinem Glied in dich ein.« Sie schlug das Buch auf und wies auf eine Zeichnung, die Brigitta erbleichen ließ.

»Das erste Mal tut es weh«, warnte Anna. »Und du wirst bluten.« Als sich Brigittas Augen entsetzt weiteten, setzte sie hinzu: »Lass ihn alles machen, lege dich einfach nur auf den Rücken. Wenn du dich zu willig zeigst, wird er annehmen, du seist eine Hure.« Sie hielt einen Moment inne, um ihre Gedanken zu ordnen. »Sieh zu, dass dein Gemahl das Blut auf dem Laken sieht. Es ist das Zeichen für deine Reinheit und Unschuld. Wenn er auch nur die geringsten Zweifel an deiner Jungfräulichkeit hat, kann er die Ehe annullieren lassen, und du bist eine gefallene Frau.« Sie hob mahnend den Zeigefinger. »Gleichzeitig hast du als Braut das Recht, ihn zurückzuweisen, wenn sein Glied nicht hart wird.«

Die Röte auf Brigittas Wangen spielte inzwischen ins Violette, und auch das Zittern ihrer Hände verriet, wie unangenehm ihr diese Unterhaltung war. Als sich die Tür der Badestube öffnete, fuhr sie heftig zusammen.

»Ah, da seid Ihr ja«, begrüßte Anna eine streng gekleidete Frau, deren Tracht sie als Hebamme auswies. Nachdem diese sich kurz vor der Herrin des Hauses verneigt hatte, zog sie einige kleine Beutelchen aus einem Bündel und reihte sie auf einer der Bänke auf.

»Wie von Euch bestellt: Petersiliensamen, Samen von Fenchel, Sellerie, Majoran, Thymian und Lavendel«, zählte sie auf und griff erneut in die Tasche. »Aronstab, Mutterkorn, Bibernellenwurzeln, Bohnenkraut und Rattenkot.« Damit streckte sie die Handfläche aus, in die Anna von Ensingen einige Geldstücke zählte.

Als die alte Frau wieder verschwunden war, lächelte Brigittas Mutter schwach und wies auf die kleinen Säckchen. »Wenn du ein Kind erwartest, es aber nicht austragen willst, kochst du dir einen Sud aus einem oder mehreren dieser Kräuter.« Brigitta riss erstaunt den Mund auf. »Wenn du verhindern möchtest, dass du empfängst«, sprach Anna weiter, »dann tränke ein Stück Baumwolle mit dem Saft der Osterluzei und lege es in deine Scheide.«

Sie schwieg einen Moment, den Brigitta ausnutzte, um ungläubig zu fragen: »Habt Ihr das jemals getan?«

Der schuldbewusste Ausdruck auf den Zügen ihrer Mutter beantwortete die Frage besser als alle Worte. »Es gibt Situationen, in denen wir Frauen auf uns allein gestellt sind. Das darfst du niemals vergessen«, murmelte Anna und drückte Brigitta das Büchlein in die Hand. »Die Zeichnungen werden dir viel erklären«, beschied sie ihr und machte Anstalten, sich zu erheben. »Es enthält auch ein paar Geschichten von Boccaccio.« Erneut verzog sich ihr Mund zu einem Lächeln. »Es ist nicht alles schlimm. Einige Dinge machen durchaus Spaß.«

Niemals zuvor hätte Brigitta ihre Mutter schelmisch genannt, doch das Funkeln, das ihre braunen Augen in diesem Moment aufleuchten ließ, verlieh ihr das Aussehen eines jungen Mädchens. »Mutter«, flehte Brigitta, bevor sich Anna von Ensingen von ihr abwandte. »Könnt Ihr ihn bitten, mich nicht mit Ortwin zu vermählen?« Die Dringlichkeit der Bitte ließ ihre Mutter die Brauen heben. »Er«, stammelte die junge Frau, »er ist widerlich!«

Es war heraus! Ihre Unterlippe bebte, als Anna sich wieder neben sie sinken ließ und ihre Hände in die ihren nahm. »Ich kann versuchen, ihn zu beeinflussen«, versetzte sie. »Aber wenn dein Vater Ortwin ausgewählt hat, werde ich ihn sicherlich nicht dazu bringen, seine Meinung zu ändern. Ich weiß, dass es mehrere Bewerber um deine Hand gibt«, setzte sie beruhigend hinzu. »Und ich kann mir vorstellen, dass Ortwin nicht die beste Partie ist.« Der Stein, der Brigitta bei diesen Worten vom Herzen fiel, war gewaltig. »Es wird ja auch nicht gleich morgen geschehen«, beschwichtigte Anna ihre Tochter weiter. »Dein Vater hat einzig und allein befohlen, dich auf die Ehe vorzubereiten. Vergiss nicht die Brautwerbung. Es wird allein Wochen dauern, bis die Männer sich über die Höhe der Mitgift einig werden.« Sie drückte Brigittas Hand und erhob sich endgültig. »Lies das. Es wird dir die Angst nehmen.« Mit diesen Worten wandte sie sich dem Ausgang zu und verschwand durch die Tür.

Lange Zeit, nachdem Anna sich entfernt hatte, starrte Brigitta blicklos auf das Büchlein in ihrem Schoß, das sich allmählich mit dem Schweiß ihrer Fingerkuppen vollsog. In weiches Ziegenleder gebunden, war es gerade so dick wie eine kräftige Scheibe Brot und kaum größer als ihre beiden aneinandergelegten Handflächen. Wenngleich Furcht und Widerwille in ihr gärten, schlug sie es nach einer scheinbaren Ewigkeit vorsichtig auf und betrachtete die überaus bildlichen Darstellungen des Ehegemaches.

KAPITEL 11

Ulm, Anfang Juni 1368

»Was soll das?«, knurrte Ortwin den reich gekleideten Geldverleiher an, der ihn zu sich in sein Kontor gebeten hatte. »Ihr habt das Wort Ulrich von Ensingens für meine Kreditwürdigkeit!« Mit vor Empörung geblähten Nasenflügeln starrte er auf das mit einem fetten, roten Siegel versehene Dokument hinab, auf dem der sorgsam maniküre Finger des Geldverleihers ruhte. Neben dem durch mehrfache Unterstreichung hervorgehobenen Betrag prangte bereits die Unterschrift des blässlichen Mannes, den Ortwin am liebsten erdrosselt hätte.

»Für wie einfältig haltet Ihr mich?«, fragte sein Gegenüber gelassen und zog die rostroten Brauen in die Höhe, was ihm das trügerische Aussehen eines verdutzten Kindes verlieh. »Hattet Ihr etwa im Ernst gedacht, die Gerüchte würden vor meiner Tür haltmachen? Inzwischen weiß doch die ganze Stadt, dass Ulrich außer Euch noch Meister Gerhard als zukünftigen Schwiegersohn in Betracht zieht.« Der schmale Mund zuckte schadenfroh, und nur unter Aufbietung all seiner Selbstbeherrschung hielt Ortwin sich davon ab, die Faust im Gesicht des Schacherers zu platzieren. »Entweder Ihr verpfändet Eure Arbeitskraft an mich, oder Ihr könnt den Kredit vergessen!« Er zögerte kurz, bevor er mit einem meckernden Lachen hinzufügte: »Ihr könnt natürlich auch betteln gehen, um das Geld für Eure Meisterfeier zusammenzubringen. Das heißt, falls Ihr eine Lizenz erhaltet.« Seine Augen verengten sich zu Schlitzen, und er tippte ungeduldig auf die Stelle, an der Ortwins Name fehlte. »Also hört auf, Euch zu zieren, und unterschreibt. Meine Geduld ist nicht ohne Grenzen!«

Obwohl er dem in seinen bauschigen Gewändern beinahe ertrinkenden Mann die Pest an den Hals wünschte, blieb Ortwin keine andere Wahl, sodass er nach dem Federkiel griff und mit zitternder Hand seine Unterschrift neben die gewaltige Summe von vierzig Gulden setzte, die zwei vollen Jahresgehältern entsprach.

»Na also«, bemerkte der Verleiher mit einem zufriedenen Feixen. »Dreißig Prozent Zins. Das ist ja beinahe ein Geschenk!«

Ortwin schluckte trocken und verfolgte angespannt, wie

der Mann mit einem der unzähligen Schlüssel an seinem Bund das schwere Schloss einer Truhe öffnete und klimpernde Münzen in ein ledernes Beutelchen schaufelte.

»Ihr vertraut mir wohl nicht?«, fragte der Geldverleiher säuerlich, als sein Besucher daraufhin den Betrag auf den Tisch schüttete und sorgfältig nachzählte.

»Seit wann vertraut man einer Schlange?«, versetzte Ortwin bissig und befestigte die Geldkatze an seinem Gürtel, nachdem er sich versichert hatte, dass alles korrekt war. Wenn Meister Ulrich die Hand seiner Tochter tatsächlich einem anderen geben wollte, hatte er soeben seine Freiheit verwirkt! Denn auf keinen Fall würde es ihm in der von dem Halsabschneider festgesetzten Frist gelingen, den Betrag zurückzuzahlen. Was zur Folge haben würde, dass er faktisch zu dessen Sklaven wurde. Die Unruhe in seiner Brust verstärkte sich, und bevor er es sich anders überlegen und dem Mann das Pergament wieder entreißen konnte, um den Handel rückgängig zu machen, tippte er sich gespielt lässig an die Kappe und machte Anstalten, sich zu entfernen.

»Vergesst nicht, dass die erste Zinszahlung am Tag nach Fronleichnam fällig ist«, schickte ihm der Rothaarige hinterher, bevor Ortwin die Tür hinter sich zuschlug. Was für ein ekelhafter Wurm!, grollte er, als er an den Bediensteten des Hauses vorbei durch den Hof auf die Straße stob, wo er mit heftig klopfendem Herzen innehielt, um Atem zu schöpfen. Schwer schmiegte sich der prall gefüllte Beutel an seine Seite, und als er nach einigen Augenblicken etwas ruhiger in Richtung Leonhardstor aufbrach, formte sich bereits ein Plan in seinem Kopf. Zuallererst würde er in eine Herberge umziehen, um allen kundzutun, dass es nur noch einer Formalität bedurfte, bevor er in den Stand eines Meisters erhoben wurde. Und dann würde er sich seines Nebenbuhlers entledigen – und zwar ein für alle Mal. Was den einen, aber entscheidenden Nachteil eines Umzuges mehr als wettmachen würde, da er dadurch sicherstellte, dass die schöne Brigitta bald für immer ihm gehörte. Allein dieses Wissen würde es ihn verschmerzen lassen, dass er sie nicht mehr so häufig zu Gesicht bekommen würde wie bisher. Die Erinnerung an das Entsetzen in ihrem Blick, als er ihrem Vater die Hand geschüttelt hatte, vertrieb die Wut auf den Geldverleiher. Wie entzückend sie erst in der Hochzeitsnacht aussehen würde, wenn sie unter ihm schrie und flehte, weinte und sich wand!

Heiße Erregung schoss durch seine Adern und trieb ihm den Schweiß auf die Oberlippe. Er musste sich konzentrieren! Mit langen Schritten eilte er die Bockgasse entlang, bis diese sich mit der Steingasse kreuzte und betrat ein einfaches, aber sauber wirkendes Gasthaus, dessen Name *Zum Grünen Baum* lediglich von einer krüppeligen, halb kahlen Linde herrühren konnte. Nachdem er eine der kleinen Dachkammern von dem katzbuckelnden Wirt gemietet hatte, verbarg er einen Teil des Geldes unter einer losen Bodendiele, stopfte sich einige Münzen in die Taschen und zog sich die Kapuze seines Mantels über den Kopf. Bei dem, was er vorhatte, wollte er auf keinen Fall von jemandem erkannt werden. Noch immer pulsierte die Erregung hart zwischen seinen Beinen, und nur widerwillig zwang er sich, an die vor ihm liegende Aufgabe zu denken. Wo sollte er anfangen zu suchen?, fragte er sich unschlüssig, während er sich der Münsterbaustelle näherte, auf der am heutigen Sonntag die Arbeit ruhte. Was, wenn die Magd nicht aufzufinden war? Seit der letzten Begegnung mit ihr hatte er sie nicht mehr gesehen, und beinahe bedauerte er, dass er sie so hart angefasst hatte. Ohne sie war sein Plan nicht durchzuführen.

Nachdem er sich vorsichtig umgeblickt hatte, huschte er von Strebepfeiler zu Strebepfeiler, spähte in Winkel und Ecken und wollte gerade aufgeben, als er ihren blonden Schopf hinter einem der Ziegelöfen aufblitzen sah. Der halbwüchsige Bengel, der sich mit in Flammen stehenden Wangen davonschlich, beschleunigte stolpernd die Schritte, als er Ortwins mächtige Gestalt hinter dem Ofen auftauchen sah.

»Du bleibst!«, befahl er barsch, als sich die mit einem Schlag kalkweiße Bäckersmagd ebenfalls aus dem Staub machen wollte. Eine kräftige Ohrfeige erstickte ihren Widerstand im Keim, und einen Moment genoss er den Anblick der maßlosen Furcht, die sie lähmte. Wie schade, dass er ihre Dienste anderweitig benötigte! Schweren Herzens ließ er von ihr ab, stemmte jedoch die Hände rechts und links von ihr gegen die Backsteine, um zu verhindern, dass sie floh.

»Hör schon auf mit der Flennerei!«, herrschte er sie an und zog eine Handvoll silberner Pfennige aus der Tasche, die im grellen Licht der Nachmittagssonne funkelten. Augenblicklich versiegten die Tränen, als das Mädchen begriff, dass er sie für etwas bezahlen wollte.

»Das ist nur die Hälfte von dem, was du verdienen kannst, wenn du tust, was ich dir sage«, lockte er und ließ die Geldstücke genüsslich vor ihr auf den staubigen Boden fallen. Während er ihr dabei zusah, wie sie den Schatz gierig auflas, lauschte er auf das schrille Kreischen der Schwalben, deren tiefer Flug ein bevorstehendes Gewitter ankündigte. Seit dem Morgen regte sich kaum ein Lüftchen in der schwülen Hitze, die Ortwin allmählich Kopfweh bereitete.

Genüsslich ließ er den Blick über ihren prall geschnürten Busen gleiten, der nur notdürftig von dem schmutzigen Stoff bedeckt wurde. Das ausladende Hinterteil hätte ihn um ein Haar dazu verleitet, sie entgegen besserem Wissen zu packen, die Röcke hochzuschieben und von hinten zu nehmen. Doch gerade als er fürchtete, die Kontrolle zu verlieren, kam sie geschmeidig wieder auf die Beine.

»Was soll ich tun?«, fragte sie mit dem Anflug eines frechen Grinsens, das er ihr am liebsten aus dem Gesicht geprügelt hätte. Wenn ihre Mithilfe für sein Vorhaben nicht unabdingbar gewesen wäre, hätte er dem Drang nachgegeben, sie daran zu erinnern, wer der Herr war. So jedoch blieb ihm nichts anderes übrig, als seinen Zorn zu schlucken und ihr seine Absicht zu erläutern.

»Das wird nicht einfach sein«, wandte sie ein, nachdem er geendet hatte. »Und außerdem nicht ungefährlich.« Ihre Augen weiteten sich gierig. »Ich bin nicht sicher, ob die Bezahlung ausreicht.«

So schnell, dass sie nicht einmal den Mund zu einem Schrei öffnen konnte, zuckten Ortwins Hände an ihre Kehle, die sie so fest umschlossen, dass er ihren sich beschleunigenden Puls spüren konnte. Beinahe nachdenklich hob er sie gerade so weit vom Boden auf, dass ihre Zehenspitzen vergeblich nach dem körnigen Sand der Baustelle tasteten. Den Mund dicht an ihrem linken Ohr zischte er drohend: »Du solltest schleunigst lernen, den Bogen nicht zu überspannen. Wer weiß, was dir sonst alles zustoßen könnte.« Er schüttelte sie wie eine nasse Katze und genoss das Wimmern, mit dem sie um Gnade flehte. »Wenn du noch einmal versuchst, mich zu erpressen, wird mein Gesicht das Letzte sein, was du in deinem armseligen Leben zu sehen bekommst!«

Da sie ersticken würde, wenn er den Griff nicht bald lockerte, stieß er sie heftig von sich und kniete sich neben sie in den Staub. »Fronleichnam an der vereinbarten Stelle! Keinen Tag später, oder du machst die Bekanntschaft des

Teufels!« Damit spuckte er zum Abschied aus, kam zurück auf die Beine und stürmte in Richtung Chor davon.

Er wollte gerade in die Schatten des südlichen Chorturmes eintauchen, als er laute Stimmen vernahm, die aus der Nische des Marienportals an der Südseite des Langhauses drangen.

»Ach, hört doch auf mit der Heuchelei!«, forderte das tiefe Organ Ulrich von Ensingens. »Wir wissen doch alle, dass Ihr mit dieser Farce lediglich eines bezweckt. Nämlich die Ernennung Eures Schwagers zum Werkmeister! Wie viel hat er Euch dafür geboten?«

Neugierig presste Ortwin sich näher an die Wand, um das Gespräch zu belauschen.

»Wie könnt Ihr es wagen, so etwas zu behaupten?«, konterte ein Tenor, den Ortwin als den Heinrich von Husens, des aalglatten Bauverwalters, erkannte. »Ihr solltet achtgeben, was Ihr sagt!«

»Ich bitte Euch«, mischte sich ein dritter Mann ein, dessen Anwesenheit einen Schleier des Hasses über Ortwins Augen zog. »Es bringt doch nichts, sich auf der Straße zu streiten wie unmündige Knaben.« Ein Schnauben bekundete Protest. »Warum wartet Ihr nicht ab, wie der Rat entscheidet?«

»Weil ein Großteil dieser Narren sich von diesem Herrn hier um den Finger wickeln lässt!«, brauste Heinrich von Husen auf – zweifelsohne mit einer anklagenden Geste Ulrich gegenüber. »Mir Vetternwirtschaft unterstellen, aber selbst nicht nur zwei Söhne, sondern auch einen Schwiegersohn auf der Baustelle beschäftigen!«, erboste er sich weiter. »Genügen die Unfälle nicht, um Euch aufzurütteln? Müsst Ihr erst Leid und Elend über die ganze Stadt bringen? Überall kehrt die Pest zurück. Was, wenn der Herr Euren Hochmut damit geißeln will, dass er auch die Ulmer wieder mit diesem Fluch belegt?« Die Stimme des Bauverwalters drohte zu kippen.

Ortwin verzog verächtlich die Oberlippe. Was für ein Feigling!

»Ich bitte Euch, von Husen«, mischte sich der dritte Mann erneut ein. »Der Rat wird entscheiden. Wer am lautesten vernehmbar ist, hat nicht unbedingt immer recht.« Sein Tonfall troff vor Zynismus.

Das Rascheln von Gewändern und ein gemurmelter Fluch verrieten das erzürnte Abrauschen des Verwalters, und als die beiden verbleibenden Männer aus dem Portal in die Sonne traten, drückte Ortwin sich noch weiter an die Mauer.

»Ich danke Euch, Gerhard«, sagte Ulrich von Ensingen mit einem wohlwollenden Blick auf seinen etwa vierzigjährigen Begleiter. »Ihr seid ein wahrer Freund. Ich denke, ich werde meine Entscheidung nicht bereuen.«

Diese Worte lösten eine neuerliche Lawine des Abscheus in dem heimlichen Beobachter aus, der dem Nebenbuhler am liebsten den Schädel zerschmettert hätte. Also waren die Bedenken des Geldverleihers begründet gewesen. Allem Anschein nach plante Ulrich tatsächlich, seine Tochter diesem alten Bock zur Frau zu geben! Ortwins Wut vermischte sich mit blinder Verlustangst. Zwar hatte er alles in die Wege geleitet, um den Fall des Widersachers herbeizuführen, doch erschien ihm diese Maßnahme im Licht der soeben belauschten Unterhaltung nicht als ausreichend.

Mit unsicherer Hand wischte er sich dicke Schweißtropfen von der Stirn. Er würde dafür sorgen, dass Meister Gerhard – sollte Ortwins Intrige fehlschlagen – das Gut, das Ulrich ihm anzubieten hatte, nicht mehr begehren würde. Und das war am einfachsten dadurch zu erreichen, dass er sein Revier schon vor der Hochzeit markierte. Ein kaltes Lächeln kehrte auf sein Gesicht zurück. Sobald sich die Möglichkeit bot, würde er die Ware kosten und somit für andere unattraktiv machen. Und sollte Gerhard dann wider Erwarten immer noch im Rennen um die Hand der schönen Brigitta sein, dann würde Ortwin empört mit dem Finger auf sie zeigen und sie der Unzucht mit dem Gesellen Gunner bezichtigen. Ein zufriedenes Glucksen stieg in ihm auf. Sollte es zum Äußersten kommen, würde er darauf bestehen, dass die Jungfräulichkeit der Braut durch eine Hebamme überprüft wurde, um sich dann als großherziger Retter der Gefallenen anzubieten. Was zweifelsohne die Mitgift noch weiter in die Höhe treiben würde! Mit neuerlich beschwingtem Schritt machte er sich auf den Weg zu seinem neuen Heim, um weiter über seinen Plan nachzudenken.

KAPITEL 12

Ulm, Anfang Juni 1368

DER MONTAGMORGEN GRAUTE feurig orange. Gähnend schälte Wulf sich aus dem verwickelten Laken, das er trotz der Hitze irgendwann in der Nacht über sich gezogen hatte. Vier Tage waren seit seiner Rückkehr aus Donzdorf vergangen, doch der nächtliche Besuch hatte sich nicht wiederholt. Nachdem er am Anfang gehofft hatte, dass es sich bei der liebeskundigen Dame um Brigitta gehandelt haben könnte, hatten ihn die anzüglichen Blicke der Magd Ursula bald die Wahrheit erahnen lassen. Während die Tochter des Hauses ihm gegenüber weiterhin eine hochmütige und gleichgültige Miene aufsetzte, verriet das vertrauliche Zwinkern der Magd, dass sie es gewesen sein musste, die ihn beglückt hatte. Wie sehr er sich am nächsten Morgen für das geschämt hatte, was geschehen war! Nachdem ihm die Flecken auf seiner Matratze verraten hatten, dass es sich nicht um einen Traum gehandelt hatte, war er mit hochrotem Kopf zum Frühstück in die Küche geschlichen, wo Hans ihn mit einem breiten Grinsen empfangen hatte.

»Na, wie war die Nacht?«, hatte dieser schelmisch gefragt und dem älteren auf die Schulter geklopft. »Ich konnte nicht schlafen.« Als Wulf eine Antwort stammeln wollte, hatte er beruhigend hinzugesetzt: »Früher oder später besucht sie jeden. Mir hat sie in der ersten Woche meiner Lehrzeit die Unschuld geraubt.« Der fassunglose Ausdruck auf Wulfs Gesicht hatte ihn kichern lassen. »Sie ist wie ein Schmetterling. Von einem zum anderen.« Der Ekel, der Wulf bei diesen Worten den Appetit verdorben hatte, war immer noch als schaler Nachgeschmack vorhanden. Wie bei seinem ersten Liebesabenteuer!, dachte er bitter und erinnerte sich an die Tochter eines Zimmermanns, die ihn mit vierzehn Jahren verführt hatte. Älter und erfahrener als er, hatte sie ihn in die Geheimnisse des Erwachsenenlebens eingeweiht, bevor sie kurz darauf an einen Fuhrmann verheiratet worden war.

Er stöhnte leise und zog sich das Hemd über den zerzausten Schopf. Wie sollte er Brigitta jemals wieder in die Augen blicken?, fragte er sich niedergeschlagen. Würde sie ihn nicht für seine Schwäche verachten – und das zu Recht? Das Kratzen des Stoffes vertrieb die letzte Müdigkeit. Andererseits ließ ihr Verhalten ihm gegenüber ohnehin nicht viel Spielraum für Hoffnung!

Mit einem Seufzen zwängte er die Füße in die Schuhe, die er am Samstag vom Schmutz der Woche gereinigt hatte, und stemmte sich in die Höhe. Da Ortwin am vergangenen Abend seine Siebensachen gepackt hatte und in eine Herberge umgezogen war, schliefen nur noch Hans, Wulf selbst, die beiden Knechte und der inzwischen aus Augsburg zurückgekehrte Geselle Martin in der kleinen Kammer, durch deren Fensterluken das aufgeregte Zwitschern der Vögel hereindrang. Nachdem er ein hastiges Frühstück hinuntergeschlungen hatte, machte er sich mit den anderen auf zur Baustelle, auf der bereits die ersten Kräne in Bewegung gesetzt wurden. Immer noch hing die schwüle Hitze des Vortages wie eine Glocke über der Stadt, sodass die von den Mörtelgruben ausstrahlende Kühle eine willkommene Erfrischung darstellte. Anders als in den meisten Jahren zuvor war in diesem Jahr die Schafskälte ausgeblieben, die stets zu Beginn des Monats Juni kühle Luft und manchmal sogar Nachtfrost brachte.

»Was ist dir denn für eine Laus über die Leber gelaufen?«, begrüßte ihn Lutz, der bereits den dreibeinigen Klappschemel aufgeschlagen hatte und mit Fäustel und Schlageisen zugange war.

»Gar keine«, gab Wulf kurz angebunden zurück, ließ sich ebenfalls nieder und zog sein Werkstück zwischen die Knie, um der allmählich Gestalt annehmenden Figur einige Hiebe zu verpassen. »Ich habe Kopfweh«, log er und ging dazu über, die Gesichtszüge zu verfeinern. Entgegen besserem Wissen wies die Statue der Jungfrau inzwischen mehr als nur eine entfernte Ähnlichkeit mit der Dame seines Herzens auf, was ihm vermutlich früher oder später Ärger, wenn nicht gar einen Verweis aus dem Haus seines Meisters einbringen würde.

Bis zum Mittagessen arbeitete er verbissen und schweigend an dem Kunstwerk, blockte alle Versuche des Freundes ab, eine Unterhaltung zu beginnen, und ließ seinen Gedanken freien Lauf. Immer häufiger keimten die zu lange unterdrückten Schuldgefühle in ihm auf, da das Behauen des gleichmäßigen Sandsteins ihm die Ratschläge seines Ziehvaters in Erinnerung rief. Als drücke ihn der Alb seiner Undankbarkeit nicht genug, kramte er zudem beinahe jeden Abend das fadenscheinige Taschentuch mit dem Wappen seines leiblichen Vaters hervor, um es anzustarren und sich einen Feigling zu schelten, weil er die Suche nach ihm vernachlässigte. Nach der niederschmetternden Nachricht vom Tod seiner Mutter schien es ihm allerdings nicht gelingen zu wollen, den Mut aufzubringen, sich auf die Suche nach dem vermutlich ebenfalls verstorbenen Ritter zu machen. Wenngleich er ihn niemals zu Gesicht bekommen hatte, wusste er instinktiv, dass er die Wahrheit lieber nicht kennen wollte als mit der schmerzlichen Alternative konfrontiert zu werden. So blieb ihm wenigstens das Bild, das er in seiner Fantasie erschaffen hatte. Und dennoch fühlte er sich verloren und einsam.

Ein ärgerlicher Ausruf ließ ihn den Blick heben und voller Verwunderung beobachten, wie der bodenständige Meister Hartmann, dessen Gesellen für die äußeren Verzierungen der Vorhalle zuständig waren, sich wie ein Habicht auf den Kreuzwinkelmeister stürzte.

»Überheblich und arrogant, das sind Eure Figuren«, keifte der graubärtige Bildhauer mit einem erbosten Fuchteln in Richtung des Zeltes, in dem Wulf, Lutz und die anderen Männer arbeiteten. »Ihr solltet ein wenig mehr Demut zeigen! All diese Details sind nicht nur unziemlich, sie müssen zweifelsohne den Unwillen Gottes erregen.«

»Was soll das, Hartmann?«, fragte Wulfs Meister unterkühlt und richtete sich zu seiner vollen Größe auf. »Stoßt Ihr jetzt in von Husens Horn?« Die Verachtung in seiner Stimme war beinahe greifbar. »Oder seid Ihr tatsächlich so bigott?«

»Seht Euch doch nur diese Weiber an!«, keifte Hartmann weiter und wies anklagend auf drei bereits fertiggestellte Jungfrauen, deren Liebreiz enorm war – trotz der Tatsache, dass es sich um die törichte Spielart handelte. »Wer soll denn darin eine Warnung erkennen? So wie Ihr sie darstellt, kommt doch jeder auf den Gedanken, dass Ihr den Herrn verspottet.« Er stemmte die Hände in die Hüften und blickte zornig auf eine der Figuren hinab.

»Besser als das langweilige Zeug, für das er den guten Stein verschwendet«, flüsterte Lutz respektlos und drehte dem Meister hinter dessen Rücken eine lange Nase. Während der Streit in unverminderter Lautstärke weiterging, setzte er hinzu: »Hast du seine Figürchen gesehen? Eine wie die andere. Sie halten sogar alle den Kopf gleich.« Er legte spöttisch den Kopf schief und zauberte ein dümmliches Lächeln auf sein Gesicht. »Ich bin der heilige Martin, und ich trage meinen Mantel in unglaublich bauschigen Falten.«

Obwohl der Zank alles andere als komisch war, konnte Wulf sich ein Prusten nicht verkneifen. Es stimmte: Der Unterschied zwischen den Stilen der beiden Meister war beinahe dramatisch. Die Statuen des Kreuzwinklers waren voller Dynamik und Lebenskraft, dagegen wirkten die Figuren Hartmanns alle wie aus einem Guss.

»Du solltest dich übrigens besonders vor ihm in Acht nehmen«, bemerkte Lutz mit einem Blick auf Wulfs Werkstück trocken. »Er bekommt die hier am besten nur aus der Entfernung zu Gesicht.« Das Feuer, das Wulf in die Wangen stieg, entlockte ihm ein Lachen. »Ich kann dich gut verstehen. Sie ist wirklich unglaublich!« Damit wandte er sich leise vor sich hin glucksend wieder seiner Arbeit zu und begann eine heitere Melodie zu summen, um das Gezeter der beiden Kampfhähne zu übertönen.

Eine Zeit lang wogte der Zwist mit unverminderter Gewalt hin und her, bis Hartmann schließlich zornentbrannt davonstürmte und der Kreuzwinkelmeister ungerührt seine Gerätschaften wieder aufnahm.

Zur Mittagszeit bekamen die Arbeiter ein einfaches Essen, bestehend aus einer Buchweizengrütze, mit Speck angemachtem Kraut, Fladenbrot, Blut- und Leberwurst und Bier. Hernach vertiefte Wulf sich erneut in sein Werkstück, während um ihn herum die Männer eine Geschichte erzählten, die ihn schon bald aufhorchen ließ.

»Sie hätten das Tor eingerissen, wenn ihnen nicht ein Spatz gezeigt hätte, wie einfach es ist«, posaunte soeben ein rotwangiger Bildhauer mit weit aufgerissenen Augen. »Immer und immer wieder haben sie versucht, den Balken in die Stadt zu befördern, aber erst der kleine Vogel hat ihnen die Augen geöffnet. Wäre er nicht gewesen, wären sie niemals auf den Gedanken gekommen, es der Länge nach zu versuchen!«

Nur mit Mühe verkniff Wulf sich ein Schmunzeln. So entstanden also Legenden, dachte er belustigt und nahm ein kleineres Werkzeug zur Hand, um die Augen seiner Jungfrau zu bearbeiten. Wenn er nicht selbst in der Schlange vor dem Herdbruckertor gestanden hätte, als der besagte Vorfall – allerdings ohne Spatz – sich zugetragen hatte, würde sicherlich auch er dem Mann mit offenem Mund lauschen, um die Geschichte am Abend weiterzutragen.

»Man sollte dem kleinen Kerl ein Denkmal setzen«, schwatzte der Steinmetz weiter und zeigte auf einen Abfallstein, der bereits die grobe Form eines Spatzen mit einem Strohhalm im Schnabel zeigte. »Ich werde Meister Ulrich bitten, ihn irgendwo anbringen zu dürfen.«

Dieser Einfall erntete erheitertes Lachen, doch schon bald wurden die Hauer wieder ernst und es senkte sich erneut Schweigen über die Gruppe. Das Geräusch von Metall auf Stein vermischte sich mit dem Brüllen der Hebemeister, dem Hämmern der Zimmerleute und dem Knarren der Stangengerüste, die im leichten Wind hin und her schwankten. Als die Stimme des Freundes Wulf nach langer Zeit aus der Versenkung riss, wich die Hitze des Tages dem lauen Abend, und die meisten der Bildhauer hatten bereits ihre Siebensachen zusammengepackt und verstaut.

»Du willst wohl die Nacht hier verbringen?«, scherzte Lutz mit einem Augenzwinkern und ging neben Wulf in die Hocke, um bewundernd über das nahezu vollendete Gesicht der Jungfrau zu streichen. »Sie ist wunderschön«, hauchte er ehrfürchtig und warf dem Jüngeren einen anerkennenden Blick zu. »So schön, dass Ensingen dir vielleicht nicht den Kopf dafür abreißt.« Die Bewunderung wich einem heiteren Ausdruck. »Wir treffen uns heute Abend in der Trinkstube. Kommst du mit?«

Die dicht bewimperten Rehaugen klimperten schelmisch, als Lutz die Pose der fülligen Schankwirtin Gudrun nachahmte. »Du sollst es nicht bereuen, du strammer Bursche!«

Obwohl Wulf im ersten Moment hatte ablehnen wollen, war die unbeschwerte Heiterkeit des Freundes so verlockend, dass er diesen grinsend in die Seite knuffte und zustimmte.

»In einer Stunde?«, fragte er und verpackte sorgfältig sein Arbeitszeug. Dann würde ihm noch genug Zeit bleiben, etwas zu essen und sich ein wenig frisch zu machen. Der Schweiß des harten Arbeitstages klebte in einer salzigen Kruste auf seiner Haut, und da das Haus seines Meisters über eine allgemein zugängliche Badestube verfügte, würde er sich heute den Luxus eines ausgiebigen Bades gönnen.

»Abgemacht«, erwiderte Lutz, schulterte sein Bündel und machte sich in Richtung Barfüßerabtei davon. Nachdem auch Wulfs Beutel auf seinem Rücken ruhte, schlenderte er an den übermannshohen Stapeln fertiger Backsteine vorbei, welche die Ziegler in den vergangenen Tagen gebrannt hatten. Da sowohl das untere Stockwerk des Westturmes als auch das gesamte Langhaus aus diesem widerstandsfähigen Material gemauert werden würde, wuchsen die Ziegeltürme täglich. Zwar schwangen die Mauerer unermüdlich ihre Kellen, doch wenn die Öfen weiterhin auf Hochtouren liefen, würden die Ziegelstreicher bald eine Pause einlegen müssen.

Als Wulf das Haus Ulrich von Ensingens erreichte, verschwand er kurz im Quartier der Lehrknechte, bevor er sich auf den Weg in den Hof machte, um das geplante Bad zu nehmen. Auf seine Bitte hin gab ihm die Köchin drei dicke Scheiben Brot, Kochbirnen und einen Teller Eintopf mit, die er auf einer der Bänke abstellte, sobald er die Badestube betreten hatte. Leise vor sich hin pfeifend hievte er mehrere Kübel kalten Wassers in einen der kleineren Bottiche, goss den über der Feuerstelle erhitzten Eimer hinzu und ließ sich mit einem Wonnelaut in das lauwarme Nass sinken. Nachdem er sich eingeseift hatte, tauchte er mehrere Male unter, bevor er genüsslich das Abendessen zu sich nahm und nach einer guten halben Stunde erquickt und gesättigt wieder in seine Kleider schlüpfte.

Sorgfältig tastete er nach dem in seiner Heuke verstauten Wappen seines Vaters, das er von nun an immer mit sich führen würde. Wer wusste, ob er vielleicht jemanden traf, der ihm in dieser Angelegenheit weiterhelfen konnte? Denn eines hatte er heute beschlossen: Er würde nicht vor lauter Furcht, etwas Niederschmetterndes zu erfahren, die Gelegenheit verstreichen lassen, in der Stadt Erkundigungen über den Liebhaber seiner Mutter einzuholen. Denn nur Kinder fürchteten sich vor der Angst! Und Angst war es, die ihn bisher davon abgehalten hatte, etwas zu unternehmen. Kalte, nackte Furcht vor dem, was er eventuell in Erfahrung bringen könnte.

Voll neu gewonnenen Mutes zog er die Tür hinter sich ins Schloss und steuerte an der Waschstube und den Gärten vorbei in Richtung Hoftor. Er war gerade in den langen Schatten einer ausladenden Kastanie eingetaucht, deren Blätter im warmen Licht der Abendsonne matt glänzten, als direkt vor ihm eine schlanke Gestalt auftauchte, die bei seinem Anblick zusammenschrak. Zwei hektische rote Flecken malten sich auf die hohen Wangenknochen, als Brigitta den Korb vor ihrer Brust fester umklammerte und unwillkürlich einen Schritt vor ihm zurückwich. Der Bruchteil eines Augenblicks verstrich in spannungsgeladener Stille, bevor sie ihn erkannte und mit einem nur mühsam verborgenen Aufatmen den Rücken versteifte und die vollen Lippen aufeinanderpresste. Die beinahe schwarz wirkenden Augen verengten sich verächtlich, als sie ihn schweigend von oben bis unten musterte. Während er wie erstarrt eine der weizenblonden Locken an ihrer Schläfe beobachtete, mit der die sanfte Abendbrise spielte, fühlte er seinen Mund austrocknen und seine Handflächen feucht werden. Er wollte gerade zu einer witzigen Bemerkung ansetzen, als sie ihm brüsk den Rücken zuwandte und Anstalten machte, davonzustolzieren.

Vor den Kopf gestoßen, zögerte er einen Moment, bevor er ihr nachsetzte und sich neben sie schob. »Wir sind uns noch gar nicht richtig vorgestellt worden«, bemerkte er höflich und vertrat ihr den Weg, um ihr die Rechte zu reichen, die er heimlich an seiner Hose abgewischt hatte. »Mein Name ist Wulf.«

»Ich weiß«, erwiderte sie spitz, ohne ihn anzublicken, und ignorierte die Hand, die Wulf verwirrt sinken ließ. »Hans hat dich eingeführt. Vielleicht erinnerst du dich noch daran.« Sie hielt kurz inne und runzelte die Brauen. »Aber vermutlich warst du in letzter Zeit zu beschäftigt.« Sie funkelte ihn verärgert an. »Ich bin Brigitta, die Tochter deines Meisters«, fügte sie kalt hinzu und gab ihm mit einer knappen Geste zu verstehen, ihr aus dem Weg zu gehen. Als er ihren Wink ignorierte, zischte sie: »Nachdem das ja nun erledigt ist, wäre ich dir dankbar, wenn du mich durchlassen würdest. Ich wünsche dir einen schönen Abend!«

Damit machte sie einen Schritt auf Wulf zu, der allerdings wie festgemauert vor ihr stehenblieb und sie verdutzt und waidwund ansah. »Was willst du von mir?«, fauchte sie mit einem erzürnten Zurückwerfen des Kopfes. »Wenn du auf der Suche nach einer weiteren Trophäe bist, dann solltest du dich an die Mägde halten!« Damit bohrte sie ihm den Zeigefinger in die Brust und schob ihn unsanft zur Seite, um mit fliegenden Röcken durch das Tor zu verschwinden, das Wulf eine Zeit lang fassungslos angaffte. Sobald die Bedeutung ihrer Worte sein Gehirn erreichte, stieß er einen gequälten Laut aus und ballte die Fäuste an den Seiten, um sich davon abzuhalten, sich zu ohrfeigen. Verdammt! Wie hatte er nur so dumm sein können zu hoffen, dass sie niemals von seinem Abenteuer mit Ursula erfahren würde?

Da seine Beine ihm ohne Vorwarnung den Dienst versagten, ließ er sich auf das kleine Mäuerchen sinken, das den Gemüsegarten umfing. Damit hatte sich auch die entfernteste Hoffnung, sie jemals beeindrucken zu können, in Rauch aufgelöst. Lange Zeit saß er einfach nur da und haderte mit seinem Geschick, bis ihn schließlich das helle Glöckchen der Barfüßerkirche daran erinnerte, dass er eine Verabredung hatte. Lustlos und mürrisch kam er auf die Beine, trat einen Haufen Hühnerfedern beiseite und trottete auf den Ausgang zu, durch den auch Brigitta verschwunden war.

KAPITEL 13

Ulm, Anfang Juni 1368

ÄRGERLICH ÜBER SICH SELBST und das Durcheinander ihrer Gefühle stürmte Brigitta blindlings durch die Straßen. Trotz des vorgetäuschten Hochmuts wünschte sie sich, nicht so grob zu Wulf gewesen zu sein. Nur am Rande nahm sie den erstickenden Gestank der Stadt war, der sich aus Kuh- und Pferdedung, menschlichen Exkrementen und Verwesung zusammensetzte. Er schien selbst die schwüle Hitze der vergangenen Tage verstärkt zu haben. Angewidert wich sie dem aufgebrochenen Kadaver einer verendeten Taube aus, auf dem sich grün schillernde Schmeißfliegen tummelten. Der süßlich stechende Geruch ließ sie die Nase rümpfen und die Schritte weiter beschleunigen, um so schnell wie möglich das Heilig-Geist-Spital zu erreichen und den Auftrag ihrer Mutter zu erledigen. Der Tag, der mit Waschen, Spinnen und weiteren Tätigkeiten im Haus ausgefüllt gewesen war, war wie im Flug verstrichen. Und da sie morgen mit ihrer Mutter die Tuche für das Brautkleid und ihre Mitgift aussuchen musste, hatte Anna von Ensingen darauf bestanden, dass Brigitta den Botengang noch heute erledigte.

»Wir werden mindestens ein Dutzend Gewandschneider aufsuchen müssen«, hatte sie gewarnt, was in Brigitta eine Mischung aus Aufregung und Bangigkeit hervorgerufen hatte. Als ihr Vater ihr am Vortag den Namen ihres zukünftigen Bräutigams genannt hatte, war sie vor Erleichterung um ein Haar in Ohnmacht gefallen. Denn obschon der achtunddreißigjährige Meister Gerhard auf den ersten Blick ein wenig altbacken und trocken wirkte, zeugten die Lachfalten um seine grünen Augen von Humor und Milde. Zwar war er beinahe kahl, doch das gutmütige Gesicht machte diesen Makel mehr als wett.

»Er ist einer der angesehensten Meister der Zunft«, hatte Ulrich von Ensingen ihr mitgeteilt und ihr befohlen, sich mit ihrer Mutter um die nötige Ausstattung zu kümmern. »Ihr werdet noch dieses Jahr vermählt.«

Zwar hatte die Erleichterung, dass Ulrichs Wahl nicht auf Ortwin gefallen war, Brigitta diese Tatsache beinahe froh akzeptieren lassen, doch das Zusammentreffen mit Wulf hatte etwas in ihr ausgelöst, das sie nicht zu erklären vermochte. Entgegen des selbstgerechten Zorns, den sie gegen ihn hegen wollte, hatte die Verwirrung in seinem Blick ihr einen prickelnden Schauer über den Rücken gejagt, den sie nur mühsam vor ihm verborgen hatte. Der beinahe unheimliche Kontrast des pechschwarzen Haares und der bernsteinfarbenen Augen hatte – trotz allen Ärgers – ihr Herz schneller schlagen lassen. Und als er sich vor ihr aufgebaut hatte, um ihr den Weg zu vertreten, waren ihr die breiten Schultern und der geschmeidige Körperbau aufgefallen. Nur mühsam hatte sie der Versuchung widerstanden, sich vorzustellen, wie er wohl ohne Hemd aussehen mochte, und noch immer wollte ihr bei der Erinnerung die Schamesröte in die Wangen steigen. Beinahe hätte sie in die ihr dargebotene Hand eingeschlagen, doch es war vielmehr die Furcht vor dem, was sie dabei empfinden könnte, als ihr Missfallen, das sie davon abgehalten hatte. Ein Kribbeln in ihrem Unterleib hatte sie unangenehm berührt von einem Fuß auf den anderen treten lassen, und sie betete, dass Wulf diese Geste als Ungeduld ausgelegt hatte. Denn auf keinen Fall wollte sie, dass er sich etwas darauf einbildete, wie er auf sie gewirkt hatte! Während ihre Zähne die ohnehin schon wunde Lippe bearbeiteten, hastete sie weiter nach Osten, bis die Ummauerung des Spitals vor ihr auftauchte, die sich dunkel vor dem Hintergrund des Umlandes abhob. Der Himmel hatte sich inzwischen zu einem verwaschenen Türkisblau verfärbt, und die ersten Schleierwolken zeigten bereits einen Hauch von Abendrot. In weniger als einenhalb Stunden würde die Nacht hereinbrechen. Dieses Wissen ließ Brigitta beinahe unhöflich an der Torhüterin vorbei in die Küche des Hospitals stürmen, wo sie Schwester

Anna Blumen, Kräuter und einige saftige Speckseiten überreichte, die diese strahlend entgegennahm. »Für die armen Pfründner«, ließ sie Brigitta wissen, deren Familie wie so viele andere mit ihren Spenden dafür sorgte, dass die mittellosen Alten ihren Lebensabend mehr oder weniger erträglich verbringen konnten.

Sobald ihr Korb geleert war, machte sich die junge Frau auf den Heimweg, der sie an der Schule des Spitals, der Beginensammlung und dem Judenhof vorbeiführte. Dort wollte sie gerade nach rechts in die Breite Gasse abbiegen, als direkt vor ihr ein mit Schlachtvieh beladener, dreiachsiger Wagen in einem Schlagloch versank und stecken blieb. Als der lautstark fluchende Lenker die Zugtiere brutal antrieb, brach das festgefahrene Hinterrad mit einem ohrenbetäubenden Krachen, was zur Folge hatte, dass der Karren nach unten sackte und nun vollends den Weg versperrte. Das schrille Quieken der Schweine verstärkte sich zu einem wahren Höllenspektakel, als einige herbeigeeilte Straßenbengel versuchten, den Verschlag zu öffnen, um sie zu stehlen. Lediglich das beherzte Eingreifen zweier Stadtwächter bewahrte den Besitzer der Tiere vor dem Verlust, der für den in das Waidblau der Bauern gekleideten Mann ohne Zweifel eine Katastrophe dargestellt hätte. Mit grimmigen Mienen und gezogenen Schwertern setzten die Wächter den zerlumpten Burschen nach, die sich jedoch in Windeseile in alle Himmelsrichtungen zerstreuten.

Trotz aller Eile fühlte Brigitta sich von der Menschenmenge angezogen, die sich innerhalb kurzer Zeit an der Unglücksstelle versammelte. Als habe jemand mit einem Stöckchen in einem Ameisenhaufen gestochert, strömten Männer, Frauen und Kinder aus den Häusern und Katen, um den Unglücklichen entweder zu beschimpfen oder ihm bei der Bergung seiner Fracht behilflich zu sein. Nachdem einige kräftige Burschen mithilfe der Zugtiere den Karren aus dem Loch geschoben hatten, sprang der Lenker vom Bock und ging neben dem zerborstenen Rad in die Knie. Die Flüche, die er im breiten Dialekt der Alb ausstieß, veranlassten manche Mütter, ihren Kindern die Ohren zuzuhalten und diese zurück ins Innere der Behausungen zu treiben. Als die Männer begannen, das schadhafte Rad abzubauen, verlor Brigitta das Interesse, wandte sich ab und schlenderte zurück zur letzten Weggabelung.

Wenn sie sich nach links wandte, würde sie schnurstracks auf die Münsterbaustelle zusteuern, von der aus es keine halbe Meile mehr bis zum Haus ihres Vaters war. Zwar war sie bisher nie von den gepflasterten Straßen abgewichen, doch was sollte ihr schon geschehen? Geld hatte sie keines, und auch ansonsten trug sie nichts bei sich, das zu stehlen sich gelohnt hätte. Mit einem Achselzucken duckte sie sich unter einer Wäscheleine hindurch und betrat eines der weniger feinen Viertel der Stadt, in dem Tagelöhner, Krämer und Kleinbäcker sich den Platz teilten. Je weiter sie in das Gewirr der engen Gässchen eintauchte, desto dunkler wurde es, da die obersten Stockwerke der gegenüberliegenden Häuser sich beinahe berührten. Wenngleich sie es sich nicht eingestehen wollte, bedauerte sie bereits nach wenigen Minuten ihren Mut, der sie weitab geführt hatte von dem Weg, den sie für gewöhnlich benutzte. Dunkel glotzten ihr die unverglasten Fensterluken der schäbig wirkenden Katen entgegen, und aus manch einem Winkel drang das Gebrüll eines Betrunkenen oder das Weinen eines Kindes. Ein durch die Gasse schallender Schlag ließ Brigitta zusammenfahren und die Röcke raffen, um schneller das hell lockende Ende des schmalen Durchganges zu erreichen. Als sie mit hämmerndem Herzen auf der Rückseite der gewaltigen Baustelle angelangt war, hielt sie zitternd an, um Atem zu schöpfen und ihren rasenden Herzschlag zu beruhigen. Das nächste Mal würde sie abwarten, bis das Hindernis aus dem Weg geschafft war!, schwor sie sich und befeuchtete die trockenen Lippen. Schaudernd blickte sie über die Schulter zurück in den dunkel gähnenden Schlund, in dem allerlei Schreckensbilder zu tanzen schienen. Es wäre besser, diese Dummheit für sich zu behalten, da ihr ansonsten eine Standpauke drohte, die sie vermutlich nicht so bald vergessen würde. So schnell sie ihre Beine trugen, eilte sie auf die hell erleuchtete Bauhütte zu, aus der fröhlicher Zechlärm an ihr Ohr drang.

Die sich hinter den beschlagenen Scheiben drängenden Silhouetten der grölenden Steinmetze flößten ihr umgehend ein Gefühl der Zuversicht ein. Als sie kurz darauf ein leises Wimmern vernahm, hatte sie wieder so viel Selbstsicherheit gewonnen, dass sie, ohne nachzudenken, das Holzlager zu ihrer Linken betrat, um der Herkunft des jämmerlichen Lautes auf den Grund zu gehen. Da die Balken, Bretter und Stangen im Schatten der Chortürme lagerten, herrschte innerhalb der Umzäunung beinahe vollkommene Finsternis. Erst als sich ihre Augen an die Dunkelheit gewöhnt hatten, entdeckte Brigitta das winzige Kätzchen. Wie eine flauschige Schneeflocke hob sich das Tier von dem Hintergrund des dunklen Backsteines ab, vor den es sich schutzsuchend gekauert hatte. Wie es ihm gelungen war, den übermannshohen Stapel Schalbretter zu erklimmen, war Brigitta ein Rätsel, doch es war offensichtlich, dass das Fellknäuel sich vor der Höhe fürchtete.

»Hab keine Angst«, sagte sie beruhigend und setzte den Fuß auf einen hervorstehenden Balken, um nach dem bebenden Tierchen zu greifen. Obwohl es die Krallen in das weiche Holz grub, gelang es ihr mühelos, das Kätzchen aus seiner prekären Lage zu befreien und an die Brust zu drücken, um ihm sanft über den Rücken zu streicheln. Zwar wimmelte es im Haus ihres Vaters bereits von Katzen, doch da auch die Mäuse und Ratten stetig an Zahl zunahmen, würde bestimmt niemand etwas gegen einen Neuzugang einzuwenden haben. Ohne sich Gedanken um ihre Fucke zu machen, ließ Brigitta sich auf einem Holzklotz nieder, um das Tier in ihren Schoß zu betten und so weit zu beruhigen, dass sie es in ihren Korb setzen konnte. Während sie das makellose Weiß des Fells bewunderte, verschmolz um sie herum der Lärm aus der Trinkstube mit dem Kreischen der Schwalben und dem Gemurmel der Stadt.

KAPITEL 14

Ulm, Anfang Juni 1368

»ALLE WEIBER SIND von Natur aus lüstern und falsch. Wenn man sichergehen will, dass die eigene Braut einen nicht mit einem anderen betrügt, sollte man sie noch in der Hochzeitsnacht den Gürtel spüren lassen!« Ortwins Stimme war rau vom Wein. »Dann weiß sie, was ihr bevorsteht, wenn sie sich nicht fügt.« Er verzog den Mund zu einem anzüglichen Grinsen. »Man sollte es allerdings nicht übertreiben, sonst kommt der Spaß zu kurz.« Diese Ausführung erntete das brüllende Gelächter der in der Trinkstube versammelten Männer, und einzig Wulf, Lutz und einige der jüngeren Gesellen schüttelten missfällig den Kopf.

»Was für ein Widerling!«, raunte Lutz dem Freund zu, dessen angespannte Körperhaltung verriet, dass er Ortwin am liebsten geohrfeigt hätte. Ohne auf ihn zu achten, stemmte Wulf sich von der Bank in die Höhe, sodass er die Sitzenden überragte, und warf erzürnt in den Raum: »Woher nimmst du diese Weisheit?«

Das aufgekratzte Röhren, mit dem die Versammelten diese Herausforderung quittierten, übertönte das Schlagen der Rathausglocke, welche die neunte Stunde verkündete. Ohne ersichtlichen Grund fühlte sich der junge Mann von den Reden provoziert, und erst als er sich zurück auf die harte Sitzfläche sinken ließ, wurde ihm klar, warum er sich so über Ortwin aufregte. Instinktiv hatte er dessen Beleidigungen auf seine leibliche Mutter bezogen, die von ihrem Gemahl nichts als Unrecht erfahren hatte – glaubte man dem Bericht des Mannes, den er in Donzdorf getroffen hatte.

»Du bist wohl sauer, dass dir die kleine Brigitta durch die Lappen gegangen ist?«, höhnte ein untersetzter Steinmetz an Ortwin gewandt und verhinderte so eine Antwort auf Wulfs Frage, da der so Herausgeforderte umgehend die blutunterlaufenen Augen auf den gedrungenen blonden Mann richtete.

»Halt besser dein Maul, Anselm«, knurrte er gefährlich ruhig und nahm einen tiefen Schluck aus seinem Kupferbecher. »Oder du bereust, heute aufgestanden zu sein!«

»Hör schon auf«, mischte sich ein anderer ein. »Es zerreißt dich doch, dass Meister Gerhard der Glückliche sein wird, der sie *bossieren* kann!«

Erneut erstickte das Gelächter eine Antwort, doch selbst wenn dies nicht der Fall gewesen wäre, hätte das Tosen in Wulfs Ohren alles andere übertönt. Brigitta sollte verheiratet werden?! Der Schock über diese Neuigkeit erschütterte ihn bis ins Mark. Warum hatte sie ihm nichts davon gesagt? Die Frage war so irrational, dass ihm selbst auffiel, wie töricht sie war, doch das änderte nichts an der niederschmetternden Tatsache. Während das Geplänkel an Lautstärke zunahm, lehnte er sich mit einem unterdrückten Stöhnen zurück an die Wand und schloss frustriert die Augen. Wenngleich es jeglicher Logik entbehrte, hatte er tief in seinem Inneren gehofft, sie für sich gewinnen zu können. Zwar war die Begegnung an diesem Abend alles andere als Erfolg versprechend verlaufen, doch hatte er sich eingebildet, hinter der abweisenden Kälte etwas zu entdecken, das zu seinen Gunsten gedeutet werden konnte. Hatte aus ihren Worten nicht die blanke Eifersucht gesprochen? Er vergrub die Finger in seinem Haar und rief sich die Szene in Erinnerung. Das empörte Beben der Nasenflügel und die zauberhafte Röte, die sich über ihre Wangen gelegt hatte! Es war wie ein Tritt in den Bauch.

Das Poltern einer umfallenden Bank schreckte ihn aus den Gedanken und ließ ihn gerade noch rechtzeitig einem in seine Richtung fliegenden Kelch ausweichen, der mit einem metallenen Scheppern gegen die Wand prallte. Während Wulf mit seinem Schicksal gehadert hatte, hatten Ortwin, der blonde Untersetzte und ein weiterer kräftig gebauter Steinmetz ein Handgemenge begonnen, sodass sich inzwischen nicht nur diese drei in einem Knäuel aus Armen und Beinen auf dem

Boden wälzten. Ein wuchtiger Faustschlag ließ Ortwin die massigen Arme nach oben reißen, um weiteren Schaden zu verhindern, während das Blut aus seiner Nase schoss. Der über ihm kniende Blondschopf wollte gerade nachsetzen, als die Schankwirtin der Trinkstube wie eine Furie dazwischenfuhr, das Handgelenk des Mannes packte und diesen anblaffte: »Schluss damit! Auf der Stelle! Wenn ihr euch prügeln wollt wie die Knaben, dann macht das auf der Straße. In meiner Stube herrscht Frieden!« Ihr fleischiges Gesicht war zu einer Maske des Zornes verzogen. »Wenn es euch nicht genügt, die anderen mit eurer Großmäuligkeit zu belästigen, dann raus!« Damit bekam sie sowohl Ortwin als auch den Blonden unzeremoniös beim Kragen zu fassen und zerrte sie mit ungeahnter Kraft auf die Tür zu, die sie mit dem Fuß aufstieß, um die Streithähne nach draußen zu befördern.

»Das gilt auch für die anderen!«, fauchte sie drohend, sobald sie sich wieder ihren Gästen zugewandt hatte. »Prügeleien dulde ich hier nicht!« Mit einer Kopfbewegung gab sie ihren beiden Gehilfen zu verstehen, dass sie sie nicht benötigte, bevor sie zurück hinter den Tresen rauschte, um sich mit einem öligen Lächeln an einen gut gekleideten Meister zu wenden und diesem den Becher zu füllen.

Eine Zeit lang starrte Wulf leer in den rubinrot funkelnden Wein, der ihm mit jedem Schluck weniger schmeckte, bevor er den Kelch auf den Tisch stellte und mit einem Seufzen verkündete: »Mir ist der Spaß vergangen. Ich gehe schlafen.«

Obwohl Lutz ihn mit gerunzelter Stirn anblickte, verstand der Freund, dass es nicht nur der handgreifliche Streit war, der Wulf die Laune verdorben hatte. Mit einem aufmunternden Lächeln klopfte er ihm auf die Schultern und versetzte tröstend: »Das wird schon wieder.«

Doch dessen war Wulf sich nicht so sicher. Wie um alles in der Welt sollte sich dieser Schlamassel von selbst aus der Welt schaffen? Er schluckte eine patzige Antwort, verzog gequält die Mundwinkel und drängte sich durch die aufgeregt durcheinanderredenden Männer zum Ausgang. Im Freien angekommen, tat er einige tiefe Atemzüge, um den Aufruhr in seinem Innern zu beruhigen, bevor er sich nach Norden wandte, um noch vor dem Schließen der Tore ins Haus seines Meisters zu schlüpfen. Zwar hatte er die Köchin mit einigen Pfennigen bestochen, ihn heimlich einzulassen, doch war es sicherlich einfacher, wenn er sie nicht aus dem Bett holen musste.

Er wollte gerade die Bauhütte links liegen lassen, als ihn ein abrupt abgeschnittener Schrei innehalten und in die Dämmerung lauschen ließ. Ein ersticktes Gurgeln wurde begleitet von dem Geräusch zerreißenden Stoffes. Als kurz darauf zwei unmittelbar aufeinanderfolgende Schläge seinen Verdacht bestätigten, schüttelte er auch den letzten Rest Benommenheit ab. Misstrauisch geworden eilte er auf das Holzlager zu, hinter dessen Umzäunung sich zwei Schemen abzeichneten. Vermutlich wollte sich ein Betrunkener an einer der unzähligen Dirnen der Stadt vergreifen, ohne diese für ihre Dienste zu bezahlen. Eigentlich hätte es ihm egal sein sollen, doch ein tief sitzendes Ehrgefühl ließ nicht zu, dass er sich davonschlich wie ein Dieb in der Nacht.

Froh darüber, den einen Becher Wein nicht ganz geleert zu haben, straffte er die Schultern und trat in den breiten Durchgang, wo er beinahe über einige umgefallene Gerüststangen gestolpert wäre. Offenbar hatte an dieser Stelle ein erbitterter Kampf stattgefunden. Als sich seine Augen an das Zwielicht gewöhnt hatten, wollte ihm das Herz in der Brust erkalten. In einer dem Chor zugewandten Ecke hielt

Ortwin ein halb besinnungsloses Mädchen mit der Rechten am Hals gepackt, während er mit der Linken ihr Kleid vom Halsausschnitt bis zum Nabel zerriss. Die vollen, schweren Brüste, die dabei herauspurzelten, wurden augenblicklich von der Flut blonder Locken bedeckt, die dem kleinen Schleier auf dem Kopf des Mädchens entflohen waren.

»Hör auf, dich zu wehren«, knurrte der betrunkene Geselle gefährlich ruhig und hob erneut die Hand, um sein Opfer zu züchtigen. Doch bevor der Schlag die junge Frau treffen konnte, stürzte sich Wulf mit einem heiseren Wutschrei auf ihn. Die Lähmung, die gedroht hatte, ihn untätig an Ort und Stelle festzunageln, fiel in dem Moment von ihm ab, als Brigitta flehend den Blick hob und er die grenzenlose Furcht in ihren Augen las. Wie ein Wahnsinniger drosch er auf den Rücken des riesenhaften Steinmetzen ein, der mit unheimlicher Geschwindigkeit zu ihm herumwirbelte. Kaum erkannte er seinen Widersacher, verzog sich sein Mund zu einem grausamen Lächeln, das sich verbreiterte, als er Wulf mit einem gut gezielten Hieb die Nase brach und sofort brutal nachsetzte. Während der Schmerz wie ein Dolchstich in Wulfs Gehirn fuhr, tränkte das Blut innerhalb kürzester Zeit sein Hemd, und er spürte, wie die immer schneller aufeinanderfolgenden Schläge ihn zermürbten. Wenn er seinen Gegner nicht bald zu Fall brachte, würde dieser nicht nur ihn töten, sondern vermutlich auch Brigitta, die auf dem Boden zusammengesackt war. Er musste sie beschützen!

Unter Aufbietung all seiner Konzentration wich er der durch die Luft zischenden Faust des Gesellen aus und duckte sich unter seinem Arm hindurch, sodass er ihm in den Rücken gelangte. Mit der Kraft der Verzweiflung trat er ihm in die Kniekehlen und stürzte sich auf ihn, sobald Ortwin mit einem scheußlich knackenden Geräusch auf dem Boden aufprallte. Im Bruchteil eines Augenblicks schwang er sich rittlings auf die Brust des Gefallenen und prügelte blindlings auf sein Gesicht ein, das bald ebenso blutbesudelt war wie sein eigenes. Als sein Gegner unter ihm erschlaffte, tastete er nach einer der Gerüststangen, zog sie zu sich heran und presste sie quer über die Kehle des heftig keuchenden Steinmetzen.

»Wage es nicht, sie noch einmal anzurühren!«, drohte er hitzig, während Sterne der Wut vor seinen Augen tanzten. Am liebsten hätte er den Druck der Stange so weit erhöht, dass Ortwin nie wieder jemanden belästigen würde. Doch dann würde er zum Mörder werden, und das war dieser Mistkerl nicht wert. Dennoch verstärkte er den Griff, bis Ortwins Augen aus den Höhlen zu treten drohten.

»Wenn ich dich noch einmal in ihrer Nähe sehe«, zischte er dicht am Ohr seines Widersachers, »dann kannst du Gift drauf nehmen, dass ich dich wegen Notzucht anzeige. Und was dir dann blüht, kannst du dir denken.«

Der Gedanke daran, vor den Augen der ganzen Stadt entmannt und anschließend gehäutet zu werden, ließ dem schwer atmenden Riesen die Farbe aus dem Gesicht weichen. Denn in dieser Hinsicht verstanden weder die Stadtwache noch der Stadtrat auch nur einen Funken Spaß. Wer sich ohne deren Zustimmung an einer freien Bürgerin verging, war des Todes.

»Ich werde Ulrich hiervon in Kenntnis setzen«, zischte Wulf und schleuderte die Stange zurück auf den Haufen, bevor er Ortwin auf die Beine zerrte. »Hau ab und lass dich nie wieder bei ihr blicken!«, knurrte er drohend.

Als Ortwins humpelnde Gestalt verschwunden war, näherte er sich unsicher dem Mädchen, das sich mit angezogenen Beinen weinend hin und her wiegte. Vor ihre Brust hatte sie etwas Weißes gepresst, das Wulf erst bei genauerem Hinsehen als ein totes Kätzchen erkannte. Schluchzend strich sie immer und immer wieder über das Fell des Tierchens, dessen Kopf schlaff nach unten hing. Nach einem letzten Blick über die Schulter zog Wulf sich, ohne zu überlegen, das Hemd über den Kopf und bot es Brigitta an, bevor er ihr etwas beschämt den Rücken zukehrte. Das Rascheln des Stoffes verriet ihm, dass sie ihre Blöße bedeckt hatte, und als er ihr wieder das Gesicht zuwandte, war sie bereits leicht schwankend auf die Beine gekommen. So viel Schmerz, Angst und Demütigung lagen in ihrem Blick, dass er, ohne zu zögern, auf sie zutrat und sie wortlos an seine Brust drückte. Zuerst versteifte sich ihr ganzer Körper, doch als er ihr behutsam die tote Katze entwand und auf ein Brett bettete, war es, als fiele ein Bann von ihr ab. Während sie ihren Tränen freien Lauf ließ, saugte sich der dünne Stoff seines Unterhemdes unaufhaltsam voll. Trotz der Dramatik des Augenblicks genoss er das Gefühl, das ihn durchströmte, als sie ihre Arme Hilfe suchend um ihn schlang. Zuerst schüchtern, dann beherzter fuhr er mit der Handfläche ihren Rücken entlang, um sie zu beruhigen, und flüsterte tröstende Worte in ihr Ohr. Eine scheinbare Ewigkeit klammerte sie sich an ihm fest, weinte, zitterte und rang nach Luft, bis sie sich schließlich ein wenig fasste und sich mit hängendem Kopf von ihm löste.

»Danke!«, flüsterte sie gedrückt und sah mit verweinten Augen zu ihm auf. »Danke.« Bevor sie erneut in Tränen ausbrechen konnte, legte er vorsichtig den Arm um sie und führte sie in Richtung Ausgang, wo er sich mehrfach umblickte. Keinen Moment machte er sich etwas vor. Nur zu gut wusste er, dass er sich an diesem Abend einen gefährlichen Feind gemacht hatte, der nicht müde werden würde, ihm das Leben zur Hölle zu machen. Von heute an würde er jede Minute auf der Hut sein müssen, um Ortwins Rache zu entgehen.

Nachdem er sich versichert hatte, dass die Luft rein war, schob er Brigitta fürsorglich über den Münsterplatz auf das Haus ihres Vaters zu, hinter dessen Fenstern Kerzenlicht flackerte.

Sie waren keine zwanzig Schritte mehr vom Hoftor entfernt, als Brigitta abrupt innehielt und nach einem schweren Schlucken bat: »Bitte sag niemandem etwas.« Sie zögerte kaum merklich, bevor sie etwas leiser hinzufügte: »Wenn mein zukünftiger Ehemann davon erfährt, denkt er vielleicht, dass ich nicht mehr unberührt bin.« Erneut überzogen sich ihre Wangen mit einem tiefen Rot, das jedoch von der Dämmerung beinahe vollkommen geschluckt wurde. »Auch wenn mir das eigentlich egal ist.«

Bevor Wulf die volle Bedeutung dieser Worte verstand, reckte sie sich auf die Zehenspitzen, drückte ihm einen flüchtigen Kuss auf die Wange und floh durch den Hof in die Halle. Während er verwundert die Fingerspitzen auf den Teil seiner Haut drückte, auf dem ihre Lippen eine brennende Stelle hinterlassen hatten, kehrte allmählich der Schmerz zurück, den die Aufregung verdrängt hatte. Spätestens am nächsten Morgen würde er die Folgen seiner Heldentat ausbaden müssen, dachte er – und fühlte sich trotz der Bedenklichkeit des Zwischenfalles beschwingt. Bis dahin würde er alles daran setzen, das Gefühl, das ihn durchströmt hatte, als sie ihren Körper an ihn gepresst hatte, für immer in seinem Herzen einzuschließen!

KAPITEL 15

Burg Katzenstein, 10. Juni 1368

»Los!« Mit einem gellenden Pfiff gab der Stallmeister Wulf von Katzensteins den Knechten zu verstehen, die jeweils zu dritt zusammengekoppelten Pferde anzutreiben und über die Zugbrücke zu führen. Knapp fünf Dutzend feurige Vollblüter setzten sich daraufhin mit Wiehern, Schnauben und widerwilligem Stampfen in Bewegung. Wenngleich die ausdruckslose Miene des Burgherrn keinerlei Empfindung verriet, schmerzte ihn der Anblick der Staub aufwirbelnden Hufe mehr, als er es sich jemals eingestanden hätte. Zwar hoffte ein Teil von ihm, dass er jedes einzelne der edlen Tiere zu Geld machen würde, doch tief in ihm bohrte ein Stachel der Reue. Mit einem kaum vernehmbaren Laut warf er einen letzten Blick hoch zum sich in rasender Geschwindigkeit bewölkenden Himmel, bevor auch er seinem Rappen die Sporen gab und den leichten Anstieg zur Straße hinaufpreschte. Begleitet von drei weiteren Rittern, vier Knappen, einem Schmied und fünf Stallknechten schlängelte sich der Zug am Katzenbach entlang ins Tal, wo er sich nach Süden wandte, um der Donau folgend auf dem kürzesten Weg nach Ulm zu gelangen. Trotz des großzügig gefassten Zeitrahmens waren erst am vergangenen Abend die letzten Tiere beschlagen und das letzte Zaumzeug ausgebessert worden; und hätte Wulf von Katzenstein nicht aus den Erfahrungen früherer Jahre gelernt, hätte er sich dazu verleiten lassen, den Aufbruch noch einige Tage hinauszuzögern. Da zu dem Markt in der Reichsstadt allerdings Händler und Käufer aus dem ganzen Land anreisten, waren die Plätze auf der vor den Stadtmauern gelegenen Bürgerwiese stets heiß umkämpft. Und auch die zu Wucherpreisen vermieteten Herbergen platzten aus allen Nähten. Weshalb Wulf von Katzenstein vorsorglich befohlen hatte, auf einem Wagen eine Handvoll Zelte und Zeltstangen mitzuführen. Einen Poulun – das weit ausgespannte Prunkzelt der reichen Herren – konnte er sich nicht leisten, sodass er ebenso wie seine Männer in einem einfacheren, Hütte genannten Rundzelt nächtigen würde.

Als er den steil aufragenden Burgfelsen zu seiner Rechten passierte, ließ ihn ein buntes Flattern in seinem Augenwinkel den Blick zu den Zinnen des als Katzenturm bezeichneten Bergfriedes heben. Dort, beinahe dramatisch eingerahmt von der soeben durch ein Wolkenloch brechenden Sonne, winkte ihm Adelheid von Oettingen mit einem roten Tuch zu, das sie wild über dem Kopf hin und her schwenkte. Beinahe hätte er die behandschuhte Hand gehoben, um den Gruß zu erwidern, fing sich jedoch im letzten Moment und lenkte seine Aufmerksamkeit zurück auf die Straße. Noch immer konnte er nicht begreifen, wie die vergangene Nacht hatte geschehen können, und obwohl der schale Geschmack der Befremdung inzwischen einem anderen Gefühl gewichen war, wusste er nicht, was er von dem Vorgefallenen halten sollte. Anders als Adelheid, die in ihrer Farbwahl inzwischen zur brennenden Liebe übergegangen war!

Nachdem er sich mit seinen Männern einige Krüge Wein geteilt hatte, hatte er sich gegen die elfte Stunde in seine Gemächer zurückgezogen, wo ein weiterer Krug des würzigen Getränkes auf ihn gewartet hatte. Nur kurz hatte er sich stirnrunzelnd gefragt, welcher seiner Mägde er diese Aufmerksamkeit verdankte, bevor er kurz entschlossen die Wachen in seinem Stockwerk entlassen und auf das Mädchen gewartet hatte. Als auch der letzte Rest Helligkeit einer sternenklaren Nacht gewichen war, hatte er einige Kerzen entzündet, sich entkleidet und auf dem Rücken liegend gewartet, dass sich die Tür zu seiner Schlafkammer öffnete. Was auch keine halbe Stunde später geschehen war. Die leichtfüßige Gestalt, die sich daraufhin in den Raum gestohlen hatte, umflossen weiße Gewänder, die in der leichten, durch das Fenster hereinfächelnden Brise raschelten. Da sein Blick vom Wein getrübt war, hatte er ihr blinzelnd nachgeblickt, als sie von Kerze zu Kerze geschwebt war, um diese mit einem sanften Hauchen auszulöschen, bevor sie sich zu ihm auf die Bettkante gesellt hatte.

Die Erinnerung an das, was dann passiert war, ließ ihn fluchend im Sattel hin und her rutschen. Befremdet von der Schweigsamkeit der Besucherin, hatte er irgendwann im Laufe des Liebesspiels ihr Gesicht in den schmalen Streifen Mondlichtes auf dem Kopfkissen gerückt – und war von ihr zurückgezuckt, als habe ihn eine Schlange gebissen. Nicht eine der blutjungen Mägde war es gewesen, die mit einem verzückten Lächeln unter ihm lag, sondern seine eigene Gemahlin! Die Frau, von der er sich den größten Teil seiner Ehe ferngehalten hatte, als litte sie an einer ansteckenden Krankheit. Was dann geschehen war, gab ihm im grellen Licht des Tages noch mehr zu denken. Denn anstatt sie von sich zu stoßen und aus seiner Kammer zu verweisen, hatte er erneut die vollen Lippen geküsst und sich den Liebkosungen hingegeben. Sein Mund verzog sich zu einem reuigen Lächeln. Und es hatte ihm Spaß gemacht! Ihr schlanker und dennoch geschmeidiger Körper hatte sich perfekt an den seinen angepasst, und die seidig schimmernde Haut hatte schon bald den Geruch der Lust angenommen.

Mit einem Griff zwischen die Beine sorgte er für eine bequemere Sitzposition und schürzte die Lippen. Obschon er sich wie ein Verräter an seiner verstorbenen Geliebten fühlte, gefiel ihm der Gedanke, seine rechtmäßige Gemahlin zu einem Höhepunkt gebracht zu haben, der weit über die Dächer der Festung vernehmbar gewesen sein musste. Das zaghafte Lächeln verbreitete sich zu einem Schmunzeln, das allerdings sofort von einem dunklen Gedanken vertrieben wurde. Was, wenn er entgegen aller Vorsätze Liebe für sie fand und sie dann ebenso wie Katharina verlor, bevor er diese Liebe richtig begriffen hatte? Ein Klumpen in seiner Kehle ließ ihn schwer schlucken. Was, wenn sich seine Anstrengungen, sie vor allen Gefahren zu beschützen, als ebenso fruchtlos erwiesen wie in der Vergangenheit? Seine Kiefermuskeln spannten sich an, als er die Zähne aufeinanderbiss. Er musste sein Herz wieder verhärten und Distanz zu ihr wahren! Denn ansonsten lief er Gefahr, erneut alles zu verlieren, nachdem er in einen Strudel der Glückseligkeit eingetaucht war, vor dem alles andere zur Nichtigkeit verblasste. Er umfasste die Zügel fester und atmete tief durch. Doch andererseits würde sich dann die Kälte in seinem Inneren weiter ausdehnen, bis sie früher oder später seine Seele fraß. Die Erkenntnis, die sich in ebendiesem Augenblick herauskristallisierte, ließ ihn frösteln. Seit Beginn seiner Ehe mit Adelheid hatte er sich vor nichts mehr gefürchtet, als sie zu lieben. Er hatte sie zurückgewiesen, um nicht von ihr zurückgewiesen zu werden, und hatte sich die Mägde als Ablenkung gesucht, um Adelheid für immer auf Abstand zu halten.

Eine Reihe reumütiger Erinnerungen durchliefen seinen Geist: Die entsetzliche Hochzeitsnacht, in der er alles Menschenmögliche unternommen hatte, um sich nicht von ihrer hilflosen Unschuld erweichen zu lassen. Die harten Worte, mit denen er ihr immer wieder Schmerz bereitet hatte, um sich mit diesem Schmerz selbst zu schützen. Er beugte sich über die Mähne seines Hengstes und gab ihm die Sporen. Während der feurige Rappe weit ausgreifend auf den bleigrau glänzenden Härtsfeldsee zugaloppierte, traf er eine Entscheidung, die ihm Magenschmerzen bereitete. Er würde abwarten, wie sich die Angelegenheit weiter entwickelte und nicht feige den Schwanz einklemmen. Zu lange war er schon vor sich selbst auf der Flucht. Wer weiß, vielleicht hatte Gott die verzweifelten Gebete seiner Gemahlin erhört und Wulf einen Weg gewiesen, wie auch er endlich Zufriedenheit finden konnte. Wer wusste, was Gott in seiner grenzenlosen Weisheit für ihn und Adelheid vorgesehen hatte? Zwar hatte er schon vor langer Zeit aufgehört, die Wege des Herrn begreifen zu wollen, doch milderte diese neu gewonnene Einsicht den Groll, den er gegen eine aus seiner Sicht grausame Gottheit gehegt hatte. Das erste Mal seit vielen Jahren schlug er ein ernst gemeintes Kreuz vor der Brust und schickte ein kurzes Gebet zum Himmel, während die Landschaft an ihm vorbeiraste. Lange Zeit genoss er das Hämmern der Hufe, das Spiel der mächtigen Muskeln unter sich und das Gefühl zu fliegen, während er sich in immer neuen Vorstellungen erging, was die Zukunft bringen könnte. Erst viel später ließ ihn ein durchdringender Schrei in die Gegenwart zurückkehren.

Weit vorne, an der Spitze des Zuges, brach in dem Moment, in dem Wulf den Kopf hob, eines der Dreiergespanne aus, um – verfolgt von zwei Stallknechten – aufgeschreckt in Richtung Waldrand davonzujagen. Die Frage nach dem Grund der Panik, die auf die anderen Tiere übergriff, beantwortete sich, als keine zwei Steinwürfe zur Linken des Trosses der lang gestreckte Leib eines streunenden Hundes durch das hohe Gras schnellte. Wie ein silberner Pfeil schoss er auf die langsamste der fliehenden Stuten zu, doch bevor er die Fänge in die lohfarbene Flanke schlagen konnte, riss ihn ein Armbrustbolzen zu Boden. Mit einem stolzen Feixen auf den wettergegerbten Zügen ließ einer der Ritter die Waffe sinken, sprang aus dem Sattel und trat den getöteten Jäger mit dem Stiefel beiseite. Während sich der drohende Halbkreis dunkler Wolken langsam immer weiter von der Alb in Richtung Härtsfeld schob, erfüllte Wulf von Katzenstein das prickelnde Gefühl eines bevorstehenden Abenteuers. Beinahe schien es, als habe der verwilderte Hund ihn an die möglichen Gefahren der Reise erinnern wollen.

KAPITEL 16

Ulm, Fronleichnam 1368

»Panis est corpus Christi, est corpus Christi, quod est vita mundi, et sanguis, qui est emundatio peccatorum.«Unter dem feierlichen Sprechgesang des Priesters trugen die in weiße, bodenlange Gewänder gekleideten Novizen die mit Blumen geschmückte, sonnenförmige Monstranz mit dem eucharistischen Brot durch den Mittelgang des unvollendeten Münsters, bevor sie sie vor dem Altar im Chorraum absetzten.

»Das Brot ist der Leib des Herrn, ist der Leib des Herrn, der das Leben der Welt ist, und das Blut, das euch von den Sünden reinigt«, übersetzte der mit einem goldfarbenen Pluviale – einem vorne offenen Umhang – protzende Bischof, von dessen Hals ein edelsteinbesetztes Kruzifix baumelte. Dann legte er sich feierlich das Manipel, ein schmales Band, über den linken Arm und hob die in die Monstranz eingefasste Hostie hoch über den Kopf, um sie den begierigen Augen der Gemeinde darzubieten. Funkelnd fing sich das Licht der Kerzenleuchter in der gold- und perlenbestickten Mitra auf seinem grauen Haarkranz, die mit jedem Wort des Geistlichen auf und ab wippte. Während sein Blick die dicht gedrängten Reihen abtastete, verfolgte Ortwin ungeduldig und angespannt mit einem Ohr die nicht enden wollende Messe.

Die Fronleichnamsprozession zog feierlich durch die Straßen der Stadt, um an vier Altären in unterschiedlichen

Himmelsrichtungen haltzumachen. Nach über vier Stunden kam sie endlich in der Münsterkirche an, deren unfertiges Kreuzrippengewölbe die Gläubigen nur notdürftig vor dem über der Stadt niedergehenden Regenguss schützte. Um zu verhindern, dass die Seelmessen ungebührend lange ausgesetzt wurden und die Bürger ihre Stiftungen an die Klöster anstatt an die Pfarre machten, hatte der Rat kurz nach Fertigstellung des Chores beschlossen, das Münster einzuweihen. Was dazu geführt hatte, dass nur die privilegierten Ulmer ein Dach über dem Kopf hatten, während das einfache Volk sich in dem lediglich von dem hölzernen Dachstuhl überspannten Langhaus drängte. Unaufhaltsam tränkten die spritzenden Sturzbäche die Gewänder der Gläubigen und bildeten Pfützen auf dem nackten Steinboden, während die glockenhellen Stimmen der Knaben auf das Zeichen des Bischofs hin zu einem Lobgesang ansetzten. Wohingegen die Frauen und Töchter der Patrizier auf den für sie reservierten, von den Männern getrennten Bänken andächtig die Köpfe senkten, begannen die weiter hinten im Mittelschiff stehenden Besucher schon bald zu tuscheln. Ebenso wie Ortwin schienen viele der weniger betuchten Bürger Ulms allmählich das Interesse an dem Gottesdienst zu verlieren, der sich als noch ermüdender erwies als befürchtet.

Derweil viele der Kirchgänger in die Hymne mit einstimmten, befeuchtete Ortwin die verschorften Lippen und zwang sich, den Blick von der schräg vor ihm neben ihrer Mutter stehenden Brigitta abzuwenden. Goldgelockt und hinreißend machte sie den beiden Engelsfiguren am Chorbogenscheitel Konkurrenz, und wenn er die sich andächtig hebende Brust noch länger betrachtete, würde er die Neugier seiner ohnehin schon argwöhnischen Nachbarn weiter auf sich ziehen. Frömmigkeit heuchelnd senkte er den

Kopf und versuchte, sein in Wallung geratenes Blut wieder unter Kontrolle zu bringen. Wie nahe er davor gewesen war, die Frucht zu kosten! Als wolle sein Verstand ihm einen Streich spielen, zeichnete sich das verzerrte Gesicht der jungen Frau auf dem bleichen Stein zu seinen Füßen ab und verschwamm in einer Reihe von Bildern, die seine Erinnerung ihm vorgaukelte. Die weit aufgerissenen Augen, als sie erkannt hatte, dass er es dieses Mal ernst meinte; die flehend vor die Brust gepressten Hände, die er mit einer einzigen Bewegung zur Seite geschlagen hatte; der Ausdruck der Panik, als er ihr Kleid zerrissen hatte. Der Gedanke an die prallen Brüste stieß ihn in ein Wechselbad aus heißen und kalten Schauern, und nur eine gewaltige Willensanstrengung ließ ihn ein Zittern der Lust unterdrücken. Beinahe brennend spürte er die forschenden Blicke der anderen Steinmetze auf sich, die sein verschwollenes, von zwei hässlichen Platzwunden entstelltes Gesicht betrachteten. Obschon der Kampf bereits drei Tage zurücklag, wollten die Schwellungen nicht abklingen, und nur alle Selbstbeherrschung hatte Ortwin davon abgehalten, Wulf am Montag auf der Baustelle zu erschlagen.

Stattdessen hatte er den jungen Mann bezichtigt, betrunken einen Streit mit ihm angefangen zu haben, da Ortwin seine Arbeit kritisiert hatte. So war er den Anschuldigungen des Bengels zuvorgekommen und hatte Ulrich von Ensingen gegen ihn eingenommen, bevor dieser die Gedanken des Werkmeisters vergiften konnte. Wenn Ortwins Absicht Früchte tragen sollte, musste er Vorsicht walten lassen. Auch wenn es noch so schwerfiel! Das Knurren, das bei dem Gedanken an den Widersacher in seiner Kehle aufstieg, ging in einem anschwellenden Halleluja unter. Eines nach dem anderen. Erst musste Meister Gerhard aus dem Ringelreihen um die Hand der Schönen katapultiert werden; dann konnte er sich um den unverschämten Burschen kümmern! Denn durch die Drohung, Ortwin wegen Notzucht anzuzeigen, war er zu einem gefährlichen Feind geworden. Um den Schein der Andacht aufrechtzuerhalten, beugte er etwas verzögert die schmerzenden Knie und bewegte den Mund in einem stillen Gebet. Als endlich das lang ersehnte »Amen« durch die Kirche scholl, kam er federnd wieder auf die Beine und bahnte sich mit den Ellenbogen grob einen Weg zu Meister Ulrich, dem als Werkmeister einer der begehrten Sitzplätze zustand. Ohne auf die empörten Bemerkungen der vor ihm Zurückweichenden zu achten, reihte er sich so in den Strom der Gläubigen ein, dass es wie ein Zufall wirkte, als er in der Nähe eines der mächtigen Arkadenpfeiler mit Ulrich von Ensingen zusammenstieß. Eingekeilt zwischen Ratsmitgliedern, Bürgermeister und dem Gesamtzunftvorsteher der Stadt, wurde der schlicht gekleidete Baumeister auf den Ausgang zugeschoben, der bereits nach wenigen Augenblicken verstopfte.

Als ein wohlbekannter dunkler Schopf ganz in Brigittas Nähe auftauchte, zog Ortwin die Wangen zwischen die Zähne und biss zu. Einzig der durchdringende Schmerz und der Geschmack des eigenen Blutes hielten ihn davon ab, seinen Plan fallen zu lassen und wie ein Racheengel dazwischenzufahren, als Wulf sich Brigitta und ihrer Mutter mit einer artigen Verbeugung näherte. Er durfte sich nicht ablenken lassen! Zu viel stand auf dem Spiel. Wenn er mit diesem Zug nicht das erreichte, was er vorhatte, waren nicht nur seine Freiheit und Ehre in Gefahr, sondern auch seine Stellung innerhalb der Zunft.

»Meister Ulrich, auf ein Wort«, wandte er sich geheuchelt bescheiden an den Werkmeister, der fragend die Brauen hob.

Nachdem Ortwin einen Blick auf die in eine hitzige Diskussion vertieften Ratsmitglieder geworfen hatte, setzte er leise hinzu: »Es ist eine private Angelegenheit. Bitte.« Er hob gespielt entschuldigend die Handflächen. »Falls du mich umstimmen willst, was meine Tochter angeht«, bemerkte Ulrich kurz angebunden, »dann kannst du dir die Mühe sparen. Meine Entscheidung steht fest.« Mit diesen Worten wollte er Ortwin stehen lassen, doch als dieser ihn leicht, aber bestimmt am Arm fasste, blieb er wie angewurzelt stehen. Der erzürnte Ausruf blieb ihm jedoch im Halse stecken, als Ortwin sich zu ihm hinabbeugte und ihm ins Ohr flüsterte: »Wollt Ihr, dass Eure Tochter einen Hurenbock ehelicht?«

Ermuntert von der Empörung, die Ulrich erstarren ließ, fuhr der Geselle fort: »Wenn Ihr etwas über die wahre Natur Eures zukünftigen Schwiegersohnes erfahren wollt, dann solltet Ihr mir ohne großes Aufsehen folgen. Ob Ihr mir nachher dankbar seid oder nicht, bleibt ganz Euch überlassen. Aber Ihr solltet Euch wenigstens ansehen, was ich Euch zu zeigen habe.«

Fast ein halbes Dutzend Mal öffnete und schloss sich der Mund des Werkmeisters tonlos, bevor er rau hervorstieß: »Was willst du damit sagen? Ist diese Anschuldigung dein Ernst?«

»Macht Euch selbst ein Bild«, drängte Ortwin und dirigierte Ulrich behutsam auf das Nordostportal zu, das sie hinter die Bauhütte führte. Dort wandte er sich nach links, wo ein Wald aus Gerüststangen, unfertigen Pfeilern, Fialen und Säulen den Zugang zu dem hinteren Teil des überdachten Ziegellagers so weit versperrte, dass nur ein schmaler Spalt blieb. Mit dem Zeigefinger auf den Lippen schob er Ulrich auf diese Nische zu und bedeutete ihm hindurchzulugen, während sich sein Magen verkrampfte. Wenn die kleine Dirne nicht getan hatte, wofür er sie bezahlt hatte, konnte er seine Laufbahn als Steinmetz begraben!

»Gütiger Gott!« Der entrüstete Ausruf sandte eine Gänsehaut über Ortwins Arme. »Gerhard!« Ohne auf den Schaden zu achten, den er damit anrichtete, stemmte der mit einem Schlag kalkweiße Werkmeister die Schultern gegen ein Bündel Stangen, das mit einem ohrenbetäubenden Krachen auf dem Boden aufschlug. Kaum war der Durchgang breit genug, drängte er sich in das Lager, wo im dämmrigen Licht des verregneten Morgens der Maßwerkmeister Gerhard mitten in der Bewegung innehielt und stammelnd auf die nackte Rückseite der Kebse blickte, die vor ihm im Sand kniete. Sprachlos vor Entsetzen zuckten Ulrichs Augen von der milchweißen Haut der erhitzten Bäckersmagd zu dem sich einfärbenden Gesicht seines zukünftigen Schwiegersohnes, der seine erschlaffende Männlichkeit zurückzog und hastig in der staubbefleckten Hose verstaute.

»Gerhard«, wiederholte der Baumeister schwach, während die ebenfalls erbleichte Magd sich aufrappelte und ihre Blöße bedeckte. Wie ein in die Falle gegangenes Tier blickte sie von einem zum anderen, und bevor Ulrich von Ensingen sie an den Haaren packen und vor den Bischof schleifen konnte, setzte sie über einen Stapel fertiger Ziegel und verschwand in Richtung Bauhütte. Sichtlich hin- und hergerissen zwischen dem Drang, ihr nachzujagen, um sie der Strafe für ihr unsittliches Verhalten zuzuführen, und dem lähmenden Entsetzen, das ihn an Ort und Stelle festnagelte, ließ sich Ulrich von Ensingen nach einigen schweren Atemzügen entkräftet auf einen Steinblock sinken. »Wie konntet Ihr nur?«, stieß er nach einer scheinbaren Ewigkeit der lastenden Stille hervor und schüttelte den Kopf. »Wie konntet Ihr nur?« Als Gerhard zu einer Erwiderung ansetzen wollte, schnitt Ulrich ihm mit einer heftigen Bewegung das Wort ab und stieß zwischen zusammengepressten Zähnen hervor: »Nicht nur beleidigt Ihr die Ehre meiner Tochter, indem Ihr es nach Eurer Verlobung mit einer Hure treibt! Ihr befleckt auch noch den Namen des Herrn, indem Ihr Euch einen der heiligsten Tage des Jahres dazu aussucht!« Da er die Handflächen über sein Gesicht zog, bemerkte er das hämische Grinsen nicht, mit dem Ortwin den verdatterten und in die Ecke getriebenen Gerhard bedachte.

»Geht mir aus den Augen«, murmelte Ulrich schließlich resigniert. Als der Angesprochene keine Reaktion zeigte, sprang er auf, schnellte auf den Maßwerkmeister zu und packte diesen zornesrot am Kragen. »Geht! Ich will Euch nie wieder sehen! Packt Eure Sachen und verschwindet!« Speicheltropfen sprühten, als er weiter tobte. »Ich werde dafür sorgen, dass Ihr diese Baustelle nie wieder betretet!« Damit stieß er den ehemaligen Vertrauten angeekelt von sich, machte auf dem Absatz kehrt und rauschte an Ortwin vorbei hinaus ins Freie, wo er mehrere Male tief durchatmete. Nachdem er sich ein letztes Mal an dem Anblick des vollkommen vernichteten Nebenbuhlers geweidet hatte, folgte Ortwin dem Werkmeister und trat scheinbar zerknirscht neben ihn. »Es war meine Pflicht …«, hub er leise an und senkte den Blick, um das triumphierende Aufblitzen seiner Augen vor Ulrich von Ensingen zu verbergen. Während sein Zwerchfell sich erwartungsvoll zusammenzog, beobachtete er den sichtbar um Haltung ringenden Mann, auf dessen Zügen die Gefühle Widerstreit hielten. Mit hämmerndem Herzen öffnete und schloss er die Fäuste und versuchte, den an die Oberfläche drängenden Gedanken an die erste, morgen fällige Zinszahlung zu unterdrücken. Wenn Ulrich so reagierte, wie er es sich erhoffte, würden mit dem heutigen Tag alle Probleme der Vergangenheit angehören.

Als der scheinbar um Jahre gealterte Baumeister schließlich müde den Kopf hob, um den Blick der geröteten Augen auf Ortwin zu heften, hielt dieser instinktiv den Atem an. »So bestraft der Herr die Törichten«, murmelte Ulrich mit einem Seufzen. »Verzeih mir, Ortwin. Ich hätte den Lügen dieses lüsternen Affen keinen Glauben schenken sollen.« Er schluckte schwer. »Wie konnte ich nur so blind sein, nicht zu erkennen, dass er selbst sich der Sünde schuldig macht, derer er dich bezichtigt hat.«

Das war es also gewesen!, dachte Ortwin grimmig. Offenbar hatte Gerhard sein Geplänkel mit der Magd beobachtet und es Ulrich zugetragen. Die Genugtuung, die ihn bei dieser Erkenntnis durchströmte, war beinahe schmerzhaft.

»Es tut mir leid.« Mit einem zerknirschten Ausdruck reichte der Meister seinem Gesellen die Hand und legte den Arm um dessen breite Schultern.

KAPITEL 17

Ulm, Mitte Juni 1368

»Keine Diskussion. Du wirst tun, was man von dir verlangt!«Die Härte in der Stimme ihres Vaters ließ Brigitta einen weiteren Schritt vor ihm zurückweichen, während eine kalte Hand nach ihrem Herzen griff. Um ein Haar wäre sie über einen der in der Stube aufgestapelten Stoffballen gestolpert, die sie zu Beginn der Woche mit ihrer Mutter ausgesucht hatte. Nach dem grässlichen Ereignis des Sonntagabends war der Einkauf eine beinahe unwirkliche Rückkehr in den Alltag gewesen, die ihr dabei geholfen hatte, das wilde Durcheinander ihrer Empfindungen zu ordnen. Trotz der lähmenden Furcht, die ihr immer noch in den Gliedern saß, war ihr bei der eintönigen Anprobe der Gewänder und dem leiernden Gefeilsche der Tuchhändler eines unumstößlich klar geworden: Sie liebte Wulf – so heftig und bedingungslos, dass es ihr von Nacht zu Nacht schwerer fiel, Schlaf zu finden. Die Stärke des Gefühls, das sie nicht mehr losließ, seit sie sich an ihn geklammert und seine tröstende Wärme in sich aufgesogen hatte, nahm mit jedem Tag zu. Doch drohte die Neuigkeit, die ihr Vater ihr soeben unterbreitet hatte, ihr den Boden unter den Füßen wegzuziehen und sie in einen unendlich tiefen Abgrund zu stürzen.

Schaudernd zog sie den Kopf ein und schlang die Arme um sich, während sie Hilfe suchend ihre Mutter ansah. Aber diese schüttelte lediglich resigniert den Kopf und beugte sich zurück über ihre Stickarbeit, als ginge sie die Szene zwischen ihrer Tochter und ihrem Gemahl nichts an.

»Vater«, flehte die junge Frau erstickt und schluckte die bitteren Tränen. »Er hat versucht, sich an mir zu vergehen!« Entgegen aller Bemühungen wurde sie von einem Schluchzen überwältigt. Mit solcher Gewalt stieg die Erinnerung in ihr auf, dass sie weinend vor ihrem Vater auf die Knie fiel. Als geschehe es in diesem Moment, spürte sie die harten Schläge und die schwieligen Hände, die ihre Brust gierig begrapschten. »Tut mir das nicht an!«

Doch anstatt empört aufzuspringen und nach dem Hintergrund dieser Anschuldigung zu fragen, schnaubte Ulrich von Ensingen lediglich verächtlich und wandte sich von seiner Tochter ab, die er mit einem Blick bedachte, als wäre sie Abfall.

»Er hat mich vor deinen Lügen gewarnt«, knurrte er kalt und starrte aus dem Fenster. »Und die Androhung einer Entlassung hat einen gewissen Gunner dazu veranlasst, mir alles zu gestehen!« Seine Lippen kräuselten sich abfällig. »Eigentlich sollte ich dir die gleiche Tracht Prügel verabreichen«, knurrte er drohend und wandte sich wieder zu dem Häuflein Elend auf dem Boden um. »Aber Ortwin hat mir versichert, dass er dich dennoch als Braut akzeptiert!«

Der eisige Unterton in seiner Stimme ließ Brigitta weiter in sich zusammensacken. Mit einer ausgreifenden Bewegung wies der Werkmeister auf all die Kostbarkeiten, welche den Platz in der Stube beengten. »Er hat nicht einmal eine höhere Mitgift für dich verlangt!« Mit diesen Worten trat er abrupt auf seine Tochter zu, packte sie hart bei den Oberarmen und zog sie auf die Beine. »Du solltest dem Herrn danken, dass ich einen so guten Ehemann für dich gefunden habe!«, zischte er und zwang sie mit einem Griff ans

Kinn, ihn anzusehen. Wenngleich ein Tränenschleier ihre Sicht trübte, erkannte Brigitta den Zorn und das Gespenst der Schande, die in rascher Folge über die Züge ihres Vaters huschten. »Wage es nicht, ihn zu verleumden!«

Die Ohrfeige ließ sie zur Seite taumeln. Bevor sie erschrocken aufschreien konnte, traf sie ein weiterer Hieb, der ihre Wange mit Feuer übergoss. »Er hat eine blendende Zukunft vor sich«, fuhr Ulrich etwas ruhiger fort und senkte die Hand, bevor er seine Tochter losließ und sich auf einen der Stühle fallen ließ. »Und zur Not werde ich dich bis zur Hochzeit in deiner Kammer einsperren!«

Erschüttert, die Hand auf die brennende Stelle gepresst, starrte Brigitta auf den Boden und verwünschte den Tag, an dem sie geboren worden war. Was nützte es, das Erwachsenenalter zu erreichen, wenn man einen Vater hatte, der einen hasste? Warum war er nur so blind?!

»Bitte lasst mich in ein Kloster eintreten«, flüsterte sie – ihren gesamten Mut zusammennehmend –, doch anstatt der erwarteten Schläge traf sie lediglich das freudlose Lachen des Baumeisters.

»Und eine weitere Tochter verschwinden? Nur über meine Leiche!« Er dachte einen Moment nach, bevor er herrisch beschied: »Geh zurück an deine Arbeit!« Eisig verfolgte er, wie Brigitta wie ein geprügelter Hund in Richtung Ausgang davonschlich, und als sie die Tür zum Treppenhaus erreicht hatte, schickte er ihr hinterher: »In den nächsten Tagen wirst du dich auf die Brautwerbung vorbereiten.« Endgültig fertig mit seiner widerspenstigen Tochter, trat er hinter seine Gemahlin, legte ihr die Hände auf die Schultern und gab vor, interessiert ihren Stichen zu folgen.

Leise weinend stolperte Brigitta die Treppen hinab in die Halle, wich den neugierigen Blicken der Mägde aus und hastete mit gesenktem Kopf über den Hof in die Waschstube, wo sie mit fahrigen Händen nach einem Stock griff, um blind in dem hölzernen Bottich zu stochern. Als könne sie dadurch alles ungeschehen machen, walkte sie die schmutzigen Laken in dem lauwarmen Wasser lange Zeit so heftig durch, dass sich die Röcke ihrer Fucke schon bald vollsogen. Bevor ihr Vater sie an diesem Samstagnachmittag zu sich befohlen hatte, hatte sie immer wieder geglaubt, Wulfs Bild in den tanzenden Seifenblasen zu sehen. Doch als sie nach einer Weile widerstrebend in die Lake blickte, grinste ihr Ortwins hämische Fratze so täuschend echt entgegen, dass sie zusammenschrak. Mit einem dumpfen Ausruf wich sie vor dem Trugbild zurück und prallte mit einem harten Körper zusammen, der im selben Moment hinter ihr im Türrahmen auftauchte. Voller Panik wollte sie den Rührstab heben, um auf den Eindringling einzuschlagen, doch die sanfte Stimme und zwei behutsam nach ihren Handgelenken greifende Hände ließen sie mitten in der Bewegung innehalten.

»Keine Angst, ich bin es.« Ein schüchternes Lächeln zauberte zwei Grübchen auf Wulfs sonnengebräunte Wangen, die einige unschöne Schrammen verunzierten. Unter den bernsteinfarbenen Augen lagen dunkelviolette Ringe, die sich bis weit über den gebrochenen Nasenrücken und die Jochbeine zogen. Während sich Brigittas Herzschlag schmerzhaft beschleunigte, ließ sie zu, dass er ihr den Stock entwand und ihren bebenden Körper in die Arme schloss. Kaum ruhte ihre Wange an seiner Brust, trat alles andere um sie herum in den Hintergrund. Wie ein schützender Mantel legten sich seine Wärme und Stärke um sie, und als seine Finger sacht ihr Haar streichelten, klammerte sie sich an ihn wie eine Ertrinkende.

»Weine nicht«, murmelte er und presste die Lippen auf ihre Locken, während ihre Verzweiflung und Trauer sich in wellenartigen Krämpfen Luft machten. »Ich weiß, was sie dir antun wollen. Ortwin hat dafür gesorgt, dass es die gesamte Baustelle erfährt.« Vorsichtig schob er sie ein wenig von sich und nahm ihr tränennasses Gesicht in die Hände, um sie zart zu küssen. Erst auf die Stirn, dann auf die schmale Nase und schließlich auf die leicht geöffneten Lippen, die sie einem Reflex folgend fest aufeinanderpresste. Als er genauso behutsam zu ihren Mundwinkeln wanderte, um die salzigen Tränen aufzunehmen, gab sie dem überwältigenden Gefühl nach und drängte sich ihm entgegen. Sobald seine Zungenspitze die ihre fand, beugte sie mit einem kleinen Laut den Kopf zurück und grub die Finger in sein Hemd. Mit einem Mal schwindelig, schloss sie die Augen. Niemals zuvor hatte sie ein derartiger Strudel der Empfindungen mitgerissen wie in diesem Moment, in dem all ihre Probleme und Ängste zu einem Schemen verblassten.

Nach unendlichen Augenblicken der Glückseligkeit ließ Wulf schließlich von ihr ab und blickte sie liebevoll an. »Ich werde mit deinem Vater reden«, versprach er ernst. »Ich werde ihm klarmachen, wie ehrlos Ortwin ist. Dann wird er es sich sicherlich anders überlegen.« Er zögerte einige Lidschläge lang, bevor er schüchtern hinzusetzte: »Wenn du es erlaubst, kann ich vielleicht selbst um deine Hand anhalten.«

Diese Idee raubte Brigitta den Atem. Wie hatten sich die Ereignisse nur so ungeheuerlich schnell überschlagen können? Was noch vor wenigen Wochen undenkbar gewesen war, schien im Licht der aufflammenden Liebe so selbstverständlich wie die Tatsache, dass die Nacht dem Tage folgte. Wie hatte sie nur so töricht sein können, die Liebe zu verachten? Sie für ein Hirngespinst und eine Lüge zu halten?

Ein schiefes Lächeln erhellte ihr Gesicht. »Nichts würde mich glücklicher machen«, wisperte sie erstickt und vergrub sich erneut an seiner Brust. Die Wärme seiner beruhigend großen Hand drang durch den Stoff ihrer Fucke und breitete sich über ihren gesamten Rücken aus. Langsam, aber unaufhaltsam wanderte er weiter nach unten, doch als er gerade kurz davor war, ihre Rückseite zu erreichen, ließ die helle Stimme der durch die Tür polternden Ursula die beiden zusammenfahren und schuldbewusst voneinander zurückweichen.

»Brigitta! Beeil dich, deine Mutter schickt nach dir!« Das gerötete Gesicht der Magd verzog sich zu einem wissenden Feixen, als sie die Situation erfasste. »Du solltest besser nicht zu lange trödeln.«

KAPITEL 18

Ulm, 19. Juni 1368

DIE BÜRGERWIESE VOR DEN STADTTOREN ULMS glich einem Turnierplatz. Knatternd fing sich der aus Osten auffrischende Wind in dem goldenen Wappen, dessen drei übereinanderliegende, schwarze Hirschstangen seltsam verzerrt wirkten. Links und rechts der über zehn Fuß hohen Standarte entstand seit dem frühen Nachmittag eine kreisförmig angeordnete Zeltburg, die an Pracht kaum zu übertreffen war. Während seine Männer den prunkvollen, weit ausgreifenden Poulun errichteten, beobachtete Graf Eberhard von Württemberg geistesabwesend den ziellosen Zickzackflug einiger winziger Insekten. Der würzige Duft frisch gemähten Grases und schwitzender Pferdeleiber vermischte sich mit den Wohlgerüchen, die aus den fahrenden Backöfen strömten, bratenden Fleisches und köchelnder Suppen, mit denen für das leibliche Wohl der zahllosen Besucher gesorgt wurde. Wenngleich der Magen des aus seiner Residenz in Stuttgart angereisten Grafen seit Stunden knurrte, widerstand er den Versuchungen und kaute weiter grübelnd an einem Grashalm. Sobald sein eigenes Küchenzelt bereit war, würden seine Köche ihm und seinen Begleitern ein Bankett vorsetzen, im Vergleich zu dem die auf dem Markt angebotenen Speisen Schweinefraß waren!

Die blassgrauen Augen starr auf einen Punkt in der Ferne gerichtet, verarbeitete der dreiundfünfzigjährige Graf die Neuigkeit, die ihm einer seiner Vertrauten vor Kurzem zugetragen hatte. Seit der Abdankung seines Bruders Ulrich von Württemberg vor sechs Jahren suchte Eberhard fieberhaft nach dem Bastard, der seinem eigenen Sohn – sollte es zu einem Streit um die Erbfolge kommen – gefährlich werden konnte. Er lächelte süffisant. Wie ironisch, dass ausgerechnet der Bruder der untreuen Gattin Ulrichs, der in Geldnöten steckende Karl von Helfenstein, eine Fährte entdeckt zu haben schien, die Eberhard hoffentlich schon bald zu seinem illegitimen Neffen führen würde. Während er die Bitterstoffe aus dem Blattgrün lutschte, rieb er sich sinnierend mit der Hand über das bereits wieder stoppelige Kinn.

Um zu verhindern, dass er auch den Rest der durch seine Spielsucht stetig schwindenden Besitzungen an die Reichsstadt verkaufen musste, hatte der Helfensteiner Ritter den Grafen um einen Kredit gebeten. Dessen Stundung hing davon ab, ob die von ihm überbrachte Nachricht tatsächlich der Wahrheit entsprach. Mit einem abfälligen Verziehen der Mundwinkel beobachtete Eberhard, wie der nicht mehr ganz junge Ritter sich bei einer teuer gekleideten Dame anbiederte, die ihm ein gekünsteltes Lachen schenkte. Er würde Vorsicht walten lassen. Für Geld würde Karl von Helfenstein vermutlich seine eigene Mutter verschachern! Und seit dem Überfall von Wildbad im vergangenen Jahr traute Eberhard der schwäbischen Ritterschaft nicht mehr weiter, als er spucken konnte.

Die Erinnerung an den schmählichen Hinterhalt, bei dem ihm der kaisertreue Wolf von Eberstein nach dem Leben getrachtet hatte, brachte sein Blut in Wallung. Genau wie die Reichsstädte betrachteten die schwäbischen Ritter die Machterweiterung des Württemberger Grafen mit Misstrauen, weshalb Eberhard inzwischen nicht mehr ohne einen wahrhaft königlichen Tross reiste. Er schleuderte den ausgesaugten Grashalm von sich und verfolgte den lächerlichen Tanz, der sicherlich bald in der Schlafkammer der Dame enden würde. Er würde seine Männer auf die Suche nach dem Burschen schicken, von dem Karl von Helfenstein ihm atemlos berichtet hatte. Doch vermutlich würde er auch dieses Mal enttäuscht werden, ganz egal, wie sehr der Ritter beteuerte, dass der Bengel seiner verstorbenen Schwester wie aus dem Gesicht geschnitten war. Ein Steinmetz, der auf der Ulmer Münsterbaustelle arbeitete! Wie in drei Teufels Namen sollte der Sohn einer Gräfin als Steinmetz enden? Allein diese Tatsache machte es unwahrscheinlich, dass er endlich am Ziel seiner Nachforschungen angelangt sein sollte. Mit einem tiefen Ausatmen wandte er sich von dem amourösen Schauspiel ab und richtete seine Aufmerksamkeit auf eine Gruppe Neuankömmlinge, die mehrere Dutzend feuriger Vollblüter auf eine der abgesteckten Koppeln trieb.

Tänzelnd und wiehernd drängten sich die glänzenden Pferdeleiber durch den schmalen Eingang des Gatters, das von einem der Marktgehilfen geöffnet worden war. Eines der Tiere, ein prächtiger Schimmelhengst, ließ Eberhard das Problem seines Neffen für einige Momente vergessen. Mit stolz in die Höhe gerecktem Schweif trabte der Araber umgehend ans andere Ende der Weide, um dort auf die Hinterbeine zu steigen, bevor er den formvollendeten Kopf einige Male auf und ab warf. Als einer der Knechte sich ihm näherte, um ihm ein Koppelhalfter überzustreifen, wich er schnaubend zurück und schnappte nach der Hand des Jungen.

Was für ein Prachtkerl!, dachte Eberhard bewundernd und sah zu, wie der Marktmeister gemeinsam mit einigen Beschauern die Brandzeichen der Tiere prüfte. Um zu verhindern, dass die Besitzer der Ware ihre Konkurrenten beschuldigten, die Zeichen überbrannt oder gar Pferde gestohlen zu haben, trug die Marktaufsicht jedes einzelne Tier in eine Liste ein, in die jeder Einsicht erhalten konnte.

In der Zwischenzeit hatten sich zwei weitere Knechte zu dem überforderten Knaben gesellt, und nach einem kurzen Kampf gelang es ihnen, den Schimmel zu bändigen. Was der Besitzer des Hengstes wohl für ihn verlangen würde? Mit einem letzten anerkennenden Blick machte Eberhard kehrt und steuerte auf seinen inzwischen fertig aufgebauten Poulun zu, um sich Gedanken über sein weiteres Vorgehen zu machen. Die Angelegenheit war zu wichtig, als dass er ihr nicht seine gesamte Aufmerksamkeit schenken konnte! Wenn es ihm tatsächlich endlich gelingen sollte, den Bastard seiner Schwägerin aufzutreiben, musste er eine Entscheidung treffen, was er mit dem Burschen anzufangen gedachte. Nicht einmal der plötzlich draußen entflammende, heftige Streit konnte ihn aus seiner Vertiefung reißen.

≈

»Was soll das heißen? Wer sagt, dass dieser Platz Euch gehört?«, knurrte Wulf von Katzenstein den schwer gepanzerten Ritter an, der sich aus dem Sattel eines kräftigen Kaltblüters gestemmt hatte, um ihn anzufahren.

»Dieses Feld ist für den Grafen Eberhard von Württemberg reserviert«, gab der Gepanzerte ungerührt zurück und bedeutete einem halben Dutzend seiner Männer, den unverschämten Eindringling mit angelegten Lanzen von der Richtigkeit dieser Aussage zu überzeugen. »Dass Euch die Koppel zugewiesen worden ist, bedeutet nicht, dass Ihr hier auch Eure Zelte aufschlagen könnt«, fuhr er ungerührt fort. »Dort drüben am Ufer ist noch genug Platz.«

Obschon sein erster Reflex war, das Schwert zu ziehen und den Ritter zum Zweikampf herauszufordern, schluckte Wulf von Katzenstein die Wut und gab seinen Begleitern mit einem knappen Kopfnicken zu verstehen, den Rückzug anzutreten. Gegen den Grafen von Württemberg war er machtlos. Wieder einmal! Der Zorn, der seit Jahren in ihm brannte, verdichtete sich zu einem glühenden Klumpen in seiner Magengegend. Doch er biss die Zähne aufeinander und wendete sein Reittier, um auf das minderwertige Areal zuzusteuern, das der Ritter ihm vorgeschlagen hatte. Da die

Marktaufsicht lediglich die zur Verfügung stehenden Bereiche abgesteckt und die Platzgebühr kassiert hatte, blieb es den Händlern überlassen, sich einen Ort für ihre Zelte zu suchen – nach dem Motto: Wer zuerst kommt, mahlt zuerst. Und da Wulf angenommen hatte, in der Nähe der Koppel unterzukommen, hatte er die Suche nach einem Zeltplatz vernachlässigt, was sich jetzt als Fehler herausstellte. Denn in der Zwischenzeit waren beinahe alle trockenen Fleckchen Bodens vergeben.

Mit grimmiger Miene schlossen sich die drei Ritter, der Schmied sowie Wulfs Knechte und Knappen ihrem Herrn an und trabten auf die von den Gewittergüssen der vergangenen Tage schlammige Uferböschung zu.

Leise vor sich hin fluchend sprang Wulf aus dem Sattel und befahl den Männern, die bescheidenen Rundzelte auf Bretter zu stellen, damit sie nicht völlig im Matsch versanken. Wenn die Witterung der letzten Woche anhielt, würde ihnen das sich über der Alb zusammenbrauende Unwetter auch an diesem Abend Starkregen, wenn nicht gar Hagel bescheren – ein Grund mehr, sich zu beeilen.

Während er selbst mit Hand anlegte, grübelte er über den Hass nach, der so unverhofft beim Anblick des Württemberger Wappens in ihm aufgeflammt war. Eigentlich sollte er dem Grafen Eberhard besser gesonnen sein, da dieser Wulfs Widersacher, Ulrich von Württemberg, geschickt entmachtet hatte. Was Gerüchten zufolge dazu geführt hatte, dass dieser in einer Spirale aus heldenmütiger Todessehnsucht immer leichtsinniger und waghalsiger geworden war, bis er sich schließlich bei einem Jagdausritt den Hals gebrochen hatte. Doch schien eher das Gegenteil der Fall, was nicht unbeträchtlich mit der Tatsache zu tun hatte, dass Eberhard seinem Bruder mehr als ähnlich sah.

Als handle es sich um Ulrichs Schädel, drosch Wulf mit dem Hammer auf eine der Zeltstangen ein, die gemeinsam mit den Seilen das Rundzelt aufrecht halten würden. Da er darauf verzichtet hatte, Stühle, Tische oder gar einen Bettkasten mitzuführen, würde er wie seine Männer auf dem harten Boden nächtigen, den lediglich einige Säcke Stroh und eine Handvoll Felle polsterten. Schlag um Schlag baute sich der Grimm gegen den nicht mehr erreichbaren Gegner in ihm auf, und hatte er noch vor der Ankunft in Ulm geglaubt, Frieden in einem Neuanfang mit seiner Gemahlin zu finden, hatte ihn die letzte halbe Stunde eines Besseren belehrt. Solange er den Groll gegen das Haus Württemberg nicht begrub, würde es keine Ruhe für ihn geben!

Ein bedrückendes Gefühl ließ ihn innehalten und die Luft einziehen. Ein einziger Blick auf die prunkvolle Zeltburg des Grafen sorgte dafür, dass Wulf sich schäbig, arm und minderwertig fühlte. Wohingegen auf dem Weg nach Ulm die Hoffnung, den Großteil seiner Zucht zu Geld machen, ihn mit Zuversicht erfüllt hatte, sorgte die plötzliche Beklemmung in seiner Brust dafür, dass er sich wünschte, der Markt sei bereits zu Ende. Am liebsten hätte er auf der Stelle die halb aufgebauten Zelte wieder abgebrochen und sich unverrichteter Dinge auf den Heimweg gemacht.

KAPITEL 19

Ulm, 20. Juni 1368

ZWEI VOLLE TAGE WAREN VERSTRICHEN, bis Wulf am Montag endlich den Werkmeister zu Gesicht bekam. Allerdings unter vollkommen anderen Vorzeichen, als er sie sich ausgemalt hatte. Nach einem mühsam hinabgezwungenen Frühstück begab er sich mit Ulrichs übrigen Lehrknechten und dessen zwei niedergedrückt wirkenden Söhnen auf die Baustelle – stets Ausschau haltend nach dem grau melierten Schopf des Meisters. Leise vor sich hin murmelnd legte er sich die Formulierung zurecht, mit der er Ulrich die Augen über Ortwins Charakter öffnen wollte, während seine Hände mechanisch ihre Arbeit taten. Die Kühnheit der Idee, selbst um Brigitta anzuhalten, verursachte ein prickelndes Gefühl der Kälte, das langsam, aber unaufhaltsam seinen Rücken hinaufkroch. Während die Aufregung ihn immer fahriger werden ließ, wich er den neugierigen Fragen aus, mit denen Lutz ihn unentwegt bombardierte.

Als eine halbe Stunde nach seiner Ankunft in der Hütte Ulrichs Stimme erscholl, richtete er sich unvermittelt auf und straffte die Schultern. Wie überrascht war er, als der Baumeister mit hochrotem Kopf auf ihn hinabfuhr wie ein Blitz aus heiterem Himmel, kaum hatte er ihn inmitten der Hauer ausgemacht.

Während Ulrich ihn mit sich überschlagender Stimme anbrüllte, grub sich von hinten eine Pranke in Wulfs Kragen, die ihn mit solcher Wucht von seinem Schemel riss, dass sein Magen einen Überschlag machte. Sein Verstand war noch damit beschäftigt, die Situation zu erfassen, als er heftig geschüttelt und zu Boden geschleudert wurde. Im selben Moment, in dem er Ortwins hassverzerrte Visage erkannte, traf ihn dessen Stiefel hart in die Rippen, doch bevor der Geselle ein weiteres Mal ausholen konnte, trat Ulrich von Ensingen tobend dazwischen.

»Du denkst wohl, du kannst mich verhöhnen?!«, herrschte er Wulf an, der sich würgend aufrappelte und mühsam den Schmutz aus den Hosen klopfte. »Wer denkst du, dass du bist?« Mit bebendem Zeigefinger deutete der erzürnte Baumeister auf die beinahe fertiggestellte Jungfrau, deren bezauberndes Gesicht überdeutlich die Züge seiner Tochter widerspiegelte. »Lästerer!«, wütete er, bückte sich nach einem Zweispitz und schlug blindlings auf die Skulptur ein, die bereits nach wenigen Hieben in tausend Stücke zerbarst. »Du bist entlassen!«

»Um Himmels willen, Ulrich, haltet an Euch.« Das Entsetzen des Kreuzwinkelmeisters sorgte dafür, dass der Angesprochene die Hacke fallen ließ und keuchend auf die zertrümmerte Figur hinabstarrte. »Warum habt Ihr das getan?«, fragte der Bildhauer und blickte verständnislos von einem zum anderen.

»Weil dieser Bengel meine Tochter durch den Schmutz zieht«, erboste sich Ulrich von Ensingen und stieß mit dem Schuh gegen das entzweigegangene Antlitz der Skulptur, das trotz der Zerstörung immer noch merkliche Ähnlichkeit mit Brigitta aufwies. »Ihr solltet Euch besser nicht einmischen«, knurrte er. »Diese Angelegenheit geht nur mich und diesen Burschen etwas an. Das gilt auch für dich!« Er funkelte den vor Erschütterung erstarrten Lutz an, der mit weit aufgerissenen Augen die ungeheuerliche Szene verfolgte.

Die Hand des Werkmeisters schnellte vor und packte Wulf an der Brust seines Hemdes. »Mach, dass du Land gewinnst«, presste er hervor, sichtlich darum bemüht, seine Fassung wiederzugewinnen. Eine beinahe fingerdicke Zornesader pulsierte auf der bleichen Stirn, die winzige Schweißperlen bedeckten. Frostig bohrte er den Blick in Wulfs Augen, sodass dieser nach einigen abgehackten Atemzügen blinzelnd die Augen niederschlug.

»Herr«, hub er leise an, doch sein ehemaliger Meister fuhr ihm barsch über den Mund. »Meine Tochter vor den Augen der ganzen Stadt! An der Fassade eines Gotteshauses! Als Dirne!« Seine breite Brust hob sich heftig. »Kein Werkmeister in diesem Land wird dich je wieder anstellen. Darauf kannst du dich verlassen!« Nachdem er ein letztes Mal mit dem Fuß gegen die Überreste der Jungfrau getreten hatte, fasste er Ortwin am Arm und rauschte mit diesem in Richtung Turm davon, wo die beiden in der Vorhalle verschwanden.

Einige Augenblicke herrschte betretenes Schweigen, bevor alle auf einmal durcheinanderzureden begannen.

»Er wird sich schon wieder beruhigen«, ermutigte der Kreuzwinkler seinen talentiertesten Künstler.

»Tauch ein paar Tage in einer Herberge unter und sprich dann noch einmal bei ihm vor«, schlug Lutz vor und drückte Wulf den entzweigegangenen Kopf der Schönen in die Hand. »Früher oder später verraucht sein Zorn.«

Betäubt und verstört nickte Wulf, nahm die tröstenden Worte seiner Kollegen jedoch nur mit halbem Ohr wahr, da sein Blut sich mit jeder Sekunde, die verstrich, mehr in Eis verwandelte.

»Halte die Ohren steif.«

Ohne es zu merken, hatte er begonnen, seine Werkzeuge einzusammeln, doch als ihm Lutz half, das Bündel auf den Rücken zu schnallen, kehrten seine Sinne zurück. Wie ein Dolchstich traf ihn die Erkenntnis, dass Ortwin den Spieß umgedreht hatte, um sich Wulf vom Hals zu schaffen. Ebenso geschickt, wie er Meister Gerhard in Misskredit gebracht hatte, hatte er mit diesem Schachzug Vorsorge getroffen, dass niemand Wulf glauben würde, wenn dieser ihn der versuchten Notzucht mit Brigitta bezichtigte. Wie unglaublich raffiniert! Keinen Augenblick hatte Wulf der Geschichte Glauben geschenkt, die Ortwin noch an Fronleichnam geschickt gestreut hatte. Sobald er von dem Skandal um Meister Gerhard gehört hatte, war er sich sicher gewesen, dass Ortwin irgendwie seine Finger im Spiel gehabt haben musste. Allerdings war er zu überheblich gewesen, sich diesen Vorfall als Warnung dienen zu lassen. Trotz der Aussichtslosigkeit der Lage entrang sich seiner Kehle ein trockenes Lachen. Was für ein Dummkopf er gewesen war, Ortwin zu unterschätzen! Zuversicht heuchelnd nahm er Abschied von den empörten Bildhauern, bevor er sich auf den Weg zum Haus des Werkmeisters machte, um auch dort seine Siebensachen zu packen.

Er würde aus dieser vorläufigen Niederlage lernen und seinen Schlachtplan ändern, dachte er hitzig, da mit jedem Schritt sein Kampfwillen zurückkehrte. Wenn Ortwin glaubte, dass er sich so schnell aus dem Feld schlagen ließ, dann hatte er sich getäuscht. Er würde bis aufs Blut kämpfen, um Brigitta davor zu bewahren, die Gemahlin dieses Mistkerls zu werden! Und wenn er sie dafür entführen musste!

Verdrießlich erwiderte er den Gruß der Köchin, hastete die schmale Treppe hinauf ins Lehrknechtquartier und packte seine Habe zusammen. Einem plötzlichen Impuls folgend, riss er sich die Arbeitskleidung vom Leib und schlüpfte in die eng geschnittene, zweifarbige Hose und die bestickte Schecke, mit der er in Ulm angekommen war. Irgendwie verlieh ihm dieser Akt des Protestes neue Selbstsicherheit. Um sich zu vergewissern, dass das Geld, das er in die Schecke eingenäht hatte, sich noch an Ort und Stelle befand, klopfte er den breiten Saum ab und lächelte zufrieden, als ein leises Klimpern erklang. Geld hatte er genug, warum sollte er Brigitta dann nicht ohne die Zustimmung ihres Vaters heiraten?!

Mit stur nach vorn geschobenem Unterkiefer nahm er Abschied von dem Quartier und drückte sich an der Köchin vorbei in die Halle, um sich auf die Suche nach Brigitta zu machen. Auf keinen Fall würde er verschwinden, ohne sich von ihr zu verabschieden und sie zu fragen, ob sie ihm folgen wollte, sobald er eine Unterkunft gefunden hatte. Da die Tür zum Innenhof offen stand, nahm er an, dass sie sich entweder in der Waschstube oder im Stall befand. Als er den sonnendurchfluteten Hof betrat, schickte er ein Stoßgebet zum Himmel, dass sie nicht in Begleitung ihrer Mutter war. Er hatte gerade den Kräutergarten passiert, als sich die Tür zur Badestube öffnete und die Gesuchte mit einem Korb voller Leinen- und Badetücher im Rahmen erschien.

Den Zeigefinger auf die Lippen gepresst, eilte er ihr entgegen, griff sie leicht an den Schultern und schob sie zurück in das schummrige Innere, in dem es nach einer Mischung aus Ölen, Seife und feuchtem Holz roch.

»Wir müssen reden«, flüsterte er und schob den Riegel vor, bevor er ihr die Last abnahm, um sie auf einer der Bänke abzustellen. Bevor sie die Frage stellen konnte, die in ihren braunen Augen zu lesen war, beugte er sich zu ihr hinab und küsste sie leidenschaftlich auf den kühlen Mund. »Dein Vater hat mich entlassen«, murmelte er und schlang die Arme um sie, um ihren geschmeidigen Körper näher an sich zu ziehen. Erneut versanken sie in einem tiefen Kuss, den Brigitta jedoch keuchend abbrach, um angstvoll zu ihm aufzublicken.

»Ortwin hat mich beschuldigt, hinter dir her zu sein.« Er lachte leise. »Womit er ja gar nicht mal so unrecht hat.« Als er sah, welche Wirkung der Name ihres Peinigers auf Brigitta hatte, wurde er schlagartig wieder ernst. »Ich werde mich in einer Herberge einmieten und Ortwin zur Rede stellen. Wenn er sich nicht zurückzieht, zeige ich ihn beim Ammann an.« Ihre Hände verkrampften sich, und er presste sie beruhigend an seine Brust. »Wenn auch das nichts hilft, dann komm mit mir.« Seine Linke wanderte zu dem eingenähten Schatz. »Ich habe genug Geld. Wir brauchen keine Mitgift.«

»Aber was wird mein Vater dazu sagen?« Die Ungeheuerlichkeit der Idee ließ die Farbe aus ihren Wangen weichen. »Wird er uns nicht die Wache hinterherschicken?«

Wulf legte abwägend den Kopf zur Seite. »Vielleicht wird er das, aber bis dahin sind wir Mann und Frau. Und dann kann selbst dein Vater nichts mehr ausrichten. Ich bin ein freier Bürger, und du bist dann meine Gemahlin vor Gott.« Er grinste und knabberte nachdenklich an seiner Unterlippe. »Wir könnten nach Straßburg zurückgehen …« Er ließ den Satz unvollendet und hob die Hand, um ihr sanft eine Locke aus der Stirn zu streichen und sie zu betrachten.

Wie wunderschön sie war! Das Gefühl, das in ihm aufwallte, nahm ihm die Luft. Ehrfürchtig tastete sein Blick das fein geschnittene Gesicht ab. Die beinahe samtig schimmernden, haselnussfarbenen Augen, die in solch seltsamem Kontrast zu dem weizenblonden Haar standen; die unglaublich weiche Haut, die seine Fingerspitzen zu verbrennen drohte;

und die langen, geschwungenen Wimpern, die sich schüchtern senkten, um einen langen Schatten auf ihre Wangenknochen zu malen. Ohne nachzudenken, schob er die Hand unter ihr Kinn und zwang sie, ihn anzusehen. Die Mischung aus Furcht, Sehnsucht und brennendem Verlangen, die er in ihren feuchten Augen las, ließ ihn die Gewichtigkeit der Lage vergessen. Behutsam, um sie nicht zu erschrecken, fuhr er die Kontur ihres Kinns nach, bis er den tiefen Ausschnitt ihrer Fucke erreichte.

Ein unsicherer Blick auf ihr leicht gerötetes Gesicht verriet ihm, dass sie ihn genauso begehrte wie er sie, und nachdem er ihr einige Momente Zeit gegeben hatte, gegen das zu protestieren, was er vorhatte, wanderte er weiter zu der einfachen Schnürung ihres Kleides. Bedachtsam und vorsichtig löste er die blauen Fäden und schob beinahe andächtig den weichen Stoff über ihre Schultern, sodass ihre vollen Brüste sich keck unter dem dünnen Untergewand abzeichneten. Mit einem trockenen Schlucken beseitigte er auch dieses Hindernis und starrte mit hämmerndem Herzen auf die formvollendeten Rundungen, die ihm schwer entgegenfielen. Mit einem Schlag traten alle Probleme, Sorgen und Ängste in den Hintergrund, und alles, was wichtig schien, war, ihren makellosen Körper mit allen Sinnen zu erkunden. Während er den leise raschelnden Stoff über ihre Hüften schob, löste sie fahrig den Schleier aus ihrem Haar und bog heftig atmend den Kopf zurück, als er in die Knie ging, um ihre Vorderseite mit sanften Küssen zu bedecken. Der Anblick, der sich seinen staunenden Augen bot, als die Röcke endlich ganz zu Boden fielen, ließ ihn verehrungsvoll innehalten.

Die glatte Zartheit ihres Geschlechts wollte ihm den Verstand rauben.

»Gefalle ich dir?«, fragte sie schüchtern, und wäre er nicht sicher gewesen, sie damit zu verletzen, hätte er lauthals gelacht.

»Oh, ja«, stieß er heiser hervor und bohrte die Zunge in ihren Bauchnabel. Wie unbegreiflich wundervoll und sinnlich sie war! Mit einem Stöhnen kam er zurück auf die Beine, streifte hastig Schecke und Hose ab und ließ Brigitta nach einem ermutigenden Blick die leinene Brouche aufnesteln. Der Schrecken, der sich auf ihr Gesicht stahl, wich innerhalb weniger Wimpernschläge der Neugier, und als Wulf sie erneut an sich zog, presste sie ihren Bauch an seine Erregung. Schwindelig vor Lust ließ er die rauen Hände bis zu ihren Hinterbacken gleiten, die unter der Berührung zusammenzuckten. Keine Worte waren nötig, um auszudrücken, was sie beide empfanden. Eng umschlungen schoben und zogen sie sich gegenseitig auf eine der Holzbänke zu, und nachdem Wulf ungeduldig einige der sauberen Tücher ausgebreitet hatte, ließen sie sich in einem Knäuel aus Armen und Beinen darauffallen. Gierig suchten seine Finger die weichen Innenseiten ihrer Schenkel, um daran entlang zu ihrem eigentlichen Ziel zu wandern. Als sie mit einem Wonnelaut die Zähne in die Lippe grub, forschte er mutig weiter, bis er vermeinte, vor Lust zerbersten zu müssen. Mit einem halb verzweifelten, halb glückseligen Blick versicherte er sich ein letztes Mal, dass er nichts tat, was sie nicht auch wünschte, bevor er die Ellenbogen in die Laken stemmte, um sich behutsam auf sie zu senken. Der Sinnesrausch war überwältigend. Wie durch einen Nebel nahm er einen leisen Schmerzensschrei wahr, doch selbst wenn er gewollt hätte, wäre es ihm nicht möglich gewesen, das Liebesspiel abzubrechen. Nachdem sich Brigittas Körper erst unter ihm versteifte, wich die Verspannung mit jedem Stoß, und als er sich schließlich dem Höhepunkt näherte, kam auch ihr Atem abgehackt und keuchend. Immer schneller und heftiger wurden seine Bewegungen, bis er sich schließlich mit einem unterdrückten Schrei aufbäumte und in sie ergoss. Der hohe, einem Wimmern ähnelnde Laut, der ihrer Kehle entkam, ging in ein leises Seufzen über, und als er nach einigen Augenblicken das schweißnasse Gesicht hob, um sie anzusehen, teilten sich ihre Lippen zu einem verwunderten Lächeln. Während sein rasender Herzschlag sich beruhigte, sank er neben ihr auf die Bank und zog ihren Kopf an seine Brust. Einige Momente lang lagen sie einfach nur da, genossen den Duft des anderen und schmiegten sich aneinander. Als Wulf schließlich den Kopf hob, um Brigitta in die Augen zu sehen, kräuselte sie schelmisch die Nase.

»Meine Mutter hatte recht«, murmelte sie zufrieden und hob den Zeigefinger, um ihm einen Schweißtropfen von der Wange zu wischen. »Es macht Spaß!«

Der erstaunte Unterton, der in ihrer Stimme mitschwang, ließ auch Wulf grinsen. »Das macht es«, hauchte er glückselig, fing ihre Hand ab und übersäte sie mit Küssen. Lange Zeit lauschte er auf ihren sich beruhigenden Atem, sog ihre Gegenwart mit allen Sinnen auf und malte sich eine Zukunft aus, in der dieses sinnestaumelnde Spiel zum Alltag gehörte. Als seine Männlichkeit sich ein weiteres Mal hungrig zu Wort meldete, schluckte er schwer, schwang die Beine über Brigitta und stemmte sich in die Höhe. Egal, wie schwer es ihm fiel, sie zu verlassen, er musste gehen! Sie hatten ihr Glück ohnehin schon genug strapaziert. Nicht mehr lange und jemand würde Brigitta vermissen; und was geschehen würde, wenn man sie so zusammen fand, das wollte er sich besser nicht vorstellen.

Während ihr forschender Blick auf seiner nackten Haut brannte, bückte er sich nach den eilig abgestreiften Kleidern, schlüpfte in Untergewand, Hose und Schecke und runzelte die Brauen, als er des Blutes auf den Laken unter Brigitta gewahr wurde.

»Was ist?«, fragte sie, doch als ihr klar wurde, was ihn erschreckt hatte, winkte sie wegwerfend ab. »Wenigstens weißt du jetzt, dass ich noch unberührt war.«

Als er empört aufbrausen wollte, kam auch sie auf die Beine und stellte sich vor ihm auf die Zehenspitzen. »Von jetzt an gehöre ich dir«, wisperte sie rau und spitzte die Lippen, um ihn ein letztes Mal dazu zu bewegen, sich zu ihr hinabzubeugen. »Ganz egal, was geschieht, daran kann niemals jemand etwas ändern«, fügte sie hinzu, nachdem sie sich von ihm gelöst hatte, um ebenfalls die Kleider wieder überzustreifen. »Und jetzt geh. Ich werde auf eine Nachricht von dir warten.«

Obschon Wulf jeder einzelne Atemzug schmerzte, zwang er sich dazu, sich von ihr abzuwenden und den Riegel aus der Halterung zu heben. »In spätestens zwei Tagen«, versprach er mit zitternder Stimme, bevor er heftig blinzelnd in den Hof hinaustrat. »Ich liebe dich.« Damit floh er, bevor er es sich anders überlegen konnte, in Richtung Tor. Hätte er gewusst, dass dies für lange Zeit das letzte Mal sein würde, dass er die Geliebte sah, hätte er sich wenigstens noch einmal umgewendet.

KAPITEL 20

Ulm, 21. Juni 1368

Mit nach vorne gerecktem Oberkörper und langen Schritten eilte Ortwin durch die überfüllten Straßen in Richtung Stadttor, über dem das schwarz-weiße Wappen Ulms heiter hin und her flatterte. Eigentlich hätte er in triumphierender Hochstimmung sein müssen, da allein die mit Ulrich von Ensingen vereinbarte Mitgift ihn schwindelig machte; aber obschon er das Ziel seiner Wünsche beinahe erreicht hatte, nagte der Zahn der Sorge an ihm. Zwar hatte die Großzügigkeit des Meisters selbst seine kühnsten Erwartungen übertroffen, wodurch das Problem des Wucherkredites mehr oder minder aus der Welt geschafft war; doch hatte Ulrich auf einer blödsinnig langen Brautwerbung bestanden. Demzufolge musste Ortwin die folgenden drei Monate um die Gunst des Mädchens buhlen, hohle Artigkeiten austauschen und die in ihm kochende Lust zähmen – und somit die Gefahr erhöhen, dass sie einen Weg fand, ihn um seinen wohlverdienten Preis zu bringen. Denn keinen Augenblick gab er sich der Illusion hin, dass sie nicht alles Menschenmögliche unternehmen würde, um nicht mit ihm vermählt zu werden.

Ohne auf die mit ihm zur Bürgerwiese strömenden Schaulustigen zu achten, schlängelte er sich zwischen Fuhrwerken und Reitern hindurch und grübelte weiter. Wenn dies der einzige Grund zur Besorgnis gewesen wäre, hätte er damit umgehen, sich besaufen oder die Dienste einer Hure in Anspruch nehmen können. Doch etwas anderes brannte ihm noch heißer auf der Seele.

Ungehalten wich er einer Gruppe Berittener aus, die sich ohne Zweifel ebenfalls auf dem Weg zum Pferdemarkt befanden. Wie viele Ritter und Edelleute hatten vermutlich auch diese Männer in einer der überfüllten Herbergen der Stadt Unterkunft genommen, um entweder zu kaufen, zu verkaufen oder einfach nur Kontakte zu pflegen. Während sich der von den Hufen aufgewirbelte Staub allmählich wieder legte, kehrten Ortwins Gedanken zu seinem Problem zurück.

Seit sie an Fronleichnam vor dem Zorn des Werkmeisters Reißaus genommen hatte, hatte er die von ihm bestochene Bäckersmagd nicht mehr zu Gesicht bekommen – eine Tatsache, die ihm viel mehr Kopfzerbrechen bereitete, als er sich hatte eingestehen wollen. Da Ortwins Intrige sie um ihre zusätzliche Einnahmequelle gebracht hatte, fürchtete er von Tag zu Tag mehr, dass sie die volle Tragweite der Lage erfassen und ihn mit ihrer Rolle in dem Ränkespiel erpressen könnte. Was es unbedingt zu unterbinden galt!

Rüde bahnte er sich mit seinen breiten Schultern einen Weg an einigen auf der Herdbrücke versammelten Händlern vorbei, die diese Grobheit mit ungehaltenen Schimpftiraden quittierten. Je weiter er sich der auf der lang gestreckten Donauinsel gelegenen Wiese näherte, desto mehr verdichtete sich das Gedränge, doch anstatt ihn zu zerstreuen, schürte das Gewimmel Ortwins Unruhe weiter. Wie jedes Jahr tummelten sich an diesem ersten Tag des offiziellen Marktgeschehens Hunderte zwischen den Zelten, Koppeln, Verpflegungsständen und abgesteckten Turnierplätzen, auf denen die Pferdehändler ihre Ware vorführten. Gaukler, Bettler, Dirnen, Lustknaben und Diebesgesindel – sie alle waren genauso hier anzutreffen wie die hohen Herren, Damen, rechtschaffenen Bürger und reichen Bauern. Zielstrebig steuerte Ortwin an einer Ansammlung von Fisch-, Fleisch- und Backwarenständen vorbei, an denen die findigen Händler der Stadt sowohl den Torzoll als auch die städtische Marktgebühr umgingen. Anders als innerhalb der Stadtmauern gab es auf der Bürgerwiese weder eine Vorschrift über die Mengen, die gekauft werden durften, noch eine feststehende Reihenfolge, welche die Einkaufszeiten für die Bürger und Gewerbetreibenden regelte. Auch wurden die Lebensmittelgesetze hier nicht ganz so hart gehandhabt, was dazu führte, dass der angebotene Fisch sicherlich älter war als acht Tage. Ortwin rümpfte die Nase und hastete an einem Verschlag voller lebender Schweine vorbei. Jedes Jahr fragte er sich aufs Neue, welcher Einfaltspinsel so dumm sein konnte, die minderwertigen und oft überteuerten Güter hier zu erstehen, anstatt auf dem Markt vor dem Rathaus einzukaufen.

Wenngleich sich der Nachmittag bereits dem Ende zuneigte, stach die Sonne immer noch erbarmungslos von einem wolkenlosen Himmel, in dem Bussarde und Milane ihre Kreise zogen. Schwer schnaufend wischte sich der zukünftige Steinmetzmeister den Schweiß aus den Augen und ließ seine Aufmerksamkeit von links nach rechts und zurück wandern. Nachdem er sich mit einer fadenscheinigen Entschuldigung von der Baustelle entfernt hatte, brannte Ortwin nun darauf, sein Vorhaben durchzuführen. Da er sicher war, die Gesuchte irgendwo in der Nähe des Ufers anzutreffen, schlug er nach einiger Zeit diese Richtung ein. Mit einem wachsamen Blick über die Schulter versicherte er sich, dass ihm niemand Beachtung schenkte, und zog sich die Kapuze seines Mantels über den Kopf. Auf keinen Fall wollte er bei dem, was er vorhatte, erkannt werden.

Auf leisen Sohlen huschte er an eng umschlungenen Paaren vorbei und schlich unter die tief herabhängenden Äste der Trauerweiden und Birken, bis er schließlich den dunkelblonden Schopf der Bäckersmagd erspähte. Ein Lachen drang an sein Ohr, und als sie den schwanenweißen Hals zurückbog, um ihrem Freier die vollen Brüste entgegenzustrecken, durchbohrte Ortwin ein Pfeil der Lust. Brennend vor Begierde beobachtete er, wie der in den Farben irgendeines Grafen gewandete Ritter die riesigen Pranken um die prallen Rundungen legte und mit den Zähnen an ihrem Ohrläppchen knabberte. Als sie ein täuschend echt wirkendes Stöhnen von sich gab, drängte er sie mit dem Rücken gegen einen mächtigen Stamm, schob ihre Röcke nach oben und nahm sich das, wofür er zweifelsohne bezahlt hatte.

Mit jedem Stoß, den der Freier tat, pulste mehr Blut in Ortwins Männlichkeit, und nur mit Mühe hielt er sich davon ab, sich selbst Erleichterung zu verschaffen. Er musste einen kühlen Kopf bewahren! Mit steinerner Miene wartete er ab, bis der Ritter keuchend und um Luft ringend sein Ziel erreicht hatte, der Magd einen heftigen Klaps auf die Kehrseite versetzte und sich mit einer anzüglichen Bemerkung und dem Versprechen, sie bald wieder aufzusuchen, von ihr verabschiedete.

Froh über die kühle Distanz und Entschlossenheit, die sich in diesem Moment über ihn senkten, verfolgte Ortwin beinahe interessiert, wie die Dirne sich – kaum war der Ritter aus ihrem Blickfeld verschwunden – angewidert über den Hals wischte und das Kleid raffte, um sich im Wasser des Flusses zu waschen. Eigentlich war es schade, dass er sich ihrer entledigen musste, dachte Ortwin bedauernd, als sie ihre perfekt geformten Schenkel erneut entblößte. Wie viel Spaß er noch mit ihr hätte haben können! Aber die Gefahr, die von ihr ausging, war weitaus größer als ihr Nutzen.

Um zu verhindern, dass der Anblick ihres Geschlechtes ihn von seinem Plan abbrachte, konzentrierte er sich auf das Spiel des Lichtes auf den um sie entstehenden Wellen und spannte die Muskeln in seinen Oberarmen. Wie ein Jäger auf der Pirsch schlich er auf Zehenspitzen näher – peinlich darauf bedacht, keinen der kleinen Zweige zu zerbrechen und sie so zu warnen. Der weit ausladende Ast, unter den sie sich mit ihrem Freier zurückgezogen hatte, bot einen beinahe perfekten Schutz vor neugierigen Blicken, und nachdem er sich ein letztes Mal vergewissert hatte, dass ihm niemand gefolgt war, setzte Ortwin behutsam den Fuß auf den schwammigen Ufersand.

KAPITEL 21

Ulm, 21. Juni 1368

»Großartig«, sagte Wulf säuerlich und stieß misstrauisch mit dem Fuß gegen den klumpigen Strohsack, der sich an die Wand der winzigen Nische drängte, in die der habgierige Gastwirt ihn geführt hatte.

»Der Markt«, erwiderte dieser mit einem gleichgültigen Schulterzucken und verstaute die horrende Bezahlung, die er für dieses Rattenloch von dem jungen Mann gefordert hatte, in seiner Tasche. »Ihr wisst ja, wie es ist.« Damit machte er Anstalten, seinem neuesten Gast den Rücken zu kehren. Doch noch bevor er an dem schmutzigen Vorhang angekommen war, der die improvisierte Unterkunft von einem der Aborte trennte, fügte er mit einem Lächeln hinzu: »Sobald ein Bett in der Stube oder einer der Kammern frei wird, lasse ich es Euch wissen.« Er zögerte einen Moment lang. »Natürlich muss ich dann einen Aufpreis verlangen.«

»Sicherlich«, brummte Wulf und signalisierte ihm mit einer müden Handbewegung, dass er sich entfernen konnte. »Was anderes hätte ich auch nicht angenommen«, murmelte er vor sich hin, während er missmutig in seinem Bündel kramte. Seit dem vergangenen Abend war er auf der Suche nach einer Bleibe, und die unter freiem Himmel und auf hartem Boden verbrachte Nacht hatte seine Laune nicht gerade verbessert. Eigentlich sollte er Gott dafür danken, dass er noch alle Kleider am Leib trug und seine Habseligkeiten noch sein Eigen nennen konnte. Doch hatte er dafür mit äußerst wenig Schlaf bezahlt. Verdrießlich starrte er auf das Wappen seines Vaters, das ihm beim Durchstöbern seiner alten Kleider in die Hände fiel. Wie unwichtig die Suche, die ihm noch vor kurzer Zeit unerlässlich erschienen war, auf einmal war! Er unterdrückte ein Seufzen und steckte das Taschentuch in die Falten seiner Schecke. Die Aufregung um Brigitta ließ alles andere in den Hintergrund treten. Und bevor er diese Angelegenheit nicht aus der Welt geschafft hatte, würden die Nachforschungen nach seinem leiblichen Vater warten müssen. Brigitta! Wie eine gewaltige Woge überspülten ihn die Gefühle, ließ ihn der Gedanke an das Liebesspiel mit ihr erschauern, sodass er unwillkürlich die Nägel in die Handflächen grub. Das unangenehme Stechen brachte ihn jedoch umgehend in die Realität der schäbigen Unterkunft zurück. Ärgerlich über sich selbst, zwang er sich dazu, sich nicht von der Erinnerung an die letzte Begegnung mit der Geliebten ablenken zu lassen, und stopfte seine Taschen mit all den Dingen voll, die er sich nicht von dem Gesindel in der Herberge stehlen lassen wollte.

Dann drückte er sich mit gerümpfter Nase an dem Abtritt vorbei, eilte durch den Hinterhof und trat durch ein windschief in den Angeln hängendes Tor in eine Gasse hinter der im Fischerviertel gelegenen Taverne. Er würde sich beeilen müssen, wenn er Ortwin, dessen Unterkunft sich am entgegengesetzten Ende der Stadt befand, noch rechtzeitig erwischen wollte, bevor dieser wie beinahe jeden Abend in der Trinkstube untertauchte. Denn dort wollte Wulf ihn auf keinen Fall zur Rede stellen. Was er dem Gesellen zu sagen hatte, war nicht für die Ohren anderer bestimmt; jedenfalls noch nicht. Erst, wenn der Mistkerl sich weigerte, seine Verlobung mit Brigitta zu lösen, würde Wulf sein Vergehen öffentlich machen!

Hüpfend setzte er über die nach Fisch und Urin stinkenden Lachen auf der unbefestigten Straße hinweg und eilte auf den gepflasterten Rathausplatz zu. Dort wandte er sich nach rechts, und als das Schild über dem Eingang eines Hauses in der Bockgasse ihn davon in Kenntnis setzte, dass er das Gasthaus *Zum Grünen Baum* erreicht hatte, holte er einige Male tief Atem. Wie gut, dass Ortwin mit seinem Umzug geprahlt hatte, denn ansonsten hätte Wulf keine Ahnung gehabt, wo er den Widersacher finden konnte. Er hob die Rechte und wollte gerade den Türklopfer betätigen, als ein Prickeln in seinem Nacken ihn innehalten ließ. Misstrauisch ließ er die Hand sinken und legte sie an den Griff seines Dolches, bevor er sich gezwungen langsam umwandte und mit zusammengekniffenen Augen die Schatten absuchte. Da war es wieder, das merkwürdige Gefühl! Während sich jedes seiner Haare einzeln aufrichtete, überzog ihn eine Gänsehaut. Seit einiger Zeit hatte er den Verdacht, dass ihn jemand beobachtete; dass etwas Böses sein Netz nach ihm auswarf. Dumpf dröhnte der Herzschlag in seinen Ohren, doch als sich auch nach einigen Minuten niemand zeigte, wandte er sich wieder dem Klopfer zu. Vermutlich sah er seit der Auseinandersetzung mit Ortwin einfach nur Gespenster. Ein Grund mehr, die Sache endlich zu bereinigen.

»Wo finde ich Ortwin, den Steinmetz?«, fragte er das griesgrämige Männchen, das ihm nach einigen Augenblicken die Tür öffnete. Nachdem der abgehetzt wirkende Wirt seine Erscheinung von oben bis unten gemustert hatte, hob er schließlich die Schultern und versetzte gleichgültig: »Er ist nicht hier. Meist kommt er nicht vor Mitternacht.« Er schürzte vorwurfsvoll die Lippen. »Meine Frau muss oft aufstehen, um ihm das äußere Tor zu öffnen.«

Da Wulf keinerlei Interesse an dem Gejammer des Herbergsbesitzers hatte, bedankte er sich knapp und wollte sich gerade nach Süden wenden, als der Wirt mürrisch hinzusetzte: »Vermutlich ist er auf dem Pferdemarkt, wie alle anderen!« Damit knallte er dem jungen Mann die Tür vor der Nase zu und stampfte lautstarke Verwünschungen ausstoßend zurück ins Innere der Taverne.

Natürlich! dachte Wulf mit einem Kopfschütteln. Warum war er nicht selber auf diese Idee gekommen? Seit Tagen redete kaum jemand mehr von etwas anderem. Sein Puls beschleunigte sich, als er entschlossen die Schultern straffte und den Weg zur Donauinsel einschlug. Sicherlich trieb Ortwin sich auch dort herum. Die Aufregung unterdrückend, hastete er durch die Gassen und reihte sich in die zäh fließende Schlange ein, die sich im Schneckentempo über die Herdbrücke schob. Eingekeilt zwischen feinen Herren und Damen, Knappen, Pferdeknechten und Bürgern jeden Standes näherte er sich der Donauinsel, auf der ein solch buntes Treiben herrschte, dass er beinahe sein Vorhaben vergaß. Etwa auf der Mitte der Brücke vermischten sich die Gerüche der Stadt mit den Düften der Lebensmittelstände, die in einer schweren Wolke das Aroma von Honig, Gewürzen und Backwaren verbreiteten. Je näher er dem Markt kam, desto öfter fielen ihm die teils verdutzten, teils fragenden Blicke einiger Ritter auf, die ihn mit unverhohlener Neugier anstarrten. Einer der Männer, auf dessen Brust ein silberner Elefant prangte, gaffte ihm gar mit offenem Mund hinterher, bevor er abrupt einen Haken nach rechts schlug und eiligst zur Bürgerwiese drängte.

Seltsam, dachte Wulf befremdet und blickte dem sich entfernenden Rücken hinterher, bis die Menge ihn verschluckt hatte. Irgendwoher kam ihm das Wappen des Ritters bekannt vor. Er wollte sich gerade das Gehirn zermartern, wo er den auf feuerrotem Grund schreitenden Elefanten schon einmal gesehen hatte, als der Pulk, in dem er eingekeilt war, den Fuß der Brücke erreichte und auseinanderlief wie geschmolzenes Fett.

Hilflos blickte sich der junge Mann um, während er in einer Gruppe Knechte in Richtung Koppeln mitschwamm. Dort löste sich der Haufen scherzend und lachend auf, was zur Folge hatte, dass Wulf sich wie durch Zauberhand allein neben einem leeren Gatter wiederfand, dessen aufgewühlter Boden verriet, dass hier noch vor Kurzem Pferde geweidet hatten. Wo sollte er anfangen zu suchen?

Dankbar für die Gelegenheit, Atem zu schöpfen, setzte er den Fuß auf eine der Zaunlatten und zog sich an einem knorrigen Birnbaum in die Höhe. So – mehr als eine halbe Mannslänge über dem Geschehen – suchte er das vollkommen überlaufene Areal mit den Augen ab, gab nach kurzer Zeit jedoch entmutigt auf. In diesem Durcheinander würde er Ortwin niemals finden. Und selbst wenn, dann konnte er ihn auf keinen Fall inmitten all der hohen Herren, deren kunterbunte Banner an Zeltspitzen und Standarten wehten, zur Rede stellen. Mit einem Stirnrunzeln glitt er zurück auf den Boden und trottete mit gesenktem Kopf in Richtung Ufer, wo sich dichte Mückenschwärme vor ihm teilten, um ihn sofort tanzend zu umschließen. Ein wenig Ruhe würde ihm helfen, seine Gedanken zu ordnen. Und da der Strom der Schaulustigen in die entgegengesetzte Richtung floss, versprach die schattige Böschung eine Atempause von dem Gewühl. Er vertrieb einen der Blutsauger, der sich frech auf seinem Unterarm niederlassen wollte. Beklommen duckte er sich unter einem tiefhängenden Ast hindurch und wollte sich gerade auf einen flachen Stein fallen lassen, als ein Schreckensschrei an sein Ohr drang. Diesem folgte ein heftiges Platschen – beinahe als schlüge jemand mit der flachen Hand auf die Wasseroberfläche.

Obschon es sich vermutlich um das Spiel übermütiger Kinder handelte, stutzte Wulf und näherte sich der sanften Flussbiegung, hinter der er die Quelle der Geräusche vermutete. Mit jedem Schritt sank er tiefer in den aufgeschwemmten Ufersand ein. Er wollte gerade unverrichteter Dinge umkehren, als ihm bei dem Anblick, der sich ihm bot, das Blut in den Adern gefror. Tief über sein Opfer gebeugt, drückte ein mit einer Kapuze verhüllter Kerl den Kopf einer Frau unter Wasser, deren Haar wie ausgerissener Seetang auf den Wellen schwamm. Die nackten Beine staken in einem unnatürlichen Winkel aus den beinahe schwarzen Fluten, die mit einem Mal bedrohlich und tödlich wirkten. Als habe ihn ein Fluch in eine Salzsäule verwandelt, erstarrte Wulf mitten in der Bewegung, und bevor er sich davon abhalten konnte, entfloh ihm ein entsetzter Ausruf.

»Lasst sie los!« Seine Stimme war so unsicher und heiser, dass er sie kaum wiedererkannte. Den Bruchteil eines Augenblicks verharrte der Angesprochene, bevor er blitzschnell wie eine Schlange von der Frau abließ und herumfuhr. Wie um ihrer Leblosigkeit zu spotten, ergriff das Wasser unverzüglich Kontrolle über den Körper und schaukelte ihn beinahe sanft in Richtung Böschung. Doch das Erkennen traf Wulf mit solcher Gewalt, dass er nicht sah, wie sich ihre Röcke an einer in den Fluss ragenden Baumwurzel verfingen.

»Ortwin!«, flüsterte er rau und griff hinter sich, um Halt am Stamm einer Weide zu suchen. Einige hämmernde Herzschläge lang bohrten die beiden Männer die Blicke ineinander, doch als Ortwins Hand zu der Waffe an seinem Gürtel zuckte, brach der Bann.

»Du kleine Kröte«, knurrte er gefährlich ruhig und watete zielstrebig auf Wulf zu, der ebenfalls den Griff seines Dolches umklammerte. »Heute muss mein Glückstag sein!« Kaum hatte er festen Boden unter den Füßen, stürzte er sich mit einem derben Fluch auf Wulf, den die Wucht des Aufpralls in den Schlamm sandte. Alle Luft wich aus Wulfs Lungen, als Ortwin sich mit seinem vollen Gewicht auf ihn fallen ließ, bevor er die zur Faust geballte Hand zurückzog und ihm einen Schlag versetzte, der ihm beinahe den Kiefer zerschmetterte. Ein weiterer Hieb sorgte dafür, dass ein Nebel der Benommenheit den jungen Mann orientierungslos machte, sodass ihm nichts anderes übrig blieb, als blind und in Todesangst mit der Klinge in der Luft herumzufuchteln. Dem hässlichen Lachen seines Widersachers folgte ein eiserner Griff, der Wulf mühelos die Waffe entwand. Sein Blick begann sich gerade wieder zu klären, als Ortwin seine Schultern mit den Knien an den Boden nagelte. Hilflos wie ein auf dem Rücken liegender Käfer starrte er in die kalten Augen, in denen ungehemmte Mordlust funkelte.

»Fahr zur Hölle!«, zischte Ortwin, griff mit einer flüssigen Bewegung den Dolch und holte aus.

Doch der tödliche Stoß kam nicht. Stattdessen spürte Wulf, der die Lider aufeinandergepresst hatte, wie das Gewicht von seiner Brust geschleudert wurde, bevor jemand ihn an der Schecke packte und derb auf die Beine zog.

»*Er* hat sie getötet!«, jaulte Ortwin, der neben dem Ritter, der seine Kehle mit dem Unterarm umklammert hielt, beinahe schmächtig wirkte. »Ich habe ihn dabei ertappt!«

»Halt dein Maul«, herrschte ein anderer Soldat ihn an und trat auf Wulf zu, der einem Reflex folgend vor ihm zurückweichen wollte.

Die mächtige Brust des blonden Mannes bedeckte ein gelber Wappenrock mit drei übereinanderliegenden, schwarzen Hirschstangen, und noch während der Scherge, der ihn am Kragen hielt, ihn von sich stieß, war Wulf klar, dass er in Schwierigkeiten steckte. Und zwar in Schwierigkeiten, die nichts mit dem toten Mädchen im Fluss zu tun hatten. Er schluckte trocken und wich dem Blick eisblauer Augen aus.

»Ist er das?«, wandte der Blonde sich nach kurzer Betrachtung an jemanden, der hinter Wulf getreten war; und als sich ein aufgeschwemmtes, von strähnigem Haar umrahmtes Gesicht zögernd von der Seite an ihn heranschob, erkannte Wulf den Ritter mit dem Elefantenwappen. Hell leuchtend hob sich das behäbig wirkende Wappentier von dem blutroten Grund ab, der sich über einem fetten Bauch spannte. Leise murmelnd kniff der Kerl die kleinen Schweinsäuglein zusammen und musterte den Gefangenen, bevor er schließlich eifrig nickte. »Ja, da ist Euch der richtige Fisch ins Netz gegangen. Ich schwöre beim Grab meiner Mutter.«

»Na, das heißt nicht viel«, versetzte der blonde Recke trocken und gab dem Gepanzerten hinter Wulf ein Zeichen, woraufhin dieser dem Jungen hart die Arme auf den Rücken drehte. »Du bist unser Gefangener. Je weniger du dich wehrst, desto besser für dich«, erklärte der Wortführer beinahe heiter, während Wulf vor Schmerz aufkeuchte.

Um zu verhindern, dass ihm die Schultern aus den Gelenken sprangen, beugte er den Oberkörper vor und reckte sich auf die Zehenspitzen. »Bitte«, flehte er verzweifelt. »Ich habe ihr nichts getan. Er hat sie umgebracht.« Mit einem Biss auf die Unterlippe hob er den Kopf so weit, dass er mit dem Kinn auf Ortwin deuten konnte, den der Riese inzwischen freigegeben hatte. »Herr!«

Doch der blonde Soldat zuckte lediglich amüsiert die Schultern und bedachte Ortwin mit einem desinteressierten Blick. »Das ist Sache der Stadt. Für solche Lappalien interessiert sich unser Herr nicht.«

Sein Verstand hatte die Bedeutung dieser Worte noch nicht verarbeitet, als ihm sein Peiniger einen Stoß in den Rücken versetzte, der dafür sorgte, dass Wulf nach vorne stolperte. Eingekeilt zwischen zwei bis an die Zähne bewaffneten Soldaten wurde er die Uferböschung hinaufbugsiert. Das Letzte, was er sah, bevor sie ihn in Richtung Marktgetümmel trieben, war Ortwins zwar konsternierte, aber auch schadenfrohe Visage.

KAPITEL 22

Ulm, 21. Juni 1368

DIE LEBENDIGKEIT, mit der immer wieder die Bilder der Sünde vor Brigittas innerem Auge auftauchten, trieben ihr die Hitze in die Wangen. Als hätten Wulfs Fingerspitzen eine brennende Spur auf ihrer Haut hinterlassen, durchliefen sie von Zeit zu Zeit solch heftige Stiche der Lust, dass sie nur unter Aufbietung all ihrer Selbstbeherrschung einen eindeutigen Laut unterdrückte. Seit dem berauschenden Liebesspiel schien ihr Körper anderen Gesetzmäßigkeiten zu gehorchen, und nicht nur das Pochen zwischen ihren Beinen verriet ihr, dass sie in einen neuen Abschnitt ihres Lebens eingetreten war. Beinahe schien es, als habe Wulfs Berührung etwas in ihr befreit, von dem sie bisher nicht gewusst hatte, dass es existierte.

Um die Röte vor den wachsamen Augen ihrer Mutter zu verbergen, beugte sie den Kopf tiefer über ihre Handarbeit und bemühte sich, regelmäßig zu atmen. Da das Licht des Tages bereits schwand, hatte Anna von Ensingen sämtliche Öllampen und Kerzenleuchter entzündet, sodass der flackernde Schein die Stube erhellte. Mit niedergeschlagenem Blick und unsicheren Händen zog Brigitta den grellgelben Faden durch das Blütenblatt auf einer der Hauben, die sie schon bald als verheiratete Frau ausweisen würden. Wenn Wulf doch endlich Nachricht senden würde, in welcher Herberge sie ihn finden konnte!, dachte sie bange und schielte heimlich nach dem Stock, den ihr Vater an diesem Morgen demonstrativ neben den Kachelofen der Stube gestellt hatte.

»Und wenn ich dir Gehorsam einprügeln muss«, hatte er verbissen gedroht, »du wirst deinem Bräutigam bei seinen Besuchen mit ausgesuchter Höflichkeit begegnen!« Als er den Trotz in Brigittas Blick gelesen hatte, hatte er die etwa fingerdicke Birkenrute hinter dem Rücken hervorgezogen und in der Hand gewogen. »Glaube ja nicht, dass mich irgendetwas davon abhalten könnte.« Damit war er aus dem Raum gestürmt und hatte Brigitta mit ihrer betretenen Mutter allein gelassen. Doch diese Drohung bereitete ihr nicht halb so viel Magenschmerzen wie die Angst um den Geliebten.

Wenn Wulf nur nichts zugestoßen war! Die Anspannung, die sich seit dem Abschied am vergangenen Tag in ihr aufgestaut hatte, war inzwischen beinahe unerträglich. Wenn sie nicht bald Gewissheit erhielt, dass er in der Auseinandersetzung mit Ortwin die Oberhand gewonnen hatte, würde sie den Verstand verlieren! Allein die Vorstellung, dass Ortwin Wulf etwas angetan haben könnte, schnürte ihr die Kehle zu und verursachte würgende Übelkeit.

Irgendetwas an ihrer Haltung musste die Aufmerksamkeit ihrer Mutter erregt haben, da diese beunruhigt fragte: »Ist dir nicht gut?« In Annas braunen Augen, die eine Nuance heller waren als die ihrer Tochter, lag eine Mischung aus Sorge, Mitgefühl und Furcht.

»Es ist nichts«, log Brigitta gezwungen ruhig und verzog den Mund zu einem unehrlichen Lächeln. »All die Aufregung …« Sie ließ den Satz unvollendet, da sie ebenso wie ihre Mutter wusste, dass seit ihrer Verlobung keine Ehrlichkeit mehr zwischen ihnen möglich war. Was immer sie

Anna von Ensingen anvertraute, würde diese aus Pflichtgefühl ihrem Gemahl zutragen. Und dieses Risiko würde Brigitta auf keinen Fall in Kauf nehmen.

Das Eintreten der jüngsten Magd des Hauses ersparte ihr weitere Lügen. »Ein Besucher«, meldete diese schüchtern, und ohne Vorwarnung machte Brigittas Herz einen Sprung. Die Nachricht! Sicherlich hatte Wulf einen Boten beauftragt, sie aufzusuchen. Während sich ein leichter Schweißfilm auf ihre Oberlippe legte, zwang sie sich dazu, sittsam auf ihrem Platz zu verharren. Doch noch bevor der Schatten des Besuchers auf sie fiel, zerschmetterte die sie unwillkürlich ergreifende Beklemmung all ihre Hoffnung.

»Teuerste Braut.« Der Hohn in seiner Stimme jagte ihr einen Schauer über den Rücken. »Ihr werdet von Tag zu Tag schöner.«

Wie ein Beutetier, das den bevorstehenden Sprung des Jägers spürt, erstarrte Brigitta und zog instinktiv den Kopf zwischen die Schultern.

»Ortwin«, flötete ihre Mutter honigsüß, und das Rascheln ihrer Röcke verriet, dass sie sich für den Rückzug bereit machte. »Ich werde euch allein lassen.«

Bevor Brigitta protestieren und sie zum Bleiben auffordern konnte, fiel die Tür ins Schloss und ein eisiges Schweigen senkte sich über sie. Während der Herzschlag schmerzhaft in ihrer Kehle hämmerte, schoss ihr ein absurder Gedanke durch den Kopf. Was, wenn sie einfach so tat, als gäbe es ihn nicht? Ihre Finger umklammerten Hilfe suchend die Nadel, die ihr zur Not als Waffe dienen konnte. Würde er dann verschwinden? Sich in Luft auflösen und sie in Ruhe lassen?

Die Hand, die brutal in ihre Locken fuhr, um ihren Kopf nach oben zu reißen, beantwortete diese Fragen besser als alle Worte es gekonnt hätten. »Sieh mich gefälligst an, wenn ich mit dir rede!«, herrschte er sie zornig an, und die roten Flecken auf seinen Wangenknochen, die den dunklen Bartschatten hervorhoben, verrieten seine Erregung. Als wöge sie nicht mehr als ein Kind, hob er sie mühelos mit der Pranke, die er aus ihrem Haar zurückgezogen hatte, in die Luft und schüttelte sie. Dann ließ er sie so abrupt los, dass die Sticknadel mit einem lächerlich hohen »Ping« zu Boden fiel. Vollkommen überrumpelt wich Brigitta an die Wand zurück. Ein genüssliches Lächeln teilte seine schmalen Lippen, als Ortwin ihr betont langsam nachsetzte – beinahe als bereite ihm jeder ihrer abgehackten Atemzüge unglaubliches Vergnügen.

Während vor den bunt verglasten Fenstern die Dämmerung den Himmel allmählich rosa färbte, ergriff schwarze Verzweiflung von Brigitta Besitz, denn ein Blick in das hämisch verzogene Gesicht ihres Peinigers verriet ihr, dass Wulfs Vorhaben gescheitert war. Ganz sicher war Ortwin nicht gekommen, um seine Verlobung mit ihr zu lösen! Als ihn schließlich keine zwei Handbreit mehr von ihr trennten, warf er unvermittelt den Kopf in den Nacken und brach in ein solch markerschütterndes Lachen aus, dass Brigitta sich keuchend die Hände auf die Ohren presste. Die ansonsten lethargischen Drosseln in dem am Fenster hängenden Käfig begannen, aufgeregt auf ihren Stangen hin und her zu schaukeln. Und auch der kleine Hund ihrer Mutter, der sich unter einer der Sitzbänke zusammengerollt hatte, vergrub winselnd den Kopf zwischen den Pfoten.

Kaum hatte Ortwin sich ein wenig beruhigt, stemmte er die Hände rechts und links von ihr gegen die Wand und schob sein Gesicht so dicht an das ihre heran, dass sie die groben Poren seiner Haut erkennen konnte. »Du wirst ihn nie wiedersehen!«, knurrte er, und als sie widerspenstig das Kinn nach vorne reckte, packte er sie hart an den Schultern.

»Selbst wenn du nicht meine Braut wärst«, flüsterte er dicht an ihrem Ohr und ignorierte ihre Finger, die sich in seinen Arm gruben, um sich von dem schraubstockartigen Griff zu befreien. »Dein kleiner Beschützer ist verhaftet worden. Vermutlich wird er schon morgen am höchsten Galgen des Landes hängen!«

Die Grausamkeit, mit der er diese Worte ausspuckte, war beinahe noch schlimmer als der schmerzhafte Griff, der sich allmählich ein wenig lockerte. Ohne ihr Zeit zu geben, diese niederschmetternde Neuigkeit zu verarbeiten, fuhr er sich mit der Zunge über die Lippen und drohte: »Du solltest aufhören, dich gegen dein Schicksal zu sträuben.« Ein gefährliches Funkeln trat in seinen Blick. »Der Tag unserer Hochzeit ist nah. Es wäre besser, wenn du deinem zukünftigen Gemahl zeigst, wie sehr du ihn achtest und ehrst!« Sein Mund näherte sich ihrem Gesicht. Er machte gerade Anstalten, seine Lippen auf die ihren zu pressen, als das Knarren der ins Obergeschoss führenden Treppe verriet, dass sich jemand der Stube näherte.

»Verdammt«, presste er nur mühsam beherrscht hervor und trat einen Schritt von ihr zurück. »Heb die Nadel auf«, fauchte er barsch und zauberte ein falsches Lächeln auf sein Gesicht, bevor er sich von ihr abwandte, um den Neuankömmling zu begrüßen, der soeben den Raum betrat. »Matthäus«, trompetete er gekünstelt kameradschaftlich, trat auf Brigittas verblüfften Bruder zu und drosch diesem die Hand auf die Schulter. »Komm, Schwager, lass uns einen Krug Bier in der Trinkstube teilen!«

Bevor der überrumpelte junge Mann etwas erwidern konnte, hatte Ortwin ihn an den Schultern herumgedreht und zurück zur Treppe geschoben. Einen Augenblick dachte Brigitta, er würde wortlos verschwinden, doch kaum hatte Matthäus den Fuß auf die erste Treppenstufe gesetzt, wandte Ortwin sich noch einmal zu ihr um und bedachte sie mit einem Blick, der vor Hohn triefte. »Wir sehen uns«, brummte er und zog die Tür hinter sich zu.

KAPITEL 23

Ulm, 23. Juni 1368

»Wenn ich es Euch doch sage«, lallte der mehr als nur angeheiterte Ritter, dessen Wappenrock ein silberner Elefant zierte, bevor er dem Wirt des Trinkzeltes erneut seinen Becher hinhielt. »Meine Schwester war eine Schlampe! Ohne Ehre. Wahrscheinlich hat sie es mit jedem getrieben, aber dieses eine Mal war sie unvorsichtig.«

Wulf von Katzensteins Fäuste zuckten, aber wenn er mehr aus diesem Säufer herauskitzeln wollte, musste er an sich halten. »Woher habt Ihr diese Information?«, fragte er mühsam beherrscht und gab dem Wirt mit einem Wink zu verstehen, etwas von dem Bernewyn, dem teuren Branntwein, unter den Wein des Ritters zu mischen.

Der griff gierig nach dem Kelch, sobald dieser erneut bis zum Rand gefüllt war, und setzte ihn an die aufgeworfenen Lippen. Sein Adamsapfel hüpfte, als er den feurigen Trunk in großen Schlucken hinabzwang. Ein guter Teil des Weins troff an seinem Kinn hinab, fing sich in dem lächerlichen Versuch eines Kinnbärtchens und befleckte die teure Schecke. »War selbst dabei!«, rief er schließlich aus und knallte das Zinngefäß auf den Holztisch, bevor er mit einem Rülpsen vornüberkippte und das glühende Gesicht in den Armen vergrub.

Einige vor Zorn stockende Atemzüge lang rang Wulf mit sich, ob er den Wurm von seinem Schemel reißen und zum Zweikampf fordern sollte; doch da er immer noch nicht alles in Erfahrung gebracht hatte, ließ er sich schwer atmend auf eine Bank sinken. Vergessen waren die gemischten Gefühle, mit denen er an die Rückkehr nach Katzenstein gedacht hatte; verdrängt die Freude über das an diesem Tag abgeschlossene Geschäft mit einem wohlhabenden Adeligen aus Reichsitalien, dem er den Löwenanteil seiner Zucht verkauft hatte.

Wenn es stimmte, was dieser ekelhafte Säufer vor allen geprahlt hatte, dann war Katharina von Württembergs tot geglaubter Sohn in den Händen des Grafen Eberhard, der ihn aufgrund einer fadenscheinigen Anklage wegen Mordes hinrichten lassen wollte!

»Wacht auf!« Derb rüttelte er die Schulter des leise schnarchenden Ritters, der unwillig nach dem Störenfried schlug.

»Lasst mich in Ruhe«, murmelte das Weinfass mit einem Blinzeln, bevor es Anstalten machte, wieder einzunicken. Wulf platzte der Kragen. Ein Laut, der dem Knurren eines Wolfes glich, begleitete den kraftvollen Sprung, der die Bank, auf der er gesessen hatte, zu Boden schickte. Er packte den

Kerl und versetzte ihm einen heftigen Schlag in den fetten Bauch. Das Ganze geschah so schnell, dass die Umstehenden erst begriffen, was geschah, als der Helfensteiner Ritter mit einem hässlichen Laut gegen eine der mächtigen Zeltstangen prallte. Würgend ging dieser in die Knie und übergab sich vor die Füße seines Angreifers, der ihm jedoch, ohne zu zögern, das Schwert an die Kehle setzte.

»Wenn Ihr mir nicht augenblicklich alles sagt, was Ihr wisst, sorge ich dafür, dass Ihr an Eurem Blutgeld erstickt!« Sein Brustkorb hob und senkte sich krampfhaft. Ohne auf den erneuten Schwall zu achten, der ihm die Stiefel bespritzte, rammte er dem Ritter das Heft der Waffe gegen den Kehlkopf und zwang ihn damit zurück auf die Beine. Obschon sich inzwischen ein Ring Schaulustiger um die beiden Männer gebildet hatte, blieb Wulfs Aufmerksamkeit fest auf den nach Luft ringenden Helfensteiner gerichtet.

»Was liegt Euch denn schon daran?«, stieß dieser schließlich beinahe trotzig hervor und wischte sich mit dem Ärmel über den Mund, während seine kleinen Augen Hilfe suchend hin und her zuckten. »Es ist doch der Bastard *meiner* Schwester, der ...« Er ließ den Satz unvollendet und kniff die Augen zusammen. Verstehen schlich in seinen Blick, vermischte sich jedoch umgehend mit nackter Furcht, als er erkannte, welch kapitalen Fehler er begangen hatte. »Ihr seid ...«

Wulf starrte ihn wütend an, ohne die zwischen ihnen schwebende Frage zu beantworten. »Wie sieht er aus?«, brauste er stattdessen auf, doch kaum hatte er die gestammelte Beschreibung vernommen, fiel aller Zorn von ihm ab und kaltes Entsetzen ergriff Besitz von ihm. Als habe ihn die Kraft verlassen, sank der Schwertarm an seiner Seite hinab, bis die Spitze der Waffe den Boden berührte. Einige Momente verharrte er regungslos, bevor er in den Ring der

Neugierigen zurücktaumelte. Kein Zweifel! Alter, Haarfarbe, Wuchs und selbst die Augenfarbe stimmten. Es musste sich um seinen und Katharinas Sohn handeln!

Benommen fasste er sich mit der Hand an die mit einem Mal schweißbedeckte Stirn und versuchte, seine Gedanken zu sammeln. Er nahm aus dem Augenwinkel wahr, dass sich der Helfensteiner wie ein geprügelter Hund in Richtung Ausgang davonmachte, dann versagten ihm die Beine ohne Vorwarnung den Dienst. Haltsuchend griff er hinter sich und stützte sich an einem der groben Holztische ab. Was um alles in der Welt war geschehen?, fragte er sich, während er fieberhaft nach einem Ausweg suchte. Und warum war es Wulfs Männern nie gelungen, den Jungen ausfindig zu machen? Während sich diese und zahllose andere Gedanken in seinem Kopf jagten, keimte ein Entschluss in ihm auf, der ihm einen Teil seiner Stärke zurückgab. Er würde Eberhard von Württemberg aufsuchen! Gab es nicht immer die Möglichkeit – ganz egal, wie schwer das Verbrechen war – das Leben eines Adeligen freizukaufen? Ganz gleich, wie viel Lösegeld der Graf für seinen Sohn verlangen mochte, Wulf würde jede Summe bezahlen.

Mit bebenden Lippen dankte er dem Herrn für den erfolgreichen Verkauf seiner Zucht, da dieser es ihm ermöglichen würde, genügend Geld in die Waagschale zu werfen. Sollte der Betrag, den Eberhard von ihm forderte, zu hoch sein, würde der Katzensteiner, ohne mit der Wimper zu zucken, auch die Handvoll Vollblutpferde verkaufen, mit denen er sich eine neue Zucht hatte aufbauen wollen. Was nutzte der größte Reichtum …?! Zitternd schlug er ein Kreuz vor der Brust und steuerte ebenfalls auf den Ausgang zu – ohne auf die fragenden Blicke der Anwesenden zu achten, die ihm unverhohlen hinterhergafften.

Wie in Trance hastete er über eine der Koppeln, bahnte sich einen Weg durch die letzten Kaufwilligen und steuerte auf den prunkvollen Ring aus Zelten zu, über dem das Banner des Grafen wehte. Allein der Anblick des verhassten Wappens ließ die Wut in ihm erneut aufschäumen, doch sobald er sich den schwer gepanzerten Soldaten näherte, mahnte er sich zur Ruhe.

»Ich muss Graf Eberhard sprechen«, forderte er – um eine herrische Miene bemüht. »Er erwartet mich«, log er, als einer der Männer Anstalten machte, ihn abzuweisen. »Sagt ihm, es handelt sich um seine verstorbene Schwägerin.«

Mit neugierig nach oben gezogenen Augenbrauen musterte der größere der beiden den Ritter, bevor er einen jungen Burschen herbeiwinkte und diesem auftrug, dem Grafen den Besucher zu melden. Es dauerte keine fünf Minuten, bis der Knappe mit vier Rittern im Schlepptau zurückkehrte, die Wulf höflich, aber unmissverständlich in ihre Mitte nahmen, bevor sie ihn um seine Waffen baten.

»Ihr werdet verstehen, dass Graf Eberhard seit dem Vorfall in Wildbad vorsichtig geworden ist«, beschied einer der Männer glatt und reichte Wulfs Schwert an seinen Nachbarn weiter. »Er hat wenig Vertrauen zur schwäbischen Ritterschaft.« Damit forderte er ihn mit einer höflichen Geste auf, ihm zu folgen. Als sie nach einiger Zeit an einem prachtvoll bestickten Poulun ankamen, verschwand der Anführer im Inneren, bevor er nach einem kurzen, aber heftigen Austausch wieder auftauchte und Wulf von Katzenstein hereinwinkte.

※

»Was zum Henker sollte mich davon abhalten, Euch und Eure Brut vom Angesicht der Erde zu tilgen!?«

Verschwommen drangen die scheinbar geflüsterten Worte an Wulf Steinhauers Ohr, als dieser mit quälendem Durst aus einem ohnmachtsähnlichen Schlaf erwachte. Einige Augenblicke wusste er nichts mit dem grauenvollen Schmerz in seinen Schultergelenken anzufangen, bevor ihn die Erinnerung an das Vorgefallene mit voller Wucht traf. Stöhnend versuchte er, sich ein wenig aufzurichten, bereute dieses Vorhaben jedoch umgehend, da es sich anfühlte als risse ihn jemand in Stücke. Gierig rang er nach Luft, doch die Hitze in dem Zelt, in das man ihn geschafft hatte, war so überwältigend, dass ihn das Gefühl übermannte, ersticken zu müssen. Das heisere Wimmern verhallte ungehört, und da die hämmernden Schmerzen drohten, ihm erneut das Bewusstsein zu rauben, ließ er seine Glieder wieder erschlaffen. Wie war er nur in diesen Schlamassel geraten?, fragte er sich matt, während er die Winkel seines Gedächtnisses durchforstete. Was für einen Grund konnte es geben, dass ihn einer der mächtigsten Männer des Reiches hatte festnehmen lassen?

Eine lange Zeit lag er regungslos da und lauschte dem immer heftiger werdenden Austausch, der aus dem Nachbarzelt zu kommen schien, ohne jedoch die Worte zu begreifen. Während er gegen die zunehmende Panik ankämpfte, konzentrierte er sich darauf, tief und bewusst zu atmen und seine Kräfte zu sammeln, bis er schließlich das Gefühl hatte, einen weiteren Versuch unternehmen zu können. Die Ketten, mit denen man ihn an einen in die Erde gerammten Pflock gefesselt hatte, klirrten leise, als er sich quälend langsam in eine sitzende Position schob. Wenngleich er sich um ein Haar übergeben musste, biss er die Zähne zusammen und robbte weiter nach hinten, bis er seinen geschundenen Rücken gegen das raue Holz lehnen konnte.

»So viel habe ich nicht!«, knurrte ein nur mühsam

beherrschter Bariton nebenan, woraufhin ein hässliches Lachen erscholl.

»Nun, das ist Pech für Euch«, höhnte die Stimme, die Wulf als die des Grafen von Württemberg erkannte. Sein Magen rebellierte, als das hassverzerrte Gesicht des Adeligen vor seinem inneren Auge auftauchte.

»Endlich!«, hatte dieser gezischt, als der blonde Ritter Wulf vor zwei Tagen vor ihm auf die Knie gezwungen hatte. »Seit über zwei Jahren suche ich nach dir!«

Benommen und verängstigt hatte Wulf versucht, die Verwechslung aufzuklären, um die es sich zweifellos handeln musste, als der Fette mit dem Elefantenwappen vorgetreten war und mit einem zufriedenen Lächeln eine Geldkatze entgegengenommen hatte. »Wenn wir mehr Männer wie Euch hätten, gäbe es sicherlich keine Probleme mehr im Land«, hatte der Graf zynisch gesagt und dem Mann ein Zeichen gegeben, sich zu entfernen. Daraufhin hatte er sich wieder seinem Gefangenen zugewandt und honigsüß bemerkt: »Warum nehmen wir nicht die tote Hure als Anlass dafür, dich nach Augsburg zu verkaufen?« Ein kaltes Lächeln hatte die blassen Lippen geteilt. »Zufällig weiß ich, dass man dort seit Monaten versucht, Verbrecher für eine Hinrichtung zu erwerben. Ansonsten langweilt sich der Pöbel!«

Obschon Wulf bis zu diesem Moment gegen die Furcht angekämpft hatte, hatten ihm bei diesen Worten die Zähne geklappert. Doch bevor er ein weiteres Mal protestieren konnte, hatte der Graf dem blonden Ritter und einem weiteren riesigen Kerl zu verstehen gegeben, ihm Wulf aus den Augen zu schaffen. Und was dann gekommen war, wollte er am liebsten vergessen. Behutsam versuchte er, die Beine an den Körper zu ziehen, doch das Feuer, das dabei seine Seite hinablief, ließ ihn entkräftet aufgeben. Beinahe ängstlich tastete er mit brennenden Augen seinen nackten, mit Platz- und Schürfwunden übersäten Körper ab, bis er sich schließlich ermattet und erleichtert wieder nach hinten sinken ließ, um die Augen zu schließen.

Offenbar hatte er Glück im Unglück gehabt und es war nichts gebrochen – außer der Nase, die immer noch die Spuren des Kampfes mit Ortwin trug. Ortwin! Wie aus dem Nebel tauchte die Szene am Donauufer vor ihm auf – die tote Frau und der triumphierende Ausdruck auf Ortwins Visage, als die Männer des Grafen Wulf abgeführt hatten. Die schreckliche Erkenntnis fuhr ihm glühend heiß ins Mark.

»Oh, mein Gott«, flüsterte er entsetzt und bäumte sich mit einem Schrei auf, um die Ketten aus dem trockenen Holz zu reißen. Vergessen waren die Qualen, die vor dem unvermittelt aufflammenden Zorn verblassten. Während er sich immer und immer wieder nach vorn warf, um seine über dem Kopf gefesselten Hände zu befreien, troff ihm der Speichel vom Kinn und Tränen der Verzweiflung rannen seine Wangen hinab. Er musste Brigitta warnen! So heftig zerrte er an den Fesseln, dass die Haut an seinen Handgelenken bereits nach wenigen Momenten zu bluten begann.

Sein Toben lockte in Windeseile die beiden Wächter herbei, die vor dem Eingang Posten bezogen hatten. »Brigitta!!«, brüllte er heiser und schluchzte trocken, als ihn der Handrücken des blonden Hünen mitten im Gesicht traf. Er konnte sie doch nicht hilflos einem Mörder ausliefern! »Bitte«, wimmerte er und versuchte, nach den Männern zu treten, die sich kopfschüttelnd zu ihm hinabbeugten. »Ich muss zu ihr!«

»Müssen wir das nicht alle?«, spottete der Blonde, in dessen eisblauen Augen eine Spur Anerkennung lag, bevor er Wulf am Kinn packte und ihn mundtot machte. »Tu dir selbst einen Gefallen und halt das Maul«, riet er beinahe freundlich. »Dann kommst du heute vielleicht ohne Prügel davon.« Damit nickte er seinem Begleiter zu und trottete zurück zum Ausgang. Als hätten diese Worte die Kraft aus Wulfs Gliedern gesogen, sackte der junge Mann in sich zusammen, während sein Magen sich verkrampfte.

~·~

Versonnen drehte Eberhard von Württemberg den Siegelring an seinem Finger hin und her. Auch wenn ihm der erste Impuls eingeflüstert hatte, den unverschämten Katzensteiner auf der Stelle in Ketten legen und zu seinem Bastard schaffen zu lassen, hatte die kaum vernehmbare Stimme seines Verstandes ihn davon abgehalten, diesen Fehler zu begehen. Denn ein Fehler wäre es zweifellos gewesen. Waren die Häuser derer von Oettingen und Württemberg nicht seit über einem halben Jahrhundert durch Heirat und gemeinsame Interessen miteinander verbunden? War nicht Konrad von Oettingen vor beinahe sechzig Jahren geächtet worden, weil er für einen Württemberger Partei ergriffen hatte? Er presste das Kinn auf die Brust und starrte auf den fein bestickten Saum seines Gewandes. Und kämpften die Oettinger nicht genauso erbittert wie er selbst gegen die sich immer weiter ausbreitende Macht der Reichsstädte an? Geistesabwesend vertrieb er eine aufdringliche Fliege, die sich immer wieder auf seinem Arm niederlassen wollte.

Um sich vor den Forderungen des Kaisers Karl IV. zu schützen und ihre Privilegien zu wahren, hatten sich einige der Reichsstädte zu einem Schwäbischen Städtebund zusammengeschlossen, der Eberhard ein besonderer Dorn im Auge war. Da der Kaiser es unter anderem ihm übertragen hatte, die von den Bürgern geforderten Abgaben einzutreiben, missfiel ihm die zunehmende Stärke der reichen Städter zusehends. Vor allem die Macht der Stadt Nördlingen, vor deren Ringmauer sich die Ländereien der Grafen von Oettingen erstreckten, bereitete ihm Kopfzerbrechen. Was, wenn die aufmüpfigen Bürger auf die Idee verfallen sollten, ihr Einflussgebiet auszudehnen oder gegen ihn als Landesherrn aufzubegehren?, grübelte er. War es dann nicht besser, die nur wenige Meilen entfernt liegende Burg Katzenstein in befreundeter Hand zu wissen? Hin und her gerissen zwischen Enttäuschung und Hochstimmung rieb er sich mit der Linken über den beinahe kahlen Kopf, den er von dem zu warmen Samthut befreit hatte.

Zwar lockte die Versuchung, den anmaßenden Burschen vollkommen zu ruinieren, doch damit würde er ohne Zweifel den Groll der Oettinger auf sich ziehen. Immerhin war der Einfaltspinsel mit einer Schwester der Grafen verheiratet. Ein Lächeln huschte über seine faltigen Züge. Ob diese Dame wohl von der unglücklichen Liebschaft ihres Gatten wusste?

Er stemmte die Hände auf die Knie und erhob sich mit knackenden Gelenken. Wie der Vater, so der Sohn, dachte er beinahe heiter, als er sich ausmalte, wie viel Sturheit nötig war, um Arnfried – dem flachsblonden Ritter, den er mit der Befragung des Gefangenen beauftragt hatte – zu trotzen. Zugegeben, der junge Bursche schien zäh – eine Tatsache, die für gewöhnlich Eberhards Bewunderung erregte. Doch war er seiner Mutter zu sehr aus dem Gesicht geschnitten, als dass der Graf die Gefahr ignorieren konnte, die von ihm ausging. Sollte seine eigene Gemahlin ihm endlich den lang ersehnten Sohn schenken, durfte er auf keinen Fall das Risiko eingehen, dessen Ansprüche durch einen Bastard seiner Schwägerin zu gefährden!

Sein Blick fiel auf das zerknitterte Wappen, das seine Männer – neben einer nicht unbeträchtlichen Summe Geldes – in den Kleidern des Jungen gefunden hatten. Offenbar hatte er gewusst, dass er ein Sohn Wulf von Katzensteins war, auch wenn er das trotz der peinlichen Befragung immer wieder geleugnet hatte. Mit einem tiefen Seufzer trat Eberhard ins Freie und ließ den Blick zu dem Schimmelhengst auf der an sein Lager angrenzenden Koppel wandern. In diesem Punkt würde er hart bleiben. Auch wenn es einen Weg geben sollte, mit dem er sein Gesicht wahren und dem Katzensteiner gleichzeitig ein horrendes Lösegeld ersparen konnte; auf das feurige Vollblut würde er nicht verzichten! Als zöge ihn das Tier magisch an, lenkte Eberhard die Schritte auf das Gatter zu und beugte sich wenig herrschaftlich darüber, um dem neugierigen Araber die Flanke zu tätscheln. Morgen würde er eine Entscheidung treffen. Und wie dieser Entschluss ausfiel, hing ganz davon ab, was sein Gefühl ihm bis dahin riet. Denn auch wenn all seine Entscheidungen wohlüberlegt waren, gab letztendlich doch immer sein Instinkt den Ausschlag.

KAPITEL 24

Burg Katzenstein, 25. Juni 1368

SEHNSUCHTSVOLL SUCHTE ADELHEID VON OETTINGEN den Horizont nach einem Hinweis auf die Heimkehr ihres Gemahls ab. Auch wenn sie wusste, dass der Markt erst gestern zu Ende gegangen war, konnte sie seine Rückkehr kaum erwarten. Wie sehr sich die Dinge verändert hatten! Ohne auf die neugierigen Blicke der Wachen zu achten, schlenderte sie zur nächsten Scharte des Wehrganges, um sicherzugehen, dass sie keinen Zoll der staubigen Straße ausließ. Froh darüber, durch das Schindeldach vor der stechenden Sonne geschützt zu sein, tastete sie die flimmernden Luftschwaden mit den Augen nach einem Lebenszeichen ab. In dem an die Wehrmauer anschließenden Stallgebäude schnaubten die Zugtiere, und nur das vereinzelte Quietschen einer Tür oder das gedämpfte Klappern von Töpfen unterbrach den mittäglichen Frieden. Bald würde das noch frisch wirkende Grün der Bäume und Büsche dem müderen Farbton des Sommers weichen, der mit Riesenschritten Einzug gehalten hatte. Die heftigen, beinahe täglichen Frühlingsgewitter gehörten seit drei Tagen der Vergangenheit an, und wäre da nicht das vom Hagel zertrümmerte Vordach des Palas gewesen, hätte auch Adelheid die Launen der Witterung bereits vergessen.

Ein seliges Lächeln stahl sich auf ihr Gesicht, als sie an die Liebesnacht mit Wulf zurückdachte. Wie in einem süßen

Rausch hatte sie seine Berührung genossen und sich dem Taumel hingegeben, der sie schwindelig vor Glück zurückgelassen hatte. Manchmal, wenn sie sich nur genug anstrengte, vermeinte sie, seinen starken, männlichen Duft zu riechen, der sie jedes Mal aufs Neue mit Verlangen erfüllte. Wie vollkommen anders diese letzte leidenschaftliche Begegnung gewesen war! Sie atmete leise seufzend aus und stützte die Handflächen auf den warmen Stein der Zinnen. Anders als bei den vorigen Malen, in denen Wulf mehr schlecht als recht seine ehelichen Pflichten erfüllt hatte, hatte sie dieses Mal das Gefühl gehabt, begehrt zu werden von dem Mann, dessen Liebe sie sich mehr wünschte als alles andere.

Geistesabwesend folgte sie dem launischen Flug eines Pfauenauges, das sich schließlich mit auf und ab wippenden Flügeln dicht vor ihr niederließ. Behutsam, um den farbenprächtigen Schmetterling nicht zu erschrecken, zog sie die Linke zurück, um nach der in ihrer Fucke verborgenen Flasche mit dem Liebestrank zu tasten. Als ihre Fingerkuppen das kühle Glas erspürten, streichelte sie beinahe zärtlich darüber. Sobald Wulf von seiner Reise zurückgekehrt war, würde sie dafür sorgen, dass er jeden Abend einen Kelch Wein trank, den sie mit einigen Tropfen des kostbaren Elixiers versehen würde. Vorsichtshalber hatte sie die alte, heilkundige Frau damit beauftragt, ihr ein weiteres Fläschchen des Gebräus herzustellen, da sie auf keinen Fall das Risiko eingehen wollte, die neu gewonnene Leidenschaft ihres Gatten wieder zu verlieren.

Laute Stimmen rissen sie aus ihrer Versenkung. Nachdem sie einen letzten Blick in Richtung Härtsfeldsee geschickt hatte, wandte sie sich von der Aussicht ab, raffte die Röcke und stieg die schmale Treppe in den Hof hinab. Dort tauchten soeben der Waffenmeister Bolko und einer ihrer Brüder auf, der sich zweifelsohne nach den Fortschritten seines Sohnes Friko erkundigt hatte, der mit Wulf in Ulm war.

»Was meint Ihr damit?«, polterte Ludwig von Oettingen und brachte den vor ihm herstürmenden Bolko mit einem harten Griff um den Arm zum Stehen.

Dieser fuhr mit gefletschten Zähnen zu dem zierlichen Grafen herum und spannte die mächtigen Muskeln. »Ich meine damit genau das, was ich gesagt habe«, stieß der Waffenmeister mit rauer Stimme hervor. »Ich weiß nicht, ob ich jemals einen Ritter aus ihm machen kann.« Als Adelheids Bruder ihm ins Wort fallen wollte, hob er mit einem resignierten Schnaufen die Hand. »Er ist ein hervorragender Kämpfer, keine Frage. Aber es gehört mehr zu einem Ritter als ein geschickter Schwertarm oder Ausdauer im Zweikampf.«

Die sich deutlich auf dem Gesicht des Grafen abzeichnenden Gefühle veranlassten Adelheid, sich nach rechts zu wenden und, ohne von den Männern bemerkt zu werden, in Richtung Kapellenbau zu huschen. Dort angekommen drückte sie sich an das hölzerne Tor, das den Zuweg von der Vorburg sicherte, und lauschte dem Streit noch einige Zeit lang. Es war ihr gleichgültig, dass die Mägde und Knechte in dem angrenzenden Gesindebau sie zweifelsohne beobachten konnten, denn das Gespräch war wichtiger als ihr guter Ruf.

»Wenn er nicht bald lernt, was Gehorsam und Demut bedeuten, dann werdet Ihr keine Freude an ihm haben«, warnte Bolko düster.

Seit ihr Neffe vor einem Jahr in Wulfs Haushalt eingetreten war, überfiel die junge Frau in dessen Gegenwart stets Beklemmung, die nichts damit zu tun hatte, dass sie gerade einmal sieben Jahre älter war als er. Groß, breit und dunkel wie Adelheids Vater ähnelte er seinem eigenen Vater weniger als seinem angeheirateten Onkel, Wulf von Katzenstein, dessen Autorität er immer wieder trotzig infrage stellte. Einmal hatte er sie auf dem Weg zur Kapelle abgepasst und ihr so den Weg vertreten, dass sie sich unter seinem Arm hatte hindurchducken müssen. Als sie ihn mit ihrer Stellung als Herrin der Burg zur Ordnung hatte rufen wollen, hatte er lediglich unverschämt gelacht und sie mit einem anzüglichen Grinsen bedacht. Tags darauf, nachdem sie Wulf widerwillig davon berichtet hatte, hatte dieser den Knaben aufs Furchtbarste gezüchtigt, was bei Friko jedoch keinen Eindruck hinterlassen hatte. Etwas an seinem Wesen machte ihr Angst, und wenn er sich nicht besserte, würde sie Wulf bitten, ihn zurück nach Oettingen zu schicken. Instinktiv zuckte ihre Hand zu ihrem Bauch. Sie wusste tief in ihrem Herzen, dass sie in der Nacht vor Wulfs Aufbruch ein Kind von ihm empfangen hatte.

Die Männerstimmen entfernten sich und sie setzte den Weg zur Kapelle fort. Sie würde zu Gott beten, dass er ihr dieses Mal einen Sohn schenkte. Einen gesunden, kräftigen Stammhalter, mit dem sie sich Wulfs Liebe und Hochachtung sichern würde! Leichtfüßig erklomm sie das halbe Dutzend Treppenstufen, ließ den Wachraum rechts liegen und eilte auf den rundbogigen Eingang der Kapelle zu. Dort angelangt, entzündete sie eine Handvoll Kerzen und beugte das Knie vor dem Altar.

Eine halbe Stunde später verließ sie – zuversichtlich durch ihre Zwiesprache mit Gott – den kühlen, hoch aufragenden Bau und befahl einer der herbeieilenden Zofen, ihre Reitkleider bereitzulegen. Zwar hatten ihr die Gebete wie immer Stärke und Zuversicht gegeben, doch die Rastlosigkeit und Unruhe in ihrem Inneren hatten sie nicht zu vertreiben vermocht. Nachdem sie dem Mädchen in den Palas gefolgt war, streifte sie sich ungeduldig das eng geschnittene Reitgewand über, befestigte die blonden Locken unter einer grünen Haube und setzte ein strahlendes Lächeln auf.

»Sag den Männern Bescheid, dass zwei von ihnen mich begleiten sollen«, trug sie der aus dem Dorf stammenden Zofe auf, die sich wortlos verbeugte und dann entfernte. Nach einem kurzen Blick in den polierten Silberspiegel verließ sie ihre Kammer und eilte beinahe aufgekratzt in die große Halle hinab. Im Stall angekommen ließ sie sich von einem der Burschen in den Sattel helfen, zupfte ihre Röcke zurecht und wartete darauf, dass ihre gepanzerten Begleiter die schweren Kaltblüter bestiegen. Sobald auch der zweite Mann den Sattelgurt nachgezogen hatte, gab sie ihrer kleinen Fuchsstute die Sporen und trabte auf die Zugbrücke zu. Als der warme Westwind ihr den Duft frisch gemähten Grases entgegentrieb, legte sie übermütig den Kopf in den Nacken und lachte leise. Wer weiß, vielleicht traf sie unterwegs ihren heimkehrenden Gemahl!

KAPITEL 25

Ulm, 25. Juni 1368

»Es wird alles gut«, murmelte Brigitta und strich blicklos über den blonden Schopf des kleinen Kaspar, der seit zwei Tagen erneut von heftigen Fieberanfällen geschüttelt wurde. Das verschwitzte Haar des seit Stunden fantasierenden Kindes klebte an seiner Stirn, auf der erschreckend viele Adern zu sehen waren. Nachdem der Junge sich gerade erst von einem kraftraubenden Fieber erholt hatte, hatte er am Mittwochabend wie aus heiterem Himmel zu weinen begonnen und war kurz darauf in einen ohnmachtsähnlichen Zustand gefallen. In der Nacht war seine Temperatur in besorgniserregender Geschwindigkeit gestiegen, und bereits am Donnerstag hatten sich seine Lippen bläulich verfärbt.

Zärtlich rückte Brigitta die Korallenarmbänder zurecht, deren Heilwirkung sie allerdings allmählich bezweifelte. Zwar rieten Ärzte und Apotheker gleichermaßen, einen Kranken zu dessen Schutz mit Edelsteinen und Korallen aller Formen und Farben zu behängen, doch schienen all diese Maßnahmen nicht den gewünschten Erfolg zu zeigen.

»Ich bin bei dir«, flüsterte sie, während erneut Tränen in ihren geschwollenen Augen aufstiegen. Vier Tage war es her, seit Ortwin ihr mit der grausam hingeschleuderten Nachricht von Wulfs Gefangennahme den Glauben an einen Gott genommen hatte, den sie dennoch um das Leben ihres kleinen Bruders anflehte. »Wenn Du mich damit für meinen Ungehorsam strafen willst ...«, wisperte sie erstickt und brach den Satz ab, da ihr die Trauer um den Geliebten die Luft raubte. Lange Zeit weinte sie still – die heiße Hand des Kindes umklammert, als könne sie ihr Halt in ihrer Verzweiflung geben. Als ihre Tränen schließlich versiegten, wischte sie sich mit dem Ärmel ihrer Fucke über die Augen, glitt neben dem Bettkasten des Knaben auf die Knie und senkte den Kopf. »Herr«, presste sie mit mühsam beherrschter Stimme hervor. »Nimm dieses Fieber von Kaspar.« Sie schluckte schwer. »Dann werde ich ohne Widerrede Ortwins Frau.«

Kaum waren die Worte in dem winzigen Raum verhallt, ergriff eine überwältigende Taubheit von ihr Besitz. Als hätte das angebotene Opfer ihr die Kraft geraubt, ließ sie sich erschöpft nach hinten sinken und starrte auf den vor Kurzem gewachsten Dielenboden. Ohne sie zu registrieren, tasteten ihre Augen die dunklen Astlöcher ab, während ihr Verstand darum kämpfte, den Verrat, den sie mit diesem Versprechen an Wulf beging, zu verdrängen. Erneut zog sich ihr Zwerchfell schmerzhaft zusammen.

»Der Herr ist mein Hirte, mir wird nichts mangeln. Er weidet mich auf einer grünen Aue ...« Der Rest des Psalms ging in einem trockenen Schluchzen unter, das die junge Frau so heftig verkrampfen ließ, dass sie sich mit schmerzverzerrtem Gesicht vornüber beugte. Hustend schlug sie die Hände vor die Brust, die vor Trostlosigkeit zu zerspringen drohte. Als sich der Anfall schließlich legte, war sie ähnlich schweißgebadet wie der kranke Knabe, der sich unruhig in den Kissen hin und her wälzte. Mechanisch legte sie ihre Hand zurück auf seinen Unterarm, woraufhin er sofort ein wenig ruhiger zu werden schien. Warum hatte ihr Vater ihr nicht wenigstens erlauben können, Erkundigungen über

Wulfs Schicksal einzuholen?, fragte sie sich erbittert, während die Erinnerung an die furchtbare Szene in der Halle sie den Kopf zwischen die Schultern ziehen ließ. Unbewusst nahm sie die Unterlippe zwischen die Zähne und nagte leicht an dem dicken Schorf.

Nachdem sie sich von dem ersten Schock, den Ortwins Nachricht ihr bereitet hatte, erholt hatte, war sie in ihre Kammer geeilt, hatte ihren Mantel übergeworfen und sich auf den Weg ins Erdgeschoss gemacht. Dort hatte sie gerade die Hand auf den Knauf der Eingangstür gelegt, als diese aufgeflogen war und ihr Vater sich vor ihr aufgebaut hatte. Die Überraschung, die sich bei ihrem Aufzug auf seinem Gesicht ausgebreitet hatte, war innerhalb weniger Lidschläge loderndem Zorn gewichen. Bevor sie begriffen hatte, was geschehen war, hatte er sie hart am Arm gepackt und zurück ins Obergeschoss gezerrt. Dort hatte er ohne Vorrede nach der Birkenrute neben dem Kamin gegriffen und so lange auf sie eingeprügelt, bis sie wimmernd vor ihm zusammengesunken war. Ihre Finger tasteten nach den blauen Flecken, die sie immer noch zusammenschrecken ließen, wenn sie eine falsche Bewegung machte.

Wäre ihre Mutter nicht dazwischengegangen, hätte er sie sicherlich nicht so glimpflich davonkommen lassen. Doch da Anna von Ensingen ihren Gemahl daran erinnert hatte, dass einer Braut Blessuren nicht gut zu Gesicht standen, hatte Ulrich schließlich wutschnaubend von der Züchtigung abgelassen.

»Hatte ich dir nicht ausdrücklich verboten, das Haus zu verlassen?!«, hatte er mühsam hervorgestoßen und den Stock zu Boden geschleudert. »Von heute an bleibst du in deiner Kammer!« Daraufhin hatte er die Hand in ihr Haar gegraben und sie auf die Beine gerissen, bevor er sie vor sich her den Gang hinabgetrieben und in ihr Zimmer gestoßen hatte. Das Geräusch des sich im Schloss drehenden Schlüssels würde sie vermutlich bis an ihr Lebensende nicht mehr vergessen. Drei volle Tage war sie vom Tisch der Familie verbannt gewesen, bis schließlich am heutigen Morgen eine zerknirschte Ursula sie aus ihrer Gefangenschaft befreit hatte.

»Du sollst dich um Kaspar kümmern. Er hat wieder Fieber«, hatte sie mit niedergeschlagenem Blick gesagt, bevor sie Brigitta schüchtern angesehen hatte. »Es tut mir leid.« Diese Worte – so schlicht sie gewesen waren – hatten Brigitta eine Zeit lang neuen Mut gegeben, der allerdings sofort im Keim erstickt wurde, als sie nach einem schweigend eingenommenen Frühstück zu Kaspar geführt worden war.

Sie seufzte schwer. Wie selbstsüchtig, das eigene Schicksal zu beklagen!, schalt sie sich und tauchte eines der Leinentücher in die Schale mit Rosenwasser, um ihrem kleinen Bruder das Gesicht abzutupfen. Zuerst hatte sie es auf sich bezogen, dass ihre Mutter so beklommen und wortkarg war, doch als sie das fiebernde Kind gesehen hatte, war ihr klar geworden, dass Anna von Ensingen das Schlimmste fürchten musste.

Sie war gerade dabei, Kaspars Waden mit kühlen Tüchern zu umwickeln, als sich die Tür in ihrem Rücken öffnete und der ganz in Schwarz gekleidete Stadtarzt den Raum betrat. Nachdem er sie mit einem wortlosen Nicken begrüßt hatte, schob er sie unzeremoniös zur Seite und beugte sich über den Patienten, um das Ohr auf dessen Brustkorb zu legen. Einige Atemzüge lang lauschte er mit angestrengter Miene, bevor er sich wieder aufrichtete und einige Gerätschaften aus seiner ledernen Tasche zog.

»Lasst mich mit ihm allein«, befahl er Brigitta und ihrer Mutter, die ihn begleitet hatte. »Ich muss ihn schröpfen.«

»Aber Ihr habt ihn doch erst gestern Abend zur Ader gelassen«, wandte Anna von Ensingen erschrocken ein, verstummte jedoch sofort, als der hakennasige Heiler ihr mit einer ungeduldigen Geste das Wort abschnitt. »Die fauligen Säfte müssen den gesunden Platz machen«, beschied er unwirsch und drehte Kaspar auf den Bauch, bevor er ihm das nasse Nachtgewand über den Kopf zog. Mit geübten Bewegungen setzte er ein schmales Messer an und machte den ersten Schnitt. Über diesen und viele weitere würde er die Schröpfköpfe setzen, die Kaspar von den Schadstoffen in seinem Körper befreien sollten.

Schaudernd wandte sich Brigitta ab, als die ersten Tropfen hervorquollen. Draußen auf dem Gang wich sie dem Blick ihrer Mutter genauso aus wie diese dem ihren, doch bevor das lastende Schweigen von einer von ihnen unterbrochen werden konnte, sprang die Tür bereits wieder auf und der Arzt winkte sie zurück in die Kammer. Mit einem Kopfschütteln wischte er sich die blutigen Hände an einem Tuch ab, bevor er mit grimmiger Miene Kaspars Arm hob und auf eine dunkel verfärbte Beule in dessen Achselhöhle wies. Der Laut, den Anna von Ensingen ausstieß, als sie dieses untrügliche Zeichen erblickte, glich dem eines in die Falle getriebenen Tieres. Weiß wie ein Laken wich sie vor dem Heiler zurück und bekreuzigte sich mehrmals.

»Ihr wisst, was das bedeutet«, sagte der Arzt nüchtern und stopfte seine gebrauchten Instrumente zurück in die bauchige Tasche. »Ich werde den Rat in Kenntnis setzen müssen. Die Anweisungen sind eindeutig.«

»Nein!«, hauchte Anna und griff nach dem Arm des hochgewachsenen Mannes. »Lasst uns wenigstens einen Tag Zeit«, flehte sie, doch der Stadtarzt schüttelte bedauernd den Kopf.

»Ihr wisst, dass ich das nicht kann. Euer Haus ist von einem Miasma, von fauler Luft, befallen. Niemand darf es ab heute verlassen oder hierher zurückkehren«, erwiderte er sachlich und schürzte die Lippen. »Aber ich werde die Wächter veranlassen, Euren Gemahl zu warnen.« Damit nickte er ihr knapp zum Abschied zu, drängte sich zwischen den Frauen hindurch und verschwand die Treppe hinab.

Wie vor den Kopf gestoßen starrte Brigitta ihm nach, da auch sie die strengen Regeln kannte, welche der Rat der Stadt nach der letzten Pestepidemie verhängt hatte. Sie schluckte schwer, als sich schleichende Furcht zu ihrer Verzweiflung gesellte. Sobald der Arzt die Nachricht an die entsprechenden Stellen weitergeleitet hatte, würde die Stadtwache vor Ulrich von Ensingens Haus Posten beziehen und jedem den Zutritt verweigern. Das rote Kreuz, mit dem sie die Eingangstür kennzeichnen würden, würde jedem unmissverständlich mitteilen, dass die Pest Einzug in dieses Haus gehalten hatte. Vierzig Tage und Nächte würde Brigitta mit den anderen Unglücklichen, die sich zu dieser Stunde unter dem Dach ihres Vaters befanden, in der Quarantäne ausharren müssen, und jeder Verstoß gegen dieses Gebot würde unnachgiebig mit dem Tod geahndet! Zwar waren die Wächter verpflichtet, für das leibliche Wohl der Eingeschlossenen zu sorgen, doch zu verhungern war dann vermutlich ihre kleinste Sorge.

Eine lang gezogene Wehklage riss sie aus den düsteren Gedanken. Während Brigitta den Abzug des Arztes verfolgt hatte, war Anna von Ensingen vor dem Bettkasten ihres jüngsten Sohnes zusammengebrochen. Unverständliche Worte murmelnd schob sie soeben die zitternden Hände unter seinen abgemagerten Leib und wiegte ihn hin und her, bevor sie sein schweißnasses Gesicht an ihre Brust drückte.

Immer und immer wieder beugte sie sich dabei über ihn und übersäte den blonden Schopf mit Küssen. Trotz des Grolls, den sie gegen ihre Mutter hegte, wurde Brigitta bei diesem Anblick das Herz in der Brust schwer. Da auch sie erfüllt war von Trauer über den vermutlich nicht mehr abwendbaren Tod ihres kleinen Bruders, konnte sie erahnen, wie sehr der drohende Verlust Anna schmerzen musste. Und obschon sie die innerlichen Bande zerschnitten hatte, die sie als Kind zu ihrer Mutter geknüpft hatte, trat sie nach kurzem Zögern hinter die gebrochene Frau und legte ihr tröstend die Hand auf den bebenden Rücken.

Einige Zeit lang verharrte sie hilflos, bevor sie sich von der inzwischen zur Reglosigkeit erstarrten Gestalt abwandte und hinaus in den Gang trat. Die Pest! Kalte Furcht kroch in ihre Glieder. Obschon sie einige Jahre nach dem letzten Ausbruch der Seuche geboren worden war, hatte sie genügend grauenvolle Geschichten gehört, um zu wissen, was ihrem Haushalt vermutlich bevorstand. Sie verzog den Mund zu einem gequälten Lächeln. Was hätte sie noch gestern darum gegeben, Ortwin vom Haus ihres Vaters fernhalten zu können! Das freudlose Lachen, das sich einen Weg an die Oberfläche bahnen wollte, erstarb in einem Stöhnen. Vierzig Tage! Vierzig Tage, die sie unter einem Dach mit dem Tod verbringen musste – ohne Hoffnung auf Rettung oder Hilfe von außen. Vierzig Tage, die sie tatenlos darauf warten musste, entweder selbst an der Pest zu erkranken oder die Mitglieder ihrer Familie einen qualvollen Tod sterben zu sehen. Sie lehnte den Rücken gegen die Wand und atmete tief durch. Und vierzig Tage, die sie ohne jegliche Möglichkeit, etwas über Wulfs Schicksal zu erfahren, in Angst und Schrecken zubringen musste. Sie schloss die Augen und beschwor die Erinnerung an sein Gesicht, seine

Berührung und seine sanfte Stimme herauf. Nein! So lange konnte sie nicht ausharren!

Als habe jemand die niederdrückende Mutlosigkeit von ihr genommen, stieß sie sich von dem rauen Stein ab, straffte die Schultern und hastete in ihre Kammer. Dort packte sie mit fliegenden Fingern ihre wenigen Habseligkeiten in ein Bündel, band sich ein Tuch unters Kinn und beschmutzte ihr Gesicht mit dem Ruß eines Kerzendochtes. Nachdem sie ihr Haar unter einer steifen, weißen Haube aus dem Zimmer ihrer Mutter verborgen hatte, huschte sie in die Küche, stahl einen der löchrigen Umhänge der Köchin und näherte sich mit dem Herz in der Kehle der Tür zum Hof. So – als arme Frau verkleidet – würde niemand auf die Idee kommen, dass sie die Tochter eines der wohlhabendsten Bürger der Stadt war. Und selbst wenn einer der Stadtwächter ihre Flucht entdecken sollte, konnte sie in diesem Aufzug im Bruchteil eines Augenblicks in der Menge untertauchen.

Im Durchgang zum Hof angekommen blickte sie sich zögernd um, bevor sie – in den Schatten des Hauses geduckt – in Richtung Holzschuppen huschte. Ein plötzlich einsetzendes Hämmern ließ sie zusammenzucken. Kaum hatte sie begriffen, dass es die Männer der Wache waren, die Türen und Fenster vernagelten, mahnte sie sich zur Eile und schlich weiter. Sie hatte gerade die Tür des Holzschuppens erreicht, als zwei schwer bewaffnete Wächter in den Hof eindrangen und begannen, die Ställe, die Badestube und das Waschhaus zu durchsuchen. Mit einem stillen Stoßgebet drückte sie sich durch den schmalen Spalt – darauf bedacht, ein Quietschen der Angeln zu vermeiden – und kroch zwischen zwei mannshohe Stapel Feuerholz. Ihre Finger schoben sich fahrig unter ein loses Brett in der Rückwand des Schuppens, als sich polternde Schritte näherten.

»Ich sehe hier drin nach«, dröhnte eine tiefe Stimme, und kurz darauf fiel ein Lichtstreifen auf den festgestampften Lehmboden.

KAPITEL 26

Ulm, 25. Juni 1368

DIE SONNE HATTE BEREITS ihre volle Kraft entwickelt, als am vierten Tag von Wulf Steinhauers Gefangenschaft sechs bis an die Zähne bewaffnete Männer das Zelt betraten und ihn schweigend losbanden. Wortlos zwang ihm einer der Ritter eine Kelle Wasser zwischen die Zähne, bevor er ihm die Kleider, die man ihm bei seiner Ankunft abgenommen hatte, vor die Füße warf.

»Anziehen!«, brummte er, und als Wulf keinerlei Anstalten machte, sich aufzurappeln und dem Befehl Folge zu leisten, nickte er einem seiner Begleiter zu. Dieser trat augenblicklich hinter den Knaben und packte ihn am Genick. Der Ruck, mit dem er auf die Füße kam, ließ ihn schwindelig zurücktaumeln, doch bevor er zur Besinnung kommen konnte, stülpte ihm der Mann Hemd und Schecke über den Kopf. Fahrig suchte er nach den Ärmellöchern, und als der Ritter nach seinem Fuß griff, zog er diesen hastig zurück. Um dem befürchteten Schlag auszuweichen ging er in die Knie, fuhr mit dem linken Bein in die enge Hose und zurrte nach kurzem Kampf den Gürtel zu.

»Los!«, befahl der blonde Hüne, dessen Bekanntschaft Wulf in den vergangenen Tagen allzu genau gemacht hatte, und rammte ihm den Knauf seines Schwertes in die Rippen. »Der Graf wartet nicht gerne.« Mit diesen Worten trieb er den jungen Mann durch den Zelteingang nach draußen, wo Wulf geblendet die Augen schloss. Die ungewohnte Helligkeit schmerzte ihn, doch bevor er sich an das Sonnenlicht gewöhnen konnte, waren sie bereits in das dämmrige Innere der benachbarten Unterkunft eingetaucht. Mehr als ein Dutzend Mal so geräumig wie das beengte Gefängnis nebenan, fasste der prächtige Poulun wohl an die einhundert Menschen – was in etwa der Anzahl der Augenpaare entsprach, die den Neuankömmling teils feindlich, teils neugierig musterten.

In der Mitte des Prunkzeltes thronte der Graf von Württemberg auf einem mit Schnitzereien verzierten Stuhl, vor dem ein als Halsgeige oder Schandkragen bezeichnetes Holzinstrument auf dem Boden lag. Dieses – mit Löchern für Hals und Handgelenke versehen – wurde für gewöhnlich einem Verbrecher angelegt, bevor er zum Pranger oder zur Hinrichtung geführt wurde. Rechts und links wurde der Graf von je drei Männern flankiert, deren Uniformen ein grüner Pinienzapfen auf rot-weißem Grund zierte. Wulf stockte der Herzschlag. Augsburger! Unter Aufbietung all seiner Selbstbeherrschung unterdrückte er ein Schaudern, doch der strenge Ausdruck auf dem Gesicht Eberhards von Württemberg drohte, ihm die Haltung zu rauben.

Ein leises Raunen ging durch die Reihen, als Eberhard sich schließlich erhob und langsam, beinahe zögerlich auf Wulf zutrat. Vor ihm angekommen, betrachtete er ihn einige Zeit lang neugierig, bevor er einem der Augsburger ein Zeichen gab. Daraufhin entrollte dieser ein Pergament und begann, mit monotoner Stimme zu verlesen: »Hiermit übergibt der Graf Eberhard von Württemberg diesen Verbrecher der Stadt Augsburg, damit diese die Todesstrafe an ihm vollstrecken möge. Die Verurteilung ist rechtsgültig und kann durch niemanden außer den Grafen selbst aufgehoben werden. Möge der Herr den Sündern beistehen.«

Kaum waren diese Worte verhallt, stieß sein Bewacher Wulf auf die Knie und legte ihm mit der Hilfe eines der Augsburger den Schandkragen um. Gegen die in ihm aufsteigende Todesfurcht ankämpfend, wehrte Wulf sich mit aller Kraft, aber gegen die kampferprobten Ritter war er machtlos.

»Ich habe sie nicht getötet!«, stieß er heftig atmend hervor, als ihn die Männer in Richtung Ausgang zerrten. Die einzige Reaktion, die er mit diesem Ausruf erntete, war ein kurzes, trockenes Lachen des Grafen.

Draußen angekommen wandten sich die Männer mitsamt ihrem Gefangenen nach links, doch anstatt auf eine Gruppe wartender Reittiere zuzusteuern, schwenkten sie nach einigen Schritten erneut nach links und befahlen Wulf nach kurzer Zeit, vor einer schäbig wirkenden Unterkunft stehen zu bleiben. Zwar trug auch diese als Teil der Zeltstadt das Wappen des Grafen von Württemberg, doch wirkte sie mehr wie ein Unterschlupf für einfache Fußsoldaten als wie etwas, das man hinter dem innersten Schutzwall einer hochgestellten Persönlichkeit erwartet hätte. Nachdem einige geflüsterte Worte ausgetauscht worden waren, schlüpften zwei der Ritter in Windeseile aus den rot-weißen Uniformen und drückten die Waffenröcke ihren Begleitern in die Hände. Als sie die unausgesprochene Frage auf Wulfs Zügen lasen, grinsten sie breit, bevor sie ihn in die Mitte nahmen und ohne Erklärung in das Rundzelt bugsierten.

Neben einem grob gezimmerten Tisch und einem dreiarmigen Kerzenleuchter wartete eine hochgewachsene Gestalt, der bei Wulfs Anblick alle Farbe aus dem Gesicht wich. »Gütiger Gott!«, flüsterte der dunkelhaarige, breitschultrige Hüne, dessen Augen sich ungläubig weiteten. »Es ist wahr.« Er wollte gerade auf Wulf zutreten, als ihn die Stimme des Grafen, der im Eingang auftauchte, innehalten ließ.

»Da staunt Ihr, nicht?«, bemerkte dieser höhnisch und wies mit dem Kinn auf Wulf. »Nehmt ihm das Ding ab«, herrschte er die beiden Ritter an, die sich augenblicklich an der Halsgeige zu schaffen machten. »Ganz die Mutter.« Sein Ton triefte vor Spott. »Und jetzt zum Geschäftlichen.« Ohne zu zögern, zog der Graf eine kleine Pergamentrolle aus den Falten seines Umhangs, öffnete sie und strich sie auf dem Tisch glatt. Ein Pfiff befahl einen Bediensteten herbei, der ihm Feder und Tinte reichte und sich daraufhin diskret in den Hintergrund zurückzog.

Wulf, der den Austausch mit offenem Mund verfolgt hatte, traute seinen Augen nicht. Als der Hochgewachsene näher trat, sandte ihm der Anblick des wettergegerbten, von einem grau melierten Spitzbart und einer dunklen Mähne eingerahmten Gesichts ein kaltes Prickeln über die Kopfhaut. Und während der fremde Ritter ohne Kommentar nach dem Federkiel griff, um das Schriftstück zu unterzeichnen, traf Wulf die Erkenntnis wie ein Keulenschlag – und es hätte des Wappens auf der Brust des Mannes nicht bedurft, um ihm klarzumachen, dass er seinen Vater vor sich hatte!

»Jetzt du«, fuhr Eberhard ihn an, und als Wulf zögerte, spürte er eine Schwertspitze im Rücken. »Wenn du nicht unterschreiben willst ...« Er machte eine bedeutungsvolle Pause. »Die Augsburger warten noch.«

Was immer es war, unter das er seinen Namen setzen sollte, es war es sicherlich nicht wert, dafür zu sterben! Mit drei wackeligen Schritten trat Wulf neben seinen Vater, zu dem er erst aufsah, als er direkt neben ihm stand. Voller Schmerz, Trauer, Erleichterung und vor allem grenzenloser Liebe tastete der Ritter mit seinen Blicken das Gesicht seines Sohnes ab, dem ohne Vorwarnung Tränen in die Augen schossen. Als habe jemand das Band zerrissen, das seit seiner Abreise aus Straßburg sein Herz gefesselt hatte, machten sich all die Gefühle, die er so mühevoll unterdrückt hatte, Luft und er senkte hastig den Blick, um seine Schwäche zu verbergen. Überwältigt rang er einige Momente um Fassung, bevor er die Feder ergriff, mit der Eberhard ihm ungeduldig vor der Nase herumfuchtelte. »Hier und hier«, wies ihn der Landesherr an.

Sobald Wulf dem Befehl nachgekommen war, tauchte wie aus dem Nichts der Bedienstete wieder auf, der – nachdem er die Tinte mit Sand abgelöscht hatte – einige Tropfen Siegelwachs auf das Pergament träufelte, in das Eberhard seinen Ring drückte. »Das hätten wir«, brummte dieser zufrieden und wandte sich an Wulfs Vater. »Wenn er mir jemals wieder unter die Augen kommt, ist sein Schicksal besiegelt. Ihr könnt von Glück sagen, dass Ihr mit Adelheid von Oettingen verheiratet seid. Sonst wärt Ihr nicht so billig davongekommen!« Er gluckste leise. »Auch wenn der Hengst sicherlich so einiges wert ist. Ich werde jede Sekunde im Sattel genießen.«

Wulf sah verständnislos von einem zum anderen. Wovon um alles in der Welt redete der Graf? Und warum all der

Aufwand? Diese und zahllose andere Fragen wirbelten in seinem Kopf durcheinander, doch als Eberhard seinem Vater zu verstehen gab, dass das Ende der Unterredung erreicht war, blieb ihm nichts anderes übrig, als dem Katzensteiner Ritter verwirrt und benommen zurück in die Wärme des frühen Nachmittags zu folgen.

KAPITEL 27

Ulm, 26. Juni 1368

BLEICH UND VOLL schwamm der Mond in einem sternenklaren Himmel. Obwohl es bereits weit nach Mitternacht sein musste, herrschte hinter den hell erleuchteten Fenstern der Tavernen und Badehäuser der Stadt noch munteres Treiben, und wäre Brigitta nicht bei jedem Geräusch zusammengefahren, hätte sie die milde Nacht genossen. So hingegen mied sie die ihr entgegentorkelnden Betrunkenen, wich streunenden Hunden aus und irrte durch die engen Gassen. Als eine Handvoll Ratten – aufgeschreckt von ihren Schritten – hektisch fiepend das Weite suchte, zuckte sie mit einem leisen

Schreckensruf zurück, und es dauerte einige Augenblicke, bis sie sich so weit gefasst hatte, dass sie weiter in Richtung Osten huschen konnte. Wohingegen der Weg ihr tagsüber stets einfach und kurz vorgekommen war, schien er in der Dunkelheit nicht enden zu wollen. Wenn sie doch nur schon früher auf die Idee gekommen wäre, Clementine um Hilfe zu bitten, anstatt sich in dunklen Ecken vor den Wächtern zu verbergen!, schalt sie sich und schickte einen misstrauischen Blick über die Schulter. Der Gedanke daran, was die Soldaten der Stadt mit ihr angefangen hätten, wenn ihre Flucht entdeckt worden wäre, ließ sie bebend die Arme um den Körper schlingen. Mehr als einmal hatte sie im Laufe des ewig scheinenden Tages vermeint, zornige Stimmen und schwere Tritte zu vernehmen. Doch jedes Mal, wenn sie sich mit rasendem Herzschlag hinter einen Abfallhaufen oder Kistenstapel geduckt hatte, hatten sich diese Geräusche als Ausgeburten ihrer Fantasie entpuppt. Ärgerlich über ihre Hasenfüßigkeit zog sie den löchrigen Überwurf der Köchin enger. Es konnte nicht mehr weit sein! Während sich ihre Füße vorsichtig den unebenen Boden entlangtasteten, kehrten ihre Gedanken zum Morgen zurück.

Nachdem es ihr in allerletzter Sekunde gelungen war, sich durch die Bretter des Holzschuppens ins Freie zu zwängen, war sie wie von Furien gehetzt davongerannt und hatte erst haltgemacht, als sie das Stechen in ihrer Seite dazu gezwungen hatte. Verängstigt und niedergeschlagen hatte sie gegen die Versuchung angekämpft, den Schutz ihres Vaters zu suchen, da sie fürchten musste, dass dieser sie augenblicklich an Ortwin weiterreichen würde. Als wäre die Sorge um Wulf und das eigene Leben nicht genug, hatten sie zudem heftige Schuldgefühle gequält. Was, wenn Gott seinen Zorn an ihrem kranken Bruder ausließ? Hatte sie nicht versprochen, Ortwins Frau zu werden, wenn er den Jungen heilte? Mehr als einmal war sie kurz davor gewesen umzukehren, hatte gewünscht, ihre Flucht ungeschehen machen zu können; doch dann hatte ein anderer Teil von ihr sie eine Närrin gescholten. Hatten die Blicke des Arztes nicht mehr gesagt als alle Worte es je gekonnt hätten? Und hatte der Gott, an den Brigitta ihr ganzes Leben geglaubt hatte, nicht in den letzten Wochen gezeigt, wie grausam er sein konnte?! Nachdem sie sich stundenlang mit Zweifeln und Vorwürfen gemartert hatte, hatte sie schließlich müde und hungrig beschlossen, Clementine um Beistand anzuflehen – denn etwas, das sie bei ihrem letzten Besuch in den Augen der Schwester gelesen hatte, hatte ihr gesagt, dass diese ihre Notlage besser verstehen konnte als irgendjemand sonst.

Als endlich die dunklen Umrisse des Spitals vor ihr auftauchten, atmete sie erleichtert auf. Vorsichtig, um von dem Bruder, der das von zwei Fackeln beleuchtete Tor bewachte, nicht entdeckt zu werden, schlich sie geduckt an der Mauer entlang. Sie kroch unter einem der die Koppeln des Klosters umfangenden Zäune hindurch und stakste durch das feuchte Gras. Mehr als einmal wäre sie um ein Haar mit einem der auf der Weide gebliebenen Schafe zusammengeprallt, doch das leise Blöken der trägen Tiere ließ sie rechtzeitig ausweichen.

Auf leisen Sohlen näherte sie sich dem Kapellenturm, dessen Dach im Mondlicht silbern schimmerte. Wenn ihr Gedächtnis sie nicht foppte, verbarg sich zwischen dem an die kleine Kirche angrenzenden Narrenhäuslein und dem Wohnbau der armen Pfründner eine Luke, durch welche das Brennholz und die Holzkohle in den Keller des Spitals gelangten. Als der Schatten der hohen Mauer sie verschluckt hatte, hielt sie einen Moment inne und horchte in die Nacht. Außer dem Zirpen der Grillen und den Geräuschen der Schafe unterbrach kein Laut die Stille, sodass sie es schließlich wagte, sich auf die Knie fallen zu lassen und mit den Händen nach dem Eingang zu suchen. Auf keinen Fall durften die anderen Brüder und Schwestern des Heilig-Geist-Ordens von ihrer Anwesenheit erfahren, da sich Neuigkeiten in der Stadt mit der Geschwindigkeit eines Lauffeuers verbreiteten. Inzwischen wusste sicherlich halb Ulm, dass die Pest Einzug in Ulrich von Ensingens Haus gehalten hatte, und unter keinen Umständen wollte sie die Aufmerksamkeit des Abtes oder des Spitalmeisters auf sich lenken. War sie erst einmal innerhalb der Klostermauern, konnte sie dessen Schutz in Anspruch nehmen – doch solange sie sich außerhalb der Anlage befand, konnte ihr der Zutritt verweigert werden. Endlich – nach etlichen Begegnungen mit halb getrocknetem Schafdung – fand ihre Hand einen hölzernen Laden, der sich mit einem kreischenden Geräusch öffnen ließ. Ein Laut aus der vor ihr gähnenden, tintigen Schwärze ließ sie erschrocken verharren, doch als weder Lichtkegel noch Stimmen die Anwesenheit von Menschen verrieten, forschte sie mutig weiter. Langsam schoben sich ihre Finger über das raue Holz in die Öffnung, doch als sie unvermittelt auf kühles Eisen stießen, sank ihr Mut. Jemand musste die Luke seit dem letzten Winter vergittert haben!, dachte sie enttäuscht und wollte sich gerade zurückziehen, als sich mit einem plötzlich einsetzenden Heulen eine Klaue um ihr Handgelenk schloss. Heißer Schrecken durchfuhr sie und nur mit äußerster Mühe unterdrückte sie den Schrei, der über ihre Lippen wollte. Unverständliches Gebrabbel begleitete grapschendes Tasten, und als sich feuchte Lippen auf ihren Handrücken drückten, gelang es Brigitta, sich mit einem Ruck zu befreien.

Mit bis zum Hals klopfendem Herzen sank sie ins Gras und massierte die schmerzende Stelle. Das Narrenhäuslein! Sie musste im Dunkeln zu weit nach rechts geraten sein, sodass sie, anstatt sich der Luke zu nähern, das Gefängnis der Geisteskranken erreicht hatte. Die Erinnerung an die schaurigen Fratzen ließ sie trotz der lauen Nacht frösteln. Es dauerte einige Minuten, bevor sie sich so weit gefasst hatte, dass sie ihre Suche fortsetzen konnte. Doch als sie endlich das richtige Loch in der Mauer ertastet hatte, erwartete sie ein weiterer Schock. Sie hatte gerade die Füße in die Öffnung gesteckt, um sich in den Keller gleiten zu lassen, als sie auf etwas Weiches stieß, das sie – begleitet von einem geflüsterten Fluch – mit ungeahnter Kraft zurück nach draußen beförderte. Unsanft landete sie in dem Moment auf dem Hinterteil, in dem sich eine breite Gestalt durch die Luke schob, die sich auf sie stürzte und ihr die Hand auf den Mund presste. »Schhhhh«, zischte der Unbekannte dicht an ihrem Ohr. »Keinen Ton!«

Starr vor Entsetzen rang Brigitta um Atem, und als sich eine zweite, schmalere Figur ins Freie zog, nutzte sie die Ablenkung, um ihrem Bewacher einen Tritt gegen das Bein zu versetzen. Der Mond, der hinter einer Wolke verschwunden war, wählte diesen Augenblick, um erneut sein Gesicht zu zeigen, und der geflüsterte Ausruf, den die zuletzt aufgetauchte Gestalt ausstieß, zügelte ihren Fluchttrieb.

»Brigitta?!« Die wohlbekannte Stimme ließ sie mitten in der Bewegung erstarren. »Brigitta, was tust du hier?« Clementines weit aufgerissene Augen schimmerten in dem fahlen Licht, das ihre Züge gespenstisch beleuchtete. »Ich dachte, du seist mit den anderen eingesperrt«, setzte sie wispernd hinzu und runzelte die Stirn.

Also war die Nachricht, wie vermutet, bereits ins Heilig-Geist-Spital vorgedrungen! Brigitta verzog den Mund zu einem schwachen Lächeln. »Kaspar«, hub sie an, doch Clementine schüttelte traurig den Kopf. »Ich weiß«, versetzte sie gedrückt. »Er wird morgen beigesetzt.«

Brigitta schlug traurig die Augen nieder. Also war es bereits zu spät für Bittgebete. »Wir können nicht hierbleiben«, mischte sich Clementines Begleiter, in dem Brigitta den Bruder Thomas vermutete, ungeduldig ein. »Du weißt, dass der Prior die Ohren eines Luchses hat«, ermahnte er Clementine und legte besitzergreifend den Arm um ihre Schultern. »Entweder sie kommt mit uns oder sie bleibt hier. Aber wir müssen so schnell wie möglich fort! Was immer es ist, das ihr besprechen müsst, es kann warten, bis wir aus der Stadt sind.«

Einen Augenblick schwieg Clementine, bevor sie ihren viel zu großen Umhang abnahm und ihn Brigitta in die Hand drückte. Sie selbst zog den breitkrempigen Hut tiefer ins Gesicht und zupfte an ihrem Ärmelrock herum.

»Bitte helft mir«, flüsterte Brigitta, während sie sich in das muffig riechende Kleidungsstück hüllte. »Ich weiß nicht, wo ich bleiben soll. Wenn die Wächter mich erwischen …« Ihre Stimme erstarb.

Ohne lange zu fackeln, griff der Bruder sowohl nach ihrer als auch nach Clementines Hand und zog die beiden Frauen auf das östliche Ende der Weide zu, wo sie an einer Reihe Büsche entlang in Richtung Stadttor schlichen. Kurz bevor sie die schwer bewaffneten Torwachen erreichten, fischte er eine Klapper aus den Falten seines Gewandes, stülpte Handschuhe über und begann, die drei Hölzer aneinanderzuschlagen. Kaum vernahmen die Soldaten das Geräusch, wichen sie wie von einer Schlange gebissen zurück und ließen die drei als Aussätzige Verkleideten durch ein kleines Tor passieren, das sie hastig aufstießen.

»Das nächste Mal verzieht ihr euch vor Einbruch der Nacht«, bellte einer der Männer hinter ihnen her, doch außer den daraufhin einsetzenden Schmährufen folgte ihnen nichts.

Deutlich zeichneten sich die das Donauufer säumenden Pappeln und Weiden ab, und nachdem die drei etwa eine Meile weit gelaufen waren, bat Clementine ihren Begleiter schließlich um eine Pause. Erschöpft von der schnellen Flucht ließen sich die beiden Frauen am Wegesrand auf den Boden sinken, wo sich der Mönch nach kurzer Zeit zu ihnen gesellte.

»Warum flieht ihr?«, stellte Brigitta schließlich die Frage, die ihr die ganze Zeit über auf der Zunge gebrannt hatte. »Und warum diese Verkleidung?« Sie deutete auf die graue Leprakleidung, die das Mondlicht zu schlucken schien. Außer den mit einem Band befestigten Hüten führten Clementine und ihr Gefährte Klappern, lange Stöcke und Trinkflaschen mit sich.

Clementine stieß einen Seufzer aus. »Der Abt hat neue Ideen von seiner Reise nach Avignon mitgebracht«, erwiderte sie schließlich bitter. »Anscheinend hat er es sich in den Kopf gesetzt, dem moralischen Verfall im Kloster Einhalt zu gebieten!« Sie lachte freudlos. »Als ob er nicht selbst jahrelang den Hurenzins kassiert und in die eigene Tasche gesteckt hätte!«

Diese Abgabe, mit der sich Mönche und Priester bei ihren Vorgesetzten von der Schuld der fleischlichen Lust freikauften, war schon lange Brauch und bisher selten infrage gestellt worden. Denn viele der Brüder und Schwestern empfanden das Keuschheitsgelübde als etwas, das zu umgehen eine verhältnismäßig kleine Sünde darstellte.

»Aber was hat das mit dir zu tun?« Kaum waren die Worte heraus, schalt sich Brigitta eine dumme Gans; denn ganz offensichtlich war der Mönch, bei dem es sich tatsächlich um Bruder Thomas handelte, mehr als nur ein Freund ihrer Schwester. »Entschuldige«, setzte sie zerknirscht hinzu. »Aber das ist alles so ...« Ihr fehlten die richtigen Worte.

Thomas, der sich neben Clementine niedergelassen hatte, ergriff deren Hand und drückte sie zärtlich.

»Sie erwartet ein Kind von mir.« Den Glanz in seinen Augen konnte auch die Dunkelheit nicht verbergen.

»Ja«, gestand Clementine. »Und wenn irgendjemand davon erfahren hätte, hätte der Abt Thomas zu einem zweiten Abaelardus gemacht!« Sie schauderte, da die legendäre Liebesbeziehung des Gelehrten damit geendet hatte, dass der Vormund seiner Geliebten ihn hatte entmannen lassen.

»Er hat sogar befohlen, dass in Zukunft je ein Bett zwischen Mönchen und Novizen frei zu bleiben hat«, schnaubte Thomas. »Damit sie nicht der Versuchung erliegen!« Der Zorn ließ seine Stimme beben. »Die Verkleidung«, ergänzte er und wies mit dem Kinn auf Clementines Leprahut, »wird uns auf der Reise schützen.«

»Aber wo wollt ihr denn jetzt bleiben?«, fragte Brigitta bang, da mit der Flucht der Schwester ihre eigenen Pläne mit einem Mal zerschlagen worden waren.

»Wir werden nach Altheim gehen und meinen Vater um Unterschlupf bitten«, erklärte Thomas nach einem kurzen Zögern, das Brigitta vermuten ließ, dass ihm diese Entscheidung nicht leicht gefallen war.

»Du kannst mit uns kommen, wenn du willst«, fügte er mit einem Blick auf Clementine hinzu, die nüchtern feststellte: »Offenbar ist dem großen Ulrich von Ensingen das Schicksal seiner Töchter immer noch gleichgültig!« Sie zog die Beine näher an den schlanken Körper und schlang die

Arme um die Knie. »Ich habe von deiner Verlobung mit Ortwin gehört.«

Die Erwähnung ihres ekelhaften Bräutigams verursachte Brigitta Übelkeit. »Er hat versucht, mich zu schänden!«, platzte sie heraus, und die Erinnerung an die furchtbare Demütigung ließ Tränen der Hilflosigkeit in ihr aufsteigen. »Er ist ein Schwein!« Das unausgesprochene Verständnis ihrer Schwester half ihr, die Fassung wiederzugewinnen, und als diese nach einigen Augenblicken des Schweigens tief Luft holte, überraschte Brigitta kaum, was sie zu hören bekam.

»Vor sechs Jahren, kurz nach meinem dreizehnten Geburtstag«, begann Clementine leise, »hat Ulrich einem Ratsherrn meine Hand versprochen. Ludwig hieß er.« Sie seufzte leise. »Er war so alt, dass er nicht einmal mehr alleine zum Abtritt gehen konnte. Zerbrechlich, aber voller Güte.« Sie wischte verstohlen mit dem Handrücken über ihre Augen. »Wir waren kaum drei Wochen verlobt, als er plötzlich starb. Unser Vater hat keine Minute damit vergeudet zu trauern, sondern umgehend nach einem neuen Bewerber gesucht. Aber keiner wollte eine Frau aus zweiter Hand.« Die Erzählung verriet den Zorn, der immer noch in ihr brannte. »Ich habe Ludwig mehr verehrt als meinen eigenen Vater«, gestand sie. »Wäre ich seine Gemahlin geworden, hätte er mir niemals ein Leid zugefügt. Aber so blieb mir nichts anderes übrig, als Ulrich das wertvollste Geschenk, das Ludwig mir zugesteckt hatte, zu geben – im Austausch gegen das Versprechen, das Aufnahmegeld für den Orden zu bezahlen.«

Brigitta war starr vor Staunen. Hatte ihr Vater nicht immer mit seiner Großzügigkeit und Selbstlosigkeit geprahlt, die dazu geführt hatten, dass er eine Tochter ans Kloster verschwendet hatte?!

»Die Perlen hatte Ludwig von einem Händler aus Afrika«, erinnerte sich Clementine und machte Anstalten, sich zu erheben. »Sie sahen aus wie erstarrte Tränen.«

Thomas half ihr auf die Beine und drückte ihr Gesicht an seine Brust. »Der Herr ist weise«, murmelte er mechanisch. »Er hat uns den rechten Weg gezeigt.« Mit der Linken schlug er ein Kreuz hinter Clementines Rücken, bevor er ihr einen Kuss auf die Stirn drückte. »Komm mit uns, Brigitta. Mein Vater ist einer der reichsten Pferdebauern in Altheim. Und Dorfvorsteher. Er hat sicherlich Platz für uns alle.« Seine Zähne blitzten auf, als er breit grinste. »Auch wenn er nicht sehr erbaut sein wird, seinen Herrgottsbittler wiederzusehen.«

Clementine sah erschrocken zu ihm auf, doch er wiegelte lachend ab. »Er wird es nicht allzu schwernehmen. Eigentlich wollte er mich damals gar nicht gehen lassen. Wie viel lieber hätte er es gesehen, wenn ich eines seiner Gehöfte übernommen hätte. Und außerdem kann ich immer noch in der Dorfkirche für sein Seelenheil beten.« Er half auch Brigitta auf die Beine, die unsicher von einem zum anderen blickte.

»Aber wie soll ich dann Wulf finden?«, fragte sie kleinlaut, und als sowohl Clementine wie auch Thomas fragend die Brauen hoben, barst der Damm und die ganze Geschichte brach aus ihr hervor.

Als sie geendet hatte, schloss Clementine sie in die Arme und strich ihr beruhigend über den Rücken. »Sobald wir in Altheim sind, kann Thomas einen der Knechte ausschicken, um Erkundigungen einzuholen. Sorge dich nicht. Bestimmt wollte Ortwin dir nur Angst machen.« Sie trocknete Brigittas Tränen mit dem Ärmel ihres Gewandes. »Es gibt sicher eine ganz einfache Erklärung dafür, dass dein Wulf dir nicht rechtzeitig Nachricht hat zukommen lassen.«

Hin und her gerissen zwischen Hoffnung, Furcht und Zweifel strich Brigitta eine verirrte Locke aus der Stirn und biss sich auf die Unterlippe. Was blieb ihr schon anderes übrig, als sich Clementine und Thomas anzuschließen? Allein würde sie sich wohl kaum länger als ein paar Tage durchschlagen können. Und wer wusste, vielleicht hatte ihre Schwester ja recht. Wenn Wulf nichts geschehen war, würde er sicherlich nicht ohne sie fortgehen, dessen war sie sich sicher!

KAPITEL 28

Ulm, Ende Juni 1368

»HÖRT DOCH AUF, es zu leugnen!« Die Stimme Heinrich von Husens überschlug sich beinahe vor Selbstgerechtigkeit. Mit einer steilen Falte zwischen den buschigen Brauen funkelte er die Ratsmitglieder an, die sich an diesem Samstag im Rathaus versammelt hatten. Anklagend hielt er das Musterbuch Ulrich von Ensingens in die Höhe, während er diesen mit einem erbosten Blick bedachte. »Wenn wir nicht wollen, dass es uns geht wie den Augsburgern und Tübingern, muss dieser Wahnsinn gestoppt werden!« Es fehlte nicht viel und er hätte die Seite mit der Turmzeichnung des Werkmeisters herausgerissen und in die Versammlung geschleudert. Obschon viele der Anwesenden die Anklage bezweifelten, zeichnete sich auf einigen Gesichtern Furcht ab.

»War Euer Haus nicht eines der ersten, das von der Pest heimgesucht wurde?«, kreischte von Husen, der sich immer mehr in seinen Wahn hineinzusteigern schien. »Und ist es nicht genug, dass Euer jüngster Sohn zwei Klafter tief unter der Erde liegt?!«

Lediglich ein kaum wahrnehmbares Zucken der Hand, die Ulrich von Ensingen auf die Bank gepresst hatte, verriet dem neben ihm sitzenden Ortwin, dass es ihn übermenschliche Anstrengung kostete, dem Kerl nicht an die Kehle zu gehen. Zwar hatte ihn die Vorladung vor den Rat ebenso überrascht wie Ulrich von Ensingen, doch verlor das Schauspiel allmählich an Reiz. Bereits kurz nach Eröffnung der Sitzung war Ortwin klar geworden, welches Spiel von Husen hier treiben wollte, doch er hielt weder den Bürgermeister noch den Großteil der Ratsherren für so einfältig, dem Gift dieser Schlange zu erliegen. Sicherlich waren die Ulmer nicht so dumm, das Risiko einzugehen, einen der begehrtesten Baumeister mit diesem bigotten Geschwätz zu vertreiben!

Ulrich von Ensingen unterbrach Ortwins Gedanken, als er sich abrupt erhob. »Ich kann nur wiederholen, was ich bereits dem Herrn Bürgermeister gesagt habe«, erklärte er gezwungen ruhig. »Wenn man mir keine freie Hand lässt, muss ich den Vertrag mit der Stadt kündigen.« Er machte eine bedeutungsvolle Pause. »Ich weise nur ungern darauf hin, dass sowohl die Mailänder als auch die Straßburger Bauhütte ihre Anfragen erneuert haben.«

Damit ließ er sich zurück auf die Bank sinken und faltete die Hände in seinem Schoß. Was für ein Fuchs!, dachte Ortwin bewundernd, während er hoffte, dass diese Farce bald beendet sein würde. Er musste unbedingt mit Ulrich allein reden. Die Nachricht, dass das Haus des Werkmeisters für vierzig Tage und Nächte nicht zu betreten war, hatte ihm einen solchen Wutanfall beschert, dass sich die anderen Gäste in seiner Herberge beim Wirt beschwert hatten. Nicht nur bedeutete das für ihn, dass er seine Braut nicht sehen konnte; es bedeutete auch, dass er Gefahr lief, die Mitgift, die er so dringend benötigte, ein für alle Mal zu verlieren! Was, wenn die Kleine starb?!

Der Bürgermeister sprach in seine Gedanken hinein. »Es ist nicht nötig, dass wir uns gegenseitig drohen«, verkündete der alte Mann beschwichtigend und kniff die Augen zusammen, als von Husen ihm ins Wort fallen wollte. »Aber vielleicht wäre es vernünftig, einen Kompromiss zu schließen. Was haltet Ihr davon, Meister Ulrich, wenn Ihr die Arbeiten am Münster planmäßig fortsetzt, aber einige Wochen den Bau des Turmes ruhen lasst?« Den resignierten Seufzer, den Ulrich von Ensingen ausstieß, konnten nur seine unmittelbaren Nachbarn hören. »Auf keinen Fall wollen wir Euch an die Mailänder verlieren«, setzte der Bürgermeister mit einem schiefen Lächeln hinzu, das seine faltigen Züge beinahe komisch verzog. Er bohrte den trotz seines Alters wachen Blick in Ulrichs Augen, den dieser einige Atemzüge lang aushielt, bevor er zögernd nickte.

»Einverstanden«, lenkte er ein und legte den Kopf ein wenig zur Seite, als müsse er nachdenken. »Fünfunddreißig Tage«, verkündete er schließlich rau. »Das ist genau die Zeitspanne, die meine Familie noch in der Quarantäne ausharren muss!« Damit tippte er sich an die schwarze Samtkappe und wandte der Versammlung ohne weitere Worte den Rücken. Überrumpelt von dem unvorhergesehenen Abgang seines zukünftigen Schwiegervaters stolperte Ortwin beinahe über die eigenen Beine, als er Ulrich hinterhereilte.

»Warum habt Ihr nachgegeben?«, fragte er atemlos, als er den Baumeister endlich auf der Treppe einholte. »Dieser Heinrich versucht doch nur mit allen Mitteln, Euch die Aufsicht über das Münster abspenstig zu machen, damit sein unfähiger Schwager Euch ersetzen kann!« Er musste es Ulrich gleichtun und zwei Stufen auf einmal nehmen, um mit ihm Schritt zu halten.

Die Verachtung auf dem Gesicht des Baumeisters sprach Bände, als dieser endlich das Tempo verlangsamte und sich, im Erdgeschoss angekommen, zu Ortwin umwandte. »Das ist mir vollkommen klar«, schnaubte er. »Aber ich will verdammt sein, wenn ich mich von dieser Bande ins Bockshorn jagen lasse! Als ob diese Plage etwas mit dem Turm zu tun hätte!« Er funkelte Ortwin an. »Meine Familie wird nicht die Ausnahme bleiben! Auch die anderen werden krank werden. So war es bisher jedes Mal. Und ich will doch sehen, wie von Husen es erklärt, wenn es seine Brut trifft!« Seine für gewöhnlich bleichen Wangen überzogen sich mit dem Feuer der Wut. »Wenn wir nicht alle sterben, dann werden diese Idioten ihren Fehler schon bald einsehen!«

Er warf den Kopf in den Nacken und fuhr mit der Handfläche über sein Kinn. »Ich hoffe nur, mein Haus ist bis dahin keine Gruft«, murmelte er so leise, dass Ortwin die Worte beinahe nicht verstanden hätte. Ein Schatten des Kummers huschte über sein Gesicht. Innerhalb eines Wimpernschlages fasste sich der Werkmeister jedoch wieder, und eine Maske der Härte verdrängte Sorge und Zorn. Mit einem unwilligen Brummen nickte er seinem Begleiter zu und verabschiedete sich. »Wir sehen uns am Montag auf der Baustelle.«

Bevor Ortwin die Bitte äußern konnte, die ihm auf der Seele lag, war Ulrich durch das doppelflügelige Tor verschwunden und ihm blieb nichts weiter übrig als ihm hinterherzutrotten. Auf dem sonnenüberfluteten Marktplatz angekommen zögerte er einige Momente, bevor er sich auf den Weg zu dem Geldverleiher machte, dem er eine weitere Zinszahlung schuldig bleiben musste. Er biss die Zähne aufeinander. Wenn es so weiterging, würden seine Schulden bei dem Halsabschneider noch ins Unermessliche wachsen, bevor er endlich die ersehnte Mitgift in die Hände bekam. Missmutig trat er nach einer Katze, die einen geschickten Haken schlug und ihn aus der Entfernung anfauchte. Eigentlich konnte er sich die Herberge, in der er Unterkunft genommen hatte, nicht leisten. Doch war es ihm bis jetzt noch nicht gelungen, Ulrich von Ensingen um einen Vorschuss auf die Aussteuer anzugehen. Er fluchte leise und schob die Hände in die bereits ausgebeulten Taschen seines Wamses. Er konnte nur hoffen, dass er nach fünf Wochen noch eine Braut hatte!

Sein Weg führte ihn an der städtischen Wachstube vorbei, und als ihm zwei Soldaten mit einem Gefangenen in der Mitte entgegenkamen, schrak er unvermittelt zusammen. Obschon er sich relativ sicher war, dass ihn niemand mit dem Tod der Bäckersmagd in Verbindung brachte, schreckte er immer noch ab und zu schweißgebadet aus dem Schlaf, weil ihm ein Albtraum seine Verhaftung vorgegaukelt hatte. Er schluckte trocken, als die Wächter den Mann mit einem brutalen Schlag in Richtung Pranger trieben. Ob man den Bengel wohl inzwischen aufgehängt hatte?, fragte er sich, während er dabei zusah, wie die Soldaten dem Gefangenen die Kleider vom Leib rissen, bevor sie ihn an dem Pflock festbanden. Vermutlich. Auch wenn ein Gefühl ihm sagte, dass die Verhaftung des Burschen nichts mit der toten Dirne zu tun gehabt hatte. Was er wohl angestellt hatte, um den Unmut eines Grafen auf sich zu ziehen?

Ein kehliger Schrei vertrieb alle Gedanken an seinen Nebenbuhler und ließ ihn hastig den Marktplatz fliehen. Je näher er dem Haus des Geldverleihers kam, desto heißer brannte der Knoten der Wut in seinem Bauch, und als ihn der Schacherer nach beinahe einer Stunde Wartezeit endlich zu sich führen ließ, war Ortwin kurz davor überzukochen.

»Wie stellt Ihr Euch unsere geschäftliche Beziehung in Zukunft vor, wenn Ihr Euren Verpflichtungen nicht nachkommt?«, erkundigte sich der Geldverleiher honigsüß, nachdem Ortwin ihm zähneknirschend mitgeteilt hatte, dass er um Stundung der Zinszahlung bitten musste. »Ich muss sagen, Ihr seid nicht gerade das, was man ein sicheres Geschäft nennt«, höhnte er und griff nach einem Gebäckstück, das er sich genießerisch in den Mund schob. Die sommersprossige Haut und die roten Haare verliehen ihm ein täuschend gutmütiges Aussehen, doch die Kälte in den blassblauen Augen zerschlug diesen Eindruck, sobald sie sich auf ihr Opfer hefteten. »Ihr habt doch sicherlich Tand, den Ihr nicht mehr braucht. Versetzt ihn, macht ihn zu Geld, aber schafft mir den Zinsbetrag herbei! Sonst muss ich Euch auf die Klausel hinweisen, die Ihr unterschrieben habt.«

Ortwins Zorn verpuffte und wurde durch kalte Furcht ersetzt. »Gebt mir nur ein paar Wochen Aufschub«, bat er kleinlaut. »Dann zahle ich Euch die gesamte Summe zurück.«

»Pah!«, schnaubte der Geldverleiher, was dafür sorgte, dass einige Krümel des Gebäcks durch die Luft flogen. Während sein Besucher sich unter seinem Blick wand, setzte er einen Becher an die Lippen und tat einen genüsslichen Zug. »Eine Möglichkeit gäbe es allerdings«, versetzte er nach langem Schweigen. »Ich brauche jemanden, der säumigen Schuldnern klarmacht, wie unklug es ist, mich zu verärgern.« Seine schmalen Lippen teilten sich zu einem raubtierhaften Lächeln. »Vielleicht kann ich Euch erlauben, Eure Schuld erst einmal abzuarbeiten.«

Ortwin hätte beinahe gejubelt vor Erleichterung.

»Wartet hier.« Mit diesen Worten wischte sich der Mann mit dem Rockärmel über den Mund und verließ das Kontor durch eine Seitentür. Als er einige Zeit später zurückkehrte, klemmte eine Pergamentrolle unter seinem Arm. »Das sind die Namen derjenigen, die mir noch Geld schulden«, erklärte er, nachdem er das Schriftstück entfaltet und die Namen verlesen hatte. »Könnt Ihr Euch das merken?« Als Ortwin mürrisch nickte, forderte er: »Schafft mir die Summe herbei. Dann stunde ich Euch Eure Schuld noch einmal.« Er musterte Ortwin mit unverhohlener Verachtung. »Wie Ihr das anstellt, überlasse ich Euch. Ich nehme an, dass Ihr Talent für diese Aufgabe besitzt.«

Ohne sich von der Beleidigung provozieren zu lassen, wandte Ortwin sich dem Ausgang zu. »Ihr könnt in zwei Tagen mit mir rechnen«, tönte er, bevor er sich von einem der Bediensteten in den Hof führen ließ. Wer hätte gedacht, dass er so leicht seinen Kopf aus der Schlinge würde ziehen können?, dachte er erleichtert und steuerte auf den östlichen Teil der Stadt zu. Er würde sofort mit der Arbeit beginnen. Vielleicht war seine Zukunft dann doch nicht so düster, wie er noch vor wenigen Stunden befürchtet hatte!

KAPITEL 29

Zwischen Ulm und Katzenstein, Ende Juni 1368

IMMER WIEDER WANDTE WULF VON KATZENSTEIN sich im Sattel seines Hengstes um, um sich zu versichern, dass er die Ereignisse der letzten Tage nicht geträumt hatte. Und jedes Mal, wenn sein Blick auf den dicht hinter ihm reitenden jungen Mann fiel, erfüllte ihn eine solch ungezügelte Freude, dass er am liebsten laut gelacht hätte. Strahlend genoss er die frische Brise, die den am Waldrand entlangtrabenden Reitern die von der Sonne erhitzten Gesichter kühlte. Das Scherzen der Knappen, die den jungen Mann seit dem Aufbruch mit neugierigen Fragen bombardierten, wirkte genauso unbeschwert und heiter wie der Tanz der Schmetterlinge, die den Zug begleiteten. Zwar war die Trauer um Katharina beim Anblick des Knaben, der seiner Mutter wie aus dem Gesicht geschnitten war, mit erschreckender Macht wieder aufgeflammt, doch hatte die Hochstimmung inzwischen alle dunklen Gefühle vertrieben. Nach achtzehn Jahren vergeblicher Suche hatte er endlich seinen Sohn gefunden! Die in ihm aufwallende Freude ließ ihn seinem Hengst die Sporen in die Flanken treiben, sodass das Tier mit einem empörten Wiehern auf die Hinterbeine stieg. Sorglos und übermütig wie ein Jüngling preschte er über die ausgetrocknete Wiese, die sich vor den Reitern erstreckte. Es dauerte nicht lange, bis das Donnern von Hufen an sein Ohr drang, als seine Gefolgsleute es ihm gleichtaten. Einzig der Tross mit den von ihm erstandenen Kaltblütern und einer der Berittenen blieben zurück, während der Rest der Abordnung in wilder Hatz über das struppige Gras jagte.

～⚘～

»Ruhig!«, flehte Wulf Steinhauer und griff die Zügel nach, was jedoch lediglich zur Folge hatte, dass der verdammt lebhafte Wallach unter ihm schnaubend in der Hinterhand nachgab. »Hoh!«, versuchte er einen anderen Befehl, doch auch dieser zeigte nicht gerade den gewünschten Erfolg. Angestachelt von seinen davongaloppierenden Artgenossen wollte auch Wulfs Falbe ausbrechen, was ihm, der sich verzweifelt mit den Knien festklammerte, kalten Schweiß auf die Stirn trieb. Warum hatte er nur gelogen, als sein Vater ihn danach gefragt hatte, ob er reiten konnte?!, schalt er sich und krallte die Finger in die Mähne des Tieres, das heftig schnaubend den Kopf auf und ab warf. Der ungewohnte Geruch des auf Hochglanz gewachsten Leders stach ihm in die Nase, als er sich tiefer über den Hals des Wallachs beugte, um diesen verkrampft zu tätscheln, wie er es die anderen Reiter hatte tun sehen. Was am Anfang recht einfach ausgesehen hatte, hatte sich im Verlauf der letzten drei Tage als solche Tortur erwiesen, dass Wulf inzwischen kaum mehr sitzen konnte. Nicht nur die Haut an seinen Schenkeln war wundgescheuert und rot; auch sein Sitzbereich schmerzte so sehr, dass er sich ernsthafte Sorgen machte, ob seine Männlichkeit Schaden nehmen würde oder nicht. Als sich der Falbe unter ihm endlich ein wenig beruhigte, sandte er ein kurzes Dankgebet zum Himmel und richtete sich steif wieder auf. Die hämischen Blicke der Knechte ignorierend, reckte er die Schultern und lenkte den Blick starr geradeaus. Obschon die Knappen, Ritter und Burschen seines Vaters ihn mit ausgesuchter Höflichkeit, ja sogar Freundlichkeit behandelten, schlich sich mit zunehmender Häufigkeit Verachtung in ihren Blick – wann immer Wulfs Verhalten verriet, dass er nicht in einem adeligen Haushalt aufgewachsen war.

Noch immer war der junge Mann nicht ganz zu sich gekommen, und mehr als einmal war er nachts aus dem Schlaf aufgefahren, ohne zu wissen, was geschehen war. Wenn dann allmählich die Erinnerung an das Vorgefallene zurückkehrte, sank er ermattet wieder auf den Strohsack und versuchte, Ordnung in das Durcheinander der Gefühle zu bringen. Unbewusst rieb er den feinen Stoff der neuen Kleider, die seine alten ersetzt hatten, zwischen den Fingern. Erst allmählich hatte er sich aus den Berichten seines Vaters zusammenreimen können, warum Eberhard von Württemberg ihn hatte gefangen nehmen lassen. Anders als gedacht hatte diese Verhaftung nichts, aber auch gar nichts mit der von Ortwin ermordeten Magd zu tun gehabt, sondern vielmehr mit der Tatsache, dass er – Wulf von Helfenstein, wie er sich wohl jetzt nennen musste – der Sohn der verstorbenen Gräfin von Württemberg war. Der Gedanke an seine leibliche Mutter gab ihm merkwürdigerweise Trost, obwohl er sich immer öfter und immer sehnlicher wünschte, sie gekannt zu haben. Zu deutlich war die Liebe, die sein Vater für sie empfunden hatte, auf dessen Gesicht zu lesen gewesen, als er Wulf von ihr erzählt hatte.

Er senkte den Kopf, um seine Gedanken vor den zurückkehrenden Reitern zu verbergen. Denn auf keinen Fall wollte er außer als ungeschliffener Tollpatsch noch als heulender Weichling gelten! Er holte tief Luft. Wenngleich er keine Worte für das Glück fand, das ihn nicht nur vor einem furchtbaren Tod bewahrt, sondern ihm überdies seinen Vater zurückgegeben hatte, war er hin und her gerissen zwischen Freude und immer heftiger drückenden Schuldgefühlen. Einerseits hatte er sich die erste Begegnung mit seinem leiblichen Vater gewiss nicht so vorgestellt – was dafür sorgte, dass er sich mit Selbstvorwürfen der Undankbarkeit quälte. Und andererseits nagte die Sorge um Brigitta mit solcher Macht an ihm, dass er die Gunst des Schicksals immer öfter infrage stellte. Auch wenn sein Vater ihm mit drastischer Deutlichkeit klargemacht hatte, dass eine Rückkehr nach Ulm nicht infrage kam, hatte Wulf ihn bis zu ihrem Aufbruch gedrängt, einen Boten in die Stadt zu schicken, um Brigitta Nachricht zukommen zu lassen. Als der Ritter endlich eingewilligt hatte, war es zu spät gewesen, da der Zug die Bürgerwiese vor der Rückkehr des Mannes verlassen hatte. Wulf presste die Zähne aufeinander. Und noch immer hatte der Bote sie nicht eingeholt!

»Warum bist du nicht mit uns gekommen?« Die Stimme des vierzehnjährigen Johann von Falkenstein unterbrach sein Brüten. Die Wangen des rothaarigen Knappen glühten erhitzt, und die blauen Augen funkelten voller Übermut. Spielerisch, als koste es nicht ungeheuerlich viel Geschick, dirigierte er seine tänzelnde Stute neben Wulfs Wallach und grinste zu ihm auf.

»Weil er nicht reiten kann!« Die höhnischen Worte waren kaum vernehmbar, doch das erschrockene Einatmen eines strohblonden, auf einem Fuchswallach thronenden Knaben bestätigte Wulf, dass er sich nicht verhört hatte. Eine steile Falte grub sich zwischen die Brauen Brunos von Hürben, während er sich kopfschüttelnd neben Johann einreihte. Die anderen beiden Knappen, Friko von Oettingen und Hartmann von Grafeneck, verzogen spöttisch die Münder und ließen sich zurückfallen, bis sie außer Hörweite waren.

»Er meint es nicht so«, wiegelte Bruno ab, doch trotz des aufmunternden Lächelns, das die Worte begleitete, hörte Wulf die Lahmheit der Lüge.

»Was hat er gegen mich?«, fragte er deshalb, doch sowohl Johann als auch Bruno zuckten mit den Schultern.

»Vermutlich sind die beiden sauer, dass sie jetzt nicht mehr die ältesten Knappen sind«, mutmaßte Johann, dessen kleine, zähe Gestalt das genaue Gegenteil von Brunos hoch aufgeschossenem, schlaksigem Körper war.

»Was hat das denn mit mir zu tun?«, fragte Wulf verdutzt und verzog das Gesicht, als die beiden in schallendes Gelächter ausbrachen.

»Du bist der Sohn eines Ritters«, erklärte Johann schließlich feixend. »Was bedeutet, dass du selbst zum Ritter ausgebildet wirst. Und da du ein bisschen zu alt bist, um als Page anzufangen, wird dich unser Waffenmeister sofort wie einen Knappen behandeln.«

Damit hatte Wulf nicht gerechnet. Nur mit Mühe gelang es ihm, einen Ausruf zu unterdrücken, dessen Grund sicherlich keiner der beiden Knaben verstanden hätte. Ritter! Wie in drei Teufels Namen sollte er das anstellen?! Allein der Gedanke daran, jemanden töten zu müssen, verursachte ihm ein schwaches Gefühl in der Magengegend. Außerdem konnte er weder reiten noch hatte er jemals eine Waffe geführt. Seine Waffen waren Spitzeisen und Klöpfel. Sein Handwerk war das Erschaffen von steinernen Kunstwerken, nicht das Abschlachten von Menschen.

Er schluckte trocken und gab vor, dem Geplapper der beiden zuzuhören. Während sich ihre Stimmen mit dem Klappern der Hufe und dem Quietschen der Karrenräder vermischten, keimten erste Zweifel in ihm auf, ob er den Erwartungen seines Vaters würde gerecht werden können.

Was, wenn er dem Bild, das sich der Ritter von ihm erschaffen hatte, nicht entsprach? Und was, wenn Wulf von Katzenstein beschloss, dass er seines Bastards überdrüssig war? Hatte er nicht am Rande eine Gemahlin erwähnt? Behutsam verlagerte der junge Mann das Gewicht, um sein Gesäß zu entlasten. Was, wenn diese dem Ritter einen ehelichen Sohn gebar? Diese und unzählige weitere Fragen ließen ihn schwindelig einen Punkt in der Ferne wählen, den er angestrengt fixierte.

Unaufhaltsam näherte sich der Zug einem breiten Tal, das auf der Linken mit einem kleinen See abschloss, während sich auf der rechten Seite ein schroffer Felsen erhob, von dem eine mächtige Ringburg das Land überschaute. Ein kleines Bächlein schlängelte sich am Fuß des Bollwerks zwischen hohem Gras und Büschen bis in das Dorf, dessen bescheidene Katen etwas Einladendes an sich hatten. Auf saftigen, leicht hügeligen Weiden drängten sich Schafe und Kühe, und auch der dichte Tannenwald, der die Ansiedlung in einiger Entfernung umrahmte, wirkte üppig und wildreich. Vor ihm zügelte Wulf von Katzenstein sein Reittier und wartete, bis sein Sohn zu ihm aufschloss.

»Katzenstein«, verkündete er stolz und wies auf das imposante Bauwerk, auf dessen Bergfried ein buntes Banner flatterte. »Willkommen zu Hause!« Die Wärme, mit der der Ritter diese Worte äußerte, ließ Wulf das Herz eng werden. So viel lag in dem Blick, mit dem der Hüne seinen Sohn bedachte, dass dieser ihm beschämt auswich.

»Auch ich hätte mir gewünscht, dass wir uns unter anderen Umständen kennenlernen«, sagte der Katzensteiner nach einigen Augenblicken des zögernden Betrachtens, in denen er in dem jungen Mann zu lesen versuchte. »Und vor allem früher.« Er legte die behandschuhte Rechte auf den Zügel des Wallachs. »Aber ich kann dem Herrn niemals genug dafür danken, dass ich dich endlich gefunden habe!«

Wulf hob den Blick und befeuchtete die trockenen Lippen. »Ich danke Euch, Vater«, stieß er schließlich mühsam hervor. »Ich werde alles tun, um mich Eures Vertrauens würdig zu erweisen.«

»Mach dir keine Sorgen, Junge«, ermunterte ihn der Ritter. »In deinen Adern fließt das Blut eines Katzensteiners. Alles, was du benötigst, wurde dir in die Wiege gelegt.« Damit trieb er sein feuriges Tier wieder an, um an der Spitze der Abordnung den steilen Anstieg zur Zugbrücke hinaufzutraben.

Ja, dachte Wulf bitter. Aber nicht nur das Kämpfen. Auch das Lügen, Betrügen und sein eigen Fleisch und Blut hintergehen! Bei dem Gedanken an seinen Onkel, Karl von Helfenstein, stieg ihm bittere Galle in die Kehle. Als er erfahren hatte, dass er es gewesen war, der ihn beobachtet und an Eberhard von Württemberg verkauft hatte, hatte er das Haus der Helfensteiner bis in alle Ewigkeit verwünscht.

Der imposante Anblick der sich hebenden Zugbrücke ließ ihn die Überlegungen zur Seite schieben, und als er hinter seinem Vater in den gepflasterten Burghof einritt, blieb ihm vor Staunen der Mund offen stehen. Kaum waren sie aus dem Schatten des Torbogens aufgetaucht, strömte ihnen eine Schar von Bediensteten entgegen, die augenblicklich nach Zügeln und Steigbügeln der Ankommenden griffen.

Rechts von Wulf erstrahlte ein schneeweiß getünchter Fachwerkbau, in dem die Stallungen untergebracht zu sein schienen. Links daran schlossen ein Wehrgang und ein vierstöckiger Palas an, neben dem sich – halb von einer Mauer verborgen – ein uralt wirkender Bergfried erhob. Ebenfalls von einem Teil der Mauer zu seiner Linken verborgen, erstreckten sich ein Wohnbau mit mehreren hölzernen Balkonen und eine Unzahl von kleineren und größeren Höfen. Ein Getreidespeicher ergänzte die imposante Anlage.

Der junge Mann ließ sich gerade ungelenk aus dem Sattel gleiten, als eine zierliche, flachsblonde Frau die Treppen des Palas hinabflog, um Wulf von Katzenstein mit einem glücklichen Lächeln zu begrüßen. Das gedeckte, ockerfarbene Gewand, das ihrer schlanken Figur schmeichelte, unterstrich die Farbe ihrer wasserblauen Augen, die zusammen mit den geröteten Wangen ihre zarte Schönheit betonten. Beinahe zwei Köpfe kleiner als der Ritter, musste sie sich auf die Zehenspitzen recken, um ihm einen Kuss auf die Wange zu drücken.

Wenngleich sich bei ihrem Anblick ein seltsamer Ausdruck auf das Gesicht seines Vaters stahl, versteifte sich dieser, bevor er sich wieder zu seiner vollen Größe aufrichtete und förmlich verkündete: »Meine Gemahlin.« Er winkte Wulf näher. »Ich habe jemanden mitgebracht.« Erst nachdem der junge Mann sich höflich verneigt hatte, setzte er hinzu: »Das ist Wulf, mein Sohn.«

Ein Hagel brennender Geschosse aus heiterem Himmel hätte keinen größeren Eindruck erzielen können. Als habe ihr Gemahl sie vor aller Augen geohrfeigt, zuckte die junge Frau zurück, fasste sich jedoch so schnell, dass Wulf dachte, er habe sich geirrt. Die Verblüffung, die das herzförmige Gesicht in die Länge gezogen hatte, wich innerhalb weniger Lidschläge einer reglosen Maske, und hätte er nicht die Flamme des Hasses in ihren Augen lodern sehen, hätte Wulf sich täuschen lassen. So jedoch hörte er die klirrende Schärfe, die in ihren Worten mitschwang, als sie ihm huldvoll zunickte und an Wulf von Katzenstein gewandt sagte: »Eure Gebete sind erhört worden, Gemahl.«

So viel zu einem herzlichen Willkommen!, dachte Wulf beklommen, als der Bienenschwarm der Bediensteten sich um ihn und seinen Vater schloss.

KAPITEL 30

Kurz vor Altheim, Ende Juni 1368

»Verschwindet!« Der wütend geschleuderte, faustgroße Felsbrocken flog so dicht an Brigittas Ohr vorbei, dass sie deutlich das Pfeifen vernahm, mit dem er die Luft durchschnitt. Außer sich vor Unmut schwangen die Bewohner des kleinen Fleckens, in dem sie um Brot gebettelt hatten, Dreschflegel, Mistgabeln und Knüppel und setzten den Fliehenden mit aufgebrachtem Geheul nach.

»Teufelsbrut!«, kreischten einige zerlumpte Frauen, deren Haar verfilzt und schmutzig von ihren Köpfen abstand.

»Missgeburten!«, stimmten die Männer, die den Fliehenden am nächsten waren, in den Chor mit ein, und einer von ihnen warf sogar einen mit einer Eisenspitze bewehrten Stab.

Der auffrischende Wind trieb Brigitta Staub und Schmutz

in die Augen, und hätte Bruder Thomas sie nicht gewarnt, wäre sie über eine tückische Baumwurzel gestolpert. So fing sie sich im allerletzten Moment, und obgleich ihr ein stechender Schmerz in den Knöchel fuhr, als sie mit einem Sprung über das Hindernis hinwegsetzte, hastete sie kopflos weiter in Richtung Wald. Nur noch wenige Steinwürfe trennten sie von dem schützenden Dickicht, und während das Gebrüll der Verfolger zu einem wahren Orkan anschwoll, konzentrierte Brigitta sich auf das immer näher kommende Unterholz. Mit einem dumpfen Geräusch traf ein kantiger Klotz Clementine im Rücken, doch das Eingreifen des Mönches verhinderte, dass Brigittas Schwester durch die Wucht des Aufpralls zu Boden ging.

»Schneller!«, keuchte Thomas und griff die beiden Frauen am Arm, um sie ohne Rücksicht auf deren abgehackte Atemstöße auf den Schutz des Strauchwerkes zuzuziehen. Mit einem derben Stoß beförderte er sie in die stacheligen Arme eines Brombeergestrüpps, das ihre ohnehin schäbigen Kleider zerfetzte.

»Beeilt euch«, drängte er, nachdem er sich ebenfalls durch die Stauden gezwängt hatte, und wies mit zitterndem Finger auf einen verschlungenen, von tiefhängenden Ästen überwucherten Weg, der sich bereits nach wenigen Schritten im Dunkel verlor. »Dorthin werden sie uns nicht folgen.«

Einzig das Knacken der dürren Äste und ihr heftiges Atmen durchbrachen die dumpfe Stille, die selbst das Gebrüll der Bauern zu einem Gemurmel dämpfte. Der feuchte, moosbewachsene Waldboden erschwerte das Vorwärtskommen, doch aus einem unerfindlichen Grund schienen die Dorfbewohner die Verfolgung tatsächlich aufgegeben zu haben. Lediglich hie und da brach noch ein Stein oder Lehmklumpen durch das dichte Laubdach, und als

Brigitta sich nach einiger Zeit furchtsam umblickte, war der Waldrand bereits zu einem schwachen Lichtstreifen verblasst.

Prustend, mit einem Griff an ihre stechende Seite, verlangsamte sie die Schritte. »Ich kann nicht mehr«, presste sie hervor und verzog das Gesicht, da der Schmerz in ihrem Knöchel allmählich zunahm.

»Hier entlang«, erwiderte Thomas, der ebenfalls aufgehört hatte zu rennen, und deutete nach Norden. »Wenn wir uns beeilen, können wir noch heute Altheim erreichen.« Ohne ein Wort über das Vorgefallene zu verlieren, schob er Brigitta und Clementine je einen Arm unter die Achseln und führte die Frauen tiefer in den undurchdringlichen Forst. Lange Zeit stolperten und tasteten sie sich schweigend durch das Tannen- und Eichendickicht, bis Thomas endlich auf einer kleinen Lichtung eine Rast erlaubte. Da sie nichts mehr zu essen hatten, mussten sie sich mit Wasser aus den Trinkflaschen begnügen, und nicht nur Brigittas Magen rebellierte vernehmlich. Nachdem sie das wenige Geld, das sie besessen hatten, für Wegzehrung verbraucht hatten, hatten sie die letzten beiden Nächte unter freiem Himmel zugebracht; und als auch die mageren Vorräte zur Neige gegangen waren, hatten sie beschlossen, um Brot zu betteln. Was sich als Fehler erwiesen hatte.

Brigitta schloss erschöpft die Augen und genoss einen Augenblick die Sonnenstrahlen auf ihrer Haut. Zahllose Wüstungen – verlassene Dörfer und brachliegende Felder – hatten sie bereits fürchten lassen, auch an diesem Tag ohne Mittagsmahlzeit auskommen zu müssen, als Clementine den kleinen Flecken am Horizont entdeckt hatte. Da er nur etwa zwei Meilen von ihrem Weg entfernt lag, hatte Thomas eingewilligt, an das Mitleid der Bewohner zu appellieren, die allerdings anders auf ihre Leprakleidung reagiert hatten als erwartet.

Vorsichtig massierte Brigitta ihren stechenden Knöchel, der mit jeder Minute weiter anzuschwellen schien. Offenbar hatten in der vergangenen Woche mehrere Hagelstürme beinahe die gesamte Ernte des Dorfes vernichtet, was dazu geführt hatte, dass die Bauern in den Reisenden willkommene Sündenböcke gesehen hatten. Noch immer steckte Brigitta die Furcht in den Gliedern. Nicht auszudenken, wenn einer der Steine sie getroffen hätte!

»Ich hoffe nur, dass es in Altheim nicht genauso schlecht um die Ernte steht«, las Thomas ihre Gedanken und legte die Stirn in sorgenvolle Falten. »Denn dann weiß ich nicht, ob wir auf die Hilfe meines Vaters zählen können.« Als Clementine erschrocken die Hand vor den Mund schlug, schwächte er seine Bedenken hastig ab: »Als Kind habe ich oft erlebt, dass kaum eine Meile weiter Sonnenschein herrschte, während bei uns die Welt unterging. Es ist also gut möglich, dass in Altheim alles zum Besten bestellt ist.« Clementine lehnte sich schutzsuchend an seine Brust. Wehmütig erinnerte Brigitta sich an Wulfs tröstende Nähe, doch bevor erneut all die furchtbaren Ängste ihr Haupt heben konnten, schluckte sie tapfer den Kloß in ihrem Hals und rappelte sich auf.

»Wir sollten zusehen, dass wir vor Einbruch der Dämmerung dort ankommen«, sagte Thomas, der es ihr gleichtat. »Ich habe keine Lust, noch eine Nacht auf dem Boden zu schlafen!« Seine grünen Augen funkelten kampfeslustig, als er seinen Stab fester umklammerte. »Ganz abgesehen von den Dieben und Wegelagerern, die hier angeblich ihr Unwesen treiben.«

Brigitta erbleichte. Wegelagerer? Die Haare in ihrem Nacken richteten sich auf; und ehe sie wusste, was sie tat, hatte sie sich gebückt, um einen lächerlich dürren Ast aufzuheben, der jedoch das Beste war, das sie auf die Schnelle entdecken konnte. Skeptisch wog sie ihn in der Hand, bevor sie Thomas und Clementine hinterherhinkte. Besser als gar nichts!, dachte sie und humpelte so schnell sie konnte, um die anderen nicht zu verlieren.

Es dauerte vier lange Stunden, in denen sie immer wieder zusammenschraken, sich vor einer Rotte Wildschweine verstecken und mehr als einmal die Richtung wechseln mussten, bis sich endlich der Wald vor ihnen lichtete. Die Sonne war bereits hinter die umliegenden Hügel abgetaucht, als sie auf eine flach abfallende Wiese traten, auf der Kühe, Schafe und Ziegen friedlich Gras zupften. So weit das Auge reichte, erstreckte sich eine Hochebene, die am Horizont von einem bewaldeten Hügel abgeschlossen wurde, an dessen Fuß sich eine Ansiedlung schmiegte.

»Wir sind da!«, rief Thomas freudig aus und schlang die Arme um Clementine, die erleichtert auflachte.

»Endlich«, murmelte sie und erwiderte seinen Kuss mit solcher Leidenschaft, dass Brigitta beschämt zu Boden blickte. Wie glücklich die beiden waren!

Sie seufzte leise und ermutigte sich mit dem Gedanken, dass ihre Ankunft in Altheim bedeutete, dass Thomas sein Versprechen wahr machen und einen Knecht nach Ulm schicken würde. Dann würde sie sicherlich bald erfahren, ob Clementines Vermutung stimmte und Ortwin sie belogen hatte. Mechanisch umklammerte sie das Kreuz um ihren Hals und betete wohl zum tausendsten Mal, dass ihre Schwester recht behielt. Denn andernfalls wusste sie nicht, wie sie weiterleben sollte!

»Kommt!« Mit federnden Schritten eilte Thomas ihnen voran über die zur Allmende – dem Gemeinschaftsbesitz der Bauern – zählenden Weiden, half ihnen, die Zäune zu überwinden und winkte einigen Kindern zu, die mit bloßem Oberkörper Unkraut zupften. Tatsächlich schien das Unwetter diese Gegend verschont zu haben, da nicht nur die Wintergerste, sondern auch der Weizen golden leuchtete. Rote und blaue Farbtupfer verrieten, dass Mohn und Kornblumen zwischen den Ähren genauso gut gediehen wie das Getreide selbst.

Staunend folgte Brigitta Thomas' Erklärung, als dieser die Aufteilung des Ackerlandes erläuterte. »Ein Großteil des Landes ist Eigentum des Klosters Elchingen«, sagte er. »Alle Abgaben der Hörigen wie Feldzehnt, Blutzehnt, Grundzins und Kopfsteuer gehen direkt an die Mönche. Im Zentrum des Dorfes befinden sich die Höfe«, belehrte er die Frauen, die ihr gesamtes bisheriges Leben in der Stadt verbracht hatten. »Das Ackerland ist in Gewanne – große Feldblöcke – aufgeteilt, die in kleinere Parzellen untergliedert sind. Jeder Bauer darf eine oder mehrere Parzellen in jedem Block bewirtschaften. Je nachdem, wie reich oder arm er ist.« Er hob den Arm und wies auf ein weitläufiges Gehöft, das direkt am Fuße des Kirchberges lag. »Das ist der Hof meines Vaters. Anders als die meisten Bauern in Altheim ist er ein freier Bauer.« Als er das Unverständnis auf Brigittas Gesicht las, lachte er.

»Er ist kein Höriger, sondern hat als Meier genauso viele Rechte wie ein Bürger. Seine Aufgabe ist es, für die Mönche die Dorfbewohner zu beaufsichtigen, die Abgaben einzuziehen und die Gerichtsbarkeit auszuüben. Er ist so reich, dass meine Schwester mit dem Ritter Rudolf von Falkenstein verheiratet ist.«

Sie hatten die ersten, schäbigen Katen erreicht, hinter deren Fensterluken Kochfeuer flackerten. Einige der am weitesten vom Dorfkern entfernten Behausungen waren kaum mehr als Erhebungen aus Zweigen und Lehm.

»Das sind die Hütten der Häusler«, informierte Thomas seine Begleiterinnen, die einem zerlumpten Kind nachblickten, das in einer der strohgedeckten Behausungen verschwand. »Sie besitzen kein Land und verdienen sich ihren Lebensunterhalt als Tagelöhner.« Er schlug ein Kreuz, als sie an einer Tür vorbeikamen, an der ein schwarzes Tuch hing. Allmählich näherten sie sich dem Dorfplatz, den eine weit ausgreifende Linde überschattete. Eine große Zahl der Häuser, die sie passierten, wirkte unbewohnt und heruntergekommen, und in vielen der schlampig umzäunten Gärten wuchs nichts als Brennnesseln, Disteln und Wildpflanzen.

»Merkwürdig«, murmelte Thomas, nachdem er eine Gruppe waidblau gekleideter Männer und Frauen mit Jäthaken und Hacken gegrüßt hatte. »Wo sind denn alle?«

Trotz des inzwischen nagenden Hungers blickte Brigitta sich neugierig um und lauschte auf das anschwellende Zirpen der Grillen. Der würzige Duft frisch gemähten Grases vermischte sich mit dem Geruch der Misthaufen, die sich vor jedem Gebäude erhoben. Je mehr sie sich ihrem Ziel näherten, desto mehr Menschen begegneten ihnen, und als Thomas schließlich das äußere Gatter der Meierhofumzäunung öffnete, kam ein vierschrötiger Mann aus einem der Wirtschaftsgebäude auf sie zugeeilt. Die drohenden Wolken auf seiner Stirn verzogen sich, als er in Rufweite war, und die zusammengekniffenen Augen weiteten sich im Erkennen.

»Thomas?«, fragte er ungläubig, und als der junge Mönch nickte, breitete er strahlend die Arme aus.

»Ruo!«, erwiderte Thomas und klopfte dem dunkelhaarigen Knecht mit dem wettergegerbten Gesicht herzlich auf den Rücken, der so breit war, dass sein Hemd an den Schultern spannte.

»Da wird dein Vater aber staunen«, bemerkte Ruo mit einem fragenden Blick auf Brigitta, Clementine und die Leprakleidung. »Er hat nichts davon erwähnt, dass er Gäste erwartet.«

Thomas errötete. »Er weiß auch nichts von unserem Besuch.«

Wenngleich der Ausdruck auf dem einfachen Gesicht des Bauern verriet, was er dachte, schluckte er die Worte, die ihm zweifellos auf der Zunge lagen, zwinkerte Thomas verschmitzt zu und zuckte die Achseln. »Dann bringe ich dich am besten zu ihm.« Er zögerte einen Augenblick, bevor er hinzusetzte: »Die Hüte und Stäbe solltet ihr vielleicht bei mir lassen. Und ich muss dich warnen. Nach dem Tod deiner Mutter hat sich Gisla rührend um ihn gekümmert.« Thomas zog fragend die Brauen in die Höhe. »Er hat sie diesen April zu seiner Frau gemacht.«

Wie vom Donner gerührt starrte Thomas von Ruo zum Haupthaus und zurück, bevor er sich so weit fasste, dass er eine Erwiderung stammeln konnte.

»Deine beiden Brüder haben es auch nicht gerade mit Begeisterung aufgenommen«, erklärte Ruo und ließ ihnen mit einer Geste den Vortritt. »Aber so ist nun einmal der Lauf der Dinge.«

Vorbei an Ställen, Gattern für die im Frühjahr geworfenen Fohlen, Kälber und Lämmer, den flachen Wohnhäusern des Gesindes, einem Backhaus und einer Kelter gelangten sie schließlich ins Herz des Gehöftes, dessen Pracht Brigitta erstaunte. Stolz zeugten die verglasten Scheiben des zweistöckigen Fachwerkgebäudes von einem Wohlstand, der selbst den ihres Vaters übertraf.

Vor lauter Verblüffung vergaß sie ihre Beklommenheit und folgte Thomas und Clementine neugierig in die von einigen Öllampen erhellte Stube, wo drei Gestalten um einen kostbar verzierten Holztisch saßen. Zwei ebenfalls hölzerne Trennwände teilten den Raum in Arbeits- und Essbereich, und aus der benachbarten Küche strömte das köstliche Aroma gebratenen Fleisches. Der beinahe kahle, rotwangige Herr des Hauses, dessen beringte Hand gerade einen silbernen Kelch abstellte, hob beim Eintreten der Besucher behäbig den Kopf, den er jedoch gleich darauf wieder über die dampfende Hasenkeule auf seinem Teller senkte. Schmatzend kaute er das zarte Fleisch, während er die drei vollkommen ignorierte. Die ihm gegenübersizende Frau war fett und vollbusig, und trotz der teuren Kleidung war ihre einfache Herkunft deutlich zu erkennen. Aus kleinen Äuglein musterte sie Bruder Thomas, der ihren Blick mit hoch erhobenem Haupt erwiderte. Das magere, etwa zehnjährige Mädchen, das mit niedergeschlagenen Augen in seinem Essen stocherte, musste Thomas' jüngste Schwester sein, da ihr blondes Haar den gleichen Honigton aufwies wie das ihres Bruders. Eine scheinbare Ewigkeit verstrich schweigend, bevor sich der Hausherr endlich den Mund am Ärmel seines Rockes abwischte und sich mit geschürzten Lippen zu seinen Gästen umwandte. »Nachrichten reisen manchmal schneller als der Blitz«, dröhnte er, und Brigitta wich instinktiv einen Schritt zurück, als er sich erhob und auf sie zutrat. Er war so groß, dass sein Kopf beinahe die Deckenbalken streifte, und seine Hände glichen Bodenbrettern.

Mit einer steilen Falte zwischen den buschigen Brauen baute er sich vor Thomas auf und funkelte ihn an. Als er die Rechte hob, zog sie erschrocken den Kopf zwischen die Schultern. Auch Thomas' Rücken versteifte sich, doch anstatt seinen Sohn zu ohrfeigen, wie es den Anschein gehabt hatte, warf der Bauer den mächtigen Kopf in den Nacken und lachte brüllend. Zuerst erkannte Brigitta den Laut nicht als Lachen, da es als tiefes Grollen in der Brust des Riesen begann und erst allmählich den Weg über seine Lippen fand. Japsend und nach Luft ringend wischte sich der Hüne mit der einen Hand die Augen, während er die andere auf Thomas' Schulter niedersausen ließ, sodass der junge Mann in die Knie ging.

»Und ich dachte, aus dir wird nie ein Mann!«, dröhnte er und schob seinen Sohn und dessen Begleiterinnen unzeremoniös auf den Tisch zu. Mit einer Kopfbewegung wies er die aus der Küche herbeigeeilte Magd an, drei weitere Schemel heranzuziehen und knallte eigenhändig Trinkbecher auf die Platte. »Hat die Rute zwischen deinen Beinen endlich Knospen getrieben?!«, donnerte er und erneut schüttelte ihn ein Heiterkeitsanfall. »Ich habe nie verstanden«, prustete er, »warum deine Mutter darauf bestanden hat, dich ins Kloster zu schicken! Wo doch das Leben in Freiheit so viel mehr zu bieten hat.«

Den Schock der Damen ignorierend, griff er nach einem ordentlichen Brocken Fleisch und ließ ihn auf Thomas' Teller platschen. »Bei solch einer Köstlichkeit könnte ich auch nicht Nein sagen«, brummte er zweideutig und zwinkerte Clementine anzüglich zu.

»Woher weißt du, dass wir …?« Der vollkommen verdatterte Mönch ließ den Satz unvollendet, während er hungrig auf den Leckerbissen vor sich starrte.

»Ha!«, stieß sein Vater aus und spießte ein Stück Ferkelbraten mit seinem Messer auf. »Ich habe meine Ohren überall.« Er kaute genüsslich und spülte den Bissen mit einem Schluck Wein hinab. Als er sah, dass sein Sohn nicht begriff, schüttelte er den Kopf. »Der Markt, mein Junge, der Markt.«

Scheu zog Brigitta ihr eigenes Messer aus dem Beutel an ihrem Gürtel und schnitt ein Stückchen von der dicken Bratenscheibe ab, die die Magd ihr inzwischen vorgelegt hatte. Wie hungrig sie war!

»Bist du denn nicht böse?«, fragte Thomas, und erst als sie die Unsicherheit in seiner Stimme bemerkte, wurde Brigitta klar, wie gut er seine Furcht und Sorge vor ihr und Clementine verborgen hatte. »Schließlich kann ich jetzt nicht mehr jeden Tag für dich beten.«

Der Bauer winkte verächtlich ab. »Das war ohnehin die Idee deiner Mutter. Ich habe mich mein ganzes Leben auf Tüchtigkeit und harte Arbeit verlassen. Wie sagt ihr in eurem Kloster? Bete und arbeite?«

»Ora et labora«, murmelte Thomas, doch sein Vater fuhr heiter fort: »Ich finde, du hast genug gebetet. Es wird Zeit, dass du ein wenig arbeitest.«

Überrascht von der Gottlosigkeit dieser Rede verschluckte Brigitta sich beinahe an dem Stück Honigkuchen, der inzwischen den Weg auf den Tisch gefunden hatte.

»Und du hättest dir keinen besseren Zeitpunkt aussuchen können«, brummte der Bauer etwas nüchterner. »Wir haben kaum mehr Arbeiter. Viele der Hörigen sind in die Städte geflohen, weil sie die Abgaben nicht mehr bezahlen konnten. Jede Woche sinken die Preise für Getreide und das Land bleibt unbestellt. Das kann auch ich mir auf Dauer nicht leisten.«

Gisla, die bis jetzt geschwiegen hatte, räusperte sich. »Und der Hungerbrunnen ist geflossen«, berichtete sie düster.

»Vergiss den Hungerbrunnen!«, dröhnte ihr Gemahl. »Das ist abergläubisches Geschwätz des Gesindes.« Ohne auf die flammende Röte zu achten, die ihr in die Wangen schoss, setzte er hinzu: »Die Quelle führt jedes Jahr Wasser. Und solange ich denken kann, hat das erst drei Mal zu Missernten geführt.« Gisla schwieg gekränkt. »Sobald ihr satt seid, kann Ruo euch eure neue Bleibe zeigen.« Er warf den beiden Schwestern einen zweideutigen Blick zu. »Allerdings kann nur deine Frau unter einem Dach mit dir wohnen. Die andere schläft bei den Mägden im Gesindehaus.«

Als Brigitta eine Stunde später gesättigt und todmüde der ununterbrochen schnatternden Magd in den flachen Gesindebau folgte, in dem die weiblichen Hilfskräfte untergebracht wurden, war es bereits stockdunkel. Froh darüber, nicht selbst zu der Unterhaltung beitragen zu müssen, stolperte sie hinter dem Mädchen in eine der Kammern, in der sich mehrere, zum Teil schon belegte Bettkästen drängten.

»Du kohsch in meim Bett schlofa«, informierte sie die glutäugige Tochter eines Knechtes, deren Namen Brigitta nicht richtig verstanden hatte. »Am End vom Gang ischd a Waschkammer.« Damit stellte sie die Kerze auf einer Kiste ab und schlüpfte ohne jegliche Scham aus ihrem einfachen Hemdkleid. Splitternackt kniete sie sich auf den sauber gefegten Boden und sagte ihr Nachtgebet, bevor sie zwischen die groben Wolldecken schlüpfte.

Obwohl Brigitta jeder einzelne Knochen im Leib schmerzte und sie nichts lieber getan hätte, als es ihr gleichzutun, griff sie nach der Kerze und begab sich in den Waschraum. Nachdem sie sich gründlich mit Wasser abgeschrubbt hatte, legte sie den zerfetzten Umhang zusammen, zog ihr Kleid über den Kopf und trug beides zurück in die Schlafkammer. Nur mit ihrem Untergewand bekleidet, sprach auch sie ein Gebet, blies die Kerze aus und drängte sich neben ihre bereits leise schnarchende Bettgefährtin. Einige Zeit lang lauschte sie auf die Geräusche der Schlafenden, dann driftete auch sie ins Reich der Träume ab.

KAPITEL 31

Ulm, Anfang Juli 1368

»ICH SAGE EUCH, wir haben einen Judas unter uns«, fauchte der erzürnte Maurermeister mit hochrotem Kopf. Vor ihm und dem Halbkreis aus Steinmetzen, Maurern und Zimmerleuten, die am Fuß des Westturmes zusammengelaufen waren, prangte ein hässlicher, beinahe mannshoher Riss in dem robusten Ziegelfundament. In einer breiten Zickzacklinie zog sich der Fehler durch Mörtel und Mauerwerk gleichermaßen, und es bedurfte keines Fachmannes, um festzustellen, dass sowohl Anfang als auch Ende der Beschädigung mutwillig und durch ein spitzes Werkzeug herbeigeführt worden waren. »Unsinn!«, bellte Heinrich von Husen, der wie von Zauberhand präsentiert aus der Menge hervortrat – begleitet von einem unscheinbaren, in die Tracht eines Steinmetzen gekleideten Mann, den Ortwin als den Schwager des Ratsherrn erkannte.

»Gott braucht keine Unterstützung, um seinen Unwillen kundzutun«, trompetete er pompös und bückte sich, um den Schaden zu begutachten. »Das ist ein Zeichen des Herrn!«, tönte er. »Seht alle her!« Mit einer unschuldigen Miene, als wäre es der reine Zufall, dass es sich so traf, winkte er eine Abordnung von Ratsherren herbei, die sich an diesem Tag die Fortschritte auf der Baustelle hatten ansehen wollen.

Ein unwilliges Raunen erhob sich, als die in prächtige Tracht gekleideten Vertreter der Stadt sich näherten, um der Aufforderung von Husens zu folgen, der seinen Schwager dazu drängte, die Beschädigung mit Kreide zu markieren. Ulrich von Ensingen, der die Szene scheinbar ungerührt beobachtete, verlagerte das Gewicht von einem Bein auf das andere, sodass Ortwin einen Moment glaubte, er wolle von Husen einen Tritt in den Allerwertesten versetzen. Einige Zeit lang stocherten und diskutierten die Männer, bevor sie aufgebracht von dem Fundament zurücktraten und die Köpfe schüttelten.

»Ihr hattet recht, Heinrich«, erzürnte sich einer der reichen Patrizier, dessen Barchentgewand mehr gekostet haben musste als Ortwins gesamter Jahreslohn betrug. »Es ist der Wille des Herrn, dass diesem Frevel ein Ende bereitet wird!«

Zustimmendes Gemurmel verriet, dass die Furcht vor der immer weiter um sich greifenden Seuche die Gemüter inzwischen empfänglich gemacht hatte für solches Geschwätz.

»Aber dieser Schaden stammt eindeutig von Menschenhand«, wagte der Kreuzwinkelmeister, dessen Figuren ebenfalls das Missfallen des Bauverwalters erregt hatten, zu widersprechen.

Von Husens Kopf schoss vor wie der eines Adlers, der auf sein Opfer hinabstößt. Gestenreich überschüttete er den Bildhauer mit einer Tirade bigotter Plattitüden, in die bald einige der Ratsmitglieder mit einstimmten.

Als ginge ihn das Gekeife nichts an, wandte Ulrich von Ensingen sich nach kurzer Zeit ab und schlenderte in Richtung Bauhütte davon. Ortwin, den das Benehmen des Werkmeisters nicht wenig befremdete, eilte an seine Seite und brummte verächtlich: »Diese Idioten!«

Ein schiefes Lächeln stahl sich auf Ulrichs Gesicht, und er machte unter einem Strebepfeiler halt, um Ortwin beinahe heiter den Arm zu tätscheln. »Das sind sie in der Tat«, bemerkte er scheinbar gelassen und strich seinen wollenen Tabbard glatt.

»Dieser Schwachkopf von Arn«, grollte Ortwin mit einem Blick auf von Husens Schwager, »ist doch schon mit dem Anfertigen einer Ritzzeichnung überfordert! Wie soll *der* denn den Bau leiten?!«

Ulrich zuckte mit den Achseln und setzte seinen Weg fort. »Wenn der Rat der Meinung ist, dass er der bessere Mann für diesen Posten ist, dann ist die Sache für mich entschieden.« Das Lächeln auf seinem Gesicht wurde breiter. »Ich werde nach Mailand gehen, Ortwin. Sobald die Quarantäne aufgehoben ist, werde ich mit meiner Familie aufbrechen.« Ein Schatten der Sorge vertrieb für den Bruchteil eines Augenblicks seine gute Stimmung. Doch dann fasste er sich und fügte hoffnungsvoll hinzu: »Vielleicht ist es wirklich ein Zeichen Gottes.«

»Nach Mailand?« Ortwins Brauen hoben sich fragend.

»Ja«, versetzte Ulrich ruhig. »Ich habe beschlossen zuzusagen.« Mit einer ausgreifenden Geste umriss er den Münsterplatz. »Du siehst doch, wie die Dinge sich hier entwickeln. Nicht nur sterben uns immer mehr Handwerker weg«, seine Miene verdüsterte sich, »man wird mir auch nach Ablauf der Frist nicht gestatten, die Arbeit am Turm fortzusetzen. Dazu hat Heinrich viel zu viel Einfluss gewonnen.« Er hob die Hand, um seine Augen vor der Sonne zu schützen, während er kritisch den Fortschritt des Daches begutachtete, für das aufgrund der Pest nur noch ein halbes Dutzend Zimmerleute zur Verfügung stand. Deutlich war selbst von hier unten zu erkennen, dass die zum Teil blutjungen Handwerker der mächtigen Konstruktion nicht gewachsen waren.

Kopfschüttelnd wandte Ulrich den Blick zurück zu Ortwin. »Nun schau nicht so belämmert drein«, setzte er hinzu, als er den verdutzten Gesichtsausdruck seines zukünftigen Schwiegersohnes bemerkte. »Du kannst gerne mit mir kommen. Als Teil der Familie und Parlier.«

Um ein Haar hätte Ortwin sich verschluckt. Hatte er richtig gehört? Ulrich von Ensingen wollte ihn zu seinem Stellvertreter machen? Um Worte verlegen, fuhr er sich mit der Zunge über die trockenen Lippen und rang um eine Antwort, doch der Werkmeister kam ihm zuvor. Er lachte spöttisch. »Du siehst aus wie ein Ochs, wenn es donnert«, bemerkte er, doch eine Bewegung aus dem Augenwinkel wischte erneut alle Heiterkeit aus seinen Zügen. Polternd rumpelte ein bereits halb beladener Leichenkarren an seinem von Wachen flankierten Haus vorbei, und Ortwin spürte deutlich, wie sich der Werkmeister versteifte. Ein tiefes Ausatmen verriet seine Erleichterung, als der Wagen, ohne zu halten, weiterholperte und in Richtung Judenhof verschwand. Einen Moment lang wirkte es, als habe Ulrich vergessen, wo er sich befand, doch dann straffte er die Schultern und klopfte auf die Tasche, die er stets bei sich trug. »Ohne dieses Musterbuch kann niemand den Bau weiterführen, ohne das gesamte Turmfundament abzureißen und neu auszulegen.« Lediglich ein leichtes Beben in seiner Stimme verriet, dass er sich noch nicht wieder ganz gefasst hatte. »Was bedeutet, dass diese Narren von vorn anfangen müssen.« Damit legte er Ortwin zum Abschied leicht die Hand auf den Arm und steuerte auf eine Gruppe Steinmetze zu, die sich an dem filigranen Strebewerk zu schaffen machten.

Hin und her gerissen zwischen Hochstimmung und Verwirrung sah Ortwin der sich entfernenden Gestalt hinterher, bis diese in einem der Steinlager verschwand. Mailand! Wie exotisch und verlockend der Name dieser Stadt klang. Er schürzte die Lippen. Was für eine unglaubliche Zukunft

Ulrich ihm da anbot! Mit einem Mal erschien ihm die von einem leicht bewölkten Himmel stechende Sonne zu heiß, und er ließ sich im Schatten der Langhausmauer auf einen unbearbeiteten Steinquader sinken. Damit hatte sich der Einsatz, der für ihn auf dem Spiel stand, noch erhöht. Brigitta musste lebendig aus diesem Haus kommen, koste es, was es wolle! Er biss die Zähne aufeinander und zwang sich zur Ruhe. Hatte seine Sorge bis jetzt nur der Rückzahlung des Kredites und der Ausrichtung seiner Meisterfeier gegolten, vermischte sich diese Furcht nun mit einem beinahe schmerzhaft brennenden Ehrgeiz. Parlier! Stellvertretender Leiter einer der bedeutendsten Bauhütten Europas! Es dauerte nicht lange, bis der Glückstaumel die Beklemmung verdrängte. Schwindelig fasste er sich an den Kopf und versuchte, den Lärm der Baustelle auszublenden.

Er wollte gerade der Versuchung nachgeben, sich in Tagträumen zu ergehen, sich in kostbare Gewänder gekleidet weltmännisch von Arbeiter zu Arbeiter schreiten zu sehen, als ein anderer Gedanke um seine Aufmerksamkeit rang. Bedeutete das nicht auch …? Er ließ die Faust in die Handfläche sausen. Wenn feststand, dass er mit Ulrich von Ensingen das Land verließ, taten sich dann nicht ganz neue Möglichkeiten auf? Nicht nur konnte er dann endlich die Angst begraben, doch noch als Mörder entlarvt zu werden; er konnte auch diesem hinterhältigen, Wucher treibenden Halsabschneider ein Schnippchen schlagen. Wenn er den Geier nur lange genug hinhielt, würde er ihm am Ende vielleicht eine lange Nase drehen können. Dann würde er ihm all die Herablassung und Unverschämtheit in gleicher Münze zurückzahlen. Er erhob sich. Blieb nur zu hoffen, dass seine Braut mit dem Leben davonkam!

Mit schwirrendem Kopf begab er sich zurück an seine

Arbeit, die ihn die nächsten Stunden mehr schlecht als recht ablenkte. Je weiter der Tag fortschritt, desto drückender wurde die Hitze, bis schließlich am frühen Abend ein grollender Donner ankündigte, dass auch an diesem Tag wieder ein heftiges Unwetter drohte. Nachdem sich die Wetterlage einige Zeit lang beruhigt hatte, überschwemmten seit Anfang der Woche wieder regelmäßige Gewittergüsse die Straßen, was zur Folge hatte, dass die Stadt ungewöhnlich sauber war.

Nachdem Ortwin seine Werkzeuge verstaut hatte, machte er sich auf den Weg zu seiner Unterkunft in der Steingasse, die er wohl bald würde aufgeben müssen. Der Kauf des Harnisches sowie die Bezahlung des Bürgeraufnahmegeldes, der Wachskerzen für die Zunftstube und des teuren Rohsteines für sein Meisterstück hatten beinahe seine gesamte geliehene Barschaft verschlungen. Wenn er jetzt auch noch das Meistermahl bezahlen musste, stand es schlecht um seine Finanzen. Er rümpfte die Nase, als er an einer der allgegenwärtigen Tonnen aus Eichen- und Wacholderholz vorbeikam, die Tag und Nacht brannten, um den üblen Dämpfen der Pest entgegenzuwirken. Andererseits, wenn die Meister weiter starben, würde es ein billiges Mahl werden. Er zog eine Grimasse. Was auch nicht viel nützen würde, denn dann konnte er immer noch keinen Hausbesitz nachweisen, geschweige denn eine entsprechende Summe Geld.

Er hatte gerade die Schwelle des *Grünen Baumes* erreicht, als die ersten Tropfen fielen. Mürrisch – die Euphorie des Nachmittages wie weggeblasen – legte er seine Steinmetztracht ab und warf sich einen fadenscheinigen Mantel mit einer weiten Kapuze über. Nur noch dieses eine Mal, dann hatte er alle Außenstände für den Geldverleiher eingetrieben und würde bis zum Ablauf der Quarantäne ruhiger schlafen können. Wenn sich dann allerdings herausstellen sollte, dass er keine Braut mehr hatte, dann würde er Ulrich von Ensingen selbst für den Lohn eines Handlangers nach Mailand folgen. Er schob den Gedanken an den Vertrag, mit dem er seine Freiheit verpfändet hatte, beiseite und machte sich auf den Weg ins Apothekerviertel.

Fluchend zog er die Kapuze tiefer ins Gesicht und legte die halbe Meile im Laufschritt zurück. Begleitet von grellen Blitzen und ohrenbetäubendem Donner fegte der Regen beinahe waagerecht durch die Gassen, sodass man kaum die Hand vor Augen sehen konnte. Bereits nach wenigen Schritten war Ortwin bis auf die Haut durchnässt, was seine Laune nicht gerade hob. Als er endlich die Apothekergasse erreichte, hielt er überrascht inne, da er um ein Haar mit dem Ende einer endlos scheinenden Schlange zusammengestoßen wäre. Als ginge nicht in diesem Moment die Welt über ihren Köpfen unter, standen sich etwa fünf Dutzend Männer, Frauen und Kinder vor einer hell erleuchteten Apotheke die Beine in den Bauch. Ein beißender Geruch, der trotz des Regens alles zu durchdringen schien, hing in der Luft, und als Ortwin einen reichen Händler aus dem Laden eilen sah, begriff er, was vor sich ging. Als berge das Gefäß seine unsterbliche Seele, umklammerte der Mann eine bauchige Flasche, in der eine grünliche Flüssigkeit mit jedem Schritt hin und her schwappte. Theriak und Priestersalz! Das war es, was die Leute hier wollten. Hatte er selbst nicht erst gestern dem Unglücklichen, der ihn in dieses Viertel geführt hatte, ein Fläschchen abgenommen, um diesem einen Tag Aufschub von seinen Zahlungsverpflichtungen zu gewähren?

Seit er am Morgen einige Tropfen in seinen Wein gemischt hatte, fühlte Ortwin sich stärker und gesünder, um nicht zu sagen gefeit vor der Pest. Seine Mundwinkel verzogen sich verächtlich. Wenn diese Einfaltspinsel wüssten, dass der Apotheker sie betrog! Dies und einiges mehr hatte ihm der verschuldete Quacksalber anvertraut, um sich weitere Schläge zu ersparen. Wimmernd hatte er Ortwin sein Leid geklagt, das damit seinen Anfang genommen hatte, dass er einem Bauern eine Ladung verfaulten Mohn abgekauft hatte. Bevor er den Betrug bemerkt hatte, war der Mann mit seinem Geld über alle Berge gewesen. Erstaunlich, wie Schmerzen die Zunge lösen konnten, dachte Ortwin und eilte weiter. Als er schließlich tropfend und übellaunig an die niedrige Tür klopfte, hoffte er beinahe, dass der Schuldner ihm einen Grund geben würde, erneut Gewalt anzuwenden. Obgleich der Tag brütend heiß gewesen war, hatte das Gewitter die Luft inzwischen so weit abgekühlt, dass er fröstelnd die Schultern hochzog, während er auf Antwort wartete.

»Macht auf!«, rief er ungehalten und donnerte die Spitze seines Stiefels gegen die Tür, die mit einem Knarren nachgab. Erstaunt schob er sie weiter auf und trat in den muffigen Raum, der von einem schwachen Glimmen in der Feuerstelle kaum erhellt wurde. Misstrauisch entzündete er einen Kienspan an der ersterbenden Glut und durchsuchte den Nebenraum und die winzige Abstellkammer, doch auch dort war keine Spur von dem Mann zu finden. Der Vogel war ausgeflogen! Er stieß eine gotteslästerliche Verwünschung aus und grub die Hand in den feuchten Schopf. Vielleicht sollte er es dem Unglücklichen gleichtun. Denn was, wenn der Geldverleiher ihn dafür verantwortlich machte?

KAPITEL 32

Burg Katzenstein, Anfang Juli 1368

»Das ist wohl nicht so einfach wie eine Kelle zu schwingen«, raunte Friko von Oettingen Wulf von Helfenstein ins Ohr, nachdem er ihn zum wiederholten Mal zu Boden gestreckt hatte. Keuchend schlug dieser die mit einem verächtlichen Feixen angebotene Hand beiseite und rappelte sich aus eigener Kraft auf die Beine.

»Spitzeisen, nicht Kelle!«, spuckte er wütend aus und rammte seinem Widersacher das hölzerne Schwert in die Kniekehlen, sodass auch der junge Oettinger fluchend den Halt verlor. Bevor er nachsetzen und Friko das blaue Auge, das dieser ihm geschlagen hatte, heimzahlen konnte, drosch der Jüngere ihm die Faust auf die Nase, die immer noch die Spuren des Kampfes mit Ortwin trug.

»Vielleicht hättest du bei deinem Leisten bleiben sollen, oder wie auch immer das bei euch heißt«, spottete Friko und wälzte sich auf ihn, um den Kampf ganz und gar unritterlich fortzusetzen. Erbarmungslos bearbeitete er den unter ihm liegenden Wulf mit den Fäusten, während dieser versuchte, dem rittlings auf ihm sitzenden Knappen das Knie in den Rücken zu treiben. »Du bist doch nicht mehr als ein Bauernlümmel!« Außer der Beleidigung traf Wulf der Ellenbogen des Sechzehnjährigen, der ihm im Kampf haushoch überlegen war. Zwar hatte der Waffenmeister Bolko Wulf ein beachtliches Talent im Bogenschießen und Laufen attestiert, doch fielen ihm sowohl der Umgang mit der Schwertattrappe als auch die Handhabung von Lanze und Schild so schwer, dass er befürchtete, ein hoffnungsloser Fall zu sein. Ganz abgesehen von seiner eher bescheidenen Geschicklichkeit als Reiter.

»Warum kriechst du nicht wieder in den Abfallhaufen zurück, der dich ausgespuckt hat?«, zischte Friko und bohrte Wulf die Knöchel in die Rippen, sodass dieser vor Schmerz die Luft durch die Zähne einsog. Noch immer tat ihm beinahe jeder Knochen im Leib weh, da Eberhard von Württembergs Schergen nicht unbedingt zimperlich mit ihm umgegangen waren. Er wollte sich gerade mit letzter Kraft aufbäumen, um seinen Widersacher abzuschütteln, als diesen ein solch gewaltiger Faustschlag traf, dass er auf das zertrampelte Gras geschleudert wurde, als wöge er nicht mehr als ein Sack Federn.

Wie aus dem Nichts tauchte der mit einem Plattenpanzer bewehrte Waffenmeister über Wulf auf, der sich Blut spuckend auf die Seite wälzte. Undeutlich drang das Geräusch zerreißenden Stoffes an sein Ohr, und als sich der Nebel vor seinen Augen allmählich lichtete, riss er erstaunt die Augen auf. Mit einem einzigen Griff zwang Bolko den jungen Oettinger vor sich auf den Bauch, machte eine kurze Peitsche von seinem Gürtel los und begann, auf den Knaben einzudreschen.

»Wann. Lernst. Du. Endlich. Staete. Und. Mâze?!« Jedes dieser Worte wurde von einem wuchtigen Hieb begleitet, der mit einem hässlich klatschenden Geräusch auf Frikos nacktem Rücken auftraf. Kein Laut kam über die Lippen des Knappen, obwohl seine Haut schon bald aufsprang und heftig blutete. Die übrigen Jungen, die über den Kampfplatz verteilt waren, hielten erschrocken in ihren Übungen inne, um das Spektakel zu verfolgen. Nach etwas mehr als einem Dutzend erbarmungslos geführter Schläge ließ Bolko schließlich von seinem Opfer ab und trat an Wulf heran, der gegen eine plötzlich aufsteigende Übelkeit ankämpfte. Die durchdringenden grauen Augen des erfahrenen Kämpfers verengten sich zu Schlitzen, als er den Sohn seines Herrn von oben bis unten musterte. Einige Augenblicke fürchtete Wulf, ihn erwarte die gleiche Behandlung wie Friko, der sich mit steinerner Miene sein Hemd wieder über den Kopf gezogen hatte. Doch dann verzog sich der harte Mund zu einem Lächeln, was das von Narben entstellte Gesicht so vollkommen verwandelte, dass Wulf für einen flüchtigen Moment erahnen konnte, wie der Waffenmeister ausgesehen haben musste, bevor der Krieg in Frankreich ihn gezeichnet hatte. Denn dies war eines der ersten Geheimnisse gewesen, die Johann von Falkenstein Wulf kurz nach seiner Ankunft im Knappenquartier anvertraut hatte: dass Bolko auf der Seite des englischen Königs gekämpft hatte, der seit über drei Jahrzehnten mit den Franzosen um die Thronfolge in Frankreich stritt – in einem Krieg, von dem manche sagten, dass er hundert Jahre dauern würde.

Während Wulf sich zusehends unwohler in seiner Haut fühlte, tastete Bolkos Blick ihn von oben bis unten ab, bis er schließlich mit dem Kinn auf die jenseits des Kampfplatzes gelegene Burg deutete. »Es ist genug für heute. Du kannst dich ausruhen.« Bevor er eine Antwort stammeln konnte, hatte sich Bolko bereits wieder seinen übrigen Schützlingen zugewandt, die er mit donnernder Stimme ermahnte: »Nicht so müde, ihr Faulpelze! Auf dem Schlachtfeld gibt es keine Pausen.«

Humpelnd sammelte Wulf seine Siebensachen ein und machte sich auf den Weg zur Zugbrücke, über die bereits den ganzen Tag voll beladene Wagen holperten. Als er den Hof erreicht hatte, wäre er beinahe von einem Weinfass überrollt worden, dem ein aufgeregter Bauer hinterherhechtete, um es gerade noch rechtzeitig zum Stehen zu bringen, bevor es an dem steinernen Torbogen zerschellte. Ein Stapel bis zum Rand gefüllter Kisten ließ Wulf das Wasser im Mund zusammenlaufen, da diese nicht nur riesige Käselaibe und Buttertröge, sondern auch kunterbunte Früchte, Honigkrüge und allerhand Gewürzpflanzen enthielten. Ein Schwarm Bediensteter schaffte pralle Mehlsäcke in die Brunnenstube und das Backhaus, dessen Rauchabzug dicke Schwaden in den blauen Nachmittagshimmel spuckte. Außerdem hingen an einem extra für diesen Zweck errichteten Gestell von den Jägern erlegte Hasen, Rebhühner, Enten, Wachteln und eine schlanke Hirschkuh. In Anbetracht solcher Köstlichkeiten Mâze – Maß – zu halten, würde sicherlich nicht nur ihm schwerfallen, dachte er, da Bolko in den sechs Tagen, die Wulf bereits auf Katzenstein verbracht hatte, nicht müde geworden war, diese zweithöchste aller ritterlichen Tugenden zu predigen. Dieses Gebot, Maß zu halten und bei allem den Mittelweg zu finden, wurde nur noch von den Anforderungen der Staete übertroffen, die das Festhalten am Guten zur obersten Pflicht erhob.

Widerstrebend ließ er die Leckerbissen links liegen und steuerte auf die schmale Leiter zu, die zu dem über den Stallungen gelegenen Knappenquartier führte. Eigentlich hatte er noch ein wenig reiten üben wollen, aber der Vorfall mit Friko hatte ihm die Lust genommen. Er seufzte schwer. Wider Willen musste er sich eingestehen, dass ihm das Leben auf der Burg trotz aller Schwierigkeiten so gut gefiel, dass er hoffte, Brigitta nachkommen lassen zu können. Aber dennoch schlichen sich immer häufiger Zweifel ein, ob dies der richtige Ort für ihn war. Zwar empfand er eine tiefe Zuneigung für Wulf von Katzenstein, doch kam er nicht umhin, ihn immer wieder mit Bertram Steinhauer zu vergleichen. Wohingegen dieser ihn eigenhändig gelehrt hatte, Klöpfel und Eisen zu führen, bekam er Wulf von Katzenstein fast nur bei den Mahlzeiten zu Gesicht. Oder wenn der Burgherr, der mit dem Aufbau einer neuen Zucht beschäftigt war, ihm den Wert eines bestimmten Reittieres erklärte. Es stimmte – bei diesen Gelegenheiten widmete der Ritter ihm so viel Aufmerksamkeit, zeigte so viel Interesse, dass seine Gemahlin immer reservierter wurde. Doch konnte dies die verlorenen Jahre nicht auslöschen.

Stöhnend erklomm er die krummen Sprossen, schob Schwert, Schild und Lanze über den strohbedeckten Boden und ließ sich auf seinen Strohsack fallen, aus dem eine dicke Staubwolke aufstieg. Gegen einen Hustenanfall ankämpfend wischte er sich den Schweiß aus den Augen und starrte an die Decke. Seine Muskeln brannten. Anders als bei der Arbeit auf der Baustelle hatte er bei den Kampfübungen das Gefühl, in einem ungeschickten, linkischen Körper gefangen zu sein, der seinem Willen nicht gehorchte. Auch war es ungewohnt, dass er mit einem Mal von Jüngeren überflügelt wurde, da er auf der Baustelle stets zu den talentiertesten Hauern gezählt hatte. Er zog die Beine an und schloss die Augen. Und dann die nagende, ihn allmählich auffressende Sorge um Brigitta! Der sich mit jedem Tag weiter ausbreitende Eiszapfen in seiner Magengrube schien alle Wärme aus seinem Körper zu saugen – wie immer, wenn er an sie dachte. Wo nur der Bote blieb?! Wenn er nicht bald Nachricht von ihr erhielt, würde er entgegen aller Warnungen seines Vaters nach Ulm zurückkehren, um zu verhindern, dass sie Ortwins Frau wurde. Ein Stachel der Reue gesellte sich zu dem Gefühl der Kälte. Hatte er nicht schon viel zu lange gewartet?

Die Ankunft eines Pagen riss ihn aus seinem Brüten. »Euer Vater schickt nach Euch«, informierte ihn der etwa achtjährige Knabe, der geduldig wartete, bis Wulf sich mit steifen Gliedern erhoben hatte. Nachdem er einige verirrte Strohhalme aus seiner Kleidung gezupft hatte, folgte er dem Burschen in den Palas, wo ihn in der Halle nicht nur sein Vater, sondern – neben den ersten Gästen für den Abend – auch der ausgesandte Bote erwartete.

Sollte Gott seine Gebete erhört haben?, fragte er sich bang, während er darum kämpfte, die Kontrolle über seine butterweichen Beine nicht zu verlieren.

»Es tut mir leid.« Wulfs Herz setzte aus, als er den Ausdruck auf dem Gesicht des erschöpften Mannes sah, der bedauernd den Kopf schüttelte. »Ich bringe schlechte Neuigkeiten.« Während Wulf die Sinne zu schwinden drohten, dirigierte die starke Hand seines Vaters ihn zu einem Schemel, auf den der Ritter ihn niederdrückte.

»Lass uns allein«, befahl er dem Mann, der sichtlich erleichtert die Halle verließ. Daraufhin zog Wulf von Katzenstein ebenfalls einen Hocker zu sich heran und betrachtete seinen Sohn einige Zeit schweigend. »Das Haus des Mädchens steht unter Quarantäne«, sagte er schließlich mitfühlend und schickte einen Blick in Richtung Fensterfront, da die Gäste ihre Unterhaltungen unterbrochen hatten, um dem Gespräch neugierig zu lauschen. Er beugte sich näher zu Wulf und fügte leise hinzu: »Die Pest ist nach Ulm zurückgekehrt.«

Obschon er alle Willenskraft zusammennahm, schossen Wulf die Tränen in die Augen. »Bis Maria Schnee darf keiner der Bewohner das Haus verlassen und kein Besucher es betreten«, ergänzte der Ritter. »Erst dann werden die

Wachen abgezogen.« Wulf zwang sich, die Tränen zu schlucken. Mit brennenden Augen starrte er an seinem Vater vorbei durch eines der Fenster, vor dem ein Paar Mauersegler ein der Schwere der Situation spottendes Spiel trieb. Als er blicklos den wirren Flug verfolgte, verwandelte sich die Taubheit in seinem Inneren unaufhaltsam in glühende, alles andere auslöschende Furcht.

»Ich muss zu ihr!«, presste er schließlich zwischen aufeinandergepressten Kiefern hervor und sprang auf. »Das ist alles meine Schuld!« Während sich die grässlichsten Befürchtungen in seinem Kopf jagten, schlug eine Woge erstickender Schuldgefühle über ihm zusammen. Es war sein Fehler! Das war der Preis, den er für seine Undankbarkeit und seinen Hochmut bezahlen musste.

Ohne auf die Antwort seines Vaters zu warten, stürmte er aus der Halle, hastete über den Hof in den Stall und riss Zaumzeug und Sattel vom Haken. In Windeseile hatte er seinen Wallach aus der Box gezerrt und war gerade dabei, ihm die Trense zwischen die Zähne zu zwingen, als sein Vater ihn einholte. Die Hand, die sich um seinen Arm schloss, zog ihn sanft, aber bestimmt von dem schnaubenden Tier fort.

»Du kannst nicht nach Ulm zurück«, stellte Wulf von Katzenstein sachlich fest. »Wenn die Männer Eberhard von Württembergs dich aufgreifen, hast du dein Leben verwirkt. Vergiss nicht den Vertrag, den du unterzeichnet hast.« Trotz der Wärme in den dunklen Augen des Ritters war deutlich, dass er seinem Sohn nicht nachgeben würde.

»Das ist mir egal!«, gab Wulf heftig zurück und versuchte, sich loszumachen. »Außerdem hat er in der Stadt keinen Einfluss!« Seine Wangen glühten – teils vor Zorn, teils vor Scham, da es ihm nicht gelang, sich aus dem schraubstockartigen Griff seines Vaters zu befreien.

»Wenn du überhaupt so weit kommst«, versetzte Wulf von Katzenstein ruhig und gab einem Stallknecht den Befehl, den Wallach zurück in die Box zu führen. »Ein Ritter muss lernen, seine Gefühle zu beherrschen«, belehrte er den jungen Mann, während er ihn in Richtung Hof bugsierte. »Ich weiß, dass dir viel an dem Mädchen liegt«, versuchte er seinen aufgebrachten Sohn zu beschwichtigen. »Aber bis zum Ende der Quarantäne kannst du nichts ausrichten. Die Posten haben Befehl, jeden zu töten, der ein Pesthaus betreten oder verlassen will.« Er drehte Wulf zu sich herum und packte ihn an den Schultern. Die Geduld seines Vaters wich allmählich dem Unmut.

Blind vor Verzweiflung und Wut schleuderte der junge Mann ihm entgegen: »Ohne Brigitta ist mein Leben wertlos. Wenn Ihr mich nicht gehen lasst, dann müsst Ihr mich einsperren. Sonst kann mich nichts davon abhalten, sie zu befreien!« Seine Stimme bebte, und nur äußerste Willensanstrengung verhinderte, dass er zu einem heulenden Häufchen Elend zusammenbrach. Weshalb er die Ohrfeige, die der Ritter ihm versetzte, kaum spürte. »Fein«, knurrte dieser und beugte sich zu seinem Sohn hinab. »Wirf dein Leben weg. Aber glaube nicht, dass ich tatenlos dabei zusehe. Wenn du es darauf anlegst ...« Er ließ den Satz unvollendet und brüllte: »Wache!« Sobald zwei seiner Männer mit gezogenen Schwertern aus der Wachstube geeilt kamen, befahl er knapp: »Bringt ihn ins Verlies.« An Wulf gewandt setzte er hinzu: »Vielleicht kommst du dort zur Besinnung.« Damit machte er auf dem Absatz kehrt und rauschte zurück in die Halle, deren Tür er lautstark hinter sich zuknallte.

Wenngleich offensichtlich verwundert über den Befehl ihres Herrn, fackelten die beiden Bewaffneten nicht lange, nahmen Wulf in ihre Mitte und trieben ihn durch das in den inneren Ring der Burg führende Tor. Mit energischen Schritten durchmaßen sie Höfe und Zwinger, bis sie an dem mächtigen Katzenturm anlangten, dessen Tor einer der Wächter mit einem riesigen Schlüssel aufsperrte. Ohne viel Federlesen entzündete der andere eine Fackel neben dem Eingang und entfernte ein Brett, das ein kreisrundes Loch im Boden des Turmes bedeckt hatte.

»Bete, dass er dir nicht lange zürnt«, stellte der größere der beiden fest, bevor er Wulf packte und in das Angstloch stieß. Als dieser eineinhalb Mannslängen weiter unten auf dem harten Felsboden aufprallte, kreischte über ihm bereits die Tür in den Angeln und die sich entfernenden Schritte verrieten ihm, dass er alleine war.

Lange Zeit blieb er regungslos dort liegen, wo er gelandet war, und nicht einmal das Huschen der Mäuse und Spinnen konnte ihn aus seiner Lethargie aufrütteln – bis plötzlich lodernde Wut in ihm aufstieg und ihn mit einem kehligen Schrei aufspringen ließ. Wie ein Wahnsinniger rannte er immer und immer wieder gegen die rauen Wände an, prügelte mit den Fäusten auf den glitschigen Stein ein, bis seine Hände bluteten, und brüllte sich die Seele aus dem Leib. Mit jedem Schlag, den er dem unnachgiebigen Fels versetzte, schien das Loch in seiner Brust jedoch weiter aufzureißen, und als er nach langem Toben schließlich erschöpft und gebrochen in sich zusammensank, fühlte er sich vollkommen ausgehöhlt.

KAPITEL 33

Burg Katzenstein, Anfang Juli 1368

IN EINEM WIRBEL aus leuchtenden Farben drehten sich die Tänzer zu den heiteren Klängen von Fiedel, Schalmei und Trommeln, in die in diesem Moment jammernd ein Dudelsack mit einstimmte. Den einfachen Reigen der Landbevölkerung imitierend hielten sich die Damen und Ritter unter Lachen jeweils an einem bunten Tuch fest, das sie miteinander verband. Während der Tanz mit jedem Takt schneller wurde, flogen die langen Schleppen immer höher, sodass das Rot, Blau, Grün und Gelb der Gewänder schon bald zu einem Regenbogen verschmolz. Auf den von weißen Tüchern bedeckten Tischen in der Katzensteiner Halle stapelten sich allerhand Köstlichkeiten, die von den Pagen vorgelegt und serviert wurden.

Adelheid von Oettingen, die sich erschöpft Luft zufächelte, ließ stolz den Blick über die Leckerbissen wandern, die ihr Gemahl zur Feier des Tages hatte auffahren lassen. Um den erfolgreichen Verkauf seiner Zucht und die Heimkehr seines Sohnes zu feiern, hatte er Gäste aus einem Umkreis von zwanzig Meilen geladen, die sich gierig an den Delikatessen gütlich taten. In der Mitte der Tafel prangte am Fuße eines riesigen, aus einem Käselaib geschnitzten Katers ein mit lebenden Forellen gestopfter Spanferkelbraten, um den sich schon bald die Schaulustigen scharten. Daneben lockten Ochsenaugen, Kalbshirn, mit Honig und Safran zubereitete Wachteln, zahlreiche mit Pflanzensaft eingefärbte Pasteten, in Schmalz gebratene Enten, ein mit Brot gefüllter Kapaun und klebrig glänzende Süßigkeiten. Diese Auswahl wurde ergänzt durch Türme von Broten, Zöpfen, Brezeln und andere gebackene Kunstwerke, deren Höhepunkt eine Schar Teigenten bildete, die in einem See aus Erdbeermus und Sahne schwamm. Dazu reichten die Pagen süßen, mit Muskatnuss verfeinerten Rheinwein, Wacholder-, Galgant- und Ingwerbier. Krüge, Platten und Teller funkelten im Licht der Kerzen, deren Flammen im Luftzug der Tänzer hin und her flackerten. Da der Abend nach dem Gewitterguss schwül und drückend war, hatten die Bediensteten alle Fenster geöffnet und duftende Öllampen entzündet, die nicht nur die Insekten vertrieben, sondern auch den Geruch zu vieler Menschen überdeckten. Während Adelheid an einem der mit Mandeln garnierten Fruchttaler knabberte, beobachtete sie das heitere Treiben unter gesenkten Lidern hervor.

Ihr Gemahl, Wulf von Katzenstein, der eigentlich in Hochstimmung hätte sein müssen, wirkte verstimmt und abwesend. Als sie ihn vor Beginn der Feier gefragt hatte, was ihn bedrückte, war er ihr schroff über den Mund gefahren und hatte eine spitze Bemerkung über die Sünde der Neugier fallen lassen. Daraufhin hatte er unflätige Verwünschungen murmelnd nach seinem Pagen geschickt und sie gebeten, ihn alleine zu lassen. Nachdenklich griff sie nach einer der eingelegten Feigen, die ihr Bruder, der Graf von Oettingen, als Geschenk mitgebracht hatte. Die furchtbare Stimmung ihres Gatten, der soeben eine hitzige Diskussion mit seinem Tischnachbarn begann, musste wohl etwas mit der Abwesenheit seines Sohnes zu tun haben, dachte sie, während sie sich ausmalte, was zwischen den beiden vorgefallen sein mochte.

»Wo ist denn der Bursche?«, erkundigte sich – als habe er ihre Gedanken gelesen – soeben ihr Bruder, dessen Wangen bereits die Spuren übermäßigen Alkoholgenusses aufwiesen. »Wollt Ihr ihn uns nicht vorstellen?« Sein mit den unterschiedlichsten Soßen verschmierter Mund verzog sich zu einer Grimasse, die vermutlich Ermunterung ausdrücken sollte.

Was für furchtbare Tischmanieren er doch hat!, dachte Adelheid schaudernd und tupfte den Honig von ihren Lippen, bevor sie einen Schluck Rheinwein trank.

»Er ist verhindert«, spuckte Wulf von Katzenstein gallig aus und tat seinerseits einen tiefen Zug aus dem mit einer Jagdszene verzierten Pokal, um dem Grafen zu signalisieren, dass das Thema beendet war.

Dieser bohrte jedoch neugierig weiter, nachdem er sich ein Stück Entenbrust zwischen die Zähne geschoben hatte. »Und warum wollt Ihr mir nicht sagen, wer seine Mutter war?«, kaute er. »Immerhin seid Ihr mit meiner Schwester vermählt. Habe ich da nicht ein Recht, es zu erfahren?«

Eine Zornesader begann an Wulfs Hals zu pochen, und Adelheid nahm hastig einem Pagen den Weinkrug ab. »Das übernehme ich«, sagte sie und griff nach Wulfs Kelch – froh darüber, dass keiner der beiden Männer ihr Beachtung schenkte. Es war höchste Zeit, dass sie einschritt. Wenn sie ihren Plan für die kommende Nacht in die Tat umsetzen wollte, war heute wohl die doppelte Menge des Trankes nötig. Nachdem sie den Pokal bis fast zum Rand gefüllt und sich kurz umgesehen hatte, entkorkte sie die kleine Flasche, die sie stets bei sich trug, träufelte heimlich acht Tropfen der Mixtur in den ölig schimmernden Wein und verstaute ihre Geheimwaffe wieder in den Falten ihrer Fucke.

»Seine Mutter ist schon lange tot!«, zischte Wulf an den Grafen gewandt, als sie das Gefäß wieder vor ihm abstellte.

»Und nachdem meine Schulden bei Euch jetzt beglichen sind, geht Euch mein Ehegemach wohl kaum etwas an! Ihr solltet Euch besser um Euren eigenen Spross kümmern!« Sein mürrischer Blick streifte Friko von Oettingen, der mit ausdrucksloser Miene seinen Tischpflichten nachkam. Adelheids Bruder wollte protestieren, doch bevor die Situation aus dem Ruder geraten konnte, erhob sie sich und bat Wulf mit einem bezaubernden Lächeln, sie zu den Tänzern zu begleiten.

Als sich viele Stunden später endlich die ersten Gäste anschickten, zu Bett zu gehen, zog sich auch Wulf von Katzenstein mit einer fadenscheinigen Entschuldigung in seine Gemächer zurück. Mit einer Mischung aus Bangigkeit und Vorfreude blickte Adelheid ihm hinterher und betete, dass der Trunk wie gewohnt seine Wirkung zeigen würde. Die Eifersucht, die seit der Ankunft seines Sohnes in ihr kochte, hatte ihr Verlangen nach ihm noch verstärkt, da sie sich mit jeder Faser ihres Körpers danach sehnte, die Erinnerung an seine alte Liebe endlich auszulöschen. Was konnte diese andere Frau schon gehabt haben, das sie ihm nicht bieten konnte?!

Ein heiseres Lachen ließ sie aus ihren Gedanken aufschrecken und missfällig die Stirn runzeln. In einer Ecke, halb verdeckt von einem riesigen Kerzenständer, machte sich einer der Ritter an den Gewändern einer Magd zu schaffen, die sich kokett zierte. Warum konnten die Betrunkenen nie warten, bis sie in ihren Kammern waren?, fragte sie sich und erhob sich, um ihrem Gemahl zu folgen. Das Fest, das immer berauschter hin und her wogte, würde vermutlich bis in die frühen Morgenstunden andauern, da diejenigen der Gäste, für die keine Zimmer zur Verfügung standen, in der Halle nächtigen würden. Was – so zeigte die Erfahrung – meist dazu führte, dass einige von ihnen gar nicht schliefen. Wenn sie Wulf noch heute Nacht für sich gewinnen wollte, musste sie ihn verführen, bevor der Wein ihn schläfrig machte.

Mit einem kurzen Nicken verabschiedete sie sich von ihrem halb besinnungslosen Bruder, der sich an den aus ihrem Kleid quellenden Busen seiner blutjungen, zweiten Frau gelehnt hatte, und huschte in den dritten Stock, wo sie sich ohne Kerze den Korridor entlangtastete. Da sie die Tür zur Schlafkammer ihres Gemahls verschlossen vorfand, klopfte sie schüchtern. Zuerst erhielt sie keine Antwort außer einem unverständlichen Knurren, doch als sie die Bitte um Einlass ein drittes Mal wiederholt hatte, öffnete ihr schließlich ein bärbeißig dreinblickender Wulf.

»Heute nicht«, brummte er barsch und wollte die Tür vor ihrer Nase zuknallen, doch so leicht ließ Adelheid sich nicht entmutigen. Behände drückte sie sich an ihm vorbei in die Kammer, wo sie sich zu ihm umwandte, um ihn mit einem verführerischen Augenaufschlag zu bedenken.

»Hast du denn gar keine Lust?«, hauchte sie und nestelte an der Schnürung ihrer Fucke, die sie mit schlangengleicher Gewandtheit über die Hüfte schob. Bevor Wulf begriffen hatte, was geschah, stand sie im Untergewand vor ihm und griff nach seiner Hand, die sie auf ihre kleine, straffe Brust drückte. Obschon der Unwille immer noch tiefe Furchen auf sein Gesicht malte, blitzte Lust in den dunklen Augen auf, als seine Gemahlin sich mit einer geschmeidigen Bewegung auch von diesem Kleidungsstück befreite. »Du musst dich entspannen«, gurrte sie und griff nach der Schnalle des Gürtels, der seinen Wappenrock zusammenhielt. Daraufhin schob sie sanft die Hände unter sein Hemd und ließ die Finger an seinem flachen Bauch hinabwandern, bis sie den Latz seiner engen Hose ertastete. Als sie seine bereits steil aufgerichtete Männlichkeit fand, lachte sie leise und legte den Kopf in den Nacken, um ihm die zarte Haut ihrer Kehle darzubieten, die er gierig küsste. Während seine Atemzüge immer schneller wurden, dirigierte sie ihn weiter nach unten, bis er schließlich vor ihr auf die Knie ging und ihr Geschlecht mit trockenen, harten Küssen übersäte.

»Verführerin«, nuschelte er und forschte weiter, bis seine Zunge fand, was sie suchte. Während sie vermeinte, vor Wonne verbrennen zu müssen, gab sie sich seinen Liebkosungen hin, und als er sie schließlich auf die breite Bettstatt zuschob, war sie mehr als bereit für ihn. Voller Lust drängte sie ihm ihre Hinterbacken entgegen, als er sich hinter sie kniete, um hart in sie einzudringen.

»Schneller«, stieß sie nach einiger Zeit atemlos hervor, als sein Stoß drohte, sich zu verlangsamen; und als sie endlich beide in einem lustvollen Schrei erstarben, fiel der aus seinem Schlaf aufgeschreckte Steppenkiebitz mit ein.

Schwitzend und eingehüllt in den Geruch der Lust lagen sie danach einige Zeit schweigend nebeneinander, bevor Adelheid sich auf den Ellenbogen stützte und zärtlich mit den Fingern über das widerspenstige Haar auf Wulfs Brust strich. Immer noch erfüllt von dem Höhepunkt, den er ihr bereitete hatte, zeichnete sie bewundernd die mächtigen Brustmuskeln des Ritters nach.

»Willst du mir nicht sagen, was dich quält?«, fragte sie schließlich und küsste sein bereits vom Bartschatten dunkel gefärbtes Kinn. Wie unglaublich männlich er war!, fuhr es ihr durch den Kopf. Trotz seiner vierzig Jahre strahlte er mehr jugendliche Kraft aus als manch halb so alter Mann. Ihre Lippen zupften sanft an seinem Ohr. »Erzähl mir, was passiert ist.« Seit der Nacht vor seinem Aufbruch nach Ulm – der ersten Nacht, in der sie sich ehrlich geliebt hatten – war eine Intimität zwischen ihnen gewachsen, die selbst die Rückkehr seines Sohnes nicht wieder zerstören konnte.

»Es ist nichts«, seufzte Wulf schließlich und legte seine Hand auf die ihre. Geistesabwesend spielte er mit ihren schlanken Fingern, die sich mit den seinen verschlangen, während er unter halb geschlossenen Lidern an die gegenüberliegende Wand starrte. Lange schwieg er, und einzig das gelegentliche Zucken eines Wangenmuskels verriet, dass ihn etwas beschäftigte. Doch dann holte er tief Luft und raufte sich resigniert den grau melierten Schopf. »Warum musste ich nur so hart mit ihm sein?«, fragte er schließlich und wandte ihr den Blick der dunklen Augen zu, in denen eine Mischung aus Trauer und Liebe lag. »Hätte ich an seiner Stelle nicht genauso reagiert?« Und damit platzte die ganze Geschichte aus ihm heraus. Als er geendet hatte, schloss er müde die Augen und wandte den Kopf zur Seite.

»Er wird zur Vernunft kommen«, beschwichtigte Adelheid ihn und schlang den Arm um ihn, um sich an ihn zu schmiegen. »Mach dir keine Vorwürfe.« Sie sog die Wärme seiner Haut in sich auf, während sie versuchte, ihre triumphierenden Gedanken zu unterdrücken. Neid und Missgunst waren Sünden, um deren Vergebung sie seit der Ankunft des jungen Mannes beinahe täglich betete. Doch wenn die Dinge so standen, brauchte sie sich vermutlich keine Gedanken darüber zu machen, dass dieser lange verschollene Sohn der Frucht ihres eigenen Leibes den Rang streitig machen würde. Denn das war es gewesen, was sie ihrem Gemahl heute Abend hatte mitteilen wollen: dass sie sein Kind in sich trug.

»Sprich morgen noch mal mit ihm«, murmelte sie stattdessen und drückte seinen Kopf an ihre Brust, bis die regelmäßigen Atemzüge ihr verrieten, dass er eingeschlafen war. Vor den Fenstern zog bereits das Rot der Morgendämmerung herauf, als auch sie in einen leichten Schlaf fiel.

KAPITEL 34

Zwischen Altheim und Zähringen, Mitte Juli 1368

BRIGITTA UNTERDRÜCKTE EIN STÖHNEN. Schwitzend wischte sie sich eine Locke aus der Stirn, bevor sie erneut nach den beiden Stricken griff, mit denen sie sich die Last auf den Rücken geschnallt hatte. Seit dem frühen Morgen waren sie und Berchta – in deren Bett sie noch immer schlief – in dem Waldstück unterwegs, das sich über das steil abfallende Tal zwischen Altheim und Zähringen erstreckte. Majestätisch wiegten sich die Wipfel der mächtigen Tannen und Fichten im Sommerwind, der jedoch keine Abkühlung brachte. Rechts und links des schmalen Weges drückten sich vereinzelte Getreidefelder zwischen Felsen und Baumstümpfe, die selbst die stärksten Zugtiere nicht aus dem lehmigen Boden zu befreien vermocht hatten. Das heitere Summen von Bienenschwärmen erfüllte die Luft, und wäre sie nicht mit Holzsammeln beschäftigt gewesen, hätte Brigitta sich am Wegesrand niedergelassen, um die Idylle zu genießen. So allerdings ging sie erneut in die Knie, um einen der dürren Knüppel aufzuheben und in das bereits überfüllte Tragegestell zu stecken.

»Ich habe kaum mehr Platz«, teilte sie Berchta – die ebenfalls beladen war wie ein Packesel – schnaufend mit, und wieder einmal hatte sie Schwierigkeiten, die Antwort des Mädchens zu verstehen. Im breiten Dialekt der Albbevölkerung plapperte die Magd wie ein Wasserfall, sodass Brigitta nichts anderes übrig blieb, als zu raten, was die junge Frau ihr hatte mitteilen wollen. Da diese die Sichel, mit der sie kleinere Äste und Zweige von Bäumen und Büschen abhauen durften, in den Gürtel steckte, nahm Brigitta jedoch an, dass es Zeit war, sich auf den Heimweg zu machen. Eine Vermutung, die bestätigt wurde, als Berchta die stämmigen Schultern straffte, um ihre Last fester zu zurren.

»Komm scho«, forderte sie Brigitta auf, die mit ihrer aus dem Gleichgewicht geratenden Trage rang. Als es ihr schließlich gelungen war, die Oberhand zu gewinnen, stapfte sie der Magd hinterher – den unwegsamen Berghang hinauf, hinter dem sich Altheim versteckte. Als Teil der Gemeinde gehörte der kleine Flecken Zähringen ebenfalls zu den Ländereien des Klosters Elchingen, und da Thomas und Clementine dort einen Hof bewirtschafteten, würde Brigitta vermutlich noch öfter in diese Gegend kommen. Mit einem Lächeln erinnerte sie sich an die Hochzeit der beiden, die am ersten Sonntag nach ihrer Ankunft in der Dorfkirche stattgefunden hatte.

»I hoff bloß, des Wetter hält«, unterbrach Berchta mit einem misstrauischen Blick zum Himmel ihre Gedanken.

Dort bauschten sich flauschige, weiße Wölkchen vor einem bleiernen Hintergrund in die Höhe, der sich von Minute zu Minute mehr zu verdunkeln schien. Weit entfernt, am westlichen Ende der Ostalb, zuckten bereits die ersten Blitze. Als wolle er die Sorgen des Mädchens verspotten, erhob sich in diesem Augenblick ein riesiger Milan aus einem der Baumwipfel und schraubte sich elegant in die Höhe, bevor er mit einem durchdringenden Schrei die Richtung änderte. Starr vor Verwunderung beobachtete Brigitta, wie der Vogel die Schwingen spreizte und auf die beiden Holzsammlerinnen hinabstieß. »Schnell, der isch gfährlich!«, warnte Berchta und nahm die Beine in die Hand, sodass Brigitta hinter ihr zurückblieb. Mehr stolpernd als laufend kämpfte sie sich den Abhang hinauf, und als ein weiteres *Piuuuu* die Luft durchschnitt, schickte sie einen bangen Blick über die Schulter, der sie augenblicklich furchtsam den Kopf einziehen ließ, da der Raubvogel sie mit vorgestreckten Krallen und weit geöffnetem Schnabel angriff. Bevor sie ausweichen konnte, ließ sie der Aufprall straucheln, als der Milan ihre Kicpe attackierte. Ärgerlich schimpfend gewann er daraufhin erneut an Höhe, und erst als Brigitta unter den weit ausgreifenden Ästen einiger Eichen verschwand, schien sich sein Zorn zu legen.

»Des isch emmer so, wann er Junge hot.« Berchtas Wangen glühten erhitzt, doch es stahl sich bereits wieder ein schelmisches Grinsen auf ihr Gesicht. Lachend reichte sie Brigitta die Hand und half ihr über einen Steinhaufen hinweg, dessen verwitterte, moosbewachsene Inschrift vermuten ließ, dass es sich um die Überreste einer Wegmarkierung handelte. Schnell war der Schreck vergessen, und als mit dem plötzlich einsetzenden starken Wind der Geruch von Regen über das Land getrieben wurde, hatten die beiden Mädchen schon beinahe den Meierhof erreicht. Heulend pfiff der aufkommende Sturm über die Felder und peitschte das kniehohe Getreide hin und her. Vorbei an Kindern, die Ziegen, Schafe und Kühe in die Ställe trieben, eilten sie in Richtung Dorfplatz, auf dem sich am heutigen Abend die Gemeindemitglieder versammeln würden. Nicht nur, so hatte Berchta ihr beim Feuerholzsammeln erklärt, würden diese darüber abstimmen, wann die Ernte eingebracht werden sollte – ein Thema, das seit Zunahme der Regengüsse die Gemüter erhitzte. Es musste auch über die Entlohnung der Dorfhirten, die Versorgung des Zuchtbullen und über die Nutzung der Allmende und der Mühle entschieden werden.

»Viele händ Angschd wägam Hongerbronna«, hatte Berchta ihre Begleiterin zudem informiert, die nach einigen Bemühungen herausgefunden hatte, dass die Dorfbewohner fürchteten, das Omen des Hungerbrunnens könne sich erfüllen und das Korn in den Ähren verfaulen lassen. Wenn die Magd langsam sprach, war es leichter, sie zu verstehen, doch wenn sie vergaß, dass Brigitta aus der Stadt kam, blieb dieser oft nichts anderes übrig, als lächelnd die Schultern zu heben.

Froh darüber, ihre Stadtkleidung abgelegt zu haben, fuhr Brigitta sich mit dem Ärmel über die Stirn, die deutliche Spuren der harten Arbeit aufwies. Wie die anderen weiblichen Dorfbewohner trug auch sie inzwischen ein loses, graublaues Kleid, das in der Taille durch einen Gürtel gehalten wurde, während ihr blondes Haar unter einem Kopftuch versteckt war. Eine graue Schürze bot zusätzlichen Schutz vor Schmutz und Verschleiß, und mehr als einmal hatte sie sich bereits gefragt, ob Wulf sie überhaupt noch erkennen würde.

In den zwei Wochen seit ihrer Ankunft in Altheim hatte sie Schwielen an den Händen bekommen und ihre Haut war von der Arbeit auf dem Hof, im Wald und in den Feldern sonnengebräunt und an manchen Stellen verbrannt. Auch hatte sie weitaus weniger Zeit für die Körperpflege, doch als sie nach einem Badezuber gefragt hatte, hatten die anderen Mägde im Gesindebau sie ausgelacht. Zwar gab es eine Waschkammer, aber die Bottiche dort eigneten sich lediglich dazu, sich mit kaltem oder lauwarmem Wasser zu übergießen.

»Der Herr hat eine Badestube«, hatte eine der jüngeren Mägde Brigitta mit einem Augenzwinkern wissen lassen. »Und sein Sohn auch.« Das Blinzeln hatte sich verstärkt, als Brigitta heftig den Kopf geschüttelt hatte. »Der mag dich«, hatte das Mädchen lachend hinzugefügt. »Ich wünschte, ich würde in deinen Schuhen stecken. So eine gute Partie!« Damit hatte sie die junge Frau stehen lassen und war kichernd ins Freie gerannt.

Brigitta seufzte. Sie hatten den Meierhof erreicht, und immer noch vermochten die Größe und Pracht des Gehöftes sie in Staunen zu versetzen. Da Thomas' ältester Bruder den gesamten Besitz einmal erben würde, wohnte er in seinem eigenen Haus, das dem seines Vaters kaum in etwas nachstand. Blond, blauäugig und gut aussehend, war er der Schwarm aller weiblichen Hofmitglieder, doch Brigitta ließ sein öliger Charme kalt. Um nicht von dem einsetzenden Regen durchnässt zu werden, folgte sie Berchta hastig in das kleine Backhäuslein, wo die Köchin bereits sehnlich auf das Feuerholz wartete.

»Was habt ihr so getrödelt?!«, schalt die pferdegesichtige Alte, deren Gaumen kaum mehr ein halbes Dutzend Zähne zierte. »Faules Gesindel!« Kaum hatten die beiden Mädchen ihre Kiepen gelehrt, scheuchte die Köchin sie zurück ins Freie. »Es muss noch gebuttert werden«, rief sie ihnen hinterher, und Brigitta verdrehte die Augen.

Wenn doch nur endlich die Männer vom Markt zurückkommen würden!, dachte sie sehnsüchtig, als sie Berchta in den Teil des Gesindebaus folgte, der für die Verarbeitung von Milch – wie das Buttern und das Herstellen von Sauermilchkäse – vorgesehen war. Halb unter der Erde und mit Feldsteinen gemauert, hielt der kleine Raum selbst an heißen Tagen eine Temperatur, in der die frische Milch nicht verdarb.

Während sie einen Schemel heranzog und schon bald mechanisch den Stößel des Butterfasses auf und ab bewegte, versuchte sie, ihre Unruhe zu unterdrücken. Nachdem Thomas endlich sein Versprechen wahr gemacht und einem seiner Knechte den Auftrag erteilt hatte, Erkundigungen über Wulfs Schicksal einzuholen, konnte sie dessen Rückkehr kaum erwarten. Wie lange konnte es dauern, den Weg von Ulm mit einem Ochsenkarren zurückzulegen?, dachte sie verzweifelt und bewegte die Lippen in einem stillen Gebet. Und was, wenn die Stadtwache ihre Flucht inzwischen entdeckt hatte? Denn auch das sollte der Mann in Erfahrung bringen. Immer heftiger schlug sie den Rahm in der hölzernen Tonne, bis Berchta ihr schließlich den Stößel entwand.

»Die isch guat«, stellte sie mit Kennerblick fest und schob Brigitta das nächste Fass zwischen die Knie. Einen Moment lang lauschte die junge Frau auf das Prasseln des Regens, der auch an diesem Tag kurz, aber heftig auszufallen schien, bevor sie sich erneut an die Arbeit machte. Derweil sie mit stupider Gleichmäßigkeit die zähe Flüssigkeit in einen hellgelben Klumpen verwandelte, grübelte sie weiter. Wenn sie nicht bald erfuhr, ob Ortwins Behauptung eine Lüge gewesen war, würde sie den Verstand verlieren! Immer öfter lag sie nachts wach, starrte in die Dunkelheit und versuchte, Wulf mit den Gedanken aufzuspüren. Ihr Gefühl sagte ihr, dass er noch am Leben war – aber was, wenn sie sich etwas vormachte, wenn es die Sehnsucht nach ihm war, die ihr etwas vorgaukelte? Was, wenn es stimmte, was Ortwin ihr vor die Füße geschleudert hatte?

Berchtas Stimme durchschnitt ihr Brüten. »'s hot koine Butterbloama meh«, stellte die Magd fest, die den Deckel eines bauchigen Tongefäßes in der Hand hielt, in dem die Blumen aufbewahrt wurden. Die kleinen, gelben Blütenblätter dieser Pflanze wurden ebenso wie die Blüten der Ringelblume zur Einfärbung der Butter verwendet, damit diese appetitlicher aussah.

»Ich gehe schon«, bot Brigitta an, der ohnehin zu eng wurde in dem winzigen Raum, und schob das Butterfass zurück. »Ich glaube, es hat aufgehört zu regnen«, stellte sie fest, und tatsächlich riss der bleierne Himmel gerade auf, als sie ins Freie trat.

Wie jedes Mal nach einem der heftigen Güsse wirkten die Landschaft und der Hof blitzblank gescheuert, doch es würde nicht lange dauern, bis die Hitze wieder ein flimmerndes Tuch über Wiesen und Felder legte. In dicken Schwaden stieg die Feuchtigkeit aus den Baumwipfeln auf, und als Brigitta den Hang zur Quelle des Hungerbrunnens hinabstieg, begann die Sonne bereits wieder unbarmherzig zu stechen. Durch hüfthohes Gras kämpfte sie sich bis in das Tal, das von dem Bächlein durchschnitten wurde, und ging in die Knie, um die vereinzelt wachsenden Pflanzen in einem Tuch zu sammeln. Immer wieder schweifte ihr Blick dabei die Talsohle entlang, da dies der Weg war, den die Marktkarren nahmen, um in die Reichsstadt zu gelangen. Wer wusste, vielleicht hatte sie Glück und konnte die Knechte abpassen, wenn sie aus Ulm zurückkehrten! Erneut schnürte sich ihre Kehle zusammen. Hoffentlich brachten sie gute Nachrichten! Geistesabwesend vertrieb sie eine lästige Fliege, die sich immer wieder auf ihrem verschwitzten Gesicht niederlassen wollte. Täuschte sie sich, oder war es seit dem Regen noch heißer und schwüler geworden als am Morgen? Sie fasste sich schwindelig an den Kopf, als sie aus der Hocke auf die Beine kam und kleine, silberne Sterne vor ihren Augen tanzten. Vielleicht hätte sie etwas essen sollen, dachte sie reumütig, doch seit dem Aufbruch der Marktgänger litt sie unter einer Appetitlosigkeit, die selbst die härteste Arbeit nicht zu vertreiben vermochte.

Lange Zeit watete sie durch die halb überschwemmte Wiese, riss Blume um Blume aus und betete. Um Wulfs Leben; dass er sie suchen und finden würde; um das Leben ihrer Mutter und der im Haus eingeschlossenen Mägde und Knechte und die Seele ihres kleinen Bruders; und dafür, dass Gott Ortwin für all seine Missetaten bestrafen und ihr selbst ihre Sünden vergeben würde. Würde all seine Barmherzigkeit genügen, um ihr zu verzeihen, dass sie das vierte Gebot gebrochen und sich gegen ihre Eltern gewandt hatte? Sie schluckte die in ihr aufsteigende Furcht und zwang sich zur Zuversicht. Unsicher stakste sie weiter und stopfte alles Gelbe in ihr Bündel. Während sich ihre Röcke immer mehr mit Wasser vollsogen, wurde ihr von Minute zu Minute heißer, da selbst das Kopftuch sie nicht mehr vor der brütenden Sonne schützen konnte. Ein bohrender Kopfschmerz zog sich von ihren Augen über die Stirn bis in den Hinterkopf, und zu dem immer häufiger auftretenden Schwindel gesellte sich schließlich heftige Übelkeit. Sie hatte sich gerade mit einem Stöhnen auf einem Stein niedergelassen, um sich ein wenig auszuruhen, als am Horizont die verschwommene Form eines Wagens auftauchte. Die Knechte waren zurück!

Ohne auf den hämmernden Protest in ihren Schläfen zu achten, ließ sie das Tuch mit den Blumen fallen, raffte die schweren Röcke und eilte dem Fuhrwerk entgegen. Mit jedem schmatzenden Schritt, den sie tat, sank sie in den aufgeweichten Boden ein, sodass ihr schon bald die Schienbeine schmerzten. Während der aus allen Poren tretende Schweiß dafür sorgte, dass ihr das Kleid am Rücken klebte, fuchtelte sie wild mit den Armen in der Luft, um die Aufmerksamkeit der Männer auf sich zu lenken. Doch je schneller sie rannte, desto weiter schien sich der Ochsenkarren zu entfernen. Sie wollte gerade den Mund öffnen, um zu rufen, als ihr ein sich plötzlich über sie senkender schwarzer Schleier die Sicht vernebelte. Verzweifelt rudernd rang sie um ihr Gleichgewicht, während sowohl Farben als auch Geräusche aus ihrem Bewusstsein gewischt wurden. Als sie auf dem an dieser Stelle harten und steinigen Boden aufprallte, spürte sie einen unwirklichen, dumpfen Schmerz, dann schwanden ihr die Sinne.

KAPITEL 35

Burg Katzenstein, Mitte Juli 1368

Heiteres Gebell erfüllte die Luft. Aufgeregt tanzten die drahtigen Bracken um die Beine der Hundeführer, die den Tieren lange Leinen angelegt hatten. Das Schnauben der Pferde und das Klirren ihres Geschirrs vermischten sich mit den Stimmen der Jäger, die den Stallburschen letzte Befehle zubrüllten.

»Glaub mir, es wird dir Spaß machen.« Wulf von Katzenstein zwang sich, das Lächeln nicht einfrieren zu lassen, als er den mürrischen Ausdruck auf dem Gesicht seines Sohnes bemerkte. Wie beinahe ständig seit ihrer Auseinandersetzung vor zwei Wochen verriet eine steile Falte zwischen den dichten Brauen des jungen Mannes seinen Unmut, und in den bernsteinfarbenen Augen glomm ein nur schlecht unterdrückter Zorn. Er hat die Augen seiner Mutter, dachte Wulf zum ungezählten Mal, als sein Sohn nach einem kurzen, trotzigen Moment die Lider senkte und etwas Unverständliches murmelte, während er an seinem Sattelgurt herumnestelte. Der farbenprächtige Sonnenaufgang malte lange Schatten und tauchte die Jagdgesellschaft in ein warmes Licht, das schon bald vom Dunst der brütenden Hitze geschluckt werden würde. Seltsam, wie sehr die Anwesenheit des jungen Mannes den Schmerz über den Verlust seiner Mutter gedämpft hatte, dachte der Katzensteiner und stülpte den mit einer Bussardfeder geschmückten Filzhut auf den Kopf, nachdem er seinem Jagdfalken die lederne Haube aufgesetzt hatte. Einen kurzen Moment lang ließ er den Blick noch auf dem verdrießlichen jungen Mann ruhen, bevor er das Zeichen zum Aufbruch gab.

Begleitet von einem Hornstoß trabte die Versammlung an und ritt im Gänsemarsch den Weg zum Dorf hinab, wo sie sich nach links in Richtung Härtsfeldsee wandte. Das bittersüße Gefühl, das ihn erfüllte, ließ Wulf einen leisen, undefinierbaren Laut ausstoßen. Kein Zweifel, die Leere und Trauer über Katharinas Tod würden immer ein Teil von ihm bleiben – bis er sie mit ins Grab nahm. Doch schien es im Moment so, als läge eine sonnigere, vielversprechendere Zukunft vor ihm. Voller Wärme betrachtete er das hin und her wiegende Hinterteil seiner Gemahlin, die mit ihrem Lieblingsfalken auf dem Arm gleich hinter dem Jagdmeister ritt. Wie sehr sich seine Beziehung zu ihr geändert hatte! Mit einem lustvollen Schaudern erinnerte er sich an die vergangene Nacht. Was für ein Narr er gewesen war, sie all die Jahre von sich zu stoßen! Als wolle er diese Einsicht bestätigen, warf der Falke auf seinem Handschuh den Kopf auf und ab und begann, aufgeregt hin und her zu trippeln.

»Gleich, mein Lieber«, beruhigte er das schlanke Tier, das seine Krallen fester in das Leder grub, als er seinen Hengst zum Galopp antrieb. Und sie erwartete ein Kind! Das hatte sie ihm am Morgen nach dem Bankett anvertraut, nachdem sie sich ein weiteres Mal geliebt hatten. Sein Herz machte – wie jedes Mal, wenn er daran dachte – einen Sprung. Gott schien ein Einsehen mit ihm zu haben. Besorgt überprüfte er erneut ihren Sitz auf dem Damensattel, der ihm unsicherer erschien als sonst. Nach dem heutigen Tag würde sie die Jagd aufgeben müssen, beschloss er. Denn dieses Kind würde leben, anders als die Tochter, die er zu Grabe hatte tragen müssen. Nicht nur war es in Liebe gezeugt; er hatte auch eigenhändig mehrere Kerzen für den heiligen Joseph, den Schutzpatron der ungeborenen Kinder, entzündet.

Er senkte den Arm ein wenig, um dem mit den Flügeln schlagenden Vogel die Balance zu erleichtern. Hart und staubig flog der ausgetrocknete Boden unter ihm hinweg, und einen Augenblick lang genoss er das donnernde Stakkato der Hufe. Wenn jetzt nur noch der Junge zu Verstand kommen würde! Nachdem er ihn eine Nacht im Angstloch hatte schmoren lassen, hatte Wulf von Katzenstein ihn am folgenden Tag in die Halle bringen lassen, wo er ihm einen Eid abgenommen hatte, nicht nach Ulm zu gehen. »Schwöre bei allen Heiligen, dass du bis zum Ablauf der Quarantäne wartest. Dann gelobe ich bei Gott, dass ich einen Ritter in die Stadt schicke, der das Mädchen hierherbringt.«

Lange Zeit hatte der Junge sich nicht gerührt, bevor er endlich zögernd die Hand gehoben und unwillig die Worte wiederholt hatte.

»Was auch immer ihr Vater für sie verlangt«, hatte Wulf ihm versprochen, »ich werde es ihm bezahlen. Dann kannst du mit ihr machen, was du willst.«

Sein Mund verzog sich zu einem Lächeln. Der erfolgreiche Verkauf seiner Zucht und die damit einhergehende, finanzielle Unabhängigkeit erwiesen sich immer öfter als etwas, worauf er nicht mehr verzichten mochte. Wie glücklich er sich schätzen konnte, dass Eberhard von Württemberg lediglich auf die Unterzeichnung des Dokumentes und die Überlassung des einen Zuchthengstes bestanden hatte, anstatt ihn vollkommen zu ruinieren. Er presste entschlossen die Zähne aufeinander. Dann würde er jetzt auch, bei allen Teufeln der Hölle, den verdammten Bengel zur Vernunft bringen! Koste es, was es wolle!

—⸙—

Mit einem Fluch auf den Lippen versuchte Wulf Steinhauer, den Anschluss zu der inzwischen galoppierenden Jagdgruppe nicht zu verlieren. Wie ein Mehlsack hüpfte er im Sattel seines Wallachs auf und ab, und selbst Johann von Falkenstein und Bruno von Hürben lachten lauthals, als er sich hilflos an die Zügel klammerte, bevor sie im gestreckten Galopp an ihm vorbeipreschten. Mühsam presste er die Schenkel an den starken Pferdeleib und versuchte, einen kühlen Kopf zu bewahren. Während er sich auf dem umzäunten Reitplatz der Burg inzwischen leidlich im Sattel halten konnte, verursachte ihm der Ritt über das offene Feld Magenschmerzen. Als führe der Teufel in ihn, verwandelte sich sein ansonsten gutmütiger Wallach in eine nicht mehr zu zähmende Naturgewalt, sobald sich ein Stück Land vor ihm erstreckte, das es zu durchqueren galt. Wie zum Henker hätte er da noch einen Vogel auf dem Arm halten sollen?!, fragte er sich, während er fieberhaft versuchte, sich an all die Ratschläge zu erinnern, die der Waffenmeister ihm gegeben hatte.

»Du musst ihn immer am kurzen Zügel halten«, hatte Bolko ihn ermahnt, nachdem das Tier ihn wieder einmal in den Sand befördert hatte. »Zeig ihm, wer der Herr ist.« Leichter gesagt als getan!, dachte Wulf verzweifelt, während er hart am Zügel riss und seinen Schenkeldruck verstärkte.

Weit vor ihm kam die Jagdgesellschaft in einer Wolke aus aufgewirbeltem Staub am Waldrand zum Stehen. Zuerst schien es, als zeige nichts eine Wirkung, doch als er dem

Tier schließlich einige kräftige, voller Verzweiflung geführte Schläge auf den Hals versetzte, verlangsamte es schließlich schnaubend die Schritte.

»Na also«, knurrte Wulf heftig atmend – darauf bedacht, die inzwischen von ihren Leinen befreiten Bracken nicht zu überreiten. Vermutlich hatte das verfluchte Vieh bloß angehalten, weil seine Artgenossen ebenfalls standen, doch darüber wollte der junge Mann im Augenblick nicht nachdenken. Schwitzend und mit heftig schlagendem Herzen versuchte er, den Spott der anderen Knappen zu ignorieren, die ihn immer häufiger beäugten, als trüge er das Gewand eines Gauklers. Anders als Hans und Lutz hatten sie ihn zwar in ihre Gemeinschaft aufgenommen, aber er würde nie wirklich zu ihnen gehören. Das verrieten ihm nicht nur der unverhohlene Hass und die Missgunst, die sich in Friko von Oettingens Handlungen aussprachen, sondern auch die mitleidigen Mienen der übrigen Pagen und Knappen.

Wie sehr er die Freunde vermisste! Seine Brust zog sich schmerzhaft zusammen, als dieser Gedanke zwangsläufig in einen anderen überging. Brigitta! Die Sehnsucht nach ihr drohte, ihn in den Wahnsinn zu treiben. Wie beinahe jede wache Minute formte sich ihr Bild in seinem Kopf: ihre tiefen, unendlich liebevollen braunen Augen und die frechen Locken, die ihr immerzu in die Stirn fielen; die hohen Wangenknochen und der kleine, knospenförmige Mund, in dem die ebenmäßigen Zähne schimmerten wie Perlen; und ihr wunderbar geschmeidiger, so unendlich zerbrechlicher Körper. Wenn sie doch nur bei ihm wäre! Er stöhnte leise und ließ sich an den Rand der Gruppe treiben. Was, wenn sie tot war? Was, wenn er sie nie wiedersehen würde? Nie wieder ihre wundervolle Stimme hören oder ihren zarten Mund küssen konnte?

Bevor ihn die dunklen Gedanken vollkommen überwältigen konnten, verdrängte er die grauenvollen Ängste, die ihn seit zwei Wochen kaum mehr schlafen ließen. Er musste stark sein! Gott würde seine Gebete erhören und sie beschützen. Etwas anderes durfte er einfach nicht glauben. Wenn sein Vertrauen unerschüttert blieb, würde der Herr ihn dafür belohnen. War es nicht das, was ihm seine Mutter als Kind immer wieder gesagt hatte?

Ein Schatten huschte über sein Gesicht, als sich die düstere Wolke der Undankbarkeit seinem Vater gegenüber zu seinen Sorgen gesellen wollte, aber das Gebell der Vorstehhunde brachte ihn in die Gegenwart zurück. Von ihren Leinen gelassen, schossen sie wie von der Sehne eines Bogens geschnellt in ein von Unkraut und Wildpflanzen überwuchertes Feld, wo sie schon bald mit steil aufgerichteten Ruten anschlugen. Begleitet von den Anfeuerungsrufen ihrer Begleiter lösten daraufhin die Jäger die Riemen und Hauben der Falken und warfen diese zum Steigen auf. Als die eleganten Vögel rüttelnd in der Luft standen, erteilten die Hundeführer den Bracken den Befehl, das Wild hochzujagen, woraufhin das halbe Dutzend Vögel augenblicklich in den Sturzflug überging. Schnell war der Spuk vorüber, und da jeder der Falken entweder ein Rebhuhn oder eine Elster geschlagen hatte, lobten die Besitzer die Tiere ausgiebig, bevor das Ganze von vorn begann.

Bald schon langweilte Wulf das Schauspiel und deshalb – um nicht wieder in den dunklen Abgrund seiner Vorahnungen gezogen zu werden – vertrieb er sich die Zeit damit, die Mitglieder der Gruppe zu beobachten. Seinem Vater, der den Flug seines Wanderfalken angespannt verfolgte, grollte er noch immer. Vermutlich würde er ihm niemals verzeihen können, was er ihm angetan hatte. Nicht nur würde ihn die

Nacht im Angstloch bis an sein Lebensende verfolgen; er würde dem Ritter auch nie vergeben, dass er ihn mit dem mehr oder weniger erpressten Eid zur Untätigkeit gezwungen hatte. Wie einfältig er gewesen war, sich auch nur einen einzigen Augenblick von den Versprechungen blenden zu lassen. Einen Schwur zu leisten! Etwas Dümmeres hätte ihm kaum einfallen können. Was nützte es ihm, Brigitta von ihrer Verlobung freikaufen zu können, wenn sie nicht mehr lebte nach Ablauf der Quarantäne? Er schluckte den Kloß in seinem Hals. Achtzehn Tage und Nächte der ungelinderten Qual lagen noch vor ihm; achtzehn Tage und Nächte, in denen er sich mehr schlecht als recht mit seinem neuen Leben abfinden musste.

Der Wallach gab ihm mit einem ärgerlichen Stampfen zu verstehen, dass er sich langweilte, doch Wulf ignorierte die Unmutsbezeugung und grübelte weiter. Warum musste nur alles so anders sein, als er es sich ausgemalt hatte?, fragte er sich verdrossen. Und warum nagte so oft ein Gefühl der Reue an ihm, dessen Ursprung er nicht genau festmachen konnte? Seine Aufmerksamkeit wanderte weiter zu Adelheid von Oettingen, die in ihrem eng anliegenden Reitgewand bezaubernd und lebensfroh aussah. Er konnte ihr ihre Feindseligkeit und Ablehnung nicht verdenken. Ihr glockenhelles Lachen zog die bewundernden Blicke ihres Gemahls auf sich, der seinen Hengst näher an ihre zierliche Stute herantrieb. Wulfs Ankunft musste für sie eine Bedrohung darstellen, da es ihr bisher nicht gelungen war, ihrem Gatten selbst einen Sohn zu schenken. Er senkte hastig die Lider, als die Hand seines Vaters sich von ihrem Sattel zu ihrem Gesäß stahl.

Er liebt sie!, schoss es ihm mit einem Stachel des Missfallens durch den Kopf. Obschon er nicht erwartet hatte, dass sein Vater sein Leben in Enthaltsamkeit verbrachte, verletzte ihn diese Einsicht mehr, als ihm lieb war.

»Willst du nicht auch einen Falken werfen?«, fragte ihn der sommersprossige Johann von Falkenstein, dessen Vogel inzwischen zwei Elstern und ein Kaninchen erlegt hatte. »Hier.« Damit hielt er ihm den weiß-grau gefiederten Gerfalken vor die Nase, der Wulf mit schief gelegtem Kopf durchdringend anstarrte.

»Nein, danke«, erwiderte dieser abwehrend und wies auf den Haufen Kleinwild zu Füßen der Hundeführer. »Ich finde, das ist genug.«

Johann lachte. »Du weißt nicht, was dir entgeht.« Mit einem gutmütigen Feixen wendete er sein Pferd und trabte zurück zur Linie der Jäger, um den Vogel erneut hoch in die Luft zu schleudern.

Wulf unterdrückte ein Seufzen und verfolgte den pfeilschnellen Sturzflug eines Wanderfalken, der mit solcher Wucht auf dem Beutetier aufprallte, dass dessen Federn durch die Luft wirbelten. Wenngleich er zuerst zornig darüber gewesen war, das Bankett versäumt zu haben, musste er im Nachhinein zugeben, dass ihm gar nicht wohl gewesen war bei dem Gedanken an all die adeligen Gäste, mit denen er Artigkeiten hätte austauschen müssen, deren Regeln er nicht beherrschte. Beinahe jeden Tag kam er sich ungeschickt und ungehobelt vor, wenn er wieder einmal etwas verpatzte, was für die anderen Knaben eine Selbstverständlichkeit war. Hatte ihn der Gedanke daran, dem Adel anzugehören, noch bis vor Kurzem mit glühender Aufregung erfüllt, sehnte er sich inzwischen immer mehr nach der Freiheit seines bürgerlichen Lebens zurück. Es war eben doch nicht alles Gold, was glänzte. Er zog eine Grimasse, als Friko von Oettingen einen triumphierenden Ruf ausstieß, und beschloss, die nächsten achtzehn Tage gute Miene zum bösen Spiel zu machen.

KAPITEL 36

Ulm, 20. Juli 1368

DIE DEMÜTIGUNG BRANNTE NOCH IMMER. Wie befürchtet, hatte Ortwin vor einigen Tagen seine Unterkunft im *Grünen Baum* aufgeben und zu Ulrich von Ensingen ziehen müssen, der für sich, seine Lehrlinge, Gesellen und Söhne die oberen beiden Stockwerke im Haus einer verwitweten Tuchhändlerin gemietet hatte. Anstatt in seiner eigenen Kammer zu schlafen, teilte er sich jetzt wieder einen Raum mit Martin, dem anderen Gesellen, den er schon früher nicht hatte ausstehen können. Frömmlerisch und gottergeben verbrachte dieser einen Großteil seiner freien Zeit damit zu beten – was Ortwin nicht weiter gestört hätte, wenn dem Kerl nicht eingefallen wäre, die halbe Nacht hindurch halblaut um Vergebung seiner Sünden und Schutz vor der Pest zu flehen.

»Der Herrgott wird dir deine Arbeit nicht abnehmen«, spottete er, während er seine Werkzeuge schulterte. »Du solltest dich besser beeilen. Die Sonne geht gleich auf.« Er verdrehte die Augen, als Martin ein Kreuz schlug und das hölzerne Kruzifix, das er stets um den Hals trug, küsste. Kopfschüttelnd griff Ortwin nach einer Kerze, stieg die knarrenden Treppen zur Küche hinab und schlang naserümpfend das einfache Frühstück in sich hinein. In dem schmalen, niedrigen Raum stank es nach Essig und altem Blut, da die Besitzerin der Unterkunft für teures Geld Tücher erstanden hatte, die mit dem Blut von Flagellanten getränkt waren. Diese – die ein Haus angeblich vor der Pest schützten – hatte sie überall verteilt. Und da die Ärzte davor warnten, vor Sonnenaufgang zu lüften, war der Gestank morgens am schlimmsten.

Nachdem Ortwin den letzten Bissen mit verwässertem Apfelwein hinuntergespült hatte, nahm er vorsorglich einen Schluck mit Priestersalz verfeinerten Theriaks, duckte sich unter dem Sturz der niedrigen Eingangstür hindurch und machte sich auf den Weg zum Münsterplatz. Wie jeden Morgen und Abend zogen auch an diesem Tag die Totengräber von Haus zu Haus, um die zum Teil achtlos aus den Fenstern geworfenen Pestopfer auf ihre Karren zu laden.

Schaudernd wandte er sich ab, als ein Mönch, der den Leichenkarren begleitete, sich über eine in besudelte Tücher gewickelte Frau beugte, um festzustellen, ob diese noch lebte. Glaubte man den Gerüchten, kam es nicht selten vor, dass die Familien der Erkrankten diese erbarmungslos in Säcke einnähten und in den Rinnstein warfen, obschon sie noch atmeten. Da den Verstorbenen die Beisetzung in geweihter Erde versagt blieb, wenn sie vor ihrem Dahinscheiden keine Absolution empfingen, hatten es sich einige Priester und Ordensbrüder zur Aufgabe gemacht, so viele Seelen wie möglich vor der ewigen Verdammnis zu bewahren. Diejenigen, bei denen alle Hilfe zu spät kam, wurden vor den Toren der Stadt in Gruben verscharrt, an deren Rand häufig noch verwitterte Holzkreuze von der letzten Epidemie zeugten.

Offensichtlich war noch ein Funken Leben in der Frau, da der Kirchenmann segnend die Hand über sie hielt. »Expecto resurrectionem mortuorum et vitam venturi saeculi. Ich erwarte die Auferstehung der Toten und das Leben der zukünftigen Welt. Amen«, verkündete er salbungsvoll, bevor er der Frau die Hände auf der Brust faltete und zu einem leiernden Gebet ansetzte.

Schnell, um nicht mit ansehen zu müssen, welche Grauen sich unter den Leichentüchern verbargen, wandte Ortwin den Blick ab und setzte seinen Weg fort. Einen Moment lang war die Vorfreude auf den heutigen Tag wie weggeblasen, da ihn die eben beobachtete Szene daran erinnerte, dass auch unter Ulrich von Ensingens Dach bereits zwei Mägde und ein Knecht der Seuche erlegen waren; und dass kaum jemand die Quarantäne lebend überstand. Doch mit jedem Schritt, den er sich von den Karren entfernte, kehrte die Hoffnung zurück, dass die Krankheit weiter abflauen würde. Laut dem Priester, der am vergangenen Sonntag das Hosianna im Sanctus sieben Mal wiederholt hatte, zeigte Gott den Sündern seine Gnade, indem er die Geißel schneller von ihnen nahm als beim letzten Ausbruch der Pest. Auch wenn Heinrich von Husen diese gnädige Tendenz der Tatsache zuschrieb, dass sein Schwager Arn Ulrich von Ensingen als Werkmeister de facto abgelöst und somit den Unwillen des Herrn beschwichtigt hatte.

»Seht Ihr jetzt endlich, dass Gott uns ein Zeichen schickt?«, hatte er mehr als einmal großspurig posaunt; doch da Ulrich sich nicht um dieses Großmaul zu scheren schien, würde auch Ortwin ihn und seinen unfähigen Schwager zu ignorieren wissen.

Als endlich der bereits mit Dutzenden von Handwerkern und Arbeitern bevölkerte Münsterplatz vor ihm auftauchte, verdrängte die Aufregung jedoch mit einem Schlag alle Gedanken an Krankheit und Tod. Schließlich hatte Ulrich versprochen, ihn in den nächsten Tagen und Wochen in die Geheimnisse der Bauplanung einzuführen, damit er ihm als Parlier in Mailand keine Schande machen würde. Schnurstracks begab er sich zu dem hölzernen Reißboden in der Nähe des Chores, wo der Werkmeister bereits mit Zirkel und Messlatte bei der Arbeit war. Allerdings schien die Zeichnung vor ihm, die er kritisch betrachtete, nichts mit dem Ulmer Münster zu tun zu haben, da der markante, hoch aufragende Westturm fehlte.

»Was denkst du, Ortwin?«, fragte er und wies auf das aus geometrischen Figuren zusammengesetzte Bild. »Sollte die Kirche selbst – den zu bauenden Vierungsturm im Maß nicht mit einbezogen – bis zum Quadrat oder bis zum Dreieck aufragen?«

Ortwin fiel die Kinnlade herunter. Verständnislos blickte er auf das Gewirr aus Linien, Halbkreisen, Dreiecken und Quadraten, die miteinander verbunden ein unglaubliches Durcheinander auf dem Reißboden erzeugten. Was zum Teufel sollte diese Frage bedeuten? Und wie um alles in der Welt sollte irgendjemand aus diesem Wirrwarr schlau werden?!

»Ähm«, hub er an und biss sich verlegen auf die Unterlippe, doch bevor die Situation allzu peinlich werden konnte, klopfte Ulrich ihm lachend auf die Schulter.

»Siehst du, das sind die Dinge, mit denen du dich in Zukunft auseinandersetzen wirst«, verkündete der Baumeister trocken und malte die groben Umrisse einer einfachen Kreuzbasilika auf den Boden. »Hier«, sagte er und zeigte mit der Messlatte auf die Vierung, die sich dadurch ergab, dass sich vor der Altartribüne das Quer- und das Langschiff kreuzten. »Wenn du solch einen rundbogigen Bau errichten willst, musst du darauf achten, dass dein Grundelement das Quadrat ist.« Er ritzte ein zweites Bild daneben. »Wohingegen du – wenn du Spitzbögen und Höhe erreichen willst – das Rechteck wählen musst.«

Ortwin nickte, da er diesen Teil ohne Schwierigkeiten begriff. Baute man eine Wölbung über einem Quadrat, führte dies zu Rundbögen und plumpen, massiven Wänden, wohingegen das Rechteck durchbrochene Mauern, große Fensterflächen und schlanke Spitzbögen erlaubte, die durch filigranes Strebewerk gestützt wurden.

Da auf dem Boden nicht mehr viel Platz war, wandte Ulrich von Ensingen sich einer der verputzten Wandflächen zu, die ebenfalls als Zeichenunterlage dienten. »Bei der Planung einer Kirche musst du auf vielerlei Dinge achten.« Er zeichnete eine stilisierte Kathedrale, bevor er fortfuhr. »Wie sollen die Wände gegliedert sein? Zwei-, drei-, vier- oder gar sechszonig?« Er fügte einige Bögen hinzu. »Benötigt der Bau ein Rippen-, Stern- oder Kreuzgewölbe? Und wie sollen Maßwerk, Portale und Fensterrosen aufeinander abgestimmt sein?« Ortwin versuchte, der immer schneller in den Gips ritzenden Hand zu folgen. »Welchen Durchmesser müssen die Pfeiler haben, wie hoch sollen die Schiffe werden?« Eine Turmspitze erschien in dem weichen Untergrund. »Und wie hoch darf dein Turm werden? Oder sollen es gar Zwillingstürme sein?« Immer flinker flogen die Finger über den Untergrund. »Und das hältst du dann alles, Strich für Strich, in deinem Musterbuch fest, bevor du ein Holzmodell des Baus anfertigst.«

Ortwin schwirrte der Kopf und er war froh, als Ulrich endlich den Griffel sinken ließ. »Das ist aber noch lange nicht alles«, belehrte der Baumeister ihn munter weiter. »Die erste Regel ist: Standfestigkeit kommt stets und immer vor Schönheit.« Er grinste. »Auch wenn es manchmal nicht den Anschein hat.« Dann wurde er wieder ernst. »Du musst so viel von den Alten lernen, wie du kannst. Das Exemplum, die Nachahmung alter und bewährter Vorbilder, ist deine oberste Pflicht.«

Ortwin nickte schwindelig. Widersprach das nicht allem, was Ulrich von Ensingen bisher auf der Baustelle erreicht hatte? Als habe er seine Gedanken gelesen, setzte Ulrich hinzu: »Erst, wenn du die Prinzipien begriffen und verinnerlicht hast, wenn du deine Geometrie im Schlaf beherrschst«, er hob den Zeigefinger, »erst dann darfst du neue Wege gehen. Nicht vorher!« Sein Blick wanderte zu dem Riss, den er betrachtet hatte, als Ortwin eingetroffen war. »Sieh dieses Problem zum Beispiel.« Er runzelte die Stirn und legte den Kopf ein wenig zur Seite. »Unsere Aufgabe in Mailand wird sein, zu klären, ob die Höhe des Mittelschiffs falsch berechnet wurde und ob es nicht sinnvoller wäre, den Aufriss in der Höhe zu verändern. Außerdem«, fuhr er fort, »soll nachgeprüft werden, ob die Mittelstützen oberhalb der großen Pfeiler vor der Mauer elf oder vierzehn Ellen hoch sein sollen.«

Als er den Ausdruck auf Ortwins Miene sah, lachte er erneut. »Wenn du denkst, das sei das ganze Problem, dann warte, bis du einen Plan in die Tat umsetzen willst. Denn dann beginnt der Kampf mit den Handwerkern.« Er zeigte mit dem Kinn auf die Baustelle. »Von der Vermessung zur Grundsteinlegung ist es ein weiter Weg.« Er deutete auf einige Seile in der Ecke des Raumes. »Keines dieser Seile taugt dazu, einen Kreis von mehr als fünfundzwanzig Metern Durchmesser zu ziehen. Daher ist es besser, die Vermessung mittels Dreieckskonstruktionen vorzunehmen.« Er setzte den Griffel wieder an, um diese Aussage zu erläutern. »Man misst also eine Grundstrecke, schlägt von beiden Enden mit der Schnur einen Kreisbogen und bildet mithilfe der Kreisschnittpunkte ein gleichschenkliges Dreieck. Das Lot, das sich ergibt, indem man den Schnittpunkt mit der Grundstrecke verbindet, ergibt einen rechten Winkel.« Die Figur erklärte, was er meinte. »Das wiederholt man nach allen Seiten und erhält somit Reihen von Messpflöcken, die – mit Seilen verbunden – die Lage der Mauern ergeben.«

Ortwin blinzelte, da die Linien begannen, vor seinen Augen zu tanzen. Wie sollte er all das in wenigen Wochen lernen?, fragte er sich verzweifelt, da ihm in diesem Moment klar wurde, dass er Ulrichs Erwartungen niemals würde entsprechen können. Zwar war er ein talentierter Bildhauer und Steinmetz, aber diese komplizierten, geometrischen Überlegungen, die der Werkmeister so mühelos anzustellen schien, überstiegen seinen Horizont.

Er unterdrückte ein Stöhnen, als Ulrich Luft holte, um fortzufahren. »Halte dir stets vor Augen, dass ein Sakralbau ein Abbild des Kosmos ist.« Seine Augen glänzten, als er hinzufügte: »Die Mauer hat im Fundament Jesus Christus, unseren Herrn, und ein jeder Heiliger, der von Gott für ein ewiges Leben bestimmt ist, ist ein Stein dieser Mauer.« So ging es immer weiter, da der Baumeister sich in seine Begeisterung hineinsteigerte, und da Ortwin nach einer Weile seine Ohren auf Durchzug schaltete, verpasste er um ein Haar das Ende der Rede.

»Ich schlage vor, du verdaust das Gehörte erst einmal und beginnst damit«, er reichte Ortwin einen Griffel, »mir eine Ritzzeichnung des Ulmer Münsters zu machen, in der du den gesamten Bau in geometrische Formen aufgliederst und miteinander in Beziehung setzt.« Er schmunzelte, als Ortwin ihn verdattert anstarrte. »Es reicht, wenn du einen Aufriss anfertigst. Wir wollen es schließlich nicht gleich am ersten Tag übertreiben.« Damit ließ er seinen zukünftigen Schwiegersohn stehen und schlenderte davon.

Einige Augenblicke sah Ortwin ihm entgeistert hinterher, doch als Ulrich keinerlei Anstalten machte, zurückzukehren und das Ganze als Witz zu entlarven, fasste er sich an den brummenden Schädel. So ein Mist!, dachte er verzweifelt und blickte hilflos zwischen dem spitzen Schreibinstrument in seiner Hand und dem winzigen freien Fleck auf der Gipsfläche hin und her. Was hatte er sich da nur eingebrockt? Die vermaledeite Kirche stand doch noch nicht einmal zur Hälfte, wie sollte er sich da vorstellen können, wie sie aussehen sollte, wenn sie fertig war?!

Erst als der weiße Untergrund vor seinen Augen zu verschwimmen begann, fasste er sich ein Herz und setzte den Griffel an. Die erste Linie, mit der er die Form des Langhauses nachziehen wollte, misslang jedoch komplett, sodass er sie leise schimpfend korrigierte. Das konnte ja heiter werden! Als ob er nicht schon genug Sorgen mit dem Geldverleiher hätte! Er sog zischend die Luft durch die Zähne, als es ihm mit viel Zittern endlich gelang, den an das Hauptschiff angrenzenden Strebebögen den richtigen Schwung zu verleihen. Stolz darüber, die erste Hürde überwunden zu haben, betrachtete er sein Werk einige Zeit lang und ließ die Gedanken abschweifen. Wenig amüsiert darüber, dass ihm der säumige Apotheker durch die Lappen gegangen war, hatte der Geldverleiher Ortwin mit eindeutigen Worten gewarnt, was geschehen würde, wenn dieser es nicht schaffte, die geschuldete Summe nach Ablauf der Frist herbeizuschaffen. Ein kalter Schauer ließ ihn frösteln. Alles hing davon ab, ob in Ulrich von Ensingens Haus überhaupt noch jemand am Leben war. Wenn nicht ... Er ließ die Überlegung unbeendet und bemühte sich, die Chortürme in das richtige Verhältnis zum Rest seiner Zeichnung zu bringen, während er trotzig den Unterkiefer vorschob. Sein Traum würde in Erfüllung gehen!, dachte er hitzig. Er war schon viel zu weit gegangen, als dass er sich jetzt noch Steine in den Weg werfen lassen würde.

KAPITEL 37

Altheim, 20. Juli 1368

DAS LAUTE HEULEN DES WINDES, gefolgt vom dumpfen Geräusch aufeinanderschlagenden Holzes ließ Brigitta aus dem Schlaf auffahren. Orientierungslos blinzelnd schlug sie die Lider auf und erschrak bis ins Mark, als auch das die tintige Schwärze um sie herum nicht zu vertreiben vermochte.

Während ihre Augen Helligkeit suchend hin und her zuckten, versuchte sie, sich auf die Ellenbogen zu stemmen, ließ sich jedoch ermattet zurück in die Kissen fallen, als sie ein heftiges Schwindelgefühl übermannte. Wo war sie? Und warum fühlten sich ihre Finger und Zehen an, als wäre sie in einen Ameisenhaufen gefallen? Schwer atmend lauschte sie auf die langsam das Tosen in ihren Ohren übertönenden Geräusche. Es schien, als ob sie mitten in der Nacht das Bewusstsein wieder erlangt hatte – eine Vermutung, welche durch die Wärme eines Körpers an ihrer Seite untermauert wurde. Vorsichtig tastend fand ihre Hand die wohlbekannte Form ihrer Bettgenossin, die mit einem leisen Grunzen die Beine anzog. Allmählich verstärkte sich ein gedämpftes Prasseln, das verriet, dass draußen ein heftiger Regenguss niederging. Was war mit ihr geschehen? Die lähmenden Kopfschmerzen, an die sie sich dumpf erinnern konnte, waren verschwunden, ebenso wie die Übelkeit, die ihr immer wieder die Gallensäfte in die Kehle getrieben hatte. Stattdessen quälte sie nagender Hunger, und während sie Zoll für Zoll überprüfte, was ihr sonst noch wehtat, kehrte allmählich die Erinnerung zurück. Der Ochsenkarren! Sie hatte in der Nähe des Hungerbrunnens nach Butterblumen gesucht, als sie die Männer aus Ulm hatte zurückkehren sehen. Und dann war sie ihnen entgegengelaufen.

Sie legte die Stirn in Falten, doch egal, wie sehr sie ihr Gehirn durchforschte, das war das Letzte, an das sie sich entsinnen konnte. Haltsuchend bohrte sie den Blick in die lang gezogenen Schatten an der gegenüberliegenden Wand, die in diesem Moment von mehreren aufeinanderfolgenden Blitzen erleuchtet wurde. Die daraufhin zurückkehrende Finsternis war in ihrer Undurchdringlichkeit beinahe noch furchterregender als die Dunkelheit, in der sie erwacht war.

Während sie versuchte, eine lähmende Panik zu unterdrücken, begannen wirre Bilder vor ihren überanstrengten Augen zu tanzen – beinahe als ob sie sie narren und ihr vorgaukeln wollten, dass sie noch träumte. Nacheinander zogen immer und immer wieder die von der Pest grauenhaft entstellten Gesichter ihrer Mutter und ihres kleinen Bruders an ihr vorbei, nur um unerwartet von Wulfs erschreckend abgemagerter Gestalt abgelöst zu werden. Ein Schrei stieg in ihr auf, den sie nur mit äußerster Mühe zu einem gepressten Wimmern erstickte. Sie waren alle tot! Tot und in ungeweihter Erde verscharrt, aus deren Tiefe ihre gequälten Seelen jetzt Hilfe bei den Lebenden suchten! Eisige Kälte senkte sich über sie, und sie zog zitternd die dünne Wolldecke bis an die Nasenspitze. Leise stöhnend presste sie die brennenden Lider aufeinander, um die schrecklichen Trugbilder zu verscheuchen. Doch anstatt sich aufzulösen, nahmen sie an Deutlichkeit zu. Träumte sie doch noch?, fragte sie sich verstört, als sich ein dröhnend lachender Ortwin zu ihrem Geliebten gesellte, um diesem eine Schlinge um den Hals zu legen. Als sich daraufhin der Boden unter Wulfs Füßen auftat, um ihn zu verschlingen, entfuhr ihr ein heiserer Ausruf.

»Schlof«, murmelte Berchta an ihrer Seite und rollte sich zu einem Ball zusammen, was zur Folge hatte, dass Brigitta nur noch einen kleinen Zipfel der Decke für sich hatte. Frierend, mit der kalten Hand des Schreckens im Nacken, kuschelte sie sich an den Rücken ihrer Bettgenossin und schickte ein Gebet zum Himmel. Herr, flehte sie tonlos, Barmherziger, vergib mir meine Schuld und bewahre Wulf vor allem Bösen. Lass ihn am Leben sein und nach mir suchen. Bewahre ihn vor den Dämonen der Hölle und dem Zorn des Teufels. Halte Deine Hand über ihn und führe ihn ins Licht.

Eine Träne löste sich aus ihrem Augenwinkel und rann ihre Schläfe hinab, bis sie in ihrem offenen Haar versickerte. Amen. Ein wenig leichter ums Herz begann sie daraufhin, ein ums andere Mal das Pater Noster in Gedanken aufzusagen, und es dauerte nicht lange, bis die Erschöpfung sie überwältigte und sie wieder in einen unruhigen Schlaf fiel.

Als sie am darauffolgenden Morgen von einem auf ihrem Gesicht spielenden Sonnenstrahl geweckt wurde, erschienen ihr die Gespenster der Nacht fern und weitaus weniger Furcht einflößend als in der Dunkelheit. Nur vage schimmerte ein Nachbild des Grauens durch den Schutzwall, den ihr Bewusstsein im Schlaf errichtet hatte, sodass sie sich erstaunlich frisch und ausgeruht fühlte. Und hungrig. Gähnend richtete sie sich in den Kissen auf und ließ erstaunt den Blick durch die leere Kammer schweifen. Wie spät war es? Und warum hatte sie niemand geweckt?

Sie wollte gerade die nackten Beine aus dem Bett schwingen, als sich die Tür des lang gestreckten Raumes öffnete und Clementine mit einem Frühstück erschien. Wie die anderen Bäuerinnen trug auch sie inzwischen ein einfaches blaugraues Kleid, das von einem Gürtel in der Taille zusammengehalten wurde. Ihr blondes Haar kräuselte sich unter einem weißen Kopftuch hervor, das ihr edel geschnittenes Gesicht und die kornblumenblauen Augen betonte. Eine feine Röte verlieh ihren Wangen ein frisches und gesundes Aussehen, das von dem Lächeln ihres vollen Mundes unterstrichen wurde.

»Wie fühlst du dich?«, fragte sie und stellte Krug und Teller auf einer der Bretterkisten ab, die den Mägden als Nachttische und Schemel gleichermaßen dienten. »Berchta meinte, es ginge dir besser.« Behutsam ließ sie sich neben ihrer Schwester auf der Bettkante nieder und legte ihr die kühlen Finger auf die Stirn. »Du hast kein Fieber mehr.« Ihre kundige Hand wanderte weiter zu Brigittas Hals und Achselhöhlen, die sie sorgfältig abtastete. »Dem Herrn sei Dank«, murmelte sie und schlug ein Kreuz vor der Brust. »Es war nur ein Hitzschlag.« Ein Strahlen erhellte ihre Miene, die sich einen Augenblick später jedoch wieder verdunkelte. »Die Pest ist im Dorf angekommen.«

Diese Neuigkeit traf Brigitta wie ein Faustschlag. »Wann ...?«, hub sie an, doch Clementine fiel ihr ins Wort.

»Du hattest fünf Tage Fieber.« Ihre Augen glänzten feucht. »Ich hatte schon befürchtet, du würdest die Woche nicht überleben.«

Sie warf die Arme um Brigittas Hals und drückte die Schwester so fest an sich, dass diese sich schließlich nach Atem ringend befreite.

»Zwei der Männer, die auf dem Markt in Ulm waren, sind bereits tot«, informierte Clementine sie nach kurzem Schweigen mit einem Seufzen. »Und eines der Häuslerkinder. Ruo und Thomas' Stiefmutter klagen auch schon über Gliederschmerzen und Übelkeit.« Erneut malte sie ein Kreuz in die Luft und bewegte die Lippen in einem kurzen Gebet. »Wenn die Männer dich nicht gefunden hätten ...«, sie machte eine bedeutungsvolle Pause. »Wer weiß, ob du dann noch am Leben wärst.«

Wie bereits in der Nacht zuvor sorgte ein kalter Schauer dafür, dass sich eine Gänsehaut über Brigittas Arme legte. Fröstelnd wickelte sie ihr Nachtgewand enger um sich und versuchte, den Gedanken festzuhalten, der sich in dem Durcheinander ihres Geistes verstecken wollte.

»Der Knecht!«, flüsterte sie schließlich bange und bohrte ihren Blick in den ihrer Schwester. »Ich muss ihn sehen!« Sie wollte aufstehen und aus der Kammer stürzen, doch heftige

Benommenheit ließ sie mit einem Griff an den Kopf zurück auf die strohgestopfte Matratze sinken.

»Iss«, befahl Clementine sanft und drückte ihr eine der dick gebutterten Brotscheiben in die Hand. »Du musst wieder zu Kräften kommen.«

Obschon sie vor Ungeduld beinahe platzte, biss Brigitta gehorsam in das Butterbrot und trank gierig von der lauwarmen Milch, die direkt aus dem Kuheuter zu kommen schien. Als sie sich schließlich gesättigt den Mund wischte, fühlte sie, wie ihre Lebensgeister zurückkehrten. »Du musst mich zu ihm bringen«, drängte sie Clementine und wollte erneut aufspringen, doch ihre Schwester schüttelte traurig den Kopf.

»Das kann ich nicht«, sagte sie leise. »Er war der Erste, der gestorben ist.« Als sie die Fassungslosigkeit auf Brigittas Gesicht sah, fuhr sie mit einer beruhigenden Geste fort: »Aber er hat mir berichtet, was er in Erfahrung gebracht hat.«

Eine Welle der Erleichterung spülte über Brigitta hinweg, die jedoch sofort von einem überwältigenden Reuegefühl abgelöst wurde. War es ihre Schuld, dass der Mann nicht mehr lebte?

Ihr Herz schlug bis zum Hals, als Clementine weitersprach. »Er hat Vaters Haus aufgesucht, um in Erfahrung zu bringen, ob man deine Flucht entdeckt hat«, erklärte sie. »Aber die Wachen waren nicht besonders hilfreich.« Sie hob die Hand, als Brigitta sie unterbrechen wollte. »Allerdings hat er etwas anderes herausfinden können.« Die Spannung, die in der Luft lag, als sie nach den richtigen Worten suchte, war beinahe greifbar. »Außer ihm hat noch jemand nach dir gefragt.«

Brigittas Augen weiteten sich, aber Clementine, die ihre Gedanken erahnte, schüttelte ein weiteres Mal den Kopf.

»Nein, es war nicht Wulf. Über ihn wusste niemand etwas. Es war ein ritterlicher Bote, dessen Rock ein merkwürdiges Wappen geschmückt hat.« Sie beschrieb einen buckelnden Kater auf einem schroffen Felsen, und Brigitta riss vor Staunen den Mund auf. Was hatte das zu bedeuten?, fragte sie sich und erinnerte sich an den Stofffetzen, den Wulf bei seinem Abschied bei sich getragen hatte. Als er ihr das Geld in seiner Schecke gezeigt hatte, war ihr Blick auf ein kleines Stückchen Tuch gefallen, das ebendieses Wappen geziert hatte. Sollte es möglich sein, dass er wohlauf war und den Mann nach ihr ausgeschickt hatte?

»Mehr wusste er nicht«, beendete Clementine ihre Erzählung, doch Brigitta hörte ihr bereits nicht mehr zu. Ihr Geist arbeitete fieberhaft. War Wulf auf der Suche nach ihr? Hatte Gott ihre Gebete erhört? Ihr Pulsschlag beschleunigte sich, als sie sich ausmalte, welche Wirkung die Nachricht gehabt haben musste, die der Bote ihm überbracht hatte. Dass sie in einem Quarantänehaus gefangen und vermutlich an der Pest erkrankt war! Sie hätte am liebsten auf der Stelle alles stehen und liegen lassen und sich aufgemacht, den Ort zu finden, dessen Wahrzeichen der buckelnde Kater darstellte. Sie musste Wulf wissen lassen, dass sie wohlauf war! Was, wenn er aufgab, weil er sie für tot hielt? Ihr Magen krampfte sich schmerzhaft zusammen, doch als sie sich vornüberbeugte, um das Stechen zu unterdrücken, formte sich bereits ein Entschluss in ihrem Kopf. Es gab nur einen einzigen Weg: Sie würde Altheim verlassen.

Mit einem Stöhnen schob sie Clementines Hand zur Seite, als diese ihr besorgt dabei helfen wollte, sich wieder aufzurichten. »Ich habe zu schnell gegessen«, presste sie hervor und biss die Zähne aufeinander. Während sie den Schmerz so gut als möglich unterdrückte, nahm der Plan weiter Gestalt an. Sie würde den mageren Lohn, den sie für die Arbeit auf dem Hof erhielt, noch einige Zeit sammeln – so lange, bis sie genug hatte, um Proviant und Unterkunft zu bezahlen. Auf keinen Fall wollte sie dazu gezwungen sein, unter freiem Himmel zu nächtigen wie bei ihrer Herreise. Die Erinnerung an den Angriff der wütenden Dörfler ließ sie schaudern, doch so schnell der Gedanke gekommen war, verschwand er wieder und sie spann den Faden weiter. Sie würde sich die Kleider eines Bauernburschen besorgen und sich auf den Weg zu Wulf machen. Er musste am Leben sein, anders war die Tatsache, dass man nach ihr gefragt hatte, nicht zu deuten. Schmetterlinge lösten das Stechen in ihrem Bauch ab. Wenn sie doch nur wüsste, wie es ihm ging! Während das Kribbeln sich in ihrem ganzen Körper ausbreitete, überlegte sie weiter. Vielleicht konnte sie sich zwischen die Getreidesäcke stehlen, wenn der nächste Wagen zum Markt nach Ulm aufbrach. Von dort aus musste es ihr gelingen, herauszufinden, welcher adelige Herr den Kater im Wappen führte.

Sie verzog das Gesicht und stemmte sich in die Höhe. Zwar rebellierten ihre Eingeweide noch immer, aber wenn sie ihr Vorhaben in die Tat umsetzen wollte, dann musste sie so schnell wie möglich wieder an die Arbeit gehen.

»Du solltest dich noch ein wenig ausruhen«, riet Clementine mit einem Stirnrunzeln, als Brigitta nach ihrem Hemdkleid griff und es sich über den Kopf zog. Als sie mit unsicheren Fingern die Locken unter einem Tuch verstaute, fasste Clementine sie sanft, aber bestimmt an den Oberarmen und zwang sie, ihr in die Augen zu blicken. »Was hast du vor?«, fragte sie misstrauisch, da sie sich ausmalen konnte, dass ihr Bericht etwas mit der Entschlossenheit der Schwester zu tun hatte.

»Nichts«, log Brigitta und befreite sich aus Clementines Griff. »Mir geht es gut und ich glaube, die Ernte muss eingebracht werden.« Sie zog die Brauen zusammen. »Ich kann mich daran erinnern, dass die Mägde darüber gesprochen haben.« Sie machte eine kurze Pause. »Bist du nicht auch deshalb hier?« Sie sah die Schwester fragend an, bis diese nickte.

»Ja«, gab Clementine – immer noch argwöhnisch – zurück. »Niemand hat auf Thomas' Feldern Wintergetreide gesät. Also gibt es dort auch nichts zu ernten. Wenn wir nicht verhungern und für die Aussaat im September Saatkorn von seinem Vater wollen, müssen auch wir bei der Ernte mit anpacken.« Sie zögerte einen Augenblick, bevor sie hinzusetzte: »Eigentlich hat er uns gerufen, um nach den Kranken zu sehen. Aber außer Gebeten können wir nicht viel für sie tun.« Sie wischte sich eine Strähne aus der Stirn. »Deshalb helfen wir so gut wie möglich dabei, das Korn einzubringen, bevor der Regen noch mehr Schaden anrichtet.«

Brigitta bemerkte den Schatten, der über Clementines Gesicht huschte. »Bereust du, aus dem Kloster weggegangen zu sein?«, fragte sie, ihre eigenen Sorgen für kurze Zeit vergessend, und betrachtete das zarte Gesicht der Schwester, deren Hand zum Bauch zuckte.

»Nein«, erwiderte diese nach einigen bedächtigen Atemzügen, die Brigittas Aufmerksamkeit auf ihre volle Brust zogen. »Aber manchmal frage ich mich, ob unser Kind hier eine Zukunft hat. Was, wenn die Ernte verdirbt und der Winter so hart wird wie der letzte?« Ihre Unterlippe bebte. »Und was wird geschehen, wenn Thomas' Vater stirbt und sein Bruder alles erbt?« Sie schlug die Augen nieder und umklammerte das Kruzifix an ihrem Hals. »Es ist alles so anders als in der Stadt.« Versonnen strich sie mit dem Zeigefinger über das glatte Holz des geschnitzten Kreuzes.

Einige Zeit lang schwiegen beide, bevor Clementine die Hand sinken ließ und den Kopf hob. »Gott wird für uns sorgen«, murmelte sie schließlich nach einigen Momenten und straffte die Schultern, wie um sich selbst von dem Wahrheitsgehalt ihrer Worte zu überzeugen. »Seine Wege mögen verschlungen und dem menschlichen Auge verborgen sein, aber alles, was er für uns vorsieht, hat seinen Sinn.«

Wenn sie nur recht hatte!, dachte Brigitta und folgte ihr hinaus ins Freie, wo die beiden jungen Frauen von einer Wand aus flimmernder Hitze empfangen wurden.

KAPITEL 38

Burg Katzenstein, 20. Juli 1368

ERSTAUNT DARÜBER, dass er noch im Sattel saß, vergaß Wulf Steinhauer, seinen Wallach rechtzeitig zu wenden, sodass dieser um ein Haar mit dem wartenden Bruno von Hürben zusammengestoßen wäre.

»Ruhig!«, prustete er und presste die Knie fester in die Seiten des schwitzenden Tieres, das mit einem Schnauben ausschlug. Unter größten Schwierigkeiten brachte er den Falben zum Stehen und befreite den Lanzenschaft aus dem an seinem Plattenpanzer befestigten Haken, auf dem dieser trotz des erfolgreich geführten Stoßes immer noch auflag. Heftig atmend drehte er sich im Sattel um und blickte fassungslos auf die regungslos am Boden liegende Gestalt Friko von Oettingens, dem er mit einem gewaltigen Stoß den Schild zertrümmert hatte.

»Gut gemacht«, lobte Waffenmeister Bolko, der ihm kräftig auf die Schulter drosch, kaum, dass er sich von den Steigbügeln befreit und aus dem Sattel hatte fallen lassen.

Ich fühle mich wie ein Felsbrocken!, dachte der junge Mann und warf die bunt bemalte Lanze auf den Rasen, bevor er sich den schweren Helm vom Kopf riss und dankbar die Kelle Wasser annahm, die einer der Pagen ihm reichte. Gierig trank er das wunderbar kühle Nass, das ihm am Kinn hinab in den Halsausschnitt seiner Rüstung troff.

Nachdem er von oben bis unten in einem Panzer aus Eisenplatten steckte, hatte er die Bewegungsfreiheit eines auf dem Rücken liegenden Insektes, und er war froh, als ihn zwei der Knaben von der Last befreiten. Da er in der Sommerhitze heftig schwitzte, klebten ihm Hemd und Beinlinge nass am Körper, doch der in ihm brennende Triumph vertrieb alles körperliche Unbehagen.

»Ich wusste, dass du es in dir hast«, trompetete Bolko, der zwei Knechten den Befehl gab, dem sich mühsam aufrappelnden Friko vom Kampfplatz zu helfen. Während Bruno von Hürben und Johann von Falkenstein sich bereit machten, gegeneinander anzureiten, zog er Wulf in den Schatten des Zeltes, in dem die hölzernen Übungswaffen und Attrappen aufbewahrt wurden.

Dort drückte er ihn auf einen der mit Leder bespannten

Feldschemel, setzte sich neben ihn und verfolgte, wie ein etwa achtjähriger Page mit dem Sattel des Wallachs kämpfte, den er in Richtung Koppel davongeführt hatte.

»Wenn du jetzt noch ein wenig mehr auf die Balance achtest«, belehrte Bolko den erschöpften Wulf, »dann wird aus dir ein Kämpfer, vor dem selbst erfahrene Ritter sich in Acht nehmen sollten.« Die Begeisterung verlieh seinem von Narben entstellten Gesicht ein ungewohntes Leuchten. »Ich habe selten einen so talentierten Lanzenreiter gesehen! Und das, obwohl du dich noch vor einer Woche kaum im Sattel halten konntest.«

Wulf grinste und wischte sich den in Strömen laufenden Schweiß aus dem Gesicht. »Das verdanke ich nur Euch«, erwiderte er bescheiden. »Wenn Ihr mich nicht jeden Tag von Sonnenaufgang bis Sonnenuntergang gequält hättet, wüsste ich immer noch nicht, wo vorne und hinten ist.« Ein merkwürdiger Stolz erfüllte seine Brust. Wenngleich er Bolko an den ersten beiden Tagen nach der Falkenjagd zur Hölle gewünscht hatte, war er dem zwar unerbittlichen, aber geduldigen Waffenmeister inzwischen dankbar dafür, dass er ihn so gnadenlos geschunden hatte. Seltsamerweise hatte er – sobald Bolko ihm eine Lanze in die Hand gedrückt hatte – das Gefühl gehabt, genau zu wissen, was er tun musste. Er rieb sich das von der Anstrengung stechende Handgelenk. Beinah als erinnere er sich an Dinge, die er noch nie zuvor gemacht hatte. Die honigsüße Hochstimmung breitete sich weiter aus. Nie wieder würden Friko von Oettingen und Hartmann von Grafeneck ihn einen ungeschliffenen Bauernlümmel nennen! Er hätte am liebsten lauthals gelacht, als sein Blick auf den überrumpelten Verlierer fiel, der sich humpelnd mithilfe der beiden Knechte auf die Burg zuschleppte.

Der dumpfe Knall einer auf Holz auftreffenden Lanze ließ seinen Kopf zu den anderen beiden Kämpfern herumfahren. Wie er selbst vorhin trugen auch sie die volle Rüstung und fochten mit entschärften Waffen. Anders als bei Friko und ihm spiegelte sich in dem Ritt der beiden Freunde jedoch weder der Hass noch die Verachtung wider, welche die beiden Rivalen dazu angespornt hatten, bis an die Grenzen ihrer Geschicklichkeit zu gehen. Was dazu führte, dass trotz eines Treffers von Johanns Lanze keiner der beiden Reiter den Halt verlor. Gemächlich trabten sie zurück zu den Enden der hölzernen Unterteilung, wendeten ihre Pferde und ritten erneut gegeneinander an. Dieses Mal gelang Bruno der bessere Stoß, sodass Johann wie eine Gliederpuppe nach hinten sackte und aus dem Steigbügel rutschte. Mit einem unschönen Fluch gelang es ihm gerade noch rechtzeitig, sein Reittier zu zügeln, bevor er wie ein Sack Mehl aus dem Sattel glitt und mit dem Allerwertesten voraus auf dem vertrockneten Gras aufkam.

»Das ist genug für heute!«, dröhnte Bolko, der federnd auf die Beine kam. Unsanft zog er Johann von Falkenstein in die Höhe und versetzte ihm einen Schlag auf den verrutschten Helm, sodass der junge Mann schmerzhaft das Gesicht verzog. »Pater Ignatius wartet auf euch.« An Wulf gewandt, der ihm gefolgt war, setzte er hinzu: »Wenn du willst, kannst du nach dem Unterricht zu mir kommen. Dann zeige ich dir, wie du den Umgang mit dem Schwert verbessern kannst. Wenn du genauso viel Talent im Fechten besitzt, dann hat dein Vater allen Grund, stolz auf dich zu sein.« Er schenkte seinem Schützling ein letztes schiefes Lächeln, bevor er sich abwandte und schimpfend zwischen die über ihre eigenen Füße fallenden Pagen fuhr, die seine Standpauke mit gesenkten Köpfen über sich ergehen ließen.

Da er nicht gerade versessen darauf war, den langweiligen Ausführungen des greisen Dorfpfarrers zu folgen, trödelte Wulf noch eine Weile vor dem Zelt herum und genoss das Gefühl der Freiheit und des Triumphes. Sehnsüchtig sog er den schweren, würzigen Geruch frisch geschälter Bäume und gemähten Grases ein, da es in der winzigen Schreib- und Lesestube stets nach ranzigem Lampenöl und dem Mief vergangener Jahrzehnte stank. Wie wenig Lust er hatte, sich mit langweiligen Texten aus verstaubter Vorzeit herumzuschlagen! Neidisch verfolgte er den launenhaften Flug einer Handvoll Schwalben, die sich unter schrillem Kreischen über Dächer und durch Torbögen hindurch jagten, bevor sie in halsbrecherischer Geschwindigkeit ihre unter den Dachvorsprüngen hängenden Nester anflogen. Wie gerne er jetzt an ihrer Stelle wäre! Er stieß die Luft durch die Zähne aus und zupfte mit den Fingernägeln an einem Stück sich schälender Haut. Augustinus, Benedikt, Thomas von Aquin oder wie immer all die Verfasser der abgegriffenen Traktate heißen mochten. Hatte er diese Tortur nicht schon in Straßburg hinter sich gebracht, wo er nicht nur die dem Rat unterstellte Schreib- und Rechenschule besucht hatte, sondern außerdem noch die grässliche Lateinschule über sich hatte ergehen lassen müssen?! Mit Grausen erinnerte er sich an die Prügel, die er jedes Mal bezogen hatte, wenn er dabei erwischt worden war, wie er sich mit den anderen Jungen in seiner Muttersprache unterhalten hatte, anstatt Latein zu sprechen.

Ein wehmütiges Schmunzeln stahl sich auf sein Gesicht. Hätte er nur damals schon gewusst, warum sein Ziehvater ihm diese zusätzliche Last aufgebürdet hatte! Dann hätte er seine Lektionen weniger widerstrebend gelernt und nicht tagein, tagaus gefragt, warum die anderen Handwerkersöhne nur Lesen und Rechnen lernen mussten. Er lachte leise, als er sich daran erinnerte, wie er dem Steinmetz in den Ohren gelegen hatte, ihn lieber mit auf die Baustelle zu nehmen, als ihn zu den Mönchen zu schicken, die in ihrer schwarzen Tracht ausgesehen hatten wie riesige Aasvögel.

»Bitte, Vater«, hatte er gejammert. »Ich kann mir all diese Wortformen einfach nicht merken! Warum reicht es nicht, dass ich rechnen kann? Wozu muss ein Steinmetz Latein sprechen können?«

Als Antwort hatte sein Ziehvater ihm liebevoll den Schopf zerzaust und war vor ihm in die Hocke gegangen. »Weil du niemals weißt, was das Leben für dich bereithält«, hatte er unkenhaft festgestellt und Wulf versprochen, ihm ein Bruchstück eines der kostbaren Marmorblöcke mitzubringen, welche die Kirchenbauer für die schlanken Säulen verwendeten. Noch immer erinnerte Wulf sich an den makellosen weißen, unglaublich glatten Stein, den ein feines Netzwerk von blauen Adern durchzogen hatte.

Ein enges Gefühl in der Brust ließ ihn die Zähne aufeinanderbeißen. Wenn er die Dinge, die er im Zorn gesagt hatte, doch nur zurücknehmen könnte! Er seufzte. Warum hatte er nicht gewartet, bis sein Ärger verraucht war, bevor er dem Haus den Rücken gekehrt hatte, in dem er achtzehn Jahre seines Lebens glücklich zugebracht hatte?

Erst jetzt verstand er, dass der Steinmetz alles unternommen hatte, um ihm eine Erziehung angedeihen zu lassen, die für die Söhne der Adeligen die Regel darstellte. Wie ungerecht er zu seinen Zieheltern gewesen war. Die Beklemmung verstärkte sich, als sich weitere Bilder aus seiner Vergangenheit in den Vordergrund drängten. Wenn er doch nur die Zeit zurückdrehen könnte, um die Unschuld wiederzugewinnen, die ihn als Kind fest darauf hatte vertrauen lassen, dass alles, was sein Vater tat, richtig und gut war. Er presste die Handflächen auf sein glühendes Gesicht und atmete tief durch. Es hatte keinen Zweck! Er musste aufhören, sich zu quälen. Die Dinge waren nun einmal nicht schwarz oder weiß, gut oder schlecht, so viel hatte er in den vergangenen Monaten gelernt. Früher oder später würde sich ein Weg auftun, der es ihm ermöglichte, die begangenen Fehler wiedergutzumachen.

Mit einem energischen Schnaufen schulterte er seine schwere Ausrüstung und trottete – unter der Last schwankend – auf die Burg zu. Dort lieferte er Waffen und Rüstung in der Waffenkammer ab, um sie später zu reinigen und zu ölen. Auch wenn er wie all die anderen Male auch heute vermutlich nichts Neues von Pater Ignatius lernen würde, würde ihn der Unterricht eine Weile von seinen düsteren Gedanken ablenken. Mit gesenktem Kopf drückte er sich an Knechten, Stallburschen und Mägden vorbei, durchquerte den Zwinger und erklomm die hölzerne Treppe, an deren Ende er nach rechts abbog. Wenige Schritte führten ihn an der Kapelle vorbei ins erste Obergeschoss, wo die leiernden Stimmen der anderen verkündeten, dass der Unterricht bereits in vollem Gange war. Wahrscheinlich steckten sie immer noch beim Ablativus absolutus, dessen komplexe Struktur das Verständnis der anderen Knappen zu übersteigen schien. Ohnehin war ihr Wissen beschämend gering, was – so vermutete Wulf – daran lag, dass sie keinerlei Respekt vor dem alten Pfarrer hatten, dessen mildes Regiment nicht einmal ansatzweise mit dem Stab zu vergleichen war, den die Lehrer in der Straßburger Lateinschule mit so viel Inbrunst geschwungen hatten.

Widerwillig duckte er sich durch den niedrigen Türrahmen. »Verzeiht, Pater«, murmelte er in einem Ton, von dem er hoffte, dass er Zerknirschung ausdrückte, und quetschte sich auf eine der Bänke.

Ohne ihm Beachtung zu schenken, fuhr der kahlköpfige Mönch fort, die übrigen Schüler wie einen Chor zu dirigieren. Gelangweilt griff Wulf nach der Wachstafel vor sich und spielte mit dem Elfenbeingriffel, bevor auch er in den Singsang mit einfiel. Anders als vermutet war der Pfarrer dabei, die Knappen sämtliche Aktivverbformen herunterbeten zu lassen, und mehr als einmal war seine Stimme die einzige, welche die Konjugation korrekt zu Ende brachte. »Laudabamus, laudabatis, lauda*bant*«, stöhnte der greise Kirchenmann, als Friko von Oettingen wieder einmal patzte. Wie konnte man nur so begriffsstutzig sein?, dachte Wulf müde und begann, die Umrisse des Kirchturmes nachzuzeichnen, den er in Ulrich von Ensingens Musterbuch gesehen hatte. Während die anderen vom Imperfekt zum Futur übergingen, ließ er ihr Geleier über sich hinwegplätschern und versuchte, die himmelstürmende Eleganz der Struktur nachzuvollziehen. Zerklüftet und durchbrochen nahmen die ersten drei Stockwerke in dem Wachs Gestalt an, doch sosehr er sich auch bemühte, es wollte ihm nicht gelingen, dem Turm einen gefälligen Abschluss zu verleihen. Als er aus dem Augenwinkel bemerkte, dass Pater Ignatius sich auf ihn zubewegte, hielt er die Wachstafel über die Flamme der auf dem Pult stehenden Kerze und strahlte den Mönch unschuldig an.

»Wulf, mein Lieber«, schnarrte der Lehrer mit seiner von Alter und Gebrauch kratzig gewordenen Stimme. »Würdest du uns diese Textstelle vorlesen?« Er platzierte ein eng beschriebenes Stück Pergament vor Wulf, das dieser ohne Schwierigkeiten entzifferte.

»De Civitate Dei«, begann er. »Vom Gottesstaat.« Mal wieder Augustinus, dachte er mit einem innerlichen Stöhnen, bevor er fortfuhr. »Gloriosissimam civitatem Dei sive in hoc temporum cursu, cum inter impios peregrinator ex fide vivens ...« Er schaltete seinen Geist aus, während er den Text weiter vortrug. Selbst die Übersetzung kannte Wulf im Schlaf, wohingegen die anderen Knappen offensichtlich darum kämpften, den Anschluss nicht zu verlieren. Immer weiter folgten seine Augen der prächtig illustrierten Handschrift, von der er sich schon mehr als einmal gefragt hatte, wie sie in die Hand dieses einfachen Dorfpredigers gelangt war.

Als Pater Ignatius die jungen Männer zwei Stunden später endlich wieder in die Freiheit entließ, bedachte Friko von Oettingen Wulf mit einem solch hasserfüllten Blick, dass diesem ein kalter Schauer den Rücken hinablief. Wie es aussah, würde die Niederlage, die er dem Oettinger zugefügt hatte, ein Nachspiel haben, dessen Charakter er sich nur allzu gut vorstellen konnte. Hatte er sich doch bereits mehr als einmal über die mutwillige Zerstörung seines Sattel- und Zaumzeuges gewundert, ganz zu schweigen von den Ratten, Mäusen oder gar der Kreuzotter, die er schon zwischen seinen Decken gefunden hatte. Er schickte dem sich entfernenden Rivalen eine Grimasse hinterher, die dafür sorgte, dass der rothaarige Johann von Falkenstein in prustendes Gelächter ausbrach.

»Ob ihr beide euch wohl jemals vertragen werdet?«, fragte er, während er mit Wulf und Bruno in die erbarmungslos stechende Nachmittagssonne trat.

Wulf zuckte die Schultern. Vermutlich nicht, dachte er gleichgültig. »Wer weiß«, erwiderte er lahm und verabschiedete sich von den beiden Freunden, um sein Schwert zu holen und den anstrengenden Tag damit abzuschließen, sich von Bolko grün und blau schlagen zu lassen. Bereits jetzt schmerzte ihm jeder Muskel im Leib, aber alles war besser als sich damit aufzureiben, die Stunden zu zählen, die noch vergehen mussten, bis Wulf von Katzenstein endlich einen Mann losschicken konnte. Eine Woche musste er noch hinter sich bringen. Eine Woche, in der er keinen Atemzug würde tun können, ohne sich die schlimmsten Dinge auszumalen. Als ihm die Furcht um die Geliebte – wie jedes Mal, wenn er an sie dachte – die Glieder lähmen wollte, schob er den Gedanken heftig beiseite und schnallte sich den Schwertgürtel um. Er musste sich auf etwas anderes konzentrieren! Dann würde er diese ihm von Gott auferlegte Prüfung bestehen und sich würdig erweisen. Niedergedrückt und lustlos schleppte er sich zurück auf den Kampfplatz, wo Bolko ihn bereits erwartete.

KAPITEL 39

Burg Katzenstein, Ende Juli 1368

ACHT TAGE SPÄTER warf sich Adelheid von Oettingen mit einem verstohlenen Blick zurück zum Palas ihren Reitumhang über die Schultern und eilte über den Hof zu den nahezu verwaisten Stallungen. Da sich ein Großteil der Tiere auf den Koppeln befand, herrschte eine seltsame Ruhe in dem angenehm kühlen Gebäude, das nach Leder, Stroh und Pferdedung duftete. Ohne auf die fragenden Blicke der Männer zu achten, die mit dem Ausmisten der Boxen beschäftigt waren, ließ sie sich von einem Stallknecht ihre Stute satteln und saß mit seiner Hilfe auf.

Nachdem sie mit geübtem Griff ihre Röcke zurechtgezupft hatte, drückte sie dem Tier leicht die Ferse in die Flanke und trabte die Sattelgasse entlang, durch den Torbogen und über die Zugbrücke. Bedachtsam lenkte sie die Stute den zwar gepflasterten, aber steil abfallenden Weg zum Dorf hinab, wo sie sich nach Osten wandte und schon bald die nach Dillingen führende Straße erreichte. So beschäftigt war sie damit, den Schlaglöchern und überall herumliegenden Steinen auszuweichen, dass sie den einsamen Reiter nicht bemerkte, der ihr in einigem Abstand folgte. Über ihr schoben sich die seit dem Morgen quellenden Wolken zu einer Unheil verkündenden Wand zusammen, und auch der Wind frischte allmählich auf. Wenn sie nicht nass werden wollte, musste sie sich beeilen!

Als sie an den Feldern ihres Gemahls vorbeitrabte, verneigten sich die Bauern ehrerbietig, doch sie war viel zu sehr in Gedanken versunken, um den Gruß zu erwidern. Wenngleich der Untergrund nur allmählich sicherer wurde, trieb sie ihr Reittier schon bald zum Galopp, den sie erst verlangsamte, als sie nach einigen Meilen in den Schatten uralter Eichen und Kiefern eintauchte. Da die Männer sich seit Sonnenaufgang auf der Jagd im Oettinger Forst befanden, hatte sie beschlossen, die Gelegenheit zu nutzen, um ein weiteres Mal zu der heilkundigen Frau im Wald zu reiten. Ihre Hand tastete nach der Flasche, die sie unter dem smaragdgrünen Obergewand versteckt hatte. Auf keinen Fall wollte sie Gefahr laufen, ihren Vorrat an dem Wunder wirkenden Liebestrank aufzubrauchen! Ein zufriedener Ausdruck stahl sich auf ihr Gesicht. Wie sich das Blatt gewendet hatte! Sie wusste nicht, ob es ein Schauer der Lust war, der über ihre Arme kroch, oder ob die immer dichter stehenden Bäume und das Gefühl, von unzähligen Augenpaaren beobachtet zu werden, das Prickeln verursachten.

Beinahe vermeinte sie, Wulfs liebeskundige Hände in ebendiesem Moment auf ihrem Körper zu spüren, und als das Knacken eines dürren Zweiges an ihr Ohr drang, wandte sie sich mit klopfendem Herzen um und zügelte ihr Reittier. Angestrengt lauschte sie in das dämmrige Zwielicht des Waldes, über dessen Baumkronen es immer dunkler zu werden schien. Vermutlich ein Tier, dachte sie und nahm die Zügel wieder auf. Anstatt sich von Hirngespinsten narren zu lassen, sollte sie lieber zusehen, dass sie die Kate der Alten fand, die in einer Doline mit schroff abfallenden Wänden versteckt lag. Beinahe als wollte das Kräuterweib so nahe am Reich der Finsternis sein wie irgend möglich, überlegte sie und erneut überlief sie ein Frösteln.

Mit zwischen die Schultern gezogenem Kopf lenkte sie die Stute durch krüppeliges Unterholz über eine kleine Lichtung vorbei an einem ausgetrockneten Bach, bis sie schließlich die bläulich schimmernden Tannen erreichte, die den letzten Wegweiser darstellten. Als sie am Rand des Karsttrichters angelangt war, glitt sie behände aus dem Sattel, band den Zügel an einem starken Ast fest und kletterte behutsam in den Abgrund. Dort quoll dichter Rauch aus dem Schornstein einer windschiefen Bretterhütte, deren Dach mit einer Schicht Moos überwuchert war. Bevor sie die in den Scharnieren quietschende Tür aufstieß, warf sie einen letzten Blick in die Richtung, aus der sie gekommen war, und versicherte sich, dass der mit Topasen besetzte Dolch noch an ihrem Gürtel hing. Nichts rührte sich. Sie atmete tief ein und betrat die von einem riesigen Kochfeuer erhellte Hütte. Adelheid musste einige Male blinzeln, bevor sich ihre Augen an das flackernde Licht gewöhnten.

In einer Ecke – beinahe als wäre sie dort festgewachsen – hockte eine zahnlose Alte auf einem schlampig gezimmerten Schemel und starrte mit trüben Augen in die Flammen. Ihre klauenartig verkrümmten Hände umklammerten einen knotigen Stock, den sie vor sich in den Boden gerammt hatte. Das verfilzte, gelblich-weiße Haar stand in wirren Strähnen von ihrem Kopf ab, der an einen verschrumpelten Apfel erinnerte. Das Feuer malte ein bizarres Schattenmuster auf ihr runzliges Gesicht, und hätte Adelheid sie nicht bereits mehrmals so vorgefunden, hätte sie angenommen, die Frau sei tot.

Einige Wimpernschläge schien es, als habe die heilkundige Frau die Besucherin nicht bemerkt, doch dann hob sie mit einem Murmeln den Kopf und bemerkte heiser: »Ich wusste, dass Ihr kommt.« Ihre faltigen Lippen verzogen sich zu einem Lächeln, während ihre zitternde Rechte auf ein glühend rot leuchtendes Fläschchen zeigte, das auf dem Tisch in der Mitte des Raumes stand. Sie erhob sich mühsam. »Ihr tragt die Frucht seiner Lenden in Euch.« Ihr milchiger Blick wanderte zu Adelheids Bauch, dem man noch keinerlei Zeichen der Schwangerschaft ansah. »Ein Sohn.« Mit schlurfenden Schritten näherte sie sich der Besucherin und legte die knotige Hand auf Adelheids Unterleib, was dazu führte, dass diese instinktiv den Atem anhielt.

»Er wird zu einem starken Mann heranwachsen«, prophezeite die Heilerin, deren altes Gesicht aus der Nähe aussah wie gegerbtes Leder. Sie ließ die Finger von links nach rechts wandern und senkte die Lider, bevor sie fortfuhr. »Aber nehmt Euch in Acht«, warnte sie düster. »Ihr habt einen Feind in der eigenen Familie.« Ihre Augen rollten zurück in die eingefallenen Höhlen, und sie wiegte einige Zeit lang den Kopf hin und her, solange ihre Finger ein sternförmiges Muster auf Adelheids Bauch malten. Nach einer Weile fiel der tranceartige Zustand von ihr ab und sie beschied bedauernd: »Leider sehe ich nicht, wer es ist.« Sie machte eine bedeutungsvolle Pause, wie um die Worte zu unterstreichen, bevor sie hinzufügte: »Behütet Euer Kind wie Euren Augapfel.«

Adelheid wich erschrocken vor ihr zurück, und die alte Frau stieß ein meckerndes Lachen aus, während sie sich abwandte und begann, an einigen der zahllosen irdenen Töpfe herumzuhantieren. Sorgsam auf Regalen aufgereiht, säumten diese Gefäße zwei der Wände, und nicht zum ersten Mal fragte Adelheid sich, was die Alte darin aufbewahrte.

»Bilsenkraut, Weidenrinde, Mohnsaft«, zählte diese auf, als habe ihre Besucherin die Gedanken laut ausgesprochen. »Senf und Herbstzeitlose.« Mit erstaunlicher Geschwindigkeit zauberten ihre Finger die Zutaten aus den Behältnissen, um sie in einen Mörser zu befördern, wo sie sie mit einem hölzernen Stößel miteinander vermischte. »Er liebt Euch auch ohne den Trank«, bemerkte sie wie beiläufig, als Adelheid einige Münzen auf den Tisch zählte.

Hatte sie richtig gehört? Sie hielt mitten in der Bewegung inne und wartete auf eine weitere Erklärung, die allerdings ausblieb. Anstatt ihr zu antworten, stocherte die heilkundige Frau wortlos weiter in dem Mörser herum, über dem sie nach einiger Zeit ein Kreuz schlug, bevor sie seinen Inhalt in den Kessel über der Feuerstelle kippte.

»Kommt nicht wieder«, sagte sie, nachdem das Fauchen des Gemischs zu einem leisen Zischen abgeklungen war und sie ihre Aufmerksamkeit wieder auf die junge Frau gerichtet hatte. Die stumpfen Augen ruhten mit einem unheimlichen Ausdruck auf Adelheids Gesicht. »Ihr habt sein Herz gefangen.« Damit drehte sie ihr erneut den Rücken zu, beugte sich ein weiteres Mal über die Tongefäße und begann die Prozedur von Neuem. »Lebt wohl.«

Adelheid war sich nicht sicher, ob sie die Worte gehört oder sich eingebildet hatte, aber da die Heilerin sie nicht weiter beachtete, tauschte sie die leere gegen die volle Flasche aus und verstaute den Liebestrank in ihrem Gewand. Verwirrt, voller Fragen und verunsichert, trat sie zurück in die schwüle Hitze, die inzwischen so lastend war, dass man vermeinte, sie schneiden zu können. Einen Feind!

Ungeschickt erklomm sie den felsigen Rand der Doline und tätschelte ihrer freudig wiehernden Stute den Hals. Während sie das Tier zu einem Baumstumpf führte, um leichter in den Sattel zu gelangen, zermarterte sie sich das Gehirn. Wer konnte ihren ungeborenen Sohn bereits jetzt hassen?, fragte sie sich und zog sich an dem ledernen Knauf in die Höhe. Tief in Gedanken versunken ließ sie dem Tier mehr oder weniger freien Zügel, und erneut blieb der Schatten, der sich aus dem Dunkel des Dickichts löste, unbemerkt.

Ohne der Gefahr des drohenden Unwetters die geringste Beachtung zu zollen, ritt sie in gemächlichem Schritt denselben Weg zurück, den sie gekommen war. Ein schrecklicher Verdacht keimte in ihr auf. Der Junge! Wer anders konnte ihrem Kind nach dem Leben trachten als der Bastard ihres Gemahls? Flammende Empörung stieg ihr in die Wangen und sorgte dafür, dass ihr ohnehin glühendes Gesicht noch mehr brannte. Wer sonst konnte es sein?!

Ein tiefes, bedrohliches Donnern ließ sie zusammenfahren und hoch zum Himmel blicken. Nicht mehr lange und sie würde den Wald hinter sich lassen und über freies Gelände reiten müssen. Mit einem Mal um das ungeborene Leben in ihrem Leib besorgt, trieb sie ihre Stute zu einem schnellen Trab an, während ihre Gedanken zu dem Problem zurückkehrten. War ihr Verdacht zu vorschnell? Konnte es nicht auch eine der unverschämten Dirnen sein, mit denen Wulf sein Bett geteilt hatte, bevor Adelheid ihn für sich gewonnen hatte?

Der Stachel der Eifersucht bohrte sich in ihr Herz. Hatte sie nicht erst vor drei Tagen eine der Mägde aus dem Palas in die Küche verbannt, weil diese ihrem Gemahl schamlos schöne Augen gemacht hatte? Und was für Augen es waren! Dunkel wie Kohlen und mit unanständig langen Wimpern versehen! Sie ballte die Fäuste um die Zügel und unterdrückte den in ihr aufsteigenden Hass. Wenn sie ihren Sohn schützen wollte, durfte sie sich nicht von ihrem Herzen leiten lassen, sondern musste ihren Verstand benutzen. Hatte die Alte nicht gesagt, dass Wulf sie liebte? Dass sie den Trank nicht mehr benötigte? Außerdem gehörte die Magd nicht zu ihrer Familie. Sie würde den Feind unter ihrem Dach ausfindig machen und dafür sorgen, dass er Katzenstein verließ!

Ein quer über den Himmel zuckender Blitz unterbrach ihr Grübeln, da die Stute unter ihr mit einem erschrockenen Schnauben ausbrach. Unter Aufbietung aller Kraft und Geschicklichkeit gelang es ihr, im Sattel zu bleiben, während das Tier in halsbrecherischem Galopp über eine mit kniehohem Unkraut bewachsene Weide preschte. Am Horizont zeichneten sich bereits die Umrisse der Burg ab, die von den immer schneller aufeinanderfolgenden Blitzen unheimlich erhellt wurden, als der Regen einsetzte. Innerhalb weniger Minuten war die Landschaft hinter einem Vorhang aus Wasser verschwunden, der von einem kühlen Wind in Bahnen über Felder, Bäume und Dächer gepeitscht wurde. Wo die dicken Tropfen auf Widerstand trafen, sprühte weiße Gischt auf, sodass sämtliche Umrisse merkwürdig verwischt wirkten. In rasender Geschwindigkeit zogen zerklüftete Wolken über einen Himmel, der – so dachte Adelheid mit Grausen – das Ende der Welt verkündete. Um sich vor der Naturgewalt zu schützen, machte sie sich so klein wie möglich und schickte ein Stoßgebet zum Himmel, dass sie die schützenden Mauern Katzensteins bald erreichen mochte.

KAPITEL 40

Ulm, Anfang August 1368

»Die Zeit ist um.« Lediglich ein schwaches Beben in Ulrich von Ensingens Stimme verriet die Aufregung des Werkmeisters, der wie Ortwin an diesem Tag nur ein einfaches Frühstück zu sich nahm. Obschon die Sonne bereits über den Horizont lugte, würde heute keiner der beiden Männer zur

Baustelle gehen, da mit der vergangenen Nacht die Quarantäne im Haus des Werkmeisters abgelaufen war.

Seit er von Martins ewiger Beterei aufgeweckt worden war, hatte Ortwin sich wohl schon hundert Mal die feuchten Handflächen abgewischt, doch je näher der Zeitpunkt der offiziellen Hausöffnung rückte, desto nervöser wurde er. Was, wenn das wackelige Fundament, auf das er sein gesamtes zukünftiges Leben gebaut hatte, mit dem heutigen Tag zum Einsturz kam? Der Bissen, an dem er lustlos gekaut hatte, drohte, ihm im Hals stecken zu bleiben. Was, wenn er entdecken musste, dass seine Braut nicht mehr lebte? Nur mit Mühe unterdrückte er ein Zittern seiner Hand, als er den Trinkbecher zum Mund führte. Als habe er den Einsatz, der für Ortwin auf dem Spiel stand, noch erhöhen wollen, hatte Ulrich ihm verkündet, dass er die Meisterfeier gleich nach der Hochzeit angesetzt hatte, die stattfinden würde, sobald die nötigen Dokumente unterzeichnet waren.

»Und dann brechen wir nach Mailand auf«, hatte der Werkmeister seinen zukünftigen Schwiegersohn mit einem Strahlen wissen lassen.

Wenngleich der Apfelwein nicht saurer war als sonst, schnürte er Ortwin die Kehle zusammen, und er hustete trocken.

»Bist du so weit?«, fragte Ulrich, der sich die Finger an der Hose abwischte und Anstalten machte, sich zu erheben. »Ich bin sicher, du kannst es kaum erwarten, deine Braut wiederzusehen«, fügte er hinzu und setzte ein steifes Lächeln auf, das bereits nach wenigen Momenten gefror.

Wenn sie noch am Leben ist, ergänzte Ortwin in Gedanken. Wie Ulrich von Ensingen selbst war auch er in den vergangenen Wochen täglich um das Haus des Werkmeisters herumgeschlichen und hatte jeden einzelnen Leichnam beäugt, bevor die Totengräber ihn mitgenommen hatten. Beinahe alle waren gestorben – mit Ausnahme der Köchin, Anna von Ensingens und Brigittas. Er hoffte inständig, dass der Herr ein Einsehen mit ihm hatte – auch wenn es in letzter Zeit schien, dass er seine Seele wohl eher dem Teufel verpfändet hatte. Er lächelte freudlos. Es wurde Zeit, dass er seine Sünden beichtete, auch wenn er nicht sicher war, dass man für ein solch gewaltiges Vergehen wie das Auslöschen eines anderen Lebens Absolution erhalten konnte.

Wenigstens waren die verdammten Pfaffen zum Schweigen verpflichtet, dachte er verdrießlich, als er es Ulrich gleichtat und sich erhob. Immer noch stank es unter dem Dach der Witwe furchterregend nach dem Blut der Geißler und allerhand ekelhaften Säften und Tinkturen, die sie – wie all die anderen Ulmer – bei einem der geschäftstüchtigen Apotheker erstanden hatte. Ortwin bedachte eines der befleckten Tücher mit einem zweifelnden Blick. Vielleicht half all das Zeug ja tatsächlich etwas, denn immerhin hatte die Pest dieses Haus bislang verschont.

»Wo bleibst du denn?«, mahnte Ulrich ihn zur Eile, und mit einem Straffen der mächtigen Schultern folgte der Hüne dem Werkmeister hinaus in den warmen Morgen. Trotz der frühen Stunde wimmelte es in den engen Gassen bereits von Händlern, Marktschreiern, Krämern und allerhand Gesindel, dem die beiden Männer geschickt auswichen. Als sie nach etwa fünfzehn Minuten zügigen Marsches endlich vor dem Schild *Zum spitzen Eisen* anlangten, war Ortwins Mund wie ausgedörrt.

Drei Männer der Stadtwache waren bereits damit beschäftigt, sowohl das rote Kreuz an der Tür als auch das gelbe Siegel zu entfernen, dessen Farbe als Symbol der Ausgestoßenen galt. Die Bretter, mit denen sämtliche Fenster im Erd- und Obergeschoss vernagelt worden waren, kamen als Nächstes an die Reihe, und sobald der ebenfalls anwesende Priester das Haus mit Weihrauch geweiht und gesegnet hatte, folgte ein Bader, der im Inneren in Harz getränkte Fackeln entzündete. Der dicke, stark riechende Rauch, der von diesen verbreitet wurde, vertrieb angeblich auch die letzten üblen Dämpfe, deren Einatmen zur Erkrankung führen konnte. Erst wenn die Fackeln heruntergebrannt waren, würden die beiden Steinmetze eintreten dürfen.

Naserümpfend verfolgte Ortwin, wie die Badergehilfen blut- und eiterverschmierte Lumpen und Verbände ins Freie schleppten, welche sie mit etwas Öl übergossen, bevor sie sie in Brand steckten. So hoch schlugen die Flammen gen Himmel, dass Ortwin einen Moment lang fürchtete, sie könnten auf das Fachwerkhaus überspringen. Allerdings sackte das Feuer schon bald darauf in sich zusammen, sodass lediglich ein klägliches Häuflein Asche und angekokelte Stoffreste übrig blieben, die der Wind zerstreute.

Nachdem Ulrich von Ensingen die Männer bezahlt hatte, holten er und Ortwin ein letztes Mal tief Luft und betraten das verräucherte Haus. Totenstille schlug ihnen entgegen. Mit einem unheimlichen Gefühl im Nacken folgte Ortwin dem Werkmeister die Treppe hinauf in den ersten Stock, in dem eine dicke Staubschicht verriet, dass schon lange niemand mehr einen Fuß auf die starken Dielenbretter gesetzt hatte. Nachdem sie einen Blick in die verwaiste Stube geworfen hatten, wandten sie sich nach links, um sich den Korridor entlang zu dem geräumigen Gemach des Meisters zu tasten. Zwar fiel ein wenig Licht durch die verglasten Scheiben der Stube, doch der Flur selbst lag mehr oder weniger im Dunkeln.

»Warum siehst du nicht dort nach?«, fragte Ulrich und zeigte auf eine Tür zu seiner Rechten. »Das ist ihr Zimmer.« Damit ließ er den Gesellen stehen und machte vor dem Eingang seiner eigenen Schlafkammer halt.

Mit dem Herz in der Kehle hob Ortwin die Hand, um anzuklopfen, doch dann überlegte er es sich anders und stieß ohne Vorwarnung die Tür auf.

Nichts. Nicht einmal das Huschen einer Maus!

Fassungslos blickte er sich in dem ebenfalls vernachlässigt wirkenden Raum um. Hatte Ulrich ihm die falsche Kammer gewiesen? Nach einem letzten Blick in die Ecken verließ er das Zimmer und wiederholte die Prozedur bei den übrigen beiden Räumen auf dieser Etage. Als er auch die Abstellkammer durchsucht hatte, machte er mit einer Verwünschung kehrt und stürmte in Ulrichs Gemach. Dort blieb er wie angewurzelt auf der Schwelle stehen, da der Anblick, der sich ihm bot, all seine Hoffnungen zu zerschmettern drohte. Die abgemagerte Gestalt, die wie tot in den Kissen des riesigen Bettes lag, verzog den Mund zu einem gespenstischen Lächeln, als sie sein Erscheinen bemerkte.

»Sie ist fort«, keuchte sie, bevor sie von einem schrecklichen Hustenanfall geschüttelt wurde. Das ehemals schöne Gesicht Anna von Ensingens war bis zur Unkenntlichkeit entstellt, und die braunen Augen waren so tief in die Höhlen gesunken, dass es schien, als blickten sie aus einem Totenschädel.

»Keine Angst«, flüsterte sie, als Ulrich wie verbrannt die Hand zurückzog, mit der er sie am Arm gepackt hatte. »Es ist nicht die Pest, nur ein Fieber.« Sie schloss die pergamentartigen Lider. »Und diese furchtbaren Schmerzen.« Diese Worte schienen ihre Kraft erschöpft zu haben, da ihr Kopf zur Seite rollte und sie weder auf Ulrichs Fragen noch auf sein sanftes Schütteln reagierte.

Wo zum Teufel war das kleine Flittchen?! Kochender Zorn stieg in Ortwin auf, als er alle Selbstbeherrschung zusammennahm, um der Gemahlin des Meisters nicht an die Kehle zu gehen. Was sollte das bedeuten? Wie konnte sie fort sein, wenn das Haus seit vierzig Tagen bewacht wurde? Er presste die Lippen zusammen, um den in ihm aufsteigenden Wutschrei zu unterdrücken. Mit einem lautlosen Fluch ballte er die Hände an den Seiten zu Fäusten und trat auf Annas Bettstatt zu.

»Wo ist sie?«, fragte er kalt und beugte sich zu der Kranken hinab. »Sagt mir, wo sie sich versteckt!«

Er wollte sie an den Schultern packen, aber Ulrich von Ensingen hielt ihn zurück. »Vergiss es«, spuckte er aus und wandte seiner Gemahlin angeekelt den Rücken zu. »Lass uns das Haus durchsuchen. Weit kann sie nicht sein.« Damit stürmte er vor Ortwin aus der Kammer und polterte die Treppen ins Untergeschoss hinab, wo er die Tür zur Küche auftrat. Wie ein Wirbelsturm fegte er an Herd und Feuerstelle vorbei in die Schlafräume der Knechte und Mägde, die direkt an die Vorratskammer anschlossen. Da er ihm dicht auf den Fersen folgte, wäre Ortwin um ein Haar mit Ulrich zusammengestoßen, als dieser abrupt haltmachte und entsetzt die Luft anhielt. In einer der verwüsteten Kammern lag die Köchin halbnackt auf dem Boden – ihr Körper übersät mit eiternden Rattenbissen. Röchelnd hob und senkte sich ihre entzündete und verkrustete Brust, während ein Speichelfaden aus ihrem Mundwinkel rann.

»Mein Gott«, murmelte Ulrich und presste sich ein Tuch auf den Mund, bevor er näher an die Frau herantrat, um ihr mit spitzen Fingern eine der Decken überzuwerfen. »Warum hat der vermaledeite Bader uns nicht gewarnt?«, fragte er angewidert und befahl: »Hol mir zwei Mönche. Ich will keine Kranken unter diesem Dach haben, wenn wir wieder einziehen.«

Ortwin stand hin und her gerissen zwischen der Erleichterung, den trotz der Zedernfackeln nach Exkrementen stinkenden Raum verlassen zu können, und dem Drang, jeden Winkel des Hauses nach Brigitta zu durchsuchen. Schließlich aber gewann der Ekel die Oberhand und er machte auf dem Absatz kehrt, um zum Barfüßerhospital zu eilen. Dort benachrichtigte er den Infirmarius, der ihm augenblicklich zwei Brüder und eine Bahre mit auf den Weg gab.

Als er mit den Mönchen zurückkehrte, sah er bereits von Weitem, dass Ulrich von Ensingen in eine Auseinandersetzung mit einem Bewaffneten verstrickt war, dessen Rock ein hässlicher, buckelnder Kater zierte.

»Verschwindet, habe ich gesagt. Es ist mir egal, wer Euer Herr ist. Sein Name bedeutet hier nichts!«, hörte Ortwin den Werkmeister toben, bevor er dem Besucher ärgerlich das Tor vor der Nase zuschlug. Dieser trat noch einige Atemzüge lang unentschlossen von einem Fuß auf den anderen, bevor er sich achselzuckend trollte.

»Was wollte der Kerl?«, fragte Ortwin, nachdem die Mönche ins Obergeschoss verschwunden waren, um zuerst Anna von Ensingen ins Hospital zu bringen.

Ulrich lachte bitter. »Der Tag steckt voller Überraschungen!«, grollte er und rieb sich mit den Handflächen über das erhitzte Gesicht. »Du wirst nicht glauben, wen er sehen wollte!«

Ortwin hob fragend die Brauen.

»Deine verehrte Braut, die offensichtlich das Weite gesucht hat!«, zischte Ulrich und ließ sich schwer auf einen Schemel fallen, bevor er wie zu sich selbst sagte: »Nichts, gar nichts, nicht einmal im Stall oder in der Badestube. Wie vom Erdboden verschluckt!«

Nur allmählich gelang es Ortwin, dem Werkmeister aus der Nase zu ziehen, dass dieser den gesamten Besitz erfolglos nach seiner Tochter durchkämmt hatte. »Weiß der Teufel, wie sie es geschafft hat«, endete er schließlich und starrte auf den gestampften Lehmboden der Halle, in den verfaulte Strohhalme eingetreten waren.

Die eisige Furcht, die Ortwin ins Mark fuhr, ließ ihm die Knie weich werden. Haltsuchend lehnte er sich an eine Wand des gemauerten Untergeschosses und dachte fieberhaft nach, während Ulrich von Ensingen sich in düsterem Brüten erging.

༄

Er musste sie finden! Das war der einzige Weg, wie er es noch schaffen konnte, das drohende Schicksal der vollkommenen Demütigung oder gar Versklavung abzuwenden. Wenn es ihm nicht gelang, sie aufzutreiben und vor den Altar zu schleifen, dann war der einzige Ausweg, aus Ulm zu fliehen. In eine andere Stadt oder ein anderes Land, in dem er vor der Gier des Geldverleihers sicher war. Ein Stöhnen fand den Weg über seine Lippen, und Ulrich hob müde den Kopf.

»Gebt mir ein Pferd und etwas Geld«, platzte Ortwin heraus. »Wenn ich sie nicht innerhalb einer Woche aufgetrieben habe, will ich verdammt sein!« Die Adern an seinem Hals traten hervor, als er sich bemühte, seine Wut zu schlucken. Ein kühler Kopf war jetzt wichtiger als alles andere, ermahnte er sich und bohrte den Blick in Ulrichs blaue, vom Aufruhr der Empfindungen getrübte Augen. Er musste den Baumeister dazu bringen, ihm soviel Geld wie möglich anzuvertrauen – dann konnte er sich aus dem Staub machen, wenn seine Suche erfolglos blieb. »Denkt nur daran, was die anderen sagen, wenn sie erfahren, dass Eure Tochter sich Euren Wünschen widersetzt!«

Dieses Argument ließ den Steinmetz die Brauen zusammenschieben. »Du hast recht«, erwiderte er schließlich mit einem Seufzen und stemmte sich in die Höhe. Ungeschickt nestelte er an seinem Gürtel und befreite einige Münzen aus der hasenledernen Geldkatze. »Tu, was du kannst«, versetzte er heiser. »Finde sie! Wenn nötig, binde sie und prügel sie vor dir her wie eine Verbrecherin«, knurrte er. »Denn etwas anderes ist sie nicht!« Mit diesen Worten wandte er sich in Richtung Hof, wo er in den Stallungen verschwand.

Als der Geselle eine halbe Stunde später eine lohfarbene Stute am Zügel durch das Tor führte, hatte er zwar die Taschen voller Schillinge aber keine Ahnung, wo er mit seiner Suche anfangen sollte. Ratlos blickte er sich einige Male um, bevor er sich in den Sattel zog und in Richtung Marktplatz davontrabte. Vielleicht wusste ihre Schwester, wo sich die kleine Dirne verkrochen hatte, dachte er hitzig und malte sich aus, wie er die Nonne dazu bringen konnte, ihm die gewünschte Auskunft zu geben. Als seine Männlichkeit sich zu Wort meldete, verzog er mürrisch das Gesicht. Wenn er Brigitta gefunden hatte, würde er sich als Allererstes das nehmen, was ihm zustand! Zwar hatte er in der Zwischenzeit das eine oder andere Mal das städtische Badehaus aufgesucht, doch den Huren dort war es nicht gelungen, ihn angemessen zu befriedigen. Er rutschte im Sattel hin und her. Wie langweilig es war, wenn sie sich ihm allzu willig hingaben!

Erregt und bange zugleich setzte er seinen Weg fort, bis schließlich das Heilig-Geist-Spital vor ihm auftauchte. Bevor er vom Rücken seines Reittieres glitt, kämpfte sich der Gedanke an die Oberfläche, der die ganze Zeit um seine Aufmerksamkeit gerungen hatte. Wer bei allen Heiligen war der Kerl mit dem Kater gewesen?!

KAPITEL 41

Burg Katzenstein, Anfang August 1368

»WAS SOLL DAS HEISSEN?« Wulf von Katzensteins Stimme überschlug sich im Zorn, und der Schlag, den er Friko von Oettingen versetzte, ließ diesem augenblicklich das Blut aus dem Mundwinkel schießen. »Dir werde ich das Lügen austreiben!« Außer sich vor Empörung über die Anschuldigungen, welche der Neffe seiner Gemahlin gegen diese vorgebracht hatte, hob er erneut die Hand, um einen weiteren Hieb mit dem Handrücken folgen zu lassen. Die Wucht des Aufpralls schleuderte Frikos Kopf zur Seite, und es hätte nicht viel gefehlt, dass er das Gleichgewicht verlor.

Voller Trotz wischte der Gezüchtigte sich mit dem Ärmel das Blut aus dem Gesicht, während er Wulf mit vorgeschobenem Kiefer die Stirn bot. »Es ist die Wahrheit«, zischte er und hob das Kinn, als Wulf erneut ausholte. Abgrundtiefer Hass loderte in den zu Schlitzen verengten Augen des Knaben, den der Stallmeister vor den Burgherrn gezerrt hatte.

Obschon er den Burschen am liebsten windelweich gedroschen hätte, ließ Wulf resigniert den Arm sinken und stemmte die Fäuste in die Hüften. »Und das soll ich dir glauben?«, presste er durch zusammengebissene Zähne hervor, da ihn die Ehrlosigkeit der Tat immer noch so in Rage brachte, dass er fürchtete, die Kontrolle über sich zu verlieren. »Ist es nicht viel eher so, dass du von deinem eigenen Vergehen ablenken willst?!«, schleuderte er dem hochgewachsenen Sechzehnjährigen entgegen, der kaltschnäuzig behauptet hatte, seine Gemahlin verkehre mit einer Hexe. Einem alten Kräuterweib, das sie angeblich vor zwei Tagen in deren Kate im Wald aufgesucht hatte, um sich einen Zaubertrank zu besorgen! Er schnaubte wütend und packte Friko am Kragen seines Hemdes. »Du bist ohne Ehre!«, tobte er und schüttelte den Bengel wie einen nassen Sack. »Nicht nur, dass du dir am Sattelzeug meines Sohnes zu schaffen machst«, donnerte er und stieß den Jungen so heftig von sich, dass dieser mit dem Rücken gegen die Wand krachte. »Du besitzt auch noch die Frechheit, deiner Strafe mit einer ungeheuerlichen Verleumdung entgehen zu wollen!« Es fiel ihm schwer, den Knappen nicht auf der Stelle an Bolko weiterzureichen, damit dieser ihm ein für alle Mal die Niedertracht und Hinterhältigkeit austrieb.

Friko schnaubte verächtlich.

Was war nur mit dieser Ausgeburt der Hölle, dass nicht einmal die Aussicht auf drakonische Maßnahmen Frikos Hochmut zu brechen vermochte?, dachte Wulf erzürnt und bohrte den Blick in den des Jungen, als dieser den Mund zu einer Erwiderung öffnete.

»An Eurer Stelle würde ich ihre Kammer durchsuchen«, fauchte Friko und zuckte nicht einmal, als Wulfs Faust ihn in den Magen traf. »Fragt sie«, keuchte der Bursche und steckte einen weiteren Schlag ein. »Sie ist eine Hexe!«

Das war zu viel für Wulf. Da er fürchtete, den Neffen seiner Gattin umzubringen, beherrschte er mühsam den Drang, ihm Glied für Glied auszureißen, stürmte zur Eingangstür der Halle und brüllte: »Bolko!«

Als der Waffenmeister nach wenigen Augenblicken die Treppen hinaufgehastet kam, befahl er diesem hart: »Bring ihm bei, was es bedeutet, die Gesetze der Ritterlichkeit zu brechen.« Der kaum wahrnehmbare Funken Furcht, der bei diesen Worten in Frikos Augen aufglomm, bereitete ihm ungeheure Befriedigung. »Halte dich auf keinen Fall zurück«, setzte er grimmig hinzu, während Bolko drohend auf den Knappen zutrat. »Wenn du mit ihm fertig bist, wirf ihn ins Angstloch. Dort kann er bleiben, bis sein Vater ihn abholt!« Damit machte er auf dem Absatz kehrt und stürmte in den ersten Stock, wo er heftig atmend die Tür hinter sich ins Schloss knallte. Wie froh er war, dem Grafen von Oettingen nicht einmal mehr einen lausigen Pfennig zu schulden! Denn ansonsten hätte er diese Laus in seinem Pelz weiterhin tolerieren müssen. Sein Brustkorb hob und senkte sich heftig, während er um Fassung rang. Sicherlich würden sich die Grafen von Oettingen beim Bischof von Augsburg über ihn beschweren, doch da dieser sich als Wulfs neuer Lehnsherr bisher herzlich wenig in seine Belange eingemischt hatte, bereitete ihm diese Tatsache wenig Kopfzerbrechen.

Er musste Gewissheit haben. Immer noch aufgewühlt beschloss er, Adelheid zur Rede zu stellen, da er sicher war, dass sie die ungeheuerliche Beschuldigung empört von sich weisen würde. Als er sich etwas beruhigt hatte, eilte er den

Gang entlang, bis er an der Tür anlangte, die in ihre Zimmerflucht führte. Bevor er es sich anders überlegen konnte, drückte er die Klinke und betrat den nach Rosenwasser und Bienenwachs duftenden Raum, an dessen Ende ein Durchgang in das Schlafgemach seiner Gemahlin führte. »Wulf!«, rief diese erstaunt aus, als sie – angelockt von dem Geräusch des einrastenden Schlosses – von nebenan ins Zimmer kam.

Wie bezaubernd sie ist!, fuhr es ihm durch den Kopf, doch als sie sich auf die Zehenspitzen stellte, um ihn mit einem Kuss zu begrüßen, wich er ihr aus und richtete sich zu seiner vollen Größe auf. Er durfte seinen Verstand nicht von ihrer Schönheit vernebeln lassen! Nicht, bevor er wusste, ob sie tatsächlich ein reines Gewissen hatte. »Meine Gemahlin«, hub er förmlich an und zwang sich, die Hände nicht auf ihre zarten, leicht geröteten Wangen zu legen, um ihre unvorstellbar weiche Haut zu streicheln.

»Was ist mit dir?«, fragte sie verwirrt und wich instinktiv einen Schritt vor ihm zurück. Der fließende Stoff ihrer senffarbenen Fucke schmiegte sich an ihre straffe Brust und umspielte ihren schlanken Körper, den Wulf am liebsten auf der Stelle von den störenden Gewändern befreit hätte.

Stattdessen stieß er heiser hervor: »Ist es wahr, dass Ihr meinem Verbot zuwidergehandelt habt und ausgeritten seid?«

Die Auswirkung, die diese Worte auf sie hatten, ließen ihn den Tag verwünschen, an dem sie geboren war. Als habe sie ein Gespenst gesehen, wich alle Farbe aus ihrem Gesicht und ihre bleichen Lippen begannen zu zittern. Dieser Abschaum von Oettinger hatte recht gehabt! Einige Momente lang stand er einfach nur da und hoffte, dass sich eine einfache Erklärung für ihre Reaktion finden würde. Doch als sie keine Anstalten machte, sich zu erklären, sondern lediglich die Hand vor den Mund schlug, löste sich seine Selbstkontrolle in Luft auf. Furchtsam zog sie den Kopf ein, als er mit einem gotteslästerlichen Fluch an ihr vorbei in das Schlafgemach stürmte und begann, ihre Truhen und Kisten zu durchwühlen.

»Wo ist es?«, donnerte er und wirbelte zu ihr herum, um sie an den Oberarmen zu packen. »Wo hast du das Teufelszeug versteckt?«

Wimmernd versuchte sie, sich aus seinem harten Griff zu befreien, doch in seinem Zorn umklammerte er sie nur noch fester. Als er die Hand hob, schloss sie die Augen, doch irgendetwas an der beinahe kindlichen Geste hielt ihn davon ab, sie zu ohrfeigen.

Einige heftige Atemzüge lang starrte er auf sie hinab, bevor er sie in eine Ecke stieß und seine Suche fortsetzte. Wie ein Unwetter brauste er durch all ihre Kammern, hob Deckel um Deckel, um zwischen Stoffen und allerlei Utensilien zu forschen, bis er schließlich erfolglos aufgab. Er wollte sich gerade zerknirscht bei ihr entschuldigen, als ihm auffiel, dass sie die Hände schützend auf ihr Gewand gepresst hatte. Sollte sie …? Er ließ den Gedanken unbeendet und schnellte auf sie zu wie ein Raubtier auf seine Beute. Drei Handgriffe benötigte er, dann zog er trotz ihrer heftigen Gegenwehr eine kleine, mit einer durchscheinenden roten Flüssigkeit gefüllte Flasche aus den Falten der Fucke.

»Der Herr sei deiner Seele gnädig«, flüsterte er entsetzt und starrte fassungslos auf den bauchigen Flakon. »Wie konntest du?«, fragte er mit vor Wut bebender Stimme, bevor er die Flasche mit solcher Wucht gegen die Wand schleuderte, dass ihr Inhalt bis in die hintersten Winkel der Kammer spritzte. Noch bevor die Flüssigkeit zu Boden geronnen war, kehrte er mit einer Verwünschung in den

Vorraum zurück und rief die Wachen. »Sucht nach einer Kate im Wald«, befahl er knapp. »Und bringt mir die Hexe, die darin haust!«

Damit entließ er die Männer und kehrte – entschlossen, das zu tun, was nötig war – zu Adelheid zurück, die ihn mit aufgerissenen Augen anblickte. Langsam, beinahe bedächtig löste er seinen Gürtel und stieß kalt hervor: »Zieh dich aus.« Als sie ihn lediglich flehend ansah, trat er ohne weitere Worte auf sie zu und zerriss den Stoff ihres Kleides. »Dreh dich um«, gebot er, und nachdem sie schluchzend gehorcht hatte, hob er den ledernen Riemen. Er musste sie bestrafen!, dachte er aufgebracht und wollte gerade den ersten Hieb führen, als sein Arm ihm unvermittelt den Dienst versagte. So bedauernswert war die zusammengesunkene, leise weinende Gestalt, dass der Gürtel schlaff zurück an seine Seite fiel und ihn ohne Vorwarnung ein solch heftiges Gefühl des Mitleides überkam, dass sich sein Herz zusammenzog. Ärgerlich über seine eigene Schwäche zwang er sich ein weiteres Mal auszuholen, doch erneut verpuffte die Wut genauso schnell, wie sie gekommen war.

Er konnte ihr nicht wehtun! Polternd fiel der Riemen zu Boden, als er hinter sie trat und die Arme um ihren zitternden Leib schlang. Ganz egal, was in einer solchen Situation von einem Ehemann erwartet wurde, um zu zeigen, dass er der Herr im Haus war, er konnte seine Gemahlin nicht züchtigen. Dieses zierliche, zerbrechliche Wesen, das er vor allen Gefahren beschützen wollte. Eher würde er in der Hölle schmoren, als ihr jemals Schmerzen zuzufügen! Hatte sie nicht lediglich versucht, einen Weg zu finden, ihn für immer an sich zu binden? Sein Mund verzog sich zu einem reumütigen Lächeln. Wenn er sie nicht so lange verschmäht hätte, wäre es niemals so weit gekommen. Gierig sog er ihre Wärme in sich auf und wiegte sie sanft hin und her, während er ihr duftendes, flachsblondes Haar mit Küssen übersäte.

»Du brauchst keinen Trank«, murmelte er und drehte sie um, um mit den Lippen die Tränen auf ihren Wangen aufzufangen. Scheu blickte sie zu ihm auf, und die Verwundbarkeit und Liebe, die er in ihren Augen lesen konnte, schnürten ihm die Kehle zu.

»Ich liebe dich so sehr«, wisperte sie und klammerte sich an ihn wie eine Ertrinkende. »Ich will nicht mehr leben, wenn du mich nicht liebst.« Ein heftiges Schluchzen raubte ihr die Stimme, und Wulf, dem ebenfalls Tränen in den Augen standen, drückte sie fester an sich.

»Ich liebe dich auch«, flüsterte er und ließ die Hände von ihrem Rücken zu ihrem Nacken wandern, den er mit Daumen und Zeigefinger liebkoste. »Ich hätte nicht gedacht, dass ich jemals wieder jemanden so sehr lieben könnte.« Er vergrub die Nase in ihren Locken und gab sich dem Gefühl der in ihm aufsteigenden Leidenschaft hin. Behutsam schob er das ruinierte Gewand über ihre Hüften und hob sie mühelos in seine Arme, um sie auf der von einem Baldachin überspannten Bettstatt abzulegen. Daraufhin schlüpfte er hastig aus den eigenen Kleidern und drängte sich neben sie, um all das Unrecht, das er ihr zugefügt hatte, wiedergutzumachen.

KAPITEL 42

Altheim, Anfang August 1368

Durchdringend hing der Klang der Sterbeglocke über den Dächern des trauernden Dorfes. Obschon der Leichnam des erstgeborenen Meiersohns noch vor Sonnenaufgang, direkt nach der Laudes, zu Grabe getragen worden war, waren beinahe alle Bewohner Altheims zusammengeströmt.

»Der Herr gebe seiner Seele Frieden und bewahre sie bis in alle Ewigkeit. Amen.«

Die ohnehin dünne Stimme des alten Dorfpfarrers ging in dem schrillen Läuten unter, und als die Helfer begannen, das Grab zuzuschaufeln, wandte Brigitta der Versammlung mit gemischten Gefühlen den Rücken zu. Einerseits hatte sie den hochfahrenden Erben des Meiers nicht besonders gut leiden können, da er in den vergangenen Wochen immer wieder versucht hatte, unter ihre Röcke zu gelangen. Doch andererseits schämte sie sich für die unpassende Erleichterung, welche die Nachricht von seinem Dahinscheiden ihr beschert hatte. Sie senkte den Kopf, als sie sich an dem hoch aufragenden Kreuz am Eingang des Gottesackers vorbeidrückte, von dem ein wundervoll geschnitzter Jesus auf die Gräber hinabschaute.

»Vergib mir, Herr«, murmelte sie und eilte weiter, um vor den anderen auf dem Hof anzukommen. Jetzt, da Thomas das Gut erben würde, bestand für ihre Schwester kein

Grund mehr zur Sorge, dachte sie, als sie den Blick über den reichen Besitz wandern ließ. Und erneut hob ihr schlechtes Gewissen sein Haupt. War es nicht eigennützig und sündig, an die Vorteile zu denken, welche aus dem Tod eines anderen Menschen entstanden?, fragte sie sich zerknirscht und schalt sich der Selbstsucht. Sollte sie nicht lieber all ihre Kraft darauf verwenden, dafür zu beten, dass die Pest sich tatsächlich ausgetobt hatte und mit dem Meiersohn einer der letzten Erkrankten der Geißel Gottes erlegen war? Sie umklammerte ihr Korallenhalsband und hastete weiter – an den Katen der Häusler vorbei, über ein abgeerntetes Kornfeld –, bis sie an der Umzäunung des Hofes anlangte. Während sie über den freien Platz vor den Ställen huschte, dachte sie an Clementines Freude, als diese festgestellt hatte, dass keine weiteren Dorfbewohner die verräterischen Zeichen der todbringenden Seuche zeigten.

»Es scheint, als ob Gott seine Gnade walten lässt«, hatte diese mit einem Strahlen verkündet, als sich das Fieber des Schmiedes als Folge einer harmlosen Sommererkältung herausgestellt hatte.

Wenn sie nur recht behielt!, hoffte Brigitta, der die Pest mehr Angst einjagte, als sie sich jemals eingestanden hätte. Um nicht über sie zu stolpern, wich sie einer der frei laufenden Ziegen aus, die ihr mürrisch hinterhermeckerte.

Bevor sie das flache Gebäude betrat, in dem die Knechte und Burschen schliefen, versicherte sie sich nervös, ob sie tatsächlich alleine war. Denn auf keinen Fall wollte sie sich von einem der raubeinigen Gesellen dabei erwischen lassen, wie sie deren Kleider stahl. Begleitet von einem flauen Gefühl in der Magengegend legte sich ein Prickeln über ihre Kopfhaut, als sie auf Zehenspitzen den sauber gefegten Gang entlangschlich und nacheinander ein halbes Dutzend Türen aufstieß.

Um zu verhindern, dass ihre Tat allzu schnell entdeckt wurde, beschränkte sie sich darauf, nur ein Kleidungsstück pro Kammer mitzunehmen, und sobald sie das Nötigste unter ihrer Schürze versteckt hatte, nahm sie die Beine in die Hand. Keinen Augenblick zu früh, wie sich herausstellte, als sie sich auf den Weg zu einer der riesigen Scheunen machte, in denen das Getreide gedroschen wurde. Denn in dem Moment, in dem sie in den dunkel gähnenden Schlund des offen stehenden Tores eintauchte, begann das Gesinde, von der Beerdigung zurück auf den Hof zu strömen.

Da eine Handvoll der Männer direkt auf Brigittas Versteck zusteuerte, schlüpfte sie mit heftig klopfendem Herzen hinter eine Reihe prall gefüllter Säcke, die Schutz vor Blicken boten, solange niemand allzu nahe kam. Hastig stopfte sie den groben Hemdrock, die enge Hose und die an einem breiten Schulterkragen befestigte, Gugel genannte Kapuze in einen der Säcke, die mit einem schwarzen Kreis gekennzeichnet waren. Wenn diese Ladung in drei Tagen ihren Weg zum Markt in Ulm antrat, würde Brigitta mit ihr reisen. Während die Knechte begannen, die Dreschflegel zu schwingen, duckte sie sich tiefer und tastete nach dem Geld in ihrer Tasche. Zehn Pfennige hatte sie in der Zeit seit ihrer Ankunft gesammelt. Das war nicht viel, doch da sie wie der Rest des Gesindes freie Kost und Logis genossen hatte, war es das Höchstmaß dessen, was sie hatte sparen können. Es würde ihr auf alle Fälle dabei helfen, nicht zu verhungern, dachte sie und schrak zusammen, als einer der Männer einen schweren Sack in ihre Richtung schleuderte.

Lange Zeit blieb ihr – wollte sie nicht entdeckt werden – nichts anderes übrig, als dem Poltern und Krachen der Flegel zu lauschen, doch als die Knechte schließlich eine Pause einlegten, spitzte sie trotz aller Bangigkeit die Ohren.

»Ich finde, es ist unrecht«, brachte einer von ihnen unter Kauen hervor, da sie offensichtlich eine Zwischenmahlzeit zu sich nahmen. »Irgendwann rächt es sich, dass er die Mönche immer wieder betrügt.« Er stieß einen kehligen Rülpser aus und kaute deutlich hörbar weiter.

Wer betrog wen? Vorsichtig, um sich nicht durch ein verdächtiges Geräusch zu verraten, schob sich Brigitta auf allen vieren ein wenig näher an die Männer heran, die sich mit dem Rücken zu ihr auf einem Strohhaufen niedergelassen hatten.

»Weshalb?«, hielt ein breitschultriger Kerl mit einem zerwühlten Blondschopf entgegen. »Es ist nicht weniger unrecht, dass sie die Abgaben kassieren, ohne sich auch nur im Geringsten um das Land und die Leute zu scheren!«, versetzte er hitzig und nahm von einem anderen einen irdenen Krug entgegen, den er an die Lippen setzte. »Solange sie die Säcke nicht durchwühlen, merken sie doch gar nicht, dass das Korn am Boden faul ist«, schnaubte er, nachdem er sich den Mund mit dem Handrücken abgewischt hatte. »Und wen scherts? Es bleibt immer noch genug für sie übrig!« Ein zustimmendes Gemurmel erhob sich, und wenngleich Brigitta gerne mehr erfahren hätte, setzten sie ihre Mahlzeit schweigend fort, bevor sie sich schließlich wieder erhoben, um mit der Arbeit fortzufahren.

Was um alles in der Welt hatten sie gemeint? Von dem belauschten Gespräch angestachelt, schob sie sich gefährlich nahe an die Knechte heran, die gerade einen der flach zusammengelegten Säcke entfalteten, um ihn mit dem von der Spreu befreiten Korn zu füllen. Ehe sie allerdings den goldgelben Weizen hineinschaufelten, fuhren sie mit den Händen in einen Bottich, der eine schwarze Masse enthielt. Diese warfen sie achtlos auf den Grund des Sackes, bevor sie ihn mit dem reifen, duftenden Korn bis kurz unter den

Rand auffüllten. Daraufhin wuchteten sie die Last auf eine grobe Balkenwaage und schöpften mit einer Schale das überschüssige Getreide wieder ab.

»Wie gut, dass das vergammelte Zeug so schwer ist«, meinte der Blonde und schulterte den Sack, um ihn zu den anderen zu bringen.

Erschrocken zog Brigitta sich wieder in ihr Versteck zurück, da sie in diesem Augenblick begriff, was den Reichtum des Meiers mehrte. Er betrog seine Käufer und die Mönche, für die er die Abgaben von den Hörigen einzog. Empörung stieg in ihr auf, als sie tastend die Hand über die grobe Sackleinwand zu ihrer Rechten wandern ließ. Auch hier schien eine beinahe zwei Hand breite Schicht des feuchten, verfaulten Korns den Boden zu bedecken. Kein Wunder, dass er reich war wie Krösus! Eine andere Empfindung gesellte sich zu ihrer Aufregung, als sie begriff, wie schwer die Entdeckung wog. Mit einem Mal schwitzend verlagerte sie das Gewicht auf die Fußballen, und das mulmige Gefühl in ihrer Magengegend, das sie bereits seit dem Aufstehen plagte, verstärkte sich. Da sie mit jedem Atemzug mehr vermeinte, ersticken zu müssen, zerrte sie an dem engen Kragen ihres Hemdkleides, während sie eine Welle glühender Pein durchzuckte. Als bohre ihr jemand die Spitze eines Dolches in den Unterleib, strahlte von dort ein greller Schmerz in alle Richtungen aus, und als ihr heftige Übelkeit in die Kehle schoss, waren Entrüstung und die Furcht, entdeckt zu werden, vergessen. Würgend kam sie auf die Beine, stolperte über einen Sack und hastete zusammengekrümmt auf den Ausgang zu. Als sie hart mit einem der Knechte zusammenstieß, wich dieser stammelnd einen Schritt vor ihr zurück und starrte ihr verdattert hinterher, während sie hinaus ins Freie torkelte. Dort sank sie kein Dutzend Schritt von der

Scheune entfernt vor einem Misthaufen auf die Knie, um sich zu übergeben. Als suchten ihre Eingeweide mit Gewalt einen Weg ins Freie, krampfte sich ihr Magen in immer schnelleren Abständen zusammen, bis sie endlich nur noch farblose Flüssigkeit zwischen Kuhdung und Pferdemist spuckte. Benommen und erhitzt ließ sie sich zurücksinken und rang um Atem, ohne auf den Kreis der Neugierigen zu achten, der sich in Windeseile um sie bildete.

»Ist es die Pest?«, tuschelten einige, während andere mutmaßten, dass sie etwas Verdorbenes gegessen haben musste. Misstrauisch und drohend zugleich schoben sich die von Brigitta belauschten Männer zu einer Mauer zusammen, die ihr unter anderen Umständen Furcht eingeflößt hätte. So allerdings wischte sie sich lediglich zitternd den Mund ab und versuchte, das Gefühl aufsteigender Panik zu verdrängen. Als nach einer scheinbaren Ewigkeit schließlich zwei kleine Hände unter ihre Achseln fuhren, nahm sie alle Kraft zusammen und hob den Blick zu Clementines Gesicht, in dem sich Sorge und etwas anderes widerspiegelten.

»Komm«, flüsterte diese und half Brigitta vorbei an den zusammengelaufenen Mägden und Knechten in die Kühle des Gesindebaus, wo sie sie in Richtung Abtritt schob. Dort angelangt drückte sie die Schwester auf den hölzernen Sitz und blickte ihr forschend in die Augen. »Seit wann blutest du nicht mehr?«

KAPITEL 43

Zwischen Ulm und Altheim, 6. August 1368

BRODELNDE WUT KOCHTE IN ORTWIN, als er aus dem Abthaus stürmte und dem Novizen, der sich um die Pferde der Besucher kümmerte, den Zügel seiner lohfarbenen Stute aus der Hand riss. Nicht nur hatte dieser bigotte alte Narr von Ordensvater ihn einen Tag warten lassen und sich heimlich nach Augsburg verdrücken wollen – wo er angeblich vom Bischof erwartet wurde. Hätte er ihm nicht Gewalt angedroht, wüsste Ortwin obendrein immer noch nicht, dass Brigittas Schwester mit ihrem Liebhaber vermutlich nach Altheim geflohen war.

»Was bildet Ihr Euch eigentlich ein?«, hatte der kahle Mönch entrüstet hervorgestoßen, als Ortwin sich einschüchternd vor ihm aufgebaut hatte. »Wer seid Ihr, dass Ihr glaubt, mir drohen zu können?! Eure Seele wird im ewigen Feuer verbrennen!«

Mit einem verächtlichen Schnauben hatte Ortwin ihn am Kragen seiner Kukulle – einem mit Goldstickereien verzierten Mantel – gepackt und ihm ins Gesicht geschleudert: »Wenn ich sie nicht bald finde, dann erwartet mich die Hölle auf Erden. Warum sollte mich Euer hohles Geschwätz von Dämonen und Fegefeuer erschrecken?«

Als er endlich erfahren hatte, was er wollte, hatte er den Abt losgelassen und war die Treppen hinab in den Hof gepoltert. Wo er einige Momente gebraucht hatte, um seinen rasenden Herzschlag und den Drang, jemanden zu erdrosseln, zu beruhigen. Mit einer unschönen Beschimpfung stieß er den Novizen zur Seite, zog sich in den Sattel und preschte – ohne auf die entsetzt beiseite springenden Brüder und Schwestern zu achten – durch das offen stehende Hoftor davon in die belebten Gassen der Stadt. Wie gut, dass er – anders als die meisten Steinmetze – schon öfter im Sattel gesessen hatte! So bereitete ihm die Stute wenigstens keine Schwierigkeiten.

Da die Sonne bereits hoch am Himmel stand, zog er den braunen Filzhut tiefer ins Gesicht und trabte auf das Herdbruckertor zu, das er nach einer halben Stunde Wartens durchquerte. Froh darüber, die Stadt verlassen zu haben, die sich für ihn in den vergangenen achtundvierzig Stunden in ein Gefängnis verwandelt hatte, folgte er einige Zeit lang der Donau, bevor er sich nach links wandte und den Anstieg zur Alb erklomm.

Für wie schlau hielt sich das kleine Flittchen?!, dachte er aufgebracht und versuchte gleichzeitig, den Gedanken an den Geldverleiher zu unterdrücken. Sicherlich hatte der ekelhafte Schacherer inzwischen Leute ausgeschickt, um nach Ortwin zu suchen, da dieser sich nicht – wie vereinbart – nach Ablauf der Quarantäne bei ihm gemeldet hatte. Er wischte die unangenehmen Überlegungen beiseite und malte sich aus, was er mit Brigitta anfangen würde, wenn er endlich Hand an sie legen konnte. Da er seinen Zorn nicht, wie geplant, an ihrer Schwester hatte auslassen können, würde es wohl noch eine Weile dauern, bis seine Bedürfnisse befriedigt werden würden, doch dann …

Ein Prickeln der Lust überzog ihn, und er zwang sich hastig, an etwas anderes zu denken, bevor es seinen Verstand vernebeln konnte. Wo sollte er anfangen zu suchen?, fragte er sich, als er unter der immer heftiger stechenden Sonne über abgeerntete Felder und bereits gepflügte Äcker ritt, auf denen Kinder und Frauen damit beschäftigt waren, Steine aus dem kargen Boden zu entfernen. Sollte sie sich, wie er vermutete, ihrer Schwester und deren Abaelardus angeschlossen haben, dann hieß das noch lange nicht, dass sie ebenfalls in Altheim Unterschlupf gesucht hatte. Er verzog den Mund zu einer harten Linie. So dumm konnte sie eigentlich nicht sein, denn sicherlich war ihr klar gewesen, dass ihr Verschwinden früher oder später entdeckt werden musste. Der immer noch in ihm kochende Zorn ließ ihn die Schenkel stärker in die Seiten der Stute pressen und die Zähne aufeinander beißen. Er würde sie finden! Ganz egal, wie lange es dauerte – er würde sie finden.

Nach etwas mehr als zwei Stunden ruhigen, wegen der Hitze beinahe gemächlichen Rittes an der alten Römerstraße entlang erreichte er das Dorf Bernstadt. Er saß an dem von einer Kastanie überschatteten Dorfbrunnen ab und betrat eine bescheidene Schenke. Nachdem er sich mit einem Krug Apfelwein, frischem Brot und etwas Hühnerfleisch gestärkt hatte, zog er Erkundigungen bei dem Wirt ein, der jedoch bedauernd den Kopf schüttelte.

»Hier gibt es keine Fremden«, teilte er Ortwin mit einem zahnlosen Lächeln mit, das nicht einmal erlosch, als sein unwirscher Gast eine Verwünschung ausstieß. »Vielleicht solltet Ihr es in Holzkirch oder Neenstetten versuchen«, schlug er beschwichtigend vor und zählte Ortwin katzbuckelnd das Wechselgeld in die Pranke, bevor er sich wieder in die Küche zurückzog.

»Ja, vielleicht sollte ich das«, murmelte Ortwin mürrisch und trat zurück in die drückende Luft, die den Geruch von Getreide, Stroh und Erde trug. Um sich vor der grellen

Sonne zu schützen, legte er die Hand an die Stirn und ließ den Blick über den flimmernden Horizont schweifen. So weit das Auge reichte, nichts als Wald, Felder und vereinzelte Gehöfte. Er schnaubte frustriert und setzte den Fuß in den Steigbügel, um seine Suche fortzusetzen. Er würde in Holzkirch anfangen und sich dann nach Osten wenden. Wenn auch in Neenstetten niemand die Dreiergruppe gesehen hatte, dann konnte er sich von dort aus auf direktem Weg nach Altheim begeben. Gesättigt und etwas zuversichtlicher folgte er noch eine Zeit lang der gepflasterten Straße, bevor ihn die Hitze dazu trieb, den Schatten des Waldrandes zu suchen. Da die Haut seiner Arme ohnehin bereits einen ungesunden Rotton aufwies, hielt er es für weniger unangenehm, den Löchern in dem ausgetrockneten Boden auszuweichen, als sich vollkommen zu verbrennen. Die namensgebende Turmspitze der Holzkirche lugte bereits durch das vertrocknete Laub, als ihn eine Bewegung, die er in seinem Augenwinkel wahrnahm, die Stute zügeln ließ.

Mit zusammengekniffenen Augen suchte er das trockene Gestrüpp am Fuße der Bäume ab. Als ein Stückchen hellen Tuches zwischen den Zweigen eines Hagebuttenbusches aufblitzte, trieb ihn die Neugier dazu, sein Reittier nach rechts zu lenken. Behutsam glitt er aus dem Sattel, befreite den Dolch an seinem Gürtel aus der Scheide und pirschte sich von hinten an die zusammengekauerte Gestalt heran, die sich raschelnd an den roten Früchten zu schaffen machte. Sollte das Glück ihm hold sein?, fragte er sich und stürzte sich ohne Vorwarnung auf das schlanke Mädchen, das mit einem spitzen Schrei einen halb gefüllten Korb fallen ließ.

Als er in ein schmutziges, von zwei weit aufgerissenen, beinahe schwarzen Augen dominiertes Gesicht blickte, durchströmte ihn für den Bruchteil eines Momentes herbe

Enttäuschung – die allerdings sofort von dem süßen Gefühl des Verlangens vertrieben wurde. Ohne Worte presste er die Hand auf den Mund des etwa dreizehnjährigen Bauernkindes, schlang den anderen Arm um seinen Hals und hob es von den Beinen. Während das dunkelblonde Mädchen wie wild um sich trat und versuchte, ihn in die Hand zu beißen, zerrte er es tiefer ins Unterholz, wo er es schließlich grob gegen einen Baum schleuderte. Weinend sackte die zierliche Magd in sich zusammen, und nachdem Ortwin sein Messer wieder verstaut hatte, packte er sie an den Haaren und zog sie zurück auf die Beine. Das Schicksal meinte es gut mit ihm!, dachte er triumphierend. Mit einem harten Ruck drehte er sie um, zwang sie auf den Boden und schob ihre Röcke nach oben. Nachdem er ihr Gesicht in den weichen Waldboden gepresst hatte, genoss er einen Augenblick lang das Gefühl der Macht, bevor er sich über sie kniete und brutal in sie eindrang. Wenngleich sie sich zuerst wand wie ein zertretener Wurm, erstarb ihr Widerstand, als ihr das trockene Moos mehr und mehr die Luft nahm. Kaum hatte ihr Peiniger sich mit einem unterdrückten Stöhnen in sie ergossen, zog er sich aus ihr zurück und blickte auf den gebrochenen Körper hinab, der wie weggeworfen regungslos am Boden lag. Als er die milchweißen, noch kindlichen Schenkel ein letztes Mal mit einem lustvollen Blick bedachte, fiel ihm auf, dass diese von unzähligen, teils entzündeten, teils bereits verschorften Flohbissen übersät waren. Da das inzwischen leise schluchzende Mädchen jedoch seinen Zweck erfüllt hatte, befestigte er den Latz an seiner Hose und wandte sich achselzuckend ab. Ohne sie weiterer Aufmerksamkeit zu würdigen, machte er pfeifend kehrt, schlenderte über den federnd unter ihm nachgebenden Waldboden und fing seine Stute ein, die in der Nähe eines beinahe ausgetrockneten Rinnsales gemächlich Gras zupfte.

Nachdem er erneut aufgesessen war, trabte er vergnügt in das nächste Dorf, das er bereits eine halbe Stunde später wieder verließ, um seine Suche fortzusetzen. Als ihm einige Meilen weiter drei alte Holzweiber seine Frage mit einer aufgeregten Geschichte beantworten wollten, war er bereits kurz davor, sie mit einem abfälligen Schnauben stehen zu lassen, als die Worte der Anführerin des Kleeblattes ihn aufhorchen ließen. »Aus der Stadt haben sie die Lepra hierhergeschleppt«, stieß sie kratzig hervor und rümpfte die Nase. »Und die Pest.« Ihre Stimme bebte vor Empörung. »Es ist nicht gut, in der Stadt zu leben, bei all den Sündern«, plapperte sie weiter, doch Ortwin hörte ihr bereits nicht mehr zu. »In welche Richtung sind sie gegangen?«, drängte er ungeduldig und schob warnend die Brauen zusammen, als die Alte weiterbrabbelte. »Sag schon!«, herrschte er sie an und machte Anstalten abzusitzen, was eine der anderen Frauen dazu veranlasste, nach Norden zu deuten.

»Dorthin«, sagte sie und wich angstvoll zurück, als Ortwin unter ungläubigem Kopfschütteln mit der Zunge schnalzte. Sollte die Kleine tatsächlich so dumm sein?, sinnierte er und lachte in sich hinein. Nur um Haaresbreite gelang es den Holzsammlerinnen, den gefährlichen Hufen auszuweichen, als er die Stute auf die sich am Horizont abzeichnende, bewaldete Erhebung zutrieb, hinter der er das Dorf Altheim vermutete. Zwar schoben sich nach der lastenden Hitze des Tages schnell in die Höhe schießende Wolkenberge zusammen, doch der Tatendrang und das satte Gefühl in seiner Lendengegend machten Ortwin leichtsinnig. Je näher der von Wiesen, Äckern und Feldern umgebene Flecken rückte, desto heftiger klopfte sein Herz, doch die Vorfreude hatte gerade ihren Höhepunkt erreicht, als ein von einem Blitz begleiteter rollender Donner sein Pferd wiehernd durchgehen ließ.

Angestrengt darauf bedacht, die Steigbügel nicht zu verlieren, kämpfte er um Halt, doch als dem ersten Donnerschlag ein zweiter folgte, stieg die Stute auf die Hinterbeine und warf ihren Reiter ab. Der Aufprall auf dem steinigen Boden sandte brennenden Schmerz in Ortwins Glieder, und noch bevor es ihm gelang, sich auf die Knie zu stemmen, war das Tier bereits über das freie Feld davongestoben.

»Himmel, Arsch und Zwirn!«, wetterte er erbost und klopfte sich den Staub aus der Hose, ehe er die knackenden Schultern kreisen ließ. Vor sich hin schimpfend humpelte er der Stute einige Schritte hinterher, bevor er die Verfolgung aufgab und seine Einfältigkeit verwünschte. Vermutlich würde er das Biest nie wiedersehen! Warum hatte er die Zügel nicht fester gehalten?, schalt er sich und zog den Kopf ein, als ein sintflutartiger Regen einsetzte. Auch das noch! Dieser Sommer war wirklich das Letzte, dachte er grimmig, zog die Kapuze über den Schopf und eilte mit schmerzverzerrtem Gesicht auf eine halb verfallene Kate zu, die hinter einem Wall aus hüfthohen Brennnesseln kaum zu sehen war.

Nass wie ein Hund stieß er, ohne anzuklopfen, die Tür auf und duckte sich in den nach Ruß und Schimmel stinkenden Raum. Einige Momente war die in der Mitte prangende Feuerstelle alles, was er wahrnahm, doch es dauerte nicht lange, bis er erkannte, dass die Behausung schon vor langer Zeit verlassen worden war. Fette Spinnenweben fraßen die Konturen der Balken, die an einigen Stellen gefährlich morsch wirkten. Während sich das Gewitter über ihm in unheimlicher Geschwindigkeit verstärkte, schleuderte

Ortwin mürrisch sein Bündel in eine Ecke und ließ sich auf den mit fauligen Strohhalmen bedeckten Boden fallen. So viel zu dem Plan, noch heute in Altheim anzukommen!, grollte er und kramte in seiner Tasche nach Feuerstein, Schlageisen und Zunder. Wenn er schon die Nacht in diesem Bau verbringen musste, dann nicht ohne ein Feuer. Denn soviel war dem Toben der Elemente zu entnehmen: vor Einbruch der Nacht würde es ganz gewiss nicht abflauen.

KAPITEL 44

Burg Katzenstein, 7. August 1368

»Wenn Ihr keine Beweise habt, solltet Ihr von solchen Beschuldigungen absehen«, stieß Wulf von Katzenstein mühsam beherrscht hervor und funkelte den Grafen Ludwig von Oettingen kampfeslustig an. »Ihr habt es doch gehört. Weit und breit keine Spur von einer Hexe! Und eine verlassene Kate irgendwo im Wald belegt gar nichts.« Er lächelte kalt. »Ohnehin, wer sollte den im Ärger vorgebrachten Lügen eines Knappen glauben, der offensichtlich keinen Funken Ehre im Leib hat?!«

Dieser Hieb saß. Die Anstrengung, die es den Grafen kostete, Wulf nicht den eisernen Handschuh vor die Füße zu schleudern, ließ sein schmales Gesicht zu einer Maske gefrieren. »Wenn sie nicht meine Schwester wäre«, presste er schließlich zwischen zusammengebissenen Zähnen hervor und gab seinem Sohn Friko mit einer Kopfbewegung zu verstehen, aufzusitzen, »dann würde ich auf einem Gottesurteil bestehen!« Seine grauen Augen funkelten gefährlich, als er hinzusetzte: »Aber seid versichert, dass ich jeden Tag dafür beten werde, dass Ihr die Rechnung bezahlen müsst, die Ihr dem Teufel schuldig seid!«

Damit schwang auch er sich in den Sattel seines Reittieres, wendete den Hengst mit einem harten Tritt in die Flanken und preschte – ohne die hinter Wulf zurückgewichene Adelheid eines weiteren Blickes zu würdigen – durch den Torbogen davon.

»Dem Herrn sei Dank«, murmelte die zierliche junge Frau, als auch Frikos Schopf von dem Abhang verschluckt worden war. Ihr herzförmiges Gesicht war so fahl, dass es wirkte, als sei es aus Wachs gearbeitet, und auch in den wasserblauen Augen waren deutlich die Befürchtungen zu lesen, die ihr auf der Seele gebrannt hatten.

Wulf schnaubte verächtlich und drückte beruhigend die kalte Hand, die sie in seine Pranke schob. »Er sollte lieber beten, dass diese Ausgeburt der Hölle ihn nicht im Schlaf erschlägt, um ihr Erbe früher anzutreten«, stieß er abfällig hervor und legte den Arm um Adelheids Schultern, die immer noch leicht bebten. »Hab keine Angst«, sagte er beschwichtigend und führte sie die Treppen zur Halle hinauf, die zu dieser Tageszeit verlassen dalag. »Hunde, die bellen, beißen nicht.« Damit hauchte er ihr einen Kuss auf die Stirn und machte Anstalten, sich von ihr abzuwenden, doch sie hielt ihn mit einem sanften Griff zurück.

»Ich liebe dich«, flüsterte sie und blinzelte, um die in ihren Augen schwimmenden Tränen zu vertreiben.

Gerührt und besitzergreifend zugleich beugte Wulf sich zu ihr hinab, umschlang ihren zierlichen Körper und presste seine Wange in ihr weiches, duftendes Haar. »Ich werde niemals zulassen, dass dir jemand ein Leid zufügt, Liebste«, erwiderte er ernst und setzte nach einigen Atemzügen hinzu: »Aber jetzt solltest du den Rat der Hebamme befolgen und dich ausruhen.«

Nachdem ihre schmale Gestalt in der Tür verschwunden war, stieß er einen erleichterten Seufzer aus und machte sich auf den Weg zu den vor der Burgmauer gelegenen Koppeln, wo sein Sohn ihn sicher bereits erwartete. Zwar hatte der Ritter nicht wirklich befürchtet, dass Ludwig von Oettingen ihm oder seiner Gemahlin gefährlich werden würde, doch wer konnte schon die Rachegelüste eines gedemütigten Vaters einschätzen? Und wenn der Graf seine Drohung wahr gemacht und Adelheid bei der Geistlichkeit angezeigt hätte, dann hätten sich die Dinge in eine Richtung entwickeln können, die Wulf sich nicht einmal ausmalen wollte. Mit einem leisen Brummen vertrieb er die unangenehmen Gedanken und lenkte seine Aufmerksamkeit auf die vor ihm liegende Aufgabe. Da er mit Freude von Bolko vernommen hatte, dass der Junge seinem neuen Namen allmählich alle Ehre machte, hatte er beschlossen, ihn an diesem wunderbaren Sommertag in einige Geheimnisse der Pferdezucht einzuweihen. Weshalb er seinem Sohn befohlen hatte, Während des Nachmittages einige der Vollblüter auf den Reitplatz zu bewegen und danach auf der Weide auf ihn zu warten.

Mit zunehmend federnden Schritten überquerte er den Hof, eilte den Anstieg zu den Koppeln hinauf und kletterte leichtfüßig über den hölzernen Zaun, der das Areal umfing. Beinahe übermütig schlug er nach einem torkelnden Zitronenfalter, der ihm allerdings geschickt auswich. Er musste endlich wieder anfangen, das Leben in vollen Zügen zu genießen. Jetzt, wo seine Gattin wieder ein Kind von ihm in sich trug, würde sich auch alles andere zum Guten wenden! Wenn seine Glückssträhne anhielt, würden schon bald Fröhlichkeit und Zufriedenheit unter seinem Dach herrschen. Lachend tätschelte er einer der trächtigen Araberstuten den Hals, als diese ihn mit einem fordernden Schnauben um einen Leckerbissen anbettelte.

»Später«, versprach er, verabschiedete sich mit einem liebevollen Klaps auf ihre Kruppe und steuerte auf das entgegengesetzte Ende der Koppel zu, wo sein Sohn mit einem der frechen Einjährigen herumtollte. »Er ist prachtvoll, nicht?«, fragte er und schmunzelte, als er die beinahe kindliche Freude auf den sonst so ernsten Zügen des jungen Mannes erblickte.

»Ja«, erwiderte dieser und steckte dem jungen Hengst eine weitere Mohrrübe zu. »Jetzt reicht es aber.« Mit der Andeutung eines Lächelns schob er das ungestüme Jungtier von sich und klopfte sich die Hände an den erdfarbenen Hosen ab. Die breiten Schultern bedeckte ein einfaches Hemd, das an einigen Stellen Grasflecken aufwies. Während er sich zu seiner vollen Größe aufrichtete, verdunkelten sich die bernsteinfarbenen Augen, und der düstere Ausdruck kehrte auf das braun gebrannte Gesicht zurück. Der von zwei Grübchen eingerahmte Mund verhärtete sich unmerklich, als Wulf einen heimlichen Blick über die Schulter seines Vaters nach Süden schickte.

Er ist nervös, schoss es Wulf von Katzenstein durch den Kopf, der die Zeichen so deutlich lesen konnte, als habe sein Sohn die Gedanken, die ihn bedrückten, laut ausgesprochen. Wie viel Kraft es ihn kosten musste, tatenlos zu warten, bis der Bote mit der jungen Frau aus Ulm zurückkehrte! Er verkniff sich die aufmunternden Worte, die ihm auf der Zunge lagen. Aus eigener Erfahrung wusste er nur zu genau, wie erniedrigend es war, wenn trotz aller Anstrengungen die so mühsam verborgenen Ängste und Nöte für andere deutlich zu sehen waren. Stattdessen drosch er seinem Sprössling derb auf den Rücken und deutete auf eine zweite, kleinere Koppel, auf der sich ein halbes Dutzend schneeweißer Araberstuten drängte.

»Komm. Es gibt viele Dinge, die man bei der Zucht beachten muss«, sagte er und stakste durch das an dieser Stelle kniehohe Gras, das trocken raschelte. Behände öffnete er das Koppeltor, das im nächsten Frühjahr einen neuen Anstrich benötigen würde, und beobachtete Wulf aus dem Augenwinkel.

Als spüre er die verhohlene Betrachtung seines Vaters, ließ Wulf wie verbrannt die Hand sinken, mit der er sich durch den pechschwarzen Schopf gefahren war. Einzig das leichte Vibrieren seiner Nasenflügel verriet die Anspannung, unter der er stand, doch ansonsten zeigte seine versteinerte Miene keinerlei Gefühlsregung.

Bei den Stuten angekommen, griff der Katzensteiner – fest entschlossen vorzugeben, dass ihm die gedrückte Stimmung nicht auffiel – nach dem Halfter einer Dreijährigen, öffnete ihr Maul und wies auf die gleichmäßigen Zähne. »Einer der wesentlichsten Faktoren ist das Alter. Der Spruch, dass man einem geschenkten Gaul nicht ins Maul sieht, beinhaltet viel mehr als bloße Höflichkeit«, scherzte er lahm, wurde jedoch sofort wieder ernst. »Je älter das Tier, desto länger und vorstehender die Zähne«, belehrte er den jungen Mann, der den Kopf schräg gelegt hatte, um bis in den Rachen zu sehen. »Wenn dir jemand einen Gaul andrehen will, dessen Schneidezähne bereits fast waagerecht sind, dann weißt du, dass du einen Betrüger vor dir hast. So ein Tier taugt nur noch dazu, verwurstet zu werden.« Er wies auf die Backenzähne. »Das Zermahlen des Futters schleift den Zahn ab. Auch daran kann man das Alter erkennen.« Er ließ den Kopf der Stute los, den diese umgehend unwillig schüttelte, und führte Wulf zu einer Dreiergruppe vollendet schöner Jungtiere.

»Diese drei werden im nächsten Frühsommer gedeckt«, erklärte er und streichelte das kurze Fell zwischen den Augen des ihm am nächsten grasenden Tieres. »Das Wichtigste ist, darauf zu achten, dass die Blutführung nicht zu eng wird.« Als er Wulfs fragende Miene bemerkte, erläuterte er weiter: »Man achtet immer darauf, die Tiere mit den besten Eigenschaften miteinander zu kreuzen. Allerdings kann es zu Krankheiten und Missbildungen kommen, wenn zu wenig frisches Blut in die Linie kommt.«

Da sein Sohn nickte, fuhr er fort. »Die Tragzeit beträgt zwischen 330 und 345 Tagen, weshalb meist im Frühsommer gedeckt wird, damit die Fohlen nicht im Winter zur Welt kommen.«

»Woher weiß man, welches der beste Hengst für die Zucht ist?«

Die Frage überraschte den Ritter, da sie von echtem Interesse zeugte. »Wuchs, Kraft, Schnelligkeit, das sind alles Faktoren, die in Betracht gezogen werden müssen«, erklärte er. »Und dann darf man den Charakter des Tieres nicht vernachlässigen.« Er wies auf einen einzeln auf einer Weide grasenden Rapphengst. »Dieser dort zum Beispiel ist hinterhältig und böswillig. Wenn du mit ihm eine neue Zucht aufbauen wolltest, könntest du dein Geld genauso gut verschenken.«

Sein Zeigefinger wanderte weiter zu einem überdachten Unterstand zu ihrer Linken, wo eine Handvoll stämmiger Kaltblüter in stoischer Ruhe die Mäuler in einem Futtertrog vergraben hatte. »So wie es aussieht, wird es immer wichtiger, sich nicht nur auf Vollblüter zu konzentrieren.« Er lächelte schief und hob die Achseln, wie um sich für diesen Wandel zu entschuldigen. »Alles auf eine Pferdeart zu setzen, ist unklug«, setzte er trocken hinzu und zog Wulf auf die behäbigen Schlachtrösser zu.

Sie hatten gerade die Füße auf die unterste Latte des Koppelzaunes gesetzt, um auch die Kaltblüter aus der Nähe in Augenschein zu nehmen, als von der Straße her Hufgeklapper erklang.

Der Kopf des jungen Mannes schoss herum, als habe er das Surren eines Pfeiles vernommen. Im Bruchteil eines Augenblicks versteifte sich sein Körper, und als sich die bereits tief stehende Sonne im Helm des auf die Burg zutrabenden Reiters fing, ließ er seinen Vater ohne Vorwarnung stehen.

Kopfschüttelnd verfolgte Wulf von Katzenstein, wie sein Sohn über die eigenen Füße stolperte, sich fing und mit unvermindertem Tempo auf den Boten zuflog, dessen Silhouette sich beinahe dramatisch von dem inzwischen feurigen Himmel abhob. Mit leerem Sattel trottete das zweite Reittier am langen Zügel neben ihm her, und als der Ritter begriff, was diese Tatsache zu bedeuten hatte, wurde bereits ein verzweifelter Schrei von den Mauern der Burg zurückgeworfen. So viel Qual lag in dem lang gezogenen, gutturalen Laut, dass Wulf die Nackenhaare zu Berge standen. Die Erkenntnis bereitete ihm nachgerade körperliches Unbehagen: Sein Mann war ohne das Mädchen zurückgekommen! Wider Willen erfüllte ihn ein solch tief empfundenes Mitgefühl, dass er sich erst nach einigen Atemzügen dazu zwingen konnte, sein Herz wieder zu verhärten. Ein Ritter stellte seine Schwäche nicht in aller Öffentlichkeit zur Schau – das würde der Bursche begreifen müssen, sonst sah es düster aus für seine Zukunft!

Mit einem resignierten Seufzen presste der Katzensteiner die Lippen aufeinander, wandte den Pferden den Rücken und schritt betont ruhig auf die beiden jungen Männer zu, die kurz davor schienen, ein Handgemenge zu beginnen.

»Das glaube ich nicht!«, stieß der heftig atmende Wulf hervor, an dessen geballten Fäusten die Knöchel weiß hervortraten. »Ihr lügt! Ihr wollt mir nur nicht sagen, dass sie tot ist!« Seine Stimme erstickte in einem Schluchzen.

»Nein«, erwiderte der Bote hitzig und warf dem Katzensteiner einen Hilfe suchenden Blick zu. »Ihr Vater hat behauptet, sie sei nicht im Haus, und er wüsste auch nicht, wohin sie verschwunden ist«, versetzte er an den Burgherrn gewandt, der seinen Sprössling mit einem strengen Blick bedachte. »Und wenn Ihr sein Gesicht gesehen hättet, hättet Ihr ihm auch geglaubt.« Er fuhr sich mit dem Handballen über die verschwitzte Stirn und schob das verklebte Haar zurück unter den Helm. »Ich würde meine Hand dafür ins Feuer legen«, fügte er mit leisem Bedauern hinzu. Offenbar sah er dem jungen Mann die Beleidigungen nach.

»Ihr müsst hungrig sein«, bemerkte der Ritter schließlich freundlich und nickte dem Boten zu, der sich sichtbar erleichtert trollte. An Wulf gerichtet, sagte er ruhig: »Selbstmitleid steht einem Kämpfer nicht gut zu Gesicht!«

Kein Wimpernzucken verriet, dass dieser ihn gehört hatte. Anstatt eine Reaktion auf die Worte seines Vaters zu zeigen, starrte er lediglich in Richtung Härtsfeldsee, in dem sich glitzernd das Licht der untergehenden Sonne brach.

Irgendwo im Inneren des Katzensteiners riss ein Faden. »Wer sagt denn, dass sie nicht mehr am Leben ist?«, brauste er auf, packte den kalkweißen Wulf hart an den Schultern und bohrte den Blick in die feucht glänzenden Augen. »Vielleicht ist sie entkommen und bei Verwandten untergeschlüpft«, spann er den Gedanken weiter, und als ein kaum wahrnehmbarer Hoffnungsschimmer über das Gesicht des jungen Mannes huschte, schüttelte er diesen leicht. »Oder sie ist mit einem anderen durchgebrannt.« Dieser Schlag unter die Gürtellinie zeigte den erwünschten Erfolg, da mit einem Mal der niedergetrampelte Kampfgeist zurückzukehren schien.

Mit einem wütenden Laut streifte Wulf die Hände seines Vaters ab, zog die Brauen zusammen und spuckte empört aus: »Das würde sie niemals tun!«

Amüsiert von der Heftigkeit und Ungeschliffenheit der Empfindungen schürzte Wulf von Katzenstein die Lippen, und bevor er richtig darüber nachgedacht hatte, überraschte er sich selbst mit einem Vorschlag: »Wenn du dir dessen so sicher bist, dann geh und suche sie.«

Ein Blitz aus heiterem Himmel hätte keinen größeren Eindruck hinterlassen können. Nachdem das Feuer des Eifers zuerst aus der Miene des jungen Mannes wich, kehrte es in zwei hektischen roten Flecken auf seine Wangenknochen zurück, und er rieb die Handflächen über das erhitzte Gesicht. »Was ... was ist mit dem Eid?«, stammelte er schließlich sichtlich durcheinander, doch Wulf von Katzenstein winkte wegwerfend ab. »Vergiss den Eid. Die Quarantäne ist abgelaufen.«

Wulfs Hände öffneten und schlossen sich, als wollten sie

etwas Unsichtbares greifen, während an seiner Schläfe eine Ader zu pochen begann.

»Wenn sie noch lebt und du sie ausfindig machen kannst, dann bring sie hierher«, fuhr der Ritter ruhig fort und betrachtete seinen Sohn forschend. »Aber vergiss nie, dass es auch in der Trauer die oberste Pflicht eines Ritters ist, Maß zu halten.« Er ignorierte die kleine Stimme in seinem Inneren, die ihm einflüsterte, dass er selbst kein besonders gutes Beispiel in dieser Hinsicht darstellte. Was nützte es, die eigenen Unzulänglichkeiten an die große Glocke zu hängen? War es nicht sinn- und auch verantwortungsvoller, anderen dabei zu helfen, die gleichen Fehler zu vermeiden?

Sein Herz schmerzte, als der junge Mann endlich den Blick hob und er die Entschlossenheit in seinen Zügen las. So viel bedingungslose Liebe lag in den Augen, die denen seiner Mutter so sehr ähnelten, dass es dem Katzensteiner einen Stich versetzte. Eigentlich hatte er ihm lapidar vor die Füße werfen wollen, dass das Strohfeuer, das in ihm brannte, bald erlöschen würde; dass er das Mädchen vergessen und in den Armen einer anderen Trost und Erfüllung finden würde. Doch im allerletzten Moment hatte er sich an die Tiefe des Gefühls erinnert, das ihn mit Katharina von Helfenstein verbunden hatte. Er hatte sich geschworen, eher die Frucht dieser Liebe für immer zu verlieren, als sich zu benehmen wie Ulrich von Württemberg. Denn wenn er seinen Sohn davon abhielt, den Verbleib seiner Geliebten ausfindig zu machen, würde dieser ihn für den Rest seines Lebens hassen, so wie Wulf den Grafen Ulrich gehasst hatte. Die Regungen, die in diesem Augenblick in ihm Widerstreit hielten, raubten ihm die Luft zum Atmen, und es hätte nicht viel gefehlt, dass er es dem Jüngeren gleichgetan und die Kontrolle verloren hätte. Was er für diesen lange verloren geglaubten Sohn empfand, war so vielschichtig und gewaltig, dass allein der Gedanke daran, ihn ziehen zu lassen und der Gefahr einer erneuten Gefangennahme auszusetzen, ihm grauenvolle Furcht bereitete. Wenn Eberhard von Württemberg ihn ein weiteres Mal zu fassen bekam, würde es keine Rettung mehr geben! Diese Tatsache hing wie ein Damoklesschwert über ihnen, auch wenn weder er noch Wulf sie ansprachen. Das Gefühl der Machtlosigkeit, das ihn auf dem Pferdemarkt betäubt hatte, drohte erneut, ihn zu übermannen, doch im letzten Moment gewann sein Trotz die Oberhand. Immerhin lag Ulm nahe der Grenze der Grafschaft, wohingegen Eberhards Residenz sich in Stuttgart befand! Auch hatte der Graf mit dem unterzeichneten Dokument das erhalten, was er wollte; warum sollte er dann noch Interesse an dem Bastard seiner Schwester haben?

Er stieß die Luft aus, die er unwillkürlich angehalten hatte. »Ich werde Anweisungen geben, dass du morgen bei Tagesanbruch aufbrechen kannst«, murmelte er gepresst und fragte sich, welcher Teufel ihn geritten hatte, den Vorschlag zu machen, nach der Kleinen zu suchen.

Nachdem sie sich noch einige Herzschläge lang schweigend gemustert hatten, gewannen beide ihre Fassung zurück, und während die Dämmerung allmählich die Farben der Landschaft verblassen ließ, steuerten sie Schulter an Schulter auf die Zugbrücke zu. Vor Betreten des Burghofes rückten Vater und Sohn beinahe gleichzeitig dieselbe ausdruckslose Maske zurecht, die signalisierte, dass sie wieder Herr der Lage waren.

KAPITEL 45

Burg Katzenstein, 8. August 1368

AM NÄCHSTEN MORGEN war Wulf bereits vor dem ersten Hahnenschrei auf den Beinen. Aufgewühlt, voller Hoffnung und zugleich bange, hatte er die Nacht schlaflos verbracht und all die Knoten in seinem Verstand gelöst, die ihm so lange Zeit Kopfzerbrechen bereitet hatten. Nachdem allmählich die Lähmung von ihm abgefallen war, die der Schrecken ihm bereitet hatte, war es ihm auf dem unbequemen Strohlager endlich gelungen, wieder einen klaren Gedanken zu fassen. Er hatte sämtliche Möglichkeiten im Geist durchgespielt. Wenngleich er den Drang aufzubrechen zuerst einzig auf die Furcht um Brigittas Wohlergehen geschoben hatte, war ihm im Laufe der langen, durchgrübelten Nacht etwas klar geworden. Es war viel mehr, das ihn dazu trieb, die Burg seines Vaters wohl für immer zu verlassen.

Die Tatsache, dass der Bote seine Geliebte nicht vorgefunden hatte, musste bedeuten, dass sie sich in Sicherheit gebracht hatte – denn sie war nicht nur wunderschön, sondern auch klug und mutig. Sie konnte nicht tot sein! Oft hatte er sich während der vergangenen Wochen eingeredet, dass er es gespürt hätte, wenn ihr etwas zugestoßen wäre, und diese Überzeugung hatte sich in der Nacht verstärkt. Tief am Grund seiner Seele wusste er, dass sie wohlauf war und darauf wartete, dass er sie fand. Allerdings hatte sich zu diesem Gefühl der Gewissheit schon bald eine nagende

Angst gesellt, die er zuerst nicht hatte festmachen können – bis ihm klar geworden war, dass auch Ortwin nach ihr suchen musste.

Während die Schmetterlinge in seinem Bauch einen tollen Tanz vollführten, kramte Wulf mucksmäuschenstill seine Siebensachen zusammen, schnürte sein Bündel und schlich sich aus dem Knappenquartier, in dem die übrigen Burschen noch tief und fest schliefen. Zwar hätte er sich gerne von ihnen verabschiedet, doch der Umstand, dass er sie vermutlich nie wiedersehen würde, berührte ihn weniger, als er gedacht hatte.

Dies war einer der vielen Gründe, warum er voraussichtlich nicht nach Katzenstein zurückkehren würde – ganz egal, was geschah: Zwar hatten Bruno von Hürben und Johann von Falkenstein ihn gutmütig in ihre Mitte aufgenommen, doch würde er niemals das Gefühl haben, wirklich zu ihnen zu gehören. Anders als Hans, Lutz und all die anderen Steinmetzgesellen, mit denen er in Ulm Freundschaft geschlossen hatte, behandelten ihn die Knaben trotz aller Freundlichkeit stets mit einem Hauch von Reserviertheit und Herablassung, die selbst die herausragendsten Leistungen auf dem Kampfplatz nicht auszulöschen vermochten. Er gehörte nicht hierher. Diese Erkenntnis hatte sich mit kristallener Klarheit aus all der Verwirrung herausgeschält. Weder würde er jemals die hochtrabenden ritterlichen Werte verinnerlichen, die Bolko ihnen einzutrichtern versuchte, noch dieselbe losgelöste Freude an all den Waffen- und Turnierübungen empfinden wie die anderen Knappen. Seine Leidenschaft galt dem Erschaffen von Kunstwerken, dem Schöpfen und Bauen, nicht dem Zerstören, Töten und Erschlagen.

Mit einem letzten Blick auf die kleine Kammer setzte er den Fuß auf die Leiter und stieg hinab in den Hof. Der Himmel über dem hoch aufragenden Katzenturm zeigte bereits die ersten silbernen Streifen der Morgendämmerung, und ein leichter Nebel verwischte die Konturen der Burg. Einige Zeit lang betrachtete er das prächtige Bauwerk mit leisem Bedauern, doch dann schüttelte er die Reue ab und steuerte auf Zehenspitzen auf das Doppeltor zu seiner Rechten zu. Die wenige Zeit, die ihm noch blieb, bevor die Festung zum Leben erwachte, wollte er in aller Ruhe im Stall zubringen – dem einzigen Ort, an dem er sich fast wie zu Hause gefühlt hatte. Vorsichtig, um die Tiere nicht zu stören, huschte er die Sattelgasse entlang zur Box seines Wallachs, schob den Riegel zurück und schlüpfte hinein. Der Falbe, der bereits gelangweilt an dem Heu in seiner Krippe zupfte, hob neugierig den Kopf und schmiegte sich an Wulfs Schulter, als dieser ihm den Hals tätschelte.

Der vertraute Duft von Stroh und Pferdedung stieg ihm in die Nase, als er sich in einer Ecke der Box auf den Boden gleiten ließ, die Beine an die Brust zog und den warmen Atem des Falben in seinem Nacken genoss. Wenn die Welt für ihn doch nur genauso einfach wäre wie für ein Pferd, dachte er sehnsüchtig und stützte das Kinn auf die Knie. Die Entscheidung, die er in der Nacht getroffen hatte, tat so entsetzlich weh, dass er sie ein ums andere Mal verworfen hatte, bevor er die Unausweichlichkeit dieses Schrittes begriffen hatte. Er konnte sich nicht für den Rest seiner Tage vor Eberhard von Württemberg verstecken, denn – und auch diese Erkenntnis hatte schon lange in ihm geschlummert – dadurch wurde die Burg zu nichts anderem als einem geräumigeren Gefängnis.

Mit einem traurigen Lächeln schob er das Maul des Wallachs zur Seite, als dieser ihn spielerisch stupste. Er würde den Vater, den er gerade erst gefunden hatte, wieder verlassen, um zu seinem alten Leben zurückzukehren. Eine Träne rollte seine Wange hinab und tropfte ins Stroh. Wieso konnten die Dinge nicht anders sein?, grübelte er verbittert und wischte sich mit dem Ärmel über die Augen. Warum hatten sie sich nicht unter anderen Umständen treffen und kennenlernen können? Vielleicht hätte er dann die Liebe empfinden können, die er seinem leiblichen Vater eigentlich schuldete. Er machte sich mit einem Seufzer Luft. Ganz egal, wie sehr er versucht hatte, dem Ritter den Platz in seinem Herzen zu geben, der ihm zustand, es war nicht möglich gewesen.

Zwar empfand er eine beinahe unheimliche Bindung zu dem aufbrausenden Katzensteiner, in dem er so viele seiner eigenen Charaktereigenschaften wiedererkannte; doch gehörte die Stelle, die dieser eigentlich hätte einnehmen müssen, bereits einem anderen. Bertram Steinhauers Gesicht schien ihm ermutigend aus der Dunkelheit zuzulächeln.

»Egal wie schwer es ist, gib niemals auf«, hörte er den Steinmetz sagen und biss sich auf die Unterlippe, um diese davon abzuhalten zu zittern. Straßburg war sein Zuhause, und er würde immer ein Steinmetz bleiben. Kein Lanzenstechen oder Schwertkampf barg für ihn die gleiche Faszination wie die glatte, schimmernde Oberfläche eines noch unbearbeiteten Steins. Kein komplizierter Tanzschritt würde ihn jemals so mit Begeisterung erfüllen wie das organische Zusammenspiel unterschiedlicher Werkstoffe.

Bevor er sich weiter in seinen Gedanken verstricken konnte, ließ ihn das Wiehern eines der Vollblüter aufschrecken. Ehe das mulmige Gefühl in seiner Magengegend ihm die Knie in Butter verwandeln konnte, stemmte er sich auf die Beine und griff nach dem Halfter seines Falben. Es war Zeit aufzubrechen. Egal wie sehr er dem Abschied aus dem Weg gehen wollte, es nutzte nichts, das Unvermeidliche aufzuschieben. Mit entschlossen aufeinandergepressten Lippen führte er das prachtvolle Tier in die Sattelgasse, legte ihm Zügel und Zaumzeug an und schwang schließlich den schweren Sattel auf seinen Rücken. Das Herz schlug ihm bis in die Kehle, als er den Wallach endlich auf das Stalltor zuführte, um sich zur vereinbarten Stunde von Wulf von Katzenstein zu verabschieden.

Die Sonne hatte den Horizont noch nicht überschritten, und die Silhouette des hochgewachsenen Katzensteiners war nicht viel mehr als ein verwaschener Schatten, als er nach einigen Minuten auf den Stufen vor dem Palas erschien. Wulfs Handflächen, die inzwischen mit einem klebrigen Schweißfilm überzogen waren, fühlten sich klamm an, und das Schlucken schien ihm mit jedem Schritt, den der Ritter sich ihm näherte, schwerer zu fallen.

»Mein Sohn«, begrüßte ihn sein Vater, und diese beiden Worte hätten beinahe genügt, dass Wulf seinen Plan wieder verworfen hätte. Seine Augen brannten, als er zu seinem Gegenüber aufblickte.

»Vater«, flüsterte er rau, und bevor sein Mut ihn verlassen konnte, setzte er hastig hinzu: »Ich werde nicht zurückkommen.« Seine Stimme erstarb, als ihm der Schmerz die Kehle zuschnürte.

Verwirrung huschte über das Gesicht des Ritters, das von den ersten, noch schüchternen Strahlen der Morgensonne erhellt wurde. Während er allmählich zu begreifen schien, was diese Aussage zu bedeuten hatte, versteifte sich seine Haltung und zwei steile Falten traten zwischen die dichten, grau melierten Brauen. Die breiten Schultern schoben sich nach vorn, beinahe als wolle er sich auf den einen halben Kopf kleineren Wulf stürzen, um ihm den Verstand zurechtzurütteln.

Den Bruchteil eines Momentes fürchtete Wulf, er könne ihn erneut ins Angstloch werfen und für immer dort schmoren lassen, doch ungeachtet dessen brach der Damm in ihm und er platzte hervor: »Es tut mir leid, wenn ich Euch enttäuscht habe, aber aus mir wird nie ein Ritter. Ganz egal, wie sehr Ihr Euch das wünscht. Ich bin und bleibe ein Steinmetz!« Er holte tief Luft, um fortzufahren, doch sein Vater, dessen Kopf mit einem Mal zu schwer schien, um ihn hochzuhalten, kam ihm zuvor.

»Du hast mehr von einem Ritter in dir als manch anderer«, erwiderte dieser leise, und der traurige Unterton in seiner Stimme bedrückte Wulf mehr, als wenn der Ritter getobt, geflucht oder ihn angebrüllt hätte.

»Ich kann nicht hierbleiben«, versetzte der junge Mann niedergeschlagen und hob verzweifelt die Hände. »Dieses Leben ist nicht mein Leben.« Entgegen aller Anstrengungen schwammen seine Augen, da sich die Trauer nicht mehr länger unterdrücken ließ. Während sein Vater ihn wortlos betrachtete, kämpfte Wulf gegen den Aufruhr der Gefühle an. Zuerst dachte er, Verachtung und Enttäuschung in den Zügen des Katzensteiners zu lesen, doch als auch dieser sich verstohlen mit dem Handrücken über die Augen fuhr, wurde ihm klar, dass es dem Älteren genauso schwer fiel wie ihm selbst, wenigstens den Anschein der Selbstbeherrschung zu wahren.

»Triff keine übereilte Entscheidung«, bat der Hüne schließlich tonlos. »Wenn du das Mädchen gefunden hast, ändern sich deine Gefühle vielleicht und du kannst sehen, wie viel mehr dir ein Leben als Ritter zu bieten hat.« Sein Brustkorb drohte, den Rock zu sprengen, als er einen tiefen Atemzug tat. »Ich weiß, dass ich deine Entscheidung nicht umkehren kann. Ich würde an deiner Stelle vermutlich genauso handeln.« Ein Schatten verdunkelte das wettergegerbte Gesicht und die kampferprobte Pranke zitterte, als er nach der Hand seines Sohnes griff. Er lachte trocken. »Es scheint, als hätten wir den gleichen Sturkopf.« Ein kaum wahrnehmbarer Funken glomm in seinen dunklen Augen. »Aber vergiss niemals, dass das Blut eines Katzensteiners in deinen Adern fließt. Und auch nicht, dass du der Spross einer mutigen und selbstlosen Frau bist.«

Die Enge in Wulfs Brust wollte ihn ersticken, als sein Vater ihn losließ, um sich den fein bestickten Wappenrock über den Kopf zu ziehen. Zusammen mit seinem Siegelring, den er vom Finger gestreift hatte, reichte er ihn seinem Sohn, der nicht wusste, was er sagen sollte.

»Trage diese Farben mit Stolz.« Er biss die Zähne aufeinander, bevor er hinzufügte: »Wann immer du es dir anders überlegst oder Hilfe brauchst, die Tore Katzensteins werden immer weit offen stehen.« Sein Mund verzog sich zu einem schwermütigen Lächeln, als er seine Geldkatze losmachte, um diese eigenhändig an Wulfs Gürtel zu befestigen. »Das sollte reichen, um Brigitta freizukaufen und eine Handvoll Kaltblüter zu erstehen. Wenn der Boden des Handwerkes nicht so golden ist, wie du denkst, und du trotzdem an deinem Entschluss festhältst, dann nimm das, um eine eigene Zucht aufzubauen. Du hast das richtige Gespür.« Ein Muskel in seiner Wange zuckte, als er um Haltung rang. Einen Moment wirkte es, als wolle er sich selbst Lügen strafen und Wulf gewaltsam zurückhalten, doch dann ließ er die Hände an die Seiten sinken und stieß gepresst hervor: »Geh mit Gott, mein Sohn. Ich werde jeden Tag dafür beten, dass du das Glück findest, das du dir erhoffst.« Mit diesen Worten drückte er die Hand seines Sohnes ein letztes Mal mit knochenbrechender Kraft, bevor er sich hastig abwandte und, ohne sich umzublicken, in der Halle des Palas verschwand.

⁂

Als Wulf von Katzenstein wenig später mit tränenverschleiertem Blick die Zinnen des Bergfriedes betrat, fand er seine Gemahlin bereits dort vor. Eingehüllt in einen leichten Mantel öffnete sie die Arme, um ihn zu empfangen und tröstend an sich zu drücken. Eine lange Zeit presste Wulf sein Gesicht in ihr offenes, von einem durchsichtigen Schleier bedecktes Haar und sog ihre Wärme in sich auf, bis er sich schließlich so weit gefasst hatte, dass er sich von ihr lösen konnte.

»Er kommt nicht zurück, nicht wahr?«, fragte sie mitfühlend und strich ihm über die vom Bartschatten raue Wange.

»Ich glaube nicht«, erwiderte er beklommen und raufte sich den ohnehin bereits zerwühlten Schopf.

»Dort ist er«, sagte Adelheid und wies mit der Linken auf die Weggabelung am Fuße des Felsens, wo in diesem Moment ein einsamer Reiter auftauchte. Schweigend blickten sie dem im gestreckten Galopp über die Felder fliegenden Wallach hinterher, bis er endlich zu einem winzigen Punkt in der Ferne verblasst war. »Vielleicht ist es besser so«, versetzte Adelheid, die die Hände über ihrem Bauch gefaltet hatte. »Für euch beide.«

Wenngleich Wulf zuerst hitzig widersprechen wollte, veranlasste die Aufrichtigkeit in Adelheids Blick ihn dazu, die Selbstlügen schonungslos zu zerschmettern. Sie hatte recht. Obwohl er aufrichtig hoffte, dass sein Sohn zur Besinnung kommen und nach Katzenstein zurückkehren würde, war es vielleicht arrogant und hochfahrend, den Willen Gottes infrage zu stellen. Denn was konnte es anderes sein als ein Fingerzeig des Herrn, mit dem dieser ihm den richtigen Weg weisen wollte? Er trat hinter seine zierliche Gattin und schlang die Arme um sie. Wie schnell ihr Herz schlug, fuhr es ihm unvermittelt durch den Kopf. Wie das eines gefangenen Vogels. Die Trauer in seiner Brust verwandelte sich unverhofft in ein alles auslöschendes Gefühl der Liebe.

Es war die Entscheidung seines Sohnes. Ganz egal, wie sehr diese ihn verletzte, er musste sie akzeptieren und den Blick nach vorne richten. Es nutzte nichts, sich vor Sorge und Furcht zermartern und vom Gram zerfressen zu lassen. Durch diese Hölle war er bereits vor achtzehn Jahren gegangen. Was die Vorsehung für ihn bereithielt, würde er akzeptieren müssen. War ihm mit Adelheid nicht bereits eine zweite Chance gegeben worden? Durfte er diese Möglichkeit, endlich glücklich zu sein, achtlos wegwerfen, um einem Teil von ihm nachzutrauern, der der Vergangenheit angehörte? Seine Hand wanderte zu ihrem Unterleib, wo sie sich über die ihre legte. Vielleicht hatte seine Liebe zu Katharina von Württemberg unter einem schlechten Stern gestanden, der immer noch alles beeinflusste, was mit ihr zusammenhing. Wie oft hatte er gelehrte Männer von den Korrespondenzbeziehungen reden hören, die den gesamten Kosmos und all seine Ebenen miteinander verbanden?

Sein Blick wanderte zum Himmel, dessen kräftiges Azurblau kein einziges Wölkchen trübte. Vielleicht war die einzige Möglichkeit, eine glückliche Zukunft zu gestalten, die alten Bande zu kappen und nicht mehr zurückzusehen? Er schloss die Augen und stellte sich vor, was in fünf Jahren sein konnte. Gleichgültig, wie sehr er den Jungen liebte, diese Liebe durfte dem gerade aufkeimenden Glück nicht im Wege stehen. Nachdem er sich ein letztes Mal versichert hatte, dass nichts mehr von dem Reiter zu sehen war, drehte er Adelheid zu sich um, küsste sie zärtlich auf die Lippen und ergriff ihre Hand. »Lass uns hinabgehen«, sagte er. »Es ist nichts mehr zu sehen.«

KAPITEL 46

Schwäbische Alb, in der Nähe von Altheim,
8. August 1368

BRIGITTAS RÜCKEN SCHMERZTE. Leise, um nicht von den beiden Knechten auf dem Bock entdeckt zu werden, zog sie die Füße unter ihrem Gesäß hervor und rollte die Schultern. Wenngleich der Ochsenkarren erst vor Kurzem das Dorf verlassen hatte, erschien ihr die Reise schon jetzt wie eine der vielen Torturen, die auf die Sünder in der Hölle warteten. Seit der dritten Stunde kauerte sie bereits zwischen Getreidesäcken, Käselaiben und Tontöpfen voller Butter, Sauermilchkäse und Sahne, und wenn sie nicht bald ihre Beine ausstrecken konnte, würde sie laut schreien. Je öfter sie das Gewicht verlagerte, desto schlimmer schienen die Krämpfe zu werden, die sie in regelmäßigen Abständen quälten, und auch die Übelkeit regte sich bereits wieder in ihren Eingeweiden. Obwohl die Morgendämmerung erst vor wenigen Minuten die Baumwipfel erreicht hatte, lastete die Hitze bereits schwer auf der Landschaft. Wenn dieser Tag so weiterging, wie er angefangen hatte, erwarteten die junge Frau lange Stunden unmenschlicher Hitze. Selbst die Natur protestierte inzwischen gegen die anhaltenden Temperaturen, die selbst in der Nacht kaum auf ein erträgliches Niveau sanken. Rechts und links des Weges zeugten die kläglich vertrockneten Überreste von Disteln, Spitzwegerich und Huflattich von dem erbarmungslosen Sommer, der trotz der vielen Regengüsse sogar die widerstandsfähigsten Pflanzen hatte verdorren lassen.

Als der Wagen durch ein tiefes Schlagloch rumpelte, unterdrückte Brigitta ein Stöhnen und fing sich gerade noch mit dem Handballen ab, bevor sie gegen einen der Getreidesäcke geschleudert wurde. Sie wollte sich eben wieder von den rauen Brettern abstoßen, als ihr Blick auf den schwarzen Kreis auf der Leinwand fiel, und sie ein rebellischer Gedanke durchzuckte. Ohne lange nachzudenken, öffnete sie den kleinen Beutel, den sie an der gestohlenen Hose befestigt hatte, und zog ihr Essmesser hervor. Vorsichtig bohrte sie die Spitze der kaum drei Zoll langen Klinge zwischen die Fasern des Sackes und führte einen waagerechten Schnitt, der augenblicklich aufklaffte. Dick und klebrig quoll etwa ein Fingerbreit des verfaulten Korns daraus hervor, bevor die Masse das Loch verstopfte und zäh gerann. Mit einem triumphierenden Lächeln auf dem Gesicht wiederholte die junge Frau diese Prozedur, bis sie alle Säcke so präpariert hatte, dass diese reißen oder wenigstens aufplatzen würden, sobald man sie anhob.

Auf keinen Fall würde sie zulassen, dass der Meier jemanden betrog, solange sie etwas dagegen unternehmen konnte!

Das Bild einer der vielen Bettlerinnen, die jeden Mittwoch bei den Brüdern und Schwestern im Ulmer Heilig-Geist-Spital um eine Mahlzeit baten, tauchte vor ihrem Auge auf. Ausgemergelt und verhärmt trug diese junge Frau stets ein etwa dreijähriges Mädchen auf dem Arm, dessen Nase unentwegt lief. Eines Tages, während Brigitta den Schwestern dabei geholfen hatte, die Not der Bedürftigen mit einem kräftigen Eintopf zu lindern, hatte Clementine ihr die Geschichte der unglücklichen Müllerstochter erzählt.

»Seit einem Jahr kommt sie jede Woche zu uns«, hatte sie Brigitta wissen lassen. »Ihrem Vater hat früher die Mühle in Klingenstein gehört«, hatte sie geflüstert, während sie altbackenes Brot unter den Armen verteilt hatten. »Als er starb, hat sie den Betrieb zuerst alleine weitergeführt, aber dann kam es immer öfter vor, dass verfaultes Korn das Mehl verdorben hat. Natürlich haben die Bauern und Bürger ihr die Schuld dafür gegeben und sie schließlich in Schimpf und Schande davongejagt.«

Die Erinnerung ließ Brigitta grimmig ihr Werk betrachten. Dieses Getreide würde niemanden in den Ruin treiben! Zufrieden verstaute sie ihr Messer wieder in dem Beutel und machte gerade Anstalten, sich erneut hinter die Tonkrüge zu kauern, als der von zwei Ochsen gezogene Karren so plötzlich in einer der vielen ausgefahrenen Rillen stecken blieb, dass ihr ein spitzer Schrei entfuhr. Wie eine leblose Puppe wurde sie nach vorn geworfen und krachte mit dem Rücken gegen die Rückseite des Kutschbocks. Einen Moment lang war das Tosen des Blutes in ihren Ohren das Einzige, was sie wahrnahm, doch als ein dumpfer Laut verriet, dass jemand vom Bock gesprungen war, kauerte sie sich instinktiv zusammen. Kurz darauf ertönte die Stimme des beruhigend auf die Zugtiere einredenden Wagenlenkers, und sie wollte bereits erleichtert aufatmen, als unvermittelt die rückwärtige Klappe entriegelt wurde.

Mit einem durch das Tal hallenden Geräusch krachte Holz auf Holz, und ihre Augen weiteten sich furchtsam, als der Größere der beiden Knechte den Fuß auf das eiserne Trittgestell setzte. Mit einem kräftigen Ruck zog er sich nach oben, blickte sich misstrauisch um und erstarrte in der Bewegung. Verwundert schossen seine hellen Brauen nach oben, als er die Anwesenheit des blinden Passagiers bemerkte, doch er fackelte nicht lange, stemmte die Fäuste in die Hüften und baute sich drohend vor Brigitta auf.

»Was hast du hier zu suchen, Bürschchen?«, donnerte er, und mit Schrecken erkannte das Mädchen den blonden Riesen, den sie in der Scheune belauscht hatte. In dem fruchtlosen Versuch, vor ihm zu flüchten, krabbelte sie auf Händen und Füßen von ihm fort, bis ihr Rückzug von der Ladung blockiert wurde.

Bevor sie eine Erklärung stammeln konnte, bückte er sich zu ihr hinab, packte sie an der Brust des entwendeten Hemdes und hob die Pranke, die so riesig war, dass sie Brigittas Hals ohne Mühe hätte umfassen können.

»Dir werde ich helfen!«, blaffte er, doch bevor er ihr einen Schlag versetzen konnte, fiel sein Blick auf die aufgeschlitzten Säcke. Ohne zu begreifen, registrierten seine Augen den Schaden, und den Bruchteil des Augenblicks, den er abgelenkt war und den schraubstockartigen Griff lockerte, nutzte das Mädchen, um sich zu befreien. Mit dem Mut der Verzweiflung biss sie ihn in die Hand und schlüpfte zwischen seinen Beinen hindurch, als er sie aufheulend losließ. Sie rutschte über die mit Kornhülsen bedeckten Bretter, sprang zu Boden und rannte keuchend auf den Waldrand zu, der in weniger als dreißig Schritt Entfernung lockte.

Als einem lang gezogenen Fluch das Trampeln schwerer Tritte folgte, schickte sie einen ängstlichen Blick über die Schulter zurück und wäre um ein Haar über einen dürren Ast gestolpert, der in einem Haufen vergilbter Grashalme steckte. Während der Hüne in Windeseile aufholte, begannen ihre Lungen zu stechen, und sie überlegte bereits, sich zu erkennen zu geben, als ein gellender Pfiff den Knecht das Tempo drosseln ließ.

»Lass den Bengel!«, brüllte sein Begleiter, der sich am Vorderrad des Wagens zu schaffen machte. »Ich brauche deine Hilfe.«

So nah war der erzürnte Mann, dass Brigitta seine Zähne aufblitzen sah, als er zornig die Oberlippe nach oben zog. Die Schimpftirade, die er ihr hinterherschickte, wurde von einem zweiten Pfiff übertönt, und während Brigitta sich mit letzter Kraft durch dürres Dickicht schlug, machte er kehrt und trottete zurück zum Wagen.

Obwohl ihr Herz zu zerspringen drohte, taumelte sie noch einige Schritte tiefer in das Zwielicht des Waldes, bevor sie sich heftig schwitzend am Fuße einer Eiche ins Moos fallen ließ. So viel zu ihrem wundervollen Plan!, dachte sie wütend und presste die Hände in die Seiten, um das Stechen zu lindern. Nicht nur hatte der Kerl sie entdeckt; er hatte auch ihre Hoffnung zerschmettert, schnell und sicher nach Ulm zu gelangen!

Warum hatte der Karren auch stecken bleiben müssen?!, haderte sie und hustete, da sie zu gierig nach Luft geschnappt hatte. Beinahe hätte sie sich übergeben, als sich ihr Zwerchfell verkrampfte, doch in allerletzter Sekunde gelang es ihr, die bitter aufsteigende Galle wieder ihre Kehle hinabzuzwingen. Sie musste sich zusammenreißen! Mit fest aufeinandergepressten Lippen starrte sie auf ihre Füße, die in einfachen, dünn besohlten Schuhen steckten, während sich ihre Gedanken überschlugen. Jetzt würde sie sich allein durchkämpfen müssen. Und der Wald barg eine Unzahl von Gefahren. Sie schauderte, als sie an all die wilden Tiere und Wegelagerer dachte, die angeblich in den Forsten des Reiches ihr Unwesen trieben.

Mit einem Mal schien die Hitze wie aus der Luft gewischt, und sie zog sich die Gugel tiefer ins Gesicht. Ein Gutes hatte die Sache, dachte sie säuerlich und verzog den Mund zu einem freudlosen Lächeln. Wenigstens wusste sie jetzt, dass ihre Verkleidung funktionierte. Denn hätte er sie erkannt, hätte der Knecht sicherlich nicht so heftig reagiert.

Da sich das Brennen in ihren Muskeln allmählich legte, rappelte sie sich auf und schlich auf leisen Sohlen zurück zum Waldsaum, um vorsichtig hinter dem Stamm einer mächtigen Esche hervorzulugen. Mit gemischten Gefühlen sah sie, dass es den beiden Männern inzwischen gelungen war, das Rad zu befreien und das Fuhrwerk in Gang zu setzen. Halb verschleiert von einer dicken Staubwolke holperte der Marktkarren bereits in einiger Entfernung weiter auf sein Ziel zu, und während die Übelkeit mit zunehmender Heftigkeit in Brigitta gärte, entfernte er sich bald so weit, dass er flimmernd am Horizont verschwamm. Als sich ihr Magen erneut umdrehen wollte, kramte sie ungehalten in dem kleinen Bündel, das sie geschnürt hatte, und zog das verkorkte Tongefäß hervor, das Clementine ihr beim Abschied in die Hand gedrückt hatte. »Wenn dir schlecht ist, nimm einen Schluck«, hatte die Schwester Brigitta geraten, bevor sie diese an sich gedrückt und mit Tränen in den Augen auf beide Wangen geküsst hatte. »Du wirst ihn finden.« Die Worte hallten noch immer in Brigittas Kopf nach – und wie sehr sie sich wünschte, dass Clementine recht behielt!

Mit gerümpfter Nase zwang sie sich, den bitteren Saft zu schlucken, der beinahe augenblicklich das Unwohlsein linderte. Mit unsicheren Händen verstaute sie die Medizin wieder und machte sich seufzend auf, dem Wagen zu folgen. So lange es möglich war, würde sie den Wald meiden, da sie nicht wusste, wovor sie sich mehr fürchtete: vor Wölfen und Luchsen oder den erbarmungslosen Dieben und Mördern, die ihre Opfer erst erschlugen, bevor sie sie bestahlen.

Während der ekelhafte Trank seine Wirkung tat, folgte sie mit energischen Schritten der Straße bis zu einer Weggabelung, an der sie nach einigem Zögern rechts in einen Trampelpfad abbog, der steil den Abhang hinaufführte. Sie würde die Abkürzung über Ballendorf nehmen, beschloss sie und erklomm keuchend den vom Regen zerfurchten Weg, der einen Tannenhain durchschnitt. Je schneller sie Ulm erreichte, desto besser. Zum Teufel mit ihrer Hasenfüßigkeit!

Ihre Hand suchte ihren Bauch, der trotz der Neuigkeit, die Clementine ihr eröffnet hatte, noch trügerisch flach war. Nachdem die Schwester Brigitta von dem Misthaufen in den Gesindebau geführt hatte, hatte sie das Mädchen einer bohrenden Befragung unterzogen. Und als sie am Urin der jungen Frau gerochen hatte, hatte Clementine lachend festgestellt: »Kein Wunder, dass dir jeden Morgen schlecht ist. Du bist schwanger!«

Ein schiefes Lächeln huschte über Brigittas Gesicht, als sie einen Knüppel vom Wegesrand aufhob, um diesen als Wanderstab zu benützen. Mit einer Mischung aus Hochstimmung und Unbehagen trieb sie den Stock in den zerklüfteten Untergrund und beschleunigte das Tempo. Sie musste Wulf finden! Das war sie dem Kind, das sie von ihm trug, schuldig. Und nicht nur dem Kind, dachte sie wehmütig, als sich die Sehnsucht nach ihm in der inzwischen wohlbekannten Art und Weise in ihr Herz fraß.

Während ihr der Schweiß aus allen Poren trat, versuchte sie, die Ängste zu verjagen, die sie immer wieder bange fragen ließen, ob Gott sie dafür büßen lassen würde, dass dieses Kind in Sünde gezeugt worden war. Was, wenn seine Geißel Wulf schon längst getroffen hatte?

Die dunklen Schatten der Tannenwipfel waren inzwischen der Weite der Hochebene gewichen, die – so weit das Auge reichte – von abgeernteten Feldern bedeckt war. Wenngleich ihre Beine vor Anstrengung zitterten, ruhte sie lediglich einige Momente aus, bevor sie weitereilte. Würde Gott sie wie so viele andere Frauen in die Hölle reißen, indem er ihr einen qualvollen Tod im Kindbett bereitete, bevor sie sich nach der Unreinheit der Geburt mit der Kirche ausgesöhnt hatte?, marterte sie sich. Oder würde er gar das Neugeborene für die Sünde der Eltern bestrafen, indem er es ohne das Sakrament der Taufe tot zur Welt kommen ließ? Ihre Hände fühlten sich klamm an, als sie sich die inzwischen zu warme Gugel vom Kopf zog und den Schweiß von der Stirn wischte. Nachdem sie ihr langes Haar so geflochten hatte, dass es von Weitem aussah wie das eines Knaben, grübelte sie weiter. Zwar besaßen beinahe alle Hebammen eine mit Weihwasser gefüllte Taufspritze, um die Ungeborenen noch im Leib der Mutter zu taufen, doch was, wenn die Hebamme zu spät kam? Die Kraft in ihren Oberschenkeln schien mit jedem Schritt zu schwinden, als sie sich vorstellte, wie sie neben ihrem leblosen Kind – nur in ein einfaches Leintuch gewickelt – vor den Toren der Stadt in ungeweihter Erde verscharrt würde. Bevor diese düsteren Überlegungen ihr den nur mühsam aufrechterhaltenen Mut vollends nehmen konnten, traf sie die Erkenntnis:

Wenn Gott sie hätte strafen wollen, warum hatte er sie dann nicht an der Pest sterben lassen wie so viele andere Unglückliche? Sie griff nach dem Kruzifix, das an ihrem Hals hing, und hielt einen Augenblick inne, um ein reumütiges Dankgebet zu sprechen. Der Herr war barmherzig! Er würde ihr verzeihen, so wie er Clementine und Thomas vergeben hatte. Hatte er nicht dafür gesorgt, dass das Leben der beiden eine ganz entscheidende Wendung genommen hatte? Dass Clementines Sorgen zerschlagen worden waren wie brüchiger Ton?

Da es einfacher war, über andere nachzudenken, malte Brigitta sich aus, wie es den beiden in Zukunft ergehen könnte. Während die Sonne immer höher stieg, stellte sie sich vor, wie ihre Schwester in einigen Jahren als Gemahlin des Meiers eine der wichtigsten Frauen des Dorfes sein würde. »Ich werde immer an euch denken«, murmelte sie, doch obschon ihr der Abschied schwergefallen war, tröstete sie die Tatsache, dass Clementine in guten Händen war. Thomas liebte sie, das war offensichtlich.

Mit einem Blinzeln lenkte sie ihre Aufmerksamkeit zurück auf den vor ihr liegenden Weg, und nachdem sie einige Stunden in praller Hitze gegangen war, gab sie dem inzwischen quälenden Hunger nach. Noch weit entfernt von den Gehöften Ballendorfs kramte sie einen Kanten Brot und ein Stückchen harten Käses hervor und schlang die karge Mahlzeit hungrig in sich hinein. Ein Schluck Wasser half ihr, auch die letzten Krümel hinabzuspülen, und nachdem sie die übrig gebliebenen Vorräte wieder in ihrem Beutel verstaut hatte, setzte sie ihren Weg fort. Vielleicht gelang es ihr, vor Einbruch der Dunkelheit die Lone zu erreichen, deren Lauf sie bis nach Bernstadt folgen würde.

KAPITEL 47

Altheim, 8. August 1368

»Ist etwas nicht in Ordnung?« Das rosige Gesicht des Wirtes verzog sich beinahe komisch, als er sich besorgt zu Ortwin hinabbeugte, der lustlos in die Suppe starrte, in der drei fette Stückchen Fleisch schwammen. Diese hatte sich der Steinmetz aus der Schüssel in der Mitte des Tisches gefischt, aus der sich auch die übrigen Gäste bedienten. Doch wohingegen die anderen Durchreisenden herzhaft zuschlugen und das kräftige Frühstück verschlangen, als gäbe es nichts Köstlicheres, war Ortwins Appetit schon nach den ersten Bissen geschwunden.

»Nein, nein, ich habe nur keinen besonderen Hunger«, log er, da bereits das Abendessen am Tag zuvor ihm Übelkeit und Brechreiz bereitet hatte. Die halbe Nacht hatte er sich auf dem einfachen Lager, das er mit zehn anderen in der umgebauten Stube aufgeschlagen hatte, hin und her gewälzt und mit einem zunehmenden Krankheitsgefühl gekämpft. Bis er sich schließlich am frühen Morgen aus der Herberge geschlichen und auf dem Scheißhäuslein übergeben hatte. Seitdem fühlte er sich schwindelig und erhitzt, was vermutlich daran lag, dass der Schlangenfraß seine Gedärme in Aufruhr versetzt hatte.

Mit einer Grimasse schob er die Schale von sich, zählte einige Pfennige auf den Tisch und verabschiedete sich mit einem wortlosen Nicken. Wenn er den ranzigen, üblen

Geruch des Schankraumes hinter sich ließ, würde es ihm bestimmt bald besser gehen, hoffte er und steuerte auf das schlampig zusammengezimmerte Stallgebäude zu. Es war, als schwömme sein Gehirn in einer zähen Flüssigkeit! Irritiert schüttelte er den Kopf, um das unangenehme Gefühl loszuwerden, doch die heftige Bewegung sorgte lediglich dafür, dass ihm erneut schlecht wurde. Warum in drei Teufels Namen fühlte er sich so matt, als habe er tagelang Steine behauen? Sein Ärger verstärkte sich, als sich ein bohrender Gelenkschmerz zu der Erschöpfung gesellte. Vermutlich hatte er sich bei dem Regenguss vor zwei Tagen eine Erkältung eingefangen, die sich jetzt in seinem ganzen Körper ausbreitete.

Mürrisch hob er den Riegel und betrat den nach Mist und altem Stroh stinkenden Stall, in dem er seine Stute untergestellt hatte. Nachdem er die vorletzte Nacht in der halb verfallenen Kate mitten im Nirgendwo zugebracht hatte, hatte er am Morgen darauf das entlaufene Tier friedlich grasend keine zwanzig Schritte von seiner Unterkunft entfernt vorgefunden. Ängstlich darauf bedacht, sie nicht erneut zu erschrecken, hatte er sich vorsichtig genähert und sie hatte sich bereitwillig von ihm einfangen lassen.

Ein unangenehmer Kopfschmerz gesellte sich zu Ortwins Beschwerden, und wenngleich er bereits etwas davon in das dünne Gerstenbier geschüttet hatte, nahm er hastig einen weiteren Schluck Theriak. Mit einem flauen Gefühl verstaute er das kostbare Gebräu wieder in den Falten seines Mantels und sattelte das lohfarbene Tier, das leise schnaubte, als er es ins Freie trieb. Vielleicht hatte er heute mehr Glück!, dachte er säuerlich und blickte in Gedanken auf den Vortag zurück, den er mit der erfolglosen Suche in Zähringen verschwendet hatte. Als er in Altheim angekommen war, hatte er gleich am

Ortseingang einen der Hörigen nach Clementine und Bruder Thomas gefragt, woraufhin dieser ihm den Weg zu deren Hof in Zähringen gewiesen hatte. Der allerdings – bis auf einen uralten Knecht – verwaist und verlassen gewesen war. Nachdem er zunächst versucht hatte, dem schwerhörigen Alten möglichst unauffällig die Informationen aus der Nase zu ziehen, die er benötigte, war ihm schließlich der Kragen geplatzt und er hatte dem verschreckten Bauern Gewalt angedroht. Was dazu geführt hatte, dass dieser ihn zurück nach Altheim geschickt hatte, wo Ortwin den Großteil des gestrigen Tages benötigt hatte, sich einen Plan zurechtzulegen. Da es sich – laut Auskunft des Knechtes – bei dem gesuchten Bruder Thomas um den Sohn des Dorfmeiers handelte, hieß es, Vorsicht walten lassen. Und so war es gekommen, dass Ortwin sich in dem einzigen Gasthaus des Dorfes eingemietet und an der List gefeilt hatte, mit der er Brigitta von dem umzäunten Gehöft fortlocken würde.

Wenn seine Idee funktionierte, würde die von ihm in Schrecken versetzte Clementine nach ihrer Schwester schicken, um die Nachricht vom drohenden Tod ihrer Mutter mit dieser zu teilen. Dann, wenn die Kleine aufgelöst und voller Panik gelaufen kam, um die Neuigkeiten aus erster Hand zu erfahren, würde er sie ohne viel Federlesen ergreifen, auf den Rücken der Stute ziehen und mit ihr über die Felder davonjagen. Bis die Bauern sich so weit gefasst hatten, dass sie ihn verfolgen konnten, würde er bereits über alle Berge sein.

Da das orangefarbene Licht der Dämmerung die Landschaft bereits so weit erhellte, dass er alle Einzelheiten des vor ihm auftauchenden Meierhofes ausmachen konnte, zog er die Kapuze tiefer in die Stirn und die Schultern ein, um weniger bedrohlich zu wirken. In gemächlichem Trab näherte er sich dem Hoftor, beugte sich über den Hals des Pferdes und bat einen der mit Mistgabeln bewaffneten Knechte, nach Schwester Clementine zu schicken.

»Sie ist keine Schwester mehr«, wies dieser ihn zurecht. »Sie ist die Frau des Hoferben! Was wollt Ihr?«

Mit Not verkniff Ortwin sich eine scharfe Erwiderung, doch da er kein Misstrauen erwecken wollte, versetzte er honigsüß: »Ich bringe Kunde aus Ulm. Es geht um ihre Mutter.«

Es schien, als habe er mit dieser spärlichen Information die Neugier des Burschen befriedigt, da dieser sich brummend von ihm abwandte und auf ein prächtiges, zweistöckiges Haus zueilte, aus dem kurz darauf eine junge Frau auftauchte. Ihr blondes Haar löste sich halb aus dem einfachen Kopftuch, als sie auf Ortwin zustürmte und zu ihm aufblickte.

»Was ist geschehen?«, fragte sie außer Atem und lud den Besucher mit einer Geste ein, abzusitzen.

Dieser schüttelte jedoch ablehnend den Kopf und legte scheinheilig wie im Gebet die Handflächen aneinander. »Eure Mutter liegt im Sterben«, versetzte er – ohne zu wissen, wie nah diese Lüge der Wahrheit kam. Genüsslich beobachtete er, wie die Farbe aus dem Gesicht der Schönen wich, als er fortfuhr. »Sie grollt weder Euch noch Eurer Schwester«, heuchelte er, ohne rot zu werden. »Es war ihre größte Bitte, dass ich Eurer Schwester persönlich etwas ausrichte«, presste er mit gekünstelt belegter Stimme hervor. »Wo kann ich sie finden?«

Einen Moment lang verengten sich die Augen der jungen Frau misstrauisch, bevor sie schließlich ergeben die Schultern hob und seufzte: »Ihr kommt zu spät. Brigitta ist nicht mehr hier.«

Als habe ihm jemand einen Schlag in die Magengrube versetzt, zuckte Ortwin bei diesen Worten zusammen.

»Was soll das heißen?«, fragte er schroff, und alle Freundlichkeit fiel so unvermittelt von ihm ab, dass Clementine erschrocken vor ihm zurückwich. »Sag schon, oder soll ich dir Beine machen?«, knurrte er – die Anrede wechselnd – und schwang sich so schnell aus dem Sattel, dass die junge Frau erst reagierte, als es zu spät war.

Sie öffnete gerade den Mund, um einen der Arbeiter zu Hilfe zu rufen, als sich Ortwins schwielige Hand auf ihr Gesicht presste.

»Keinen Laut«, zischte er und funkelte sie gefährlich an. »Lüg mich nicht an! Wo ist sie?«

Clementines Augen weiteten sich im Erkennen, als sie begriff, wen sie vor sich hatte, und einen kurzen Moment bereute Ortwin beinahe, dass er mit der Schwester dieser Schönheit verlobt war. Was für eine makellose Haut!, fuhr es ihm durch den Kopf, doch augenblicklich rief er sich selbst zur Ordnung. Er musste das vermaledeite Flittchen erwischen, bevor es ihm durch die Lappen ging! Seine Freiheit stand auf dem Spiel. Deshalb schob er sein Gesicht so nah an das der jungen Frau, dass er die Seife riechen konnte, mit der sie ihr Haar gewaschen haben musste.

»Ich frage dich nicht noch mal«, sagte er kalt und löste die Finger so weit von ihren Lippen, dass sie ihm Antwort geben konnte.

»Sie ist heute Morgen mit den Knechten zum Markt nach Ulm gefahren«, stieß sie atemlos hervor und setzte verächtlich hinzu: »Du kommst zu spät!«

Ortwins freie Hand kribbelte, doch im letzten Augenblick hielt er sich davon ab, sie zu ohrfeigen. Er durfte auf keinen Fall die Aufmerksamkeit der Landarbeiter noch mehr auf sich ziehen, denn gegen eine Übermacht aufgebrachter Bauernlümmel hätte er keine Chance. Deshalb wandte er sich mit einem gespielt gleichgültigen Achselzucken ab, saß wieder auf und sagte eisig: »Weit können sie ja noch nicht sein.«

Damit ließ er die junge Frau stehen, wendete seine Stute und galoppierte in Richtung Hungerbrunnental davon.

Wenn der Karren der Straße nach Ulm folgte, gelang es ihm vielleicht, diesen einzuholen, bevor Brigitta im Getümmel der Stadt untertauchte. Mit fest aufeinandergebissenen Zähnen ließ er seinem Reittier freien Zügel und galoppierte den Abhang in das lang gezogene Tal hinab, an dessen Ende sich das schmale Band des Weges zurück auf die Hochebene schlängelte. So fixiert war er auf diesen Punkt am Horizont, dass er um ein Haar das halb vermoderte Schild übersehen hätte, das einen steilen Anstieg hinaufzeigte.

»Ballendorf und Ulm«, murmelte er, verlangsamte die Gangart und riss den Zügel brutal nach rechts. Wenn seine Orientierung stimmte, handelte es sich bei diesem ausgetretenen Trampelpfad um eine Abkürzung – die ihm der Himmel geschickt haben musste. Seine Mundwinkel verzogen sich spöttisch. Oder war es vielleicht eher ein Geschenk des Teufels, der die Schuld, in der Ortwin stand, noch vergrößern wollte?

Das unwillige Schnauben des Tieres ignorierend, jagte er es den Hügel hinauf und ließ – oben angekommen – den Blick in die Ferne schweifen. Einen Moment lang verschwamm seine Sicht, als ihn erneut Schwindel überfiel, doch nachdem sich dieser so schnell gelegt hatte, wie er gekommen war, hieb er ungeduldig auf den Pferdehals ein. Wenn er sich beeilte, würde es ihm vielleicht gelingen, den Karren abzupassen. Und dann Gnade dir Gott!, dachte er grimmig, als er sich ausmalte, wie es sich anfühlen würde, endlich Hand an Brigitta zu legen.

KAPITEL 48

Ulm, 9. August 1368

IN SCHWINDELERREGENDER GESCHWINDIGKEIT flog die Landschaft an Wulf vorbei. Umtanzt von einem Schwarm blutgieriger Pferdebremsen preschte er die gepflasterte Straße von Dillingen nach Gundelfingen entlang, von wo aus er sich – längs der Donau – nach Ulm wenden würde.

Da ihn die Hitze und die damit einhergehende Erschöpfung seines Wallachs am vergangenen Spätnachmittag dazu gezwungen hatten, eine Rast einzulegen, war er in die Residenzstadt des Fürstbischofes von Augsburg eingeritten, um sich nach einer Unterkunft umzusehen. Er hatte sich gerade für eine der unzähligen Herbergen im Zentrum Dillingens entschieden, als er von einem reich gekleideten Händler angesprochen worden war.

»Mein Herr«, hatte dieser ihn ehrerbietig begrüßt. »Gewährt mir die Ehre, mein Gast zu sein.« Damit hatte er auf Wulfs Wappenrock gezeigt und sich leicht verneigt. »Mein Haus ist das Haus eines jeden, der die Farben meines alten Freundes trägt.«

Bevor Wulf sich mit einer fadenscheinigen Ausrede aus der Affäre hatte ziehen können, hatte der Mann ihm die Hand gereicht, um ihm aus dem Sattel zu helfen. Daraufhin war wie aus dem Nichts ein etwa neunjähriger Knabe aufgetaucht, der Wulfs Falben in einen nahe gelegenen Hof geführt hatte.

»Kommt.« Stolz war er in ein blendend weiß getünchtes Fachwerkhaus geleitet worden, das mehr Räume zu haben schien als die Burg seines Vaters.

Wulf grinste, als er sich an den Rest des Abends erinnerte, den er zum Großteil damit verbracht hatte, dem klimpernden Blick der Tochter des Händlers auszuweichen. Zuerst war er verwirrt gewesen. Doch als sich im Laufe des Gesprächs herausgestellt hatte, dass der Mann – der sich als Albrecht Tuchscherer vorstellte – ein Handelspartner des Ritters Wulf von Katzenstein war, hatte er sich zurückgelehnt und die Aufmerksamkeiten genossen.

Ein tiefhängender Ast riss ihn in die Gegenwart zurück, und in buchstäblich letzter Sekunde duckte er sich, um dem gefährlichen Hindernis auszuweichen. Als der trockene Boden unter ihm etwas sicherer wurde, verstärkte er den Schenkeldruck und trieb seinen Wallach weiter an.

Zuerst hatte er sich wie ein Hochstapler gefühlt, hatte befürchtet, dass jemand den Schwindel aufdecken und seine wahre Identität entdecken könnte – bis ihm klar geworden war, dass der Siegelring an seinem Finger und der Wappenrock seines Vaters von jetzt an immer ein Teil von ihm sein würden.

Eine Bewegung aus dem Augenwinkel ließ ihn aufblicken. Ohne dass er es gemerkt hatte, war der Verkehr auf der breiten Straße dichter geworden, und er zügelte seinen Wallach zu einem langsamen Trab, um niemanden zu überreiten. Geschickt lenkte er das Tier durch die ihm entgegenströmenden Wagen, Reiter und Fußgänger, deren Ziel vermutlich der Markt des Bischofssitzes war, dessen starker Mauerring schon von Weitem zu sehen war. Während er gezwungen ruhig gegen den Strom ritt, ließ er die Gedanken wieder zu Wulf von Katzenstein wandern. Nachdenklich betrachtete er das funkelnde goldene Band an seinem Finger, von dessen Wappenaufsatz der buckelnde Kater zurückglotzte. Vielleicht, dachte er, vielleicht würde er eines Tages nach Katzenstein zurückkehren, wenn er etwas erreicht hatte, auf das *er* ganz allein stolz sein konnte. Er seufzte und versuchte, den Ausdruck in den schmerzverdunkelten Augen des Ritters zu vergessen. Urplötzlich schien die schwer an seinem Gürtel hängende Geldkatze einen Druck zu verursachen, der wie durch Zauberhand auf seine Seele übergriff. Ein brennendes Gefühl schnürte ihm die Kehle zu. Ganz gleich, wie er seinen Abschied schöngeredet hatte, die Großzügigkeit und das Verständnis des Katzensteiners sorgten seit seinem Aufbruch in regelmäßigen Abständen dafür, dass die Reue mit zunehmender Stärke an ihm nagte. Ärgerlich über sich selbst fegte er die schuldbewussten Gedanken beiseite und lenkte seine Aufmerksamkeit zurück auf die Straße, die sich kein Dutzend Schritte vor ihm gabelte. Der Strom der nach Dillingen Reisenden riss an dieser Stelle unvermittelt ab, da Wulf sich in die entgegengesetzte Richtung wandte.

Mit steinerner Miene steuerte er auf das Ufer der zäh fließenden Donau zu und trieb seinen Wallach nach Westen. Beschattet von uralten Pappeln und Weiden bot die Uferstraße etwas mehr Schutz vor der vom Himmel brüllenden Sonne, die bereits dafür sorgte, dass Wulfs Mund sich trocken und staubig anfühlte. Mit einer Hand löste er seine Trinkflasche vom Sattel, setzte sie an die Lippen und stürzte gierig einige Schlucke des dünnen Apfelweins hinab, den der Händler ihm aufgedrängt hatte. Froh darüber, ausgiebig gefrühstückt zu haben, konzentrierte er sich daraufhin auf den stellenweise tückischen Weg; doch obschon er versuchte, seine Gedanken im Zaum zu halten, schweiften diese schon bald wieder ab. Warum bohrte immer noch dieser Zweifel in seinen Eingeweiden?, fragte er sich bitter. Es war schließlich nicht sein Fehler, dass sein Vater nicht genug unternommen hatte, um ihn zu finden!

Seine Augen verengten sich, als eine warme Böe ihm eine Staubwolke entgegentrieb. Zwar hatte der Katzensteiner ihm von den Boten berichtet, die er angeblich vor vielen Jahren nach seinem Sohn ausgesandt hatte; doch wenn es ihm wirklich wichtig gewesen wäre, dann hätte er ihn doch auch gefunden?! Etwas in Wulf ahnte, dass er nach einer Ausrede suchte – nach einer Rechtfertigung vor sich selbst – aber da mit jedem Huftritt der Abstand zwischen ihm und seinem Vater zunahm, schüttelte er schließlich ungehalten die Selbstvorwürfe ab und preschte weiter in Richtung Ulm. Das Schicksal war von Anfang an dagegen gewesen, redete er sich selbst ein. Und was von höherer Stelle beschlossen war, sollte man nicht infrage stellen!

Wenngleich sein Rücken gegen die unnatürliche Haltung protestierte, beugte er sich tiefer über den Hals des Falben und drückte die Wange an die störrische Mähne. Es gab wichtigere Dinge, für die er all seine Kraft benötigen würde. Es half nichts, eine Entscheidung anzuzweifeln, die getroffen war. Aufgeschoben war schließlich nicht aufgehoben. Damit machte er endgültig einen Strich unter die unangenehmen Überlegungen und legte all seine Kraft in den scharfen Ritt. Er musste sich beeilen. Wenn seine Vermutung stimmte und Ortwin ebenfalls nach Brigitta suchte, dann hatte ein Wettlauf mit der Zeit begonnen.

Fünf Stunden und zwei kurze Rastaufenthalte später führte er sein schaumbedecktes Reittier am Zügel auf das Herdbruckertor zu, vor dem zu dieser Zeit kaum jemand wartete. Die Sonne stand beinahe senkrecht am Himmel, als er den Torzoll entrichtete und sich auf den Weg zur Münsterbaustelle machte. Die Uhr des Rathauses schlug gerade, als Wulf sich am Fuß des prunkvoll bemalten Bauwerkes wieder auf den Rücken seines Pferdes schwang, das mit einem müden Schnauben protestierte.

»Bald kannst du dich ausruhen«, raunte er in eines der spielenden Ohren und zupfte seinen Rock zurecht. Nachdem er sich versichert hatte, dass auch das Schwert an seiner Seite am richtigen Platz war, holte er einmal tief Luft und lenkte das Tier unter dem Balkon des Bürgermeisters hindurch um die Ecke des Gebäudes.

Der vertraute Anblick, der sich ihm bot, kaum hatte er den Marktplatz hinter sich gelassen, ließ unwillkürlich sein Herz schneller schlagen. Genauso majestätisch, wie er ihn in Erinnerung hatte, erhob sich der Kirchenbau hoch über die Dächer der umstehenden Häuser, die er zwergenhaft und schäbig erscheinen ließ. Allerdings schien sich einiges verändert zu haben. Mit zusammengekniffenen Augen begutachtete Wulf das immer noch unvollendete Gewölbe, an dem seit seiner Gefangennahme durch Eberhard von Württemberg nicht weitergearbeitet worden war. Mit gerunzelter Stirn trabte er auf den Westturm zu und hielt verdutzt inne, als sein Blick auf die Baustelle fiel. Anders als zuvor, schien eine weitaus geringere Zahl Handwerker beschäftigt, und die wenigen, die Wulf sah, liefen unkoordiniert durcheinander. Mit Verwunderung beobachtete er, wie ein Mörtelträger mit einem Maurer zusammenstieß, da keiner der beiden Männer auf den anderen geachtet hatte.

Seltsam!, dachte er und ritt weiter. Wo war Ulrich von Ensingen? Seine Befremdung wuchs, als er das Ziegellager passierte, in dem die gebrannten Steine schlampig übereinandergeworfen worden waren, anstatt – wie früher – ordentlich gestapelt zu sein. Überall lagen Gerüststangen und Bretter im Weg, durch die Wulf sich mühsam einen Weg bahnte. Was war hier nur vorgefallen?, fragte er sich. Warum, um Himmels Willen, wirkte alles so ... er rang nach dem richtigen Wort ... *ausgefranst?*

Ein heftiger Wortwechsel in der Nähe der Bauhütte ließ ihn aufhorchen. Mit zornesrotem Kopf brüllten sich zwei von den Schatten der Chortürme halb verschluckte Männer an, die kurz davor schienen, handgreiflich zu werden.

»Nur über meine Leiche! Selbst wenn der Bürgermeister sich auf den Kopf stellt, darauf hat er keinen Anspruch!«

Erstaunt erkannte Wulf die Stimme seines ehemaligen Meisters, der soeben in die Sonne trat – auf dem Fuße gefolgt von einem schmächtigen, pfauenhaft gekleideten Kerl, der heftig gestikulierend auf ihn einschimpfte.

»Ich weiß, worauf Euer Schwager hinauswill«, knurrte Ulrich von Ensingen, nachdem er erneut zu seinem Verfolger herumgewirbelt war. »Aber eins lasst Euch sagen.« Die Drohung in seiner Stimme war kaum zu überhören. »Eher verbrenne ich mein Musterbuch, als es Euch zu überlassen!« Sein Gesicht hatte inzwischen den Farbton reifer Erdbeeren angenommen. »Ihr wollt Werkmeister dieser Baustelle sein? Dann fertigt gefälligst Euer eigenes Musterbuch an! Der Teufel soll mich holen, wenn ich Euch auch nur einen Furz meines Geistes überlasse.« Die letzten Worte unterstrich er damit, dass er den Finger in die magere Brust seines Gegenübers bohrte.

»Aber der Rat ...«, hub dieser lahm an, doch Ulrich von Ensingen fuhr ihm grob über den Mund.

»Der Rat kann mich mal!«, tobte er und packte den Mann am Ärmel seiner mit Silberfäden durchwirkten Schecke. »Diese selbstgefälligen Narren sollen mich kennenlernen. Am besten, wir klären diese Angelegenheit sofort!«

Damit stürmte er mit seinem Opfer im Schlepptau auf Wulf zu, in dem beim Anblick des Baumeisters so viel alte Wut hochgekocht war, dass er sich schwertat, ruhig zu bleiben. Einzig die immer noch irgendwo in ihm schlummernde Bewunderung für die Kunst des Baumeisters sorgte dafür, dass die Abscheu, die er für Ulrich als Vater empfand, nicht die Oberhand gewann. Mit einer geschmeidigen Bewegung ließ er sich aus dem Sattel gleiten und vertrat den beiden Männern entschlossen den Weg.

»Einen Augenblick«, forderte er forsch und richtete sich zu seiner vollen Größe auf. Ohne dass er sich dessen bewusst war, zuckte die Rechte zu der Waffe an seiner Seite und seine Muskeln spannten sich, als Ulrich Anstalten machte, ohne Worte an ihm vorbeizurauschen. »Ich habe einige Fragen an Euch.«

Den Bruchteil eines Augenblicks ließ er sich von der herrischen Maske täuschen, die der Baumeister aufgesetzt hatte, doch ein Blick in die blauen Augen bescherte ihm eine überraschende Erkenntnis. Er hat Angst vor mir!, erkannte er, als Ensingen aufbrauste: »Ich habe jetzt keine Zeit!« Sein Kinn wies auf den Kater auf Wulfs Waffenrock, während er kaum merklich den Abstand zwischen sich und dem jungen Mann vergrößerte, indem er den Geck vorschob. »Ich habe doch schon Eurem Vorgänger gesagt, dass ich nicht weiß, wo das Mädchen ist.«

Ulrichs glatt rasierte Wangen überzog eine leichte Röte, als Wulf seinen sprachlosen Widersacher zur Seite drängte und einen Schritt auf den Werkmeister zutat, sodass er über ihm aufragte. Eingeschüchtert von der körperlichen Präsenz des jungen Mannes senkte dieser nach einem kurzen Blickduell gänzlich unherrschaftlich den Blick und hob mit einer resignierten Geste die Hände. »Was immer es ist, das

Ihr von mir wollt, es muss warten. Ich habe eine dringende Verabredung mit dem Herrn Bürgermeister.«

Das letzte Wort betonte der Steinmetz besonders, und wäre Wulf nicht so ungehalten gewesen, hätte das Gebaren ihn amüsiert. Offenbar erkannte der große Ulrich von Ensingen seinen ehemaligen Gesellen nicht! Diese Beobachtung hätte Wulf unter anderen Umständen hämische Freude bereitet, doch er war zu sehr in Eile, um sich auf Spielchen einzulassen. Selbst erstaunt über das neu gewonnene Selbstvertrauen, pumpte er sich auf und wollte Ulrich gerade mit allerhand Unschmeichelhaftem konfrontieren, als von links ein erzürnter Heinrich von Husen nebst einem halben Dutzend Ratsherren auf sie zugerauscht kam.

»Ich nehme an, Ihr wisst, wo ich wohne«, bemerkte Ulrich von Ensingen – sichtlich erleichtert über die Ankunft der Männer – und rang um die verlorene Souveränität. »Kommt in zwei Stunden zu mir, dann beantworte ich Euch all Eure Fragen.«

Der Widerspruch, der Wulf auf den Lippen lag, ging unter in dem lautstarken Protest, den Ulrichs Begleiter anstimmte, kaum waren die Ratsherren in Hörweite.

»Verdammt!«, presste der junge Katzensteiner zwischen den Zähnen hervor, als die aufgeputzten Besucher der Baustelle sich wie eine Woge um Ulrich und seinen Begleiter schlossen und sie hinwegspülten. »Verdammt, verdammt, verdammt!« Zornig drosch er die Faust in die Handfläche, was jedoch lediglich dafür sorgte, dass diese höllisch brannte. Noch mehr verlorene Zeit!

KAPITEL 49

Ulm, 9. August 1368

Nachdem Wulf den sich entfernenden Männern eine Zeit lang fassungslos hinterhergestarrt hatte, stieß er einige weitere unschöne Verwünschungen aus und zog den mit einer Feder geschmückten Filzhut vom Kopf. Grob fuhr er sich mit den Fingern durch die schweißverklebten Haare, während sich seine Gedanken überschlugen. Auf keinen Fall konnte er es sich leisten, untätig herumzusitzen und darauf zu warten, bis Ulrich seinen Streit mit den Ratsherren beigelegt hatte. Dazu hatte er zu viele Geschichten über die endlosen Sitzungen in der Ratshalle gehört. Es war zum Mäusemelken! Unentschlossen tätschelte er einige Zeit lang mechanisch den Hals seines Falben und grübelte darüber nach, wie er auch ohne den Werkmeister an die Informationen gelangen konnte, die er so dringend benötigte.

Er hatte sich gerade so an einer unvollendeten Fiale festgesehen, dass diese vor seinen Augen zu einem zweifachen Bild verschwamm, als ihn der Einfall die flache Hand vor die Stirn schlagen ließ. Manchmal sah man einfach den Wald vor lauter Bäumen nicht! Wer sagte denn, dass er Ulrich überhaupt brauchte? Mit neuem Mut warf er den Zügel über den Hals des Wallachs und machte Anstalten, sich ein weiteres Mal an diesem Tag in den Sattel zu schwingen, als ihn eine glockenklare Stimme innehalten ließ.

»Wulf?!« Die Ungläubigkeit sorgte dafür, dass sich der

helle Tenor beinahe überschlug. »Bist das wirklich du, Wulf?«

Kaum hatte der junge Mann die Hand vom Sattelknauf genommen und sich zu dem Sprecher umgewandt, als ihm dieser auch schon kameradschaftlich die Rechte auf den Oberarm klatschte.

»Er ist es tatsächlich. Mensch, hast du dich verändert!«, krähte der Begleiter des sommersprossigen Knaben, dessen froschgrüne Augen schelmisch funkelten.

»Erlaubt uns, Euch zu Diensten zu sein, edler Herr«, frotzelte der hoch aufgeschossene Zweite, dessen dunkle Locken wild von seinem Kopf abstanden. Damit verneigte er sich vor Wulf, bevor auch er Wulfs Rücken freundschaftlich malträtierte.

»Hans, Lutz!«, rief der so überschwänglich Begrüßte überrascht aus und blickte mit einem schiefen Grinsen an sich hinab. »Da staunt ihr, was?«

»Das tun wir in der Tat«, versetzte der dunkelhaarige Lutz ebenfalls feixend. »Was ist denn mit dir geschehen?«

Ein kaum wahrnehmbarer Schatten huschte über Wulfs Gesicht, bevor er abwehrend die Hände hob und zurückgab: »Ich würde euch gerne die ganze Geschichte erzählen, aber dafür ist jetzt keine Zeit.« Er zog die Brauen zusammen und beugte sich nach vorne. »Ich muss Brigitta finden. Wisst ihr, wo sie ist?« Beinahe flehend suchte er im Blick der beiden Steinmetze nach einem Hinweis, doch seine Hoffnung wurde enttäuscht.

»Leider nicht«, erwiderte der flachsblonde Hans bedauernd und schüttelte den Kopf. »Ich weiß nur, dass Ortwin vor einigen Tagen aufgebrochen ist, um sie nach Hause zu bringen.« Der Ausdruck auf Wulfs Gesicht ließ ihn den Kopf einziehen. »Mehr kann ich dir nicht sagen, ehrlich!«

Seine Sommersprossen tanzten, als er die Nase kräuselte.
»Ich hoffe nur, du findest sie vor ihm.«

In Wulfs Magen verhärtete sich der Knoten der Angst, der sich seit Tagen nicht mehr aufgelöst hatte. »Vielleicht kann Anna von Ensingen mir sagen, wohin Brigitta geflohen ist«, sprach er den Gedanken aus, der ihm vor der Ankunft der beiden Freunde gekommen war. »Sie wird sicher nicht wollen, dass ihre Tochter einen Mörder heiratet!« Bei diesen Worten rissen sowohl Hans als auch Lutz die Augen so weit auf, dass sie aus den Höhlen zu treten drohten.

»Mörder?«, flüsterte Hans entsetzt, doch Wulf winkte ungeduldig ab.

»Seid mir nicht böse, aber jede Minute zählt.« Er saß auf. »Sobald ich mit Brigitta zurück bin, erzähle ich euch alles.« Mit diesen Worten wollte er auf Ulrich von Ensingens Haus zutraben, doch Hans hielt ihn mit einem Griff an den Zügel zurück.

»Dort wirst du kein Glück haben«, sagte er leise und wies mit dem Daumen über die Schulter auf die Franziskanerabtei. »Anna von Ensingen ist im Hospital. Ich glaube, sie ist furchtbar krank.« Er zögerte einen Augenblick, bevor er hinzusetzte: »Beeil dich! Keiner hier will, dass Brigitta etwas zustößt.«

Dankbar hob Wulf die Hand zum Abschied und wendete sein Reittier. »Das will ich auch nicht«, murmelte er und biss die Zähne aufeinander.

Am Hospital angekommen, überließ er seinen Wallach einem Novizen und setzte den Infirmarius von seinem Wunsch in Kenntnis, die Gemahlin Ulrich von Ensingens zu besuchen.

»Eigentlich kann ich Euch nicht zu ihr lassen«, tönte der erschreckend magere Heiler pompös, doch seine Einstellung änderte sich schlagartig, als Wulf ihm einige Münzen als Spende für den heiligen Rochus in die knochige Hand fallen ließ.

»Der Herr segne Euch«, säuselte er salbungsvoll und schlug ein Kreuz vor Wulfs Brust, bevor er die Ärmel seines Gewandes raffte und den Schatz in den Opferstock fallen ließ. »Dort drüben«, wies er den jungen Mann an und stakste mit hocherhobenem Haupt vor ihm her – vorbei an eng gestellten Bettkästen, in denen Kranke und Sterbende fieberten, wimmerten oder vor Schmerz brüllten. Der stickige Raum war erfüllt vom Gestank des Todes, und während die beiden Männer hastig an einem von schwarzen Flecken entstellten Leichnam vorbeieilten, schluckte Wulf nur mit Mühe die in ihm aufsteigende Übelkeit.

»Wer auf der Straße an der Pest erkrankt, wird hierhergebracht«, informierte ihn der Infirmarius und deutete mit dem Kopf auf einen etwa fünfjährigen Knaben, den soeben einer der Tonsoren mit einer breiten Klinge zur Ader ließ. Wenngleich der tiefe Schnitt in seiner Armbeuge dem Jungen große Pein bereiten musste, lag er regungslos in den blutgetränkten Kissen.

»Die meisten überleben kaum die ersten beiden Nächte«, fuhr der Arzt fort und hielt vor einem dünnen Vorhang an, der eines der Betten von den übrigen abgrenzte. Nachdem er den Stoff zur Seite geschoben hatte, mahnte er: »Seht zu, dass Ihr sie nicht zu sehr aufregt. Sie braucht viel Ruhe.«

Das allerdings schien Wulf untertrieben, als er die in weiße Laken gehüllte Gestalt Anna von Ensingens erblickte. Durchscheinend wie Pergament spannte sich die fahle Haut über einem Schädel, dessen Knochen deutlich hervortraten, und die einzige Farbe im Gesicht der Kranken waren die bläulich schimmernden Augenringe. Ihr Atem ging rasselnd und schwer, und der unnatürliche Glanz in den braunen Augen sprach von dem verzehrenden Fieber, das in ihr brannte. Als Wulf sich vorsichtig zu ihr hinabbeugte, verriet keine Reaktion, dass sie seine Anwesenheit bemerkt hatte, und er richtete sich hastig wieder auf, als ihm ein durchdringender, fauliger Geruch in die Nase stieg.

»Die Krankheit frisst sie von innen auf«, raunte der Infirmarius, der hinter Wulf getreten war, diesem ins Ohr. »So ist sie schon seit Tagen.« Seine klauenartige Rechte schloss sich um Wulfs Handgelenk. »Eine lebende Tote.« Er fuchtelte vor den blicklosen Augen der Kranken herum, wie um zu demonstrieren, was er meinte. »Ihre Beichte ist abgelegt, ihre Sünden vergeben. Der Herr muss sich nur noch ihrer Seele erbarmen und sie aus diesem Jammertal erlösen.« Sein vorzeitig gealtertes Gesicht verzog sich mitleidig. »Ihr könnt hier nichts ausrichten. Es wäre besser, wenn Ihr geht.«

Nach einem letzten Versuch, Anna von Ensingen aus ihrem apathischen Zustand aufzurütteln, gab Wulf schließlich auf und ließ sich vom Infirmarius zurück in die Eingangshalle des Hospitals führen.

Dort deutete der Arzt eine leichte Verneigung an, bevor er verkündete: »Gott ist barmherzig, er wird ihr den Weg weisen wie all seinen Schafen.« Ein kaum wahrnehmbares Aufleuchten in seinen Augen ließ Wulf vermuten, dass er überlegte, ihn um eine weitere Spende anzugehen, doch etwas in seiner Haltung schien den Mönch davon abzuhalten. »Gehet in Frieden«, säuselte dieser schließlich und zog sich diskret zurück.

Mürrisch trat Wulf in den Hof der Abtei, auf dem Novizen, Händler und braun gewandete Klosterbrüder hin und her eilten, um ihren Aufgaben nachzugehen.

So hatte ich mir den Besuch im Hospital nicht vorgestellt!, grollte er und beschloss, in Ulrichs Haus auf den Baumeister zu warten. Dann konnte dieser ihm wenigstens nicht aus dem Weg gehen. Sein Mund nahm einen grimmigen Zug an. Ganz gleich, wie sehr ihm der Aufbruch unter den Nägeln brannte, es nützte nichts, ziellos in Ulm umherzustreifen, ohne zu wissen, wo er anfangen sollte zu suchen.

Mit missmutiger Miene ließ er sich seinen Wallach bringen, den er über den staubigen Münsterplatz führte, bis er bei der Behausung des Steinmetzen angelangt war. Dort ließ er den schweren Eisenklopfer gegen das Eingangstor krachen, das wenig später von einem drallen Mädchen mit Mehl an der Schürze geöffnet wurde. Nachdem er sein Begehren vorgebracht hatte, knickste sie artig und rief einen Knecht, und ein weiteres Mal wechselten die Zügel des Falben die Hände.

»Kommt hinauf in die Stube«, lud ihn die Magd ein und führte ihn die Treppen ins Obergeschoss hinauf, das Wulf in seiner Zeit unter dem Dach des Baumeisters nicht ein einziges Mal betreten hatte. Seltsam, dachte er, nachdem das Mädchen verschwunden war, um ihm eine Erfrischung zu bringen. Wie anders ihn die Leute auf einmal behandelten! Er strich mit den Fingerkuppen über das Katzenwappen auf seiner Brust. Beinahe schien es, als habe er einen unsichtbaren Schlüssel gefunden, der Türen öffnete, die dem Steinmetzgesellen stets verschlossen geblieben waren.

Dankend nahm er den Krug schäumenden Gewürzbieres und einen Teller mit kaltem Braten, Käse und Brot entgegen und trat damit ans Fenster, sobald er in der geräumigen Stube alleine war. Ewig konnte die Auseinandersetzung vor dem Rat ja nicht dauern!, dachte er kauend, und obschon seine Gedanken ganz woanders waren, zog der unvollendete Kirchenbau seinen Blick magisch an. Was wohl der Grund für die schlampigen Zustände war? Vermutlich die Intrigen

Heinrich von Husens, beantwortete er sich die Frage selbst, als er sich an die Szenen erinnerte, die der ehrgeizige Ratsherr mehr als einmal aufgeführt hatte.

Er hatte gerade den letzten Bissen geschluckt, als er eine Gestalt von Süden her über den Platz stürmen sah. Der um die Beine des Mannes flatternde Tabbard verlieh diesem einen Moment lang das Aussehen eines stelzbeinigen Storches, doch als er in die Sonne trat, erkannte Wulf die konservative Kleidung Ulrich von Ensingens. Die Kappe auf den grau melierten Locken saß etwas schief, beinahe als wäre der Wind daruntergefahren, und die Haltung des Steinmetzen ließ deutlich erkennen, dass er vor Zorn bebte. Wie um sich auf die unausweichliche Auseinandersetzung vorzubereiten, zupfte Wulf seinen Rock zurecht, verschränkte die Hände hinter dem Rücken und wandte das Gesicht der Tür zu.

Wenig später ertönte der Bass des Hausherrn im Erdgeschoss, und kurz darauf polterten schwere Schritte die Treppen hinauf. Kaum hatte er die Stube betreten, zog eine Gewitterwolke über das Gesicht des Älteren, und einzig die Gesetze der Gastfreundschaft schienen ihn davon abzuhalten, Wulf die Tür zu weisen. »Also?«, fragte er unhöflich und zog einen der um den langen Tisch verteilten Stühle zu sich heran, um sich auf der Lehne abzustützen. »Was ist es, das Euch so sehr an meiner Tochter interessiert? Wie Ihr zweifellos sehen könnt, bin ich ein viel beschäftigter Mann.« Er kniff die Augen zusammen, um den Besucher, der – wie bei ihrer ersten Begegnung auf der Baustelle – die Sonne im Rücken hatte, genauer in Augenschein zu nehmen. Als dieser sich ihm näherte, zuckten seine Blicke von dem dunklen Schopf zu den starken Händen, die inzwischen zu Fäusten geballt waren.

»Erkennt Ihr mich jetzt endlich?«, knurrte Wulf mühsam beherrscht, und das scharfe Luftschnappen des Steinmetzen beantwortete diese Frage besser, als alle Beteuerungen es gekonnt hätten.

Verwirrt wanderte Ulrichs Blick von dem Hut in Wulfs Gürtel zu dem Wappen auf seinem Rock und schließlich zu dem kantigen Gesicht des jungen Mannes, in dem die unterschiedlichsten Gefühle Widerstreit hielten.

»Du?!«, stieß er nach einem endlos scheinenden Augenblick fassungslos hervor und rieb sich das Kinn, als habe ihm jemand einen Faustschlag versetzt. »Was …?«, hub er an.

Doch Wulf unterbrach ihn grob. »Wo ist Brigitta?«, zischte er gefährlich ruhig und funkelte den Baumeister an, der – um das Gesicht zu wahren – empört aufbrauste.

»Ihr Bräutigam sucht sie bereits«, stieß er um Haltung bemüht hervor, doch als Wulf ohne Vorwarnung vorschnellte und ihn am Kragen packte, entfloh ihm ein heiserer Laut.

»Ihr Bräutigam steht vor Euch!«, donnerte Wulf und schob sein Gesicht so nah an das des Kleineren, dass dieser seinen Atem spürte. »Ortwin ist ein Mörder, Mann!« Er stieß Ulrich heftig von sich und rang um Selbstbeherrschung. »Ein Mörder! Begreift Ihr das?!« Eine steile Ader trat auf seine Stirn. »Ich habe selbst gesehen, wie er ein Mädchen ertränkt hat«, flüsterte er, da ihm die Erinnerung an den furchtbaren Mord die Kehle zuschnürte. »Er macht vor nichts halt!« Ein flehender Unterton schlich sich in seine Stimme. »Sagt mir, wo sie ist. Es ist noch nicht zu spät.« Um seine Unterlippe davon abzuhalten zu zittern, biss er so heftig darauf, dass er Blut schmeckte.

Als Ulrich von Ensingen ihn lediglich anstarrte, als sei ihm ein Geist erschienen, fluchte er ungehalten: »Verdammt! Hat Euch jemand die Zunge ausgerissen?! Oder wollt Ihr nicht verstehen?« Eine Sekunde spielte er mit dem Gedanken, den

Älteren mit der Waffe zum Reden zu zwingen, doch eine innere Stimme warnte ihn vor diesem Schritt. »Ich werde Brigitta heiraten«, fuhr er etwas ruhiger fort. »Ganz egal, was Ihr dazu sagt.«

Er wandte sich von dem Baumeister ab und trat zurück ans Fenster, wo er die Hände auf den schmalen Sims stützte. »Eure Mitgift könnt Ihr behalten«, beschied er mit dem Rücken zu Ulrich, dessen heftiges Atmen seine Erregung verriet. »Ich habe genug Geld, um ihr ein Leben im Überfluss zu bieten.« Er lachte freudlos und kehrte dem Steinmetz wieder das Gesicht zu.

Dieser – bleich wie die Wand – hatte sich inzwischen auf den Stuhl sinken lassen und das Kinn auf die Hände gestützt. »Also gut«, murmelte Ulrich schließlich kaum hörbar. »Es musste wohl so kommen. Vielleicht hat von Husen recht, und Gott bestraft meinen Hochmut.« Er hob den Kopf. »Ich kann dir allerdings nicht viel sagen.«

KAPITEL 50

Schwäbische Alb, zwischen Ulm und Altheim,
9. August 1368

So schwer konnte es doch nicht sein, einen Flusslauf zu finden!, dachte Brigitta verzagt und blieb keuchend stehen, um sich die längsten der unzähligen Dornen aus den Kleidern zu ziehen.

Wenngleich nur vereinzelte Sonnentupfer das dichte Blätterdach durchdrangen, war es bereits so brütend und stickig, dass ihr das gestohlene Hemd am Leib klebte. Schon längst hatte sie es aufgegeben, den unaufhaltsam rinnenden Schweiß aus ihren Augen zu wischen, die vom Salz und der halb durchwachten Nacht rot und gereizt waren. Wie schon seit Stunden spitzte sie auch jetzt die Ohren, um aus all den Geräuschen der Natur das Plätschern der Lone herauszuhören – allerdings auch dieses Mal ohne Erfolg. Allmählich fürchtete sie, dass es ihr niemals gelingen würde, einen Weg aus dem zunehmend dichter werdenden Wald zu finden, und je länger sie sich durch Büsche und Dickicht kämpfte, desto mehr hatte sie das Gefühl, sich im Kreis zu bewegen. Sie hätte nicht auf den Schäfer hören und auf dem halbwegs erkennbaren Pfad bleiben sollen, der sie von Ballendorf nach Neenstetten geführt hätte! Dann hätte sie auch den als Englenghai bezeichneten Forst, der sie mehr und mehr ängstigte, vermieden. Seit zwei Tagen irrte sie nun schon in dieser Wildnis umher, ohne auch nur das kleinste

Zeichen des Flusses zu finden, der sie nach Bernstadt bringen würde!

Ein Rascheln zu ihrer Linken ließ ihr Herz schneller schlagen. War es wieder nur ein Reh oder sollte sie jetzt erfahren, warum die Leute in Altheim behaupteten, der Wald sei verhext? Instinktiv kauerte sie sich hinter eine halb vermoderte, von Flechten überwucherte Baumwurzel und hielt die Luft an – die sie jedoch kurz darauf erleichtert wieder ausstieß, als ein possierliches Eichhörnchen den Stamm einer Eiche hinaufhuschte. Wenn sie nicht bald zurück ins Freie fand, würde sich ihr Verstand vor lauter Furcht auflösen!

Sie wollte gerade ihr Versteck verlassen, als ein tiefes, kehliges Lachen die Stille durchschnitt. Diesem folgte das Klirren von Metall, und wenig später tauchten drei vierschrötige, ganz in Blau gekleidete Gesellen auf, die ein mageres Pferd mit sich führten. Über dem Rücken dieses bemitleidenswerten Tieres lag eine tote Hirschkuh, deren Blut das gelbliche Fell des Kleppers befleckte. Mit jedem Schritt, den die Stute tat, schlugen die Metallringe des viel zu großen Zaumzeuges aneinander, und auch die schlampig befestigten Steigbügel hüpften auf und ab. Die Armbrüste, welche die Männer geschultert hatten, blitzten gefährlich in den Sonnenstrahlen, die mit einem Mal messerscharf wirkten.

Brigitta schluckte, als die drei kein Dutzend Schritte von ihr entfernt haltmachten und sich misstrauisch umsahen.

»Wir sollten sie zerlegen«, schlug einer von ihnen vor, dessen sonnengebräuntes Gesicht von einer großen Nase beherrscht wurde. »Dann schöpft bestimmt niemand Verdacht.« Die beiden anderen nickten nachdenklich und zogen zu Brigittas Schrecken an Ort und Stelle lange Messer aus ihren Gürteln.

»Doch nicht hier!«, brauste der Mann auf, der den Vorschlag gemacht hatte, und tippte sich an die Stirn. »Seid ihr denn völlig verblödet?«

Das größte Mitglied des Kleeblattes blähte die Brust, wie um sich mit dem anderen anzulegen, doch der Dritte trat hastig dazwischen und versetzte energisch: »Buri hat recht. Wir sollten zur Lone gehen.«

Wenngleich Brigitta die vor Dreck starrenden, brutal wirkenden Kerle entsetzliche Angst einjagten, empfand sie einen freudigen Stich. Sollte es ein Wink des Schicksals sein, dass ausgerechnet jetzt diese drei Wilderer aufgetaucht waren?, fragte sie sich hoffnungsvoll und presste sich näher an die feuchte Rinde, als die Männer Anstalten machten, ihre Richtung einzuschlagen.

So nah kamen sie an Brigittas Versteck vorbei, dass ihr der süßlich-metallische Blutgeruch der erlegten Hirschkuh in die Nase stach. Schaudernd vergrub sie wie ein Kind das Gesicht zwischen den Knien – in der Hoffnung, dass, wenn sie die Kerle nicht sah, diese sie ebenfalls nicht entdecken würden. Die Beklemmung, die sie dabei ergriff, verstärkte sich, als sie sich ausmalte, wie diese drei Wilddiebe auf einen Zeugen ihrer Missetat reagieren würden. Der Schweiß auf ihrer Stirn fühlte sich plötzlich kalt und klamm an. Da die Strafe für unerlaubtes Jagen der Galgen war, würden die Männer sicher keine Sekunde lang fackeln und sie kurzerhand genauso aufschlitzen wie sie es mit ihrer Beute vorhatten.

Hin und her gerissen zwischen Furcht und der Hoffnung, endlich den Flusslauf zu finden, wartete sie, bis die Wilderer kaum mehr zu hören waren, bevor sie vorsichtig den Kopf hinter der Baumwurzel hervorschob. Bereits halb verschluckt vom Dämmerlicht des Waldes verschwanden die drei soeben in einer Bodensenke, und Brigitta las hastig ihre Siebensachen auf, um ihnen hinterherzuschleichen. Sorgsam darauf bedacht, kein verdächtiges Geräusch zu verursachen, suchte sie den Schutz der Baumstämme und näherte sich so den Wilderern bis auf Sichtweite.

In ein hitziges Gespräch vertieft, blickten sich die Männer nicht ein einziges Mal um, folgten einem Erdwall, der aussah wie eine uralte Schanze, und tauchten schließlich in ein Stück Forst ein, das so bedrohlich wirkte, dass Brigitta sich niemals in diesen dunklen Schlund gewagt hätte. Da sie keine andere Wahl hatte, nahm sie all ihren Mut zusammen und duckte sich zwischen den tiefhängenden Tannenzweigen hindurch – froh darüber, dass der von dürren Nadeln und Moos bedeckte Boden ihre Schritte dämpfte.

Endlich, nahezu eine Stunde später, schienen die Räubergesellen ihr Ziel erreicht zu haben, da sie nicht nur ihr Tempo drosselten, sondern Brigitta auch der unverkennbare Geruch feuchter Erde in die Nase stieg. Als sie an eine Lichtung gelangte, in deren Mitte sich ein schmales, glitzerndes Band schlängelte, hätte sie um ein Haar vor Freude gejubelt. Sie hatte die Lone gefunden! Jetzt musste sie nur noch an den Männern vorbeikommen, dann würde sie sicherlich noch heute Bernstadt erreichen.

Ins tiefe Gras geduckt beobachtete sie, wie die drei Wilddiebe die Hirschkuh losschnitten und auf den Boden fallen ließen, um ihr blutiges Handwerk zu beginnen. Mit geübten Bewegungen schnitten sie dem Tier den Bauch auf und griffen beherzt in die so entstandene Öffnung, um die Eingeweide zu entfernen. Angeekelt wandte Brigitta sich ab, als die Männer das Gekröse scherzend in den Fluss warfen und damit anfingen, dem erlegten Tier das Fell abzuziehen.

Ein prüfender Blick zum Himmel verriet ihr, wohin sie

sich wenden musste, und nachdem sie sich ein letztes Mal versichert hatte, dass die drei Kerle beschäftigt waren, stahl sie sich auf allen vieren am Rand der Lichtung entlang. Quälend langsam schwand der Abstand zu der südlich von ihr gelegenen Flussbiegung, an der sich die Lone so weit verbreiterte, dass ein kleiner Teich entstand. Dort würde sie sich im Schutze des Uferschilfes halten, um so schnell wie möglich wieder in den – plötzlich gar nicht mehr so feindselig wirkenden Wald – einzutauchen. Sie hörte bereits das träge Quaken der Laubfrösche, als ihr Fuß sich in etwas Weichem verfing.

Bevor sie begriffen hatte, was geschehen war, schlug sie hart der Länge nach hin, und wenngleich sie die Zähne aufeinanderbiss, entwich die Luft ihrer Lungen mit einem deutlich vernehmbaren Geräusch. Woraufhin sich die Dinge überschlugen. Aufgeschreckt von der unerwarteten Störung, erhoben sich ein paar Enten in die Lüfte – was die Wilderer dazu veranlasste, von ihrer Arbeit aufzublicken. Als einer von ihnen mit einem erstaunten Ruf den Arm ausstreckte, um auf die junge Frau zu zeigen, rappelte diese sich in Windeseile auf und schlug alle Vorsicht in den Wind. Sie hatten sie entdeckt! Warum sollte sie dann noch Versteck spielen? Der Schreck wollte sie für den Bruchteil eines Augenblicks lähmen, als der größte der Männer die Armbrust von der Schulter riss, die Waffe spannte und einen Bolzen einlegte. Mit weit aufgerissenen Augen sah sie hilflos dabei zu, wie der Kerl auf sie anlegte, doch kurz bevor er den Schuss abfeuerte, errang sie die Kontrolle über ihren Körper zurück und hechtete ins Gras. Das tödliche Geschoss zischte kaum eine Handbreit an ihrem linken Ohr vorbei und landete mit einem Platschen in dem kleinen Teich, doch bevor der Räubergeselle die Waffe ein zweites Mal schussbereit machen konnte, stob Brigitta wie vom Leibhaftigen gehetzt auf den Waldsaum aus Kiefern und Tannen zu.

Ohne sich darum zu kümmern, was in ihrem Rücken geschah, lief sie, bis Sterne vor ihren Augen tanzten; und als sie es endlich wagte, anzuhalten und um Atem zu ringen, stellte sie erstaunt fest, dass sie bei ihrer blinden Flucht instinktiv dem Verlauf des Flüsschens gefolgt war. Angespannt wie eine Bogensehne kroch sie zwischen eine Gruppe Haselsträucher und wartete ab, ob die Kerle ihr auf den Fersen waren. Bebend kaute sie an ihren Fingernägeln, während ihre Augen wie die eines gehetzten Kaninchens hin und her zuckten. Als das Kribbeln in ihren Kniekehlen sich schließlich bis in die Zehenspitzen ausgebreitet hatte, wagte sie sich wieder aus ihrem Unterschlupf hervor, und bevor sie es sich anders überlegen konnte, stolperte sie weiter nach Süden. Die Sonne hatte schon lange den höchsten Punkt am Himmel überschritten, als sie endlich das Ende des Waldes erreichte. Mit einem Dankgebet auf den Lippen umklammerte sie das Kruzifix an ihrem Hals und taumelte erschöpft auf ein abgeerntetes Feld, an dessen entferntem Ende sich ein Schuppen erhob. Sie hatte es geschafft! Nicht mehr lange und sie war in Ulm, wo sie endlich erfahren würde, was der buckelnde Kater zu bedeuten hatte!

KAPITEL 51

Burg Katzenstein, 9. August 1368

GENÜSSLICH SOG ADELHEID VON OETTINGEN den würzigen Duft des lauen Sommerabends ein. Das schwere Aroma der Heckenrosen vermischte sich mit dem Geruch der Fuchsien, Hortensien und Wicken, die sie an diesem Tag eigenhändig gegossen hatte. Leise vor sich hin summend zwickte sie mit einer kleinen Schere vertrocknete Blätter ab und labte sich am Anblick der wilden Blütenpracht. Wie schön diese kleinen Gärten doch waren, dachte sie verwundert, da sie die Burg ihres Gemahls in letzter Zeit mit völlig neuen Augen sah.

Seit dem Aufbruch seines Sohnes am gestrigen Morgen hatte Wulf eine beinahe unheimliche Verwandlung durchgemacht, doch das Ergebnis dieser Metamorphose gefiel Adelheid so sehr, dass es ihr schwerfiel, nicht vor Fröhlichkeit und Zuversicht aus der Rolle der Burgherrin zu fallen. Ein Lächeln stahl sich auf ihr Gesicht, als sie den Ritter mit dem Jagdmeister und Bolko in den Stallungen verschwinden sah, wo schon bald lautes Wiehern erklang. Vermutlich suchten sie die Jungtiere aus, mit denen sie morgen in aller Herrgottsfrühe das erste Mal zur Jagd reiten wollten. Sie schmunzelte, als sie sich die beinahe kindliche Freude vorstellte, mit der die Männer die Vorzüge und Nachteile der Vollblüter diskutierten.

Eine tief fliegende Fledermaus ließ sie zusammenfahren, doch kaum hatte sie erkannt, dass es sich lediglich um eines der harmlosen Tiere handelte, die jeden Abend auf Beutesuche gingen, schüttelte sie – über ihre eigene Schreckhaftigkeit lachend – den Kopf. Es war wohl besser, wenn sie hineinging, dachte sie, füllte den kleinen Korb zu ihren Füßen mit Rosenblättern und raffte die Röcke. Langsam erklomm sie die Treppen zur Halle, wo sie einem der Mädchen den Auftrag gab, ihr noch einen Krug Gewürzwein in ihre Kammer zu bringen. Da sich der Tag dem Ende neigte, würde sie sich bettfertig machen und darauf warten, dass ihr Gemahl – wie jede Nacht – zu ihr kam, um das Lager mit ihr zu teilen.

Ein warmes Gefühl durchströmte sie, und sie presste die Hand auf ihren Bauch. Wann sie das Leben in sich wohl das erste Mal spüren würde? Als sie mit ihrer Tochter schwanger gegangen war, hatte das Kind sie nach zwanzig Wochen so überraschend getreten, dass sie ihre Frühstücksmilch verschüttet hatte; doch insgeheim hoffte sie, dass sie bei dieser Schwangerschaft nicht so lange warten musste. Wie sehr sie sich darauf freute, Wulf stolz zu zeigen, wie sich sein Sohn danach sehnte, endlich das Licht der Welt zu erblicken!

Als sie ihr Gemach erreicht hatte, streute sie aufgekratzt die Rosenblüten in eine Schale mit Wasser, die sie neben dem am Fenster stehenden Kerzenleuchter platzierte. Während sie heiter die zahllosen Knoten und Schnüre ihres Gewandes löste, verscheuchte sie den leisen Schatten der Furcht wie eine lästige Fliege. Wie immer, wenn sie sich die Zukunft ausmalte, hoben die am Grund ihrer Seele begrabenen Ängste ihr Haupt. Warum sollte der Frieden unter Kaiser Karl nicht weiter andauern?, fragte sie sich und fuhr versonnen mit den Fingerkuppen über ihren Oberarm, bevor sie die Fucke zu Boden gleiten ließ und nach einem Kienspan griff, um die restlichen Kerzen und Öllämpchen zu entzünden. Niemand würde ihr ihren Gatten oder gar ihren Sohn wegnehmen! Das würde Gott nicht zulassen!

Das Klopfen an der Tür unterbrach ihre Gedanken, und nachdem sie der Zofe den Wein abgenommen hatte, beruhigte sie sich weiter. Außer einem unbedeutenden Italienzug hatte die Regierungszeit des deutschen Kaisers bis jetzt kaum ein Konflikt überschattet; ja, manche munkelten sogar bereits, dass das Rittertum bald überflüssig werden würde, wenn der Frieden noch länger währte. Warum sollte ihr dann ausgerechnet in dem Moment, in dem sie ihr Glück gefunden hatte, das Schicksal in die Suppe spucken? Sie schüttelte den Kopf. Nein, das war sicher nicht der Wille des Herrn.

Hatte der Allmächtige nicht Wulf die Kraft gegeben, den Schmerz zu besiegen, den der Abschied von seinem Sohn ihm bereitet hatte? Und hatte Er in seiner grenzenlosen Barmherzigkeit nicht auch dafür gesorgt, dass der Ritter das Raupenkleid der Niedergeschlagenheit, das ihn seit dem Tod seiner ersten Liebe gefangen gehalten hatte, abgeworfen und eine Neugeburt erlebt hatte?

Sie trat ans Fenster, um den blutroten Sonnenuntergang zu genießen. Wie sehr sie am vergangenen Morgen darum gebetet hatte, dass der Aufbruch des jungen Mannes ihr den Geliebten, den sie gerade erst entdeckt hatte, nicht wieder entreißen würde. Noch immer saß die Sorge tief. Versonnen löste sie das flachsblonde Haar und ließ es locker über den Rücken fallen, während sie daran zurückdachte, wie ein Teil ihres Gemahls vor ihren Augen ausgelöscht worden war, nur um kurz darauf durch etwas ersetzt zu werden, für das Adelheid keine Worte fand. Es war beinahe, als habe er mit dem Verschwinden des Reiters am Horizont beschlossen, die Qualen der Vergangenheit zu begraben und endlich in Frieden ruhen zu lassen.

Sie seufzte leise und befreite sich von ihrem Untergewand. Noch kam ihr die ganze Situation ein wenig unwirklich vor, und manchmal fürchtete sie gar, sie könne aus einem Traum erwachen, den der Teufel ihr vorgaukelte. Doch dann gab ihr ein Besuch der Burgkapelle die Zuversicht zurück, dass Gott keines seiner Schafe alleinließ. Auf nackten Sohlen tappte sie zu der von einem Baldachin überschatteten Bettstatt, stellte den Krug – zusammen mit zwei Zinnbechern – auf dem Nachttisch ab und glitt zwischen die kühlen Laken.

Als Wulf am gestrigen Tag endlich von einem stundenlangen Ausritt zurückgekommen war, hatte ihr Herz so sehr gehämmert, dass sie befürchtet hatte, eine Ohnmacht zu erleiden. Würde er sie – wie früher – von sich stoßen, um sich wieder in die Einsamkeit der Trauer zurückzuziehen?, hatte sie sich bange gefragt. Nachdem der Ritter seinen schaumbedeckten Rapphengst einem Stallburschen anvertraut hatte, war er jedoch ohne Umschweife zu ihr geeilt und hatte sich von ihr in die Arme schließen lassen. Und damit hatten sie einen unausgesprochenen Pakt geschlossen: Die Zukunft gehörte ihnen. Ganz gleich, welche Schatten aus der Vergangenheit in sie hineinragten, sie würden immer wieder zurück ins Licht finden.

Ein Prickeln legte sich über ihre Oberarme, als sie die vertrauten Schritte ihres Gemahls vernahm. Und als sich kurz darauf die Tür öffnete und seine breite Gestalt im Rahmen erschien, schloss sie selig die Augen. Innerhalb kurzer Zeit vermischte sich sein männlicher Duft mit dem Aroma der Rosenblätter, und die Gänsehaut breitete sich über Adelheids gesamten Körper aus. Einladend lüftete sie die Decke, und kaum hatte auch er sich von seinen Kleidern befreit, schlüpfte er zu ihr und bedeckte ihr Gesicht mit leidenschaftlichen Küssen. Hart und drängend presste er seine

Männlichkeit gegen ihre Schenkel, und während sie sich ohne Scham dem berauschenden Liebesspiel hingab, fragte sie sich, wie sie jemals auf ihn hatte verzichten können.

KAPITEL 52

Schwäbische Alb, zwischen Ulm und Altheim, 9. August 1368

»So viel Durchtriebenheit hätte ich dem Luder gar nicht zugetraut!« Wider Willen beeindruckt, jagte Ortwin seine Stute denselben Weg zurück, den sie gekommen waren. Obgleich ihn der immer häufiger auftretende Schwindel benommen die Augen schließen ließ, preschte er in halsbrecherischem Tempo über das abgeerntete Feld, an das ein schmales, beinahe rechteckiges Stückchen Wiese anschloss. Zu beiden Seiten erhoben sich die Wipfel alter Linden, Buchen und Eichen, in deren Laubwerk der aus Süden auffrischende Wind spielte.

Wenn er sich beeilte, konnte es nicht mehr lange dauern, bis er auf den einsamen Wanderer stieß, den unwissende

Augen für einen Bauernjungen halten mussten. Während sein Blick von rechts nach links zuckte und nach Lebenszeichen suchte, fragte er sich, warum er das Mädchen nicht bereits auf dem Hinweg überholt hatte. Vermutlich hatte sie sich wie ein Hase versteckt, als sie das Hufgetrappel seiner Stute vernommen hatte. Ein hässliches Grinsen entstellte sein gerötetes Gesicht. Wenn er sie doch nur schon zwischen den Fingern hätte!

Einen ganzen Tag hatte er damit verschwendet, jedes einzelne Fuhrwerk auf der Straße nach Ulm anzuhalten und die teils überraschten, teils erzürnten Lenker zu befragen. Er hatte gefürchtet, dass er zu spät kommen und sie die Stadt bereits erreicht haben könnte, oder dass ihm der Kerl mit dem Kater im Wappen zuvorkam. Doch dann hatte er auf der Hügelkuppe, von der aus man bereits die Münsterbaustelle sehen konnte, einen Ochsenkarren eingeholt. Dessen Führer hatte ihm zornig von dem Bengel berichtet, der beinahe alle Getreidesäcke auf der Ladefläche des Karrens aufgeschlitzt hatte. Da ihn die Tirade ermüdete, war Ortwin bereits kurz davor gewesen, die beiden Bauern stehen zu lassen, als einer von ihnen etwas gesagt hatte, das seine Aufmerksamkeit erregte: »Seltsam ist nur, dass ich den Burschen noch nie auf dem Meierhof gesehen habe.« Als Ortwin weiterbohrte, erfuhr er schließlich, dass der blinde Passagier von zierlichem Wuchs und kein besonders schneller Läufer gewesen war.

Folglich hatte er eins und eins zusammengezählt und vermutete nun, dass Brigitta – als Knabe verkleidet – schutzlos durch die Gegend streunte, wo er sie bald pflücken würde wie eine reife Beere. Ein Zittern durchlief seinen angespannten Körper, und wenngleich er annehmen wollte, dass es ein Zeichen der Lust war, belehrte ihn der in diesem Moment wieder einsetzende, dröhnende Kopfschmerz eines Besseren.

Was war nur los mit ihm?, fragte er sich zum wiederholten Male ungehalten, bereute jedoch augenblicklich die heftige Bewegung, mit der er das Unwohlsein hatte vertreiben wollen. Statt Besserung brachte diese ihm lediglich einen furchtbaren Krampf in den Nackenmuskeln ein, der ihn um ein Haar dazu gezwungen hätte, sein Pferd zu zügeln.

Anstatt den Schmerz die Oberhand gewinnen zu lassen, zwang er sich dazu, das lähmende Pochen zu unterdrücken, und dachte an das Erstbeste, das ihm außer der Beute, die er jagte, noch einfiel. Der buckelnde Kater! Gegen das in Wellen auftretende Unwohlsein ankämpfend, versuchte er sich an den Wappenrock des Mannes zu erinnern, der bei Ulrich von Ensingen vorgesprochen hatte. Wer immer dieser Kerl gewesen war, eines war Ortwin inzwischen klar geworden: Es konnte kein anderer hinter dessen unvermutetem Auftauchen stecken als dieser verfluchte Wulf! Irgendwie musste der Bursche seinen Hals aus der Schlinge gezogen haben, die Ortwin ihm so gerne eigenhändig geknüpft hätte.

Da er sich allmählich dem Saum eines weitläufigen Waldstückes näherte, zügelte er seine Stute, bis sie in einen gemächlichen Trab fiel. Gerade wollte er überlegen, wo er am besten anfangen sollte zu suchen, als ihm eine Gestalt auffiel, die etwas mehr als eine Meile vor ihm die Hand an die Stirn hob, um in die Ferne zu spähen. Während die Vorfreude auf die bevorstehende Hatz seine Beschwerden und alle Gedanken an Wulf mit einem Schlag verdrängte, fixierte er mit zusammengekniffenen Augen sein Ziel. Sollte er das Netz tatsächlich an der richtigen Stelle ausgeworfen haben?

Mit einem Zungenschnalzen trieb er sein Pferd wieder an und galoppierte auf den einsamen Wanderer zu, der – kaum hatte er begriffen, dass die Aufmerksamkeit des Reiters ihm galt – kehrtmachte, um zurück in den Wald zu laufen.

Angestachelt von dem durch seine Adern pulsierenden Jagdfieber preschte Ortwin in selbstmörderischem Tempo hinter dem Fliehenden her. Kaum hatte er auf gleiche Höhe mit diesem aufgeschlossen, brachte er ihn mit einem brutalen Schlag in den Rücken zu Fall. Der spitze Schrei, der dem so Gefällten entfuhr, bestätigte seine Vermutung. Nachdem er die Stute mit einem Ruck am Zügel gewendet hatte, trabte er drohend auf den am Boden Liegenden zu.

Die fadenscheinigen blauen Hosen waren von dem Sturz an einigen Stellen zerrissen, und als der Bursche auf Gesäß und Ellenbogen vor Ortwin zurückweichen wollte, verfing sich seine Gugel in einem krüppeligen Schlehenbusch. Zwar verrutschte die Kapuze nicht viel mehr als ein oder zwei Fingerbreit, doch blitzte gerade so viel der blonden Lockenpracht darunter hervor, dass Ortwin triumphierend die Zähne bleckte.

»Dachte ich es mir doch«, knurrte er und ritt gefährlich nahe an das Mädchen heran, dessen Rückzug von einem struppigen Dickicht aufgehalten wurde. Einige ihrer Siebensachen kullerten aus dem Beutel, den sie hatte fallen lassen. Sie gerieten unter die Hufe der Stute und zerbrachen mit einem lauten Knacken. »Bitte nicht!«, flehte die junge Frau erstickt und hob beschwörend die Hände.

»Hattest du im Ernst gedacht, du könntest mir entkommen?«, stieß Ortwin hervor und sprang aus dem Sattel, um sich zu nehmen, was ihm von Rechts wegen zustand.

»Nein! Lass mich!«

Während seine Linke sie am Kragen packte und auf die Füße riss, holte er mit der Rechten aus, um ihr einen harten Schlag zu versetzen, der ihren Kopf zur Seite schleuderte. »Dir werde ich die Halsstarrigkeit austreiben!«, brüllte er und wollte gerade seinen Gürtel lösen, als ihn ein heftiger Hustenanfall überraschte.

Als habe ihm jemand ein Messer in die Brust getrieben, durchzuckte ihn ein solch stechender Schmerz, dass er einen Augenblick den Griff lockerte, um am Halsausschnitt seines Rockes zu zerren.

Diese Gelegenheit nutzte Brigitta, um ihm mit aller Kraft das Knie in den Unterleib zu rammen, bevor sie sich schwer wie ein Mehlsack zu Boden fallen ließ. Der Stoff ihres Hemdes entglitt ihm, als er mit einem Grunzen zusammensackte und schützend die Hände in den Schritt presste.

Bevor Ortwin begriffen hatte, wie es dazu gekommen war, war ihm die Beute entschlüpft, und als er sich stöhnend wieder aufrichtete, hatte sie bereits mehrere Steinwürfe zwischen sich und ihren Peiniger gebracht. Um Atem ringend, wischte er sich mit dem Ärmel über den Mund und registrierte befremdet, dass sich der helle Stoff rot verfärbt hatte. Da er die Kleine jedoch verlieren würde, wenn er nicht umgehend handelte, unterdrückte er den Schmerz und setzte ihr so schnell nach, wie es sein schmerzender Unterleib zuließ. Obschon er nicht in Höchstform war, hatte er sie nach weniger als einer halben Meile eingeholt, und dieses Mal schickte er sie mit einem solch heftigen Hieb zu Boden, dass sie besinnungslos liegen blieb. Verwünschungen murmelnd blickte er einige Zeit auf sie hinab, bevor er sie kurzerhand über die Schulter warf und zu seinem Reittier zurückschleppte. Im Moment hätte er sowieso keine Freude an ihr gehabt, dachte er bitter. Dafür hatte sie gesorgt. Noch immer strahlte ein dumpfes Pochen von seiner Lendengegend aus, das – so wusste er aus Erfahrung – noch einige Zeit sein Begleiter sein würde, bevor es wieder abklang. Mit aufeinandergebissenen Zähnen hievte er seine Gefangene auf den Rücken des Pferdes, saß hinter ihr auf und ritt im vorsichtigen Schritt in Richtung Süden.

Eine Zeit lang folgte er dem Waldrand, überquerte die Lone und starrte auf die verlockend vor ihm hin und her schaukelnde Rückseite des Mädchens. Später!, ermahnte er sich, doch als sie begann, sich zu rühren und unverständliche Laute von sich zu geben, fiel es ihm schwer, diesem Entschluss treu zu bleiben. Lediglich das Wissen, dass seine Männlichkeit noch eine Weile brauchen würde, um wieder voll einsatzbereit zu sein, hielt ihn davon ab, den lange ersehnten Bissen zu kosten. Mit einem grausamen Lächeln auf den Lippen brachte er die Stute zum Stehen, zerrte seine Gefangene zu Boden und stellte sie schwankend auf die Füße. Während Brigitta um ihr Gleichgewicht kämpfte, machte er einen Strick vom Sattel los, fesselte ihre Hände und band das Seil am Knauf fest. »Bitte lass mich gehen!«, schluchzte die junge Frau und versuchte, sich zu befreien.

»Wer sich wie eine Wildkatze benimmt, wird auch so behandelt«, zischte er dicht an ihrem Ohr, schwang sich wieder auf den Rücken der Stute und trabte an. Als er nach kurzer Zeit einen Blick über die Schulter sandte, lachte er kalt auf, da die schnelle Gangart des Tieres seine Gefangene auf dem unwegsamen Untergrund stolpern und mehr als einmal straucheln ließ. Nach etwa zwei Meilen knickte sie mit einem Wimmern ein und ließ sich von Ortwin über Gras und Steine schleifen, bis dieser schließlich anhielt und wartete, dass sie sich wieder aufrappelte.

In brütender Hitze schleppte er sie so mehrere Stunden lang hinter sich her, und wäre nicht irgendwann das Dorf Bernstadt vor ihm aufgetaucht, hätte er sie vermutlich in seiner Wut zu Tode gequält. So jedoch beschloss er, die Nacht in der neben der Kirche gelegenen Dorfschenke zu verbringen und sich endlich, endlich an der so lange entbehrten Frucht zu laben. Eine heitere Melodie auf den Lippen, überquerte er den Dorfgraben, ritt die staubige Straße entlang und saß am Dorfplatz in der Mitte des Fleckens ab. In Windeseile scharten sich Männer, Frauen und Kinder um ihn, die tuschelnd auf den erschöpften Gefangenen wiesen, der an Ort und Stelle niedersank.

Als gingen ihn die Schaulustigen nichts an, schlenderte Ortwin in aller Seelenruhe auf Brigitta zu, zückte ein Messer und kniete sich neben ihr auf den Boden. Während er den Strick mit einer Hand straffte, durchtrennte er ihn mit der anderen, sodass die junge Frau zwar nicht mehr am Sattel hing, ihre Hände aber nach wie vor gebunden blieben. Wie beiläufig raunte er ihr dabei ins Ohr: »Ich würde an deiner Stelle meinen Mund halten. Ein falsches Wort ...« Er ließ den Satz unbeendet und zog sie mühelos in die Höhe. Ohne die Dorfbewohner eines Blickes zu würdigen, stieß er sie auf den Eingang der Schenke zu, wo sie sich urplötzlich aufbäumte und nach hinten warf.

»Helft mir!«, flehte sie heiser und sträubte sich mit aller Gewalt gegen den Steinmetz. »Er will mich entführen!«

Kopfschüttelnd versetzte Ortwin: »Ich hatte dich gewarnt«, bevor er sich an die zusammengelaufenen Dörfler wandte, aus deren Mitte sich ein reich gekleideter Mann löste.

»Was geht hier vor?«, donnerte dieser herrisch und starrte Ortwin fordernd an. »Ich bin der Meier dieses Ortes! Ich verlange zu wissen, wer Ihr seid und wer Euer Gefangener ist.« Misstrauen huschte über sein feistes, rotes Gesicht, und Ortwin entging keineswegs die unauffällige Geste, mit der er ein halbes Dutzend gut gebauter Kerle im Halbkreis Aufstellung nehmen ließ.

»Es ist alles rechtens«, sagte er deshalb beschwichtigend, langte nach Brigittas Gugel und zog sie von ihrem Kopf. Ein Raunen lief durch die Reihen, als die Menge begriff, was sie sah. »Dieses Mädchen ist meine Braut«, fügte Ortwin hinzu und zog geheuchelt hilflos die Schultern hoch. »Sie ist aus dem Haus ihres Vaters geflüchtet.«

Das schockierte Schweigen der Bauern wirkte wie eine Mauer. Einige Momente starrten die Dörfler Brigitta halb erschrocken, halb empört an, bevor sich die Lähmung von ihnen löste und sie anfingen, untereinander zu tuscheln. Ehe Ortwin dazu kam, weitere Erklärungen abzugeben, prallte mit einem Mal dicht vor ihm ein Stein auf dem Boden auf.

»Schamlos wie Eva!«, keifte eine schrille Stimme, und augenblicklich folgte dem ersten Wurfgeschoss ein zweites.

»Wegen solcher Dirnen bestraft uns der Herr mit der Pest! Auspeitschen sollte man sie!«

Im Handumdrehen war die Ansammlung bedrohlich näher gerückt, und beinahe bereute Ortwin seine List, die offensichtlich nicht das erreichte, was er bezweckt hatte.

»Ehebrecherinnen soll man steinigen!«, brüllte eine alte Vettel, deren Gesicht von eitrigen Furunkeln entstellt war.

Weitere Stimmen fielen in den misstönenden Kanon ein, der nur widerwillig verstummte, als der Meier nach einigen gefährlichen Augenblicken der Ratlosigkeit endlich die Arme hob. »Ruhe!«, bellte er ungehalten. Mit einem Wink befahl er den kräftigen Männern, die Rotte im Zaum zu halten, während er sich Hilfe suchend an den Pfarrer wandte, der – hochgewachsen und asketisch – inzwischen ebenfalls in den Ring getreten war, um dem Spektakel auf den Grund zu gehen.

»Derjenige, der ohne Sünde ist, werfe den ersten Stein«, tönte dieser mit sonorer Stimme und hob das hölzerne Kruzifix, das an seinem Hals hing, in die Höhe, als habe es die Macht, die Meute zu bändigen. Tatsächlich verstummten die Bauern auch umgehend und senkten reumütig die Häupter.

»Ist es wahr, was er sagt, mein Kind?«, wandte er sich an Brigitta, die ebenfalls beschämt die Augen niederschlug.

Eine Zeit lang war das Rascheln der Blätter und ein gelegentliches Räuspern das Einzige, was zu hören war, bis die junge Frau kaum wahrnehmbar nickte und hörbar die Luft ausstieß. »Ja«, hauchte sie, da sie – wie Ortwin annahm – nicht wagte, einen Mann Gottes zu belügen. Als der Steinmetz sah, wie sich die Miene des Pfaffen verhärtete, frohlockte er innerlich. Das Blatt schien sich doch noch zu seinen Gunsten zu wenden! »Dann ist er im Recht und du wirst dich seinem Willen beugen«, verkündete der Prediger. »So steht es in der Heiligen Schrift geschrieben.« Er hob die Hand, um auf ihre zerschlissenen Beinlinge zu deuten, die ihm ein missfälliges Naserümpfen entlockten. »Dort belehrt uns der Herr auch, dass es Sünde ist, wenn eine Frau Männerkleidung anlegt.« Er runzelte die Brauen und setzte an Ortwin gewandt hinzu: »Ihr solltet so bald wie möglich dafür sorgen, dass sie ihre Blöße anstandsgemäß bedeckt.« Damit wendete er sich mit aneinandergelegten Handflächen ab, nickte dem Meier zu und verschwand in der verfallen wirkenden Kirche.

Da die Worte des Geistlichen die Wogen geglättet zu haben schienen, begann die Menge bald, sich zu zerstreuen, obgleich die Gaffer Brigitta noch einige Momente neugierig anstarrten.

»Das hätte ins Auge gehen können«, brummte Ortwin, als auch der Meier und seine Männer den Rückzug angetreten hatten, und ergriff Brigittas Oberarm, um sie in die Taverne zu zerren.

Dort verneigte sich der Wirt, der den Vorfall hinter der angelehnten Tür verfolgt hatte, mit einem unterwürfigen Lächeln, während seine kleinen Äuglein zwischen Ortwin und Brigitta hin und her schossen.

»Hast du eine Kammer für mich, Mann?«, fragte Ortwin barsch und warf einige Münzen auf den Tisch, die der Wirt gierig einsammelte.

»Ihr könnt in meiner Stube schlafen«, gab dieser eifrig zurück, nachdem er die Pfennige in die Tasche seines Rockes hatte fallen lassen. »Weib!«, brüllte er. »Kehr die Stube und richte das Bett.« Wenngleich er keine Antwort erhielt, verriet heftiges Poltern aus den Tiefen des Hauses, dass die Angesprochene tat wie befohlen, und da Ortwin hungrig war, bestellte er ein herzhaftes Mahl.

»Der Braten braucht noch eine halbe Stunde«, entschuldigte sich der Mann, und erst jetzt nahm Ortwin den köstlichen Geruch garenden Fleisches wahr.

»Schon gut«, versetzte er kurz angebunden und beförderte seine Gefangene mit einem Stoß in den Rücken an der Feuerstelle vorbei in Richtung Stube, sobald die Gattin des Wirtes zurück in die Küche gehuscht war.

Mit einem Laut, der halb Knurren, halb Seufzen war, trat er die Tür hinter sich ins Schloss und schleuderte Brigitta auf die klumpige Matratze. Außer dem schmalen Bett, einer Truhe und einer Waschschüssel war der winzige Raum unmöbliert, was Ortwin allerdings nicht im Geringsten störte. Für das, was er vorhatte, benötigte er keine Möbel. Mit zwei Schritten war er bei ihr, packte sie und brachte sein Gesicht so dicht an das ihre, dass er vermeinte, ihre Furcht riechen zu können. Wenn ihm nur nicht der Schädel brummen würde, als ob er die ganze Nacht gesoffen hätte!, dachte er bedauernd, da die halb geöffneten Lippen und der heftige Atem des Mädchens ihn noch mehr erregten, als er es sich ausgemalt hatte. Er würde sich erst stärken, etwas Theriak und Priestersalz in den Wein mischen, um den Schwindel zu vertreiben. Und dann …

»Ich werde niemals deine Frau!« Die Heftigkeit, mit der sie diese Äußerung ausstieß, überraschte Ortwin, und als sie ihm unvermittelt ins Gesicht spuckte, war er zu verdattert, um zu reagieren.

»Ganz egal, was du dir ausgedacht hast«, fauchte Brigitta, während flammende Röte in ihre Wangen stieg. »Ich gehöre bereits einem anderen.« Ein triumphales Funkeln trat in ihren Blick. »Und ich trage sein Kind in mir!«

Einige Augenblicke war Ortwin so benommen, dass er sich nicht einmal den Speichel abwischte, doch dann hob er den Ärmel, wischte sich schnaubend über die Wange und holte aus. Laut hallte der Hieb von den kahlen Wänden wider, und als Ortwin erneut die Hand auf sie niedersausen ließ, erschien bereits ein leuchtend rotes Mal auf ihrer Haut. Mehr als ein halbes Dutzend Mal ohrfeigte er sie, bis sie schließlich weinend den Kopf in den Armen vergrub, um ihn vor weiteren Schlägen zu schützen.

»Das wird dir auch nicht weiterhelfen«, versetzte er knapp und blickte verächtlich auf sie hinab, während er das Brennen auf seiner Handfläche genoss. Wenngleich er sie am liebsten geprügelt hätte wie einen ungehorsamen Hund, legte er keinen Wert darauf, sie zum Krüppel zu schlagen – weshalb er widerwillig von weiteren Züchtigungen absah. Immerhin hatte er noch so einiges mit ihr vor.

»Es gibt Mittelchen und Pülverchen, um solch unerwünschte Brut loszuwerden«, flüsterte er heftig atmend – angestrengt darum bemüht, den in ihm aufwallenden Hass auf den Nebenbuhler zu schlucken. Zwar hatte er sich bereits in schillernden Farben ausgemalt, wie es sein würde, ihr die so sorgsam gehütete Jungfräulichkeit zu rauben, doch es würde auch so sicherlich noch befriedigend genug sein. Die Abscheu, die der Gedanke an Wulf ihm bereitete, zog einen schwarzen Schleier über seine Augen. Er würde diesem Mistkerl die Eingeweide aus dem Leib reißen und sie eigenhändig an ihn verfüttern!

Aber das konnte warten. Zuerst musste er etwas gegen diese verdammten Gliederschmerzen und das Stechen in der Brust unternehmen, und dann würde er sein Revier ein für alle Mal markieren! Und zwar so, dass das kleine Luder nie wieder auf die Idee kam, sich ihm zu widersetzen!

Bevor er etwas tun konnte, das er später bereuen würde, machte er auf dem Absatz kehrt, stampfte in die Gaststube und ließ sich übellaunig auf eine der harten Bänke fallen. »Wirt!«, brüllte er. »Einen Krug von deinem besten Wein!«

KAPITEL 53

Ulm, 10. August 1368

ENDLICH!, DACHTE WULF UNGEDULDIG. Endlich! Mit angriffslustig vorgerecktem Kinn stürmte er auf den Vorsteher des Heilig-Geist-Spitals zu, kaum war dieser wenig elegant aus dem Sattel eines behäbigen Kaltblüters geglitten. Mit den Ellenbogen bahnte er sich einen Weg durch die Abordnung, die den Abt begleitet hatte, der sich bereits in Richtung Refectorium entfernte – vermutlich, um sich nach den Strapazen der Reise zu stärken. Auf keinen Fall würde Wulf zulassen, dass er ihm entwischte!

Nachdem der junge Mann die Nacht auf einer der harten Liegen in einem leer stehenden Dormitorium, einem der Schlafsäle der Mönche, zugebracht hatte, war er noch vor Sonnenaufgang und der Laudes erwacht. Voller Unruhe hatte er sich von dem freundlichen Camerarius ein einfaches Frühstück geben lassen, das er großzügig bezahlt hatte – trotz der Tatsache, dass für ihn kein Schlafplatz mehr im Gästehaus zu finden gewesen war. Danach war er stundenlang in dem immer belebter werdenden Hof auf und ab gelaufen und hatte sich abwechselnd mit düsteren Gedanken gemartert und mit Stoßgebeten beruhigt.

Da der Abt des Klosters vor einiger Zeit nach Augsburg gereist war, um an einem Bankett des Bischofs teilzunehmen, war Wulfs Frage nach dem Oberhaupt des Heilig-Geist-Spitals am Vortag lediglich mit Kopfschütteln beantwortet worden. »Eigentlich haben wir ihn bereits gestern zurückerwartet«, hatte der Stellvertreter des obersten Ordensbruders Wulf bei seiner Ankunft im Spital wissen lassen. »Aber es ist eine lange Reise.«

Weil niemand sonst dem jungen Mann Auskunft über Schwester Clementine geben konnte – oder, so hatte er das Gefühl, wollte – blieb ihm nichts anderes übrig, als zu warten und zu hoffen, dass seine Gebete erhört wurden und der Abt unversehrt nach Ulm zurückkehrte. Denn ansonsten hätte ihn Ulrich von Ensingens Vorschlag in eine Sackgasse geführt.

Erfüllt von einer Mischung aus Dankbarkeit und Aufregung trat er zwischen den Ordensvorsteher und eine Handvoll Brüder, die in der Zwischenzeit herbeigeeilt waren, um ihr Oberhaupt gebührend zu empfangen.

»Vater«, begrüßte er den kahlen Abt mit einer ehrerbietigen Verneigung. »Vergebt mir meine Eile, aber ich muss Euch umgehend sprechen.«

Die dichten Brauen des alten Mannes schoben sich missfällig zusammen, als er die Erscheinung des Besuchers von oben bis unten mit strengem Blick abtastete. Abwehrend hob er die mit Ringen überladene Hand und schien Wulf gerade abwimmeln zu wollen, als dieser mit einem Griff in seine Geldkatze dafür sorgte, dass sich der Gesichtsausdruck des Mönches wie von Zauberhand berührt wandelte.

»Wie kann ich Eure Großzügigkeit vergelten?«, fragte der in kostbare Reisegewänder gekleidete Kirchenmann honigsüß, nachdem er den Gulden in seinem eigenen Beutel verstaut hatte. »Ihr scheint ein anständiger Mensch zu sein«, fügte er mit einem habgierigen Blick auf Wulfs Gürtel hinzu und winkte einen Mann herbei, dem er befahl, seine Reisebündel ins Abthaus zu schaffen.

Wulfs Mund verzog sich zu einem müden Lächeln. Täuschte er sich oder zeichnete sich in letzter Zeit ein Muster ab? Wer Geld hatte und dieses bereitwillig mit anderen teilte, schien ein überaus beliebter Zeitgenosse zu sein. Seine Miene verdüsterte sich wieder, als er dem Abt seine Bitte vortrug.

»Oh, da seid Ihr nicht der Erste«, spuckte der alte Mann mit überraschender Heftigkeit aus, als Wulf geendet hatte. »Ihr *Bräutigam* hat mich ebenfalls aufgesucht«, versetzte er verächtlich, wobei er das Wort ungläubig betonte. »Direkt vor meiner Abreise nach Augsburg.« Seine Ringe blitzten auf, als er die Fäuste ballte. »Was für ein ungehobelter Mensch! Gott wird ihn für seine Unverschämtheit bestrafen.«

»Was habt Ihr ihm gesagt?«, unterbrach Wulf die sich anbahnende Tirade. Doch es dauerte eine Weile, bis er eine Antwort erhielt, da die Erinnerung an die Begegnung mit Ortwin den Ordensvater vor Zorn beben ließ. Erst als dieser sich wieder beruhigt hatte – ein Prozess, der durch ein paar weitere Münzen beschleunigt wurde –, erfuhr der junge Mann, was er wissen wollte.

»Geht mit Gott«, schickte der Mönch seinem großzügigen Besucher hinterher, als dieser in Richtung der Stallungen lief, um sein Pferd aus der Box zu holen.

Als er wenig später das Herdbruckertor hinter sich ließ, war Wulf so angespannt, dass sein Wallach – der die Erregung seines Herrn spürte – nervös den Kopf auf und ab warf. Vier Tage Vorsprung!, haderte er verbittert. Wie sollte er diesen Zeitverlust jemals wettmachen?! Verzweiflung stieg in ihm auf, als er sich ausmalte, was inzwischen alles geschehen sein konnte. Was, wenn Ortwin Brigitta bereits gefunden hatte? Allein die Vorstellung, dass seine grobschlächtigen Pranken sie berühren könnten, bereitete ihm beinahe körperliche Schmerzen. Ein gequältes Stöhnen kam über seine Lippen, als er an die Szene im Holzlager zurückdachte. Die ungezügelte Lust, die in dem halb irren Blick Ortwins gebrannt hatte, ließ ihn sein Reittier bis zur Erschöpfung über Stock und Stein jagen.

In fieberhafter Eile legte er Meile um Meile zurück, während sich sein Kopf leerte und sein Blickfeld immer mehr einengte. Wenn sie Ortwin Widerstand leistete, was sollte diesen dann davon abhalten, sie ebenso kaltblütig zu ermorden wie die Frau, die er in der Donau ertränkt hatte? Die Erinnerung an den Anblick des auf den Wellen schaukelnden, leblosen Körpers schnürte Wulf vor Grauen die Kehle zu, und er presste so heftig die Fersen in die Flanken seines Reittieres, dass dieses empört wieherte. Als der Falbe in der Hinterhand ausbrechen wollte, schlug Wulf ihm derb mit dem Zügel über den Hals und hetzte ihn erbarmungslos weiter in Richtung Norden. Weder sah er die am Wegesrand verstreuten Katen, noch nahm er die ihm vereinzelt entgegenkommenden Fuhrwerke wahr, da sein Instinkt ihm sagte, dass Brigitta auf keinem der Bauernkarren zu finden sein würde.

Nachdem er wenige Meilen hinter Ulm den Weg nach Altheim erfragt hatte, folgte er der mehr schlecht als recht befestigten Straße, die ihn auf die Albhochfläche führte. Er jagte durch Dörfer und an Gehöften vorbei und ließ sich von dem mit jedem Huftritt zunehmenden Gefühl der Beklemmung leiten. Wie bereits in der Nacht zuvor vermeinte er, deutlich zu spüren, dass Brigitta in Not war.

Als er kurz vor Mitternacht aus unruhigem Schlaf hochgeschreckt war, war ihm ein heftiger Stich der Furcht in die Brust gefahren, und eine eiserne Klaue hatte sich um sein Herz gelegt. Er musste sich beeilen! Wenn er zu spät kam … Er ließ den Gedanken unbeendet und grub die Fingernägel in die Handflächen.

Während die Sonne ihren Weg zum Zenit unaufhaltsam fortsetzte, machte Wulf lediglich hie und da halt, um Erkundigungen einzuholen und nach einem Mann und einem Mädchen zu fragen, die den Dorfbewohnern in den letzten Tagen aufgefallen waren. Als ihm auch in Beimerstetten niemand weiterhelfen konnte, beschloss er, der alten Römerstraße nach Bernstadt zu folgen, anstatt über Breitingen nach Altheim zu reiten.

KAPITEL 54

Bernstadt, 10. August 1368

VORSICHTIG, um kein verdächtiges Geräusch zu verursachen, schob Brigitta sich weiter in Richtung Wand. Seit vor mehreren Stunden die Schenke zum Leben erwacht war, hatte sie unermüdlich versucht, den Strick, mit dem ihre gefesselten Hände an dem Bettkasten befestigt waren, an einem hervorstehenden Nagel zu durchtrennen. Vor wenigen Minuten war es ihr endlich gelungen. Da allerdings inzwischen nicht nur ihre Handgelenke blutig gescheuert waren, sondern auch ihre Rücken- und Schultermuskeln vor Schmerz schrien, musste sie sich einige Momente ausruhen, bevor sie es wagen konnte, einen Fluchtversuch zu unternehmen.

Wenn sie doch nur nicht eingeschlafen wäre!, schalt sie sich und unterdrückte ein Ächzen, als sie sich erschöpft gegen den kühlen Putz lehnte. Dann hätte sie schon längst über alle Berge sein können! Mühsam beruhigte sie ihren Atem, schloss die bleischweren Lider und dachte an die furchtbare Nacht zurück.

Nachdem Ortwin sie in der Kammer zurückgelassen hatte, war sie vor Angst beinahe gestorben. Zitternd und weinend war sie bei jedem Geräusch zusammengefahren, und als er schließlich – bis zur Besinnungslosigkeit betrunken – aus dem Schankraum zurückgekehrt war, hatte sie ihn schluchzend angefleht, sie zu verschonen. Kalt kroch das Grauen ihren Rücken hinauf, als sie an das schreckliche

Lachen zurückdachte, mit dem er sie gepackt und auf das Bett geworfen hatte. Im Handumdrehen hatte er sich die Kleider vom Leib gestreift und sich gerade an ihren Hosen zu schaffen gemacht, als ihr Kampfwille zurückgekehrt war und sie sich unter ihm hervorgewunden hatte. Halb stolpernd, halb fallend war sie zur Tür geflohen, die sie jedoch verschlossen vorgefunden hatte; und bevor sie in fliegender Hast den Riegel aufgeschoben hatte, war er bei ihr gewesen.

Sie schlang die Arme um die Schultern und wiegte sich hin und her. Ob sie diesen Augenblick jemals würde vergessen können? Seine verzerrte Fratze tauchte vor ihrem inneren Auge auf.

»Es ist zwecklos«, hatte er ihr mit fauligem Atem ins Gesicht gehaucht. »Schon vergessen?« Seine Stimme triefte vor Hohn. »Du gehörst mir.« Damit hatte er ihr grob das Hemd über den Kopf gezogen und gierig auf ihre bloßen Brüste gestarrt, bevor er seine Erregung gegen ihren Bauch gepresst und sie zurück zum Bett gedrängt hatte. Lediglich der durch die Fensterläden hereinfallende Mond erhellte die grauenvolle Szene, und als sie sein Gewicht auf sich spürte, hatte Brigitta ergeben die Augen geschlossen. Seine Pranken begannen gerade zwischen ihren Beinen zu grapschen, sie rücksichtslos auseinanderzuzwingen, als er unvermittelt innehielt und schwer atmend zur Seite sackte. Zu dem Gestank von Wein und Knoblauch gesellte sich mit einem Mal ein anderer, fauliger Geruch, der Brigitta würgen ließ. Während Ortwin neben ihr zu husten begann, spürte sie, wie seine Männlichkeit erschlaffte, und als er sich ohne Vorwarnung über die Bettkante beugte, um sich in die Nachtpfanne zu erbrechen, wich sie Zoll um Zoll vor ihm zurück.

Erneut sorgte die Erinnerung an das Vorgefallene dafür, dass sie trotz der inzwischen in die Herberge vordringenden

Hitze des Tages fröstelte. Was dann geschehen war, hätte sie eigentlich mit Erleichterung erfüllen müssen, doch der zwingende Schluss, zu dem sie inzwischen gekommen war, ließ eine ganz andere Furcht zurückkehren. Nachdem Ortwin sich die Seele aus dem Leib gespuckt hatte, hatte er zitternd nach ihr getastet, sich mit letzter Kraft aufgerichtet und sie – unbekleidet wie sie war – erneut gefesselt. Dann war er röchelnd und schwitzend auf der Matratze zusammengebrochen und seitdem noch nicht wieder erwacht. Allerdings hatte das silberne Mondlicht deutlich die dunkel eingefärbten Beulen in seinen Leisten und an den Ellenbogen hervortreten lassen – und das war es, was Brigitta mit namenloser Panik erfüllte: Ortwin hatte die Pest!

Ein Stöhnen ließ sie mit klopfendem Herzen den Kopf heben. Offensichtlich fiebernd wälzte sich ihr Peiniger hin und her, doch da noch nicht einmal das durchdringende Läuten der Kirchenglocken ihn geweckt hatte, hoffte Brigitta, dass er noch mindestens so lange bewusstlos blieb, bis sie sich aus der Kammer geschlichen hatte. Beißend hing der Gestank seines Erbrochenen in der Luft, und wie schon die halbe Nacht hindurch versuchte Brigitta, nicht durch die Nase zu atmen. Behutsam löste sie die letzten Knoten, schnürte Hemd und Hose zu und lauschte angespannt auf die unregelmäßigen Atemzüge des Steinmetzen. Wenn ihr Plan aufging, war sie schon bald in Sicherheit!

Wie sie die Dorfbewohner davon überzeugen würde, sie gehen zu lassen, wusste sie bereits, denn nicht umsonst wurde die Pest als Strafe Gottes angesehen. Und wenn jemand verdient hatte, dass diese Geißel ihn traf, dann war es Ortwin! Das war auch der einzige Gedanke, der sie während der unruhigen Nacht immer wieder mit Hoffnung erfüllt hatte – nur um wenig später von der Sorge verdrängt zu werden, dass der Herr auch Grund genug hatte, ihren eigenen Ungehorsam zu ahnden. Schutzsuchend tastete sie nach der Korallenkette mit dem Kruzifix und begann, lautlos zu beten: Herr, behüte mich und lasse Dein Angesicht leuchten über mir. Herr, mein Fels, meine Burg, mein Erretter, mein Gott und mein Schutz! Führe mich auf rechter Straße um Deines Namens willen. »Amen«, setzte sie leise flüsternd hinzu.

Mit Tränen in den Augen hob sie den Blick, versicherte sich, dass Ortwin immer noch nicht erwacht war, und machte gerade Anstalten, sich an der Wand in die Höhe zu schieben, als sie ein donnerndes Klopfen zusammenzucken ließ.

»Aufmachen!«, dröhnte der Wirt, der offenbar mit den Fäusten gegen die Tür hieb. »Es ist bald Mittag. Wenn Ihr noch einen Tag bleiben wollt, müsst Ihr erst bezahlen!« Weitere Hiebe gegen das Holz folgten, bis Ortwin endlich mit einem Grunzen aus seinem tiefen Schlaf aufschreckte und sich mit unsicheren Händen an den Kopf fasste.

»Was …?«, nuschelte er und tastete nach dem Wasserkrug neben dem Bett. Mehrere Versuche, diesen an die Lippen zu führen, scheiterten, und als es ihm endlich gelang, rann ein Großteil der Flüssigkeit an seinem Kinn hinab und tropfte in die Kissen.

»Macht auf!«, forderte der Wirt, dessen Laune sich deutlich von der am gestrigen Tag unterschied. »Bezahlt oder geht.«

Bevor Ortwin die Beine über die Bettkante schwingen konnte, streifte Brigitta die Lähmung ab, rappelte sich auf und eilte zur Tür. Nachdem sie den Riegel beiseite geschoben hatte, ließ sie den Wirt ein, der wortlos auf das Bild starrte, das sich seinen Augen bot. Innerhalb weniger Lidschläge schien er zu begreifen, dass etwas mit seinem Gast nicht stimmte, woraufhin er sich nach dessen Kleidern bückte, sie Ortwin mit spitzen Fingern zuwarf und mürrisch fragte: »Wollt Ihr noch eine Nacht hierbleiben?«

Ob oder was für eine Antwort ihr Bedränger dem Mann gab, hörte Brigitta nicht mehr, da sie sich bereits auf Zehenspitzen in den Schankraum geschlichen hatte, der bis auf einen einsamen Reisenden leer und verlassen war. Mit gesenktem Kopf huschte sie an diesem vorbei, schlüpfte ins Freie und kniff geblendet die Augen zusammen.

So grell stach die Sonne von einem wolkenlosen Himmel, dass es ihr nach der Düsternis der Schlafstube vorkam, als blicke sie direkt in eine Flamme. Ungeachtet dessen stolperte sie halb blind von der Schenke fort, um so viel Abstand wie möglich zwischen sich und Ortwin zu bringen. Einige Zeit lang tanzten bunte Kreise und Punkte vor ihren Augen, die jedoch nach wenigen Momenten wieder verblassten. Nachdem sie sich auf dem menschenleeren Dorfplatz umgesehen hatte, gelang es ihr allmählich, klarere Gedanken zu fassen. Das Pferd! Sie musste die Stute stehlen! Dann würde es ihm – ganz egal, was er auch unternahm – niemals gelingen, sie einzuholen! Fahrig vor Aufregung wandte sie sich nach links, duckte sich in den Schatten des Gasthauses und drückte sich an der Wand entlang hinter das Haus, wo sich wie erwartet ein Schuppen zwischen dem Abtritt und einem Misthaufen befand. Vorsichtig stahl sie sich in die heruntergekommene Hütte, in der ein magerer Ochse, ein uralter Klepper und Ortwins Pferd sich die einzige Box teilten. So schnell sie konnte, streifte sie der Stute ihres Vaters das Zaumzeug über und wuchtete den Sattel auf deren Rücken. Dann führte sie das leise schnaubende Tier ins Freie, wo sie eine böse Überraschung erwartete.

Wie eine der furchtbaren Schreckgestalten der Apokalypse fuhr der inzwischen bekleidete Ortwin auf sie hinab, und wenngleich sein Gesicht von fiebrigen Flecken entstellt war und schweißnass glänzte, war genug Kraft in ihm, um sie mit einem einzigen Schlag zu fällen.

Ihr Kopf dröhnte noch von dem Hieb, als er sie auf den Bauch drehte, ihr brutal das Knie in die Rippen trieb und ihr die Hände so fest auf den Rücken band, dass diese augenblicklich taub wurden. Dann warf er sie wie einen Sack über die Kruppe des Pferdes und ergriff die Zügel.

»Da hast du die Rechnung ohne mich gemacht«, stieß er heiser hervor, wurde jedoch sofort von einem Hustenanfall unterbrochen, der seinen ganzen Körper schüttelte. Sobald er sich wieder in der Gewalt hatte, zog er die Stute vom Hof und führte sie zu der Tränke in der Mitte des Dorfplatzes, wo er lauthals nach dem Wirt brüllte. »Einen Schlauch Wein, Brot und Fleisch!«, herrschte er den Mann an, der kurz darauf mit dem Gewünschten zurückkehrte. Nachdem einige Münzen den Besitzer gewechselt hatten, spürte Brigitta, wie Ortwin den Proviant am Sattel festzurrte und den Fuß in den Steigbügel setzte. Mit angespannten Muskeln wartete sie darauf, dass sich das Tier in Bewegung setzte, doch bevor es dazu kommen konnte, drang der dumpfe Klang von herankommenden Hufen an ihr Ohr. Trotz ihrer Lage hob sie mühsam den schmerzenden Kopf, um einen Blick auf den Reiter zu erhaschen, da Ortwin mit einem gotteslästerlichen Fluch mitten in der Bewegung erstarrt war.

Verwischt vom Staub und der flimmernden Hitze sah sie einen breitschultrigen, nach Rittermanier gekleideten Mann die Dorfstraße hinaufgaloppieren, und noch bevor sie den buckelnden Kater auf seiner Brust erblickte, durchzuckte sie ein Stich des Erkennens. Auch wenn seine Gestalt breiter und kräftiger wirkte als sie sie in Erinnerung hatte, und er ungewohnt feine Kleider trug – ihren Geliebten würde sie selbst unter Tausenden ausmachen.

»Wulf!«, rief sie, so laut sie konnte.

Einen Augenblick fürchtete sie, dass Ortwin sie eher töten würde als Gefahr zu laufen, sie an einen anderen zu verlieren, da das unheimliche Flüstern von Metall auf Metall verriet, dass dieser den langen Dolch an seinem Gürtel aus der Scheide befreite. Doch der erwartete Stoß blieb aus. Stattdessen trat der Steinmetz vor die Stute und stürzte sich mit einem heiseren Schrei auf den Reiter, der seinen Falben zum Stehen brachte und leichtfüßig aus dem Sattel sprang. Mit einer geschmeidigen Bewegung zog dieser das Schwert an seiner Seite und wehrte den hinterhältig geführten Hieb seines Gegners mühelos ab, um augenblicklich mit einer schnellen Schlagfolge nachzusetzen. Wenngleich Brigitta sich den Hals verrenkte, gelang es ihr nicht, den Kampf zu verfolgen, da die beiden Männer schon bald aus ihrem Sichtfeld verschwanden. Lediglich das Aufeinandertreffen der Waffen und ein gelegentliches Keuchen verrieten ihr, dass die Auseinandersetzung noch in vollem Gange war, und als einem durchdringenden Klirren der hässliche Laut eines fallenden Körpers folgte, setzte ihr Herz einen Schlag aus.

»Wulf!« Mit einem Aufbäumen versuchte sie vom Rücken des Pferdes zu rutschen, doch bevor ihre Anstrengungen von Erfolg gekrönt wurden, umfassten zwei starke Hände ihre Taille, und sie wurde sanft auf die Füße gestellt.

»O mein Gott, Brigitta!« Entsetzt glitt der Blick ihres Geliebten über die unzähligen Blessuren und blieb an der Platzwunde an ihrer Stirn haften, bevor er zu ihren weit aufgerissenen Augen wanderte. Einige Sekunden versanken sie sprachlos im Anblick des anderen, tauschten im Bruchteil eines Atemzuges mehr aus, als Worte jemals vermocht hätten auszudrücken, bevor Wulf die Fassung wiedererlangte und nach ihren Armen griff. In Windeseile durchtrennte er die Fesseln, nahm behutsam ihr Gesicht zwischen die Hände und betrachtete sie durch einen Tränenschleier, ehe er sie wie ein Kind an seine Brust drückte.

»Was hat er dir angetan?«, flüsterte er erstickt und übersäte ihre Stirn mit Küssen. »Was hat er dir nur angetan?«

Vor Freude schluchzend klammerte sie sich an ihn, presste das von Ortwins Misshandlungen schmerzende Gesicht an seinen Rock und ließ sich von dem überwältigenden Strudel der Gefühle mitreißen.

Lange Zeit umschlang sie ihn bebend, sog seine schützende Gegenwart in sich auf, bis sie schließlich das Kinn hob und sich ihm entgegenreckte. Als könnte sie damit die furchtbaren Erlebnisse der vergangenen Wochen ungeschehen machen, empfing sie ihn mit einem hungrigen Kuss, den er leidenschaftlich erwiderte. All die Ängste und Sorgen lösten sich in einem süßen Taumel der Glückseligkeit auf, und sie schloss schwindelig die Augen, um sich von der Woge davontragen zu lassen. Zärtlich und fordernd zugleich umtanzten sich ihre Zungen, erkundeten ihre Lippen einander, während all ihre Sinne wiederentdeckten, was sie so lange hatten entbehren müssen.

Brigitta dachte gerade, sich nie wieder von Wulf lösen zu können, als eine tiefe Stimme ihr Wiedersehen unsanft unterbrach.

»Wer seid Ihr?«, wollte der Dorfmeier wissen, der – mit seinen Helfern im Schlepptau – drohend auf Wulf zutrat.

Dieser ließ mit einem unwilligen Stirnrunzeln von Brigitta ab, schob sich schützend vor sie und straffte die Schultern. »Ich bin Wulf von Katzenstein, und dieser Mann dort«, er wies hinter sich, »ist ein in Ulm gesuchter Mörder.«

Brigitta erstarrte. Von Katzenstein? Mörder? Was um alles in der Welt war geschehen, während sie in Altheim war? Verwirrt führte sie die Fingerspitzen an ihre Lippen, die immer noch zu brennen schienen.

»Ich nehme ihn als Gefangenen mit in die Stadt, wo er der Wache übergeben wird.« Erstaunt über Wulfs herrischen Ton und sein bestimmtes Auftreten zog sie die Brauen in die Höhe und nahm ihren Geliebten, der die Hand auf den Knauf seines Schwertes gelegt hatte, genauer in Augenschein. Wie vertraut und anders zugleich er ihr in diesem Moment vorkam. Waren seine Schultern tatsächlich so viel breiter geworden? Überhaupt wirkte er älter und reifer, und auch das Selbstbewusstsein, mit dem er dem Meier die Stirn bot, war etwas, das ihr vorher nie an ihm aufgefallen war.

Der zurechtgewiesene Dorfvorsteher blickte unsicher von dem am Boden liegenden Ortwin zurück zu dem Wappen auf Wulfs Brust und entschied sich mit einer leichten Verneigung, dem Neuankömmling keine Steine in den Weg zu werfen. »Wie Ihr wünscht, Herr«, sagte er ehrerbietig und trat den Rückzug an – wohl in der Hoffnung, keine unangenehmen Fragen beantworten zu müssen, die ihn eventuell der Mittäterschaft an einer Entführung überführen könnten.

Als immer mehr Schaulustige zusammenliefen, fasste Wulf Brigitta leicht am Oberarm, griff mit der anderen Hand nach dem Zügel der Stute und führte diese zu dem aus einer tiefen Kopfwunde blutenden Ortwin. Mithilfe eines Dorfbewohners hievte er den schweren Körper des Steinmetzen auf den Sattel der Stute, nahm dankbar den Strick entgegen, den der Wirt ihm reichte, und zurrte Ortwin an Sattelgurt und Sattelknauf fest. Dann drückte er Brigitta einen letzten, zarten Kuss auf den Mund, bevor er ihr behutsam auf den Rücken des Wallachs half. Nachdem er sich hinter sie geschwungen hatte, befahl er einem der Umstehenden, ihm die Zügel der Stute zu reichen, und legte schützend den Arm um seine Geliebte. Mit einem Zungenschnalzen gab er dem Falben zu verstehen, anzutraben, und so setzte sich der kleine Zug in Bewegung.

Immer noch benommen vor Glück lehnte Brigitta sich an ihn, ließ sich von ihm umschlingen und genoss seine berauschende Nähe, während sie versuchte, Ordnung in ihre Gedanken zu bringen. Sollte es möglich sein, dass Gott endlich ihr Flehen erhört hatte?

KAPITEL 55

Ulm, 10. August 1368

Einen halben Tag später fand sich der inzwischen aus der Bewusstlosigkeit erwachte Ortwin in der neben dem Rathaus gelegenen Ulmer Wachstube wieder.

»Schafft ihn ins Franziskanerhospital!«, brummte der an seinem funkelnden Harnisch erkennbare Hauptmann, der sich ein mit ätherischen Ölen getränktes Tuch vor die

Nase presste. »Meine Leute werden dafür sorgen, dass er ins Gefängnis gebracht wird, sobald er gesund ist«, fuhr er fort und beäugte Ortwin herablassend. Dieser kämpfte schwankend um sein Gleichgewicht, da sich der Raum in einem wilden Wirbel um ihn drehte. Jede einzelne Faser seines Körpers schien bereits in den Flammen der Hölle zu brennen, während seine Blase – wie bereits mehrmals an diesem Tag – vergeblich versuchte, das Inferno zu löschen. In einem traurigen Rinnsal rann die Feuchtigkeit an den Innenseiten seiner Schenkel hinab, versickerte jedoch bereits auf Kniehöhe in den schmutzstarrenden Hosen.

»*Falls* er wieder gesund wird.« Die Falten auf der Stirn des Wachmannes vertieften sich, als er mit dem Daumen über die Schulter auf den Metzgerturm – das Gefängnis der Stadt – deutete. »Da drin sind beinahe alle tot. Der Henker hat bald keine Arbeit mehr.« Er schnaubte und fuchtelte mit dem Tuch vor Ortwins Gesicht herum. »Deshalb hat der Rat beschlossen, dass keine Kranken mehr eingesperrt werden.« Der Blick seiner eisblauen Augen ruhte auf Ortwin, der sich kaum mehr auf den Beinen halten konnte. »Wir pflegen sie erst gesund, um sie dann auseinanderzunehmen«, versetzte er mit einem kurzen Lachen und wies zwei seiner Leute an, die Stricke an Ortwins Handgelenken durch Ketten zu ersetzen.

»Seid versichert, er wird seiner gerechten Strafe zugeführt«, bemerkte der Mann an Wulf gewandt, den er mit einer höflichen Geste nach draußen bat. Kaum war der Gefangene mit den Wächtern allein, begannen diese, derbe Scherze auszutauschen. Nachdem sie Ortwin auf den Henkerskarren geschafft hatten, bemerkte einer von ihnen düster: »Gewöhn dich schon mal daran. Wenn du überlebst, steht dir eine Fahrt zur Donau bevor.« Mit diesen Worten warf er den Verschlag zu, hangelte sich auf den Kutschbock und ließ die Peitsche knallen.

Mit einem Ruck setzte sich das von einem Ochsen gezogene Fuhrwerk in Bewegung, dem schon bald eine Traube neugieriger Kinder folgte, die Ortwin mit aufgerissenen Augen begafften. Trotz des lauen Sommerabends fröstelnd, senkte dieser die Lider und versuchte, nicht an all die Hinrichtungen zu denken, denen er selbst schon beigewohnt hatte.

Urplötzlich schien die sanft aus dem Süden fächelnde Brise schneidende Kälte mitzubringen und den Schweiß auf Ortwins Haut einzufrieren, sodass sich die Haare auf seinen Armen unvermittelt aufrichteten. Schlotternd schob er das verfaulte Stroh zur Seite, kauerte sich auf den Boden des holpernden Gefährts und zog die grauenvoll schmerzenden Beine an die Brust. Als sein Ellenbogen einer der Gitterstäbe des Wagens streifte, war es, als schösse siedendes Blei durch seine Adern, und er stieß einen gequälten Schrei aus. Stöhnend grub er die Zähne in den Handrücken, um weitere Laute zu unterdrücken. Wenn diese entsetzliche Tortur doch nur bald ein Ende hätte!, dachte er, während sein Geist erneut von einer roten Wolke des Schmerzes eingehüllt wurde. Mit einem Wimmern versuchte er, die Beulen in seinen Achselhöhlen und seiner Lendengegend vor Stößen zu schützen, doch da der gepflasterte Untergrund alles andere als eben war, gelang ihm dies nur bedingt. Da selbst der über die Schwellungen streifende Stoff ihm unvorstellbare Pein bereitete, brachte ihn das Rütteln des Karrens beinahe um den Verstand, und bereits nach kurzer Zeit wünschte er, er würde – wie auf dem Weg nach Ulm – von einer Ohnmacht erlöst.

Als das Gefährt schließlich vor den Toren der Franziskanerabtei anhielt, griff der größere der beiden Wächter grob nach einem der Kettenenden und zerrte Ortwin – sein Heulen ignorierend – hinter sich her auf das Infirmarium zu. Dort wurde die kleine Abordnung von einem ausgemergelten Mönch in Empfang genommen, der sie in einen abgelegenen Teil des Gebäudes führte, vor dessen Fenstern Gitterstäbe in das Mauerwerk eingelassen waren.

Vorbei an unzähligen Kranken taumelte Ortwin die Gänge entlang, fiel mehr als einmal über in Leintücher eingenähte Tote und verschloss die Ohren vor den gemarterten Schreien der Pestkranken, die den seinen so sehr ähnelten.

»Manche von ihnen muss man ans Bett binden«, bemerkte der Barfüßer sachlich, als sie an einem tobenden Jüngling vorbeikamen, dessen Mund und Kinn schaumbedeckt waren. »Sonst bereiten sie vor lauter Schmerz ihrem eigenen Leben ein Ende und verdammen ihre Seelen zur ewigen Nacht.«

Je weiter sie in die Tiefen des Hospitals eintauchten, desto durchdringender wurde der Gestank von Exkrementen und Eiter. Als sie an einem gekachelten Raum vorbeikamen, in dem ein entstellter Leichnam auf einem Steintisch ruhte, sackte Ortwin in die Knie und übergab sich. Während sein gesamter Körper von unmenschlichen Qualen geschüttelt wurde, schoss Schwall um Schwall beinahe schwarzen Blutes aus ihm hervor, das augenblicklich in einer Rinne zusammenlief.

Angeekelt sprang der Wächter einen Schritt zurück, während der Mönch ungerührt einen Novizen herbeiwinkte, dem er befahl, den Gang zu säubern, bevor er seinen Weg fortsetzte.

Von starken Händen auf die Beine gezogen schleppte Ortwin sich weiter, doch mit jedem Schritt, den er tat, schien sich der Untergrund mehr in tückischen Treibsand zu verwandeln. Mit letzter Kraft gelang es ihm, den Durchgang zu erreichen, in dem der Mönch haltgemacht hatte, bevor ihn die Dunkelheit in die Tiefe ziehen konnte.

»Wir sind da«, bemerkte der Kirchenmann trocken und gab den Blick frei auf eine spartanische Zelle, die außer einem Kruzifix keinerlei Schmuck zierte. In der Mitte des kleinen Raumes wartete ein stabil wirkendes Bett, an dessen vier Pfosten eiserne Ringe befestigt waren.

Teilnahmslos ließ Ortwin sich auf den Strohsack wuchten, und als die Wächter Anstalten machten, seine Ketten durch die Ösen zu ziehen, hatte ihn die Taubheit schon fast übermannt. Wie aus dem Nebel drang die Stimme des Mönches an sein Ohr, und da kurz darauf der Zug auf seine Arme und Beine nachließ, öffnete er geschwächt die Augen. Verschwommen nahm er wahr, dass der Infirmarius den Männern befahl, die Fesseln zu lösen, bevor er sich über ihn beugte und an seiner Kleidung herumhantierte. »Sagt Eurem Hauptmann, dass ich mich persönlich dafür verbürge, dass dieser Gefangene nicht flieht«, versetzte der Bruder mit gerunzelter Stirn, nachdem er Ortwin kurz abgetastet hatte. »Denn das wäre ein Wunder, und Wunder vollbringt der Herr in letzter Zeit selten.«

Ein Holzkreuz schwamm in sein Blickfeld, wurde auf seine Stirn gedrückt und verschwand wieder in den wabernden Schwaden, die ihn unaufhaltsam einhüllten. Das Letzte, das Ortwin wahrnahm, bevor er davondriftete, war, dass mehrere sanfte Hände ihn entkleideten, wuschen und mit einer wohlriechenden Tinktur beträufelten. Dann verschluckte ihn eine bodenlose Finsternis, in deren Tiefen sich gräuliche Kreaturen tummelten.

Als er wieder erwachte, lähmte ihn eine solch namenlose Furcht, dass er kaum wagte, die Lider zu heben. Da jedoch ein leichtes Flackern verriet, dass irgendwo eine Flamme die Dunkelheit erhellte, fasste er sich schließlich ein Herz und schlug die Augen auf. Verdutzt blickte er in ein blutjunges, von einem hellblonden Lockenkranz eingerahmtes Gesicht, das sich mit einem ermutigenden Lächeln zu ihm hinabbeugte. »Trinkt das, es wird Eure Leiden lindern«, verkündete eine klare Stimme, und einen Moment lang dachte Ortwin, er sei im Himmelreich.

Dann allerdings kehrte der Schmerz mit solcher Gewalt zurück, dass er laut aufkeuchte. Gegen eine überwältigende Panik ankämpfend rang er nach Luft, die mit jedem Atemzug messerscharf in seine Lunge stach, sodass er fürchtete, von innen auseinandergerissen zu werden. Es war, als drücke eine zentnerschwere Last auf seine Brust, und nur den Händen, die ihn niederhielten, war es zu verdanken, dass er nicht gegen einen unsichtbaren Gegner anfocht. Behutsam schoben sich kühle Finger unter seinen Kopf, während ein Löffel mit einer bitteren Flüssigkeit zwischen seine Zähne gezwungen wurde.

»Gleich geht es Euch besser«, murmelte die engelsgleiche Stimme in einem melodischen Singsang, der Ortwin einlullte wie das Schlaflied einer Amme. Und tatsächlich spürte er wenig später, wie sich das kochend heiße Pech, mit dem jeder Zoll seiner Haut übergossen schien, zurückzog, in sich zusammenschrumpfte und schließlich von ihm abfiel.

Leise stöhnend ließ er zu, dass der Novize ihn mit einem duftenden Tuch abtupfte und etwas Suppe fütterte, während er darum rang, sich das Gewesene ins Gedächtnis zu rufen. Der Kampf mit Wulf musste seine letzten Kraftreserven aufgezehrt haben, dachte er – zu schwach, um Wut zu empfinden. Am liebsten hätte er lauthals gelacht als ihm klar wurde, in welcher Situation er sich befand.

Löffel um Löffel der stärkenden Brühe fand den Weg in

seinen Magen, während irgendwo in der kleinen Kammer duftende Kerzen entzündet wurden. Anstatt ihn zu foltern, wusch, verköstigte und pflegte man ihn! Ein Laut, der einem Husten glich, kam über seine Lippen, und augenblicklich bereute er den Versuch eines Lachens, da ihn ohne Vorwarnung eine Erkenntnis traf, die ihn bis ins Mark erschütterte. Er würde dieses Hospital nicht lebend verlassen!

Die Furcht, die sich in die hintersten Winkel seines Bewusstseins zurückgezogen hatte, tastete sich erneut näher und breitete sich wie eine erstickende Decke über ihn. Eine Weile rang er mit der Leere, die ihn unaufhaltsam erfüllte, bis er schließlich die Sinnlosigkeit seines Kampfes begriff. Zitternd schloss er die inzwischen tränenden Augen, presste die Lippen aufeinander und gab den Widerstand auf. Beinahe erleichtert ließ er sich von dem gewaltigen Strudel mitreißen, der ihn in ein grenzenloses Nichts zog.

KAPITEL 56

Ulm, 11. August 1368

MIT EINEM NIESEN fuhr Wulf am nächsten Morgen aus dem Schlaf auf. Irritiert wischte er sich mit dem Handrücken über das Gesicht und hielt stockend inne, als seine Finger in einer weichen Flut aus Locken landeten, die nach Rosenwasser und Brigitta dufteten. Eine der vorwitzigen Strähnen hatte sich in seinem eigenen, pechschwarzen Schopf verfangen und ihn wachgekitzelt, doch es dauerte einige schlaftrunkene Momente, bis die Erinnerung an das Vorgefallene zurückkehrte. Brigitta! Gähnend rollte er sich auf die Seite, stemmte sich auf einen Ellenbogen und betrachtete sie, deren Schönheit und Zartheit ihm trotz all der Blessuren, die Ortwin ihr zugefügt hatte, immer wieder aufs Neue den Atem raubten. Wie unglaublich wundervoll sie war!

Nachdem sie von einer Hebamme untersucht und von einer Magd gebadet worden war, hatte sich am vergangenen Abend wie durch ein Wunder die Brigitta, die er kannte, aus all dem Schmutz und den zerschlissenen Kleidern herausgeschält. Wulf schmunzelte, als er an die eng geschnittenen, an mehreren Stellen löchrigen Hosen dachte, die sie mit einem Naserümpfen ins Feuer geworfen hatte. Selbst in ihrem anstößigen Aufzug als Knabe hatte er sie begehrenswerter und hinreißender gefunden als jede Frau, die er jemals gesehen hatte.

Zärtlich strich er mit der Fingerkuppe über die bleiche Stirn, die an einigen Stellen in allen Farben des Regenbogens schillerte. Die dabei plötzlich in ihm aufwallende Wut wollte ihm die Sicht verschleiern. Wenn er doch nur selbst Ortwins Richter hätte sein können! Ihn mit den eigenen Fäusten zu Brei zu schlagen und dann zu erdrosseln, das war es, was er sich wohl bis an sein Lebensende wünschen würde.

Dieses brennende Verlangen nach Vergeltung nagte mit überwältigender Heftigkeit an ihm, seit er den Mörder an die Stadtwache übergeben hatte, die ihn, ohne zu zögern, ins Hospital geschafft hatte. Ins Hospital! Er biss die Zähne aufeinander, um eine Verwünschung zu unterdrücken. Anstatt unter den Händen des Folterers seine Schandtaten wimmernd zu gestehen, wurde Ortwin von den Mönchen der Barfüßerabtei umsorgt und gehätschelt. Wulf schnaubte angewidert. So hatte er sich Gerechtigkeit wahrlich nicht vorgestellt!

Ein Blick auf Brigittas Halsband ließ ihn reumütig innehalten und nach einem kurzen Augenblick die gewalttätigen Gedanken verwerfen. Die Rache war ein Vorrecht, das ihm nicht zustand. Wann würde er endlich lernen, Gottes Willen nicht andauernd infrage zu stellen? Die Hitze der Scham stieg ihm in die Wangen. Zeigte der allmächtige Herr ihm nicht bereits mehr Güte und Barmherzigkeit als ein einfacher Sünder sie verdiente? Seine Kehle wurde eng, als er an das neue Leben dachte, das in Brigitta wuchs.

Zerknirscht murmelte er ein Gebet der Abbitte. Ortwin würde seine Strafe erhalten, ob in dieser Welt oder in der nächsten. Darauf musste er vertrauen, denn ansonsten würde er sich den Rest seiner Tage damit quälen, dass er nicht getan hatte, was er hätte tun können, als er mit dem ehemaligen Steinmetzen und Brigitta allein auf der Albhochfläche unterwegs gewesen war.

Er schluckte den Klumpen in seinem Hals und führte die Hand zu Brigittas Bauch, der sich mit jedem tiefen Atemzug, den sie tat, hob und senkte. Er würde sie nie wieder allein lassen! Das hatte er bei allen Heiligen geschworen, als er ihren zerbrechlichen Körper mit einem Arm umschlungen hatte, während der andere seinen Wallach lenkte. Die Liebe, die er für sie empfand, war so überwältigend, dass er nicht mehr wusste, wie er jemals ohne sie hatte leben können. Vorsichtig wanderte er weiter zu der Vertiefung zwischen ihren vollen Brüsten und liebkoste die zarte Haut. Wie konnte etwas nur so weich und vollkommen sein?!

Als sie mit einem schläfrigen Murmeln nach seiner Hand tastete, beugte er sich über sie und küsste sie liebevoll auf die Nasenspitze. Wenngleich ihre Augen noch fest geschlossen waren, warf sie den Arm um ihn und kuschelte sich an seine Brust, wo ihr Atem heiße Schauer über seine Haut sandte. Einen winzigen Moment lang fragte er sich, ob es eigennützig war, dem Drang, der ihn beinahe zerriss, nachzugeben, doch dann drückte er sie näher an sich, während sein Mund ihre leicht geöffneten Lippen fand. Nach anfänglichem Zögern erwiderte sie den vorsichtigen Kuss, der schon bald leidenschaftlicher wurde, bis sie mit einem Wonnelaut den Kopf zurückbog und seinen Blick suchte. So viel lag in den mit einem Schlag hellwachen, braunen Augen, dass er einen Moment lang vermeinte, darin ertrinken zu müssen. Hungrig führte er die Finger an ihrer nackten Rückseite entlang, genoss das Gefühl der sich ihm anpassenden Rundungen und fand, was er suchte. Als hätten sie einander schon immer gekannt, verschmolzen ihre Körper in perfekter Harmonie, und als sie schließlich beide erfüllt und ermattet zugleich zurück in die Kissen sanken, war es Wulf, als habe er bereits die Schwelle des Paradieses überschritten.

»Das war noch viel schöner als das erste Mal«, flüsterte Brigitta nach einiger Zeit dicht an seinem Ohr, an dem sie neckend knabberte. »Dürfen wir das jetzt öfter tun?«

Ein Lachen stieg in ihm auf und als sie kichernd mit einfiel, lösten sich all die Sorgen und Ängste, die seine Seele verdunkelt hatten, in nichts auf. Halb lachend, halb weinend vor Freude und Erleichterung umschlangen sie sich erneut, bis er sich schließlich japsend von ihr löste, um sich mit einer Grimasse an die stechende Seite zu greifen.

»Sooft du willst«, versetzte er mit einem breiten Grinsen. »Sobald wir vor Gott Mann und Frau sind, ist es sogar unsere Pflicht«, scherzte er und drückte ihr einen feuchten Kuss auf die Stirn.

Anstatt seine Heiterkeit zu teilen, verdüsterte sich Brigittas Miene jedoch so unversehens, dass Wulf erschrak. Verwirrt fragte er sich, was er falsch gemacht haben könnte, dass sich ihre Stimmung so schnell gewandelt hatte.

»Du möchtest doch meine Frau werden, oder?« Tiefe Falten gruben sich in seine Stirn, als er sie ratlos betrachtete.

Einige Zeit lang schwieg sie, während die Gefühle deutlich Widerstreit auf ihrem Gesicht hielten, bevor sie mit einem Seufzen erwiderte: »Ich möchte immer an deiner Seite sein.« Sie zögerte, bevor sie leise hinzufügte: »Aber ich möchte niemals so werden wie meine Mutter.« Eine Träne glitzerte in ihren Wimpern, da die Nachricht vom Tod Anna von Ensingens sie bei ihrer Ankunft in Ulm bereits erwartet hatte.

Ergriffen fasste Wulf nach ihren kühlen Händen und drückte sie an die Lippen. »Ich werde dich nie als meinen Besitz betrachten«, schwor er. »Jeder Tag, den ich mit dir verbringen darf, wird sein wie ein Geschenk.« Seine Stimme bebte. »Wenn du willst, schließen wir eine Friedelehe«, schlug er vor.

Diese Form der Verbindung machte beide Eheleute – anders als in der Muntehe – zu gleichberechtigten Partnern. Im Gegensatz zu der herkömmlichen Form der Ehe wurde der Gatte nicht zum Vormund seiner Gemahlin.

Brigitta riss die Augen auf. »Das würdest du tun? Aber die Mitgift …« Sie ließ den Satz unbeendet, da Wulf verächtlich abwinkte.

»Ich will kein Geld von deinem Vater.« Sein Blick wurde hart. »Ich habe selbst genug.« Da er Brigitta auf dem Weg nach Ulm berichtet hatte, was während ihrer Trennung passiert war, wusste diese von der Großzügigkeit des Katzensteiners und der Entscheidung ihres Geliebten, diesem Abschnitt seines Lebens – trotz aller Reue – den Rücken zu kehren. »Wenn er nicht einer der größten Baumeister der Welt wäre, würde ich nicht einmal über das Angebot nachdenken!«

Sie hatten sich eine Etage im Haus eines Händlers gemietet, da nichts in der Welt sie dazu hätte bringen können, unter Ulrich von Ensingens Dach zu schlafen. Dennoch war Wulf hin und her gerissen aufgrund des Vorschlages, den der Werkmeister ihm gemacht hatte.

Kaum hatte dieser von der Rückkehr der beiden jungen Leute erfahren, hatte er Wulf knapp mitgeteilt, dass er im Begriff war, mit gut einem Dutzend Steinmetze nach Mailand aufzubrechen, wo er die Leitung der Bauhütte übernehmen würde. Mit keinem Wort hatte er den Ungehorsam seiner Tochter erwähnt, sondern einfach so getan, als hätten sich die Dinge so entwickelt wie von Anfang an von ihm vorgesehen.

»Da du wohl nun mein Schwiegersohn bist«, hatte Ensingen bemerkt, »ist es wohl angemessen, wenn ich dir den Posten des Parliers anbiete.«

Wulf lächelte freudlos. »Ich werde ihm nie vergeben, was er dir angetan hat«, brummte er. »Und wenn du nicht in seiner Nähe sein willst, lehne ich ab.« Er fuhr sich durch das zerzauste Haar. »Dann versuche ich, wieder Arbeit in Straßburg zu finden.« Ein kaum wahrnehmbares Stechen in seiner Brust ließ ihn die Unterlippe zwischen die Zähne ziehen. »Dort habe ich ohnehin noch etwas zu erledigen.« Er senkte den Blick, und als sich nach einiger Zeit ihre Hand in die seine schob, schluckte er schwer.

Das Rascheln der Decke verriet, dass sie sich bewegte. Sanft, beinahe wie ein Windhauch, streiften ihre Lippen die seinen, dann spürte er ihre Finger unter seinem Kinn. Liebevoll zeichnete sie die Konturen seines Kiefers nach, legte die Handfläche auf seine Wange und zog ihn schließlich an ihre Brust. »Ich liebe dich so sehr«, flüsterte sie in sein Haar. »Es war eigennützig von mir, nur an mich zu denken. Du hast alles aufgegeben, um Bildhauer zu sein. Wie könnte ich dir im Weg stehen?« Eine kleine Falte trat zwischen ihre Brauen. »Mein Vater hat seinen Kopf durchgesetzt, solange ich ihn kenne. Aber ich bin mindestens genauso stur wie er. Wenn du mit ihm zusammenarbeiten willst, dann werde ich es auch schaffen, ihm die Stirn zu bieten.« Ein energischer Unterton trat in ihre Stimme. »Ohne dich bin ich nur ein halber Mensch.« Sie zwang Wulf, ihr in die ernsten Augen zu sehen. »Wenn wir heiraten, hat er keine Macht mehr über mich. Warum sollte ich mich dann noch vor ihm fürchten?«

Wulf nickte und strich ihr eine Strähne aus der Stirn. »Das brauchst du nicht«, versicherte er belegt. »Ich werde dich mit meinem Leben beschützen.« Mit diesen Worten nahm er sie erneut in die Arme und ließ sich von der grenzenlosen Liebe, die er für sie empfand, davontreiben.

Als er etwas später das Haus des Händlers verließ, wandelte er wie auf Wolken. Nach langem Drängen hatte Brigitta seinem Wunsch nachgegeben, sich weiter von den Strapazen der vergangenen Wochen auszuruhen. Nur weil er selbst sich um die Vorbereitungen für den bevorstehenden Aufbruch kümmern musste, hatte er sie schließlich schweren Herzens allein gelassen. In weniger als zwei Stunden würde er wieder bei ihr sein!, beruhigte er sich und steuerte auf die Münsterbaustelle zu, um Ulrich von Ensingen seine Zustimmung zu überbringen. Ganz egal, wie viel Abscheu er für den Werkmeister als Vater empfand, seine Kunst war von solcher Erhabenheit, dass Wulf diesen Pakt mit dem Teufel eingehen würde. Allerdings würde er einen Vertrag mit ihm machen, in dem alle Einzelheiten festgelegt wurden. Auf keinen Fall würde er dem Baumeister das Gefühl geben, über ihn verfügen zu können, als ob er noch ein Lehrling wäre! Dazu hatten sich die Dinge zu sehr geändert.

Er hatte das Haus des Werkmeisters beinahe erreicht, als ein von der Franziskanerabtei kommender Leichenkarren an ihm vorbeirumpelte. Das vergilbte Tuch, mit dem die Toten nur notdürftig bedeckt waren, verrutschte, als das Rad des Fuhrwerks in einer Rille stecken blieb, aus der es der schimpfende Fahrer wohl nicht ohne Hilfe würde befreien können. Durch den Stoß nach hinten geschleudert, hing einer der Leichname halb über die Kante des Gefährts, und Wulf wollte gerade das Gesicht abwenden, als er das Opfer erkannte. Hätte es nicht das Missfallen der in einigem Abstand folgenden Ordensbrüder erregt, hätte er an Ort und Stelle einen Triumphschrei ausgestoßen. Seine Bedenken waren umsonst gewesen!, dachte er und brannte jede Einzelheit in sein Gedächtnis ein. Gott hatte den Mörder bereits in die Abgründe der Hölle gestoßen. Die Genugtuung, die sich beim Anblick von Ortwins verzerrtem Gesicht in ihm ausbreitete, ließ ihn beinahe beschwingt das Hindernis umrunden. Entschlossen schritt er auf das Haus des Baumeisters zu und hob den Klopfer an der Tür.

EPILOG

Burg Katzenstein, April 1369

DÜNNE SCHLEIERWOLKEN ZOGEN über den kobaltblauen Himmel. In der Ferne erhob sich hinter dem jungen Grün des Waldes eine mächtige Rauchsäule, die vermutlich vom Feuer eines Köhlers herrührte.
Mit beiden Händen auf die Wehrmauer des Bergfriedes gestützt, ließ der Ritter Wulf von Katzenstein den Blick schweifen, bevor er den Brief, den er erhalten hatte, ein weiteres Mal las.

Vater,

> *ich schreibe Euch diese Zeilen, um Euch wissen zu lassen, dass es mir und meiner Gemahlin sowie unserer Tochter gut geht. Die Reise nach Mailand verlief ereignislos, und wir haben uns schon an die Gepflogenheiten der Italiener angepasst.*
> *Ich trage Euer Wappen mit Stolz und Euren Namen mit einem Gefühl, für das ich keine Worte finde. Seit meinem letzten Brief an Euch sind einige Dinge geschehen, die mich hoffen lassen, Euch schon im nächsten Jahr besuchen zu können.*
> *Nicht nur bin ich inzwischen ein angesehener Bildhauer; mein Stall, der erst vorige Woche Zuwachs erhalten hat, gedeiht wunderbar. Die*

kleinen, zähen Pferde in dieser Gegend eignen sich hervorragend zur Zucht. Ich muss oft an Eure Worte denken, und schon mehr als einmal haben sie mich vor einem Betrüger bewahrt.

Ich hoffe, Ihr seid alle wohlauf. Ich grüße Eure Gemahlin und den kleinen Otto, der hoffentlich seine Krankheit überwunden hat.

Sobald der Aufbruch nach Katzenstein in greifbare Nähe rückt, werde ich Euch Nachricht zukommen lassen. Brigitta brennt darauf, Euch endlich kennenzulernen.

Gott segne Euch und die Euren.

Wulf

Verstohlen wischte sich der Ritter die Tränen aus dem Augenwinkel. Wie bereits bei dem ersten ungeschickten und befangenen Brief seines Sohnes, übermannten ihn auch dieses Mal all die Gefühle, die er für begraben gehalten hatte. Ganz gleich, wie sehr er versucht hatte, sich vorzumachen, dass dieses Kapitel seines Lebens abgeschlossen war – das Band, das ihn mit dem jungen Mann verknüpfte, würde wohl niemals vollkommen abreißen.

Vorsichtig faltete er das Pergament und verstaute es in der Tasche seiner Schecke. Wie der Vater, so der Sohn, dachte er wehmütig und malte sich ein Wiedersehen aus, von dem er nicht sicher war, ob es jemals stattfinden würde. Dazu kannte er das Leben zu genau: es kamen immer irgendwelche Dinge dazwischen, bis man schließlich feststellte, dass es zu spät war für das, was man hatte tun wollen. Ein nur schwer zu deutender Ausdruck huschte über sein Gesicht. Er würde abwarten. Etwas anderes blieb ihm vermutlich nicht übrig. Abwarten und sich um die beiden Menschen kümmern, die ihm genauso am Herzen lagen wie sein verlorener Sohn.

Nach einem letzten Griff an die Brust wandte er sich von dem Ausblick ab und stieg die Treppen hinab in das kleine Turmzimmer, in dem Adelheid sich seit der schweren Geburt immer öfter aufhielt. Auch heute fand er sie – den knapp sechs Wochen alten Otto auf dem Arm – vor dem Kamin sitzend, in dem ein heiteres Feuer die Frühlingskühle im Zaum hielt. »Sieh nur«, platzte sie hervor, kaum hatte er den Raum betreten. »Er hat mich angesehen, als ob er mich bereits erkennen würde!« Mit vor Aufregung geröteten Wangen reichte sie den Knaben an seinen Vater weiter, der ihn vorsichtig in seine Armbeuge bettete. Wie winzig er war!, fuhr es ihm durch den Kopf, als er liebevoll das rosige Gesichtchen betrachtete. Da er der Versuchung nicht widerstehen konnte, schob er seinen Finger an die Faust des Kleinen, die sich augenblicklich mit erstaunlicher Kraft um ihn schloss.

Ein Schauer legte sich über seine Glieder, als er an die einsamen Nächte zurückdachte, in denen er um Adelheid und Otto gebangt hatte. Nach einer ewig scheinenden Entbindung hatte es einige Zeit lang ausgesehen, als ob seine Gemahlin nicht überleben würde, und auch der Junge hatte besorgniserregend gekränkelt. Dank der alten Hebamme des Dorfes waren Adelheids Kräfte jedoch nach zwei Wochen zurückgekehrt, und sobald der Säugling Muttermilch bekommen hatte, hatte sich auch dessen Zustand gebessert.

Jetzt hielt Wulf von Katzenstein einen strammen Stammhalter im Arm, dessen ungehaltenes Strampeln ihn hoffen ließ, einen mächtigen Ritter heranwachsen zu sehen. Während er den Duft des Kindes einsog, dachte er an die eigene Entwicklung zurück. Wie unendlich lang seine Knappenzeit zurücklag! Er hob den Knaben höher und vergrub die Nase in dem weichen, pechschwarzen Flaum. In weniger als vier Monaten würde er seinen einundvierzigsten Geburtstag begehen! Einundvierzig Jahre – wie war die Zeit nur so schnell vergangen?

Als der Junge den Mund öffnete, um ein ohrenbetäubendes Gebrüll anzustimmen, gab er ihn hastig seiner Mutter zurück, die ihn leise summend an die Brust legte. Voller Liebe betrachtete er das friedliche Bild und bewunderte die Jugend und Unschuld der beiden. Er war ein alter Mann!, dachte er reumütig. Auch wenn er sich noch nicht so fühlte, wusste er, dass in wenigen Jahren auch ihn all die Gebrechen heimsuchen würden, über die viele seiner ehemaligen Kameraden schon lange klagten.

Er unterdrückte einen Seufzer und schlich sich leise aus der Kammer. Er würde einfach jeden einzelnen Tag, der ihm geschenkt wurde, genießen und hoffen, dass es nicht sein letzter war. Vielleicht würde es ihm ja dieses Mal vergönnt sein, seinen Sohn all das zu lehren, was ihm sein eigener Vater beigebracht hatte.

Mailand, April 1369

Staunend blickte Brigitta auf den riesigen Stapel weißer Marmorblöcke, die an diesem Tag aus Candoglia eingetroffen waren. Blendend hob sich der kostbare Stein von den hölzernen Baugerüsten ab, die wie Bäume in den Himmel schossen und die dreieckige Fassade des Doms bereits erahnen ließen.

Dem Beispiel nördlicher Vorbilder nacheifernd, hatten sich die Mailänder für eine gewaltige fünfschiffige Basilika mit dreischiffigem Querhaus und monumentalem Chor entschieden, die den Ruhm der Stadt mehren sollte. Überall wuselten Handwerker und Aufseher durcheinander, während auf typisch italienische Art lautstark Anweisungen ausgetauscht wurden.

Mitten in dem Getümmel machte sich Wulf an einer übermannshohen Heiligenfigur zu schaffen, die nach deren Vollendung die Fassade schmücken würde. Mit ihm schwangen Brigittas Bruder Matthäus und Wulfs Freund Lutz Klöpfel und Schlageisen, um dem kapriziösen Werkstoff die Formen abzutrotzen, die ihnen vorschwebten. Ebenfalls mit dabei waren der aus Ulm mit nach Italien gereiste Kreuzwinkelmeister, sowie viele der Steinmetze, die ehemals unter Ulrich von Ensingen am Ulmer Münster gearbeitet hatten. Nachdem ihr Vater im Streit mit dem Rat die Oberhand gewonnen hatte, war Brigittas Schwager Hans Kun – dem Mann ihrer Schwester Anna – die Leitung der Münsterbaustelle übertragen worden. Offenbar hatten die Ratsherren sehr schnell begriffen, dass sie ohne Ulrich von Ensingens Musterbuch und mit einem anderen Werkmeister am Ende ihres Traumes angelangt waren, weshalb sie den Vertrag auf seinen Schwiegersohn übertragen hatten.

Brigitta verzog den Mund. Wieder einmal hatte Ulrich von Ensingen seinen Willen bekommen. Noch immer wich sie aus, wenn ihre eigenen Wege drohten, sich mit denen ihres Vaters zu kreuzen – denn vergeben hatte sie ihm noch lange nicht. Vielleicht würde es ihr eines Tages gelingen, seine Sicht der Dinge zu begreifen, doch bis dahin würde noch viel Wasser die Olona hinabfließen.

Als das in eine weiche Decke gewickelte Kind auf ihrem Arm begann, sich zu rühren, wandte sie sich mit einem letzten Blick auf ihren Gemahl ab und suchte den Schatten. Wie versprochen hatte Wulf sie nicht zu einer Muntehe gezwungen, und hätte sie ihn nicht sowieso schon mehr geliebt als ihr eigenes Leben, hätte die Reaktion auf die Geburt seiner Tochter ihr Herz im Sturm erobert. Anders als ein Großteil der Männer, die sie kannte, hatte Wulf beim Anblick des feuerroten Gesichtchens einen Freudenschrei ausgestoßen und Brigitta so fest an sich gedrückt, dass die Hebamme ihn empört des Raumes hatte verweisen wollen.

»Es ist ein Mädchen«, hatte Brigitta ihm schuldbewusst mitgeteilt und sich für eine Reaktion gewappnet, die nicht gekommen war. Voller Ehrfurcht hatte Wulf das kleine Bündel an sich genommen und auf das Wunder in seinen Armen gestarrt.

»Mein Gott, ist sie schön«, hatte er gemurmelt, um sie dann – aus lauter Angst, das Kind zu zerbrechen – in die Hände der Hebamme zu legen.

Später, nachdem Brigitta das Wochenbett verlassen hatte, hatte Wulf begeistert Pläne geschmiedet. »Auch Mädchen können Steinmetze werden«, hatte er verkündet und scherzhaft Daumen und Zeigefinger um den Oberarm seiner Tochter gelegt. »Sieh nur, wie stark sie schon ist.«

Die Erinnerung brachte Brigitta zum Lachen. Zwar konnte sie sich nicht vorstellen, wie eine Frau jemals den harten Alltag auf einer Baustelle meistern sollte, aber wenn das Spinnen solcher Fantasiegebilde Wulf Freude machte, dann würde sie ihm diese ganz gewiss nicht nehmen.

Gemächlich schlenderte sie einen schmucken Säulengang entlang, an dessen Ende sie sich nach rechts wandte, um den Heimweg einzuschlagen. Als das Kinderdeckchen ein wenig verrutschte, blitzte das Korallenhalsband auf, das Brigitta ihrer Tochter angelegt hatte, sobald die Hebamme es erlaubt hatte. Da sie alle wie durch ein Wunder von der Pest verschont geblieben waren, hatte sie ihr Kind so bald als möglich mit dem gleichen Schutz behängen wollen, der auch sie vor Schaden bewahrt hatte.

Als sie das prächtige Haus erreichte, das Wulf sofort nach ihrer Ankunft in der Stadt erstanden hatte, drückte sie das schlafende Mädchen der Amme in die Arme und erklomm die Stufen ins Obergeschoss. Dort löste sie die steife Haube aus ihrem Haar und betrachtete sich in dem auf Hochglanz polierten silbernen Spiegel. Trotz der Geburt war ihre Taille immer noch genauso schlank wie eh und je, und selbst die unbarmherzige Sonne Italiens hatte ihrem ebenmäßigen Teint nichts anhaben können. Bald, dachte sie mit einem Blick auf ihren flachen Bauch, bald würde sie Wulf den Sohn schenken, den sich jeder Vater wünschte.

Erschöpft von dem Spaziergang ließ sie sich auf eine gepolsterte Sitzbank fallen und griff nach einer Stickerei, die sie seit Wochen vernachlässigt hatte. In Gedanken versunken zog sie die feine Nadel durch den buckelnden Kater, der als kleines Emblem alle Kleidungsstücke zierte, die Wulf sich schneidern ließ. Ob er den Plan in die Tat umsetzen würde, den er ihr vor einiger Zeit mitgeteilt hatte?, fragte sie sich. Nur zu gern würde sie auch seinen leiblichen Vater kennenlernen. Nachdem ihr Weg nach Mailand sie über Straßburg geführt hatte, wo Wulf sich mit seinen Zieheltern ausgesöhnt hatte, brannte sie vor Neugier, wie ähnlich der Ritter wohl dem Sohn war – oder umgekehrt.

Als es in der Kammer nach einiger Zeit zu heiß und stickig wurde, öffnete sie das Fenster und lauschte auf die inzwischen vertrauten Geräusche der Pferde, die in vier geräumigen Ställen untergebracht waren. Einige Augenblicke verharrte sie an dem breiten Sims und genoss den Luftzug. Dann kehrte sie zu ihrer Arbeit zurück und begann mit dem Hintergrund des gestickten Bildes, während sie zum wohl tausendsten Mal ihren Dank zum Himmel schickte.

FAKTEN UND FIKTION

WENNGLEICH ICH VERSUCHT HABE, mich so weit als möglich an geschichtliche Fakten zu halten, habe ich mir an manchen Stellen die Freiheit genommen, Ergänzungen vorzunehmen. Damit sich der heutige Besucher der Stadt Ulm ein wenig besser zurechtfindet, habe ich einige markante Gebäude in den Roman eingebaut, die zum Teil erst etwas später errichtet wurden. Auch die Grundsteinlegung des Ulmer Münsters ist erst für das Jahr 1377 verbrieft. Stadtärzte sind ebenfalls erst ab dem 15. Jahrhundert in Ulm nachweisbar. Bei der Beschreibung des Heilig-Geist-Spitals habe ich mich an einem typischen spätmittelalterlichen Kloster orientiert.

Der wenig liebenswerte Onkel des Protagonisten, Karl von Helfenstein, sowie der ehrenwerte Ritter Wulf von Katzenstein sind frei erfunden. Katharina von Helfenstein fand erst nach 1387 den Tod; die Burg Katzenstein war seit 1354 Lehen der Grafen von Oettingen und nicht mehr des Bischofs von Augsburg, und der Ritter Rudolf von Falkenstein lebte gut einhundert Jahre vor unserer Geschichte. Die Beschreibung der Burg Katzenstein sowie des wundervollen Freskos in der Burgkapelle St. Laurentius verdanke ich dem auf der Burg erhältlichen Informationsmaterial sowie einer aufschlussreichen Führung, die so gut wie keine Fragen offenließ. Sicherlich wäre – was das Erbrecht betrifft – ein Bastard der Gräfin für Eberhard von Württemberg nicht ganz so gefährlich gewesen wie dargestellt. Aber einerseits konnte er nicht widerlegen, dass nicht doch sein Bruder

der Vater war, und andererseits ging er so wie im Roman beschrieben auf Nummer sicher. Hier auch noch ein Wort zur Scheidung: Der Begriff selbst stammt aus dem Mittelhochdeutschen (»scheidunge«), und ein Ehemann konnte seine Frau bei Ehebruch oder Untreue verstoßen beziehungsweise sich von ihr scheiden lassen. Es handelt sich also keineswegs um ein modernes Konzept. Was den Ausdruck »Flittchen« angeht, ist dieser zwar erst seit dem 19. Jahrhundert nachweisbar, wurde aber aus dem mittelhochdeutschen Wort »flittern« – kichern, liebkosen – rückgebildet. Es kann also vermutet werden, dass der Begriff zumindest im Volksmund bereits existierte.

Der vorliegende Roman baut auf einer Vorgängergeschichte auf, *Die Launen des Teufels*, deren zentrale Ereignisse die große Pestepidemie der Jahre 1347 bis 1352/53 und die Bauplanung des Ulmer Münsters sind. Dies hat zur Folge, dass sämtliche Elemente, die an diesen Plot anknüpfen, um 28 Jahre verschoben werden mussten. Aus diesem Grund sind alle Ereignisse, die sich um den Bau des Ulmer Münsters drehen, um diesen Zeitraum in die Zukunft zu denken (was jedoch im Rahmen der europäischen Gotik einen verschwindend geringen Unterschied darstellt). So war Ulrich von Ensingen erst ab 1392 Werkmeister in Ulm, zog 1394 nach Mailand (die Arbeiten am Mailänder Dom wurden erst im Jahre 1387 begonnen) und war dann ab 1399 zeitgleich in Ulm und Straßburg tätig, wo er am Nordturm maßgeblich mitwirkte. Auf mehreren Baustellen gleichzeitig beschäftigt zu sein, war damals durchaus gang und gäbe, die Interpretation der Ereignisse entspringt allerdings voll und ganz meiner Fantasie. Der Streit um das Musterbuch ist ebenfalls eine Schlussfolgerung, welche auf der gesicherten Tatsache beruht, dass Moritz Ensingen, einer der Nachfolger Ulrichs, alle Zeichnungen dem Rat übergeben musste. Das Alter der Söhne Ulrichs von Ensingen ist frei gewählt, auch besteht Anlass zu der Annahme, dass Kaspar Ensingen nicht im Kindesalter starb, sondern ebenfalls als Baumeister am Münster tätig war. Auch die Auslegung der Ereignisse, die zur Entstehung der Legende um den Ulmer Spatz führten, bezeichnet eine Möglichkeit, wie alles hätte geschehen können. Die Legende selbst ist erst ab dem 19. Jahrhundert nachweisbar, der Spatz wurde ebenfalls zu dieser Zeit am Münster angebracht. Der auf Ulrich von Ensingens Pläne zurückgehende, mit seinen 161,6 Metern höchste Kirchturm der Welt, wurde erst im Jahr 1885 – 90 von August Beyer vollendet. Diese endgültige Fassung basierte auf einem abgeänderten Plan des Werkmeisters Matthäus Böblinger, der ab 1480 am Ulmer Münster tätig war und dessen Entwurf – im Vergleich zu Ulrich von Ensingens Plan – eine »flüssigere Formensprache und eine zügigere Zusammenfassung der Senkrechten« zeigt (Reinhard Wortmann: *Das Ulmer Münster*, S. 21). Es mag auch durchaus sein, dass der Kreuzwinkelmeister und Meister Hartmann zeitlich versetzt an der Ausschmückung der Fassade gearbeitet haben – allerdings sind die Werke der beiden exemplarisch für die zum Teil stark kontrastierenden Stile, die der Bau vereint.

Die große Pestepidemie des 14. Jahrhunderts kostete circa 20 bis 25 Millionen Menschen das Leben – also etwa ein Drittel der damaligen Bevölkerung Europas. Nach der ersten Pestwelle kehrte die Krankheit in regelmäßigen Abständen zurück. Wie in *Die Launen des Teufels* habe ich mich auch im vorliegenden Roman weitgehend an die Schilderungen Giovanni Boccaccios gehalten, der als einer der wenigen Augenzeugen der damaligen Zeit die verheerenden Zustände beschrieben hat, die mit der Seuche einhergingen.

An dieser Stelle möchte ich nochmals nachdrücklich darauf hinweisen, dass es sich bei einem Roman stets und immer um ein Werk der Fiktion handelt – ein Werk also, das dadurch geprägt ist, dass der Autor oder die Autorin Lücken oder Unbestimmtheitsstellen mit seiner/ihrer eigenen Fantasie auffüllt. Oftmals erfordert es die Handlung, dass Personen in einer ganz bestimmten Art und Weise handeln, die vielleicht nicht immer vollkommen zeitgemäß ist. Ich habe allerdings versucht, diese kleinen Diskrepanzen auf ein Minimum zu beschränken.

Viele Museen und Privatpersonen haben dazu beigetragen, dass dieses Buch zu dem geworden ist, was es ist. Wie schon im vorhergehenden Band stammen jedoch auch dieses Mal sämtliche Fehler oder Ungenauigkeiten einzig und allein aus meiner eigenen Feder.

Meinen ganz besonderen Dank möchte ich meinen beiden wunderbaren Lektorinnen Mirjam Hecht und Eva Weigl aussprechen. Ohne ihre Sorgfalt und Geduld wäre der Roman nicht zu dem geworden, was er ist. Danke auch meinem Verleger, Burkhard Bierschenck, der mir als Historiker die eine oder andere knifflige Frage beantwortet hat. Und zum Schluss natürlich danke an alle Buchhändler, Leser und alle, die mich unterstützt haben.

Silvia Stolzenburg
April 2011

BIBLIOGRAFIE

Albig, Jörg-Uwe. *Das inszenierte Paradies.* GEO Epoche 2 (1999): 96–105.

Behringer, Charlotte et. al. *Kathedralen: Hundert Meisterwerke des Abendlandes.* Erlangen: Nebel Verlag, 1991.

Binding, Günther. *Der mittelalterliche Baubetrieb in zeitgenössischen Abbildungen.* Stuttgart: Konrad Theiss Verlag, 2001.

Binding, Günther. *Als die Kathedralen in den Himmel wuchsen: Bauen im Mittelalter.* Darmstadt: Primus Verlag, 2006.

Boccaccio, Giovanni. *Das Dekameron.* Berlin: Aufbau Verlag, 1990.

Bookmann, Hartmut et. al. *Mitten in Europa: Deutsche Geschichte.* Goldmann Verlag, 1990.

dtv Lexikon des Mittelalters. 9 Bde. München: Deutscher Taschenbuch Verlag, 2003.

Honour, Hugh/Fleming, John. *Weltgeschichte der Kunst.* München, Berlin, London, New York: Prestel Verlag, 2000.

Kinder, Hermann/Hilgemann, Werner/Hergt, Manfred (eds.) *dtv-Atlas der Weltgeschichte*. München: Deutscher Taschenbuch Verlag, 2000.

Koch, Wilfried. *Baustilkunde*. München: Mosaik Verlag, 1991.

Leven, Karl-Heinz (Hrsg.). *Antike Medizin: Ein Lexikon*. München: C.H. Beck, 2005.

Lexer, Matthias. *Mittelhochdeutsches Taschenwörterbuch*. 38. Auflage. Stuttgart: S. Hirzel Wissenschaftliche Verlagsgesellschaft, 1992.

Link, Otto. *Alt-Ulm: Ein Stadtbild von Otto Link*. Tübingen: Alexander Fischer Verlag, 1924.

Kluge, Friedrich/bearbeitet von Seebold, Elmar. *Kluge. Etymologisches Wörterbuch der deutschen Sprache*. Berlin/New York: Walter de Gruyter, 2002

Stadtarchiv Ulm (Hrsg.). *StadtMenschen. 1150 Jahre Ulm: Die Stadt und ihre Menschen*. Ulm: Ebner Verlag, 2004.

Ulmer Museum, Reinhardt, Brigitte/Schulz, Ilse (Hrsg.). *Ulmer Bürgerinnen, Söflinger Klosterfrauen in reichsstädtischer Zeit*. Ulm: Süddeutsche Verlagsgesellschaft Ulm, 2003.

Vogt-Lüerssen, Maike. *Der Alltag im Mittelalter*. Norderstedt: Books on Demand, 2006.

Vogt-Lüerssen, Maike. *Zeitreise 1: Besuch einer spätmittelalterlichen Stadt.* Norderstedt: Books on Demand, 2005.

Weimert, Helmut. *Historisches Heidenheim.* Heidenheim: Stadtarchiv Heidenheim, 2006.

Wortmann, Reinhard. *Das Ulmer Münster. Große Bauten Europas Bd. 4.* Stuttgart: Verlag Müller und Schindler, 1972.

Die Bibel.

LIEBLINGSPLÄTZE AUS DER REGION

BÖTTINGER / GEIBEL / JENEWEIN / ROTHFUSS / SCHMID
Das Beste aus Schwaben

978-3-8392-2292-8 (Buch)
978-3-8392-5759-3 (pdf)
978-3-8392-5758-6 (epub)

ISCH'S DO SCHEE! Zu Gottes schönsten Gaben gehört bekanntlich Schwaben. Die Eiszeithöhlen der Schwäbischen Alb sind Weltkulturerbe, die ganze Welt spielt Ravensburger, der weltweit höchste Kirchturm steht in Ulm, die Schwabenmetropole Stuttgart beliefert die Welt mit Autos und die Langenburger Wibele sind nicht nur das kleinste Gebäck der Welt, sondern gehören auch zum beliebtesten Naschwerk der Adelsfamilien weltweit. Neben diesen Highlights offenbart der Landstrich zwischen Bodensee und Hohenlohischem atemberaubende Naturorte, beeindruckende Kulturschätze und betörende Gaumenfreuden. »Das Beste aus Schwaben« – eine faszinierende Erkundungstour zu den Höhepunkten Schwabens.

GMEINER KULTUR

WWW.GMEINER-VERLAG.DE
Mensch, Kultur, Region

Ulm